MICHELLE RAVEN
Crossroads
Ohne Ausweg

Die Romane von Michelle Raven bei LYX:

Romantic Thrill:

Crossroads-Reihe:
1. Crossroads. Ohne Gnade
2. Crossroads. Ohne Ausweg

Hunter-Reihe:
1. Vertraute Gefahr
2. Riskante Nähe
3. Gefährliche Vergangenheit
4. Trügerisches Spiel
5. Späte Vergeltung

TURT/LE-Reihe:
1. TURT/LE. Gefährlicher Einsatz
2. TURT/LE. Riskantes Manöver
3. TURT/LE. Geheime Mission
4. TURT/LE. Brisanter Auftrag
5. TURT/LE. Letzte Rettung *(erscheint September 2016)*

Dyson-Dilogie:
1. Eine unheilvolle Begegnung
2. Verhängnisvolle Jagd

Außerdem erhältlich:
Tödliche Verfolgung
Verhängnisvolle Sehnsucht
Perfektion

Romantic Fantasy:

Ghostwalker-Reihe:
1. Ghostwalker. Die Spur der Katze
2. Ghostwalker. Pfad der Träume
3. Ghostwalker. Auf lautlosen Schwingen
4. Ghostwalker. Fluch der Wahrheit
5. Ghostwalker. Ruf der Erinnerung
6. Ghostwalker. Tag der Rache

Weitere Romane der Autorin sind bei LYX in Vorbereitung.

MICHELLE RAVEN

OHNE AUSWEG

CROSSROADS

Roman

LYX
EGMONT

Dieses Buch ist ein fiktives Werk. Namen, Figuren, Unternehmen, Organisationen, Orte, Begebenheiten und Ereignisse werden fiktiv verwendet. Ähnlichkeit mit tatsächlichen Personen, realen Handlungen und Schauplätzen sind rein zufällig und nicht beabsichtigt.

Originalausgabe Oktober 2015 bei LYX
verlegt durch EGMONT Verlagsgesellschaften mbH,
Gertrudenstr. 30–36, 50667 Köln

Dieses Werk wurde vermittelt durch die
Montasser Medienagentur, München.

1. Auflage
Redaktion: Sonja Fehling
Satz: Greiner & Reichel, Köln
Printed in Germany (670421)
ISBN 978-3-8025-9649-0

www.egmont-lyx.de

MIX
Papier
FSC FSC® C083411

Prolog

Feuchtigkeit drang an seine Haut, ein seltsamer Geruch hing in der Luft. Allmählich kehrte sein Bewusstsein zurück, aber es dauerte noch einige Zeit, bis Damon Thomas es schaffte, die Augen zu öffnen. Dunkelheit umgab ihn, seine Umgebung war nur schemenhaft zu erkennen. Unruhe breitete sich in ihm aus. Wo war er? Was war geschehen? Seine Hand bewegte sich langsam über Stoff. Auch hier stieß Damon auf etwas Feuchtes. Rasch zog er die Finger weg und drehte sich in die andere Richtung. Anscheinend lag er in einem Bett. Sein Kopf schmerzte höllisch, er konnte ihn kaum heben. Hatte er abends zu viel getrunken? Nein, das fühlte sich anders an. Außerdem konnte er sich nicht erinnern, überhaupt etwas getrunken zu haben.

Mühsam hob Damon den Arm und tastete nach dem Nachttisch. Es schien unendlich lange zu dauern, bis seine Finger schließlich auf eine glatte Oberfläche trafen. Nach einigem Tasten fand er einen Lichtschalter und betätigte ihn. Das grelle Licht der Nachttischlampe stach ihm schmerzhaft in die Augen, und er kniff sie zu. Als der Schmerz ein wenig nachließ, öffnete er sie vorsichtig wieder und blickte sich im Raum um. Zuerst war ihm das Zimmer fremd, doch dann fiel ihm alles wieder ein. Er war in Bellas Apartment, und irgendjemand hatte ihn niedergeschlagen! War der Täter noch hier? Bei dem Gedanken sträubten sich ihm die Nackenhaare.

Ruckartig setzte Damon sich auf. Schwindel breitete sich in seinem Kopf aus, und es kostete ihn einige Mühe, nicht wieder in die Kissen zurückzufallen. Vorsichtig stand er auf und stützte sich an der Wand ab, während er darauf wartete, dass sein Verstand sich klärte und er sicherer auf den Füßen stand. Langsam drehte er den Kopf und erstarrte.

Bella lag ebenfalls im Bett, ihre langen blonden Haare waren über das Kopfkissen ausgebreitet. Im ersten Moment dachte Damon, sie würde nur schlafen, doch dann sah er die dunklen Flecken auf dem Laken. *Oh Gott, Bella!* Damon machte einen Schritt auf sie zu und stoppte dann. Furcht breitete sich in ihm aus, als ihm bewusst wurde, dass es sich um Blut handelte. Viel Blut. Es hatte sich über Laken, Bettdecke und Kopfkissen verteilt. Die Erinnerung daran, dass er in etwas Feuchtes gefasst hatte, ließ Damon die Hand zurückreißen. An der hellen Wand prangte ein dunkler Abdruck. Übelkeit stieg in ihm auf, als er seine Finger betrachtete und das Blut darauf sah. Großer Gott, was war hier passiert?

Auf unsicheren Beinen ging Damon um das Bett herum und blickte auf Bella herunter. Seine Finger zitterten, als er ihre Schulter berührte. »Bella?« Er bekam keine Antwort, aber er hatte auch keine erwartet. Vorsichtig rollte er Bella auf den Rücken und schob ihr das Haar aus dem Gesicht. Mit weit geöffneten Augen blickte sie ihn vorwurfsvoll an. Instinktiv zuckte Damon zurück. Bella war tot! Ein kleines rundes Loch prangte auf ihrer Stirn. Ihr Mund stand offen, als hätte sie im Moment ihres Todes geschrien. Damons Magen hob sich, doch er kämpfte die Übelkeit zurück. Woher kam das ganze Blut? Oder war er selbst auch verletzt? Doch er konnte keine Wunden an sich erkennen, obwohl er Blutflecken auf seiner Kleidung und Haut hatte.

Die Ursache dafür entdeckte er erst, als er die Bettdecke anhob. Bella trug ein elegantes Kleid, als hätte sie vorgehabt, noch auszugehen. In ihrer Brust klaffte ein weiteres Loch, und die Wunde schien stark geblutet zu haben. Eine Pistole mit

Schalldämpfer lag neben Bella, auch sie war voller Blut. Damon schluckte hart und ließ die Bettdecke wieder sinken.

Derjenige, der ihn niedergeschlagen hatte, musste Bella getötet haben. Außer einem Schuh hatte Damon zwar nichts von seinem Angreifer gesehen, aber er war sich ziemlich sicher, dass es ein Mann gewesen war. Doch wo hatte sich Bella zu dieser Zeit aufgehalten? Als er ins Zimmer gekommen war, hatte sie nicht im Bett gelegen. Also konnte sie nur im Badezimmer gewesen sein. Hätte er sie retten können, wenn er dort hineingegangen wäre? Damon rieb sich über den schmerzenden Kopf. Derzeit war er nicht in der Verfassung, über so etwas nachzudenken, außerdem musste er unbedingt die Polizei rufen. Je frischer die Spuren bei deren Eintreffen waren, desto schneller konnte der Täter ermittelt werden.

Schwankend ging Damon ins Wohnzimmer und rief über Bellas Festnetzanschluss in der Notrufzentrale an. Als er nach seinem Namen gefragt wurde, ging ihm auf, dass man ihn für einen Verdächtigen halten könnte. Er war während der Tat vor Ort gewesen, und er konnte nicht erklären, was genau passiert war. Außerdem klebte Bellas Blut an seinem Körper und seiner Kleidung, einen besseren Beweis für seine Schuld konnte er gar nicht liefern. Deshalb legte er schnell auf, lief ins Bad zurück, so schnell seine wackligen Beine es zuließen, und betrachtete sich im Spiegel.

Seine Augen waren blutunterlaufen, seine Haut wirkte blass – zumindest dort, wo sie nicht durch Bellas Blut rot gefärbt war. Mit dem Arm drehte Damon den Wasserhahn auf und wusch sich das Blut von Händen und Gesicht. Als er das Wasser wieder abdrehte, zitterte er am ganzen Körper. Er verwendete Toilettenpapier, um sich abzutrocknen, und spülte es anschließend im WC hinunter. Dann zwang er sich, zurück ins Schlafzimmer zu gehen.

Direkt neben Bellas Bett blieb er stehen und blickte auf sie hinunter. Trauer verstärkte den Druck, der auf seiner Brust lastete. Er konnte sich nicht vorstellen, nie wieder ihr ansteckendes Lachen zu hören, ihr strahlendes Lächeln zu sehen, das sie nur denen schenkte, die sie wirklich mochte. Damon wollte sich zu ihr hinabbeugen und ihr über die Wange streichen, doch im letzten Moment erinnerte er sich daran, dass er damit nur weitere Spuren hinterlassen würde. Das Gefühl der Wut und Hilflosigkeit, das ihn seit dem Aufwachen begleitete, verstärkte sich noch.

Es schnürte ihm die Kehle zu, und er brachte nur noch ein raues Flüstern heraus. »Es tut mir leid, Bella. Leb wohl.«

Nach einem letzten Blick drehte Damon sich um und ging auf die Tür zum Wohnzimmer zu. Doch gerade, als er den Raum betreten wollte, erklang ein lautes Krachen, und schwer bewaffnete Polizisten stürmten das Apartment. Als sie ihn sahen, richteten sie sämtliche Waffen auf ihn, und jemand schrie, dass er die Hände heben und sich auf den Boden legen solle. Wie betäubt tat Damon, was ihm befohlen wurde. Einer der Polizisten stemmte ihm das Knie in den Rücken und bog ihm brutal die Arme nach hinten. Vor Schmerz schrie Damon auf.

»Ich habe den Mord gemeldet! Bella war schon tot, als ich sie gefunden habe!«

Doch niemand schien sich für seine Beteuerungen zu interessieren. Wenig sanft wurde er hochgerissen und aus der Wohnung geführt. Als Damon das Chaos vor dem Haus sah – Polizeiwagen, Krankenwagen, Presse und neugierige Nachbarn –, wurde ihm schmerzlich bewusst, wie prekär seine Lage war: Selbst wenn es ihm gelingen sollte, seine Unschuld zu beweisen – von nun an würde sein Name immer in Zusammenhang mit dem Mord an Bella stehen. Für den Rest seines Lebens.

1

Vier Jahre später

Vorsichtig blickte Damon sich um, bevor er die Straßenseite wechselte und dann möglichst unauffällig den Bürgersteig entlang in Richtung seines Zieles ging. Jetzt im Herbst wurden die Tage deutlich kühler in Seattle, immer wieder tränkten Schauer den Boden, den der ungewöhnlich heiße Sommer ausgetrocknet hatte. Früher hatte Damon diese Zeit genossen, jetzt allerdings hielt er sich meistens in dem schäbigen Apartment auf, das er sich gerade so leisten konnte. Jeder Schritt vor die Tür war ein Wagnis – das FBI und die Polizei waren immer noch auf der Suche nach ihm.

Bellas Mörder befand sich dagegen weiterhin auf freiem Fuß und die Polizei fahndete noch nicht einmal nach ihm. Damon stieß ein Schnauben aus. Warum sollten sie auch, schließlich dachten sie immer noch, dass er – Damon – der Täter war. Genauso wie damals, als sie ihn in Bellas Apartment verhaftet hatten. Er war nicht einmal mehr dazu gekommen, seine Familie zu informieren oder sich einen Anwalt zu suchen.

Dank der in Bellas Apartment verteilten Beweise, seinen Fingerabdrücken auf der Tatwaffe, der Tatsache, dass Bella kurz zuvor noch mit ihm telefoniert hatte, und der Unfähigkeit seines Anwalts war er nach einem kurzen und unfairen Prozess wegen Mordes an Bella Pelham zu fünfundzwanzig Jahren Haft verurteilt worden. Drei elende Jahre hatte er bereits im Clallam Bay Corrections Center auf der Olympic Peninsula verbracht. Noch jetzt jagte ihm die Erinnerung daran einen Schauder über den Rücken.

Gerade als er ein wenig Hoffnung geschöpft hatte, dass es zu einer Wiederaufnahme des Verfahrens kommen würde, hatte das Schicksal erneut zugeschlagen. Auf dem Weg zu einer Anhörung in Seattle war der Gefängnistransporter im Olympic National Park verunglückt, und Damon war von seinem Mitgefangenen Russell Davis dazu gezwungen worden, mit diesem gemeinsam durch den Regenwald zu fliehen. Am Ende dieser zwei Tage dauernden Flucht vor dem FBI war es ihm endlich gelungen, Davis zu entkommen, und er hatte sich dazu entschieden, sich nicht zu stellen, sondern stattdessen selbst im Fall Bella zu recherchieren und zu versuchen, den wahren Mörder zu finden.

Natürlich wusste er, dass man seine Flucht als weiteres Schuldeingeständnis werten würde, aber sie war ihm als die einzige Chance erschienen, jemals wieder sein früheres Leben fortführen zu können. Damon schnaubte, als er an seine gegenwärtigen Lebensumstände dachte. Er hauste in einem schäbigen Apartment, seine Geldreserven gingen zur Neige, und er konnte keine einzige Nacht durchschlafen. Stattdessen plagten ihn furchtbare Albträume, über Bella, aber auch über die Geschehnisse während der Flucht. Davis hatte etliche Menschen getötet und auch ein siebenjähriges Mädchen entführt. Der Gedanke an die kleine Emma, die ihm während der Flucht ans Herz gewachsen war, versetzte Damon jedes Mal einen Stich, deshalb konzentrierte er sich darauf, gleichmäßig zu atmen und einen Fuß vor den anderen zu setzen.

Glücklicherweise hatte er sein ganzes Leben in Seattle verbracht und kannte sich dementsprechend gut in der Stadt aus. Trotzdem musste er aufpassen, schon jetzt war er einige Male beinahe bei seinen Recherchen erwischt worden. Aber wenn er nichts riskierte, würde er auch nie herausfinden, wer Bella ermordet hatte. Und das musste er – für Bella, aber auch für sich selbst und seine Familie.

Am schwersten fiel es ihm, keinerlei Kontakt zu seinen Eltern und seiner Schwester aufnehmen zu können. Bestimmt machten sie sich furchtbare Sorgen um ihn, aber Damon war sich sicher, dass das FBI sie beobachtete und vermutlich auch die Telefongespräche abhörte, in der Hoffnung, dass er sich dort meldete. Bevor er verhaftet worden war, hatte er mindestens einmal in der Woche mit seinen Eltern telefoniert und war oft bei seiner Schwester zum Abendessen gewesen oder hatte deren Kinder gehütet. Als Familienmensch war es für ihn unendlich schwer, jetzt völlig allein dazustehen.

Allerdings würde sich an diesem Zustand auch nichts ändern, wenn er nicht endlich herausfand, wer Bella ermordet hatte. Dann würde er entweder irgendwann wieder im Gefängnis sitzen oder den Rest seines Lebens auf der Flucht vor der Polizei sein. Er wusste nicht, was von beidem schlimmer wäre.

Nur ungern erinnerte Damon sich an die ersten Tage auf der Flucht, als er versucht hatte, den Suchmannschaften zu entgehen. Am Waldrand hatte er ein Haus entdeckt und wäre dort beinahe von dem Hund des Besitzers aufgespürt worden. Zum Glück war der im letzten Moment abgedreht, und Damon hatte noch eine gefühlte Ewigkeit mit wild klopfendem Herzen auf dem Boden gelegen, bevor er wieder aufgebrochen war. Nachdem er sich im Haus das Nötigste besorgt hatte, war er mehrere Tage zu Fuß und mit einem gestohlenen Geländemotorrad unterwegs gewesen, bis er schließlich Seattle erreicht hatte. Es war nicht einfach gewesen, den Straßensperrungen und Suchmannschaften zu entgehen, doch irgendwie war es ihm gelungen. Noch jetzt wunderte er sich manchmal darüber, dass ihn niemand erwischt hatte.

Falls er allerdings gedacht hatte, in der Stadt würde es leichter werden, hatte er sich gründlich getäuscht. Auch hier hatte er sich verstecken müssen – und er tat es noch –, schließlich waren zur Zeit seiner Flucht und auch danach noch Fotos von ihm im Fernsehen und in den Zeitungen veröffentlicht worden. Mit den Fingern rieb Damon sich über den kurzen Bart, den er sich hatte wachsen lassen, um sein Aussehen zu verändern. Eigentlich war es fast mehr ein Dreitagebart, weil er es einfach nicht ertrug, einen halben Wald im Gesicht stehen zu haben. Seine Haare dagegen hatte er abgeschnitten, sodass sie jetzt die meiste Zeit wild zu allen Seiten abstanden.

Nur selten ertrug er es, sich im Spiegel anzusehen, aber immerhin erkannte ihn jetzt niemand mehr, und er konnte halbwegs normal auf die Straße gehen. Trotzdem blieb er wachsam, denn selbst der kleinste Fehler konnte ihn wieder ins Gefängnis bringen. Oder noch schlimmer: in die Leichenhalle. Damon war sich ziemlich sicher, dass der wahre Täter nicht zögern würde, ihn zu beseitigen, wenn der von seinen Recherchen Wind bekam. Die Frage war allerdings, ob der Kerl sich überhaupt noch in Seattle befand oder direkt nach dem Mord an Bella weitergezogen war. Sollte das der Fall sein, würde es noch schwerer werden, ihn aufzuspüren.

Tatsächlich war Damon inzwischen schon an die Grenzen dessen gestoßen, was er in seiner Situation tun konnte. Er war auf der Flucht und hatte von polizeilichen Ermittlungen ungefähr so viel Ahnung wie jeder, der ein paar Krimis gelesen und CSI oder ähnliche Serien im Fernsehen gesehen hatte. Hinzu kam, dass er schlecht jemanden um Hilfe bitten oder einen Privatdetektiv engagieren konnte, mal ganz abgesehen davon, dass er nur wenig Geld zur Verfügung hatte.

Als er damals nach den ersten Befragungen noch einmal auf Kaution freigelassen worden war, hatte er in weiser Voraussicht seine wichtigsten Habseligkeiten und vor allem auch etwas Geld in einem Lagerhaus deponiert und den Schlüssel versteckt. Zu diesem Zeitpunkt hatte er nicht gewusst, warum er das tat, doch heute war er dankbar dafür. So stand er wenigstens nicht völlig mittellos da. Er war überrascht gewesen, dass sich der Schlüssel tatsächlich noch in dem Versteck auf dem Grundstück seiner Eltern befunden hatte. Als er ihn mitten in der Nacht geholt hatte, war die Sehnsucht nach seiner Familie so groß geworden, dass er ihr beinahe nachgegeben hätte.

Aber er hatte sich gerade noch beherrschen können. Stattdessen hatte er eine weiße Rose an die Stelle gepflanzt, wo sich das Versteck der kleinen Kiste befunden hatte. Seine Schwester liebte Rosen und hatte sie sicher sofort bemerkt. Ob sie verstanden hatte, was er ihr damit hatte sagen wollen? *Ich bin hier, es geht mir gut.*

Wie immer, wenn Damon daran dachte, was ihn die Ereignisse vor vier Jahren alles gekostet hatten, zog sich sein Herz schmerzhaft zusammen. Warum hatte er Bella, als sie ihn an dem Abend angerufen hatte, nicht einfach gesagt, dass er keine Zeit hatte? Sofort fühlte er sich noch elender – es war nicht Bellas Schuld, dass man sie ermordet hatte und er in die Sache hineingeraten war.

Wie so häufig fragte er sich, ob sie vielleicht seinetwegen getötet worden war. Gäbe es eine bessere Methode, ihn loszuwerden? Allerdings war diese Theorie wenig schlüssig. Seines Wissens hatte er keine Feinde, und auch sein Job als Ingenieur für eine international anerkannte Firma bot keinerlei Gründe, warum ihn jemand beseitigen sollte. Vor allem hätte man ihn dann auch einfach erschießen können und wäre ihn damit ein für alle Mal losgeworden. Nein, es musste noch etwas anderes dahinterstecken, nur konnte er nicht erkennen, was das war. Und das frustrierte ihn noch mehr als alles andere. Wie sollte er den Täter finden, wenn er nicht einmal das Motiv kannte?

Damon wurde bewusst, dass sein ganzer Körper angespannt war. Er grübelte schon wieder, wie so häufig in letzter Zeit. Stattdessen sollte er lieber auf seine Umgebung achten. Mühsam musste er sich jedes Mal zwingen, sich nicht an Häuserwänden herumzudrücken und die Kapuze nicht tief ins Gesicht zu ziehen, sondern mitten auf dem Bürgersteig zu gehen und so zu tun, als hätte er nichts zu verbergen. Das war weitaus unverdächtiger, dennoch fiel es ihm unheimlich schwer, und er kam sich dabei furchtbar entblößt vor. Seine Muskeln waren ganz hart vor Anspannung, während er darauf wartete, dass ihn jemand ansprach oder direkt zu Boden warf. So wie damals, als er das erste Mal verhaftet worden war.

Möglichst unauffällig bewegte Damon sich durch die Straßen auf die Bibliothek zu. Seit einigen Tagen suchte er dort in den alten Ausgaben der *Seattle Times* nach Artikeln über den Mord an Bella, in der Hoffnung, irgendwelche Einzelheiten zu entdecken, die ihm bei der Suche nach dem Mörder weiterhelfen würden. Da er zur damaligen Zeit bereits in Untersuchungshaft gewesen war, hatte er von der Berichterstattung nicht viel mitbekommen. Es war nicht gesagt, dass bei seinen Recherchen irgendetwas herauskommen würde, aber er war verzweifelt und würde auch die kleinste Chance nutzen.

Noch lieber hätte er allerdings Einblick in die Polizeiakten gehabt, doch darauf hatte er natürlich keinen Zugriff. Da sein damaliger Anwalt bereits tot war – gestorben bei einem Autounfall –, blieb ihm als allerletzte Möglichkeit nur sein neuer Verteidiger Clive Prescott. Aber Damon war sich nicht sicher, ob es tatsächlich eine gute Idee war, ihn zu kontaktieren. Zum einen konnte es sein, dass Clive jetzt, wo Damon auf der Flucht war, gar nicht mehr mit ihm reden wollte oder ihn sogar direkt beim FBI melden würde. Zum anderen würden Polizei und FBI ohnehin ein Auge auf den Anwalt haben und Damon schnappen, sobald er dort auftauchte. Es war zu gefährlich, deshalb hatte Damon es sich als allerletzte Option aufgehoben. Wenn er jedoch in den Zeitungen nichts fand, würde er sie nutzen müssen.

Das laute Heulen einer Polizeisirene hinter ihm riss Damon aus seinen Gedanken. Erschrocken zuckte er zusammen und begann, sich umzudrehen. Ein Zittern lief durch seinen Körper, während er erwartete, gleich zu Boden geworfen oder einfach auf offener Straße erschossen zu werden. Nur mit Mühe konnte er sich davon abhalten, sofort zu flüchten. Einfach loszurennen und nicht mehr anzuhalten, bis er in Sicherheit war. Doch hier gab es keine sichere Zuflucht für ihn. Er war mitten in der Stadt, im geschäftigen Downtown. Um ihn herum waren Menschen, irgendeiner von ihnen würde ihn erkennen, wenn er versuchte, zu fliehen. Seine Flucht war am Ende, noch bevor er sein Ziel erreicht hatte.

Es dauerte einen Moment, bis Damon bemerkte, dass die Sirene verstummt war. Jetzt wagte er doch einen Blick und erkannte, dass die Polizisten nur einen Autofahrer kontrollierten, dessen Wagen verkehrswidrig am Straßenrand stand. Möglichst unauffällig entfernte Damon sich von der Szene. Angespannt beobachtete er die Gesichter der anderen Passanten, aber niemand beachtete ihn. Glücklicherweise waren es bis zur Bibliothek nur noch etwa zweihundert Meter, die er schnell bewältigte. Ohne einen weiteren Blick zurück schlüpfte er durch die große Eingangstür. Als er im Gebäude war, pausierte er am Fenster, um seinen rasenden Herzschlag unter Kontrolle zu bringen. Es schien ewig zu dauern, bis er sich so weit beruhigt hatte, dass er wieder einen tiefen Atemzug nehmen konnte.

Einen Moment lang stand er noch am Fenster und beobachtete die Straße, dann zwang er sich, das zu erledigen, wofür er hergekommen war.

Die moderne Bibliothek erinnerte Damon immer an ein abstraktes Gemälde. Fast das gesamte Äußere bestand aus Glasflächen, und wenn die Sonne so wie heute schien, bildeten sich im Innern gewaltige Netzmuster auf dem Boden, der Einrichtung und selbst auf den Menschen, die sich hier aufhielten. Besonders in den Leseräumen unter den Schrägen verursachte dieses Lichtspiel eine bedrückende Stimmung. Zumindest für jemanden wie Damon, der jahrelang im Gefängnis gesessen hatte. Die Erinnerung an Gitterstäbe und Zäune ließ ihn schaudern, deshalb schob er sie schnell beiseite.

Ohne zu zögern ging er zur Theke und lächelte die Bibliothekarin an. »Guten Tag, ich würde gerne in alte Ausgaben der *Seattle Times* Einsicht nehmen.« Damon erinnerte sich an die etwa fünfzigjährige Frau mit der modischen Kurzhaarfrisur, aber er bezweifelte, dass sie ihn ebenfalls wiedererkennen würde, bei dem Kundenverkehr, der hier herrschte. Das war auch gut so. Anonymität war lebenswichtig für ihn.

Die Bibliothekarin schenkte ihm ein Lächeln. »Natürlich. Welche Jahrgänge?«

»Die letzten vier Jahre bitte.«

Sie gab etwas in den Computer ein. »Der neueste Jahrgang befindet sich gebunden im Lesesaal. Die Jahre davor wurden eingescannt und auf DVD gespeichert. Kleinen Moment, ich hole sie.«

»Danke.« Ungeduldig wartete Damon darauf, dass sie wiederkam. Er lehnte sich mit dem Rücken an die Theke und blickte sich möglichst unauffällig in dem großen Gebäude um. Zwar konnte er niemanden sehen, der ihm übermäßig viel Beachtung schenkte, aber das hieß nicht, dass niemand hier war. Er war schon fast so weit, die Bibliothek wieder zu verlassen, als die Bibliothekarin zurückkam.

»Es tut mir leid, wie es scheint, ist die DVD gerade in Benutzung. Wollen Sie warten?«

Verdammt! Noch einmal blickte Damon sich um. »Wie lange wird das dauern?«

Entschuldigend zuckte die Bibliothekarin mit den Schultern. »Das kann ich Ihnen leider nicht sagen. Aber Sie können die junge Frau, die sich die DVD ausgeliehen hat, selbst fragen. Sie sitzt oben im Hauptlesesaal, wo die PCs mit den DVD-Laufwerken stehen.«

Damon dachte erst daran, abzulehnen, doch er wollte die Sache jetzt erledigen und nicht noch einmal kommen müssen. »Das werde ich machen, danke.«

Er nickte der Bibliothekarin zu und ging dann zur großen Treppe in der Mitte des Gebäudes. Während er langsam die Stufen hinaufstieg, ließ er den Blick durch die Bibliothek schweifen. Der Anblick von hier oben war atemberaubend, die moderne Architektur perfekt in Szene gesetzt. Früher hatte er hier öfter Zeit verbracht, allein, manchmal aber auch mit Freunden oder seiner Nichte und seinem Neffen. Die Gefängnisbibliothek dagegen war ein kleiner, muffiger Raum gewesen, die Bücher hatten alle schon bessere Zeiten erlebt. Trotzdem war Damon froh gewesen, überhaupt eine Möglichkeit zum Lesen zu haben, andernfalls wäre er sicher verrückt geworden.

Kopfschüttelnd konzentrierte er sich auf das Einzige, das in diesem Moment wichtig war: der Beweis seiner Unschuld. Schnell durchquerte er den Lesesaal und ging zu den Tischen mit den Computern. Nur zwei von ihnen waren besetzt. An einem saß ein junger Mann, der wie ein Student wirkte. Von der anderen Person waren nur die kurzen rotbraunen Haare über dem Rand des Bildschirms zu sehen.

Damon blieb stehen und blickte sich in dem Raum um. Hatte er die Bibliothekarin falsch verstanden? Sie hatte eindeutig von einer jungen Frau gesprochen, nicht von einem Mann. In dieser Ecke standen jedoch die einzigen PCs mit Laufwerken, das wusste er genau. Langsam ging er um die Tische herum und näherte sich den Rechnern von der Seite, um einen genaueren Blick auf deren Benutzer zu werfen. Es hatte sich auch keine Frau hinter den Bildschirmen versteckt, wie er fast gehofft hatte. Genervt wollte er sich schon umdrehen und weggehen, als etwas seine Aufmerksamkeit erregte.

Kurze Haare, eine schlanke Figur – mit unübersehbaren Rundungen. Sein Blick glitt hoch zu dem Gesicht der Frau, und ihm stockte der Atem. Dieses Gesicht würde er nie im Leben vergessen. Agent Hayes! Diesmal hatte sie zwar keine unförmige schusssichere Weste an, doch sie war es – eindeutig. Was tat sie hier, noch dazu mit genau den Zeitungsjahrgängen, die er sich ansehen wollte? Das konnte kein Zufall sein! Wusste sie, dass er die letzten zwei Wochen alle paar Tage hier gewesen war und die Artikel zum Mord durchforstet hatte?

Noch jetzt sah Damon sie vor sich, wie sie im Regenwald die Pistole auf ihn gerichtet und ihn aufgefordert hatte, sich zu ergeben. Genau in dem Moment war ihm klar geworden, dass er das nicht tun konnte. Er konnte nicht ins Gefängnis zurück und dort weitere zweiundzwanzig Jahre verbringen. Das hätte er nicht überlebt. Vor allem aber wollte er nicht noch weitere Jahre seines Lebens verlieren, während Bellas Mörder immer noch frei herumlief.

Also hatte er das Einzige getan, was er machen konnte: Er hatte sich umgedreht und war weggegangen. Auch jetzt, Monate später, konnte er sich keinen Reim darauf machen, warum Agent Hayes ihn nicht angeschossen und verhaftet hatte. Weil Emma sie darum gebeten hatte, es nicht zu tun? Oder hatte sie noch andere Gründe gehabt? Auf jeden Fall war er sehr dankbar für diese Chance, und er würde nicht vergessen, dass sie diejenige gewesen war, die sie ihm gegeben hatte. Er wusste nicht, woran es lag, aber manchmal, wenn er nachts wach lag, konnte er immer noch deutlich ihr Gesicht vor sich sehen. Besonders ihre ausdrucksvollen grauen Augen hatten es ihm angetan, und er wünschte sich oft, sie beide hätten sich unter anderen Umständen getroffen. Wie immer versetzte ihm der Gedanke einen wehmütigen Stich.

Langsam entfernte Damon sich rückwärts, während sein Blick an Agent Hayes' Gesicht klebte. Wenn sie aufsah … Das Herz hämmerte ihm in der Brust, seine Hände wurden feucht. Als die Agentin außer Sichtweite war, drehte Damon sich um und ging schnell, aber unauffällig zur Treppe. Am liebsten hätte er immer zwei Stufen auf einmal genommen, doch er beherrschte sich. Schließlich erreichte er das Erdgeschoss und eilte, ohne sich umzublicken, zum Ausgang. Erst als die Türen sich hinter ihm schlossen, wagte er es, wieder Luft zu holen. Keuchend stand er für einen Moment da, bevor er sich wieder so weit im Griff hatte, dass er weitergehen konnte.

2

Valerie Hayes war gerade in einen Zeitungsartikel vertieft, in dem eine junge Frau haarklein über ihre Begegnung mit Damon Thomas am Tatabend berichtete – inklusive einer ausführlichen Schilderung seiner physischen Vorzüge –, als sie das Gefühl hatte, beobachtet zu werden. Langsam hob sie den Kopf, konnte jedoch niemanden entdecken, der sie auffällig angesehen hätte. Vermutlich war sie als FBI-Agentin übermäßig paranoid, aber sie hatte gelernt, ihren Instinkten zu vertrauen. Deshalb zögerte sie nicht lange, sondern stand in einer fließenden Bewegung auf und blickte sich um. Noch immer war niemand zu sehen, der sich für sie zu interessieren schien. Dann fiel ihr Blick auf einen Mann, der gerade die Treppe hinunterging.

Er schien nicht in Eile zu sein, trotzdem machte er auf sie einen angespannten Eindruck. Seine schwarzen Haare waren zerzaust, seine Jeans und das Kapuzenshirt hingen schlaff an seinem schlanken Körper herunter. Sie wünschte, er würde nach oben blicken, damit sie sein Gesicht sehen konnte, doch den Gefallen tat er ihr nicht, sondern verschwand mit langen Schritten aus ihrem Blickfeld. Erneut meldete sich ihr Instinkt, und sie lief hinter ihm her. Etwas an der Art, wie er sich bewegte, kam ihr bekannt vor. Vielleicht lag es daran, dass sie sich seit Monaten in ihrer Freizeit nur noch mit dem Fall Damon Thomas befasste, aber sie hätte fast schwören können, dass sie ihn gerade gesehen hatte.

Automatisch lief Valerie noch schneller und kam gerade

am unteren Ende der Treppe an, als der Mann durch die Tür ins Freie trat. Dort blieb er einen Moment lang stehen, bevor er sich schließlich nach links wandte und rasch weiterging. Für einen kurzen Augenblick konnte Valerie sein Profil sehen. Ein kurzer Bart bedeckte die untere Hälfte seines Gesichts, Strähnen seiner struppigen Haare hingen ihm in die Stirn. Seine Gesichtsfarbe war sehr blass, als wäre er längere Zeit krank gewesen oder hätte sich in letzter Zeit nicht oft in der Sonne aufgehalten. Der Moment war zu schnell vorüber, um noch mehr Einzelheiten zu erfassen, doch Valerie reichte das, was sie gesehen hatte, um zumindest die Möglichkeit in Betracht zu ziehen, dass es sich bei dem Mann um Damon Thomas handelte.

Aber würde ein flüchtiger Straftäter es wirklich wagen, sich hier in der Stadt, noch dazu mitten in der gut besuchten Bibliothek blicken zu lassen? Es musste ihm doch bewusst sein, dass er noch immer gesucht wurde und dass besonders das FBI alles dafür tun würde, ihn wieder einzufangen. Valerie riss die Tür auf und stürmte auf den Fußweg. Ihr Team hatte allen Grund, Damon Thomas hinter Gittern sehen zu wollen, schließlich war im Zuge von dessen Flucht ihr Kollege und Freund Ray kaltblütig ermordet worden. Außerdem ließ Gabriel Lynch, der Leiter des Teams, es garantiert nicht auf sich sitzen, dass Damon ihnen entkommen war.

Wie immer löste dieser Gedanke Schuldgefühle in Valerie aus. Sie hätte Damon stoppen können, als sie ihm im Regenwald begegnet war, aber sie hatte es nicht getan. Stattdessen hatte sie tatenlos dabei zugesehen, wie er sich umgedreht hatte und im Wald untergetaucht war. Warum sie nichts unternommen hatte, konnte sie immer noch nicht genau sagen. Ein Teil von ihr hatte nicht auf Damon schießen können, solange die kleine Emma dabei zugesehen hätte. Den größeren Anteil hatten allerdings ihre Zweifel gehabt, ob Damon wirklich das Verbrechen begangen hatte, für das er verurteilt worden war. Schon immer hatte Valerie sich auf ihr Bauchgefühl verlassen können, und das hatte ihr in diesem Fall eindeutig gesagt, dass Damon kein Mörder war. Natürlich würde dieses Argument vor keinem Gericht der Welt als Beweis anerkannt werden, aber seit dem Tod ihres Bruders hatte Valerie sich geschworen, ihr Handeln immer nur nach einer Devise auszurichten: im Zweifel für den Angeklagten. Oder in diesem Fall: für den Flüchtigen.

Wäre Damon gefasst worden, hätte er damit rechnen müssen, erneut verurteilt zu werden und eine noch höhere Gefängnisstrafe absitzen zu müssen, auch wenn er seinem Mithäftling Russell Davis nach dem Unfall des Gefängnistransporters nur gefolgt war, um nicht sofort erschossen zu werden. Selbst die Tatsache, dass er sich während der Flucht um Emma gekümmert hatte, würde sich nur bedingt strafmildernd auswirken. Die Kleine hatte in ihrer Aussage mehrfach betont, dass Damon sie vor Davis beschützt hatte, und als sie sich von Damon hatte verabschieden müssen, war überdeutlich geworden, wie sehr sie an ihrem Beschützer gehangen hatte. Selbst Valerie hatte es bei dieser Abschiedsszene die Kehle zugeschnürt, obwohl sie normalerweise eher rational veranlagt war.

All diese Argumente würden Damon aber ohnehin nichts nützen, wenn Gabriel ihn in die Finger bekam. Valerie wusste, dass ihr Vorgesetzter noch weiter in der Sache ermittelte, auch wenn er ihr jegliche Recherchen untersagt hatte. In den letzten Wochen hatte er sie kaum noch eines Blickes gewürdigt, was fast noch schlimmer war als die ungehaltene Art, die er früher ihr gegenüber an den Tag gelegt hatte. Er warf ihr vor, eigenmächtig vorgegangen zu sein und damit einem Verbrecher die Flucht ermöglicht zu haben. Er hatte sogar schon angedeutet, sie habe Damon absichtlich fliehen lassen – die Spuren hatten eindeutig belegt, dass sie dort im Wald auf den Straftäter getroffen war.

Valerie schwieg zu den Vorwürfen. Sie konnte schlecht zugeben, dass sie berechtigt waren. Das würde sie ihren Job und ihre Karriere beim FBI kosten, und dann wäre alles, wofür sie so hart gearbeitet hatte, umsonst gewesen. Valerie schüttelte die Erinnerungen ab und konzentrierte sich auf die Gegenwart. Wenn der Mann, den sie gesehen hatte, tatsächlich Damon Thomas war, durfte sie ihn nicht verlieren. Sie war sich ziemlich sicher, dass sie die Wahrheit über den Mord an Bella Pelham nie herausfinden würde, wenn sie nicht seine Aussage dazu bekam. Zwar hatte sie die Protokolle der polizeilichen Vernehmung gelesen, in denen Damon immer wieder betont hatte, dass er unschuldig war und nicht wusste, wer seine Ex-Freundin ermordet hatte. Aber das genügte Valerie nicht. Sie musste ihm in die Augen sehen, während er ihr erzählte, was wirklich geschehen war und vor allem, wie die Polizei an all die Beweise gekommen war, die nur auf Damon als Täter hindeuteten.

Die Fingerabdrücke und DNA-Spuren am Tatort waren ziemlich eindeutig gewesen und auch die Stimme auf der Aufzeichnung vom Notruf war zweifelsfrei als seine erkannt worden. Damon hatte diese Indizien auch nie bestritten, sondern stets behauptet, er wisse nicht, was passiert sei, weil man ihn niedergeschlagen habe. Seltsamerweise gab es dazu jedoch keine Beweise. War er nie von einem Arzt untersucht worden? Und warum hatte man keine anderen Spuren am Tatort gefunden, obwohl nachweislich in den Tagen vor dem Mord etliche Menschen in dem Apartment gewesen waren? Valeries Meinung nach passte das alles nicht zusammen. Oder vielmehr zu gut. Es war sehr ungewöhnlich, dass bei einem solchen Verbrechen sämtliche Beweise auf einen einzelnen Menschen hindeuteten, der auch noch selbst die Polizei gerufen hatte.

Auch passte es nicht ins Bild, dass der Verdächtige ein bis dahin völlig unbescholtener Bürger war, der noch dazu als Familienmensch galt und von allen Verwandten und Bekannten als absolut friedliebend beschrieben wurde. Natürlich konnte auch ein solcher Mensch einfach ausrasten, besonders wenn Liebe und Eifersucht im Spiel waren. Doch Damon hatte darauf beharrt, dass er und Bella sich nie geliebt, sondern lediglich eine kurze Affäre gehabt hatten, die bereits seit einem Jahr einvernehmlich beendet gewesen war. Für Valerie wies das nicht auf eine Tat aus Leidenschaft hin.

Aber auch das konnte sie nicht wirklich aus der Ferne beurteilen. Das Opfer konnte sie nicht mehr befragen, und Damon wollte offensichtlich nicht gefunden werden. Frustriert blieb Valerie stehen, als sie sich eingestehen musste, dass sie den Mann so nicht wiederfinden würde. Er war verschwunden, in den Menschenmassen untergetaucht. Hatte er bemerkt, dass sie ihn verfolgte? Oder hatte er sie in der Bibliothek gesehen und war deshalb geflüchtet? Ein Prickeln lief Valerie über den Rücken, und sie ließ den Blick noch einmal über die Menschen in ihrer Umgebung gleiten. Keine Spur von Damon.

Verdammt! Langsam ging Valerie zur Bibliothek zurück, während sie weiterhin die Umgebung im Auge behielt. Doch sie fand den Mann nicht wieder. Im Gebäude angekommen stieg sie erneut die Treppe hoch, holte die DVD aus dem Laufwerk und brachte sie zurück zur Theke. Jetzt hatte sie sowieso keine Ruhe mehr, sich durch jahrealte Zeitungsartikel zu wühlen. Den Großteil von deren Inhalt kannte sie ohnehin bereits, und die sensationslüsterne Schwärmerei dieser einen Frau verursachte ihr Kopfschmerzen. Als wäre es etwas Tolles, einem mutmaßlichen Mörder persönlich begegnet zu sein. Angewidert schüttelte Valerie den Kopf über so viel Naivität.

Mit einem erzwungenen Lächeln reichte sie der Bibliothekarin die DVD. Die betrachtete sie neugierig. »Wollte der junge Mann sie doch nicht mehr?«

Sofort war Valeries Interesse geweckt. »Welcher Mann?«

Die Bibliothekarin wedelte mit der DVD. »Der, der vor etwa zehn Minuten hier war und nach genau diesen Jahrgängen gefragt hat. Ich habe ihn nach oben verwiesen, er wollte Sie fragen, wie lange Sie noch brauchen.«

Valeries Puls stieg mit jedem Wort. »Es hat mich niemand angesprochen. Können Sie ihn mir beschreiben?«

Die Frau zog die Stirn in Falten. »Hm, mal überlegen. Er war ziemlich groß, auf jeden Fall größer als Sie. Dunkle Haare und Bart.«

»Was hatte er an? Trug er etwas bei sich?«

»Oh, auf so etwas achte ich nicht. Aber wenn ich mich nicht irre, hatte er blaue Augen. Das sieht man nicht so häufig bei so dunklen Haaren, deshalb fiel es mir auf. Hilft Ihnen das weiter?«

Valeries Herz klopfte schneller. »Ja, ich denke schon. Könnten Sie mir vielleicht Bescheid sagen, wenn Sie ihn noch einmal sehen?« Sie zog eine Visitenkarte aus der Jackentasche und schrieb ihre private Handynummer darauf. »Bitte nutzen Sie diese Telefonnummer.«

Die Augenbrauen der Bibliothekarin schossen in die Höhe, als sie den Schriftzug FBI sah. »Ist der Mann ein Verdächtiger?«

Valerie wiegelte schnell ab. »Nein, nein. Es könnte nur sein, dass er etwas Wichtiges gesehen hat. Ich wäre Ihnen sehr dankbar, wenn Sie mir Bescheid geben könnten.«

»Natürlich. Ich habe zwar nicht ständig hier Dienst, aber wenn ich ihn sehe, melde ich mich.«

»Vielen Dank.« Valerie lächelte ihr zu und verließ das Gebäude.

Draußen blieb sie einen Moment lang stehen, bevor sie sich entschied, ins Büro zu fahren. Eigentlich hatte sie die ganze Woche frei, doch sie wusste, dass sie sowieso keine Ruhe finden würde. Und daran war nur dieser verfluchte Damon Thomas schuld. Sie wünschte, sie hätte nie etwas von ihm gehört und auch nie seine Akten gelesen, um zu ergründen, wie er während der Flucht reagieren würde. Vor allem aber wünschte sie sich, sie wäre ihm nie begegnet. Dieser gehetzte, verzweifelte Blick aus seinen blauen Augen verfolgte sie jetzt schon seit Monaten, und sie wurde ihn einfach nicht los, egal, was sie tat. So ähnlich hatte ihr Bruder in den Wochen vor seinem Tod ausgesehen.

Um nicht an Tom denken zu müssen, ging sie schnell zurück zum FBI Hauptquartier von Seattle, das nur zwei Blocks von der Bibliothek entfernt lag. Dabei hielt sie weiterhin Ausschau nach dem Mann, den sie für Damon hielt, doch sie konnte ihn nirgends mehr entdecken. Logisch – wenn er sie erkannt hatte, hielt er sich jetzt irgendwo versteckt, bis sie fort war, und wenn nicht, würde er wohl kaum in Richtung FBI-Zentrale gehen. Vielleicht war es dem Mann aber auch völlig egal, wo sie hinging, weil er nicht Damon Thomas war. Letzteres war durchaus wahrscheinlich, es war nicht das erste Mal, dass sie den Flüchtigen zu sehen geglaubt hatte.

Über sich selbst verärgert betrat Valerie das Hochhaus, in dem das FBI untergebracht war. Wie immer fühlte sie sich beinahe erdrückt von dem monumentalen Gebäude, von all dem Beton und Stahl, die sich über ihr erhoben. Am Anfang war das noch ganz anders gewesen, damals war sie beinahe auf Wolken geschwebt, weil sie zu Gabriels Team versetzt worden war. Und sie hatte auch ihre Mitstreiter gemocht. Ray, der beinahe väterlich mit ihr umgegangen war, Julie, die Psychologin, Hal, den Techniker, und Lucas, der nur ein paar Jahre älter war als sie und nicht so steif wie einige der anderen Agenten. Gabriel zum Beispiel.

Valerie respektierte ihren Vorgesetzten, aber sie fühlte sich in seiner Gegenwart nie so recht wohl. Wahrscheinlich, weil er zu verbissen an seine Fälle heranging und alles im Leben extrem ernst nahm. Sie glaubte nicht, dass er jemals an etwas Freude hatte oder irgendeine Sache nur so zum Spaß machte. Er lebte für seinen Job. Und er hatte seine ganz persönlichen Gründe, Davis zu hassen. Kein Wunder also, dass Gabriel den Verbrecher so besessen gejagt hatte. Valerie konnte das absolut verstehen, aber es hatte sie gestört, dass er Damon mit Davis über einen Kamm geschert hatte und auch bereit gewesen war, ihn zu opfern, wenn er dafür Davis bekam. Deshalb hatte sie das Gefühl gehabt, mit in den Regenwald gehen zu müssen, um dafür zu sorgen, dass Damon nicht in den Kugelhagel geriet. Nicht, dass sie gedacht hätte, Gabriel würde ihn absichtlich erschießen, aber er war so auf Davis fixiert gewesen, dass ihn alles andere nicht mehr wirklich interessiert hatte. Selbst das Leben des Mädchens war ihm nicht so wichtig gewesen, wie Davis zu fassen. Zumindest war es Valerie so vorgekommen. Vielleicht irrte sie sich aber auch.

Doch jetzt war Davis tot, und Gabriel konzentrierte seine ganze Energie darauf, Damon zu fassen. Selbst wenn er andere Fälle zu lösen hatte, schien er mit den Gedanken immer noch bei der Suche nach Damon zu sein. Gabriel würde nie vergessen, dass ihm ein verurteilter Mörder entkommen war und dass Valerie ihren Anteil daran gehabt hatte. Das ließ er sie bei jeder Gelegenheit spüren. Inzwischen mochte sie kaum noch zur Arbeit gehen, wenn sie wusste, dass Gabriel da war. Er musste noch nicht einmal etwas sagen, es reichte schon, wenn er sie entweder ignorierte oder sie missbilligend und enttäuscht ansah.

Mehr als einmal hatte sie überlegt, sich versetzen zu lassen, aber sie brachte es nicht über sich, ihren Traum einfach so aufzugeben. Ihre Mutter sagte immer, sie sei dickköpfig und ließ nie wieder los, wenn sie sich einmal in etwas verbissen hatte. Damit hatte ihre Mom völlig recht. Genau deshalb war Valerie so gut in ihrem Job, auch wenn Gabriel das im Moment nicht wahrhaben wollte.

Die Frage war nur, ob ihr diese Eigenschaft in Bezug auf den Fall Damon Thomas nicht irgendwann das Genick brechen würde. Aber das würde sie trotzdem nicht davon abhalten, weiter zu ermitteln, und sie hatte den Verdacht, dass Gabriel das genau wusste und sie deshalb ständig im Auge behielt. Aus diesem Grund war sie mittlerweile dazu übergegangen, ihre Unterlagen zu dem Fall zu Hause zu deponieren und die Recherchen in ihrer Freizeit durchzuführen.

Mit einem sanften Ruck hielt der Fahrstuhl im obersten Stockwerk, und Valerie stieg aus. Je näher sie der Tür zu den Büros des Teams kam, desto langsamer wurde sie. Es war ein Fehler gewesen, während ihres Urlaubs hierherzukommen. Aber irgendetwas hatte sie einfach unaufhaltsam zu dem Gebäude hingezogen, und nun konnte sie nicht zurück. Mit einem stummen Seufzer öffnete sie die Tür zum Vorraum, von dem aus die anderen Büros abgingen.

Die Empfangssekretärin hob den Kopf und lächelte ihr freundlich zu. »Hallo Valerie. Ich dachte, Sie hätten heute noch frei.«

Valerie trat ein und schloss die Tür hinter sich. »Das stimmt, aber ich war gerade in der Nähe und wollte schnell etwas nachschauen.«

Megan schüttelte den Kopf. »Sie sind genauso schlimm wie

Gabriel. Er kann sich auch nie von der Arbeit fernhalten, selbst wenn er Urlaub hat oder krank ist.«

Einerseits machte es Valerie stolz, mit Gabriel verglichen zu werden, andererseits bereitete es ihr aber auch Unbehagen. Arbeitseifer war nicht verkehrt, doch so besessen wie ihr Vorgesetzter wollte sie auf keinen Fall werden. Ihrer Meinung nach stand er kurz vor einem Burn-out, was sie allerdings ihm gegenüber niemals erwähnen würde – sie war ja nicht lebensmüde.

Lachend tat sie Megans Bemerkung ab. »Keine Angst, ganz so verrückt bin ich noch nicht. Ich bin gleich wieder weg.«

»Habe ich eben meinen Namen gehört?« Gabriels Stimme ertönte unerwartet hinter ihr und ließ sie schuldbewusst zusammenzucken.

Sie schloss kurz die Augen, bevor sie sich schließlich zu ihm umdrehte. Er war unbemerkt aus seinem Büro gekommen und stand nun mit vor der Brust überkreuzten Armen in der Tür. Zwischen seinen Augenbrauen hatte sich eine steile Falte gebildet. Ein eindeutiges Zeichen dafür, dass er ihre Worte gehört hatte.

»Hallo Gabriel.« Sie hasste es, wenn ihre Stimme so schwach klang. Deshalb richtete sie sich auf und hob selbstbewusst das Kinn. »Megan hat nur angemerkt, dass du auch die Angewohnheit hast, während deines Urlaubs ins Büro zu kommen.«

Seine Miene änderte sich nicht, aber sein Blick schien noch schärfer zu werden. »Was mich zu der Frage bringt, was *du* heute hier tust.«

»Ich wollte nur etwas holen, das ich im Schrank vergessen habe. Ich bin gleich wieder weg.«

»Gut.« Ohne ein weiteres Wort drehte Gabriel sich um und ging zurück in sein Büro.

Das tat weh. Valerie sah ihm nach, während sie fieberhaft

überlegte, was sie jetzt tun sollte. Je länger sie auf die geschlossene Tür starrte, desto wütender wurde sie.

»Valerie ...« Die mitfühlende Stimme von Megan riss sie aus ihrer Betrachtung.

Zornig wirbelte sie zu der Sekretärin herum. »Nein, ich habe es satt, so von ihm behandelt zu werden. Entweder, er ändert das ganz schnell, oder er kann sich jemand anderen suchen, der für ihn recherchiert.«

Zu ihrer Überraschung reckte Megan ihr den Daumen entgegen. »Gut so. Gabriel schätzt starke Menschen, die sich nicht einschüchtern lassen.«

Valerie war sich da zwar nicht so sicher, aber so wie bisher konnte sie einfach nicht weitermachen. Entweder war sie ein vollwertiges Mitglied des Teams, oder sie musste sich ein anderes suchen, in dem sie geschätzt wurde. Nur kurz klopfte sie an, dann schob sie die Tür zu Gabriels Büro auf. Falls er überrascht war, sie zu sehen, ließ er es sich zumindest nicht anmerken. Völlig gelassen blickte er sie an, was sie noch wütender machte.

»Ja?«

Valerie schloss die Tür hinter sich und trat näher an Gabriels riesigen Schreibtisch heran, der mit Akten übersät war. »Meinst du nicht, dass es jetzt langsam reicht?«

Er hob eine Augenbraue. »Ich weiß nicht, wovon du sprichst.«

Valerie ballte die Hände zu Fäusten. »Ich rede davon, dass du seit dem Olympic National Park versuchst, mich aus dem Team zu drängen.«

»Tue ich das?« Eine Warnung lag in seiner Stimme, doch Valerie ignorierte sie.

»Ja. Du gibst mir nur noch Aufgaben, die auch Megan erledigen könnte, und wenn das Team irgendwo hinfährt, lässt du mich unter einem Vorwand hier zurück.«

»Das geschieht zu deiner eigenen Sicherheit.«

»Blödsinn! Es ist deine Art, mich zu bestrafen, weil ich es gewagt habe, eigenständig zu denken.«

Diesmal malte sich eindeutig Ärger auf Gabriels Gesicht ab. »Du solltest aufpassen, was du sagst, Valerie.«

»Sonst *was*? Du schließt mich von allen Ermittlungen aus? Das tust du sowieso schon.« Sie beugte sich vor und stützte die Hände auf die Tischplatte. »Ja, ich habe deinen Befehl ignoriert und bin Emmas Spuren gefolgt, weil ich das Gefühl hatte, ihr helfen zu müssen. Ich verstehe, dass die Ergreifung von Russell Davis für dich die größere Bedeutung hatte, aber mir war es wichtiger, ein kleines Mädchen zu befreien, das als Geisel gehalten wurde. Und ich habe Emma ja auch gefunden. Von meiner Warte aus habe ich nur meinen Job gemacht. Wenn dir Befehle wichtiger sind als das Leben eines Kindes, dann bist du nicht der Agent, den ich jahrelang bewundert habe.«

Gabriel schwieg, und Valerie wurde bewusst, dass sie zu weit gegangen war. Abrupt machte sie kehrt und verließ das Büro. Megan starrte ihr mit großen Augen entgegen, doch sie durchquerte nur wortlos den Raum, um schnell zu ihrem eigenen Büro zu kommen. Nachdem sie die Tür hinter sich zugezogen hatte, lehnte sie sich an das Holz und schloss die Augen. Wahrscheinlich hatte sie sich gerade selbst aus dem Team katapultiert, aber es hatte gutgetan, nicht immer alles in sich hineinzufressen, sondern Gabriel auch einmal die Meinung zu sagen. Langsam öffnete Valerie die Augen wieder und blickte sich in ihrem Büro um. Sie hatte es genossen, hier zu sitzen und sich als Teil eines großartigen Teams zu fühlen. Das war jetzt vermutlich vorbei.

Der Gedanke ließ Panik in ihr aufsteigen, aber sie würde jetzt nicht zusammenbrechen. Nicht hier. Damit würde sie warten, bis sie zu Hause war. Schnell suchte sie die Sachen zusammen, die sie in den nächsten Tagen brauchen würde, und blickte sich ein letztes Mal in ihrem Büro um. Nach einem kurzen Gruß in Richtung Megan eilte sie aus der Abteilung und fuhr nach unten. Dann verließ sie das FBI-Gebäude, ohne einen Blick zurückzuwerfen.

3

Damon wusste, dass er ein Idiot war, trotzdem hatte er sich nicht davon abhalten können, Valerie zu folgen. Offenbar hatte sie irgendetwas bemerkt, sonst wäre sie nicht direkt nach ihm aus der Bibliothek gestürmt und hätte sich nicht suchend umgesehen. Glücklicherweise war er rechtzeitig in der Menge untergetaucht und hatte beobachten können, wie die Agentin sich schließlich abgewandt hatte und wieder in die Bibliothek zurückgegangen war. Zur Sicherheit hatte Damon sich noch eine Weile vor dem Gebäude aufgehalten, und das Warten hatte sich ausgezahlt: Nur zwei Minuten später war Valerie wieder aus der Bibliothek gekommen und hatte sich in die andere Richtung entfernt.

Nach kurzem Zögern hatte Damon sich dazu entschieden, ihr zu folgen, und sie hatte ihn direkt zum FBI-Gebäude geführt. Ob sie dort ihrem Vorgesetzten davon erzählt hatte, dass er in der Bibliothek gewesen war? Auf keinen Fall konnte er dort jetzt noch einmal recherchieren, das wäre zu gefährlich. Es ärgerte Damon, dass Valerie ihm schon wieder in die Quere gekommen war. Nach seiner Flucht hatte er einige Fernsehberichte gesehen, in dem sich auch ihr Vorgesetzter Special Agent Lynch zu Wort gemeldet hatte, und daraufhin war Damon klar geworden, dass der Chefermittler nie Ruhe geben würde. Er war einer dieser Agenten, die ganz in ihrer Arbeit aufgingen und keinerlei Kompromisse machten. Lynch hätte ihn im Regenwald niemals gehen lassen, Damon konnte froh sein, dass er stattdessen Valerie begegnet war.

Wie hatte sie seine Flucht wohl erklärt? Hatte sie seinetwegen Ärger bekommen? Das hatte Damon nicht gewollt, aber er konnte auch nichts daran ändern. Valerie hatte im Wald ihre Entscheidung getroffen, genau wie er selbst. Und so sehr er auch bedauerte, dass sie auf diese Weise zusammengetroffen waren, er würde sich nicht stellen, nur damit sie ein leichteres Leben hatte. Zuerst musste er endlich diesen Drecksack finden, der Bella getötet und die Tat ihm in die Schuhe geschoben hatte. Dieser Mörder lief schon viel zu lange unbehelligt herum, während jemand anders für seine Tat büßen musste. Erst wenn Damon genug Beweise hatte, konnte er zur Polizei gehen – oder vielleicht auch direkt zum FBI. Vermutlich würde er wegen seiner Flucht noch einmal verurteilt werden, aber er ging davon aus, dass man ihm keine zusätzliche Gefängnisstrafe aufbrummen, sondern ihm seine vorherige anrechnen würde.

Da er nichts anderes zu tun hatte, setzte Damon sich in der Nähe des FBI-Gebäudes, in dem Valerie verschwunden war, auf eine Bank und tat so, als würde er in der Zeitung lesen, die er auf der Bank gefunden hatte. Er konnte sich nicht erklären, warum er hier wartete – es war irrsinnig, sich in der Nähe der Menschen aufzuhalten, die ihn fangen wollten. Doch sein Instinkt sagte ihm, dass er hier sein musste, und in all den Jahren hatte er gelernt, diesem Bauchgefühl zu vertrauen. Deshalb saß er immer noch dort, als Valerie etwa zwanzig Minuten später wieder aus dem Hochhaus kam.

Über den Rand der Zeitung hinweg erlaubte Damon sich einen genaueren Blick auf die Agentin. Sie schien aufgebracht zu sein, ihre Haltung wirkte steif, während die Hacken ihrer Schuhe ein Stakkato auf den Bürgersteig klapperten. Offenbar war sie so in ihre Gedanken vertieft, dass sie an ihm vorbeiging, ohne ihn eines Blickes zu würdigen. Damon ließ ein paar andere Leute vorbeigehen, bevor er aufstand und ihr folgte. Das war nicht besonders schwer, durch ihre Größe und die rötlichen Haare stach sie deutlich aus der Menge hervor. Zu seiner Überraschung ging sie zur Haltestelle der *Central Link Light Rail*. Neugierig folgte Damon ihr, obwohl er wusste, dass es dumm war. Wenn sie ihn entdeckte, konnte es das Ende seiner Freiheit bedeuten.

Da ihn jedoch keine seiner Recherchen bisher weitergebracht hatte, war es an der Zeit, etwas anderes auszuprobieren. Auf jeden Fall konnte es nicht schaden, zu wissen, was seine Feinde so trieben. Wobei er Schwierigkeiten hatte, Valerie als Feindin anzusehen. Unbemerkt ging Damon in einigem Abstand hinter ihr her bis auf den Bahnsteig und versteckte sich so hinter einem Schild, dass er die Agentin weiterhin im Blick behalten konnte. Sie stieg in die Bahn, ohne sich umzudrehen, und wieder folgte Damon ihr. Schnell löste er einen Fahrschein. Er konnte es sich nicht leisten, als Schwarzfahrer erwischt zu werden.

Am anderen Ende des Abteils nahm er auf einem der Sitze Platz und zog erneut die Zeitung als Sichtschutz hervor. Einige Stationen später stand Valerie auf, und Damon erhob sich ebenfalls. Diesmal waren schon weniger Menschen auf dem Bahnsteig unterwegs, und er musste aufpassen, nicht entdeckt zu werden. Doch Valerie schien immer noch vollkommen in ihre Gedanken vertieft zu sein und nichts um sich herum wahrzunehmen. Sehr ungewöhnlich für eine FBI-Agentin. Damon hätte sie für wesentlich wachsamer gehalten. Gut für ihn, andernfalls hätte er ihr nie so lange unbemerkt folgen können.

Von der Haltestelle aus machte Valerie sich zu Fuß auf den Weg. Ein Umstand, der Damon ebenfalls zugutekam – hätte Valerie hier ein Auto geparkt, wäre seine Verfolgung vorbei gewesen. So aber schlenderte er hinter ihr her die leicht ansteigende Straße hinauf. Das Viertel bestand aus einfachen, aber gut erhaltenen Einfamilienhäusern. Was wollte sie hier? Ging sie einer Spur nach? Als sie schließlich in eine Einfahrt einbog, blieb Damon hinter einer Hecke stehen. Doch Valerie klingelte nicht, wie er es erwartet hatte, sondern holte einen Schlüssel aus ihrer Hosentasche und schloss die Tür auf. Sie wohnte hier?

Ein Blick auf die Uhr zeigte Damon, dass es eigentlich noch viel zu früh für den Feierabend war. Vielleicht ging es Valerie nicht gut, und sie war deshalb schon nach Hause gegangen? Da Damon sie kaum danach fragen konnte und auch sein Glück nicht weiter auf die Probe stellen wollte, drehte er sich um und ging zur Haltestelle zurück. Er hatte zwar keine Ahnung, ob ihm die Adresse der FBI-Agentin noch einmal nützlich werden würde, aber es konnte auch nicht schaden, sie zu kennen. Zumindest wusste er nun, dass er sich besser von dieser Gegend fernhielt, um ihr nicht noch einmal durch Zufall über den Weg zu laufen.

Doch war es wirklich ein Zufall gewesen? Hatte sie von irgendjemandem gehört, dass er in letzter Zeit öfter in die Bibliothek gegangen war und sich genau diese Zeitungsjahrgänge hatte geben lassen? Aber dann hätte sie ihm sicher eine Falle gestellt, aus der er nicht mehr hätte entkommen können. Nein, vermutlich war es tatsächlich nur ein zufälliges Zusammentreffen gewesen. Bei dem sie ihn eventuell erkannt hatte. Das bedeutete, er musste sein Äußeres noch einmal ändern. Dieser Gedanke löste keinerlei Begeisterung bei ihm aus. Er erkannte sich so schon kaum noch im Spiegel, er wollte nicht auch noch den letzten Rest seines Selbst verlieren.

Tief in Gedanken versunken fuhr Damon zurück und stieg an der Haltestelle aus, die seinem Apartment am nächsten lag. Wie so oft in letzter Zeit fühlte er sich furchtbar erschöpft. Er würde erst wieder Ruhe finden, wenn der Mörder gefasst und er selbst von jeder Schuld reingewaschen war. Allerdings hatte er keine Ahnung, wie er weitermachen sollte, wenn die Suche noch lange dauerte. Seine Möglichkeiten waren nahezu erschöpft, und auch seine Kraft war langsam aufgebraucht. Damon biss die Zähne zusammen und drängte die Müdigkeit entschlossen zurück. Noch war er nicht am Ende, und er würde alles dafür tun, endlich Gerechtigkeit zu erlangen.

Langsam stieg er die Treppe hinauf und schloss seine Wohnungstür auf. Die Kargheit des Apartments förderte nicht gerade seine Stimmung, ganz im Gegenteil: Allein vom Anblick der billigen und schäbigen Möbel konnte man Depressionen bekommen. Doch das waren nur Nebensächlichkeiten, immerhin kämpfte er hier um nichts Geringeres als sein Leben. Wenn er dafür noch ein paar Monate so leben musste, dann würde er das überstehen. Und hier war es immer noch tausend Mal besser als im Gefängnis, in der kargen Zelle, wo er keine Privatsphäre gehabt hatte und den ständigen Durchsuchungen durch das Wachpersonal ausgesetzt gewesen war. Allein die Tatsache, dass er hier nicht mehr die dort üblichen Geräusche hörte, war eine Erleichterung.

Damon machte sich ein Sandwich und setzte sich damit an den Küchentisch. Während er langsam aß, ging er noch einmal sämtliche Notizen durch, die er sich zu dem Fall gemacht hatte. Seine Erinnerungslücken hatte er mit den Indizien aufgefüllt, die während des Prozesses genannt worden waren. Allerdings brachten die ihn auch nicht weiter, denn sie deuteten alle auf ihn als Täter hin. Und obwohl auf seiner Hand Schmauchspuren gefunden worden waren, war er sich dennoch sicher, Bella nicht getötet zu haben. Zumindest nicht wissentlich. Dieser Gedanke führte ihn wieder zurück zu der Frage, warum am Tatort keinerlei andere Spuren gefunden worden waren. Der oder die Mörder mussten auch DNA hinterlassen haben, sofern sie nicht von Kopf bis Fuß in Plastik gehüllt durch die Wohnung gelaufen waren.

Doch angeblich waren noch nicht einmal Fingerabdrücke oder Haare von Bellas Haushaltshilfe gefunden worden, die sich jeden zweiten Tag in der Wohnung aufgehalten hatte. Entweder hatte jemand alle Beweise entfernt, bevor die Polizei gekommen war, oder sie waren hinterher aus den Akten der Polizei gelöscht worden. Der Täter musste jemand mit sehr viel Macht sein, dessen Befehle sehr weit reichten. Der Einzige, auf den diese Beschreibung zutreffen würde, war Bellas Vater. Aber den hatte Damon schnell wieder von seiner Liste der Verdächtigen gestrichen. Benedict Pelham hätte seiner geliebten Tochter nie etwas angetan, ganz im Gegenteil. Er hatte seine ganze Macht ausgespielt, damit Damon auch ja verurteilt und für den Rest seines Lebens eingesperrt wurde.

Hatte Pelham ihn so gehasst, dass er alle Beweise, die für Damons Unschuld sprachen, hatte beseitigen lassen? Nein, das ergab keinen Sinn. Es hätte Pelham nichts gebracht, einen Unschuldigen ins Gefängnis zu bringen. Schließlich wäre es auch in seinem Interesse gewesen, den wahren Mörder zu finden. Damon hätte gern mit ihm gesprochen, aber ihm war klar, dass Bellas Vater ihn dann sofort der Polizei übergeben oder ihn vielleicht sogar direkt erschossen hätte. Wahrscheinlich hatte Pelham seit Damons Flucht bereits seine Waffenkammer aufgestockt und dazu noch Privatdetektive oder Ganoven auf ihn angesetzt. Es war ein Wunder, dass ihn bisher noch niemand entdeckt hatte.

Unruhig stand Damon auf und blickte aus dem Fenster. Die Straße lag ruhig da, niemand lungerte in einem dunklen Hauseingang herum und beobachtete das Gebäude. Trotzdem verspannte sich Damons Nacken, und er hatte das Gefühl, als könnte jeden Moment eine Horde Bewaffneter in seine Wohnung stürmen. Schnell ging er zur Tür und drehte den Schlüssel um. Das würde zwar niemanden aufhalten, aber so fühlte er sich zumindest ein wenig sicherer. Vermutlich war seine Überlebenschance höher, wenn er sich in die Hände von Polizei oder FBI begab, doch das würde er auf keinen Fall tun.

Im Fernsehen hatte er gehört, dass Pelham inzwischen ein Kopfgeld von einer Million Dollar für seine Ergreifung ausgesetzt hatte. Dadurch wurde es immer gefährlicher, vor die Tür zu gehen. Seinen Vermieter hatte Damon nur ein einziges Mal gesehen, als er den Schlüssel in Empfang genommen hatte. Ob der ihn wiedererkennen würde, wenn noch einmal ein Fahndungsaufruf gestartet wurde? Vermutlich. Auch wenn der Mann nicht sonderlich interessiert gewirkt und ihn kaum eines Blickes gewürdigt hatte. Sich eine neue Unterkunft zu suchen und auf neue Leute zu treffen, die vielleicht aufmerksamer waren, konnte Damon allerdings auch nicht riskieren. Nein, er konnte nur hierbleiben und das Beste hoffen.

Er wusste nur noch nicht, was er mit Valerie Hayes tun sollte. Jetzt kannte er zwar die Adresse der Agentin, aber im Grunde brachte ihn das auch nicht wirklich weiter. Schließlich konnte er schlecht bei ihr auftauchen und von ihr fordern, dass sie den wahren Täter fand. Vielleicht ging sie genau wie alle anderen davon aus, dass er Bella ermordet hatte und ins Gefängnis gehörte. Doch selbst wenn sie ihm seine Version glauben würde – als FBI-Agentin konnte sie nicht einfach darüber hinwegsehen, dass er ein flüchtiger Häftling war. Sie würde ihn verhaften lassen, und dann wäre er wieder genau da, wo er angefangen hatte. Nein, er musste sich von ihr fernhalten.

Besser, er konzentrierte sich darauf, in seinen eigenen Ermittlungen weiterzukommen. Vielleicht sollte er doch noch einmal seine Unterlagen durchgehen. Damon holte die Mappe heraus, in der er alle Informationen zu seinem Verfahren gesammelt hatte, und fand darin die Adresse von Peter Roudette, dem Anwalt, der damals seinen Prozess begleitet und rein gar nichts für ihn getan hatte. Eigentlich sollte man nicht schlecht über Tote denken, aber in diesem Fall machte er eine Ausnahme. Mit einem vernünftigen Verteidiger wäre sein Leben sicher anders verlaufen. Schon damals war es offensichtlich gewesen, dass irgendetwas in dem ganzen Verfahren nicht mit rechten Dingen zugegangen war und die Ermittler sich auf ihn als Täter eingeschossen hatten, doch Roudette hatte einfach nur dagesessen und alles so hingenommen.

Es ärgerte Damon immer noch, dass er so viel Geld für die Verteidigung ausgegeben hatte. Allein hätte er das sicher besser hingekriegt. Als er Roudette darauf angesprochen hatte, hatte der natürlich alles abgestritten, aber in seinen Augen hatte ein Gefühl von Schuld gelegen. Oder zumindest hatte Damon sich das eingebildet. War der Anwalt dafür bezahlt worden, dass er stillhielt? Oder hatte man ihn vielleicht sogar bedroht? Damon zog seinen Laptop zu sich heran und öffnete den Browser. Von seinem wenigen Geld hatte er sich einen Internetstick geleistet, mit dem er ohne Anmeldung recherchieren konnte.

Wie schon viele Male zuvor gab er Roudettes Namen in die Suchmaschine ein und blätterte durch die Trefferliste, in der Hoffnung, doch noch einen Hinweis darauf zu finden, ob sein Anwalt mit dem Mörder zusammengearbeitet hatte. Bisher hatte er allerdings noch nie etwas entdeckt. Ältere Artikel bezogen sich auf Roudettes Arbeit in einer Anwaltssozietät und schließlich auf die Eröffnung einer eigenen Kanzlei. Offenbar war er sehr angesehen gewesen und hatte einige bemerkenswerte Prozesse gewonnen. Umso seltsamer war sein Verhalten während Damons Verfahren gewesen. Wie hatte ein so brillanter Anwalt sämtliche Beweise und Anträge der Staatsanwaltschaft einfach durchwinken können? Wieso hatte er die Polizisten und anderen Zeugen in den Befragungen nicht stärker bedrängt?

Leider konnte Damon ihn nicht mehr danach fragen, weil Roudette einige Monate nach dem Verfahren bei einem Unfall ums Leben gekommen war. Im Gefängnis hatte Damon dieser Tatsache nicht viel Beachtung geschenkt, weil er andere Probleme gehabt hatte. Jetzt fragte er sich allerdings, ob das Timing nicht ein wenig zu perfekt gewesen war. Natürlich kamen Unfälle vor, und es konnte sich in diesem Fall auch tatsächlich um einen gehandelt haben, aber was, wenn es Absicht gewesen war? Wenn jemand den Anwalt beseitigt hatte? Doch aus welchem Grund sollte jemand so etwas tun?

Damon klickte auf einen Bericht über den Unfall. Roudette hatte auf einer kurvenreichen Küstenstraße die Kontrolle über seinen Porsche verloren und war von den Klippen gestürzt. Seine Leiche war erst Tage später gefunden worden, und man hatte nicht mehr feststellen können, ob er betrunken gewesen war, einen Herzinfarkt erlitten hatte oder es andere Gründe für den Unfall gegeben hatte. Sehr praktisch für einen potenziellen Mörder. Leider hatte Damon keinen Zugriff auf die polizeiinternen Berichte, dort hätte er vielleicht mehr darüber erfahren. Frustriert klappte er den Laptop wieder zu. Er hatte die Sackgassen so satt!

Im Grunde konnte er sich jetzt nur noch an seinen neuen Anwalt Clive Prescott wenden. Wie immer, wenn Damon darüber nachdachte, breitete sich ein unangenehmes Ziehen in seinem Magen aus. Er wusste, dass der Anwalt sich strafbar machte, wenn er mit seinem flüchtigen Mandanten Kontakt hatte. Aber Damons Möglichkeiten, den Mörder auf eigene Faust zu finden, waren erschöpft, genauso wie seine finanziellen Reserven. Er brauchte eindeutig Hilfe, und Clive war der Einzige, der zudem auch noch die nötigen Kontakte mitbrachte.

Er war deutlich engagierter als Roudette gewesen und hatte es sogar geschafft, eine Anhörung in Seattle zu erwirken, bei der er eine Neuaufnahme des Verfahrens hatte durchsetzen wollen. Nur war Damon dort leider nie angekommen. Wäre der Unfall im Olympic National Park nicht passiert – wäre er dann vielleicht schon ein freier Mann? Auf jeden Fall wäre die Anhörung ein Anfang gewesen, der ihm so jedoch genommen worden war. Durch seine Flucht hatte er aus Sicht der Polizei ohnehin seine Schuld bewiesen.

Bitter lachte Damon auf. Eine neue Anhörung anzuberaumen würde nun nichts mehr bewirken, man würde ihn sofort verhaften. Er war auch immer noch überzeugt davon, dass die Polizei Clives Telefon abhörte, um seinen Aufenthaltsort herauszufinden. Clives Haus allerdings würde nach so langer Zeit sicher niemand mehr überwachen – dafür hatte die Polizei nicht genug Personal. Dieser Gedanke brachte schließlich die Entscheidung: Damon würde den Anwalt persönlich aufsuchen und ihn um Einsicht in die gesamten Akten bitten, die Clive damals von Peter Roudettes Nachfolger in der Kanzlei angefordert hatte.

Auch wenn Damon seinen Anwalt nur ungern in die ganze Sache mit hineinzog, er war sein einziger Zugang zu weiteren Informationen. Vermutlich würde Clive nach dem Treffen sofort die Polizei rufen müssen, doch dann würde Damon schon längst wieder weg sein. Unruhig stand er auf und ging im Raum auf und ab. Der Anwalt wohnte ein Stück außerhalb der Stadt, dorthin konnte Damon nur mit einem fahrbaren Untersatz gelangen. Außerdem würde er vielleicht schnell wieder verschwinden müssen, auf öffentliche Verkehrsmittel konnte er also nicht zurückgreifen. Doch wie sollte er ohne Papiere ein Auto besorgen? Ein Mietwagen stand außer Frage, bei dem Autoverleih würde er seinen Führerschein und eine Kreditkarte vorlegen müssen.

Blieb nur noch ein Kauf, aber dafür fehlte ihm das Geld. Damon wusste, dass seine Familie ihn sofort finanziell oder materiell unterstützen würde, doch er wollte sie einfach nicht in sein Elend mit hineinziehen. Es war schlimm genug, dass sie sich Sorgen um ihn machten, sie sollten nicht auch noch von der Polizei oder dem FBI belästigt werden, weil seine Spur zu ihnen führte. Nein, er musste es allein schaffen. Erst wenn er von jeder Schuld reingewaschen war, würde er seine Familie wiedersehen – dann würde er sich endlich wieder wie einer von ihnen fühlen und nicht wie ein Aussätziger.

Damon rieb sich über die Brust und versuchte, den Schmerz zu vertreiben, der ihn immer bei dem Gedanken an seine Familie überfiel. Egal, was er dafür tun musste, irgendwie musste es ihm gelingen, sein altes Leben wiederzubekommen. Entschlossen schnappte sich Damon sein letztes Geld und den Wohnungsschlüssel und verließ sein Apartment. Irgendwo würde er ein bezahlbares Auto finden, ohne dass jemand sich für ihn interessierte. Nicht umsonst wohnte er in einer der schäbigsten Gegenden von Seattle.

4

Für ein Auto hatte Damons Geld zwar nicht gereicht, aber in einer kleinen Werkstatt hatte er ein altes Motorrad bekommen, das sich in überraschend gutem Zustand befand. Froh, endlich wieder mobil zu sein, hatte er seinen ersten Ausflug richtig genossen. Er konnte sich nicht mehr erinnern, wann ihm das letzte Mal irgendetwas Spaß gemacht hatte. Aber er stellte fest, dass eine Fahrt an der Küste entlang etwas in ihm wiederbelebte, das er bereits für abgestorben gehalten hatte. Der Anblick des Meeres, der felsigen Buchten, knorrigen Bäume und schmalen Sandstrände, und der Wind, der an seiner Kleidung zerrte, ließen in ihm ein Gefühl von Freiheit aufkommen, das er seit vielen Jahren nicht mehr gespürt hatte.

Natürlich war dieses Gefühl trügerisch, das war ihm zu jeder Sekunde bewusst. Innerhalb weniger Augenblicke konnte ihm seine Freiheit wieder genommen werden, und er würde die nächsten zweiundzwanzig Jahre oder mehr im Gefängnis dahinvegetieren. Doch er beschloss, sich davon nicht die Laune vermiesen zu lassen. Wenn dies seine letzten Momente in Freiheit waren, dann wollte er jeden Augenblick genießen. Und dafür befand er sich genau am richtigen Fleck.

Ein letztes Mal hob Damon das Gesicht in den Wind und atmete tief den Geruch nach Salzwasser ein, bevor er den Helm wieder aufsetzte. Hätte die ganze Sache nur ihn allein betroffen, hätte er sich einfach irgendwo in der Wildnis niedergelassen und dafür gesorgt, dass ihn niemals jemand finden würde. Doch das konnte er seiner Familie nicht antun. Und wenn er ehrlich war, konnte er sich auch nicht vorstellen, nie wieder mit ihnen zu reden und sie nie wieder sehen zu dürfen. Ganz davon abgesehen, dass er sich mit jeder Faser seines Körpers dagegen sträubte, einen Mörder ungestraft davonkommen zu lassen. Die Vorstellung, dass irgendwo jemand sein Leben ganz normal fortsetzen konnte, nachdem er seines und das von Bella zerstört hatte, machte ihn rasend.

Nach einem letzten Blick auf die aufgewühlte See klappte Damon das Visier herunter und stieg auf die Maschine. Dann startete er den Motor und gab vorsichtig Gas. Er wollte auf gar keinen Fall auffallen und womöglich von der Polizei angehalten werden. Langsam bog Damon vom Parkplatz auf die Straße ab und fuhr weiter Richtung Norden. Clive wohnte ein Stück außerhalb Seattles in Edmonds, genauer gesagt Edmonds Point, einem sehr wohlhabenden Viertel. Dort lebte er in einem Haus, das ihm seine Eltern hinterlassen hatten, jedenfalls hatte der Anwalt das irgendwann einmal erwähnt. Damon fragte sich, wie es sich anfühlen musste, so wohlhabend zu sein. Er selbst hatte sich nie besonders viel aus Geld gemacht, es hatte ihm gereicht, halbwegs angenehm von seinem Gehalt leben zu können. Doch seit er kein Gehalt mehr bekam und teure Anwälte hatte bezahlen müssen, war ihm klar geworden, wie wichtig finanzielle Sicherheit war. Aber das war nicht Clives Problem, er hatte sich sehr großzügig gezeigt und nur geringe Honorare für seine bisherige Arbeit verlangt.

Um noch ein wenig Zeit zu schinden, bevor der Anwalt nach Hause kam, nahm Damon die Route direkt am Wasser. Von dort aus konnte er bereits einen Blick auf die Häuser werfen, die sich – umgeben von ganz viel Grün – in die leicht hügelige Landschaft schmiegten. Früher hatte er sich immer gewünscht, auch einmal ein Haus zu haben mit einem großen Garten, den er selbst anlegen konnte. Doch das schien ferner denn je. Kopfschüttelnd gab Damon wieder Gas und fuhr in den Ort ein. Auch hier wirkte alles sehr ruhig und aufgeräumt, eher wie ein Ferienort. An einer großen Kreuzung bog er auf die Straße ab, die zu Clives Viertel führte.

Manche Grundstücke waren von hohen Hecken eingerahmt, andere gaben einen direkten Blick auf die Häuser frei. Alles wirkte sehr ruhig, als handelte es sich in vielen Fällen wirklich um Ferienhäuser. Vielleicht hatten die Reichen Seattles hier ihre Wochenendunterkünfte am Meer.

In angemessenem Tempo fuhr Damon die Straße entlang, um nicht aufzufallen. Da er nicht wusste, wie häufig Motorräder in dieser Gegend waren, wählte er den kürzesten Weg zu Clives Haus, das über eine kurze Stichstraße zu erreichen war. Die Nachbarhäuser waren weit entfernt, Hecken umgaben das einstöckige Gebäude. Damon ließ das Motorrad in den Büschen auf der anderen Straßenseite verschwinden, bevor er sich kurzerhand über das Tor schwang und auf das Haus zuhielt.

Es stand kein Auto in der Einfahrt, vermutlich war Clive noch nicht zu Hause, doch Damon wollte kein Risiko eingehen. Möglichst unauffällig ging er zur Haustür und klingelte. Nichts rührte sich. Hoffentlich besaß Clive keine Alarmanlage, die aktiviert wurde, sobald jemand das Grundstück betrat. Ansonsten würde es hier bald vor Polizei nur so wimmeln. Da er Clive überraschen und ihm erst gar nicht die Möglichkeit geben wollte, die Polizei zu rufen, versteckte Damon sich zunächst im Schatten eines Baumes neben der Haustür. Er konnte nur hoffen, dass der Anwalt nicht gerade heute woanders übernachtete. Immerhin wusste Damon, dass Clive in der Stadt war, ein kurzer Anruf hatte genügt, um das herauszufinden.

Nachdem er längere Zeit vergeblich gewartet hatte, beschloss er, einen kleinen Erkundungsgang zu unternehmen. Zu seiner Überraschung entpuppte sich das Haus auf der Rückseite als zweigeschossig, und es hatte eine riesige Terrasse mit direktem Blick über die Natur bis auf den Puget Sound. Eine einmalige Aussicht, die Damon für einige Minuten still genoss, bis er sich wieder daran erinnerte, warum er eigentlich hier war. Ob er Clive dazu überreden konnte, sich hier draußen mit ihm zu unterhalten? Was gäbe er darum, hier einige Wochen Urlaub von seiner Flucht machen zu können, einfach nur in einem Liegestuhl zu sitzen und mit einem heißen Getränk in der Hand über das Wasser zu blicken. Aber das war utopisch. Er konnte froh sein, wenn Clive überhaupt mit ihm redete. Sicher war er von der Polizei genau instruiert worden, wie er sich verhalten sollte, falls sein Klient mit ihm Kontakt aufnahm.

Nach einem letzten bedauernden Blick schlich Damon sich wieder zurück zur Haustür und setzte sich auf einen Stein, der von der Einfahrt aus von wuchernden Pflanzen verdeckt war. Clive würde ihn also erst entdecken, wenn er vor der Haustür stand. Da Damon nicht mehr tun konnte, lehnte er sich mit dem Rücken an die Hauswand und versuchte, so viel Ruhe aus der Umgebung zu ziehen wie möglich. Die Blätter raschelten im kühlen Windhauch, der Duft von Rosen lag in der Luft. Irgendwo in der Nähe zwitscherte ein Vogel, während aus der Ferne das Kreischen von Möwen zu hören war.

Allmählich tauchte Damon immer tiefer in die Geräuschkulisse ab und gab sich ganz seinen Gedanken hin. Erst als er einen Motor und das Knirschen von Reifen auf dem Kies hörte, schreckte er hoch. Inzwischen war die Sonne beinahe untergegangen, die wenigen Wolken wurden rot angestrahlt. Schnell richtete Damon sich auf und blickte durch die Pflanzen zur Auffahrt. Scheinwerfer näherten sich langsam der Garage, dann stoppte der Wagen. Ein relativ unauffälliges Modell, wie

Damon feststellte. Offenbar hatte er mit seiner Einschätzung von Clives Charakter richtig gelegen. Automatisch hielt er den Atem an, während sich die Fahrertür öffnete und ein Mann ausstieg. Als der sich zum Haus umdrehte, konnte Damon erkennen, dass es tatsächlich sein Anwalt war.

Clive griff in den Wagen und zog eine Aktentasche heraus, dann schloss er die Tür und betätigte die Zentralverriegelung. In seinem Gesicht war keinerlei Misstrauen zu erkennen, während er auf die Haustür zuging. Im Gegenteil, er wirkte völlig zufrieden. Kein Wunder, sicher freute er sich schon auf einen ruhigen Abend in seinem Anwesen. Damon wartete, bis Clive aufgeschlossen und den Alarm ausgeschaltet hatte, bevor er aus seinem Versteck trat und die Tür aufschob, die der Anwalt gerade von innen schließen wollte.

»Was …?« Erschreckt stolperte Clive zurück.

Damon trat ins Haus und schloss die Tür hinter sich, ohne seinen Anwalt aus den Augen zu lassen. »Hallo, Clive.«

Der schob die Augenbrauen zusammen. »Wer sind Sie?«

Damon hatte nicht gedacht, dass seine Tarnung so gut war, aber offensichtlich erkannte ihn nicht einmal sein eigener Anwalt auf den ersten Blick. Eigentlich konnte ihm gar nichts Besseres passieren, aber irgendwie belastete ihn diese Tatsache auch. Durch sein verändertes Äußeres fühlte er sich noch weniger als er selbst. Gerade als er antworten wollte, weiteten sich Clives Augen.

»Damon?«

»Ja. Entschuldige den Überfall, aber ich brauche deine Hilfe.« Angespannt wartete er auf Clives Entscheidung. Wenn sein Anwalt sich weigerte, ihm zu helfen, konnte und wollte er ihn nicht dazu zwingen.

»Du solltest nicht hier sein.« Clive griff in seine Jacketttasche und zog ein Handy hervor. »Melde dich bei der Polizei. Wenn du dich selbst stellst, hast du bessere Chancen, eine geringere Strafe zu bekommen.«

Damons Magen zog sich zusammen, Verzweiflung kam in ihm auf. »Das kann ich nicht!« Bittend sah er Clive an. »Verstehst du denn nicht? Wenn ich wieder reingehe, dann habe ich keine Chance mehr, Bellas Mörder zu finden. Und wenn ich ihn nicht finde, werde ich nie freigesprochen.«

»Du könntest ein wenig mehr Vertrauen in meine Fähigkeiten als Anwalt haben.«

»Das habe ich, aber auch du kannst keine Wunder bewirken. Du hast gesehen, wie schwer es war, überhaupt eine Anhörung zu bekommen. Nach meiner Flucht werden sie mir garantiert für längere Zeit keine mehr gewähren. Und solange wir keine echten Beweise haben, dass ich nicht der Täter war, wird mich kein Richter freisprechen.« Er konnte Clive ansehen, dass seine Überzeugung ins Wanken geriet, deshalb redete er schnell weiter. »Bitte, Clive. Ich will dich nicht in Schwierigkeiten bringen, aber du bist meine letzte Hoffnung. Ohne Hilfe bin ich in ein paar Tagen am Ende.« Dass er betteln musste, hinterließ einen bitteren Nachgeschmack auf seiner Zunge.

Einen Moment lang blickte Clive ihn nur an, dann machte er eine Handbewegung zu einer Tür hin. »Komm erst mal rein. Setz dich.« Er bedeutete Damon, vorzugehen, und folgte ihm dann. Damon konnte verstehen, dass Clive ihm nicht hundertprozentig traute, aber seinen Argwohn zu spüren tat dennoch weh. Nachdem Damon in einem der bequemen Sessel Platz genommen hatte, beobachtete er Clive, der durch den Raum zu einer Bar ging. »Möchtest du was trinken?«

»Etwas ohne Alkohol, bitte.«

Clive lächelte schwach. »Wasser, Cola, Saft?«

»Eine Cola, danke.« Wasser erinnerte Damon zu sehr an die Zeit im Gefängnis. Dankbar nahm er das Glas entgegen.

Clive hatte sich einen Saft eingegossen und setzte sich nun ihm gegenüber. »Die Polizei ist schon fast überzeugt, dass du irgendwo im Olympic zu Tode gekommen bist.«

Damon nahm einen Schluck und stützte dann die Arme auf seine Oberschenkel. »Es hätte nicht viel gefehlt.«

Ernst blickte Clive ihn an. »Du weißt, als dein Anwalt muss ich dir sagen, dass die Flucht eine dumme Idee war und du dich stellen solltest.«

»Das ist mir bewusst. Aber ich hatte keine Wahl. Sie hätten mich entweder erschossen oder wieder eingesperrt. Und vermutlich hätten sie mir noch ein paar Jahre zusätzlich aufgebrummt.«

»Die Wahrscheinlichkeit ist ziemlich hoch.« Noch immer verzog Clive keine Miene. »In der ersten Zeit haben sie mich ständig überwacht, für den Fall, dass du Kontakt zu mir aufnimmst. Ich musste schließlich gerichtlich dagegen vorgehen, dass sie mein Telefon abhören.«

»Tut mir leid.«

Clive hob die Schultern. »Ich habe mich daran gewöhnt. Berufsrisiko.« Nun beugte er sich vor. »Willst du mir erzählen, was passiert ist?«

»Bist du noch mein Anwalt?«

»Da du mich bisher noch nicht gefeuert hast, ja. Alles, was du sagst, bleibt unter uns.«

Damon glaubte ihm, und außerdem brauchte er dringend jemanden, mit dem er über alles reden konnte. Als er seine Erzählung beendet hatte, blieb Clive lange Zeit still. Schließlich stieß er einen leisen Pfiff aus. »Verdammt, das ist ja noch schlimmer, als ich es mir durch die Presseberichte zusammengereimt hatte. Ich bin froh, dass du diesem Schlächter Davis entkommen bist und dass auch das Mädchen gerettet wurde.«

»Ich auch. Emma war unglaublich tapfer. Wie sie sich in die

Schusslinie der FBI-Agentin gestellt hat …« Damon versagte die Stimme, und er räusperte sich.

Nachdenklich rieb Clive sich über das Kinn. »Du hattest wirklich Glück, dass Valerie Hayes keine von diesen harten, schießwütigen Agentinnen ist.«

Überrascht setzte Damon sich auf. »Du kennst sie?«

Ein Lächeln hob Clives Mundwinkel. »Kennen wäre übertrieben, aber ich habe mehrfach mit ihr telefoniert, als ihr im Olympic unterwegs wart, und danach habe ich auch einmal persönlich mit ihr gesprochen. Wenn sie sich einmal in etwas verbissen hat, lässt sie nicht wieder los.«

Damon verzog den Mund. »Gut zu wissen. Was hast du ihr gesagt?«

»Nur das, was ich als dein Anwalt sagen darf. Sie hat auch gefragt, ob ich danach was von dir gehört hätte, und das konnte ich wahrheitsgemäß mit Nein beantworten.«

»Dann hoffen wir mal, dass sie dich nicht noch mal fragt.«

Clive stellte sein Glas auf dem Tisch ab. »Wenn es sich nicht vermeiden lässt, lüge ich auch. Sagst du mir jetzt endlich, was dich heute hierherführt? Ich hätte gedacht, du meldest dich entweder sofort oder gar nicht.«

»Wie gesagt, ich versuche, den wahren Mörder von Bella Pelham zu finden. Denjenigen, der mir die Tat angehängt hat. Aber ich habe keinerlei Zugang zu den nötigen Unterlagen, schließlich kann ich schlecht bei der Polizei anrufen und darum bitten, dass sie mir die Akten aushändigen. Meine Kopien liegen in meiner Zelle, und die Gefängnisleitung wird sie mir wohl kaum schicken.«

»Eher nicht.« Clive zögerte. »Dir ist aber schon bewusst, wie gering deine Chancen sind, den Mörder zu finden, oder? Besonders als Flüchtiger, der von Polizei und FBI gejagt wird.«

Damon spürte, wie sein Körper sich verspannte. »Ich muss

das tun. Ich will mein Leben zurück, und ich weiß, dass niemand außer mir ein Interesse daran hat. Für die bin ich der Täter, die suchen gar nicht nach jemand anderem.«

Clive seufzte. »Ich gebe zu, die Situation ist nicht einfach. Mit der Anhörung hätten wir vielleicht eine Chance gehabt, zumindest Zweifel an deiner Schuld zu säen. Nach deiner Flucht allerdings …« Hilflos hob er die Schultern.

»Ich hatte keine andere Möglichkeit! Russell hätte mich erschossen, wenn ich nicht mit ihm geflüchtet wäre. Und auch wenn es einfacher gewesen wäre, zu sterben, ich wollte nicht, dass Bellas Mörder ungestraft davonkommt. Irgendwie muss ich ihn finden und zur Strecke bringen.«

»Gehen wir mal davon aus, dass es dir gelingt, ihn zu finden, glaubst du wirklich, er wehrt sich nicht? Der Typ ist ein Mörder, es macht ihm nichts aus, einen Menschen zu töten, du dagegen hast darin keinerlei Erfahrung. Und ich gehe mal davon aus, dass du auch niemanden töten willst. Die Sache ist verdammt gefährlich, Damon. Du solltest die Suche dem FBI überlassen.«

Hilflose Wut brodelte in Damon. »Das würde ich ja, wenn sie jemand anderen suchen würden als mich! Was glaubst du, was passiert, wenn die mich gefunden haben? Die werden mich wieder einsperren und den Fall abhaken.« Clive schwieg, was Damon als Zustimmung deutete. »Ich weiß nicht, wie ich sie dazu bringen kann, endlich in eine andere Richtung zu ermitteln.«

Clive wiegte den Kopf. »Ich hatte den Eindruck, dass Agent Hayes durchaus bereit wäre, neue Ermittlungen zu starten. Sie wollte von mir auch wissen, welche Punkte wir bei der Anhörung vorbringen wollten.« Er hob die Hand, bevor Damon etwas erwidern konnte. »Ich habe ihr nichts erzählt. Aber wenn du glaubst, es könnte nützlich sein, rufe ich sie an und vereinbare ein Treffen mit ihr. Inoffiziell natürlich. Du dürftest dich allerdings nicht blicken lassen. Als Agentin wäre sie verpflichtet, dich zu verhaften.«

»Ist mir schon klar.« Ein Funken Hoffnung glomm in Damon auf. Wenn Clive es schaffte, Valerie Hayes zu überzeugen, und die Agentin neu ermitteln würde, konnten sie dem wahren Mörder vielleicht endlich ein Stück näher kommen. Es war ihm völlig egal, wer den Täter am Schluss fand. Wichtig war nur, dass der Gerechtigkeit doch noch Genüge getan wurde – und dass er dadurch sein Leben wiederbekam.

Clive beobachtete ihn mitfühlend. »Soll ich Agent Hayes über unsere Strategie informieren? Dass in dem Fall damals unzureichend ermittelt wurde und die Beweisführung zu konstruiert war?«

»Solange du ihr nicht sagst, dass du mich gesehen und mit mir gesprochen hast, ja. Ich will nicht, dass du meinetwegen in Schwierigkeiten gerätst.«

Lächelnd stand Clive auf. »Keine Sorge, ich kann mit Gesetzeshütern umgehen. Jetzt aber die wichtigste Frage: Hast du schon was gegessen? Ich wollte mir eigentlich ein Steak in die Pfanne hauen.«

Allein bei dem Gedanken lief Damon das Wasser im Mund zusammen. »Steak klingt großartig.«

Während Clive das Essen vorbereitete, saß Damon an der Küchentheke und nippte an seiner Cola. Dabei sprachen sie über den Fall und das weitere Vorgehen. Konnte es wirklich funktionieren, die FBI-Agentin auf ihre Seite zu ziehen? Bei ihrer kurzen Begegnung im Wald war sie Damon nicht wie jemand vorgekommen, der jemanden vorverurteilte, ohne sämtliche Fakten zu kennen. Auch schien sie nicht gedankenlos irgendwelchen Befehlen zu folgen, was für Damon von Vorteil sein konnte.

Er schüttelte den Kopf. Es brachte nichts, darüber nachzugrübeln. Das würde sowieso nichts an Valeries Entscheidung ändern. Auf jeden Fall sollte er sich schon einmal darauf vorbereiten, dass sie ihm nicht helfen würde und er weiter allein nach dem Mörder suchen musste. Und dazu brauchte er alle Informationen. »Kannst du mir Kopien der Unterlagen zur Verfügung stellen?«

Clive blickte von dem Gemüse auf, das er gerade in Würfel schnitt. »Kein Problem. Ich habe von hier aus einen gesicherten Zugang auf meinen Arbeitsrechner. Sämtliche Unterlagen sind eingescannt, ich kann dir die Dateien auf einen USB-Stick ziehen.«

»Super, danke.« Das war sogar noch besser, als einen Stapel Akten mit sich herumzuschleppen. Erleichtert lehnte Damon sich zurück und beschloss, den Abend zu genießen, solange er dauerte. Für ein paar Stunden war er hier sicher und konnte sich ein wenig entspannen.

Nach dem Essen, das ihn über alle Maßen satt und beinahe lethargisch zurückließ, saß er wieder in seinem Sessel und blickte auf die dunkle Landschaft hinaus, während Clive ihm in seinem Arbeitszimmer die Daten herunterlud. Erneut fragte Damon sich, was geschehen wäre, wenn er damals schon von einem Anwalt wie Clive verteidigt worden wäre. Wäre er vielleicht nie verurteilt worden? Doch es war müßig, darüber zu spekulieren, es war so geschehen und ließ sich nicht mehr rückgängig machen.

Einige Zeit später kam Clive in den Raum und reichte ihm einen USB-Stick. »Ich habe auch die alten Unterlagen deines vorherigen Anwalts draufgeladen. Nicht, dass Roudette besonders viel damit gemacht hätte.«

Damon nahm den Stick entgegen. »Ich bin dir sehr dankbar, dass du den Fall damals übernommen hast, obwohl nicht viel Geld drin war und alles so aussichtslos gewirkt hat.«

Clive hob die Schultern. »Ich mag die Herausforderung. Ich habe alles genau geprüft und mich gewundert, wie glatt das alles wirkte. Selten ist ein Fall so ›perfekt‹. Und es ist schon sehr verdächtig, dass nur die Beweise, die auf dich als Täter hinweisen, überhaupt in den Prozess gelangt sind. Alles andere wurde gleich am Anfang beiseitegeschafft, wenn du mich fragst. Ganz ehrlich, ich glaube nicht, dass du so blöd wärst, so viele Beweise zu hinterlassen, wenn du jemanden umbringen wolltest. Es hat mich geärgert, dass dein Anwalt dich so hat ins Messer laufen lassen. Im Grunde hat er alles durchgewinkt, was die Staatsanwaltschaft vorgebracht hat. Ich wollte, dass du zumindest im zweiten Durchgang gut vertreten bist.«

Damon wurde die Kehle eng, und es kostete ihn Mühe, zu sprechen. »Danke, das bedeutet mir sehr viel.«

»Es wäre mir eine echte Genugtuung, diesen Idioten zu zeigen, welche Fehler sie gemacht haben. Sowie wir einen echten Ansatzpunkt haben, werde ich vor einem Richter stehen und eine Neuaufnahme des Verfahrens verlangen.«

Damon wäre es lieber gewesen, Agent Hayes hätte sich schon zu neuen Ermittlungen bereit erklärt. Es machte ihn nervös, wenn etwas nicht in seiner Hand lag, aber er wusste auch, wann er Hilfe in Anspruch nehmen musste. Er reichte Clive die Hand. »Danke, für alles.«

»Sehr gerne. Morgen rufe ich Agent Hayes an, und dann sehen wir weiter. Kann ich dich irgendwie erreichen?«

»Ich glaube, es ist besser, wenn ich mich bei dir melde.«

Clive nickte und zog ein Etui aus seiner Hemdtasche. »Hier ist die Nummer eines Mobiltelefons, das nicht auf meinen Namen angemeldet ist. Ich nutze es für die pikanteren Fälle.« Er reichte Damon eine Visitenkarte, auf der nur eine Telefonnummer stand.

Wortlos steckte Damon sie ein. Es fühlte sich gut an, wenigstens eine Verbindung zur normalen Welt zu haben, wenn auch nur in Form einer Telefonnummer.

Clive griff in seine Hosentasche und hielt Damon ein Bündel Geldnoten hin. »Und das ist zur Überbrückung. Mehr Bargeld habe ich leider im Moment nicht im Haus. Wenn du mehr brauchst, ruf an, und wir überlegen uns was.«

Damon starrte das Geld nur an. »Das kann ich nicht annehmen, Clive.«

»Sei nicht blöd. Wenn die ganze Sache vom Tisch ist, gibst du es mir einfach zurück.« Mit einem Lächeln drückte er Damon die Scheine in die Hand. »Keine Angst, ich habe genug, ich kann es mir leisten.«

So ungern Damon Almosen annahm – wenn er seine Suche nach dem wahren Mörder weiterführen wollte, brauchte er das Geld dringend. Deshalb schloss er schließlich seine Finger darum. »Danke, Clive. Ich verspreche, dass ich dir alles zurückzahlen werde.«

Als er das Haus verließ, hatte er das Gefühl, nicht mehr ganz so allein dazustehen wie noch wenige Stunden zuvor. Es fühlte sich gut an, fast wie ein Schritt zurück ins Leben.

5

Valerie stand gerade unter der Dusche, als ihr Handy klingelte. Fluchend drehte sie den Wasserhahn ab, öffnete die Glastür und angelte sich ein Handtuch. Nachdem sie Hände und Gesicht abgetrocknet hatte, griff sie sich das Telefon, das sie wohlweislich auf die Ablage gelegt hatte – ging es eigentlich nur ihr so, dass grundsätzlich dann jemand anrief, wenn sie gerade im Bad war? Da dies ihr privates Handy war, nahm sie an, dass der Anrufer nichts Arbeitsrelevantes von ihr wollte. Doch allein der Gedanke, dass es Gabriel war, der sie entweder ins Team zurückholen oder sie ganz rausschmeißen wollte, brachte ihr Herz zum Rasen.

Ihre Hand zitterte, als sie das Gespräch annahm. »Ja?«

»Agent Hayes? Hier ist Clive Prescott.«

Einen winzigen Moment lang konnte Valerie mit dem Namen nichts anfangen, doch dann erinnerte sie sich. *Damons Anwalt!* »Hallo. Was kann ich für Sie tun?« Sie fragte nicht, warum er sie auf dieser Nummer anrief. Damit ihre Kollegen nicht mitbekamen, dass sie weiter in dem Fall ermittelte, hatte sie Prescott absichtlich nicht ihre Büronummer gegeben.

»Sie hatten mich bei unserem letzten Gespräch gebeten, Ihnen Einzelheiten zu den Punkten zu geben, die wir bei der Anhörung vor Gericht vorbringen wollten. Ich bin jetzt bereit, mit Ihnen darüber zu reden.«

Sofort erwachte ihr FBI-Instinkt. »Warum? Was hat sich seit dem letzten Mal verändert? Haben Sie inzwischen mit Damon geredet?«

Ein leises Lachen drang durch den Hörer. »Sagen wir einfach, dass ich es mir anders überlegt habe. Aber wenn Sie kein Interesse mehr haben, entschuldige ich mich für die späte Störung und …«

Sofort unterbrach sie ihn. »Nein! Natürlich bin ich noch interessiert.« Valerie biss sich auf die Lippe – sie hatte zielsicher Prescotts Köder geschluckt. Ein Grund, warum sie am liebsten nur recherchierte, war, dass sie einfach nicht gut in solchen Spielchen war. Ihr fehlte die Geduld, darauf zu warten, dass der andere einen Fehler machte und in ihre Falle tappte.

»Gut.« Glücklicherweise verzichtete Prescott darauf, seine Befriedigung zu zeigen. Stattdessen fuhr er geschäftsmäßig fort: »Ich möchte ein Treffen vorschlagen, damit wir uns in Ruhe unterhalten können.«

»Das wäre mir recht. Wann hätten Sie Zeit?«

»Morgen werde ich den ganzen Tag am Gericht sein, wie sieht es bei Ihnen abends aus?«

Wie so oft gewann Valeries Ungeduld die Oberhand. »Geht es auch heute Abend?«

Einen Moment lang herrschte Stille. »Ich wohne außerhalb, in Edmonds. Wenn es Ihnen nichts ausmacht, so spät noch hierherzufahren?«

Erleichtert atmete Valerie auf. Hätte sie noch weiter warten müssen, hätte sie sich die ganze Nacht schlaflos herumgewälzt und wäre am nächsten Tag vollkommen fertig gewesen. So konnte sie jedoch gleich ihre Neugier befriedigen und musste nicht so viel Zeit verschwenden. »Von mir aus ist das nicht so weit. Ich kann in etwa einer Stunde da sein.«

»Sehr gut.« Er diktierte ihr die Adresse. »Danke, dass Sie sich die Zeit nehmen, Agent Hayes. Ich weiß, das FBI hat sicher mehr Interesse daran, Damon zu fassen, anstatt sich mit einem früheren Verbrechen zu beschäftigen.«

»Ich bin nicht das FBI.« Auch das war ihr nur so herausgerutscht. Offenbar fehlte ihr heute der Filter vor dem Mund.

»Und genau deshalb spreche ich nur mit Ihnen. Wir sehen uns in einer Stunde, ich freue mich.« Prescott beendete das Gespräch, bevor Valerie noch etwas erwidern konnte.

Langsam legte sie das Handy zurück auf die Ablage. Er hatte tatsächlich so geklungen, als wäre ihm die ganze Sache ernst. Und bisher hatte er auf sie immer einen vertrauenswürdigen Eindruck gemacht. Deshalb war er auch der einzige Anwalt, den sie mochte.

Valerie erinnerte sich daran, dass sie noch ihre Dusche beenden musste, bevor sie losfahren konnte. Schnell drehte sie das Wasser wieder an und trat unter den Strahl. Sie war sich ziemlich sicher, dass der Anwalt bereits mit Damon gesprochen hatte und deshalb bereit war, mit ihr zu reden. Aber warum hatte Damon dem Treffen zwischen ihr und Prescott zugestimmt?

Erschrocken schrie Valerie auf, als eiskaltes Wasser sie traf. Verdammt, das passierte, wenn man mit seinen Gedanken woanders war. Dieses Mal wartete sie, bis das Wasser warm wurde, bevor sie sich wieder darunter traute. Wenige Minuten später verließ sie die Duschkabine und rubbelte sich schnell trocken.

Jetzt zahlte sich ihre Kurzhaarfrisur aus, sie würde an der Luft trocknen und musste nicht aufwendig geföhnt und gestylt werden. Wirklich schick würde sie damit zwar nicht aussehen, aber das war ihr im Moment völlig egal. Wenn Prescott wirklich mit ihr redete, würde sie endlich in dem Fall weiterkommen. Die Informationen konnten ihr sicherlich dabei helfen, den Ablauf des Mordes an Bella Pelham zu verstehen und zu ergründen, welchen Anteil Damon daran gehabt hatte. Bisher hatte Valerie nur Berichte über die Beweise oder die Aussagen der einzelnen Personen gelesen, von daher war es gut, endlich einmal direkt mit jemandem sprechen zu können. Sie hoffte, dass sie so zumindest erfahren würde, was Damon über die ganze Sache dachte.

Valerie achtete nicht wirklich darauf, was sie anzog, Hauptsache, es war schnell erreichbar und sauber. Normalerweise hätte sie sich bei einem Außentermin so gekleidet, wie man es von einer FBI-Agentin erwartete, aber heute war ein Sonderfall. Vielleicht würde Prescott sich mehr öffnen, wenn sie auf ihn wie eine Privatperson wirkte. Harmlos, vertrauenswürdig. Eher aus Gewohnheit steckte Valerie ihre Pistole ein. Auch wenn die Gegend recht sicher war, man konnte nie vorsichtig genug sein.

Wenig später war sie unterwegs, und das Navigationsgerät zeigte ihr den Weg zu Prescotts Haus. Die Straßen waren leerer als tagsüber, deshalb kam sie schnell voran. Es war tatsächlich nicht sonderlich weit, vielleicht kam sie sogar etwas zu früh an. Wahrscheinlich würde sie dadurch wieder besonders eifrig wirken, aber sie konnte es nicht ändern. Es lag nicht in ihrer Natur, etwas hinauszuzögern. Außerdem wusste sie nicht, wie eilig die Angelegenheit war. Wenn Damon tatsächlich offen durch Seattle lief, konnte er jeden Tag gestellt werden. Und wenn er nicht Bellas Mörder war, gab es noch den wahren Täter, der mehr als dringend gefasst werden musste. Aber darüber konnte sie erst mehr herausfinden, wenn sie endlich alle Informationen hatte. Bis dahin bestand weiterhin die Möglichkeit, dass Damon ein Mörder war, den sie nicht an der Flucht gehindert hatte.

Der Gedanke, dass es ihre Schuld wäre, wenn er noch jemanden tötete, schlug Valerie auf den Magen. So gern sie auch daran glauben wollte, dass Damon unschuldig war und ihr Instinkt sie nicht trog, sie konnte sich auch irren. Und dann wäre es völlig berechtigt, wenn Gabriel sie aus dem Team warf und sie danach vor Gericht brachte. Ihre Tat lastete auf ihrem Gewissen, und sie würde erst dann wieder frei atmen können, wenn sie herausgefunden hatte, ob Damon Thomas ein Mörder war oder nicht. Ihre Hände schlossen sich fester um das Lenkrad. Vielleicht würde sie in ein paar Minuten endlich die Wahrheit erfahren.

Als sie durch die Siedlung fuhr, in der Prescotts Haus lag, hatte sie keinen Blick für die schöne Umgebung übrig. Stattdessen folgte sie blind den Anweisungen des Navigationsgeräts, während sie innerlich alle Strategien durchspielte, mit denen sie Prescott dazu bringen konnte, ihr Damons Aufenthaltsort zu verraten. Sofern er den überhaupt kannte. Letztendlich musste Valerie sich jedoch eingestehen, dass sie nichts vorausplanen konnte. Sie würde auf das reagieren müssen, was Prescott ihr vorgab. Oder war Damon vielleicht sogar ebenfalls dort? Sofort klopfte Valeries Herz schneller. Gleichzeitig sagte sie sich, dass der Gedanke mehr als unwahrscheinlich war: Damon wusste, dass sie ihn verhaften würde, sobald sie sich noch einmal gegenüberstanden. Sie würde es tun müssen, auch wenn sie es nicht wollte.

Valerie lenkte ihren Wagen in die Einfahrt von Prescotts Haus. Netterweise stand das Tor bereits offen, sodass sie direkt vor dem Haus parken konnte, hinter einem anderen Auto. Der Wagen war unauffällig, aber sicher nicht billig, deshalb nahm Valerie an, dass er dem Anwalt gehörte. Rasch stieg sie aus und ging zur Tür. In der Glasscheibe bemerkte sie, dass ihre Haare aussahen, als hätte sie in eine Steckdose gefasst. Mit einem Seufzer versuchte sie, die widerspenstigen Strähnen ein wenig zu glätten. Erfolglos. Schließlich gab sie es auf und betätigte stattdessen den Klopfer, der an der Haustür hing.

Bereits beim ersten Schlag ging die Tür ein Stück auf, und Valerie erwartete, dass Prescott sie begrüßen würde. Doch es herrschte völlige Stille. Valerie schob die Tür weiter auf und trat ins Haus. »Prescott? Sind Sie da?«

Sie erhielt keine Antwort. Ihre Nackenhaare stellten sich auf, und sie griff automatisch nach ihrer Waffe. Wahrscheinlich war sie übervorsichtig, aber sie hatte zu viel gesehen, um jemals unbelastet in eine solche Situation zu gehen. Schnell schloss sie die Tür hinter sich. Dann durchquerte sie vorsichtig den Eingangsbereich und das Wohnzimmer. Durch die großen Glasscheiben blickte sie auf die Terrasse. Auch dort war keine Spur vom Hausbesitzer zu sehen. Auf dem Couchtisch standen zwei Gläser.

Alles wirkte völlig normal, aber Valerie konnte sich einfach nicht vorstellen, dass ein Anwalt jemals seine Haustür offen stehen lassen würde. Auch nicht, wenn er Besuch erwartete. Sie ging in die angeschlossene Küche, die ebenfalls leer war, dann kehrte sie zum Flur zurück. Dabei fiel ihr Blick auf die Alarmanlage, deren Kontrollleuchte grün blinkte. Also musste Prescott die Tür selbst geöffnet haben. Ein wenig beruhigt zog Valerie ihr Handy heraus und wählte die Nummer, mit der Prescott sie angerufen hatte. Kurz darauf ertönte irgendwo ein leises Klingeln. Valerie folgte dem Geräusch und hoffte gleichzeitig, dass der Anwalt antworten oder endlich auftauchen würde.

Wo konnte er nur sein? Zumindest das Klingeln sollte er doch hören. Unruhe breitete sich in Valeries Innern aus, und sie beschloss, das ganze Haus nach Prescott abzusuchen. Sie war nicht hierhergekommen, um unverrichteter Dinge wieder wegzufahren. Außerdem erlaubte das ihre Ausbildung als FBI-Agentin nicht. Wenn ihr etwas merkwürdig vorkam, war sie verpflichtet, der Sache auf den Grund zu gehen.

»Prescott, antworten Sie mir!« Ihre Stimme klang angespannt, aber das war auch kein Wunder. Sie *war* angespannt. »Hier ist Agent Hayes.«

Aus dem unteren Bereich des Hauses erklang ein dumpfes Poltern. Valerie lauschte, konnte jedoch keine weiteren Geräusche ausmachen. Entschlossen zog sie ihre Pistole und ging zur Treppe, die in das Untergeschoss führte. Zur Hangseite hin bildete es das Erdgeschoss – hier lag ein geräumiges Büro, das auf die Terrasse hinausführte, die Valerie vom Fenster aus gesehen hatte. Auch dieser Raum war menschenleer. Valerie wollte schon wieder hinausgehen, als sie das Durcheinander auf dem Schreibtisch entdeckte. Die Kabel eines Monitors und der dazugehörigen Maus und Tastatur lagen lose auf dem Tisch, der Rechner fehlte.

Eine Schublade, die ein Hängeregister enthielt, stand halb offen. Valerie widerstand dem Impuls, nach Damons Akte zu suchen, und blickte sich stattdessen genauer um. Überall gab es Anzeichen, dass offenbar jemand etwas gesucht hatte. Vielleicht hatte Prescott etwas verlegt, aber Valeries Instinkt sagte ihr etwas anderes – und das war alles andere als gut. Wenn das Geräusch von hier gekommen war, bedeutete das, es war vielleicht noch jemand im Haus. Mit der Pistole im Anschlag überquerte Valerie den kleinen Flur und blickte in ein riesiges Schlafzimmer, das ebenfalls leer war.

Jetzt blieb nur noch eine letzte Tür, die vermutlich zu einem Bad führte. Valeries Hand zitterte, als sie nach der Klinke griff. Sie wusste, dass sie nicht nur aufgrund der seltsamen Situation nervös war, sondern auch, weil ihre Erinnerungen versuchten, sich an die Oberfläche zu drängen. Mühsam kämpfte Valerie sie zurück. Sie musste sich auf die Gegenwart konzentrieren. Nach einem letzten tiefen Atemzug stieß sie die Tür auf und machte einen Schritt in den Raum hinein. Niemand sprang ihr entgegen oder griff sie an, deshalb ließ sie die Waffe sinken. Auf den ersten Blick war das Badezimmer leer, die hochwertige Ausstattung blitzte vor Sauberkeit.

Einem Impuls folgend blickte Valerie um die etwa zwei Meter hohe gemauerte Abtrennung der Dusche herum und erstarrte. Clive Prescott saß voll angezogen mit dem Rücken an der Wand, die Beine von sich gestreckt. Auf den ersten Blick wirkte es beinahe so, als würde er schlafen, doch das Blut an den hellen Fliesen hinter seinem Kopf sprach Bände. Genauso wie die Pistole, die neben seiner rechten Hand lag. Valerie begann, am ganzen Körper zu zittern, während sie auf den Toten starrte. Die Bilder aus der Vergangenheit brachen hervor und legten sich über die Wirklichkeit. *Ihr Bruder in der Badewanne, Blut, das sich um seinen Kopf herum ausgebreitet hatte. Die Pistole in seiner Hand …*

Unvermittelt gaben Valeries Knie nach, und sie sank zu Boden. »Oh Gott, Tom!«

Für einen furchtbaren Moment glaubte sie, wieder in der Wohnung ihres Bruders zu sein. Auf Händen und Knien kroch sie vorwärts, um nachzuprüfen, ob sie ihn irgendwie retten konnte. Obwohl sie bereits wusste, dass sie zu spät kam und er für immer gegangen war. Nur am Rande nahm sie wahr, dass ein rotes Rinnsal in Richtung des Abflussgitters floss und die Hose an ihren Knien durchtränkte. Zögernd legte sie Tom die Finger an die Halsschlagader und zuckte erschrocken zurück, als sie einen Puls fühlte.

Das konnte nicht sein, er war tot und … Es war nicht Tom. Diese Erkenntnis brachte sie in die Gegenwart zurück, zu Clive Prescott, der offenbar noch lebte, wenn auch nur noch mit letzter Kraft. Seine Augen waren geschlossen, der Kopf hing schlaff zur Seite. Valerie legte ihm eine Hand auf die Brust und spürte den Herzschlag. Sie wusste nicht, wie das sein konnte, aber sie würde alles tun, damit der Anwalt überlebte. Anders als ihr Bruder. Mit dem Oberarm wischte Valerie sich die Tränen aus den Augen und konzentrierte sich darauf, Clive zu helfen. Zuerst musste sie die Blutung stillen.

Schnell zog sie ein Handtuch vom Ständer und hob vorsichtig Clives Kopf an. Die Kugel war durch den Mund gegangen und hinten, dicht unter dem Schädel, aus dem Hals wieder ausgetreten. Offenbar war der Winkel so flach gewesen, dass sie nicht ins Gehirn eingedrungen war, sonst wäre Clive jetzt wahrscheinlich schon tot. Mit viel Glück hatte die Kugel vielleicht auch die lebenswichtigen Adern verfehlt, und er hatte eine Chance, die Sache zu überleben. Allerdings nur, wenn schnell Hilfe kam.

Während Valerie das Handtuch mit einer Hand gegen die Austrittswunde presste, zog sie ihr Handy aus der Jackentasche und wählte den Notruf. Sie identifizierte sich und schilderte den Notfall. Hoffentlich half ihr Status als FBI-Agentin dabei, die Ankunft von Rettungswagen und Polizei zu beschleunigen. Valerie war sich nicht sicher, ob noch jemand im Haus war, aber sie konnte Clive auch nicht allein lassen, um nachzusehen. Vorsichtshalber behielt sie ihre Waffe dicht bei sich, für den Fall, dass jemand versuchen sollte, sie anzugreifen.

»Halten Sie durch, Clive. Ich kümmere mich um Sie.« Vermutlich hörte er sie gar nicht, aber sie sagte es auch mehr, um sich selbst zu beruhigen. Sie wusste nicht, ob sie es ertragen würde, noch jemanden so sterben zu sehen. Nein, falsch. Sie wusste, dass sie es nicht ertragen würde, wenn der Anwalt so sterben würde wie ihr Bruder. Es hatte viele Jahre gedauert, bis sie den Anblick von Blut oder einer Leiche überhaupt hatte aushalten können. Im Grunde hatte sie das nur geschafft, weil es die Voraussetzung für ihre Ausbildung zur FBI-Agentin gewesen war. In diesem Moment allerdings fragte sie sich, ob sie sich nicht die ganze Zeit etwas vorgemacht hatte. Sie hasste den Anblick toter Menschen. Und den von Blut.

Glücklicherweise hatte sie es in ihrer Zeit als Agentin bisher noch nie mit Selbstmorden zu tun gehabt, deshalb war es ihr gelungen, ihre Probleme vor ihren Kollegen zu verbergen. Würde einer von ihnen sie jetzt so sehen, würde man sie wahrscheinlich sofort vom Dienst abziehen, für immer. Und das zu Recht. Aber das war jetzt nebensächlich, es zählte nur, Clive Prescott irgendwie am Leben zu halten, bis die Rettungskräfte eintrafen. Wie lange dauerte das denn noch? Ein Blick auf die Uhr zeigte Valerie, dass erst wenige Minuten vergangen waren, selbst der schnellste Rettungsdienst brauchte einige Zeit bis hierher.

Überhaupt erschien ihr alles – bis auf die blutbespritzten hellen Fliesen und den sterbenden Mann in ihren Armen – seltsam weit weg. Selbst das Geräusch der Sirenen nahm sie erst wahr, als es vor dem Haus wieder verstummte. Gott sei Dank, endlich würde Clive Hilfe bekommen. Noch einmal legte Valerie ihm die Finger an die Halsschlagader und spürte den Puls. Erleichtert atmete sie auf. Ein Poltern erklang, vermutlich war gerade die Haustür aufgebrochen worden.

»Hören Sie das, Clive? Halten Sie noch ein paar Minuten durch.« Als hätte er sie tatsächlich gehört, hob er die Lider und blickte sie direkt an. Schmerz und Verwirrung standen in seinen Augen. Sein Körper spannte sich an. »Versuchen Sie, nicht zu sprechen. Ich bin es, Valerie Hayes, ich werde mich um alles kümmern.«

Sie wusste nicht, ob er sie verstand, aber ihre Worte schienen ihn zumindest zu beruhigen. Einen Moment lang sah er sie noch an, dann schloss er die Augen wieder. Aus Angst, dass er sterben könnte, ließ Valerie die Hand an seiner Halsschlagader, bis die Rettungskräfte eintrafen. Dankbar übergab sie die Versorgung an die Sanitäter und sah ihnen dabei zu, wie sie Clive auf eine Trage legten und die erste Transfusion starteten, während ein Arzt die Wunde behandelte. Es schien unendlich lange zu dauern, bis Clive schließlich die Treppe hinaufgetragen wurde. Da Valerie nicht wusste, was sie sonst tun sollte, ging sie einfach hinterher.

Oben wurden sie bereits von einem Polizisten erwartet, der die Sanitäter mit einer Grimasse vorbeiwinkte, bevor er sich an Valerie wandte: »Sind Sie Agent Hayes, die den Vorfall gemeldet hat?«

»Ja.«

Der Polizist zückte einen Block. »Ich bin Detective Hanson, Edmonds Police Department. Ich hätte ein paar Fragen, wenn Sie nichts dagegen haben.«

Valerie fühlte sich zwar überhaupt nicht danach, aber sie wusste, dass ihre Aussage wichtig war. »Natürlich.«

Nach einem langen Blick auf sie deutete der Detective auf die Sofaecke. »Setzen wir uns. Das kann ein wenig dauern.«

Dankbar folgte sie dem Vorschlag und ließ sich in einen Sessel sinken. Dabei bemühte sie sich, den hellen Stoff nicht mit dem Blut auf ihrer Kleidung oder ihren Händen zu beschmutzen.

Ohne weitere Umschweife begann Hanson mit seiner Befragung. »Leben Sie hier?«

Überrascht sah Valerie ihn an. »Nein.« Sie nannte ihm ihre Adresse.

»Sind Sie mit dem Hauseigentümer liiert oder befreundet?«

Wieder verneinte Valerie. »Ich habe bisher nur ein paarmal auf einen Fall bezogen mit ihm gesprochen, sonst kannten wir uns nicht.«

Der Detective zog die Augenbrauen hoch. »Entschuldigen Sie die Frage, aber was machen Sie dann hier in seinem Haus? Sie waren doch diejenige, die den Verwundeten entdeckt hat, oder?«

Innerlich stieß Valerie einen Seufzer aus. Sie hatte gewusst, dass diese Fragen kommen würden und sie darauf würde antworten müssen. Aber wenn es irgendwie ging, wollte sie verhindern, dass Gabriel davon erfuhr. Schließlich war sie in ihrer Freizeit hier gewesen und hatte keine offiziellen Ermittlungen geführt. »Clive Prescott hat mich heute Abend angerufen und mir angeboten, mit mir über einen Fall zu sprechen. Da er morgen bei Gericht Termine hat … hatte … haben wir uns hier verabredet. Zwischen dem Telefonat und meinem Eintreffen hier lagen etwa fünfundvierzig Minuten.«

Hanson notierte sich etwas. »Hat Mr Prescott Ihnen die Tür geöffnet?«

»Nein. Sie war bereits offen, genauso wie das Tor. Ich habe nach ihm gerufen, aber er hat nicht geantwortet, deshalb habe ich ihn gesucht.« Valerie schluckte schwer, als sie sich daran erinnerte, warum Clive ihr nicht geantwortet hatte. »Ich habe keinen Schuss gehört, er muss also schon vorher verletzt worden sein.«

»Haben Sie sonst etwas gehört oder gesehen?«

Valerie schilderte ihm, wie sie das Poltern gehört und die Unordnung im Arbeitszimmer vorgefunden hatte.

Die Augenbrauen des Detectives schossen erneut in die Höhe. »Sie glauben, dass noch jemand im Haus gewesen ist?«

»Es könnte sein. Zumindest würde das erklären, warum die Türen offen standen und der PC fehlt. Und warum Clive Prescott jetzt um sein Leben kämpft.«

Diesmal runzelte Hanson nur die Stirn und tippte mit dem Stift auf seinen Notizblock. »Für mich sah die Verletzung nach einem Selbstmordversuch aus.«

Ruhig blickte Valerie ihn an. »Ja. Vielleicht sollte es auch genauso aussehen.«

Das gefiel ihrem Gesprächspartner offenbar gar nicht. »Die Ermittlungen führe immer noch ich, wenn es Ihnen nichts ausmacht. Wie hat Mr Prescott am Telefon geklungen? Aufgeregt? Deprimiert? Verärgert?«

Hanson klang eindeutig genervt, aber Valerie reagierte nicht darauf. Sie wollte nur, dass derjenige, der Clive das angetan hatte, gefunden wurde, sofern es sich nicht doch um einen Selbstmordversuch handelte. Deshalb hielt sie ihre Stimme ruhig, als sie dem Detective antwortete: »Nichts von alledem.« Sie erinnerte sich an das kurze Gespräch zurück. »Er war sehr locker, freundlich. Er hat sogar gelacht. Auf keinen Fall hat er wie jemand geklungen, der plant, sich nur wenige Minuten später umzubringen. Ich wüsste auch nicht, welchen Grund er dazu haben könnte.«

»Es ist meine Aufgabe, das herauszufinden. Vielleicht hat er ja auch einen Abschiedsbrief hinterlassen.« Der Detective kratzte sich am Kinn. »Worüber wollte er mit Ihnen reden?«

»Über einen alten Fall. Nichts von Bedeutung.«

Scharf blickte er sie an. »Und doch sind Sie extra dafür heute Abend hierhergefahren. Wieso das?«

»Das würde mich allerdings auch interessieren.«

Valerie schloss kurz die Augen. Das hatte ihr gerade noch gefehlt.

6

Langsam drehte Valerie den Kopf zur Tür und beobachtete, wie Gabriel auf seine typische befehlsgewohnte Art auf sie zukam.

Hanson runzelte die Stirn. »Was haben Sie hier zu suchen? Und wer sind Sie überhaupt? Das hier ist ein Tatort, falls Sie das noch nicht durch die Absperrungen bemerkt haben.«

Gabriels linker Mundwinkel bewegte sich minimal nach oben – seine Art des Lächelns, wenn er jemanden nicht mochte. »Es ist mir durchaus aufgefallen, aber ich habe gehört, dass meine Mitarbeiterin in einen Fall von versuchter Selbsttötung verwickelt ist, und wollte mal nach dem Rechten sehen.«

Egal, wie er es erfahren hatte, Valerie wusste jetzt schon, dass er ihr später Vorhaltungen machen würde, weil sie ihn nicht angerufen hatte. Und weil sie überhaupt hier gewesen war. Das würde kein angenehmes Gespräch werden.

Es war deutlich zu sehen, dass dem Detective Gabriels Auftauchen ebenfalls nicht gefiel. »Ich habe immer noch nicht Ihren Namen gehört.«

»Special Agent Gabriel Lynch.«

An der Art, wie Hanson sich gerader hinsetzte, war zu erkennen, dass er den Namen schon einmal gehört hatte. »Hat der Fall irgendetwas mit dem FBI zu tun?«

»Nicht, dass ich wüsste.« Gabriel blickte Valerie an.

Die spürte, wie ihr die Hitze in die Wangen stieg, doch sie schwieg weiterhin. Vor langer Zeit hatte sie gelernt, dass es manchmal besser war, den Mund zu halten, bevor man sich um Kopf und Kragen redete.

»Dann gehen Sie entweder, Agent Lynch, oder Sie setzen sich hin und lassen mich meine Befragung fortsetzen.«

Gabriels Augenbrauen schossen in die Höhe, doch anstatt zu protestieren, folgte er dem Befehl und setzte sich auf das Sofa. Valerie wusste genau, dass er das tat, um sie nervös zu machen – und leider hatte er damit Erfolg.

»Kommen wir zu meiner Frage zurück, Agent Hayes. Warum sind Sie heute Abend zum Haus von Clive Prescott gefahren, wenn er mit Ihnen nur über einen alten Fall reden wollte?«

Valerie zuckte mit den Schultern. »Ich hatte nichts Besseres zu tun und wollte die Sache einfach erledigt haben.«

»Um welchen Fall ging es? Könnte der etwas mit Prescotts Versuch zu tun haben, sich umzubringen?«

»Nein, das denke ich nicht. Der Fall ist bereits abgeschlossen. Ich kann auch nichts weiter dazu sagen, die Sache unterliegt der Geheimhaltung.« Was völliger Blödsinn war, aber der Detective nahm es ihr hoffentlich ab. Gabriel hingegen würde sich nicht so leicht abspeisen lassen, deshalb warf sie ihm einen Blick zu, der ihn dazu bringen sollte, seine Fragen erst später zu stellen. Offenbar verstand er sie, denn er setzte seinen üblichen undurchdringlichen Gesichtsausdruck auf und setzte sein Schweigen fort.

Hanson gefiel es offenbar gar nicht, dass Valerie seine Frage so ausweichend beantwortete, doch mit einem Blick auf Gabriel ließ er das Thema fallen. »Ich werde im Haus die Spuren sichern lassen, dann wissen wir hoffentlich bald mehr über das, was hier vorgefallen ist.« Er reichte Valerie eine Visitenkarte. »Wenn Ihnen noch etwas einfällt, rufen Sie mich an.«

Erleichtert nahm Valerie die Karte entgegen. »Das werde ich.«

Nach einem letzten scharfen Blick stand der Detective auf. »Ich werde Sie hinausbegleiten.«

»Könnte ich noch ein wenig hier sitzen bleiben? Ich fühle mich etwas wacklig auf den Beinen.« Was durchaus stimmte, aber eigentlich wollte sie aus zwei anderen Gründen noch bleiben: einerseits, um sicherzugehen, dass keine Spuren übersehen wurden, und andererseits, um das Gespräch mit Gabriel hinauszuzögern.

Hanson schien unentschlossen, nickte aber schließlich. »Natürlich. Den Weg zur Tür kennen Sie ja, wenn Sie so weit sind.«

»Danke. Auf Wiedersehen.«

Mit einem Nicken wandte sich der Detective ab und verließ das Wohnzimmer. Gabriel folgte ihm allerdings nicht, sondern blieb auf dem Sofa sitzen. *Verdammt!* Eine Weile blickte Valerie auf das Glas, das vor ihr auf dem Tisch stand und in dem sich die Reste einer dunklen Flüssigkeit befanden. Ihr Blick glitt zu dem zweiten Glas auf der anderen Seite des Couchtisches. Auch dieses war benutzt. Valerie war zuerst davon ausgegangen, dass Clive den Tisch vielleicht schon für ihren Besuch gedeckt hatte, doch offenbar hatte er nur keine Zeit gefunden, die Gläser zu entfernen. Vor seinem Tod musste er also noch einen anderen Gast gehabt haben. Entweder seinen Mörder oder … Damon.

»Sagst du mir jetzt, was hier los ist?« Gabriels Stimme riss Valerie aus ihren Überlegungen.

»Ich glaube nicht, dass Clive Prescott versucht hat, sich umzubringen. Er war nicht der Typ dafür, und als ich kurz vorher mit ihm geredet habe, klang er völlig ruhig. Auf keinen Fall wie jemand, der vorhatte, sich in wenigen Minuten eine Pistole in den Mund zu stecken und …« Valerie schluckte schwer, als die dazugehörigen Bilder erneut vor ihrem inneren Auge auftauchten.

»Ich stimme dir zu.«

Gabriels Antwort kam so überraschend, dass Valerie den

Kopf hochriss und ihm zum ersten Mal seit mehreren Minuten in die Augen sah. »Was?«

Er presste die Lippen zusammen. »Ich bin Clive einige Male vor Gericht begegnet, und er war einer der wenigen Anwälte, die ich ertragen konnte. Das lag nicht zuletzt an seiner ruhigen, gelassenen Art. Er hat sich selbst nicht so wichtig genommen, wie viele Anwälte das sonst tun. Natürlich weiß ich nicht, was in seinem Privat- oder auch Berufsleben vorging, aber er kam mir nie wie jemand vor, der den einfachen Ausweg wählt.«

Gabriels Einschätzung stimmte mit ihrer völlig überein. »Das denke ich auch.«

»Dann bleibt nur die Frage, wer ihn tot sehen will. Und wie derjenige ins Haus gekommen ist. Ich habe oben eine Alarmanlage gesehen, die vermutlich nicht so einfach zu umgehen ist.« Gabriel tippte mit den Fingern auf sein Bein, wie immer, wenn er nachdachte. »Vielleicht jemand, den er kennt. Jemand, dem er vertraut.« Sein Blick glitt über die Gläser. »Ein Bekannter, kein allzu enger Freund.«

Valerie hob die Augenbrauen. »Warum keine Frau?«

»Männer neigen dazu, Sessel zu benutzen, Frauen dagegen eher die Couch. Wäre es eine Freundin oder Geliebte gewesen, hätten sie zusammen auf der Couch gesessen. Und enge Freunde würden wahrscheinlich auch nicht so weit voneinander entfernt sitzen und so viel Distanz zwischen sich schaffen.«

Das klang logisch, auch wenn Valerie bezweifelte, dass es Frauen automatisch auf die Couch zog. Doch sie hatte ebenfalls nicht das Gefühl, dass eine Frau hier gewesen war. Am Rand des Glases war kein Lippenstift zu sehen. Was allerdings nicht unbedingt ausschloss, dass es sich bei dem Gast um eine Frau gehandelt hatte. Sie selbst trug auch eher selten Lippenstift. Und wenn, dann war es keiner, der abfärbte. Die Frage war eher, ob vielleicht Damon derjenige gewesen war, der hier mit Clive gesessen hatte. Als der Anwalt sie angerufen hatte, hatte Valerie das Gefühl gehabt, dass ihn irgendein Ereignis dazu gebracht hatte, plötzlich mit ihr reden zu wollen. Und Letzteres hätte er ganz sicher nicht ohne Damons Erlaubnis getan. Aber würde der Flüchtige ein so großes Risiko eingehen und hierherkommen?

Valerie konnte nicht glauben, dass Damon seinen Anwalt umbringen würde. Warum auch? Es ergab überhaupt keinen Sinn, denjenigen zu töten, der als Einziger noch für ihn kämpfte. Es sei denn, Clive wusste zu viel. Trotzdem konnte Valerie es sich nicht vorstellen. Vor allem deshalb nicht, weil der Anwalt am Telefon ganz normal geklungen hatte. Zu dem Zeitpunkt hätte er schon von Damon gehört oder Besuch erhalten haben müssen, wenn ihre Theorie stimmte. Also musste der Täter jemand anders gewesen sein. Jemand, der etwas zu verlieren hatte. Oder etwas vertuschen wollte. Und bereit war, dafür zu töten.

Der Gedanke, so einen Menschen nur knapp verpasst zu haben, ließ Valerie schaudern. »Clive muss bewacht werden. Wenn derjenige, der ihm das angetan hat, erfährt, dass er noch lebt, wird er es vielleicht noch mal versuchen und diesmal mehr Erfolg haben.«

Gabriel nickte. »Der Gedanke ist mir auch schon gekommen. Ich werde alles veranlassen.«

»Danke.«

Durchdringend blickte Gabriel sie an. »Worüber wolltest du mit Clive reden? Ich weiß, dass du derzeit an keinem Fall arbeitest, der etwas mit ihm zu tun hätte.«

Es gab keinen Ausweg, sie musste ihrem Boss die Wahrheit sagen. »Ich hatte damals im Olympic mit Clive telefoniert, er war der Anwalt von Damon Thomas.«

Ein Muskel zuckte in Gabriels Wange. »Weiter.«

»Er sollte uns damals dabei helfen, die Gefährlichkeit von Thomas besser einschätzen zu können und auch dessen Reaktionen. Allerdings hat er mir nur das Nötigste gesagt und sich auf seine Schweigepflicht berufen.« Valerie strich sich über die Haare. »Heute Abend hat er mich angerufen und sich bereit erklärt, mit mir darüber zu reden, welche Strategie er bei der Anhörung verfolgen wollte.«

»Aus heiterem Himmel?«

»Ja.«

»Und du hast zugesagt? Obwohl der Fall schon längst abgeschlossen ist?«

Valerie überhörte den kritischen Ton in seiner Frage. »Ja. Damon Thomas ist immer noch flüchtig, und ich wollte wissen, ob irgendetwas von dem, was Clive mir sagen wollte, seine Flucht hätte verhindern können.«

»Und du hast natürlich nicht daran gedacht, mich oder einen anderen aus dem Team zu informieren, obwohl du weißt, dass wir immer noch hinter ihm her sind.«

Schuldbewusst zog Valerie den Kopf ein. »Es war alles sehr kurzfristig, und ich wollte nicht, dass er es sich noch einmal anders überlegt. Außerdem ging es ja nur um Informationen zu dem alten Fall, nicht um aktuelle Hinweise, die uns irgendwie den Aufenthaltsort verraten hätten.« Sie breitete die Hände aus. »Das ist es, was ich tue, Gabriel: Ich sammle Informationen und werte sie aus.«

Langsam erhob Gabriel sich. »Normalerweise würde ich dir da zustimmen, aber ich hatte dir explizit gesagt, dass der Fall Damon Thomas für dich tabu ist. Schon im Olympic hast du meine Befehle missachtet, und ich bin nicht gewillt, das weiter hinzunehmen.« Hart atmete er aus und fuhr sich mit der Hand durch die Haare. »Du bist bis auf Weiteres suspendiert. Ich möchte, dass du ganz genau darüber nachdenkst, ob du weiterhin FBI-Agentin sein möchtest. Du stehst nämlich kurz davor, diesen Status für immer zu verlieren.«

»Aber Gabriel …«

Er hob die Hand. »Kein Wort!« Seine Stimme klang so harsch, dass Valerie zusammenzuckte. »Ich sehe, dass du wegen des Überfalls auf Clive unter Schock stehst, deshalb will ich, dass du jetzt nach Hause fährst. Komm morgen um zehn Uhr in mein Büro. Und Valerie …«

Ihre Kehle war so zugeschnürt, dass sie kaum einen Ton herausbrachte. »Ja?«

Gabriels Miene war hart und unnahbar. »Du solltest besser eine sehr gute Begründung für dein Verhalten mitbringen, sonst bist du endgültig raus.«

Eilig drehte Valerie sich um und floh fast aus dem Haus, damit er nicht die Tränen sah, die in ihren Augen brannten. Wie hatte sie nur so dumm sein können, ihren Job so aufs Spiel zu setzen? Sie hatte doch gewusst, dass Gabriel nur einen Grund gesucht hatte, um sie endgültig loszuwerden. Und jetzt hatte er ihn gefunden.

Vor dem Gebäude hatte sich inzwischen eine Traube von Menschen gebildet, wahrscheinlich Nachbarn, die von den Sirenen aufgeschreckt worden waren. Auch einige Pressevertreter waren schon da. Genau das, was Valerie heute Abend noch brauchte. Obwohl es schon dunkel war, würden die Blutflecken auf ihrer Kleidung im Licht der Kameras und der Hausbeleuchtung gut zu erkennen sein. Das war nichts, was sie im Fernsehen oder in der Zeitung sehen wollte. Aber solange die Pressevertreter hinter der Absperrung blieben, konnte sie auch nichts dagegen tun.

Deshalb ging sie so schnell wie möglich zu ihrem Wagen, der innerhalb der abgetrennten Zone stand, und hoffte, dass die dichten Hecken ihr ein wenig Sichtschutz gaben. Sofort wurden Rufe laut. Sie konnte die Augen und Kameras, die auf sie gerichtet waren, förmlich spüren. *Verflucht!* Valerie flüchtete in ihr Auto und ließ den Motor an. Die Einfahrt hinter ihr war zugeparkt, aber es war eine schmale Rettungsgasse frei geblieben, durch die sie jetzt vom Grundstück herunterfahren konnte. Die wachhabenden Polizisten öffneten ihr das Tor, und sie winkte ihnen dankbar zu.

Auf der öffentlichen Straße war sie Freiwild für die Reporter und Gaffer, die ersten Meter konnte sie nur im Schritttempo zurücklegen. Immer wieder stellte sich ihr jemand in den Weg und versuchte, sie durch die Scheibe abzulichten. Als sie endlich Gas geben konnte, zitterte sie am ganzen Körper. Sie hasste es, in der Öffentlichkeit zu stehen, und normalerweise machte sie einen riesigen Bogen um die Presse. Das alles erinnerte sie zu sehr an den Rummel, in den ihre Familie nach dem Tod ihres Bruders gestürzt worden war. Damals hatte es niemanden interessiert, dass sie vor Trauer fast zusammengebrochen wären. Die Gier nach Sensationen hatte jegliches Mitgefühl vertrieben. Einige Zeit später war die ganze Sache noch einmal aufgeflammt und hatte sie und ihre Familie beinahe zerstört.

Sie konnte nur hoffen, dass niemand sie erkannt hatte, sonst würde sicher irgendein findiger Reporter die alten Geschichten wieder aufwärmen. Das wiederum würde zu jeder Menge Ärger führen, denn gegenüber dem FBI hatte sie Tom nie erwähnt, um ihren Job nicht zu gefährden. Dabei war Tom der Grund, warum sie unbedingt dort hatte arbeiten wollen. Nach seinem Tod hatte sie sich geschworen, einen Unterschied zu machen und dafür zu sorgen, dass sich sein Schicksal niemals wiederholen würde. Und jetzt war all das in Gefahr … Irgendwie musste es ihr gelingen, die Suspendierung rückgängig zu machen. Immerhin hatte Gabriel sie nicht sofort gefeuert, das gab ihr ein wenig Hoffnung.

Bisher hatte sie in ihrem Job allerdings noch nichts geleistet, außer sich selbst ins Abseits zu befördern. Und einen verurteilten Mörder flüchten zu lassen, weil sie es nicht über sich gebracht hatte, auf ihn zu schießen. Ja, vielleicht war er unschuldig, vielleicht aber auch nicht. Ob Clive angegriffen worden war, weil er ihr etwas Entscheidendes über den Mord von damals hatte mitteilen wollen? Bei der Vorstellung lief Valerie ein Schauder über den Rücken, und sie blickte einmal mehr in den Rückspiegel.

Auf jeden Fall schien es dem Täter um irgendwelche Daten oder Informationen gegangen zu sein, sonst wäre der Schreibtisch nicht durchwühlt und der PC gestohlen worden. Hatte Clive zu Hause irgendwelche Unterlagen gehabt? Gabriel würde sicher herausfinden, woran der Anwalt zuletzt gearbeitet hatte, doch jetzt, wo Valerie suspendiert war, würde man ihr sicher nicht die Ergebnisse dieser Untersuchung mitteilen. Möglicherweise hatte Clive auch seinen Angreifer gesehen und konnte vielleicht sagen, aus welchem Grund man ihn überfallen hatte – sofern er überlebte. Gott, hoffentlich konnten die Ärzte ihm helfen!

Einen Moment lang dachte Valerie darüber nach, zum Krankenhaus zu fahren, doch dann verwarf sie den Gedanken. Sicher warteten dort auch Medienvertreter vor der Tür, und irgendjemand würde sie erkennen. Nein, es war besser, sie fuhr nach Hause und verkroch sich dort, bis etwas Gras über die Sache gewachsen war. Sie konnte im Krankenhaus anrufen oder, wenn sie dort keine Informationen erhielt, es auch bei Gabriel versuchen. Auf Letzteres konnte sie allerdings gut verzichten. So unzufrieden, wie ihr Teamleiter gerade mit ihr war, ließ sie ihm besser die Nacht über Zeit, sich zu beruhigen, bevor sie wieder mit ihm sprach.

Die Müdigkeit zerrte an Valeries Knochen, als sie schließlich vor ihrem Haus hielt. Es war so friedlich hier, dass sie beinahe glaubte, sie hätte das alles nur geträumt. Sie wünschte, es wäre so, doch das Blut auf ihrer Kleidung und unter ihren Fingernägeln sprach eine andere Sprache. Die grausame Realität war kaum zu ertragen, deshalb konzentrierte Valerie sich ganz darauf, die Stufen zu ihrer Haustür hinaufzusteigen und den Schlüssel ins Schloss zu stecken. Ihr gesamter Körper vibrierte, was ihr das Öffnen der Tür unerwartet erschwerte. Doch schließlich gelang es ihr, und sie stolperte ins Haus. Dunkelheit empfing sie und das leise Piepsen ihrer Alarmanlage.

Mit letzter Kraft gab sie den Code ein, der den Alarm ausschaltete. Dann schloss sie die Tür, lehnte sich mit dem Rücken dagegen und rutschte langsam daran hinunter. Die Tränen kamen, bevor ihr Po den Boden berührte. Unaufhaltsam rannen sie ihr über die Wangen, während ihr immer wieder die gleichen Bilder von Blut und Tod durch den Kopf gingen. Als Valerie das Blut unter ihren Fingernägeln sah, rappelte sie sich schnell auf und taumelte ins Bad. Dort riss sie sich die Kleidung vom Körper und stieg in die Dusche. Sie stellte das Wasser so heiß wie möglich ein und versuchte, sich damit das Blut und die Erinnerung herunterzuwaschen.

Doch als ihr Körper längst wieder sauber war, musste sie erkennen, dass die Bilder sich nicht so leicht entfernen ließen. Sie würden für immer ein Teil von ihr sein und ständig wieder hervorbrechen. So, wie die von Tom. Und die von diversen anderen Tatorten. Es würde nie aufhören, das war ihr jetzt klar. Wie sehr sie sich auch vor allem verstecken wollte, es würde sie immer finden, und wenn sie nicht aufpasste, würde es sie mit nach unten ziehen. Insofern war es gut, dass Gabriel ihr noch eine Nacht Zeit gegeben hatte, sich wieder zu fassen, bevor er sie morgen auseinandernehmen würde.

Das Wasser war kalt, als Valerie schließlich den Hahn zudrehte und aus der Dusche stieg. Zitternd schlang sie ein Handtuch um sich und trocknete sich schnell ab. Im Schlafzimmer suchte sie sich ihr Wohlfühlzeug aus dem Schrank – eine Jogginghose und einen alten, warmen Pullover – und zog es über. Mit einem Glas heißen Tee setzte sie sich in ihren Wohnzimmersessel und schaltete den Fernseher an. Sie wählte einen Nachrichtensender für Seattle und Umgebung und lehnte sich zurück. Beinahe sofort kam ein Bericht über die Ereignisse in Edmonds.

Noch spekulierten die Reporter, was genau im Haus des Anwalts passiert war, aber sie würden es sicher bald herausfinden. Irgendjemand redete immer. Durch seinen Beruf weckte Clive natürlich besonderes Interesse, und es gab bereits die wildesten Spekulationen, dass das, was immer ihm auch passiert war, mit einem seiner Fälle zusammenhing. Natürlich war das möglich, aber Valerie glaubte nicht, dass Clive es sehr schätzen würde, wenn die Reporter in seinem Leben herumstocherten, um irgendwelche saftigen Details zu finden. Die Frage war auch, ob die Journalisten irgendwann die Verbindung zu Damon Thomas und der Flucht vor einigen Monaten ziehen würden. Nein, nicht *ob*. *Wann* traf es wohl eher – diese Information konnte man gar nicht übersehen.

Und sobald die Meldung draußen war, würde es eine regelrechte Jagd auf jeden geben, der irgendwie mit der Sache zu tun hatte. Sie selbst eingeschlossen, vor allem, da sie zu dem Team gehörte – oder vielmehr gehört *hatte*, falls ihre Suspendierung bestehen blieb –, das die beiden entflohenen Häftlinge im Olympic National Park gejagt hatte. Und nun war sie auch noch im Haus von Damons Anwalt gewesen. Nicht mehr lange, und die Spekulationen würden starten. Was Gabriel davon halten würde, brauchte sie sich gar nicht erst zu fragen. Er hasste

Misserfolge, und Damon war einer der wenigen Täter, die ihm entkommen waren. Wenn die Presse ihn dann auch noch mit der Nase darauf stieß … Vermutlich würde er gar nicht anders können, als Valerie aus dem Team zu werfen.

7

Entsetzt starrte Damon auf den Fernseher und versuchte zu verstehen, was geschehen war. Angespannt beugte er sich vor und flehte die Reporter an, endlich zu sagen, wie es Clive ging. Und wie es sein konnte, dass sein Anwalt in der kurzen Zeit, seit er selbst das Haus verlassen hatte, so schwer verletzt worden war, dass man ihn in einem Krankenwagen abtransportiert hatte und nicht wusste, ob er überleben würde. Es war nur Zufall gewesen, dass Damon beim Zappen auf dem Sender hängen geblieben war. Er hatte das Haus sofort erkannt, obwohl er es erst einmal gesehen hatte. Während es vorhin noch so friedlich gewirkt hatte, wimmelte es im Vorgarten jetzt von Polizisten und Sanitätern.

Hinter Clives Wagen stand ein anderes Auto, das vorher nicht da gewesen war. Vielleicht ein Zivilfahrzeug der Polizei. Immer wieder wurden die verwackelten Aufnahmen eines Hobbyfilmers gezeigt, auf denen die Trage mit Clive herausgerollt wurde. Obwohl die Bilder unscharf waren, konnte Damon deutlich das Blut auf der Decke und der Kleidung des Verletzten sehen. Die Sanitäter versuchten, den Patienten mit ihren Körpern abzuschirmen, doch es gelang ihnen nicht vollständig. Einer von ihnen hielt eine Blutkonserve in der Hand. Die Lage musste wirklich ernst sein, sonst hätten sie mit der Bluttransfusion erst im Fahrzeug begonnen.

Unruhig stand Damon auf und lief vor dem Fernseher auf und ab, während er mit seinen Gedanken bei dem Anwalt war. Er wollte etwas unternehmen, doch er wusste, dass er nichts tun konnte. Sobald er sich irgendwo blicken ließ, würde man ihn verhaften, und das würde Clive auch nicht helfen.

»Eine bisher unbekannte Frau war ebenfalls im Haus des Verletzten. Von der Polizei gibt es bisher keine Stellungnahme dazu, wer sie ist und ob sie etwas mit den offensichtlichen Verletzungen zu tun hat, die der beliebte Anwalt Clive Prescott erlitten hat.«

Die Worte drangen in Damons Gedanken, und er drehte sich zum Fernseher um, wo gerade ein Video gezeigt wurde, in dem eine Person aus dem Haus trat und schnell zu dem Wagen ging, der hinter dem von Clive parkte. Sie öffnete die Fahrertür und warf einen kurzen Blick zu den Reportern. Dieser kurze Moment reichte Damon, um sie zu erkennen. *Valerie Hayes.* Was tat sie dort? Er hatte gedacht, Clive würde einen Termin mit ihr ausmachen und sie in den nächsten Tagen in der Stadt treffen. Stattdessen hatte er sie anscheinend noch heute Abend in sein Haus eingeladen.

Damon starrte die Agentin an, als könnte sie ihm dadurch seine Frage beantworten. Doch Valerie stieg nur in den Wagen und schloss die Tür. Langsam fuhr sie die Auffahrt hinunter und quälte sich durch die Menge. Ein paar der Aufnahmen zeigten ihr Gesicht hinter der Windschutzscheibe. Sie war furchtbar blass, ihre Augen wirkten riesengroß in ihrem Gesicht. Der Schock war ihr deutlich anzusehen. Was musste geschehen sein, um eine FBI-Agentin so aus der Fassung zu bringen? Er konnte sich nicht vorstellen, dass sie etwas mit Clives Verletzungen zu tun hatte. Sie hatte keinen Grund, dem Anwalt etwas anzutun, und genauso wenig konnte Damon sich vorstellen, dass Clive jemals eine Frau angreifen würde.

Also musste etwas geschehen sein, bevor Valerie eingetroffen war oder während sie dort gewesen war. Wahrscheinlich hatte sie die Polizei und Sanitäter gerufen. Noch einmal wurde das Video gezeigt, in dem Valerie aus dem Haus kam, und diesmal sah Damon das Blut an ihrer Kleidung. In der Dunkelheit war es kaum zu entdecken, aber für einen winzigen Moment hatte die Lampe auf dem Weg sie angeleuchtet und die dunklen Flecken an ihren Knien offenbart. Damons Magen zog sich zusammen, und er presste die Hand darauf.

Hatte das, was mit Clive passiert war, irgendetwas mit *ihm* zu tun? Valerie war auf jeden Fall seinetwegen dort gewesen. Doch vielleicht war das Ganze auch nur ein Unfall, und Clive hatte sich irgendwo geschnitten. Damon hoffte es. Er könnte nicht damit leben, wenn seinetwegen noch jemand zu Schaden gekommen wäre. Es reichte, dass die kleine Emma durch die Geiselnahme im Wald gelitten hatte und er beinahe eine junge Frau bei dem Versuch getötet hatte, sie zu retten.

»Agent Lynch, können Sie uns sagen, was hier geschehen ist?«

Damon fuhr zum Fernseher herum, und tatsächlich – gerade kam der FBI-Agent aus dem Haus, der ihn und Russell Davis im Olympic gejagt hatte. Lynch wirkte im Gegensatz zu Valerie völlig gelassen, es war ihm nicht anzusehen, was er gesehen hatte oder gerade dachte. »Kein Kommentar.«

Es war klar, dass er nichts sagte. Das war so üblich und sicher auch das Beste. Trotzdem machte es Damon verrückt, keine genaueren Informationen zu haben. Was tat der Agent in Clives Haus? War er erst später dazugekommen, oder hatte Valerie ihn gleich mitgebracht, damit er ebenfalls hörte, was Clive über seinen Klienten zu sagen hatte? In Damons Innern breitete sich ein Gefühl der Enttäuschung aus, das er sich nicht erklären konnte. Seine einzige Begegnung mit Valerie hatte vielleicht zwei Minuten gedauert, und er hatte sie mit seiner Flucht in eine üble Lage gebracht. Lynch dagegen war ihr Kollege, vielleicht mochte sie ihn sogar. Es war ganz natürlich, dass sie mit ihm sprach, wenn sie neue Informationen erhielt. Trotzdem kam es ihm ein wenig wie Verrat vor, dass Valerie offensichtlich ihren Vorgesetzten eingeweiht hatte.

»Wie wir gerade von einem Zeugen, der nicht genannt werden möchte, erfahren haben, soll der bekannte Anwalt Clive Prescott versucht haben, sich das Leben zu nehmen. Neben ihm wurde eine Pistole gefunden, durch eine Schusswunde hat er sehr schwere Verletzungen davongetragen, es ist noch nicht sicher, ob er überleben wird …«, die Reporterin blickte übertrieben dramatisch in die Kamera, »… oder ob er, sollte er überleben, mit geistigen oder körperlichen Beeinträchtigungen rechnen muss.« Ein kleines Bild von Clive erschien auf dem Fernseher. »Für diejenigen, die gerade erst eingeschaltet haben: Heute Abend wurde der Anwalt Clive Prescott mit schweren Verletzungen in seinem Haus aufgefunden. Er wurde ins Edmonds Campus Krankenhaus gebracht, bisher wurde noch nichts zu seinem Status gesagt.«

Hilflos ballte Damon die Hände zu Fäusten. Am liebsten wäre er ins Krankenhaus gestürmt, um etwas über Clives Zustand zu erfahren, doch er wusste, dass das nichts bringen würde. Er war kein Verwandter, nicht einmal ein enger Freund, niemand würde ihm etwas sagen. Stattdessen würde man ihn verhaften, und das würde weder ihm noch Clive etwas bringen.

Damon verzog den Mund. Die Vorstellung, dass dieser wirklich nette und großzügige Anwalt sterben könnte, war kaum zu ertragen. Nicht nur, weil das wahrscheinlich das Ende von Damons Fall einleiten würde, sondern auch, weil es nicht viele so engagierte Anwälte gab. Sein Tod wäre ein echter Verlust für viele Menschen. Es fiel Damon schwer, sich vorzustellen, dass Clive sich hatte umbringen wollen. Das entsprach überhaupt nicht dessen Art, und vor allem hatte er sich völlig normal verhalten, als Damon dort gewesen war – auf keinen Fall wie jemand, der vorhatte, sich kurz darauf das Leben zu nehmen. Also entweder, die Reporter irrten sich, oder jemand wollte, dass es wie ein Selbstmordversuch aussah.

Der Mord an Bella kam Damon in den Sinn. Auch dort war eine Waffe neben der Leiche gefunden worden, und irgendjemand hatte sehr viel Wert darauf gelegt, Damon als Täter hinzustellen. Es war nicht abwegig, dass in Clives Haus etwas Ähnliches geschehen war. Damon blieb stehen und starrte den Fernseher an, ohne etwas zu sehen. Konnte das sein? War tatsächlich jemand in Clives Haus eingedrungen und hatte versucht, den Anwalt aus dem Weg zu räumen? Anwälte hatten sicher einige Feinde, ehemalige Klienten, für die sie nicht genug herausgeholt hatten, ehemalige Angeklagte, die sie ins Gefängnis gebracht hatten, und sicher noch einige andere.

Oder auch einen Mörder, der nicht wollte, dass der Mann, der fälschlich beschuldigt und verurteilt worden war, wieder freikam und den wahren Täter suchte. Hatte jemand Clives Haus überwacht oder vielleicht auch sein Telefon? Vielleicht hatte Bellas Mörder erfahren, dass Clive mit dem FBI über Damons Fall sprechen wollte, und versuchte nun, alle zum Schweigen zu bringen, die mit der Sache zu tun hatten. Aber was hatte er davon, den Anwalt umzubringen? Schließlich konnte Damon sich sofort einen neuen besorgen. Vielleicht wollte der Mörder ihn aber auch nur abschrecken, indem er alle umbrachte, die Damon halfen. Dieser Gedanke erschien ihm dann doch zu weit hergeholt, aber er konnte auch nicht ignorieren, dass Clive offenbar lebensgefährlich verletzt worden war, kurz bevor er sich mit Valerie hatte treffen wollen. Oder hatte er sogar schon mit ihr gesprochen?

»Inzwischen wurde auch die mysteriöse Frau identifiziert, die sich im Haus des schwer verletzten Clive Prescott aufgehalten hat. Es handelt sich dabei um die junge FBI-Agentin Valerie Hayes. Sie arbeitet im Team von Gabriel Lynch, der anscheinend die Ermittlungen übernommen hat. Zuletzt hatten wir von Agent Hayes gehört, als sie zusammen mit ihrem Team für die Ergreifung der beiden flüchtigen Mörder Russell Davis und Damon Thomas im Olympic National Park zuständig war. Wie Sie sich sicher noch erinnern können, war das FBI damals nur in der Lage, Russell Davis zu stoppen – er wurde erschossen –, Thomas ist immer noch auf der Flucht.« Die Journalistin erzählte in epischer Breite, was im Nationalpark vorgefallen war, oder zumindest, was die Presse sich damals zusammengereimt hatte. Mit der Wirklichkeit hatte der Bericht nur wenig zu tun.

Wütend funkelte Damon die Reporterin an. Er hasste es, wenn er in einem Atemzug mit Russell genannt wurde. Mit diesem Verbrecher hatte er nichts gemeinsam, außer, dass er zufällig mit ihm im gleichen Transportbus gesessen hatte. Hätte Russell ihn nicht gezwungen, mit ihm zu fliehen, wäre das alles nicht passiert.

»Was die Sache noch pikanter macht, ist die Tatsache, dass Clive Prescott der Anwalt des flüchtigen Damon Thomas ist. Hat er in den letzten Monaten etwas von seinem Klienten gehört? Oder ist Thomas vielleicht sogar für die Verzweiflungstat des Anwalts verantwortlich? Das macht den Fall noch mysteriöser und spannender. Nach einer kurzen Pause erfahren Sie bei uns die neuesten Entwicklungen in diesem dramatischen Fall.«

Angewidert von dieser Sensationsgier schaltete Damon den kleinen Fernseher aus. Schnell griff er sich seine Jacke und die Schlüssel und verließ die Wohnung. Im Dunkeln war die Wahrscheinlichkeit, dass ihn jemand erkennen würde, deutlich geringer als am Tag, deshalb ging er oft erst nachts nach draußen.

An der Tür griff er sich noch seinen Helm, dann verließ er

die Wohnung. Was er jetzt brauchte, war eine Fahrt durch die kühle Nacht, um seine Gedanken zu sortieren und sich zu überlegen, was er als Nächstes tun sollte. Er trat aus dem Haus und ging die Straße entlang. Das Motorrad hatte er extra ein Stück entfernt geparkt, damit er nicht mit der Maschine in Verbindung gebracht wurde. Langsam schlenderte er dorthin, um den Eindruck zu erwecken, dass er nichts zu verbergen hatte. Erst als er um die Ecke gebogen war, beschleunigte er seinen Schritt etwas. Gleichzeitig blickte er sich unauffällig um, konnte aber niemanden entdecken, der ihn beobachtete oder verfolgte. Trotzdem ging ihm die Möglichkeit nicht aus dem Kopf, dass er jemanden mit finsteren Absichten zu Clive geführt haben könnte.

Endlich hatte er das Motorrad erreicht, steckte den Schlüssel ins Schloss und schwang sich auf die Maschine. Nach einem letzten Rundumblick setzte er den Helm auf und gab Gas. Wie schon zuvor gab ihm das Röhren des Motors ein Gefühl von Freiheit, aber diesmal verhinderten die Sorgen um Clive, dass er auch nur einen Hauch von Frieden oder gar Freude verspürte. Ganz im Gegenteil, die Anspannung schien sich mit jedem Kilometer zu vergrößern. Zuerst fuhr er ziellos umher, doch dann fand er sich plötzlich in der Straße wieder, in der Valerie Hayes wohnte.

Es war eine große Dummheit, sich hier aufzuhalten, doch irgendetwas in ihm zog ihn magisch zu dem Haus hin. Er wusste, dass er nicht einfach bei Valerie klingeln und sie fragen konnte, was passiert war, aber sein Gefühl sagte ihm, dass er hier sein sollte. In einer Nebenstraße stellte er das Motorrad ab, dann ging er langsam zu dem Haus zurück. Auf den ersten Blick wirkte alles dunkel, nur das Auto in der Einfahrt zeigte, dass Valerie nach Hause zurückgekehrt war. Vielleicht war sie gleich ins Bett gegangen, im Fernsehen hatte sie ziemlich fertig ausgesehen. Ob sie schon wusste, dass sie von den Reportern identifiziert worden war? Aber vermutlich war sie das als FBI-Agentin ohnehin gewohnt.

Nachdem Damon sichergestellt hatte, dass ihn niemand beobachtete, betrat er das Grundstück und schlich sich am Rand entlang auf die Rückseite. Hoffentlich hatte Valerie keine Bewegungsmelder installiert, die ihn verraten würden. Er wusste selbst nicht, warum es ihm so wichtig war, die Agentin zu sehen. Wenigstens von Weitem, um sich zu vergewissern, dass es ihr gut ging. Vermutlich konnte sie sich selbst verteidigen, wenn sie angegriffen wurde – und das besser, als Damon es könnte –, aber das änderte nichts an seinen Gefühlen.

Auf der Rückseite des Gebäudes entdeckte er ein schwach erleuchtetes Fenster. Als er näher kam, sah er, dass das Licht durch die Schlitze einer nicht ganz geschlossenen Jalousie drang. Vorsichtig schlich er sich noch dichter heran, bis er durch einen Spalt blicken konnte. Ein schlechtes Gewissen überkam ihn, als ihm klar wurde, dass es sich bei dem Raum um Valeries Schlafzimmer handelte. Es kam Damon nicht richtig vor, in die Privatsphäre der Agentin einzudringen, doch der Wunsch, sie zu sehen – zu sehen, dass alles in Ordnung war –, überwog. Deshalb harrte er dort aus, bis Valerie aus einem angeschlossenen Zimmer kam. Sie trug einen überdimensionierten Bademantel, der ihre schlanke Figur zu verschlucken schien. Vielleicht gehörte der Mantel auch ihrem Freund.

Unruhig blickte Damon sich um, doch es stand niemand mit gezogener Waffe hinter ihm. Ein weiterer Blick ins Zimmer zeigte ihm, dass nur auf einem Nachttisch eine Lampe stand, der zweite war völlig leer. Also hatte sie vermutlich derzeit keinen Freund. Zumindest keinen, der hier lebte. Valerie setzte sich auf die Bettkante, die dem Fenster zugewandt war. Ihre Bewegungen wirkten müde, die Schultern hingen herab. Ihre kurzen Haare schimmerten feucht, offenbar war sie gerade aus der Dusche gekommen. Ihr Gesicht wirkte erschreckend blass, die Augen waren gerötet.

Es versetzte Damon einen Stich, sie so niedergeschlagen zu sehen. Die Frage war nur, warum sie sich in einer so traurigen Stimmung befand. Machte sie sich Sorgen, weil Clive so schwer verletzt worden war? Nachdenklich beobachtete er, wie Valerie die Ellbogen auf ihre Oberschenkel stützte und das Gesicht in den Händen vergrub. Wie von selbst streckte Damon die Hand aus, um sie zu trösten, wurde aber von der Glasscheibe daran gehindert.

Mit einem schlechten Gefühl in der Magengrube zog er den Arm wieder zurück. Valerie hielt ihn für einen Verbrecher, sie würde ihm nicht einmal erlauben, sie zu trösten, wenn sie im selben Raum wären. Und Damon konnte das sogar nachvollziehen: Wäre er ein Agent, würde er auch davon ausgehen, dass die Beweise gegen ihn korrekt waren und seine Verurteilung rechtmäßig. Es war allein an ihm, seine Unschuld zu beweisen, außer ihn interessierte es niemanden. Für die Ermittler zählte nur, dass irgendjemand für den Mord zur Rechenschaft gezogen wurde.

Und jetzt, da Clive so schwer verletzt war, gab es wirklich niemanden mehr, der noch auf Damons Seite stand. Er würde es irgendwie allein schaffen müssen – oder aber er tauchte für immer unter und hoffte, dass ihn nie jemand fand … Nein, er würde sich niemals verkriechen und den Mörder einfach so davonkommen lassen.

Gerade als er sich abwenden wollte, hob Valerie den Kopf und starrte in Richtung Fenster. Sofort ging Damon in Deckung. Hatte sie ihn gesehen? Ein lautes Krachen erklang, und Damon zuckte erschrocken zusammen. Vorsichtig hob er wieder den Kopf und blickte in den Raum. Valerie hatte sich erhoben, schaute jedoch in die andere Richtung. Ihre Hände waren zu Fäusten geballt, jeder Zentimeter ihres Körpers drückte Wut aus. Was war geschehen? Valerie schrie etwas, aber durch das geschlossene Fenster konnte Damon die Worte nicht verstehen.

Dann sah er die Glassplitter und den feuchten Fleck an der Wand. Anscheinend hatte Valerie ein Glas dagegen geworfen, doch es schien ihr nicht wirklich geholfen zu haben. Sie wirkte äußerst aufgebracht, mit gespreizten Fingern fuhr sie sich durch die Haare. Als sie zum nächsten Gegenstand griff, hielt Damon es nicht mehr aus. Es schnitt ihm ins Herz, sie so aufgewühlt zu sehen, nachdem sie seinetwegen in die ganze Sache mit hineingezogen worden war. Irgendetwas musste er unternehmen, um sie wieder zu beruhigen. Außerdem wollte er mit jemandem über das sprechen, was passiert war. Und Valerie war die Einzige, die mehr Informationen hatte und eventuell sogar mit ihm darüber reden würde. Doch er konnte wohl schlecht an ihrer Haustür klingeln. Dann fiel ihm ein, dass er ihre Telefonnummer in sein Handy einprogrammiert hatte. Sie war bei den Daten dabei gewesen, die Clive ihm auf den USB-Stick gezogen hatte.

Hastig zog Damon sein Handy aus der Jackentasche und suchte Valeries Nummer heraus. Wieder ertönte ein Krachen, und er zuckte zusammen. Schnell drückte er auf »Wählen« und hielt sich das Telefon ans Ohr, während er die Agentin weiter beobachtete. Zuerst schien sie gar nicht auf das Klingeln zu reagieren, dann versteifte sie sich auf einmal am ganzen Körper und blickte sich suchend um. Damon konnte das Handy auf der Kommode liegen sehen, doch Valerie starrte es nur an, ohne sich zu rühren. Worauf wartete sie noch?

Die Mailbox schaltete sich an, und Damon beendete die Verbindung. Wie sollte er sie dazu bringen, ans Telefon zu gehen? Noch einmal wählte er ihre Nummer. Mit einem Gesichtsausdruck, als hätte sie auf eine Zitrone gebissen, ging Valerie schließlich zur Kommode hinüber und nahm sich ihr Handy. Nach einem Blick auf das Display zögerte sie erneut, dann tippte sie mit dem Finger darauf und hielt sich das Telefon ans Ohr. *Endlich!*

»Ja?« Sie klang gleichzeitig vorsichtig und abweisend.

Damon schwieg einen Moment. Er hatte sich gar nicht vorher überlegt, was er sagen wollte. Auf keinen Fall durfte er seinen Namen nennen, es konnte immer sein, dass jemand mithörte. Aber wie sollte er Valerie dann vermitteln, wer er war? »Hier ist Emmas Freund, Agent Hayes.«

»Emmas …« Valerie brach ab und sog scharf die Luft ein. »Warum rufen Sie mich an? Und woher soll ich wissen, dass Sie es tatsächlich sind?« Sie hatte sich zum Fenster umgedreht, sodass Damon das Misstrauen in ihrem Gesicht sehen konnte. »Vielleicht sind Sie auch ein Reporter.« Sie sprach das Wort so aus, als wären Journalisten noch schlimmer als Verbrecher, deshalb war Damon froh, dass er nicht zur Presse gehörte.

»Ich könnte Ihnen erzählen, wie Emma reagiert hat, als Sie auf mich schießen wollten.«

Offenbar konnte Valerie sich noch gut daran erinnern, denn für einen Moment wurde ihre Miene etwas weicher. Dann ergriff erneut die Anspannung von ihr Besitz. »Okay, mal angenommen, ich glaube Ihnen. Was wollen Sie von mir?«

Das war eine gute Frage, die Damon selbst nicht beantworten konnte. Er wusste nur, dass es ihm auf seltsame Weise guttat, mit Valerie zu reden. Da sie in seine Richtung gewandt war, wirkte es beinahe so, als würden sie tatsächlich ein persönliches Gespräch führen. »Ich habe Sie gerade im Fernsehen gesehen. Sie waren bei Clives Haus.« Seine Stimme klang rau, und er war sich sicher, dass dies auch Valerie aufgefallen war.

Sie ließ sich wieder auf das Bett sinken, als hätte ihre Kraft sie verlassen. »Mist, ich hatte gehofft, dass mich die Geier nicht erwischt haben. Aber das war wohl Wunschdenken. Wurde auch mein Name erwähnt?«

»Ja, und es wurde darüber spekuliert, was Sie dort zu tun hatten.«

Ein harter Fluch drang durch den Hörer, außerdem konnte Damon sehen, wie Valerie das Gesicht verzerrte. »Jetzt ist es nicht mehr zu ändern. Gabriel wird alles andere als begeistert sein.«

»Er kam auch in dem Bericht vor. Allerdings hatte er kein Blut an der Kleidung.« Selbst durch die Scheibe konnte Damon sehen, wie Valerie kalkweiß im Gesicht wurde, außerdem schwankte sie leicht. Um sie nicht zu verlieren, sprach er schnell weiter. »Können Sie mir sagen, was mit Clive passiert ist? Ich kann schlecht die Polizei anrufen und danach fragen.«

Das schien sie etwas zu beleben. Ihre Augenbrauen hoben sich. »Aber eine FBI-Agentin können Sie anrufen?«

Damon verstand ihr Erstaunen, aber er konnte es sich selbst nicht erklären, warum er ausgerechnet ihr vertraute. »Nicht irgendeine. Ich hatte gehofft, Sie würden mir sagen, was mit meinem Anwalt geschehen ist. Es hat sich nicht gut angehört, und ich mache mir Sorgen um ihn.«

»Und um sich selbst?«

Damon wollte nicht lügen. »Das auch, aber Clive ist ein guter Kerl. Es würde mir sehr leidtun, wenn er schwer verletzt wäre.«

»Clive hat eine Schusswunde im Kopfbereich. Er hat viel Blut verloren, und ich weiß nicht, ob er durchkommen wird.«

Damon schloss kurz die Augen. Valerie hatte seine schlimmsten Befürchtungen bestätigt. »Im Fernsehen wurde etwas von einem Selbstmordversuch gesagt.«

»Danach sah es auch aus.«

Ihrer Stimme war nichts anzuhören, doch an ihrer Haltung konnte Damon ablesen, dass noch etwas anderes dahintersteckte. »Aber?«

Valerie schwieg einen Moment, und Damon befürchtete schon, sie würde ihm nichts mehr sagen, doch schließlich atmete sie tief durch. »Ich habe Zweifel daran. Zum einen habe ich kurz vorher noch mit ihm telefoniert, und er klang nicht wie jemand, der gerade sein Ableben plant. Zum anderen gibt es für mich noch weitere Indizien dafür, dass jemand anders im Haus gewesen ist.«

Verdammt, wenn sie dort nach Fingerabdrücken suchten, würde Damon sofort der Verdächtige Nummer eins sein. Schließlich hatte er einige Dinge berührt, unter anderem ein Glas und das Besteck. Es würde dem FBI nicht schwerfallen, seine Spuren zu finden. »Sah es nach einem Kampf aus?«

»Nein. Und ich werde auch nicht mit Ihnen über Details einer laufenden Ermittlung reden. Es tut mir leid, dass Ihr Anwalt so schwer verletzt wurde, ich hoffe, er überlebt.«

Damon schluckte schwer. »Danke, das tue ich auch.«

Valerie schwieg einen Moment, und Damon kam es fast so vor, als würde sie ihm in die Augen blicken. »Haben Sie in letzter Zeit mit Clive Prescott gesprochen oder ihn gesehen?«

»Kein Kommentar.«

»Also ja. Werden wir im Haus Ihre Fingerabdrücke finden?«

Damon schwieg. Selbst wenn er es abstritt – in spätestens ein paar Tagen würden sie ohnehin die Wahrheit herausfinden. Außerdem gefiel es ihm nicht, Valerie anzulügen.

»Verdammt!«

Von ihrem Fluch überrascht starrte er sie an. Sie strich sich mit der Hand durch die Haare, die danach wild hochstanden. »Was?«

»Ich glaube nicht, dass Sie Clive etwas getan hätten, er war schließlich auf Ihrer Seite und wollte Ihnen helfen. Sie werden einen guten Anwalt brauchen, wenn Sie jemals Ihre Verurteilung rückgängig machen wollen. Aber wenn wir irgendetwas von Ihnen im Haus finden, werden Sie auf der Verdächtigenliste ganz nach oben wandern.«

Es wärmte ihn, dass sie ihm glaubte. »Das ist mir völlig bewusst. Aber ich war es trotzdem nicht. Welchen Grund hätte ich dafür? Clive ist der einzige Mensch, der auf meiner Seite steht. Ich wäre sehr dumm, wenn ich ihm irgendwas antun würde.«

»Allerdings wird es zusammen mit meiner Aussage so aussehen, als hätten Sie versucht, ihn zum Schweigen zu bringen.«

Damon hielt den Atem an. »Was werden Sie aussagen? Hat Clive mit Ihnen geredet, bevor …?« Er konnte nicht weitersprechen.

8

Valerie konnte nicht glauben, dass sie gerade seelenruhig mit einem entflohenen Häftling telefonierte! Vermutlich war das auch nicht schlimmer als die Tatsache, dass sie ihn im Regenwald hatte laufen lassen, aber wenn Gabriel davon Wind bekam, würde er sie auf jeden Fall feuern. Zumindest, wenn das Gespräch nicht zu Damons Verhaftung führte.

»Valerie?«

Die Art, wie Damon ihren Namen aussprach, ließ ihr einen Schauer über den Rücken laufen. Es klang beinahe wie eine Liebkosung. Valerie presste die Hand gegen die Stirn und versuchte, sich davon abzuhalten, etwas wirklich Blödes zu tun. »Clive hat mich kurz vorher angerufen und mir angeboten, über die Strategie zu sprechen, die Sie bei der Anhörung fahren wollten. Wir haben uns bei ihm verabredet, aber als ich eine Dreiviertelstunde später dort ankam, stand die Haustür offen. Also bin ich reingegangen und habe nach ihm gerufen. Er hat aber nicht geantwortet.« Die Erinnerung daran, wie sie Clive gefunden hatte, presste Valerie die Kehle zusammen. Sie räusperte sich. »Ich habe ihn im unteren Stockwerk im Bad gefunden. Es sah aus, als hätte er sich mit einer Pistole in den Mund geschossen.«

»Gott!« Damons geschockter Ausruf klang echt, sofern Valerie das beurteilen konnte, ohne sein Gesicht zu sehen. Einen Moment lang waren nur seine rauen Atemzüge zu hören, dann räusperte er sich. »Also war es wirklich ein Selbstmordversuch?«

Valerie entschied sich für die Wahrheit. »Ich weiß es nicht. Wie gesagt, es sah danach aus, aber es kann genauso gut ein Mordversuch gewesen sein. Waren Sie in seinem Arbeitszimmer?«

Damon schwieg einen Augenblick, und erst jetzt bemerkte Valerie, dass sie ihm eine Fangfrage gestellt hatte. »Nein, das war ich nicht.«

Was aber nicht bedeutete, dass er das Haus nicht betreten hatte. »Es kam mir so vor, als wäre es durchwühlt worden. Es gab keinen PC, Laptop oder Ähnliches.«

Damon begann, etwas zu sagen, brach dann aber ab.

Langsam verlor Valerie die Geduld. »Wenn Sie etwas wissen, dann sagen Sie es mir. *Sie* haben schließlich *mich* angerufen.«

»Clive muss einen PC oder Ähnliches gehabt haben, er konnte seine Falldaten, die er auf dem Firmenrechner gespeichert hatte, zu Hause ansehen. Jedenfalls hat er mir das so gesagt.«

Valerie setzte sich gerader auf. »Waren die Daten für jeden zugänglich?«

»Ich bin mir nicht sicher, aber ich denke, dass man dafür ein Passwort braucht. Vielleicht kann Ihnen seine Sekretärin die Frage beantworten. Oder Clive selbst, wenn er wieder wach ist.« Hoffnung schwang in Damons Stimme mit.

»Ich werde mich danach erkundigen. Was Clive angeht – es sieht nicht gut aus. Er hat viel Blut verloren, und selbst wenn er überlebt, weiß ich nicht, welche Schäden er vielleicht davongetragen hat.«

»Hoffentlich kommt er durch. War er ansprechbar? Hat er etwas gesagt?«

Valerie schüttelte den Kopf. »Ich darf nicht mit Ihnen darüber sprechen.«

»Weil ich ein verurteilter Mörder auf der Flucht bin?« Seine Stimme klang hart.

»Das, und weil Sie ein Tatverdächtiger sind, falls sich herausstellen sollte, dass Clive Prescott einem Verbrechen zum Opfer gefallen ist.«

Einen Moment lang herrschte Stille, und Valerie dachte schon, Damon hätte aufgelegt. Doch dann hörte sie ein leises Ausatmen. »Ich verstehe. Ich hatte gehofft, Sie würden mir sagen, dass sein Zustand nicht so schlimm ist und er bald wieder auf die Beine kommt. Das ist alles. Aber ich verstehe, dass ich Sie damit in einen Gewissenskonflikt stürze. Es tut mir leid.«

Valerie schloss die Augen und rieb sich über die Stirn, hinter der sich ein gewaltiger Kopfschmerz bildete. Wie so oft in den letzten Monaten, seit sie zum ersten Mal von Damon Thomas gehört hatte. »Er konnte nicht sprechen, aber er hat kurz die Augen geöffnet.« Noch jetzt sah sie die Angst, den Schmerz und die Verwirrung vor sich, die in Clives Blick gelegen hatten.

»Danke, Valerie. Es bedeutet mir viel, das zu wissen.«

Wieder klang er absolut aufrichtig. Vielleicht war sie aber auch wirklich nicht unparteiisch, was Damon Thomas anging. Wahrscheinlich war Gabriels Entscheidung, sie vom Fall abzuziehen und zu suspendieren, nachdem sie seinen Befehl missachtet hatte, richtig gewesen. »Sagen Sie mir, welche Strategie Sie bei der Anhörung verfolgen wollten?« Gespannt hielt sie den Atem an.

»Nicht heute. Schlafen Sie gut, Agent Hayes.«

»Warten …« Valerie brach ab, als sie erkannte, dass er die Verbindung unterbrochen hatte. Als pflichtbewusste FBI-Agentin hätte sie jetzt eigentlich den Anruf melden und den Standort von Damons Handy ermitteln lassen müssen. Das wäre nur eine Sache von Minuten gewesen. Aber sie tat es nicht, sondern saß weiterhin auf der Bettkante und fragte sich, wie alles so aus dem Ruder hatte laufen können.

Vor einem halben Jahr hatte sie noch gedacht, sie hätte das

große Los gezogen, als man sie ins beste FBI-Team von Seattle geholt hatte. Endlich hatte sie das erreicht, was sie sich nach dem Tod ihres Bruders geschworen hatte. Und dann waren nach einem Wildunfall zwei verurteilte Mörder im Olympic National Park entkommen und hatten vorher noch ihr Teammitglied Ray Curtis und mehrere Wachleute getötet. Von da an war es nur noch bergab gegangen. Was zu einem großen Teil auch ihre Schuld war. Hätte sie nicht so intensiv über die beiden Flüchtigen recherchiert, wäre sie auch nie auf die Idee gekommen, dass Damon Thomas das Verbrechen, dessen man ihn beschuldigte, vielleicht gar nicht begangen hatte.

Und zu allem Überfluss hatte sie auch noch darauf bestanden, sich mit dem Team in den Regenwald zu begeben, um dort die Flüchtigen dingfest zu machen. Gabriel war skeptisch gewesen, das hatte sie ihm angemerkt. Zu Recht, wie sich herausgestellt hatte. Anstatt dem Befehl zu folgen, sich nicht vom Team zu entfernen, war sie allein der Spur des Mädchens gefolgt, in dem völligen Bewusstsein, dass sie irgendwann auf Damon treffen würde. Hatte sie vielleicht sogar insgeheim darauf gehofft?

Rastlos stand Valerie auf und ging zum Fenster. Mit einem Finger bog sie die Lamellen der Jalousie weiter auseinander und blickte nach draußen. Es war nichts zu sehen, trotzdem hatte sie das Gefühl, dass sie nicht allein war. Sie zog die Hand weg und stolperte zurück. Mit einem Ruck machte sie die Jalousie ganz zu und schloss sich damit im Zimmer ein. Normalerweise war das Schlafzimmer ihr Zufluchtsraum, ein Kokon, der die Realität ein Stück fernhielt. Zumindest dann, wenn sie keine Albträume hatte, die immer mal wieder auftraten. Sie wusste schon jetzt, dass sie heute nicht davon verschont bleiben würde. Dafür war die Situation mit Clive zu intensiv gewesen.

Vermutlich sollte sie erst einmal dafür sorgen, dass sie auch wirklich schlafen würde, bevor sie sich ins Bett legte. Normalerweise verzichtete sie auf Einschlafhilfen, doch heute machte sie eine Ausnahme. Barfuß ging sie in die Küche und holte die Whiskey-Flasche aus dem Schrank. Sie war immer noch fast voll, ein deutliches Zeichen dafür, dass sie noch alles unter Kontrolle hatte. Nachdem Valerie sich etwas von dem Whiskey in ein Glas gefüllt hatte, nahm sie einen kleinen Schluck. Sofort brannte sich der Alkohol einen Weg durch ihre Kehle bis zu ihrem Magen. Valerie hustete und schüttelte sich dann. Auch das gehörte zu ihrem Ritual. Nach zwei weiteren Schlucken stellte sie das Glas beiseite und war sich sicher, dass sie jetzt ohne Probleme einschlafen würde.

Langsam erhob sie sich und schwankte leicht. Es war ihr immer schon peinlich gewesen, wie wenig sie vertrug. Nach einem Glas Sekt lag sie beinahe unter dem Tisch, deshalb hatte sie gelernt, nur daran zu nippen und den Rest dann unbemerkt wegzugießen. Davon abgesehen mochte sie aber auch den Kontrollverlust nicht, den ein Rausch unweigerlich mit sich brachte. Sie wollte immer wissen, wer sie war und was sie erzählte oder tat. Aber hier war sie in ihren eigenen vier Wänden, und niemand würde sie sehen. Außerdem würde sie gleich ins Bett gehen und nicht auf dem Tisch tanzen.

Der Gedanke brachte Valerie zum Lachen, doch sie presste sich gleich erschrocken die Hand auf den Mund. Ja, es wurde eindeutig Zeit fürs Bett, und zwar ohne Umwege. Sie schaltete überall das Licht aus, bis nur noch ihre Nachttischlampe brannte, dann legte sie ihren Morgenmantel ab und kroch in ihrem Lieblingsschlafanzug ins Bett. Trotz des Alkohols fröstelte sie, als sich die kalten Laken über sie legten. Eine Weile machte sie die Atemübungen, die ihr beim Einschlafen helfen sollten, bis sie schließlich spürte, wie die Müdigkeit von ihr Besitz ergriff. Sie schaltete das Licht aus und starrte im Dunkeln an die Decke.

Es dauerte nicht lange, bis ihr die Augen zufielen und der Alkohol seine Wirkung tat. Ein tiefer Seufzer entfuhr ihr, während sie allmählich in den Schlaf sank.

Mit einem hohlen Gefühl im Magen fuhr Valerie auf dem Fahrrad zur Wohnung ihres Bruders. Eigentlich war Tom ihr Stiefbruder und acht Jahre älter als sie, aber sie standen sich so nahe wie richtige Geschwister. Zumindest war es so gewesen, bevor dieser ganze Albtraum begonnen hatte. Seit Monaten hoffte Valerie nun schon, es würde endlich jemand bemerken, dass ihrem Bruder ein großes Unrecht widerfahren war, doch bisher war das nicht geschehen. Mit jedem Tag war Toms Stimmung schlechter geworden. Er kapselte sich von allen ab, selbst von ihr, und das machte ihr wirklich Sorgen. Normalerweise konnten sie über alles reden und verstanden sich fast blind.

Jetzt aber hatte sie das Gefühl, Tom gar nicht mehr zu kennen. Es tat weh, dass er sie aus seinen Gedanken und seinem Leben ausschloss. Sie war sechzehn, kein Baby mehr! Zuerst war das schleichend passiert, und sie hatte es gar nicht bemerkt, doch mittlerweile war es offensichtlich. Aus ihrem offenen, immer freundlichen Bruder war ein verschlossener Eigenbrötler geworden, und sie wusste nicht, wie sie ihren Tom zurückbekommen sollte. Auch ihre Eltern waren ratlos und vor Sorge kaum noch ansprechbar.

Deshalb hatte Valerie beschlossen, ihrem Bruder heute nach der Schule einen Überraschungsbesuch abzustatten und erst wieder zu gehen, wenn er mit ihr geredet hatte. Diesmal musste er ihr zuhören und sich endlich öffnen. Wie lange hatte er ihr gepredigt, dass sie sich alles erzählen konnten? Dass nichts, was sie sagten, jemals weitergetratscht werden würde? Es wurde

Zeit, dass sie ihn wieder daran erinnerte und ihn dazu zwang, zu seinem Wort zu stehen. Sie war schon lange alt genug, um »Erwachsenenprobleme« zu verstehen. Er hatte keine Ausrede mehr, sie auszuschließen.

Valerie stellte ihr Fahrrad am Zaun des Mehrfamilienhauses ab, in dem ihr Bruder ein kleines Apartment bewohnte. Er war so stolz gewesen, als er sich nach dem Studium von seinem ersten selbst verdienten Doktorandengehalt die Miete hatte leisten können. Die Wohnung war sicher kein Luxus, aber Tom hatte sie gemütlich eingerichtet und hütete sie wie seinen Augapfel. Ihre Mutter hatte einmal spaßeshalber gesagt, dass er gerne wieder bei seinen Eltern einziehen könne, wo er doch neuerdings so gerne putze. Tom hatte nur gegrinst und dankend abgelehnt.

Das war erst ein Jahr her, doch seitdem war so vieles passiert, das überhaupt keinen Sinn ergab. Langsam aber sicher hatte Tom jegliches Interesse an seinem Apartment verloren, bei jedem Besuch wirkte es heruntergekommener. Überall lag Staub, der Mülleimer quoll über. Wenn ihr Bruder nicht mit ihr redete, würde sie einfach anfangen, aufzuräumen. Sie wusste, dass er es hasste, wenn ihre Mutter das tat. Aber irgendwie musste sie ihn aus seiner Lethargie schütteln und dafür sorgen, dass er wieder am Leben teilnahm. Das war er sich selbst, aber auch seiner Familie schuldig.

Entschlossen öffnete Valerie die Haustür und lief die Treppen ins Obergeschoss hinauf. Sie benutzte ihren Schlüssel, damit Tom gar nicht erst die Möglichkeit hatte, sie abzuweisen. Wenn sie erst in der Wohnung war, würde sie sich nicht wieder rausekeln lassen. Ihre Hand zitterte leicht, als sie die Wohnungstür aufschloss. Rasch unterdrückte sie die aufsteigenden Tränen, die sie immer überfielen, wenn sie in Toms Nähe kam. Sie konnte es kaum ertragen, ihn so zu sehen.

Auf der Türschwelle blieb sie stehen und dachte für einen Moment, sie hätte sich im Apartment geirrt. Dann begann sie zu lächeln. Offenbar hatte Tom doch wieder zu seiner alten Art zurückgefunden, alles war aufgeräumt und geputzt. Wahrscheinlich konnte sie sogar vom Fußboden essen, so sauber war alles. Leise schloss Valerie die Wohnungstür hinter sich und durchquerte das Wohnzimmer. Genau genommen war es gleichzeitig auch die Küche, das Esszimmer und der Schlafraum, alles verteilt auf überschaubaren vierzig Quadratmetern. Nur das Badezimmer lag separat, worüber Valerie heilfroh war.

Da sie Tom nicht sehen konnte, war er wahrscheinlich gerade unterwegs. Aber das war ihr egal, sie würde hier warten, bis er zurückkam. Bisher hatte er nie etwas dagegen gehabt. Valerie legte ihren Rucksack auf den Küchentisch und ging zum Kühlschrank, um sich etwas zu trinken zu holen. Es war verdammt heiß draußen, und sie brauchte dringend etwas zur Erfrischung. Wenigstens funktionierte die Klimaanlage, und es war angenehm kühl im Apartment. Allerdings roch es auch irgendwie komisch.

Valerie schnupperte und verzog das Gesicht. Wenn das Toms neues Putzmittel war, sollte er sich lieber ein neues kaufen. Einen Moment lang hielt sie ihr erhitztes Gesicht in den Kühlschrank, bevor sie eine Flasche Wasser herausnahm und die Tür wieder zuklappen ließ. Leider waren keine Essensreste im Kühlschrank gewesen, sie hatte wirklich Hunger und gehofft, hier etwas zu bekommen. Doch sie wollte auch nicht loslaufen und sich etwas im Supermarkt besorgen, falls Tom in der Zeit zurückkam.

Obwohl sie nicht gerade viel Fleisch auf den Rippen hatte, würde sie schon nicht verhungern, wenn sie einmal das Essen ausfallen ließ. Und zur Not konnte sie immer noch in Toms Schränken stöbern, dort würde sie sicher etwas finden. Aber zuerst musste sie dringend ins Bad. Mit langen Schritten durch-

querte sie das Apartment und erinnerte sich im letzten Moment daran, dass sie lieber klopfen sollte, falls Tom doch zu Hause war und sich gerade im Badezimmer aufhielt. Ihr Klopfen war so laut, dass ihr Bruder es auf jeden Fall hören würde, zumal auch keinerlei Wassergeräusche nach draußen drangen. Zur Sicherheit rief Valerie aber auch seinen Namen, bevor sie die Türklinke herunterdrückte.

Im ersten Moment dachte sie, der Raum sei leer, doch dann sah sie ihren Bruder in der Wanne liegen. Automatisch zog sie sich zurück. »Tut mir leid, ich dachte, du bist nicht hier. Hast du mich gar nicht ge…« Sie brach ab, als ihr klar wurde, dass irgendetwas nicht stimmte.

Erneut blickte sie zu Tom. Ihr Bruder lag angezogen in der Badewanne, seine Augen waren geschlossen, der Mund geöffnet. War er betrunken und hatte die Wanne mit seinem Bett verwechselt? Aber er lag so still, und um ihn herum hatte sich etwas Rotes ausgebreitet. Valeries Herz begann zu rasen, während sie immer noch versuchte, eine logische Erklärung zu finden. Vielleicht war er gestolpert und mit dem Kopf auf den Wannenrand geschlagen.

Ihre Füße bewegten sich wie von selbst, sie beugte sich zu ihrem Bruder hinunter und legte ihm die Hand an die Wange. Seine Haut fühlte sich furchtbar kalt an. »Oh Gott, Tom! Wach auf!« Sie schlug ihm leicht ins Gesicht und schüttelte ihn dann an den Schultern. Doch er rührte sich nicht. Nur sein Kopf rutschte zur Seite und gab einen riesigen Blutfleck am Wannenrand frei. In Valeries Kehle stieg ein Schrei auf, den sie mühsam herunterschluckte. »Nein, bitte, Tom!«

Hilfe, sie musste Hilfe holen, das war es. Vielleicht konnte ihm irgendjemand noch helfen. Valerie sprang auf – sie konnte sich nicht einmal daran erinnern, dass sie überhaupt auf die Knie gesunken war – und rannte ins Wohnzimmer. Sie riss das

Telefon aus dem Aufladegerät und wählte den Notruf. Während sie darauf wartete, dass sich jemand meldete, kehrte sie zu Tom zurück. Ihre Beine zitterten so sehr, dass sie sich auf den Toilettendeckel setzen musste. Dabei lag ihr Blick die ganze Zeit auf Tom, und sie hoffte, er würde sich endlich bewegen. Doch das tat er nicht.

Wie auf Autopilot beantwortete sie die Fragen, die ihr die Frau am Telefon stellte. Hinterher wusste sie nicht mehr, was sie überhaupt gesagt hatte. Aber sie schien zumindest die richtige Adresse angegeben zu haben, nur wenig später hörte sie die Sirenen. Tom hatte sich in der ganzen Zeit keinen Millimeter gerührt. Unter ihrer Hand, die sie ihm auf die Brust gelegt hatte, spürte sie keinen Herzschlag. Auch wenn sie es nicht wahrhaben wollte, musste sie doch der Realität ins Auge sehen: Ihr großer Bruder war tot. Sie musste ihre Eltern benachrichtigen, aber sie konnte sich nicht rühren. Wie versteinert saß sie auf der Toilette und starrte auf die Pistole, die in Toms Hand lag.

Jetzt ergab alles einen furchtbaren Sinn. Das Blut, die Stille, der Geruch. Und warum Tom die Wohnung geputzt hatte. Bei diesem Gedanken konnte Valerie die Tränen nicht mehr zurückhalten. Mit einem dumpfen Laut beugte sie sich vor und vergrub das Gesicht an ihren Beinen. Sie wollte schreien und gegen Gott und Tom wüten, weil sie ihr das angetan hatten. Doch das konnte sie nicht, Tom brauchte sie jetzt.

Erst als die Sanitäter ihn auf einer Trage weggebracht hatten, gab sie den Kampf auf und brach auf dem Boden des Badezimmers zusammen.

Valerie schreckte aus dem Albtraum hoch und setzte sich schwer atmend im Bett auf. Die Decke hatte sich wie eine Zwangsjacke um sie geschlungen, und sie strampelte sich mühsam daraus hervor. Sie streckte ihren Arm aus und schaltete die

Nachttischlampe an, aber der Anblick ihres vertrauten Schlafzimmers half ihr kaum. Ihr Gesicht war ganz nass vor Schweiß und Tränen, ein starker Druck lag auf ihrem Brustkorb. So war es immer, wenn sie diesen speziellen Traum hatte – oder vielmehr die Erinnerung an ein reales Ereignis. Sie wünschte, es wäre nur ein dummer Albtraum. Doch Tom war wirklich tot, für immer fort. Und sie würde die Bilder dieses schrecklichen Tages für immer mit sich herumtragen. Beinahe hasste sie ihren Bruder dafür.

Er hätte wissen müssen, dass ihn jemand aus der Familie finden könnte und dass sein Selbstmord großes Leid anrichten würde. Trotzdem hatte er keinen anderen Ausweg gesehen, als seinem Leben ein Ende zu setzen. Das hatte er ihnen in einem kurzen Brief erklärt, der mehr Fragen aufgeworfen hatte, als dass er Antworten hinterlassen hätte. Das Schlimmste aber war, dass sein Tod gar nicht nötig gewesen wäre – wenig später hatten sich all seine Probleme in Luft aufgelöst. Doch so lange hatte er wohl nicht warten können. Ja, sie war wütend auf ihn, keine Frage. Und auch auf sich selbst. Wie groß musste seine Verzweiflung gewesen sein, dass er zu solch einem Mittel hatte greifen müssen? Warum hatte sie ihn nicht schon früher zur Rede gestellt? Vielleicht wäre das dann alles nicht passiert.

Auch ihr Leben wäre dann ganz anders verlaufen. Toms Tod hatte sie dazu gebracht, sich für Ermittlungsarbeit zu interessieren, und schließlich hatte sie sich dafür entschieden, zum FBI zu gehen. Das wiederum hatte sie in ihre derzeitige Situation gebracht, in der sie einem gesuchten Häftling zur Flucht verholfen oder ihn zumindest nicht daran gehindert hatte, und nun Monate später mit ihm telefonierte, ohne seinen Standort ermitteln zu lassen. Sie hatte ihn nicht einmal gefragt, wo er gerade war! Nicht, dass er es ihr gesagt hätte, aber als Agentin hätte sie es zumindest versuchen müssen.

Zu aufgewühlt, um jetzt noch schlafen zu können, warf Valerie die Bettdecke zur Seite und schwang die Beine aus dem Bett. Sie würde sich einen beruhigenden Tee machen und sich anschließend wieder den Unterlagen zu dem Fall Bella Pelham widmen. Irgendetwas daran ließ sie nicht zur Ruhe kommen, und sie wollte endlich herausfinden, was das war. Clive Prescott hätte ihr vielleicht dabei helfen können, doch selbst wenn er überlebte, würde er sicher in nächster Zeit nicht in der Verfassung sein, sich mit solchen Dingen zu beschäftigen.

Valerie zog ihren Morgenmantel an und ging in die Küche. Inzwischen war der nächtliche Tee fast zu einer Routine geworden, es gab kaum mehr eine Nacht, in der sie einfach durchschlief. Zu sehr belasteten sie die Vorgänge und das sich stetig verschlechternde Verhältnis zu Gabriel. Wenigstens hatte sie ihm nicht gleich Rede und Antwort stehen müssen. Sie wusste nicht, ob sie schon dazu in der Lage gewesen wäre, ihm ruhig und sachlich zu berichten, was vorgefallen war – und sich nicht zu verraten, falls die Sprache auf Damon Thomas gekommen wäre. Gabriel war sowieso schon misstrauisch, ein falsches Wort reichte, um sich endgültig aufs Abstellgleis zu katapultieren.

Mit einer dampfenden Tasse Tee setzte Valerie sich schließlich an den Tisch und schlug die Aktenmappe auf, in der sie alle Informationen über Damon Thomas und den Mord an Bella Pelham gesammelt hatte. Sie hatte die Dokumente zwar auch auf ihrem Laptop, aber manchmal zog sie es vor, mit Papier zu arbeiten. Dabei kamen ihr oft bessere Ideen und sie fand Zusammenhänge, die ihr auf dem Bildschirm entgangen wären. Wie so oft sah sie sich erst die Fotos des Opfers und des Täters an, bevor sie sich durch den Wust an Papier wühlte. Den Autopsiebericht und die Berichte der Forensik kannte sie inzwischen fast auswendig.

Irgendwo zwischen all den Beweisen musste es etwas geben, das sie übersehen hatte. Ohne eine entscheidende neue Verteidigungsstrategie hätte Clive nie eine Anhörung vor Gericht erwirken können. Etwas, das Damon gesagt hatte, kam Valerie wieder ins Gedächtnis: Clive Prescott konnte seine Unterlagen online von zu Hause abfragen. Das bedeutete, dass es in seiner Kanzlei einen Computer geben musste, auf dem alles gespeichert war. Vielleicht lagerten dort auch die Original-Unterlagen noch in irgendeinem Aktenschrank.

Auf jeden Fall bestand die Möglichkeit, über die Kanzlei doch noch an Informationen zu kommen. Valerie bezweifelte, dass Damon sich noch einmal bei ihr melden und dann freiwillig mit den Informationen herausrücken würde. Ein Stich des Bedauerns durchfuhr sie. Schnell verdrängte sie das Gefühl und konzentrierte sich auf den Fall. Sie wollte Gerechtigkeit für Bella, das war alles. Wenn Damon im Zuge dessen freigesprochen wurde, umso besser.

9

Als Valerie am nächsten Morgen in die Stadt fuhr, folgte Damon unauffällig ihrem Wagen. Müdigkeit ließ ihm die Glieder bleischwer erscheinen, er hatte alle Mühe, sich auf dem Motorrad zu halten. Vermutlich hätte er nicht die Nacht in Valeries Garten verbringen sollen, aber er hatte das Gefühl gehabt, noch länger dort bleiben zu müssen. Ihr verlorener Gesichtsausdruck am Ende des Telefonats machte ihm immer noch zu schaffen. Es war egoistisch gewesen, sie anzurufen, damit hatte er sie in eine unmögliche Situation gebracht. Zu seiner Überraschung hatte sie allerdings nicht erneut telefoniert, um seinen Aufenthaltsort von ihren Leuten bestimmen zu lassen. Stattdessen hatte sie eine Zeit lang auf der Bettkante gesessen und ins Leere gestarrt.

Als sie zum Fenster gekommen war und durch den Spalt geblickt hatte, hätte sie ihn beinahe erwischt. Er war gerade noch rechtzeitig abgetaucht. Glücklicherweise hatte sie gleich danach die Jalousie ganz geschlossen, sodass er nicht in Versuchung geraten war, weiterhin in ihr Zimmer zu blicken. Doch obwohl er nichts mehr hatte sehen können, hatte er weiterhin dort ausgeharrt. Etwas in ihm hatte sie beschützen wollen. Damon verzog den Mund. Das war lächerlich – als FBI-Agentin war sie selbst dazu in der Lage, sich im Notfall zu verteidigen, und er war nicht einmal bewaffnet.

Genau genommen hatte er noch nie bewusst eine Pistole in der Hand gehabt – deshalb war der Vorwurf, er habe Bella getötet, auch so lächerlich gewesen. Doch das hatte damals weder die Ermittler noch die Staatsanwaltschaft oder die Richter interessiert. Inzwischen hatte Damon allerdings die Erfahrung gemacht, dass er in Gefahrensituationen zu allem fähig war, auch dazu, einen Menschen zu töten. Er hoffte, dass es nie so weit kommen würde, aber er war es auch leid, immer der Verlierer zu sein. Noch einmal würde er nicht zusehen, wie jemandem, der ihm nahestand, etwas angetan wurde. Und das schloss offenbar auch Valerie mit ein, obwohl er bisher kaum Kontakt zu ihr gehabt hatte.

Die Fahrt über die Landzunge zwischen Puget Sound und Lake Washington dauerte im morgendlichen Berufsverkehr länger als gewöhnlich, daher hatte Damon Zeit, ein wenig die Natur zu beiden Seiten des Highways zu betrachten. Auch wenn die Flucht durch den Olympic National Park alles andere als erholsam gewesen war, fehlte es ihm doch, in diese grandiose Landschaft eintauchen zu können. Aber damit würde er so lange warten müssen, bis man ihn freigesprochen hatte.

Valerie fuhr jetzt vom Highway ab, und Damon folgte ihr. Zur Vorsicht hielt er sich hinter einigen anderen Autos, damit sie ihn nicht entdeckte. Zwar war es unwahrscheinlich, dass sie ihn mit dem Helm erkennen würde, aber er wollte kein Risiko eingehen. Er durfte sie nur nicht aus den Augen verlieren, im dichten Stadtverkehr würde er sie nicht wiederfinden. Glücklicherweise war sie eine ruhige, besonnene Fahrerin, sodass er ihr ohne Probleme folgen konnte.

Langsam fuhren sie die von Bäumen gesäumte 5th Avenue hinunter, vorbei an Hochhäusern und schicken Geschäften. Gläserne Fronten glitzerten in der tief stehenden Morgensonne. Was wollte Valerie hier? Ein wenig shoppen gehen? Irgendwie konnte Damon sich das nicht vorstellen. Sie schien ihm nicht der Typ dafür zu sein, und vor allem stand ihr nach dem gestrigen Abend sicher nicht der Sinn danach. Doch als wollte sie seinen Gedanken widersprechen, bog Valerie jetzt in ein Parkhaus ein. Damon fuhr ihr nach und parkte ebenfalls im Untergeschoss, jedoch ein ganzes Stück entfernt, damit sie ihn nicht entdeckte. Gleichzeitig konnte er sie von hier aus gut im Auge behalten.

Sie schien keinerlei Verdacht zu schöpfen, denn sie blickte sich noch nicht einmal um, sondern schloss nur ihren Wagen ab und strebte dann dem Ausgang zu. Damit machte sie es Damon verdammt leicht, ihr zu folgen. Er ging etwas langsamer und ließ seinen Blick schweifen. Konnte das eine Falle sein? Auch wenn es ihm so vorkam, als würde er Valerie kennen, konnte er nicht wissen, was in ihrem Kopf vor sich ging. Vielleicht dachte sie wirklich, er hätte Bella getötet und auch Clive angegriffen. Als FBI-Agentin ging sie sicher sehr analytisch an die Sache heran, und alle Beweise deuteten bisher nur auf ihn hin. Spätestens, wenn man seine Fingerabdrücke in Clives Haus fand, würde ihm niemand mehr glauben, dass er Clive nichts getan hatte.

Eigentlich konnte er nur hoffen, dass es Clive schnell wieder besser ging, damit der den Ermittlern sagen konnte, wer versucht hatte, ihn zu töten – oder wenigstens, dass es nicht Damon gewesen war. Allein die Vorstellung, jemandem eine Pistole in den Mund zu halten und dann ohne Skrupel abzudrücken, ließ Damons Magen revoltieren. Der Täter musste ein eiskalter Mensch sein, jemand ohne Gewissen. Bei Tötungen, die im Affekt oder in Notwehr geschahen, waren immer Gefühle mit im Spiel, seien es Angst, Hass, Eifersucht oder Rache. Clives versuchte Ermordung wirkte hingegen wie etwas, das jemand geplant und eiskalt durchgeführt hatte. Vielleicht hatte die Tat doch nichts mit Damons Fall zu tun, sondern mit irgendeinem ehemaligen Klienten von Clive, der einen Auftragskiller engagiert hatte.

Wieder musste Damon an Bella denken. Auch sie war erschossen worden, und der Täter hatte dafür gesorgt, dass er nicht in Verdacht geriet. Nur hatte er leider alles auf den Dummen abgewälzt, der gerade zur Verfügung gestanden hatte, nämlich Damon. War er einfach nur im falschen Moment in die Wohnung gekommen, und der Mörder hatte keine andere Möglichkeit gesehen, als ihm die Tat anzuhängen?

Das klang irgendwie logisch, aber auch sehr berechnend. Genau wie die gestrige Tat. Damons Magendruck verstärkte sich. Ebenso wie das schlechte Gefühl, was Valerie betraf. War der Täter noch da gewesen, als sie gestern in Clives Haus eingetroffen war? Hatte er sie gesehen und hielt sie jetzt für eine unliebsame Zeugin? Dann schwebte sie jetzt ebenfalls in Gefahr. Automatisch beschleunigte Damon seine Schritte wieder, um den Abstand zu Valerie nicht zu groß werden zu lassen. Ihre Gangart war schnell, nicht ein einziges Mal blickte sie in eins der Schaufenster oder Cafés hinein. Offenbar hatte sie keinen gemütlichen Stadtbummel geplant, sondern ein festes Ziel im Auge. Das war Damon nur recht, seine Schwester hatte ihn einige Male gezwungen, sie zum Einkaufen zu begleiten – und es war die Hölle gewesen.

Da der Gedanke an seine Familie ihm Schmerzen verursachte, schob er ihn rasch beiseite und konzentrierte sich auf die Verfolgung. Immer wieder blieb er stehen, um die Umgebung zu beobachten, und nutzte dafür die spiegelnden Glasscheiben der Geschäfte und Büros. Es war niemand zu sehen, der sich übermäßig für ihn oder Valerie interessierte, trotzdem blieb Damon vorsichtig.

Als er sah, dass Valerie in einen Hauseingang abbog, blieb er stehen. Ungeduldig wartete er, bis die Agentin im Bürogebäude verschwunden war, bevor er näher trat. Aufmerksam betrachtete Damon die Reihe von Schildern an der Wand, um entscheiden zu können, ob er Valerie folgen sollte oder nicht. Viele der Firmennamen sagten ihm nichts, und er sah auch keinen Zusammenhang mit Valerie. Vielleicht hatte sie einen Arzttermin hier im Haus, und die Verfolgung war völlig unnötig gewesen. Doch schließlich wurde Damon fündig. Auf einem der Schilder stand in dezenten Buchstaben: *Clive Prescott, Rechtsanwalt*.

Mit Mühe widerstand er dem Drang, sich vor den Kopf zu schlagen. Natürlich, wie hatte er vergessen können, in welcher Straße sich Clives Kanzlei befand? Zwar war er nie hier gewesen, aber er hatte die Adresse oft genug auf Briefumschläge geschrieben, wenn er mit seinem Anwalt korrespondiert hatte. Für Damon gab es keinen Zweifel, dass Valerie zu Clives Büro wollte, deshalb beschloss er, auf der anderen Straßenseite zu warten, bis sie wieder herauskam. Von dort aus hatte er einen guten Überblick und würde es auch bemerken, wenn ihn jemand beobachtete.

Nach einem letzten Blick überquerte Damon schnell die Straße, kaufte sich eine Zeitung an einem Kiosk und setzte sich auf eine der Bänke, die dort praktischerweise standen. Die Bürgersteige waren inzwischen von zahlreichen Menschen bevölkert, die entweder zur Arbeit eilten oder von einem Geschäft zum nächsten zogen. Auch etliche Touristen waren zu sehen, die die Gebäude oder sich selbst fotografierten. Damon wandte seinen Blick allerdings nur selten von der Tür ab, um den Moment nicht zu verpassen, wenn Valerie wieder herauskam.

Es war ein unerwartet schöner Tag, und Damon genoss die wärmenden Sonnenstrahlen auf seinem Gesicht. Trotzdem wünschte er sich, Valerie würde sich beeilen – hier im Freien fühlte er sich einfach zu exponiert. Jederzeit konnte jemand vorbeikommen, den er von früher kannte oder der ihn einfach durch die Suchmeldungen im Fernsehen erkannte. Deshalb hielt er die Zeitung so, dass sein Gesicht zumindest zum Teil verdeckt wurde, während er weiterhin den Eingang im Auge behielt. Ihm selbst kam diese Pose furchtbar verdächtig vor, doch anscheinend interessierten die anderen Passanten sich überhaupt nicht für ihn. Nur einige warfen ihm einen flüchtigen Blick zu, bevor sie weitereilten.

Nach einigen Minuten entspannte Damon sich ein wenig und ließ den Blick durch die Gegend schweifen. Dabei fiel ihm ein Mann auf, der – ähnlich wie er – nichts Besseres zu tun zu haben schien, als die anderen Passanten zu betrachten. Damon wollte sich schon abwenden, als er bemerkte, wie der Mann zum wiederholten Mal auf die gleiche Tür blickte wie er selbst. Automatisch setzte Damon sich gerader auf, bevor er sich an seine Tarnung erinnerte. Vielleicht irrte er sich auch, aber wenn nicht, durfte er auf keinen Fall entdeckt werden. Durch einen Spalt in der Zeitung beobachtete er den Mann weiter, bis er sicher war, dass er mit seinem Verdacht richtiglag.

Natürlich konnte es sich auch einfach um einen Zufall handeln, und der Fremde wartete auf jemanden und vertrieb sich die Zeit bis dahin. Damons Gefühl sagte ihm allerdings etwas anderes – der Mann benahm sich nicht wie jemand mit einem harmlosen Anliegen. Auf jeden Fall war es besser, den Typen aus sicherer Entfernung im Auge zu behalten.

Nachdem einige Minuten vergangen waren, rührte der Verdächtige sich plötzlich. Er stieß sich von der Mauer ab, an der er gelehnt hatte, und steckte sein Handy weg, mit dem er die ganze Zeit herumgespielt hatte. Langsam ging er in Richtung Hauseingang. Erst jetzt bemerkte Damon, dass Valerie gerade auf den Bürgersteig getreten war und ihr Gesicht kurz in die Sonne hielt, bevor sie sich auf den Weg zurück zum Parkhaus machte. Unter dem Arm trug sie eine Aktenmappe, offenbar war ihr Besuch erfolgreich gewesen.

Damon faltete die Zeitung zusammen und stand auf, um ihr zu folgen. Als er sah, dass der Mann genau das Gleiche tat, fluchte er unterdrückt und ging schneller. Glücklicherweise schien der Verfolger nicht zu ahnen, dass er nicht der Einzige war, der sich an Valeries Fersen geheftet hatte. Er blickte nicht einmal zur anderen Straßenseite. Das nutzte Damon aus und ging nun auf gleicher Höhe mit Valerie – nur getrennt durch die Fahrbahn. Damon dachte daran, sie anzurufen und zu warnen, doch damit hätte er auch ihren Verfolger alarmiert.

Sein Herz klopfte schneller, während er nach einem Weg suchte, wie er Valerie im Notfall schützen könnte. Er glaubte zwar nicht, dass der Typ sie auf offener Straße überfallen würde, aber er konnte auch nicht sicher sein. Das nicht ganz so gut ausgeleuchtete Untergeschoss des Parkhauses dagegen war ein perfekter Ort für einen Angriff. Noch einmal beschleunigte Damon seine Schritte, sodass er Valerie nun deutlich überholte. Eilig überquerte er die Straße und tauchte in den Schatten des Parkhauses ein.

Ein kurzer Blick zurück zeigte ihm, dass Valerie weder ihn noch ihren Verfolger bemerkt zu haben schien. Unbeirrt setzte sie ihren Weg fort. Auch der Fremde war weiterhin hinter ihr, immer noch bemüht, völlig harmlos zu wirken. Für einen Moment wurde Damon unsicher. Vielleicht litt er inzwischen auch schon unter Verfolgungswahn und bildete sich das alles nur ein. Gut möglich, dass der Mann einfach nur den gleichen Weg hatte wie Valerie. Damons Instinkt sagte ihm allerdings nach wie vor etwas anderes, und im Zweifelsfall gewann immer die Vorsicht. Sobald er außer Sichtweite war, rannte er los.

Valerie konnte es nicht erwarten, ins Büro zu kommen. Die gestrigen Ereignisse hatten sie offenbar stärker getroffen, als sie erwartet hatte. Selbst die einfachsten Handgriffe schienen anstrengender zu sein als sonst, und außerdem ertrug sie es nicht, unter Menschen zu sein. Sie wollte einfach nur in Ruhe gelassen werden, sich in ihre Arbeit verkriechen. Deshalb hätte sie auch gut auf das Gespräch mit Gabriel verzichten können. Aber vielleicht war es besser, es jetzt einfach hinter sich zu bringen, anstatt noch länger in der Ungewissheit zu leben und um ihren Job bangen zu müssen.

Der Besuch in Clive Prescotts Büro hatte sie nur teilweise weitergebracht. Seine Sekretärin war verständlicherweise völlig außer sich gewesen. Den Gedanken, dass ihr Chef versucht haben könnte, Selbstmord zu begehen, hatte sie als lächerlich von sich gewiesen. Sie hatte bereits mit dem Ermittler der Polizei gesprochen, hatte jedoch nicht wirklich etwas zur Sache beitragen können. Als Clive gestern das Büro verlassen hatte, war er gut gelaunt gewesen, die Sekretärin hatte keinerlei Veränderungen in seinem Verhalten bemerkt. In letzter Zeit hatte er auch keine Fälle gehabt, die besonders brisant gewesen wären. Über etwaige Drohungen hatte die Sekretärin ebenfalls nichts gewusst. Sie hatte sich keinen Grund vorstellen können, warum jemand Clive so etwas antun würde, doch ein Selbstmordversuch stand für die resolute Frau völlig außer Frage.

Damit hatte sie Valeries Einschätzung bestätigt, aber Gewissheit würden sie wohl erst haben, wenn Clive dazu aussagen konnte oder in seinem Haus ein Abschiedsbrief gefunden wurde. Bis dahin konnten sie nur rätseln und versuchen, den Hinweisen nachzugehen. Das war allerdings nicht so einfach, da die Sekretärin sich standhaft geweigert hatte, die Unterlagen zu Damons Fall herauszugeben. Auch Valeries Hinweis, dass Clive mit ihr darüber hatte reden wollen, hatte keine Wirkung erzielt. Solange sie nicht Damons oder Clives Erlaubnis erhielt, würden die Akten aus Gründen des Klientenschutzes in der Kanzlei verbleiben.

Die Sekretärin hatte Valerie lediglich den Antrag gezeigt, der vor Gericht eingereicht worden war und der zu dem Anhörungstermin geführt hatte. Und dazu war sie auch nur bereit gewesen, weil Valerie sich das Dokument ohnehin vom Gericht hätte besorgen können. Netterweise hatte sie es sogar kopieren dürfen. Danach hatte die Sekretärin sich noch darüber beschwert, dass die Computer im Büro durch einen Virus lahmgelegt worden waren und sie noch auf einen Spezialisten wartete, der die Sache wieder richten sollte. Solange würde sie alles per Hand erledigen müssen und auch nur auf die Papierunterlagen zurückgreifen können. Dazu kamen noch die ständigen Anrufe der Pressevertreter, die die arme Frau wahnsinnig machten.

Nachdem Valerie sie ausreichend bedauert hatte, war sie schnell geflüchtet, bevor der Sekretärin noch etwas eingefallen wäre, über das sie sich hätte beschweren können. So war Valerie schließlich nach einer halben Stunde mit einer kleinen Aktenmappe entkommen, in denen sie die paar Dokumente des Antrags transportierte. Sie wünschte wirklich, sie hätte mehr bekommen – so würde sie sicher nicht herausfinden, was hier vor sich ging.

Schnellen Schrittes trat sie in das Parkhaus und ging zum Kassenautomaten, um dort ihr Ticket zu bezahlen. Während sie ein paar Dollarscheine in den Schlitz schob, hatte sie das Gefühl, dass jemand sie beobachtete, doch als sie sich umdrehte, konnte sie niemanden entdecken. Als Agentin hatte sie gelernt, ihre Instinkte niemals zu vernachlässigen, deshalb nahm sie die Karte für die Schranke entgegen und ging zu ihrem Wagen. Dabei behielt sie weiterhin die Umgebung im Auge. Vorsicht konnte nie schaden.

Noch immer rührte sich nichts, trotzdem konnte sie eine Präsenz spüren. Ihr Adrenalinpegel stieg mit jeder Sekunde weiter an. Ganz vorsichtig näherte sie sich ihrem Auto, das noch genauso dastand, wie sie es verlassen hatte. Nichts schien sich verändert zu haben, doch das erklärte nicht, warum ihr Nacken immer noch prickelte. Nach einem letzten Rundblick öffnete Valerie die hintere Tür und warf die Unterlagen auf den Sitz. Gerade als sie sich wieder aufrichtete, explodierte bei dem Wagen hinter ihr die Seitenscheibe. Instinktiv duckte sie sich neben ihr Auto und blickte sich um. Aus ihrer Position war nichts zu sehen, aber sie spürte, dass sie nicht mehr allein war. Ihr Bauchgefühl hatte sie also nicht getrogen.

Sie wünschte, sie hätte ihre Pistole bei sich, die sie im Handschuhfach gelassen hatte, weil sie nicht in offizieller Mission unterwegs war – ganz davon zu schweigen, dass Gabriel sie suspendiert hatte. Ihr Herz klopfte schneller, während sie zu entscheiden versuchte, wie sie jetzt vorgehen sollte. Am besten kletterte sie in den Wagen und versuchte, an das Handschuhfach zu kommen. Vorsichtig schob sie das Knie auf die Rückbank und hielt den Kopf so tief wie möglich.

Mit einem Knall zerbarst die hintere Seitenscheibe ihres Wagens, Glasstücke regneten auf sie herab. Ein unterdrückter Aufschrei entfuhr ihr, und sie schützte ihren Kopf mit den Händen. Ohne Vorwarnung versetzte ihr jemand einen harten Stoß, und sie landete mit einem erschrockenen Aufschrei auf der Rückbank. Ihr Kopf prallte unsanft gegen die Seitentür, und für einen Moment sah sie Sterne.

Das reichte ihrem Angreifer, um ihr die Parkkarte zu entreißen, ihre Beine zu packen und sie so zusammenzufalten, dass er die Tür schließen konnte. Valerie versuchte, sich aufzurichten und gegen ihn zu kämpfen, doch die Bewegung löste einen scharfen Schmerz in ihrem Kopf aus, der sie für einen Moment benommen zurücksinken ließ. Das nutzte der Angreifer aus und sprang auf den Fahrersitz. Das Knallen der Tür sandte einen weiteren Stich durch Valeries Schädel, dann röhrte der Motor auf und der Wagen schoss rückwärts. Valerie wurde in die Rückbank gepresst, ihr Magen hob sich. Sie musste hier raus! Doch ihre Finger fühlten sich seltsam taub an, als sie nach dem Türgriff tastete.

Der Wagen schleuderte um die Ecke und katapultierte sie vom Sitz. Mit einem schmerzhaften Aufprall landete sie im Fußraum und konnte sich kaum noch rühren. Jetzt rächte es sich, dass sie die Vordersitze weit nach hinten geschoben hatte, um mehr Platz zu haben. Ihre Arme waren so unglücklich unter ihr eingeklemmt, dass Valerie sie nicht benutzen konnte, um sich zu befreien. Die Bewegungen des Wagens halfen ihr auch nicht gerade, ganz im Gegenteil. Mit quietschenden Reifen fuhren sie um eine weitere Kurve, irgendetwas kullerte unter dem Sitz hervor und traf Valerie im Gesicht. Es fühlte sich an wie eine Plastikflasche.

Wut gesellte sich zu ihrer Angst dazu. Ein dumpfer Laut erklang, als etwas gegen das Auto prallte. Valerie glaubte, einen Fluch zu hören, doch das Blut rauschte zu laut in ihren Ohren, um die Worte auszumachen. Wieder gab der Entführer Gas, und der Wagen schoss vorwärts. Dann schlingerte er, bevor er schließlich abrupt abbremste. Valerie schlug mit der Schläfe gegen irgendetwas Metallisches und ihr wurde schwarz vor Augen. Verzweifelt kämpfte sie gegen die drohende Bewusstlosigkeit an, doch es nutzte nichts. Hilflos ging sie unter.

10

Als Valerie wieder aufwachte, drückte etwas Hartes in ihren Magen, und sie hatte das Gefühl, zu schweben. Übelkeit regte sich in ihr, es kostete sie ihre gesamte Kraft, sich nicht zu übergeben. Gott, was passierte da mit ihr? Mühsam öffnete sie die Augen und sah sich um. Die Helligkeit stach in ihre Pupillen, und es dauerte einen Moment, bis sie erkennen konnte, dass sie sich ein Stück vom Erdboden entfernt befand. Eine harte Schulter presste sich gegen ihren Bauch, und der Mann, der sie im Feuerwehrgriff trug, bewegte sich schnell vorwärts auf ein Wohnhaus zu. Furcht breitete sich in Valerie aus. Sie war entführt worden!

Angestrengt versuchte sie, den Entführer zu erkennen, doch sie konnte nur dessen Rücken und Beine sehen. Sie musste fliehen! Leider merkte sie schnell, dass das unmöglich war. Der Mann hatte den Arm so um ihre Beine geschlungen, dass sie sie nicht mehr bewegen konnte. Bevor Valerie noch über weitere Fluchtmöglichkeiten nachdenken konnte, schloss ihr Entführer die Tür auf und trat mit ihr in den düsteren Hausflur. Da ihr Kopf nach unten hing, verstärkte sich ihr Schwindel noch, und die Schmerzen raubten ihr beinahe das Bewusstsein. Trotzdem versuchte sie, gegen den Mann anzukämpfen. Mit den Fäusten trommelte sie ihm auf den Rücken, doch das schien ihm überhaupt nichts auszumachen.

Unbeirrt stieg er einige Treppen hinauf und blieb schließlich im Obergeschoss vor einer Tür stehen. Valerie unternahm noch einen weiteren Versuch, ihren Angreifer zu überwältigen, doch ihre Finger drangen nicht einmal durch das Leder seiner Jacke. Deshalb bog sie ihr Bein zurück, so weit es ging, und trat zu. Sie war sich nicht sicher, was sie getroffen hatte, aber ihr Entführer zuckte zumindest kurz zusammen. Frei war sie dadurch allerdings immer noch nicht. Bevor sie sich eine neue Strategie überlegen konnte, hatte der Unbekannte die Wohnungstür geöffnet und trat in das Apartment. *Nein!* Erneut wurde Valerie von Angst durchflutet, und sie begann, sich herumzuwerfen.

Der Entführer versuchte, sie festzuhalten, doch sie hatte sich von seiner Schulter katapultiert. Der Aufprall auf dem harten Boden nahm ihr für einen Moment den Atem. Schmerzen durchzuckten ihren Körper und erreichten ihren lädierten Schädel. Halb bewusstlos versuchte Valerie trotzdem, sich aufzurichten, schaffte es jedoch nur auf Hände und Knie. Langsam kroch sie auf die Tür zu.

»Verdammt, Valerie, wollen Sie sich umbringen?« Verärgerung klang in der Stimme des Mannes mit.

Sie wollte ihm sagen, dass es seine Schuld war – schließlich hatte er sie entführt –, aber sie brachte keinen Ton heraus. Ihr Kopf schien immer schwerer zu werden, sie konnte ihn kaum noch oben halten. Der Unbekannte sagte noch etwas, aber Valerie verstand seine Worte nicht mehr. Dann spürte sie, wie seine Hände sich unter ihren Körper schoben und er sie hochhob. Diesmal war sein Griff sanft, seine Worte ein beruhigendes Gemurmel. Ihr Kopf sank an seine Brust, ohne dass sie etwas dagegen tun konnte. Ihre Augen schlossen sich ohne ihr Zutun. Sie hatte das Gefühl, zu fliegen.

Irgendetwas war anders. Sie lag nicht mehr auf dem harten Boden, sondern … weich. Alarmiert öffnete Valerie die Augen und nahm ihre Umgebung in sich auf. Die heruntergekommene Wohnung kannte sie bereits, allerdings befand sie sich nicht mehr in der Nähe der Tür, sondern am anderen Ende des Raumes. Sie lag auf dem Bett – angezogen, wie ein rascher Blick zeigte –, der Rest des Apartments war leer. Es war erschreckend still – außer ihren rauen Atemzügen war nichts zu hören.

Um der wachsenden Panik zu entgehen, richtete Valerie sich schnell auf. Ein Schmerzenslaut entfuhr ihr, als sie sofort an den Armen zurückgerissen wurde. Sie kämpfte dagegen an, bis sie merkte, dass ihre Handgelenke mit Kabelbindern an das metallene Bettgestell gefesselt waren. Mühsam drängte sie die Furcht zurück, die sich in ihr ausbreiten wollte. Wenn sie sich jetzt nicht zusammenriss, würde sie sich nie befreien können. Dafür brauchte sie einen klaren Verstand und vor allem Kraft. Ihr entscheidender Vorteil war, dass der Entführer sie allein gelassen hatte, so konnte sie in Ruhe testen, wie sie die Fesseln loswurde.

Generell waren Kabelbinder eine Pest, eigentlich brauchte sie einen spitzen Gegenstand, mit dem sie die Lasche wegdrücken konnte – und vor allem eine freie Hand. Beides hatte sie nicht, da der Mistkerl schlau genug gewesen war, ihre Arme weit auseinander am Bettrahmen zu befestigen. Valerie versuchte es mit dem Mund, aber auch das funktionierte nicht. Selbst wenn sie sich so weit vorbeugte, wie es ihr möglich war, ohne den anderen Arm auszureißen, kam sie nicht an ihr Handgelenk. Davon abgesehen hätte es ohnehin zu lange gedauert, das Plastik durchzubeißen.

Nun blieb ihr nur noch die Möglichkeit, ihre Beine zu benutzen, die glücklicherweise nicht angebunden waren. Wenn sie genug Kraft aufwandte, konnte sie vielleicht die Metallrohre am Kopfteil mit ein paar gezielten Tritten herausbrechen. Da dies ihre einzige Chance war, machte Valerie sich gleich an die Arbeit. Mit dem Kopf schob sie das Kissen zur Seite und drehte sich dann so um, dass sie mit den Füßen an das Kopfteil kam. Dadurch wurden ihre Arme extrem angespannt, Schmerz schoss durch ihre Muskeln und Gelenke. Doch sie ignorierte ihn, ihre Freiheit war jetzt wichtiger.

Sie konnte es sich nicht leisten, auch nur eine Sekunde zu verschwenden – ihr Entführer konnte jeden Moment zurückkommen. Sie hatte keine Ahnung, wie lange sie bewusstlos gewesen war, und es war eher unwahrscheinlich, dass der Unbekannte sie längere Zeit allein lassen würde. Er hatte sich bestimmt nicht solche Mühe gegeben, sie in die Hände zu bekommen, nur um sie dann irgendwo abzuladen und sich nicht mehr um sie zu kümmern.

Natürlich interessierte es sie auch, warum sie entführt worden war, aber bevor sie ihren Entführer mit irgendwelchen Fragen konfrontierte, wollte sie möglichst nicht mehr gefangen sein, sondern die Oberhand haben. Und die würde sie nur gewinnen, wenn sie sich endlich von diesen verdammten Fesseln befreite. Versuchsweise drückte Valerie mit dem Stiefel gegen das Metall. Das Kopfteil gab ein leises Quietschen von sich, rührte sich ansonsten aber nicht. Mist, natürlich war das Teil stabil. Alles andere wäre ja auch ein Wunder gewesen.

Heiße Wut stieg in Valerie auf, und sie trat mit aller Kraft gegen das Kopfteil. Ein lautes Scheppern erklang, als das Metall an die Wand stieß. Gleichzeitig zog ein reißender Schmerz durch Valeries Arme. Ihre Handgelenke fühlten sich an, als hätte sie jemand mit einer Feile bearbeitet. Sie brannten wie Feuer. Aber darauf konnte sie jetzt keine Rücksicht nehmen. Wenn der Entführer in der Nähe war, hatte er den Lärm sicher gehört. Das ließ ihr Zeitfenster noch weiter schrumpfen. Mit der Kraft der Verzweiflung trat Valerie immer wieder auf das Kopfteil ein, bis es mit einem letzten lauten Quietschen abbrach und polternd zu Boden fiel.

Da ihre Handgelenke noch daran befestigt waren, wurde sie vom Gewicht nach hinten gezogen und landete in dem Spalt zwischen Bett und Wand. Ihre Schultern gaben ein protestierendes Knacken von sich, Schmerz zog durch die Gelenke, als sie in einem unnatürlichen Winkel nach hinten gebogen wurden. Dass Valerie mit ihrem gesamten Gewicht darauf lag, half auch nicht gerade, ganz im Gegenteil. Der Schmerz intensivierte sich, bis sie dachte, ihn nicht mehr aushalten zu können. Mit zusammengebissenen Zähnen hob sie die Hüfte an und versuchte, den Oberkörper wieder auf die Matratze zu befördern.

Es schien viel zu lange zu dauern, bis sie sich so weit sortiert hatte, dass der Schmerz halbwegs erträglich wurde. Schweiß rann ihr in die Augen, und sie wischte ihr Gesicht an der Schulter ab. Das Blut rauschte in ihren Ohren, ihre Atemzüge klangen keuchend. Es kostete sie unendlich viel Kraft, ein Bein auf die Matratze zu ziehen und sich dabei nicht die Schulter auszukugeln. Schließlich hatte sie es geschafft und lag einen Moment lang schwer atmend da. Das Metallkopfteil ruhte dabei auf ihrem Rücken, weil ihre Handgelenke noch immer daran befestigt waren. Inzwischen fühlten sich ihre Finger schon ganz taub an.

Doch daran konnte sie jetzt nichts ändern. Sie würde sich nicht selbst davon befreien können, deshalb musste sie Hilfe suchen. Zwar konnte sie sich Besseres vorstellen, als gefesselt an ein Bettgestell auf die Straße zu laufen, aber hierzubleiben und auf den Entführer zu warten war ungleich schlimmer. In dieser Position würde sie ihn nicht überwältigen können, sondern wäre ihm mehr oder weniger hilflos ausgeliefert. Nein, sie würde sich befreien lassen und dann zurückkehren und ihn seine eigene Medizin schmecken lassen.

Wie er es wohl fände, irgendwo festgebunden zu werden?

Die Vorstellung hob Valeries Laune ein wenig und gab ihr die Kraft, sich aufzurichten. Das schwere Metall hing jetzt an ihren Handgelenken, und sie hob es über ihren Kopf, um es besser tragen zu können. Noch einmal holte sie tief Luft, dann versuchte sie, auf die Füße zu kommen. Sie ignorierte die Schmerzen und stand schließlich schwankend da. Ja, sie würde es schaffen!

Valeries erste Schritte waren etwas wacklig, und das unhandliche Kopfteil vor ihrer Brust förderte nicht gerade ihren Gleichgewichtssinn, doch das hielt sie nicht auf. Langsam, Schritt für Schritt näherte sie sich der Wohnungstür. Nur noch wenige Meter, dann war sie frei. Sollte sie zu einem der Nachbarn gehen und dort an die Tür hämmern, oder war es besser, das Haus so schnell wie möglich zu verlassen und draußen Hilfe zu suchen? Da sie nicht wusste, ob ihr Entführer Freunde im Haus hatte, war Letzteres wohl sicherer. Vielleicht konnte sie auch die Scheibe ihres Wagens einschlagen und versuchen, an ihr Handy zu kommen.

Was würde Gabriel wohl an ihrer Stelle tun? Valerie verzog das Gesicht. Sie konnte sich nicht vorstellen, dass der Agent jemals in eine solche Situation geraten würde. Er hätte sich gar nicht erst im Parkhaus überraschen lassen. Normalerweise waren ihre Reaktionen auch besser, aber sie war so damit beschäftigt gewesen, nicht von einer Kugel getroffen zu werden, dass sie den Mann erst bemerkt hatte, als er sie überfallen hatte. Doch es half nichts, jetzt darüber nachzugrübeln, deshalb schob sie alle Selbstzweifel beiseite und konzentrierte sich auf ihre Flucht.

Sie war nur noch wenige Schritte von der Tür entfernt, als diese plötzlich aufschwang. Überrascht taumelte Valerie zurück. Auch ihr Entführer schien erstaunt zu sein, denn er starrte sie einen Moment lang nur an, bevor er leise die Tür hinter sich schloss. Dann lehnte er sich mit dem Rücken dagegen und blickte sich im Raum um. Er trug einen Motorradhelm, deshalb konnte Valerie seinen Gesichtsausdruck nicht richtig sehen. Erstaunen? Wut?

»Was haben Sie getan?« Seiner durch den Helm gedämpften Stimme war kein Gefühl anzuhören.

Wütend starrte Valerie ihn an. »Ich habe versucht, mich zu befreien.« Was eigentlich ziemlich offensichtlich war. Zum Spaß lief sie sicher nicht mit dem Kopfteil seines Bettes in der Gegend herum.

»Und es fast geschafft. Offenbar habe ich Sie unterschätzt.« Er trat einen Schritt näher. »Wenn Sie sich auf das Bett setzen, befreie ich Sie von dem Ding. Das kann nicht wirklich bequem sein.«

Und was dann? Würde er sie erneut fesseln, und dieses Mal so, dass sie nicht mehr entkommen konnte? Oder wollte er nur verhindern, dass sie das Metall als Waffe verwendete? »Machen Sie sich keine Mühe. Es sei denn, Sie lassen mich direkt danach gehen, dann vergessen wir die ganze Sache hier.«

Noch bevor sie geendet hatte, schüttelte der Mann bereits den Kopf. »Das kann ich nicht.«

»Warum nicht? Ich kann Sie nicht verraten, weil ich Sie gar nicht kenne. Es gibt also keinen …«

»Sie würden sterben.« Während Valerie noch versuchte, den Sinn seiner Worte zu verstehen, löste er den Riemen und zog sich dann den Helm vom Kopf.

Im ersten Moment wollte Valerie die Augen schließen, damit sie das Gesicht ihres Entführers nicht sah und er sie gehen ließ, doch die FBI-Agentin in ihr ließ das nicht zu. Ein unrasiertes, kantiges Kinn kam zum Vorschein, dann ein schmaler Mund und eine männliche Nase. Ein Paar blauer Augen blickte sie direkt an, und Valerie erkannte ihn, noch bevor sie sein wirres schwarzes Haar sah. Ihr Mund öffnete sich, aber es kam kein Ton heraus. Mit allem Möglichen hatte sie gerechnet, aber sicher nicht damit, mitten in der Stadt von Damon Thomas entführt zu werden.

»Sie!« Zu mehr reichte es nicht.

Damon warf den Helm beiseite und trat langsam auf sie zu. »Hören Sie, Valerie …«

Weiter kam er nicht, denn sie stürzte sich auf ihn.

Damon stieß einen lautlosen Seufzer aus, als Valerie auf ihn zustürmte. Eigentlich hatte er gehofft, vernünftig mit ihr reden zu können und sie davon zu überzeugen, dass er keine andere Wahl gehabt hatte. Doch mit dieser Einschätzung hatte er offensichtlich falschgelegen. Im letzten Moment griff er nach den Metallstreben und hinderte Valerie daran, ihm das schwere Teil über den Kopf zu ziehen. Dabei fiel sein Blick auf ihre Handgelenke, und er schnitt eine Grimasse. Auf keinen Fall hatte er ihr Schmerzen zufügen wollen, aber wie es aussah, war ihm das nicht gelungen. Sanft drängte er Valerie mitsamt des Kopfteils nach hinten, bis sie mit den Kniekehlen gegen die Matratze stieß.

»Bitte beruhigen Sie sich, Valerie. Ich möchte nicht, dass Sie sich noch schlimmer verletzen.«

»Dann hätten Sie mich nicht gewaltsam entführen sollen! Oder dachten Sie, ich finde es witzig, in mein Auto gestoßen zu werden? Das tue ich nicht, falls Sie es wissen wollen.« Ihre grauen Augen schossen Pfeile auf ihn ab. Sie rüttelte am Metallgitter. »Lassen Sie mich jetzt endlich frei!« In ihrem Gesicht war ein Hauch von Angst zu erkennen, was Damons schlechtes Gewissen noch verstärkte.

»Es tut mir leid. Setzen Sie sich bitte hin, dann befreie ich Sie von den Kabelbindern.«

Einen Moment lang blickte Valerie ihn misstrauisch an, dann setzte sie sich ohne ein weiteres Wort hin.

»Danke. Ich hole schnell eine Schere und Verbandszeug, okay?«

Valerie blickte auf ihre Handgelenke und wurde deutlich blasser. Offenbar hatte sie in ihrer Verzweiflung, sich zu befreien, überhaupt nicht bemerkt, dass sie sich verletzt hatte. »Warum tun Sie das?« Ihre Stimme klang seltsam dünn, beinahe verloren.

»Weil ich nicht möchte, dass Sie mein Bett vollbluten?«

Wut flammte in ihren Augen auf, genau das, was er mit der Antwort hatte erreichen wollen. Damon wollte ihren Kampfgeist sehen, selbst wenn der gegen ihn gerichtet war.

»Sehr witzig! Ich will wissen, warum Sie mich entführt haben. Ist die Liste der Vergehen, wegen denen Sie gesucht werden, nicht schon lang genug?«

Eindeutig ein Treffer, aber Damon weigerte sich, ihr die Genugtuung zu geben, seinen Ärger zu erkennen. »Vermutlich. Aber in dem Fall musste ich eine Ausnahme machen.« Er drehte sich um und ging zum Badezimmer, um das Verbandszeug zu holen.

»Ich hätte Sie im Olympic verhaften sollen, als ich die Gelegenheit dazu hatte.«

Damon war froh, dass sie seinen Gesichtsausdruck nicht sehen konnte. Seine Gefühle waren ihm sicher anzumerken. »Dafür hätten Sie mich erschießen müssen.«

Auf diesen Kommentar hin blieb Valerie seltsam still, doch Damon widerstand dem Drang, sich zu ihr umzudrehen. Stattdessen trat er in das winzige, fensterlose Bad und bückte sich, um den Verbandskasten aus dem Unterschrank des Waschbeckens herauszuholen. Als er wieder hochkam, sah er sein Spiegelbild und erschrak – wie jedes Mal, wenn er sich sah. Er wirkte krank und gehetzt, seine Gesichtsfarbe ungesund. Sein Dreitagebart und die dunklen Ringe unter seinen Augen, die von seiner Schlaflosigkeit zeugten, halfen auch nicht wirklich. Kein Wunder, dass Valerie sich vor ihm fürchtete.

Damon schüttelte den Kopf. Nein, das lag vermutlich eher daran, dass er ein gesuchter Mörder war und sie entführt und an sein Bett gefesselt hatte. Allerdings konnte er weder an dem einen noch an dem anderen irgendetwas ändern, deshalb atmete er nur tief durch und versuchte, jedes Gefühl aus seiner Miene zu vertreiben.

Valerie blickte ihm mit brennenden Augen und erhobenem Kinn entgegen. Wie eine Kämpferin auf dem Kriegspfad. Damon wollte nicht ihr Gegner sein, aber offenbar sah sie ihn als genau das an.

»Vielleicht hätte ich Sie erschießen sollen.« Ihre Worte drangen ihm wie Pfeile unter die Haut, und er blieb stehen.

»Das ist nicht Ihr Ernst.« Er konnte nicht verhindern, dass seine Stimme scharf klang. »Wissen Sie, was für einen Schaden das bei Emma angerichtet hätte?« Von ihm selbst ganz zu schweigen.

»Genau deshalb stehen Sie noch hier.« Mühsam rieb sich Valerie mit der Schulter über die Wange und verzog dann den Mund. »Befreien Sie mich jetzt, oder muss ich noch länger darauf warten?«

Damon trat näher. »Warum sollte ich das tun, obwohl Sie mich doch tot sehen wollen?«

»Das habe ich nie gesagt!« Ihr Ausbruch kam spontan und zeigte Damon, dass sie es ehrlich meinte.

Ein wenig besänftigt hockte er sich vor sie, sodass sie sich nicht den Hals verrenken musste, um ihm in die Augen sehen zu können. »Es hörte sich aber so an.« Müde strich er sich über die Stirn. »Hören Sie, es tut mir leid, wenn ich Sie damals in eine schwierige Situation gebracht habe. Ich habe das auch alles nicht gewollt, das können Sie mir glauben.«

Valeries Gesichtsausdruck wurde etwas sanfter. »Das tue ich sogar. Aber das entschuldigt trotzdem nicht die heutige Entführung.«

Damon schnitt eine Grimasse. »Das ist mir bewusst. Aber ich hoffe, ich kann Ihnen meine Beweggründe gleich näherbringen.« Er hob die Schere und hielt dann inne. »Versprechen Sie mir, mich nicht sofort anzufallen, wenn ich Ihre Hand befreie?« Valerie errötete leicht und zeigte ihm damit, dass sie tatsächlich darüber nachgedacht hatte. Damon senkte die Hand wieder. »Es ist wirklich wichtig, dass Sie mir zuerst zuhören, bevor Sie irgendetwas unternehmen. Ich könnte Sie weiter an das Kopfteil gefesselt lassen, aber ich möchte nicht, dass Sie Schmerzen haben. Können wir für diese Zeit vielleicht einen Waffenstillstand aushandeln?«

Valerie wirkte nicht besonders glücklich, aber schließlich nickte sie zögernd. »Solange Sie mir eine vernünftige Begründung liefern, werde ich Sie nicht angreifen.«

Prüfend blickte Damon sie an. »Und auch nicht versuchen, zu fliehen?«

Ihre Grimasse bewies, dass sie gehofft hatte, dieses Versprechen nicht abgeben zu müssen. Wobei Damon sowieso nicht darauf vertraut hätte. Würde man ihn entführen und an ein Bett fesseln, würde er sicher auch versuchen, zu entkommen – egal wie.

»Okay. Aber wenn ich merke, dass Sie mir nur etwas vormachen, bin ich hier weg, und dann ist es mir auch egal, ob ich Sie dabei verletze.« Sie hatte das Kinn vorgeschoben, und ihre Augen blickten ihn trotzig an.

»Verstanden.« Damon hob wieder die Schere. »Halten Sie jetzt still, ich möchte Sie nicht noch mehr verletzen.«

Valerie erstarrte, sie schien sogar die Luft anzuhalten, während Damon mit einer Hand das Kopfteil hochhielt, um ihre Handgelenke von dem Gewicht zu befreien, und mit der anderen vorsichtig die Scherenblätter um den Kabelbinder schloss. Nach nur einem Schnitt löste sich das Plastik, und Valerie nahm die Hand herunter. Von Nahem sah ihre aufgeschürfte Haut noch schlimmer aus, was Damons schlechtes Gewissen verstärkte. Hätte es auch eine andere Möglichkeit gegeben, sie festzuhalten? Er hätte bei ihr bleiben können, aber dann hätte vielleicht jemand ihr Auto vor seinem Haus entdeckt. Dieses Risiko hatte er einfach nicht eingehen können.

Zum einen, weil er sein Versteck schützen musste – wobei er hier vermutlich jetzt sowieso nicht mehr bleiben konnte, nachdem Valerie die Wohnung gesehen hatte –, zum anderen aber, damit Valerie nicht von ihrem Verfolger gefunden wurde. Die Schüsse hatten gezeigt, dass der Kerl nicht nur ein Schwätzchen mit ihr hatte halten wollen. Und auch wenn Damon sie nicht wirklich kannte, wollte er nicht, dass ihr etwas passierte. Schon gar nicht seinetwegen.

11

»Machen Sie das andere Handgelenk auch noch los, oder haben Sie es sich anders überlegt?«

Valeries Frage riss Damon aus seinen Gedanken. »Äh, nein, tut mir leid.« Schnell befreite er auch ihren anderen Arm, entfernte das Kopfteil und legte es auf den Boden. Dann trat er wieder zu ihr.

Als er sah, dass Valerie ihr Handgelenk berühren wollte, schloss er schnell seine Finger um ihren Arm und hinderte sie daran. »Nicht anfassen. Ich werde die Wunde reinigen und dann verbinden.« Zuerst sah es so aus, als wollte sie dagegen protestieren, doch schließlich entspannte sie ihre Muskeln und hielt Damon ihr Handgelenk hin. Dankbar lockerte er seinen Griff. »Stützen Sie am besten Ihre Ellbogen auf die Oberschenkel.«

Vorsichtig tupfte er mit einem Tuch das Blut von Valeries Haut. Sie zuckte kurz, gab aber keinen Ton von sich. Damons Magen zog sich zusammen, als er das aufgescheuerte Fleisch sah. Valerie musste verzweifelt gekämpft haben, um solchen Schaden in so kurzer Zeit anzurichten. Nachdem er ihre Haut so gut wie möglich gereinigt hatte, holte er eine Wundsalbe aus dem Verbandskasten und strich sie sanft auf die Verletzungen. Scharf atmete Valerie ein, als er eine besonders rohe Stelle berührte.

»Fangen Sie an zu reden, ich brauche etwas, das mich ablenkt.« Ihre Stimme zitterte leicht.

Damon unterdrückte den Impuls, sich die Haare zu raufen, und beschränkte sich stattdessen darauf, einen Verband um Valeries Handgelenk zu wickeln. »Ich war gestern bei Clive und habe ihm die Erlaubnis gegeben, mit Ihnen zu sprechen.« Eigentlich hatte er das gar nicht sagen wollen, es war ihm einfach so herausgerutscht. Er konnte nur hoffen, dass Valerie das nicht gegen ihn und vor allem Clive verwenden würde. Schnell verband er auch ihr zweites Handgelenk.

»Warum?«

Ihre Frage ließ ihn den Kopf heben, und er blickte ihr in die Augen. »Ich habe Sie in der Bibliothek gesehen und hatte das Gefühl, dass Sie im gleichen Fall ermitteln wie ich.« Der Ausdruck in ihren Augen schien ihm recht zu geben, doch er musste es genau wissen. »Oder irre ich mich?«

Valerie zögerte sichtlich. »Das kommt darauf an, welchen Fall Sie meinen.« Offenbar wollte sie es ihm nicht leicht machen.

Damon schloss die Hände um ihre Arme. »Die Situation ist zu ernst für Spielchen, Valerie. Menschen sind gestorben, und wenn wir nicht aufpassen, werden es noch mehr sein. Vielleicht sogar wir selbst.« Um ihr zu zeigen, dass er ihr vertraute, ließ er sie los und setzte sich auf seine Hacken. »Ich versuche, herauszufinden, wer Bella getötet hat. Und mir die Sache angehängt hat.«

»Überlassen Sie das der Polizei oder dem FBI. Sie sind ein flüchtiger Häftling, kein Ermittler.«

Wut überkam Damon, und es kostete ihn unglaubliche Mühe, Valerie nicht zu schütteln. Er ballte die Hände zu Fäusten. »Danke, aber ich habe schon erlebt, was dabei herauskommt, wenn ich das den Profis überlasse. Die haben überhaupt nicht nach einem möglichen anderen Täter gesucht, denen hat es gereicht, mich als Schuldigen zu überführen und zu verurteilen. Nein, das mache ich lieber selbst, dann weiß ich wenigstens, dass auch wirklich jemand nach dem wahren Mörder sucht.«

»Das mag sein, aber ich glaube kaum, dass Sie in der richtigen Position sind, um viel herauszufinden. Sie haben keinen Zugang zu den nötigen Informationen, außerdem können Sie sich nicht in der Öffentlichkeit zeigen.« Valerie blickte sich im Raum um. »Und Ihnen fehlen die Mittel, um jemanden zu engagieren, der die Ermittlungen für Sie übernehmen kann.« Als er schwieg, bohrte sich ihr Blick in seinen. »Habe ich recht?«

Natürlich hatte sie das, auch wenn Damon sich schämte, es zuzugeben. »Was hätte ich denn sonst tun sollen? Wieder ins Gefängnis gehen, und dort die nächsten zweiundzwanzig Jahre oder mehr verrotten, während ein Mörder frei herumläuft? Das konnte ich nicht.«

Valerie hob eine Augenbraue. »Sie hätten darauf vertrauen können, dass jemand in der Sache ermittelt und die Wahrheit herausfindet.«

Frustriert strich er sich über den Kopf. »Das hatten wir doch schon, es hätte niemanden interessiert. Für die Behörden bin ich der Täter, und damit hat es sich.«

»Mich interessiert es.« Valeries Antwort kam leise, aber bestimmt.

Ihr Geständnis ließ das Eis, das Damons Herz umgab, ein wenig schmelzen. Sein Gefühl hatte ihn also nicht getrogen: Valerie agierte nicht einfach nur streng nach Vorschrift, sondern dachte über das nach, was sie tat, und versuchte, die Hintergründe herauszufinden. Im Internet hatte Damon gelesen, dass Valeries Fachgebiet die Recherche war und dass sie ihr Team mit wichtigen Informationen versorgte. Genau deshalb war sie die einzige FBI-Agentin, die er jemals freiwillig angerufen hatte.

»Danke.«

Einen Moment lang sah Valerie ihn nur an, als versuchte sie, zu verstehen, was in seinem Kopf vor sich ging. Dann nickte sie knapp. »Egal, um welchen Fall es geht – ich will die Wahrheit herausfinden. Bei Ihrem Fall passte für mich einiges nicht zusammen, deshalb habe ich weiter ermittelt, auch wenn mein Vorgesetzter nur daran interessiert war, Sie und auch Russell wieder ins Gefängnis zu bringen.«

Den Eindruck hatte Damon allerdings auch gehabt, deshalb war er auch nach wie vor froh, dass er damals im Wald Valerie begegnet war und nicht Gabriel Lynch. Der hätte ihn, ohne mit der Wimper zu zucken, angeschossen oder vielleicht sogar *er*schossen, und dann hätte es niemanden mehr gegeben, der nach der Wahrheit gesucht hätte. Damon bezweifelte, dass Valerie sich noch mit der ganzen Sache beschäftigen würde, wenn er tot wäre. Was er durchaus verstehen könnte, es war ja nicht einmal ihr Fall, und ohne seine Hilfe würde sie vermutlich auch gar nicht herausfinden, wer der wahre Mörder war.

Aber noch war Damon am Leben, und Valerie Hayes saß auf seinem Bett. In jeder anderen Situation hätte er darüber gelacht, doch ihm war klar, dass er nur noch diese eine Chance hatte. Wenn er Valerie nicht davon überzeugen konnte, ihn nicht zu verraten und stattdessen Bellas Mordfall noch einmal aufzurollen, war es vorbei. Er war müde und mittellos, er konnte es sich schlichtweg nicht leisten, noch weiter auf eigene Faust zu ermitteln. Schon gar nicht, wenn er damit andere Menschen in Gefahr brachte. Clive hatte es bereits erwischt, und niemand wusste, ob der Täter nicht irgendwann auf die Idee kam, Damons Familie zu bedrohen. Die Vorstellung, jemand könne seinen Eltern, seiner Schwester oder den Kindern etwas antun, war schlimmer als die Aussicht, wieder ins Gefängnis zu müssen. Wenigstens wäre seine Familie dann in Sicherheit.

Abrupt schüttelte Damon diesen Gedanken ab. Solange der Mörder nicht gefasst war, würde niemand von ihnen mehr in Sicherheit sein. Wer sagte, dass er nicht bald wieder zuschlug – oder es sogar schon mehrfach in den letzten Jahren getan hatte? Ein Schauder lief Damon über den Rücken, und er stand auf. Er musste sich bewegen, etwas tun, bevor er wieder in diese Spirale hineingezogen wurde. Einer seiner immer wiederkehrenden Albträume handelte genau davon. Überall, wo er hinging, traf er auf Tote – Menschen, die der Mörder umgebracht hatte. Anklagend sahen sie ihn an und verlangten von ihm, dem Morden ein Ende zu setzen. Doch das konnte er nicht. Er war nur ein weiteres Opfer, wenn auch kein totes, doch dazu fehlte nicht mehr viel.

»Damon?« Die Frage erklang dicht hinter ihm.

Er wirbelte zu Valerie herum. Wie hatte er vergessen können, ihr niemals den Rücken zuzudrehen? Was auch immer sie in seinem Gesicht sah, ließ sie zurückzucken. Abwehrend hob sie die Hände. Sofort trat Damon einen Schritt nach hinten und versuchte, seine Miene zu kontrollieren.

Hart blies er den Atem aus. »Möchten Sie etwas trinken?«

Nach einer kurzen Pause nickte sie. »Etwas Wasser wäre nett.«

Immerhin redete sie noch mit ihm und flüchtete nicht sofort aus der Wohnung. »Ist Leitungswasser okay?«

»Natürlich. Es ist mir sogar lieber.«

Fragend blickte er sie an. »Warum?«

»Darin kann kein Betäubungsmittel oder Gift sein.« Ihrer Stimme war nicht anzuhören, ob sie das ernst meinte.

»Keine Angst, so was habe ich sowieso nicht im Haus.«

Valerie verzog den Mund. »Nein, Sie betäuben Ihre Entführungsopfer lieber auf die altmodische Weise mit einem Schlag auf den Kopf.«

»Das habe ich nicht getan!« Empört wies Damon diesen Vorwurf von sich. Er hätte sie nie geschlagen, nicht einmal in Gegenwehr.

»Okay, vielleicht nicht persönlich, aber das passiert eben, wenn man jemanden mit Wucht in ein Auto stößt.« Sie rieb über eine Stelle an ihrem Kopf und zuckte zusammen.

Damon schnitt eine Grimasse. »Das tut mir leid, aber es ging nicht anders.«

»Warum? Sie haben mir immer noch nicht gesagt, weshalb Sie mich entführt haben. Und ich denke, ich habe eine Erklärung verdient.«

»Die bekommen Sie auch. Setzen Sie sich wieder aufs Bett, und ich hole Ihnen das Wasser, dann reden wir.«

»Ich dachte, das tun wir schon die ganze Zeit.« Grummelnd folgte Valerie seinem Vorschlag und ließ sich wieder auf das Bett sinken.

Beruhigt wandte Damon sich zu der kleinen Küchenzeile um und drehte den Wasserhahn auf. Die Erfahrung hatte ihn gelehrt, das Wasser immer ein wenig laufen zu lassen, bevor er sich etwas davon nahm. Die Rohre waren alt, und es kam öfter vor, dass das Wasser rostig herauskam. Damon nahm zwei Gläser aus dem Schrank und füllte sie. Er zögerte, dann holte er die Packung mit den Kopfschmerztabletten aus der Schublade. Mit den Gläsern und den Tabletten kehrte er zu Valerie zurück, die ihn die ganze Zeit beobachtet hatte, wie er erst jetzt bemerkte.

Er hielt ihr beide Gläser hin, damit sie sich eins aussuchen konnte, und reichte ihr dann die Tabletten. »Für Ihre Kopfschmerzen.«

Nach kurzem Zögern nahm Valerie beides entgegen, dann fischte sie sich eine Tablette aus der Packung und spülte sie mit einem Schluck Wasser hinunter. »Danke.« Sie behielt das Glas in der Hand. »Reden Sie.«

Damon holte sich einen Stuhl und setzte sich so hin, dass Valerie sich nicht den Hals verrenken musste, um ihn anzusehen. Gleichzeitig hatte er so die Gewissheit, sofort auf einen Fluchtversuch reagieren zu können, weil er sich direkt zwischen ihr und der Tür befand. Einen Moment lang überlegte er, wo er am besten anfangen sollte, entschied aber schließlich, dass es völlig egal war. Entweder, sie glaubte ihm und verstand, dass er nur versucht hatte, sie zu beschützen, oder sie würde hier herausstürmen und als Erstes ihren Boss anrufen, um Damon verhaften zu lassen.

»Ich habe die letzte Nacht hinter Ihrem Haus verbracht.« Als er sah, wie sich ihre Augen erst weiteten und dann verengten, stellte er fest, dass es wohl doch nicht egal war. *Mist.*

Damons Geständnis schlug bei Valerie ein wie eine Bombe. Also hatte sie gestern richtig gelegen mit ihrem Verdacht, dass jemand sie beobachtet hatte! Die Vorstellung, dass jemand wusste, wo sie lebte, und sich in ihrem Gebüsch versteckte, gefiel ihr ganz und gar nicht. Auch wenn sie nicht glaubte, dass Damon ihr etwas antun würde, wollte sie dennoch selbst entscheiden, wann und wo sie ihn in ihre Nähe ließ. Darüber hatte er sich jetzt schon zweimal hinweggesetzt, und das machte sie wütend. Dachte er etwa, er könne sie auf diese Weise zu irgendetwas überreden? Wohl kaum. Sie hasste es, wenn jemand versuchte, ihr seinen Willen aufzudrängen.

Da sie aber erfahren wollte, was Damon weiter zu berichten hatte, unterdrückte sie den Impuls, ihm einen Kinnhaken zu verpassen, und blickte ihn stattdessen nur streng an. »Warum?«

Einen Moment lang wirkte er verwundert, dann stieß er langsam den Atem aus. »Weil ich im Fernsehen gesehen habe, wie Sie aus Clives Haus gekommen sind. Und weil ich Angst hatte, dass derjenige, der Clive das angetan hat, auch Ihnen etwas antut, weil er denkt, Sie wüssten irgendetwas.«

Das ließ Valerie verstummen. Sie war gar nicht auf die Idee gekommen, dass sie in Gefahr sein könnte. Es würde doch wohl niemand so dumm sein, eine FBI-Agentin anzugreifen, oder? Wahrscheinlich nicht, aber es ließ sich auch nicht ganz von der Hand weisen. Trotzdem war das kein Grund für Damon, sich in ihrem Garten herumzutreiben. »Warum haben Sie am Telefon nichts davon gesagt? Ich bin bewaffnet und kann mich selbst verteidigen, wenn es nötig sein sollte.«

Damon nickte. »Ich weiß. Es war auch nicht geplant, aber …« Er brach ab und verzog das Gesicht. Für einen kurzen Moment wurde der Ausdruck in seinen Augen weicher. »Ich hatte einfach das Gefühl, ich müsste dort sein.«

Über die Gründe dafür wollte Valerie lieber gar nicht nachdenken, ihr Kopf schmerzte schon genug. »Woher wussten Sie überhaupt, wo ich wohne? Es hat schon einen Sinn, warum ich nicht im Telefonbuch stehe.« Bildete sie sich das nur ein, oder stieg leichte Röte in Damons Gesicht?

»Ich bin Ihnen gefolgt, als Sie aus der Bibliothek gekommen sind.«

Ein Hauch von Angst stieg in Valerie auf. Wie hatte es ihr entgehen können, dass ihr jemand gefolgt war? Als Agentin sollte sie eigentlich ein Gespür für so etwas haben. Stattdessen hatte sie unwissentlich einen gesuchten mutmaßlichen Mörder zu ihrem Haus geführt. Und wer wusste schon, wer sonst noch alles ihre Adresse kannte. Demnächst stand dann wahrscheinlich die Presse vor ihrer Tür und fragte sie, was sie in Clives Haus gemacht hatte.

Oder Damons Sorge bewahrheitete sich und derjenige, der Clive verletzt hatte, suchte als Nächstes sie auf. Was allerdings voraussetzte, dass der Anwalt wegen Damon angegriffen worden war, und davon war Valerie noch nicht ganz überzeugt.

Sie räusperte sich. »Dann sind Sie mir heute Morgen auch gefolgt, als ich in die Stadt gefahren bin?«

»Ja.«

»Weil Sie dachten, ich könnte in Gefahr sein?«

Damons Lippen pressten sich zusammen. »Das auch. Um ehrlich zu sein, war ich aber auch neugierig, wo Sie hinwollten.«

Valerie mochte es gar nicht, so ausspioniert zu werden, und das würde sie Damon auch klarmachen. Ein bisschen musste das allerdings noch warten. »Sie dachten, ich würde Sie verraten.«

Lange blickte Damon ihr in die Augen, dann nickte er zögernd. »Ich hätte es verstanden, schließlich sind Sie FBI-Agentin und müssen es melden, wenn Sie von einem entlaufenen Sträfling kontaktiert werden.«

»Das stimmt. Aber ich hätte auch melden müssen, dass ich mit Ihnen im Wald gesprochen habe und Sie hätte aufhalten können. Und ich habe es nicht getan.«

»Warum nicht?«

Das war eine gute Frage, auf die Valerie immer noch keine endgültige Antwort hatte. »Vielleicht fand ich, Sie hätten eine Chance verdient.« Die Ehrlichkeit zwang sie, hinzuzufügen: »Und zuzugeben, dass ich Sie hätte aufhalten können, es aber nicht getan habe, wäre auch nicht gerade förderlich für meine Karriere in Gabriels Team gewesen.« Bitterkeit schlich sich in ihre Stimme. »Ich hätte mir das allerdings auch schenken können, Gabriel hat sowieso den Verdacht, dass ich nicht die Wahrheit gesagt habe, und hat mich in den Innendienst versetzt. Seit gestern bin ich jetzt auch noch suspendiert, weil Gabriel mir verboten hatte, mich weiter um Ihren Fall zu kümmern.

Es kann sogar sein, dass er mich nun ganz feuert, weil Sie und ich wieder Kontakt hatten und ich ihn nicht sofort darüber informiert habe.«

In Damons blauen Augen lag Bedauern. »Das wollte ich nicht. Es tut mir leid, dass Sie meinetwegen Ärger haben.«

Valerie hob die Schultern, obwohl ihr die Sache alles andere als egal war. »Es ist nicht zu ändern.«

»Und jetzt habe ich Sie in eine noch üblere Situation gebracht.« Damon rieb sich über die Haare und zerzauste sie damit noch mehr. Selbst dieser unordentliche Look stand ihm gut, wie Valerie mit einem leichten Gefühl der Verwirrung bemerkte.

Um sich von diesem Gedanken abzulenken, legte sie die Hände ineinander und beugte sich vor. »Ja, das haben Sie. Wie wäre es, wenn Sie mir jetzt endlich sagen, warum Sie erst auf mich geschossen und mich dann entführt haben?« Falls sie ungeduldig klang, konnte sie es nicht ändern. Sie hatte es satt, immer nur herumgestoßen zu werden und nicht Herrin der Lage zu sein.

Damon lehnte sich in seinem Stuhl zurück, wirkte jedoch alles andere als entspannt. »Ich bin Ihnen, wie gesagt, heute Morgen in die Stadt gefolgt.«

Misstrauisch zog Valerie die Augenbrauen zusammen. »Zu Fuß?«

Ein leichtes Lächeln hob Damons Mundwinkel, verschwand jedoch sofort wieder. »Mit dem Motorrad. Zuerst dachte ich, Sie wollten ins Büro, doch dann sind Sie ins Parkhaus gefahren. Ich konnte mir allerdings nicht vorstellen, dass Sie gerade heute einkaufen gehen wollen.«

Valerie blickte an ihrer schlichten, nicht ganz neuen Kleidung hinunter. »Wie haben Sie das nur erraten?«

»Intuition.« Als sie ihm einen bösen Blick zuwarf, räusperte er sich. »Jedenfalls bin ich Ihnen zu Clives Büro gefolgt und habe dort darauf gewartet, dass Sie wieder rauskommen.«

Und sie hatte nichts davon bemerkt. »Es war umsonst, Clives Assistentin hat sich geweigert, mir die Unterlagen zu geben. Das tut sie nur, wenn sie dafür die Erlaubnis von Clive oder Ihnen erhält. Außerdem ist der Computer von einem Virus befallen, und sie wäre jetzt sowieso nicht an die Daten gekommen.«

Damon blickte zum Tisch. »Und was ist dann in dem Umschlag?«

»Das ist lediglich eine Kopie des Antrags für die Anhörung. Sie wird mir nicht wirklich weiterhelfen, aber besser als nichts.« Valerie schüttelte den Kopf. »Allerdings tut das jetzt auch nichts zur Sache. Sie haben also gewartet, bis ich wieder herauskam, und sind mir dann wieder gefolgt. Und dann haben Sie sich überlegt, dass es doch ganz lustig wäre, die dumme Agentin in ihrem eigenen Auto zu entführen?«

»Nein, ich bin dem Mann gefolgt, der wiederum Ihnen gefolgt ist.«

Valerie runzelte die Stirn, während es ihr gleichzeitig kalt über den Rücken lief. »Welcher Mann?«

Intensiv blickte Damon sie an. »Er hat sich mir nicht vorgestellt. Aber er ist Ihnen eindeutig gefolgt, und er hat im Parkhaus auf Sie geschossen. Ich dachte mir, es wäre besser, Sie aus der Schusslinie zu bringen, bevor er Sie noch trifft.«

»Vielleicht war es nur Zufall und …«

Damons Miene ließ keinen Zweifel erkennen. »Er hat eindeutig vor dem Gebäude auf Sie gewartet. Und er hat ganz sicher nicht zum Spaß rumgeschossen. Ich gehe davon aus, er wollte verhindern, dass Informationen über den Fall in die Hände des FBI geraten. Und dass Sie über das reden, was Sie eventuell erfahren haben.«

Das klang so logisch, dass Valerie es nicht ignorieren konnte. »Nehmen wir an, es war so, dann stellt sich mir aber immer noch die Frage, warum Sie mich nicht einfach gewarnt haben, anstatt mich zu entführen.«

»Das hätte ich getan, wenn ich mehr Zeit gehabt hätte. Ich bin aber nur kurz vor Ihnen in das Parkhaus geschlüpft, und da ich keine Waffe hatte, um den Angreifer auszuschalten, musste ich zu einer drastischeren Maßnahme greifen, um Sie aus der Schusslinie zu bekommen. Auf dem Motorrad konnte ich Sie schlecht gegen Ihren Willen mitnehmen, deshalb musste es das Auto sein.« Er beugte sich vor. »Ich entschuldige mich ausdrücklich für den Schrecken, den ich Ihnen eingejagt habe, aber ich konnte nicht zulassen, dass Ihnen etwas passiert.«

»Warum nicht?« In dem Moment, als ihre Frage heraus war, wusste Valerie, dass sie ungerecht war.

12

Valerie bemerkte, wie Damon blasser wurde.

»Ich möchte nicht, dass irgendjemandem etwas passiert – außer vielleicht dem Mörder, der an all dem die Schuld trägt, aber nicht der einzigen Person, die mich nicht sofort verurteilt und mir sogar geholfen hat.«

Vermutlich hatte sie das verdient. »Entschuldigung, das war eine dumme Frage.«

Damon nickte. »Das war sie. Aber ich kann verstehen, dass Sie misstrauisch sind. Ich habe Ihnen bisher keinen Grund geliefert, mir zu vertrauen.«

»Das könnte daran liegen, dass es nur Ihr Wort gibt und keine wirklichen Beweise.« Sie hob die Hand, bevor er dagegen protestieren konnte. »Was nicht heißt, dass Sie nicht die Wahrheit sagen, sondern nur, dass mir die konkreten Beweise fehlen, um ermitteln zu können.« Als er nicht antwortete, fuhr Valerie fort: »Was ist aus dem Mann geworden, der mich verfolgt hat? Hat er gesehen, dass Sie mich entführt haben?«

Damon schnitt eine Grimasse. »Zumindest ist ihm schmerzlich aufgefallen, dass jemand anders am Steuer Ihres Wagens saß.«

Erstaunt blickte Valerie ihn an. »Wie das?«

»Er hatte sich vor der Ausfahrt aufgebaut und eine Pistole auf mich gerichtet. Deshalb habe ich Gas gegeben und ihn umgefahren.«

Valerie spürte, wie ihr das Blut aus dem Gesicht wich. »Oh Gott. Ist er tot?«

»Nein, im Rückspiegel habe ich gesehen, dass er wieder aufgestanden ist. Allerdings humpelt er jetzt.«

Das entlockte Valerie ein leichtes Lächeln, ihre Gesichtsfarbe kehrte zurück. »Geschieht ihm recht.« Dann wurde sie wieder ernst. »Aber es ist gut, dass er nicht tot ist oder schwerer verletzt, sonst hätte jemand die Polizei gerufen, und die hätte einen Suchbefehl für mein Auto gestartet. Dann hätten die Ermittler herausgefunden, dass der Wagen einer FBI-Agentin gehört, und die Dinge hätten ihren Lauf genommen. Und da mein Handy GPS hat ...« Sie brauchte nicht weiterreden, es war auch so klar, was das bedeuten würde. »Ich gehe mal davon aus, dass der Mann nicht selbst die Polizei gerufen hat, sondern schnell verschwunden ist.«

»Das denke ich auch.«

Valerie runzelte die Stirn. »Wenn er nicht so schwer verletzt war, könnte es natürlich sein, dass er uns gefolgt ist. Haben Sie gesehen, ob wir verfolgt wurden?«

»Ich habe niemanden bemerkt.« Damon rieb sich über das Gesicht. »Wenn er nicht gerade einen Wagen im Parkhaus stehen hatte, oder jemand draußen an der Straße mit einem Auto auf ihn gewartet hat, kann er uns eigentlich nicht gefolgt sein.«

Etwas erleichtert lehnte Valerie sich wieder zurück. »Können Sie ihn beschreiben?«

»Natürlich.«

»Wir könnten ein Phantombild erstellen ...«

Damon unterbrach sie. »Nein. Dafür müssten wir zu einem Polizeizeichner, und ich werde mich nicht stellen. Sowie ich hinter Gittern bin, wird sich niemand mehr für Bellas Tod interessieren.«

Damit hatte er zum Teil sicher recht. »Ich werde weiter recherchieren, auch wenn ich suspendiert bin, ich verspreche es.«

»Und wenn jemand Sie aus dem Weg räumt, weil Sie anfangen, Fragen zu stellen? Das will ich nicht riskieren.«

»Das ist doch wohl meine Entscheidung.« Was nicht hieß, dass sie sich leichtfertig in Gefahr bringen würde, aber sie hasste es, wenn ihr jemand seinen Willen aufzwingen wollte. Sie war durchaus in der Lage, eigenständig zu denken.

»Nein, ist es nicht. Ich könnte nicht damit leben, wenn meinetwegen noch jemand verletzt oder getötet wird.« Damons Stimme war mit jedem Wort leiser geworden, bis er fast flüsterte.

Automatisch beugte Valerie sich weiter vor. »Was wollte Clive denn mit mir besprechen? Wenn ich wüsste ...«

Damon unterbrach sie. »Das ist jetzt nicht wichtig.« Sein Gesicht verzerrte sich vor Trauer. »Oder anders gesagt: Ohne Clive bringt das alles sowieso nichts mehr. Ich kann nur hoffen, dass er überlebt und es ihm bald besser geht.«

»Vielleicht kann Clive uns aber helfen, wenn er wieder wach ist. Ich kann bei einer Kollegin anrufen und ...« Sie tastete nach ihrem Handy und stutzte, als sie es nicht fand. »Wo ist mein Telefon?«

»In Ihrem Wagen.«

Valerie stand auf. »Dann gehe ich schnell raus und hole es.«

Damon erhob sich ebenfalls und stellte sich ihr in den Weg. »Das geht nicht.«

Stirnrunzelnd blickte Valerie ihn an. »Warum nicht? Wollen Sie mich etwa weiter festhalten?«

»Wenn es sein muss, ja. Aber darum geht es nicht. Ihr Auto ist nicht mehr hier.« Er hatte sich vor der Tür aufgebaut, und es war klar, dass er sie nicht widerstandslos gehen lassen würde.

»Wo ist es dann?«

Damons Gesichtsausdruck wirkte schuldbewusst. »Ich habe

es weggebracht, damit Sie niemand darüber finden kann. Das gilt auch für das Handy.«

»Das ist nicht Ihr Ernst!« Ärgerlich ballte Valerie die Hände zu Fäusten. Notfalls war sie auch bereit, sich den Weg freizukämpfen. »Lassen Sie mich durch.«

Damon schüttelte den Kopf. »Das kann ich nicht. Denken Sie doch nach: Was glauben Sie, woher jemand wusste, dass Sie zu Clive fahren würden?« Als sie nichts sagte, fuhr er fort: »Ich nehme an, Clive hat Sie auf dem Handy angerufen, richtig?«

»Ja, aber das heißt nicht, dass jemand mein Handy abhört. Vermutlich hatte der Täter es eher auf Clives Telefon abgesehen.«

»Das mag sein. Aber jetzt kennt er auch Ihre Nummer, und ich könnte wetten, er hat Sie darüber bis zu Clives Büro verfolgt.«

Die Vorstellung, dass jemand dem GPS-Signal ihres Handys gefolgt sein könnte, war alles andere als angenehm. »Wenn das so ist, dann weiß derjenige aber auch, dass ich jetzt hier bin.«

»Nein, er weiß nur, dass Sie kurz hier gehalten haben, aber dann weitergefahren sind.« Damons Augen verdunkelten sich. »Es könnte natürlich sein, dass er hierher zurückkommt, wenn er Sie nicht an Ihrem Auto antrifft.«

Unwillkürlich blickte Valerie zum Fenster. »Dann sollte ich schnellstmöglich hier verschwinden.«

»Oder wir könnten ihm eine Falle stellen. Vielleicht komme ich damit endlich in meinen Ermittlungen weiter.«

Doch Valerie schüttelte bereits den Kopf. »Eine dumme Idee. Wir sind nur zu zweit und unbewaffnet, ganz zu schweigen davon, dass Sie ein entflohener Häftling sind.« Betont auffällig blickte sie auf ihre Uhr. »Übrigens wird auch das FBI bald vor der Tür stehen, wahrscheinlich fragen sich meine Kollegen schon, wo ich bleibe.« Um genau zu sein, kam sie bereits zu spät zu ihrem Termin mit Gabriel, und der würde es sicher nicht einfach ignorieren, wenn sie nicht auftauchte.

Damon verzog den Mund, trat jedoch nicht zur Seite. »Guter Versuch, aber ich lasse Sie trotzdem nicht gehen.«

Erneut stieg Ärger in Valerie auf. »Was wollen Sie machen? Mich wieder an Ihr Bett fesseln? Sie haben doch schon gesehen, dass Sie mich damit nicht festhalten können.«

Das entlockte ihm ein halbes Lächeln. »Beim nächsten Mal nehme ich das Bettgestell, damit können Sie unmöglich fliehen.« Als er sah, dass er damit ihren Ärger nur verstärkte, wiegelte er sofort ab. »Ich habe nicht vor, Sie noch einmal zu fesseln. Aber ich möchte Sie bitten, zuerst mit mir zu sprechen und das weitere Vorgehen zu planen, bevor Sie einfach losrennen und sich womöglich töten lassen.« Valerie öffnete den Mund zu einer hitzigen Erwiderung, doch Damon schnitt ihr das Wort ab. »Bitte, Valerie. Ich möchte nicht, dass Ihnen etwas geschieht.«

Damit nahm er ihr den Wind aus den Segeln. Obwohl sie eigentlich kein Verständnis dafür haben sollte, konnte sie irgendwie nachvollziehen, warum er so handelte. Sie wusste nicht, wie sie in seiner Situation reagiert hätte, aber wenn sie daran dachte, was ihrem Bruder widerfahren war, wurde ihr klar, dass sie *alles* getan hätte, um Tom zu helfen. Auch wenn das bedeutet hätte, jemanden zu entführen oder um Hilfe zu bitten. Damals war sie nur zu jung gewesen, um ihm zu helfen. Heute allerdings …

Valerie stieß den Atem aus. »In Ordnung. Wenn ich sowieso schon mal hier bin, können Sie mir auch genauso gut alles erzählen, was Sie über den Mord an Bella Pelham wissen.« In Damons Gesicht breitete sich Erleichterung aus. »Aber wenn ich bemerke, dass Sie mich belügen oder mir etwas vorenthalten, werde ich sofort gehen und Ihnen die Polizei, das FBI und jeden, der mir noch so einfällt, auf den Hals hetzen. Nachdem ich Sie höchstpersönlich in den Boden gestampft habe. War das deutlich genug?«

Am Ende ihrer Ausführungen sah sie Damons Lächeln hervorblitzen. »Absolut.«

Valerie wollte ihm böse sein, schaffte es jedoch nicht. »Das war kein Scherz.«

Jeglicher Humor wich aus Damons Miene. »Ich weiß. Danke, dass Sie mir zuhören.« Er ließ den Blick durch den Raum schweifen. »Möchten Sie etwas essen, während wir uns unterhalten?«

»Gerne.«

Knapp nickte er ihr zu und ging dann an ihr vorbei zu der kleinen Einbauküche. Valerie sah ihm nach. Als gute FBI-Agentin hätte sie jetzt eigentlich dafür sorgen müssen, die Oberhand zu gewinnen und Damon dazu zu zwingen, ihr sein Telefon zu geben, damit sie Gabriel anrufen konnte. Doch sie tat nichts davon, sondern trat langsam näher.

»Kann ich helfen?«

Damon, der gerade in den Kühlschrank blickte, drehte sich zu ihr um. »Nein, danke. Setzen Sie sich schon mal an den Tisch.«

Valerie nahm sich den Stuhl, den Damon vor das Bett gestellt hatte, und trug ihn zum Tisch zurück. Dort stand ein Laptop aufgeklappt. »Darf ich?«

Damon zögerte. »Solange Sie niemandem erzählen, wo ich zu finden bin, ja.«

Nach einem Blick, der ihn offensichtlich davon überzeugte, dass Valerie nichts dergleichen tun würde, wandte er sich wieder um. Valerie setzte sich und schaltete den Laptop an. Während der hochfuhr, beobachtete sie, wie Damon mit knappen Bewegungen einige Nahrungsmittel aus dem Kühlschrank nahm. Sofern sie das aus der Entfernung erkennen konnte, herrschte darin fast gähnende Leere. Ihr schlechtes Gewissen verstärkte sich. Es war nicht richtig, Damon die letzten Lebensmittel wegzuessen, während ihr eigener Kühlschrank zu Hause randvoll war. Aber sie wollte ihn auch nicht beleidigen, indem sie ihn darauf hinwies.

Stattdessen wandte sie sich lieber dem Laptop zu, der nun hochgefahren war. Es war ein älteres Modell, schien aber gut zu funktionieren. Die Internetverbindung baute sich selbstständig auf, und sie öffnete den Browser. Es juckte ihr in den Fingern, ihre E-Mails zu überprüfen, um festzustellen, ob sie schon vermisst wurde, aber sie widerstand der Versuchung. Stattdessen klickte sie in das Suchfeld und gab ein paar Begriffe ein.

»Was machen Sie da?« Damons Stimme erklang so dicht vor ihr, dass sie erschrak.

Sie presste eine Hand auf ihr wild klopfendes Herz und blickte hoch. Damon hatte einige Nahrungsmittel auf den Tisch gestellt und beugte sich nun darüber. Aus dieser Perspektive fiel ihr wieder auf, wie groß er war. Trotz der wüsten Frisur und den schwarzen Augenbrauen wirkte er jedoch nicht bedrohlich, was zum größten Teil an seinen sanften blauen Augen und dem schön geschwungenen Mund lag. Als FBI-Agentin wusste Valerie, dass es unglaublich gut aussehende Verbrecher gab, die die abscheulichsten Taten begangen hatten. Doch Damon würde ihr nichts tun, das spürte sie mit jeder Faser ihres Körpers.

»Valerie?«

Verspätet antwortete sie ihm. »Ich wollte sehen, ob es schon neue Informationen zu Clives Zustand gibt. Ohne mein Handy bekomme ich es nicht mit, falls mich jemand darüber informiert.«

Sofort glitt Unruhe über Damons Gesichtszüge. »Das ist eine gute Idee. Ich bin noch nicht dazu gekommen, weil …« Er brach ab und schnitt eine Grimasse.

Weil er die Nacht hinter ihrem Haus verbracht hatte und ihr dann gefolgt war. Valerie zog nur eine Augenbraue hoch, sagte aber nichts dazu. Stattdessen startete sie die Suche und klickte dann auf den Link zur Startseite der *Seattle Times*. Ein groß aufgemachter Artikel erschien, und sie begann, zu lesen. Schon nach wenigen Sätzen brach sie jedoch mit einem entsetzten Laut ab.

Damon stellten sich die Nackenhaare auf, als er Valeries Aufschrei hörte. Langsam drehte er sich wieder zu ihr um. »Was ist los?« Eigentlich wollte er die Antwort gar nicht wissen, besonders nicht, nachdem er ihren Gesichtsausdruck gesehen hatte. Aber er konnte auch nicht davor weglaufen.

Tränen bildeten sich in Valeries Augen. »Clive ist gestorben.«

Die Worte trafen Damon mit der Wucht eines Vorschlaghammers. Ihm wurden die Knie weich, und er tastete blind nach der Bettkante. Vorsichtig ließ er sich auf die Matratze sinken. »Das kann nicht sein. Er war doch im Krankenhaus und …« Ungläubig schüttelte er den Kopf.

Mit den Fingern wischte Valerie sich einige Tränen von der Wange. »Ich habe auch gehofft, dass er überlebt, aber er war sehr schwer verletzt, als ich ihn gefunden habe. Manchmal können auch die besten Ärzte nichts mehr tun.« Sie blickte wieder auf den Monitor. »Hier steht, dass er heute Morgen gestorben ist. Offenbar hat er die Operation zuerst überstanden. Die Zeitung nennt keine medizinischen Details, man spekuliert aber, dass Clive versucht hat, sich umzubringen, und an den Verletzungen gestorben ist.« Valerie verzog den Mund.

»Natürlich versuchen sie, jeglichen Schmutz auszugraben und ein Motiv für die Tat zu finden.«

Damon spürte Ärger in sich aufsteigen. »Clive hat nicht Selbstmord begangen! Als ich ihn gesehen habe, wirkte er völlig normal, ruhig und gut gelaunt. Wenn er vorgehabt hätte, sich umzubringen, hätte er Sie nicht angerufen. Ich kannte ihn zwar nur von den Telefonaten und einigen wenigen Besuchen im Gefängnis und dem Treffen gestern bei ihm zu Hause, aber er hätte Ihnen das nicht angetan, davon bin ich überzeugt.«

»Sie kennen ihn besser als ich, aber ich glaube es auch nicht. Schon gar nicht in Verbindung mit dem fehlenden Computer. Irgendetwas ist da faul, das fühle ich.« Valerie holte tief Luft. »Ich wünschte nur, ich wüsste, was es ist.«

Das ging Damon genauso. Gott, er hoffte, das Ganze hatte nichts mit ihm zu tun, aber die Wahrscheinlichkeit war groß. Noch jemand, der seinetwegen gestorben war. Wäre er doch bloß nicht zu Clive gefahren, dann würde der jetzt vielleicht noch leben! Plötzlich kam Damon noch ein weiterer Gedanke, der ein ungutes Gefühl in seinem Magen auslöste. »Glauben Sie, jemand hat im Krankenhaus nachgeholfen?«

Valeries Gesicht wurde noch blasser. »Möglich wäre es, aber eigentlich hat Gabriel angeordnet, dass Clive bewacht wird. Ich kann mir nicht vorstellen, dass er dabei nachlässig war.«

Damon behielt seine Meinung über den FBI-Agenten lieber für sich, aber er glaubte auch nicht, dass Lynch den Tod eines möglichen Zeugen riskierte. Aber was auch immer geschehen war, die Tatsache, dass Clive tot war, blieb bestehen. Mal davon abgesehen, dass sich das beinahe so anfühlte, als hätte er einen Freund verloren, hatte Damon nun auch noch das Problem, niemanden mehr auf seiner Seite zu haben. Er war völlig isoliert. Und vielleicht hatte der Täter genau das erreichen wollen. Damon spürte, wie Verzweiflung und Mutlosigkeit wieder von ihm Besitz ergriffen. Wie sollte er gegen einen Gegner gewinnen, der ihm immer einen Schritt voraus war und vor nichts zurückschreckte?

Seine Augen brannten, und er fühlte sich völlig ausgelaugt. Vielleicht sollte er einfach aufgeben und die Sache beenden. Ein Teil von ihm protestierte sofort dagegen, doch der größere Anteil begrüßte die Idee. Endlich Ruhe und Frieden … Eine Berührung an seiner Schulter ließ ihn aufblicken. Valerie stand dicht vor ihm, ihr Blick bohrte sich in seinen. Er konnte ihr Bedauern spüren, genauso wie ihre Stärke. Heldenhaft kämpfte er gegen den Drang an, sein Gesicht an ihrem Bauch zu vergraben und sich von ihr trösten zu lassen. Es war so lange her, dass er einer Frau so nahe gewesen war.

Als könnte sie seine Gedanken spüren, trat sie noch näher und legte ihm die Hand an die Wange. »Es tut mir leid, Damon.« Ihre Stimme war sanft, und Damon glaubte, darin einen ähnlichen Schmerz zu hören.

Er schloss die Augen und genoss Valeries Berührung. Um nicht in Versuchung zu geraten, sie an sich zu ziehen, krallte er die Hände in die Bettdecke. Im Moment hätte er es nicht ertragen, abgewiesen zu werden, und er war sich ziemlich sicher, dass ihr Mitgefühl nicht so weit ging, einen verurteilten Mörder zu umarmen. Mühsam kämpfte er um Beherrschung und die Kraft, trotz all der Rückschläge weiterzumachen. Doch er war so müde und desillusioniert, dass er nicht wusste, wo er sie hernehmen sollte.

Schließlich schaffte er es, die Lider zu heben, und sah die Besorgnis in Valeries Miene. »Danke.« Seine Stimme klang rau und resigniert.

Valeries andere Hand schloss sich um seine linke Wange, sodass sie seinen Kopf vollständig umfasst hielt. Sie beugte sich zu ihm hinunter, bis nur noch wenige Zentimeter zwischen ihnen lagen. »Ich weiß, wie Sie sich jetzt fühlen, Damon, aber geben Sie nicht auf. Auch wenn es Ihnen jetzt ausweglos erscheint, es gibt immer eine Lösung, und wir werden sie finden. Okay?«

Noch immer versuchte Damon, sie nicht zu berühren, doch es wurde mit jeder Sekunde schwieriger. Besonders, wenn sie so nett zu ihm war. »Warum tun Sie das?«

Einen Moment lang schwieg sie, und tiefe Trauer zog über ihr Gesicht. »Weil ich nicht möchte, dass Sie aufgeben. Nicht wie …« Sie brach ab und biss sich auf die Lippe. »… jemand, den ich kannte.«

Vergangenheit, also war derjenige gestorben. Mitgefühl regte sich in Damon und verdrängte für kurze Zeit seine eigenen Sorgen. »Ihr Verlust tut mir leid.«

Valeries Augen schimmerten feucht. »Es ist lange her.«

Offenbar noch nicht lange genug, wenn sie immer noch so darunter litt. Manche Wunden heilten nie. Damon wagte es, eine Hand zu heben und Valerie leicht über den Rücken zu streichen. Ein Zittern lief durch ihren Körper, ihre Augen wurden dunkler. Für einen winzigen Moment lehnte sie sich in seine Berührung hinein, dann straffte sie plötzlich den Rücken und trat einen Schritt zurück. Sofort vermisste Damon ihre Nähe und die beruhigende Wirkung, die sie auf ihn ausübte. Doch er konnte wohl kaum noch mehr von ihr erwarten. Im Gegenteil, sie hatte schon mehr gegeben, als er nach dem ziemlich steinigen Start erwartet hatte.

Deshalb lächelte er sie nur dankbar an, auch wenn ihm das schwerfiel. »Das hat gutgetan.«

Zögernd hob sie die Mundwinkel, Wärme trat in ihre Augen. »Ja.« Sie räusperte sich und ging rasch zum Tisch zurück. »Aber wir sollten jetzt weitermachen, ich muss bald los, bevor ich vermisst werde.«

Damon hatte nicht vor, sie gehen zu lassen, er wusste nur noch nicht, wie er ihr das klarmachen sollte. Es war auf jeden Fall taktisch klüger, nicht darauf einzugehen. »Was können wir jetzt tun?«

Valerie rieb über ihr Kinn, während sie nachdachte. »Ich denke, wir sollten überlegen, warum jemand Clive stoppen wollte. Wusste er etwas, das dem Täter hätte gefährlich werden können?« Frustriert fuhr sie sich mit den Fingern durch die kurzen Haare und starrte auf den Bildschirm. »Ich wünschte, ich hätte seine Unterlagen bekommen.«

Damon erhob sich von der Bettkante. »Dabei kann ich helfen. Clive hat mir seine gesammelten Daten auf einen USB-Stick gezogen, als ich bei ihm war.«

Mit offenem Mund starrte Valerie ihn an. »Ist das Ihr Ernst? Warum sagen Sie mir das erst jetzt?«

Er zuckte mit den Schultern. »So weit waren wir bisher noch nicht gekommen. Außerdem weiß ich nicht, was genau darin enthalten ist, ich hatte bisher keine Zeit, mir das alles richtig gründlich anzusehen.« Damon trat hinter Valerie und öffnete den Ordner, der die Dateien enthielt. »Hier sind sie.«

»Sagen Sie mir jetzt endlich, was Clive mir mitteilen wollte?«

Ein Schatten glitt über Damons Gesicht. »Wir hatten einfach unsere Zweifel daran, dass bei der Beweisführung alles korrekt zugegangen ist. Besser gesagt: Wir waren sicher, dass teilweise gar keine Beweise gesammelt oder sogar welche vernichtet wurden. Dazu werden Sie sicher einiges in den Unterlagen finden. Warum fangen Sie nicht schon mal an, während ich mich um das Essen kümmere?« Zwar hatte Damon nach der schrecklichen Nachricht von Clives Tod keinen wirklichen Hunger mehr, aber er wusste, dass sie beide die Kraft noch brauchen würden.

»Okay.« Ernst blickte Valerie ihn an. »Danke, dass ich die Unterlagen lesen darf.«

»Ich habe nichts zu verbergen.« Mit dem Finger deutete er auf eine Datei. »Alle, bei denen am Anfang des Dateinamens ›CP‹ steht, sind von Clive, die anderen sind noch von meinem vorherigen Anwalt Peter Roudette. Clive hat sämtliche Akten einscannen lassen. Das sind allerdings nicht viele, und sie sind so dürftig, dass wir darin wohl kaum etwas entdecken werden.«

»Alles klar. Ich werde trotzdem damit anfangen, weil ich chronologisch vorgehen möchte.« Valerie öffnete eine Datei und fing an zu lesen.

Damon reichten schon die ersten paar Zeilen, um die alte Wut wieder in ihm hochkommen zu lassen. Abrupt drehte er sich um und ging zum Kühlschrank. Die Zubereitung des Essens würde ihn hoffentlich ablenken und seinen Drang, irgendetwas zu zerstören, unterdrücken. Es war nicht selbstverständlich, dass Valerie sich die Zeit nahm, sich mit seinem Fall zu beschäftigen, deshalb wollte er nichts tun, das sie abschrecken würde.

13

Valerie war so still, dass Damon ab und zu aus den Augenwinkeln zu ihr hinüberblickte, um festzustellen, ob sie überhaupt noch da war und er sich ihre Anwesenheit nicht nur eingebildet hatte. Wobei dafür auch sein zerstörtes Bett gereicht hätte. Mehr als einmal entlockte ihm dieser Anblick ein Kopfschütteln. Er war zwar kein Profi, hätte jedoch erwartet, dass das Metall mehr aushalten würde. Wie gut, dass Valerie nicht nachtragend war. Jeder andere hätte ihn wahrscheinlich schon einen Kopf kürzer gemacht und ihm sicher nicht noch geholfen.

Als er mit der Zubereitung des Essens fertig war, schob er Valerie einen Teller mit zwei Sandwiches hin und füllte ihr Glas nach. »Ich hoffe, Sie mögen Erdnussbutter und Schmelzkäse.« Hitze stieg ihm in die Wangen, es war ihm peinlich, dass er ihr nur so wenig anbieten konnte.

Valerie blickte auf und runzelte die Stirn. »Wie bitte?« Wortlos deutete Damon auf den Teller. Als Valerie das Sandwich sah, griff sie sofort danach und nahm einen großen Bissen davon. »Oh, danke. Ich bin wohl hungriger, als ich dachte.«

Als sie sah, dass er nicht aß, ließ sie das Brot sinken. »Wollen Sie nichts?«

»Doch, natürlich. Das ist für Sie, mein Teller steht dort drüben.« Er deutete auf die Arbeitsplatte in der Küche. »Ich habe leider nur einen Stuhl, deshalb kann ich mich nicht zu Ihnen setzen.«

»Setzen Sie sich ruhig wieder auf das Bett, das macht mir

nichts aus.« Valerie blickte erneut auf den Monitor und zog die Augenbrauen zusammen. »Ihr früherer Anwalt ist ziemlich bald nach dem Prozess gestorben, richtig?«

»Ja, ein Autounfall.«

Ihr Blick traf seinen. »Ich wünsche wirklich niemandem den Tod, aber wenn er noch leben würde, wäre ich versucht, ihm eigenhändig den Hals umzudrehen.«

Erstaunt lachte Damon auf. »Warum?«

Valerie blieb ernst. »Ich habe selten einen so schlampig arbeitenden Anwalt gesehen. Es wirkt beinahe, als wollte er überhaupt nicht, dass Sie freigesprochen werden.«

Damon trat näher. Schon so lange hatte er vermutet, dass der Prozess anders ausgegangen wäre, wenn er nicht von Roudette vertreten worden wäre. Auch Clive war diesbezüglich sehr deutlich geworden, obwohl es ihm zunächst widerstrebt hatte, die Arbeit eines – noch dazu verstorbenen – Kollegen zu kritisieren. Doch das Gleiche jetzt noch einmal von jemand anderem zu hören, noch dazu einer FBI-Agentin, war befreiend. Der Druck, der auf Damons Brustkorb lastete, verringerte sich ein wenig, und er konnte etwas freier atmen.

»Sie hätten ihn während des Prozesses erleben sollen. Er hat nie Einspruch erhoben und allem zugestimmt, was die Staatsanwaltschaft gefordert hat. Und als er mich als Zeuge aufgerufen hat, konnte ich kaum etwas Entlastendes sagen, weil er nicht die richtigen Fragen gestellt hat. Der Staatsanwalt hat mich regelrecht auseinandergenommen, und Roudette hat nicht einmal etwas dagegen getan.« Noch jetzt schmeckte Damon die hilflose Wut von damals auf seiner Zunge.

»Zu schade, dass er nicht mehr lebt. Ich hätte ihn gerne gefragt, ob er Geld dafür bekommen hat, oder ob er einfach völlig unfähig war.«

Damon rieb sich über die Stirn. »Ich glaube eigentlich nicht, dass er generell unfähig war, er ist mir sogar von einer Beratungsstelle empfohlen worden. Sicher gibt es noch bessere Anwälte, aber unter denen, die ich mir leisten konnte, war er der klare Favorit.«

Valerie machte ein Gesicht, als hätte sie auf eine Zitrone gebissen. »Also gehen wir mal davon aus, dass er bezahlt wurde. Ich werde sehen, ob ich etwas darüber herausfinden kann, wenn ich wieder bei der Arbeit bin und Zugriff auf die Datenbanken und Vollmachten habe. Außerdem werde ich überprüfen, ob sein Tod wirklich ein Unfall war.«

Überrascht blickte Damon sie an. »Meinen Sie das ernst? Das hätte die Polizei doch damals sicher festgestellt, oder nicht?«

Valerie hob eine Augenbraue. »So, wie man auch nach einem anderen Täter als Ihnen gesucht hat?«

Automatisch zuckte Damon zusammen. »Treffer.«

»Es kann sein, dass es wirklich nur ein tragischer Unfall war. Aber sollte es nicht so gewesen sein, will ich das wissen. Nein, ich muss es wissen. Das würde nämlich bedeuten, dass hier jemand buchstäblich über Leichen geht, um die Sache geheim zu halten. Für mich ist es einfach verdächtig, wenn nun schon Ihr zweiter Anwalt das Zeitliche segnet. Ein Autounfall könnte Zufall sein, aber ein vorgetäuschter Selbstmord? Dafür braucht man schon ein hohes Maß an Planung.« Sie verzog den Mund. »Besonders, wenn man weiß, dass kurz darauf eine FBI-Agentin zu Besuch kommen wird. Ich konnte in den Unterlagen zwar bisher noch nichts entdecken, das auf eine bestimmte Person als Täter hinweist – außer Ihnen –, aber vielleicht reicht es dem Mörder schon, wenn dadurch Zweifel an Ihrer Schuld entstehen. Bisher hat er alles dafür getan, die Sache Ihnen anzuhängen und gar nicht erst die Gedanken an einen anderen Täter zuzulassen.«

Damon konnte nicht gerade sagen, dass es ihn beruhigte, seine Theorie von Valerie bestätigt zu bekommen, aber immerhin fühlte es sich jetzt so an, als würde es endlich in die richtige Richtung gehen. Bis auf Clive hatte er bisher noch nie jemanden von seiner Unschuld überzeugt. Wenn er es schaffte, Valerie auf seine Seite zu ziehen, wäre das ein riesiger Fortschritt. Andererseits wollte er auch nicht, dass sie seinetwegen noch einmal in Gefahr geriet. Seine Freiheit war kein Menschenleben wert, außer vielleicht sein eigenes.

»Ich stimme Ihnen zu. Aber das bedeutet auch, dass derjenige versuchen wird, uns an weiteren Ermittlungen zu hindern. Wir haben ja bei Clive gesehen, dass der Täter offenbar immer auf dem Laufenden und vor allem auch immer in der Nähe ist. Und wenn es sich bei ihm auch um Ihren Verfolger handelt, ist er näher dran, als mir lieb ist.«

»Mir allerdings auch.« Nervös tippte Valerie mit den Fingerspitzen auf den Tisch. »Ich werde das FBI kontaktieren und Schutz für Sie beantragen.«

Damon schüttelte den Kopf. »Der Schutz wird so aussehen, dass ich eingesperrt werde. Und was ist, wenn es der Mistkerl auf Sie abgesehen hat? Wer schützt Sie?«

Energisch schob Valerie das Kinn vor. »Das kann ich schon selbst, danke.«

Gerade noch rechtzeitig schluckte Damon seine instinktive Erwiderung herunter und versuchte es lieber mit Vernunft. »Und wenn Sie ihn nicht kommen sehen?«

Ihre Miene wurde weicher. »Ich werde vorsichtig sein.«

Dicht trat er an sie heran. »Um das ganz klarzustellen: Ich werde nicht wieder ins Gefängnis gehen. Dafür müssten Sie mich schon überwältigen und eigenhändig dort abliefern, und ich bezweifle, dass Ihnen das gelingen wird.« Er spielte mit dem Feuer, aber er musste ihr irgendwie klarmachen, dass ihr schöner Plan nicht funktionieren würde. Wenn man ihn erst wieder ins Gefängnis gesteckt hatte, würde niemand Bellas Mordfall neu aufrollen. Und Valerie hatte nicht genug Einfluss, um das FBI dazu zu zwingen, besonders nicht, wenn sie suspendiert war. Ganz zu schweigen davon, dass sie sich damit direkt in die Schusslinie bringen würde, was er nicht wollte.

Valerie erhob sich halb aus dem Stuhl. »Soll das eine Drohung sein?« Ihre Stimme klang spröde, in ihren Augen konnte Damon Entschlossenheit lesen.

Er wünschte, sie wären keine Gegner, aber das konnte er leider nicht ändern. »Nein, nur eine Feststellung.« Er stand jetzt so nah bei ihr, dass er ihren Atem auf seinem Gesicht fühlen konnte. »Ich kann nicht zurück, Valerie. Es würde mich umbringen.« Seine Stimme war fast nur noch ein Flüstern.

In Valeries Augen war deutlich zu erkennen, wie sie mit sich kämpfte. Schließlich stieß sie einen tiefen Seufzer aus. »Ich verstehe das, auch wenn die FBI-Agentin in mir sagt, dass ich mich nicht einfach über ein Gerichtsurteil hinwegsetzen darf.« Sie blickte auf die Uhr. »Ich habe nicht viel Zeit. Nachdem Clive gestorben ist, wird Gabriel sicher versuchen, mich zu kontaktieren. Mal ganz abgesehen davon, dass er mich schon seit einer halben Stunde im Büro erwartet. Wenn er mich längere Zeit nicht erreichen kann, wird er misstrauisch werden.« Unbehagen stand in ihrem Gesicht. Sie setzte sich wieder hin und starrte auf den Bildschirm. »Andererseits will ich aber auch Ihre Version der Geschehnisse hören, um mir ein Bild davon machen zu können, was damals schiefgelaufen ist.«

Damon war sogar bereit, mit ihr zu reden. Aber nicht auf Kosten seiner Freiheit. »Wenn Sie das Apartment verlassen, werden Sie mich nicht mehr finden. Es ist sowieso schon gefährlich, noch hier zu sein. Schließlich könnte jemand Ihrem Handysignal gefolgt sein.«

Frustriert blickte Valerie ihn an. »Ich weiß nicht, wie ich Ihnen unter diesen Bedingungen helfen soll.«

Und er wusste nicht, wie er sie schützen sollte, wenn sie allein loslief und versuchte, den wahren Mörder zu finden. Es durfte ihr nicht das Gleiche passieren wie Clive. Ein Schauder lief Damon über den Rücken, und seine Kehle zog sich zusammen. Er konnte immer noch nicht richtig glauben, dass Clive wirklich tot war. Gestern war er noch so lebendig gewesen und jetzt … Damon wandte sich ab und fuhr sich mit der Hand über das Gesicht. Clives Mörder durfte auf keinen Fall ungeschoren davonkommen oder womöglich noch andere Menschen töten. Er musste um jeden Preis gestoppt werden.

Hinter sich hörte Damon das Klappern der Tastatur, und er ging rasch um den Tisch herum, um zu verhindern, dass Valerie eine E-Mail an ihren Vorgesetzten schrieb. Die würde sicher auch nachverfolgt werden, und dann konnte innerhalb kürzester Zeit jemand hier vor der Tür stehen. Wenn nicht schon längst jemand dort war … Nachdem Damon sich vergewissert hatte, dass Valerie lediglich etwas recherchierte, ging er zum Fenster hinüber und blickte durch einen Spalt in den Jalousien auf die Straße. Es schien alles ruhig zu sein, aber das musste nichts bedeuten. Valeries Verfolger hatte auch völlig harmlos gewirkt, zumindest, bis er im Parkhaus seine Pistole gezogen und auf Valerie geschossen hatte.

»Sehen Sie jemanden?«

Damon drehte sich zu Valerie um. »Nein.«

Unbehaglich zog sie die Schultern hoch. »Ich denke, wir sollten hier trotzdem möglichst schnell verschwinden. Unterhalten können wir uns auch noch woanders.«

Damon nickte knapp. »Ich packe nur ein paar Sachen zusammen, dann können wir los.« Auch wenn die Absteige nicht wirklich luxuriös gewesen war, fiel es ihm doch schwer, sie jetzt zu verlassen. Vor allem, weil er nicht das Geld hatte, sich irgendwo anders ein neues Apartment zu mieten. Aber das war jetzt egal, es zählte nur, dass sie überlebten.

Frustriert warf Gabriel Lynch den Telefonhörer auf den Tisch und stand auf. Der Tag hatte schon nicht gut begonnen, und er schien mit jeder Minute schlechter zu werden. Sein Ärger und der Wunsch, alles hinzuwerfen und einfach abzuhauen, stiegen mit jeder Stunde mehr. Früher hatte eine Unterhaltung mit seinem Freund und Kollegen Ray gereicht, um ihn von der Klippe wegzuziehen und ihn weitermachen zu lassen, doch seit Ray im Olympic National Park von Russell Davis getötet worden war, gab es niemanden mehr, der sich traute, Gabriel auch mal die Meinung zu sagen. Alle schlichen nur noch auf Zehenspitzen um ihn herum, und das nervte ihn noch mehr.

Nur Valerie hatte es gewagt, sich ihm entgegenzustellen und aus eigenem Antrieb etwas zu unternehmen. Was er einerseits bewunderte, andererseits aber auch nicht gutheißen konnte. Schon während der Jagd auf Russell und Thomas hatte sie eigenmächtig Entscheidungen getroffen, die zum Tod von Agenten und unschuldigen Menschen hätten führen können. Gabriel konnte das in seinem Team nicht dulden, denn letztendlich trug er die Verantwortung für seine Untergebenen und für die Fälle, die sie untersuchten. Deshalb hatte er Valerie suspendieren müssen, und je nachdem, wie ihr Gespräch heute laufen würde, konnte es sogar sein, dass er sie ganz feuern musste. Das würde ihm leidtun, denn Valerie war wirklich talentiert für das, was sie tat. Aber das FBI duldete solche Alleingänge nicht, und wenn sie das nicht akzeptieren und sich unterordnen konnte, war sie hier fehl am Platz. Momentan sah es auch noch so aus, als würde sie ihn versetzen, was seine Laune noch weiter in den Keller sinken ließ.

Gabriel stieß die Tür seines Büros auf und trat in den Empfangsbereich, in dem Megan hinter ihrem Schreibtisch saß. Als die Tür gegen die Wand stieß, blickte die Sekretärin erschrocken auf. Sofort fühlte Gabriel sich schuldig. Megan hatte schon viel zu lange seine schlechte Laune ertragen müssen. »Tut mir leid, das mit der Tür war keine Absicht.«

Die Sekretärin nickte und lächelte ihm zu. »Brauchen Sie etwas?«

»Ich habe gerade versucht, Valerie zu erreichen. Sie reagiert weder auf Anrufe noch auf Mails oder SMS.«

Megans Gesichtsausdruck wurde ernst. »Vielleicht braucht sie nach den schrecklichen Ereignissen gestern noch ein wenig Erholung. Sie hat doch eigentlich heute noch frei, oder?« Gabriel hatte der Sekretärin noch nichts von der Suspendierung erzählt, weil er erst das Gespräch abwarten wollte.

Er schüttelte den Kopf. »Das könnte ich mir bei jedem anderen vorstellen, aber nicht bei Valerie. Außerdem hatten wir um zehn Uhr hier einen Termin, wegen der Sache mit Clive Prescott.«

Ein Ausdruck der Trauer überzog Megans Gesicht. »Das war eine schlimme Sache. Es tut mir sehr leid um Mr Prescott.«

Gabriel nickte nur, er wollte und konnte nicht darüber reden.

»Vielleicht hat sie noch gar nicht gehört, dass Mr Prescott …« Sie brach ab und schluckte.

»Es läuft schon im Fernsehen. Eigentlich wollte ich es ihr persönlich sagen, ich hatte ihr versprochen, mich bei ihr zu melden, wenn sich etwas an seinem Zustand ändert.« Und er hatte ein schlechtes Gewissen, weil er es nicht sofort getan hatte. »Fällt Ihnen noch eine andere Möglichkeit ein, wie ich Valerie erreichen kann?«

»Nein, ich fürchte nicht. Wenn Sie schon alle Kontaktdaten

ausprobiert haben, die wir in der Datenbank stehen haben, dann weiß ich auch nicht weiter. Sie könnten höchstens jemanden bei ihr zu Hause vorbeifahren lassen, aber ob sie davon so begeistert sein wird, weiß ich nicht. Und wenn Sie einfach warten, bis sie auftaucht? Sie wird sicher bald kommen.«

Gabriel seufzte. »Mir bleibt wohl nichts anderes übrig.« Aber es gefiel ihm ganz und gar nicht. Sein Instinkt sagte ihm, dass irgendetwas nicht stimmte.

Nachdenklich kehrte er in sein Büro zurück und setzte sich wieder hinter seinen mit Akten übersäten Schreibtisch. Einem Impuls folgend rief er bei Hal, dem Technikspezialisten des Teams, an und ließ sich von ihm die Nummer des Telefons geben, unter der Clive Valerie angerufen hatte. Es handelte sich offensichtlich um ein privates Handy, dessen Nummer nicht in ihren Unterlagen stand. Einen Moment lang zögerte er noch, dann tippte er die Ziffern ein. Doch es meldete sich niemand, stattdessen ertönte gleich die Ansage der Mailbox. Daraus konnte Gabriel zwar nicht ersehen, ob es sich wirklich um Valeries Telefon handelte, aber er hinterließ trotzdem eine kurze Nachricht, dass sie sich umgehend bei ihm melden sollte.

Gabriel beendete die Verbindung und trommelte nervös mit den Fingern auf die Tischplatte. Er wollte jetzt sofort wissen, wo sich Valerie aufhielt. Sein Gefühl sagte ihm, dass ihm die Zeit weglief. Deshalb rief er Hal noch einmal an und bat ihn, die Nummer zurückzuverfolgen, um Valeries Standort zu ermitteln. Hal war es nicht geheuer, seine Kollegin auszuspionieren, aber nachdem Gabriel ihm erklärt hatte, dass er sich Sorgen um sie machte, erklärte der Techniker sich schließlich dazu bereit.

Während Gabriel auf Hals Antwort wartete, wählte er die Nummer der Spurensicherung. Um nichts zu übersehen, hatte er die Polizei angewiesen, sämtliche Beweise im Fall Prescott an die zuständige Abteilung des FBI schicken zu lassen. Zwar glaubte er nicht, dass die Polizisten unfähig waren, aber er hatte das Gefühl, dass er diesen Fall lieber in die eigenen Hände nehmen sollte – besonders, da das Edmonds Police Department nicht viel Erfahrung in der Aufklärung von Mordfällen hatte. Wenn die ganze Sache wirklich etwas mit Damon Thomas zu tun hatte, wollte er über jeden einzelnen Schritt informiert sein.

Schließlich erreichte er jemanden bei der Spurensicherung und fragte dort nach den neuesten Erkenntnissen. Als er einige Minuten später auflegte, saß er für einen Moment still da, während er das Gehörte verdaute. Offenbar war Thomas gestern in Clives Haus gewesen, seine Fingerabdrücke waren unter anderem auf einem Glas gefunden worden, das auf dem Couchtisch gestanden hatte. War der Flüchtige ausgerastet und hatte versucht, seinen eigenen Anwalt zu töten? Möglich war es, und nach vier Monaten auf der Flucht war Thomas sicher langsam verzweifelt. In Prescotts Haus war auch keine größere Geldsumme gefunden worden, was bedeuten konnte, dass der Mörder sich bedient hatte.

Allerdings hatte man auf der Tatwaffe und im unteren Bereich des Hauses keine Fingerabdrücke von Thomas gefunden, was aber auch einfach nur bedeuten konnte, dass er zu diesem Zeitpunkt schlau genug gewesen war, Handschuhe zu tragen. Gabriel stellte sich jedoch noch eine andere Frage: War Thomas noch im Haus gewesen, als Valerie eingetroffen war? Es konnte nicht viel Zeit dazwischengelegen haben, sonst hätte Prescott das Glas sicher schon abgeräumt. Dass es noch dort gestanden hatte, bedeutete, dass er keine Gelegenheit mehr dazu gehabt hatte.

Gabriel brauchte dringend Valeries Aussage, und es ärgerte ihn, dass er gestern nicht darauf bestanden hatte, sie sofort mit ins Büro zu nehmen. Zwar verstand er, dass sie sich nach so einem Schock ausruhen musste, aber noch war sie FBI-Agentin und sollte wissen, dass es wichtiger war, so schnell wie möglich den Täter zu finden. Was, wenn Thomas sie gesehen hatte und nun hinter ihr her war, weil er Angst hatte, Valerie könnte ihn ausliefern? Die Unruhe in Gabriel steigerte sich um ein Vielfaches. Auch wenn Valerie schon über dreißig war, fühlte er sich trotzdem für sie verantwortlich, wie für jeden in seinem Team. Und er befürchtete, dass er in letzter Zeit zu nachlässig gewesen war, sonst hätte er sicher früher gemerkt, dass sie ohne sein Wissen weiter ermittelt hatte. Dann wäre es gar nicht erst zu dem Kontakt mit Damon Thomas und der anschließenden Suspendierung gekommen. Wenn ihr deswegen etwas passierte …

Unfähig, noch länger zu warten, stand Gabriel auf und durchquerte eilig sein Büro. Sein Bauchgefühl sagte ihm, dass Valerie nach dem, was gestern passiert war, nicht einfach so abtauchen würde, ohne jemandem mitzuteilen, wie sie zu erreichen war. Es sei denn, Clives Tod hatte sie so mitgenommen, dass sie vollkommen am Ende war. Doch dann war es umso wichtiger, so schnell wie möglich Kontakt zu ihr aufzunehmen. Gabriel schnitt eine Grimasse. Vielleicht war sie sogar seinetwegen untergetaucht, was er ihr nicht verdenken könnte. Trotzdem würde er es ihr nicht durchgehen lassen, einfach in einem Fall zu ermitteln, den er für tabu erklärt hatte.

Wobei er zugeben musste, dass er als junger Agent auch mehr als einmal falsch gehandelt hatte. Und Ray hatte ihm immer wieder verziehen und ihm durch sein eigenes Beispiel gezeigt, wie er es besser machen könnte. Ein dumpfer Schmerz breitete sich in Gabriels Brustkorb aus. Er wünschte, Ray wäre jetzt hier und könnte ihm raten, wie er mit Valerie umgehen sollte. Doch sein Freund und Mentor war tot, und er musste selbst einen Weg finden, wie er die Sache wieder in Ordnung bringen konnte.

Gabriel klopfte kurz an Hals Bürotür, dann schob er sie auf. Der Techniker des Teams saß an seinem Schreibtisch und starrte wie immer auf einen Monitor. Bei Gabriels Eintreten sah er auf und blinzelte ihn an, als wäre er gerade aus einer Trance aufgewacht.

»Oh, du kommst wie gerufen, ich habe jetzt die Koordinaten von Valeries Handy.« Dabei blickte er ziemlich unbehaglich drein.

»Gut.«

Hal hatte sich bereits wieder zu seinem PC umgedreht. Angespannt stellte Gabriel sich hinter ihn, um sehen zu können, was sein Kollege herausgefunden hatte. Der Bildschirm wurde von einem Stadtplan ausgefüllt. Ein blinkendes Kreuz markierte eine Stelle in einem der ärmeren Viertel von Seattle.

Mit gerunzelter Stirn blickte Gabriel darauf. »Valerie wohnt doch noch im University District, oder?«

»Soweit ich weiß, ja.«

»Was macht ihr Handy dann dort?« Anklagend zeigte er mit dem Finger auf das Kreuz.

Hal blickte ihn seltsam an. »Keine Ahnung, vielleicht besucht sie jemanden? Oder muss dort etwas besorgen?«

Gut möglich, aber irgendetwas daran gefiel Gabriel nicht. Vor allem, weil Valerie eigentlich gerade in seinem Büro sitzen sollte. »Kannst du sehen, wie lange sie sich dort schon aufhält? Bewegt sie sich gerade?«

Nach einem weiteren Befehl waren am Rand Uhrzeiten und Koordinaten zu sehen, die Karte zeigte nun eine Linie, die an dem aktuellen Standort endete. Offenbar war Valerie von ihrer Wohnung aus morgens in die Stadt gefahren, hatte sich dort etwa eine Dreiviertelstunde aufgehalten und war dann wieder in die Vororte gefahren, allerdings nicht zu sich nach Hause, sondern eben mit einem kleinen Umweg dorthin, wo sie nun war. Wirklich seltsam.

»Zeigst du mir die Adresse in der Stadt mal größer?« Wortlos folgte Hal seiner Bitte. Gabriel beugte sich vor und starrte die Karte an. »Was gibt es hier?« Er tippte auf einen Punkt, an dem Valerie sich anscheinend einige Minuten aufgehalten hatte, bis sie wieder zurückgegangen oder -gefahren war. Irgendetwas daran kam Gabriel bekannt vor.

Hal rief die Adresse auf und scrollte durch eine Liste von Firmennamen. Als der Name Clive Prescott auftauchte, rieb Gabriel sich über seine Schläfe, hinter der sich ein dumpfer Schmerz bemerkbar machte. Hatte er Valerie nicht deutlich gesagt, dass sie sich von dem Fall fernhalten sollte? Er hatte sie sogar suspendiert, verdammt noch mal, und trotzdem suchte sie Clives Büro auf? Jetzt wollte er sie sogar noch dringender sprechen als vorher.

Gabriel betrachtete noch einmal die Karte. Das Kreuz markierte eine Gegend auf dem Satellitenbild, die nur spärlich bebaut schien – eine typische Ortsrandlage, wo sich einige kleinere Unternehmen angesiedelt hatten. Was zum Teufel tat Valerie dort? An der Leiste war zu erkennen, dass sie sich bereits geschlagene zwei Stunden an diesem Ort aufhielt und sich keinen Millimeter von der Stelle gerührt hatte. Das gefiel Gabriel ganz und gar nicht.

»Ich fahre dort hin, sie hätte irgendetwas tun müssen.«

»Vielleicht observiert sie jemanden.«

Gabriel zog die Augenbrauen hoch. »Während sie eigentlich hier eine Verabredung mit mir hat?«

Doch so schnell gab Hal sich nicht geschlagen. »Oder sie hat das Handy im Auto liegen gelassen und ist irgendwo unterwegs.«

»In der Gegend? Ich denke, eher nicht.« Gabriel ging zur Tür. »Schick mir die genauen Koordinaten bitte auf mein Handy. Und wenn du noch etwas bemerkst, melde dich bei mir. Auch wenn Valerie sich bewegt.«

»Wird gemacht. Wobei es mir immer noch nicht gefällt, eine Kollegin zu bespitzeln.«

»Ist notiert.« Gabriel verließ Hals Büro und zog die Tür leise hinter sich zu.

Mittlerweile hatte er ein noch schlechteres Gefühl als vorher. Er wusste nicht, wie Valerie das hielt, aber die meisten Leute schleppten heutzutage ihr Handy überall mit hin. Und als FBI-Agentin war sie es gewohnt, immer erreichbar zu sein. Von daher war es schon verdächtig, dass sie ihr Diensthandy nicht bei sich hatte. Vielleicht hielt sie das nach ihrer Suspendierung aber auch nicht für nötig. Natürlich konnte es sein, dass sie nach dem gestrigen Tag Abstand brauchte, aber irgendwie bekam Gabriel den Gedanken nicht aus dem Kopf, dass ihr etwas passiert sein könnte. Und er hatte gelernt, auf seine Instinkte zu vertrauen.

14

Gabriel joggte beinahe zu Julies Büro. Sie war die Psychologin und Profilerin des Teams und – was noch wichtiger war – eine Frau. Wenn jemand mit Valerie reden konnte, dann sie. Sich selbst traute Gabriel das im Moment nicht zu. Vermutlich würde er Valerie nur wieder Vorwürfe machen, und das wäre mehr als kontraproduktiv. Julie dagegen konnte ihr sanft, aber bestimmt klarmachen, dass Alleingänge nicht im Sinne des Teams waren.

Gabriel klopfte kurz bei Julies Büro an und wartete auf ihr »Herein«, bevor er die Tür öffnete. Wie immer war die Psychologin äußerst elegant gekleidet und perfekt zurechtgemacht. Jedes Haar saß an seinem Platz, der sanft geschwungene blonde Bob war makellos. Julie war einige Jahre älter als er, wirkte aber durch ihr beinahe faltenfreies Gesicht alterslos. Nur wenn sie lächelte, so wie jetzt, bildeten sich feine Fältchen in ihren Augenwinkeln.

»Hallo Gabriel, was kann ich für dich tun?« Sie legte ihren Stift beiseite und verschränkte die Hände auf ihrem aufgeräumten Schreibtisch.

Rasch erklärte er ihr die Situation und endete mit der Tatsache, dass Valeries Handysignal aus einem der schlechteren Viertel der Stadt kam.

Besorgnis glitt über Julies Gesicht. »Und sie meldet sich immer noch nicht?«

»Nein. Ich habe sogar Megan auf sämtlichen Nummern anrufen lassen, falls sie nur meine Anrufe ignoriert. Nichts.«

»Was willst du jetzt tun?« Offenbar konnte Julie ihm ansehen, dass er nicht länger untätig herumsitzen konnte.

»Ich werde dorthin fahren und direkt mit ihr reden. Und ich wollte dich bitten, mitzukommen. Ihr versteht euch doch gut und …« Er brach ab, als Julie sich erhob.

Sie ging zu ihrem Schrank und holte eine leichte Jacke heraus. »Gehen wir.«

»Einfach so?«

Das brachte ihm ein schwaches Lächeln ein. »Ich kenne dich lange genug, Gabriel, um zu wissen, dass du niemals so einen Wirbel machen würdest, wenn es nicht wirklich wichtig wäre. Und du hast recht, ich mag Valerie und ich möchte nicht, dass ihr etwas passiert.«

Erleichtert atmete Gabriel auf. »Danke.«

Gemeinsam fuhren sie mit dem Fahrstuhl in die Tiefgarage, wo Gabriel seinen Wagen geparkt hatte. Jeder von ihnen hing seinen Gedanken nach, während sie die geschäftigen Straßen Seattles entlangfuhren. Erst als sie auf den Highway bogen, sprach Julie wieder.

»Ich glaube nicht, dass Valerie in letzter Zeit besonders glücklich mit ihrer Arbeit war.«

Damit hatte sie zielgenau Gabriels wunden Punkt getroffen. »Da hast du sicher recht.« Er spürte Julies Blick auf sich.

»Ich verstehe, warum du ihr nach dem Olympic nur noch Recherchearbeiten zugeteilt hast, Gabriel. Sie hat sich nicht an deine Anweisungen gehalten, und das hätte fatal ausgehen können. Valerie und Lucas hätten sterben können, genauso wie das kleine Mädchen.« Gabriel mochte gar nicht daran denken, dass er noch mehr Teammitglieder hätte verlieren können, deshalb schwieg er. »Aber ich frage mich, ob es die richtige Methode ist. Wie soll Valerie etwas lernen, wenn sie so kurz nach ihrem Beginn in diesem Team schon wieder ausgeschlossen wird?

Denk daran, wie wir uns am Anfang unserer Karriere beim FBI benommen haben. Valerie bewundert dich, sie hat mir mal erzählt, dass sie unbedingt in unser Team kommen wollte, weil sie dich für den Besten hält.«

Gabriel räusperte sich. »Ich weiß nicht, ob ich unbedingt das richtige Vorbild für junge Agenten bin.«

Ernst blickte Julie ihn an. »Du bist ein guter Agent, Gabriel. Du weißt nur manchmal nicht, wann du aufhören musst. Du steigerst dich zu sehr in deine Fälle rein.« Als er etwas einwenden wollte, hob sie die Hand. »Genau das macht dich zu einem so guten Agenten, aber es zerstört dich auch. Irgendwann musst du begreifen, dass du deinen Job nur dann gut machen kannst, wenn du gesund bist.«

Das war völlig richtig, aber Gabriel wusste nicht, wie er einen Gang zurückschalten sollte. Dafür hatte er sich schon zu lange verausgabt und seine ganze Kraft in den Dienst gesteckt. Er hatte nichts außer dem Job, keine Frau, keine Kinder, kein Haustier – nicht einmal ein Haus. Und genau genommen auch keine Freunde. Wenn er den Job nicht mehr machte, blieb ihm gar nichts mehr. Und diese Tatsache erschreckte ihn.

Selbst seine Schwester, die er mehr als alles andere liebte, hatte er nicht beschützen können. Russell Davis hatte sie misshandelt und vergewaltigt, um damit Gabriel zu treffen. Glücklicherweise war Melodys Verlobter rechtzeitig nach Hause gekommen, um das Schlimmste zu verhindern. Trotzdem hatte Gabriel sich spätestens ab diesem Zeitpunkt gefragt, ob sein Job das alles wirklich wert war.

Doch wie so oft schob er diese Gedanken beiseite und konzentrierte sich auf seine Arbeit. Eigentlich musste er sich darum kümmern, Clives Angreifer zu finden, stattdessen fuhr er hier quer durch die Stadt, um eine seiner Agentinnen zu suchen. Gabriels Gesichtsmuskeln verspannten sich. Wenn er Valerie dort gesund und munter antraf und herausfand, dass sie seine Anrufe absichtlich ignoriert hatte, würde er ihr klarmachen, dass so ein Verhalten für ihn nicht akzeptabel war. Wer in seinem Team arbeiten wollte – egal ob suspendiert oder nicht –, musste jederzeit darauf gefasst sein, angefordert zu werden. Das hatte er gleich zu Anfang deutlich gemacht, und jedem, dem das nicht passte, stand es frei, zu gehen. Am wenigsten konnte er es allerdings leiden, wenn jemand seine Termine nicht einhielt.

»Darf ich dir einen Rat geben, ohne dass du mir den Kopf abreißt?« Julies ruhige Frage ließ Gabriel kurz zu ihr blicken. Ernst sah sie ihn an.

»Was für einen?« Er konnte nicht verhindern, dass seine Frage sich eher wie ein Knurren anhörte.

»Sieh sie nicht so vorwurfsvoll an und halt dich mit Anschuldigungen zurück, bis sie dir erklärt hat, warum sie so gehandelt hat. Sonst verlieren wir sie, Gabriel.«

Am liebsten hätte er gesagt, dass es noch genug andere Agenten gab, die gut recherchieren konnten, aber er brachte es nicht über die Lippen. Tatsache war, dass er Valerie ausgewählt hatte, weil sie die Beste in ihrem Job war und ihre ernste Art ihn berührt hatte. Wenn sie ginge, wäre das tatsächlich ein Verlust für das Team. Und es wäre seine Schuld, weil er es offensichtlich nicht geschafft hatte, ihr deutlich zu machen, was er von einem Teammitglied erwartete. Außerdem wäre es nicht gut, so kurz nach Rays Tod noch jemanden zu verlieren. Bisher hatte Gabriel es nicht über sich gebracht, Ray zu ersetzen, aber vermutlich würde er demnächst darüber nachdenken müssen. Die Arbeit wuchs ihm langsam über den Kopf.

Mit einem Seufzer entspannte er seine Gesichtszüge und auch den Rest seines Körpers. »Ich werde mich bemühen.«

»Gut.«

»Eigentlich habe ich dich mitgenommen, damit du mit ihr redest. Du bist darin wesentlich besser als ich.« Ihm fehlte oft die Geduld, sich mit zwischenmenschlichen Dingen auseinanderzusetzen.

»Das kann ich gerne tun, aber die Probleme zwischen euch müsst ihr schon selbst klären, dabei kann ich nicht helfen.«

Gabriel verzog den Mund. »Ich weiß.« Und er freute sich ungefähr so sehr darauf wie auf eine Wurzelbehandlung beim Zahnarzt. »Jetzt ist aber erst mal nur wichtig, dass wir Valerie finden. Es gefällt mir nicht, dass erst Clive überfallen wird, kurz vor seinem Treffen mit ihr, und dass jetzt sie nicht antwortet.«

»Meinst du, sie hat sich die Sache zu Herzen genommen?«

Gabriel erinnerte sich noch gut daran, wie Valerie gestern Abend ausgesehen hatte. Ihre Haut war leichenblass gewesen, ihre Pupillen geweitet. Sie hatte eindeutig unter Schock gestanden, und er machte sich Vorwürfe, dass er sie allein nach Hause hatte fahren lassen. Zwar hatte er ihr jemanden hinterhergeschickt, der sicherstellte, dass sie gut zu Hause ankam, aber das war zu wenig gewesen. Vielleicht hätte er stattdessen Julie vorbeischicken sollen, damit Valerie mit jemandem über das Vorgefallene hätte reden können.

Zu dem Zeitpunkt hatte Gabriel jedoch nur daran gedacht, dass der einzige Anwalt Seattles, den er mochte, im Sterben lag, und er herausfinden musste, wie das hatte geschehen können. Denn genau wie Valerie war er davon überzeugt, dass Clive sich niemals selbst umgebracht hätte. Man konnte zwar nie in einen Menschen hineinsehen, aber Gabriel hätte seinen letzten Dollar darauf verwettet, dass der Anwalt nicht der Typ für Selbstmord war. Bei den bisherigen Ermittlungen waren außerdem keinerlei Anhaltspunkte dafür gefunden worden, dass Clive irgendwelche Probleme gehabt hatte. Für Gabriel war dies, zusammen mit dem verschwundenen Computer, ein eindeutiger Hinweis darauf, dass der Anwalt sich nicht selbst die Pistole in den Mund gesteckt und abgedrückt hatte.

Eine Sache, über die Gabriel unbedingt mit Valerie reden wollte, war das Glas mit Damon Thomas' Fingerabdrücken, das auf Clives Couchtisch gestanden hatte. Zwar hatte Gabriel im Moment noch keinen Hinweis darauf, warum Thomas seinen eigenen Anwalt überfallen haben sollte, nachdem er erst gemütlich mit ihm zusammengesessen hatte, doch die Beweise waren ziemlich eindeutig. Jetzt mussten sie ihn nur endlich finden, dann würden sie hoffentlich auch eine Erklärung bekommen.

Für einen kurzen Moment kam Gabriel noch ein anderer Gedanke: Ob Valerie gewusst hatte, dass Clive mit seinem Mandanten in Kontakt stand? Hatte sie Thomas dort vielleicht sogar treffen wollen? Nein, das konnte er nicht glauben. Valerie war FBI-Agentin, sie würde nie etwas tun, das so offensichtlich gegen ihre Überzeugungen verstieß. Oder doch? Auch wenn er es nie hatte beweisen können, vermutete er, dass etwas im Olympic geschehen war, von dem Valerie ihm nichts erzählt hatte. Emma, das entführte Mädchen, hatte Valeries Aussage unterstützt, doch im Gespräch war sehr deutlich geworden, dass die Siebenjährige mit dem Flüchtigen Freundschaft geschlossen hatte und nicht verstehen konnte, warum das FBI ihn verhaften und wieder ins Gefängnis stecken wollte.

»Gabriel?«

Verwirrt blickte er Julie an. »Ja?«

»Ich hatte gefragt, ob du glaubst, dass Valerie sich die Sache mit Clive Prescott zu sehr zu Herzen genommen hat.«

In letzter Zeit passierte es häufiger, dass Gabriel mit seinen Gedanken zu sehr abschweifte, ein Umstand, der ihn ziemlich beunruhigte. »Ja, ich denke, es hat sie ziemlich mitgenommen.

Als die Rettungskräfte eintrafen, hat sie in seinem Blut gehockt und versucht, ihn irgendwie am Leben zu halten.«

Julies helle Augen verdunkelten sich. »Das muss furchtbar für sie gewesen sein.« Es sah aus, als wollte sie noch etwas sagen, doch dann schloss sie den Mund wieder.

Sofort meldete sich Gabriels Instinkt. »Was?«

Julie schüttelte den Kopf. »Ich sollte nicht darüber reden.«

»Raus damit. Wenn es etwas Wichtiges über einen meiner Agenten gibt, muss ich das wissen.«

Unentschlossen biss sich die Psychologin auf die Lippe, dann nickte sie zögernd. »In Ordnung. Es ist aber reine Mutmaßung, okay?« Sie holte tief Luft. »Ich hatte immer das Gefühl, dass Valerie jemanden verloren hat, der ihr sehr nahestand. Die Art, wie sie bei einigen Fällen reagiert hat, der Ausdruck, den sie manchmal in den Augen hatte. Nur Kleinigkeiten, aber ich habe das schon oft bei Menschen gesehen, die einen Verlust nie richtig verarbeitet haben.«

Gabriel runzelte die Stirn. »In ihrer Akte steht nichts davon. Bist du sicher?« Bevor er jemanden in sein Team holte, überprüfte er denjenigen erst auf Herz und Nieren. Bei Valerie hatte nichts darauf hingewiesen, dass sie jemanden aus ihrem näheren Umkreis verloren haben könnte. Dabei konnte es sich aber natürlich auch um eine Freundin oder entfernte Verwandte oder Bekannte handeln, über die Valerie in ihrem Einstellungsgespräch keine Angaben hatte machen müssen. Dennoch hätte etwas darüber im psychiatrischen Gutachten stehen müssen, das Gabriel jedes Mal anforderte.

»Wie gesagt, es ist nur ein Gefühl. Sie zeigt alle Anzeichen von jemandem, der vor längerer Zeit ein schweres Trauma erlitten hat. Aber der Auslöser dafür kann natürlich auch etwas ganz anderes sein.« Julie verzog den Mund. »Die Psychologie ist keine exakte Wissenschaft.«

»Okay, ich werde es im Hinterkopf behalten.« Ein Blick auf das Navigationsgerät zeigte, dass sie beinahe am Standort von Valeries Handy angekommen waren. »Wir sind gleich da. Sag mir Bescheid, wenn du sie siehst.«

Angespannt blickte Gabriel in die Richtung, aus der das Signal kam. Zuerst sah er nichts, doch dann bog der Lieferwagen vor ihnen ab und gab die Sicht frei.

Julie deutete nach vorne. »Das ist ihr Wagen, oder?«

»Ja.« Was dachte sie sich dabei, in solch einer Gegend zu parken? Okay, sie war erwachsen und außerdem FBI-Agentin – eigentlich sollte sie wissen, was sie tat. Trotzdem gefiel Gabriel die Sache ganz und gar nicht. Schnell lenkte er den Wagen in eine Lücke am Straßenrand und schaltete den Motor aus. »Ich sehe nach.«

Eilig stieg er aus und ging hinüber zu dem Wagen. Ein Blick durch das Seitenfenster zeigte ihm, dass Valerie nicht darin war. Dafür lag ihr Handy gut sichtbar auf dem Beifahrersitz. Verdammt! Wenn das Auto samt Telefon hier schon seit Stunden stand, wie die Handyortung ergeben hatte, konnte Valerie inzwischen überall sein. Gabriel hatte keine Möglichkeit, sie zu erreichen oder zu finden. Automatisch betätigte er den Türgriff und erstarrte, als die Tür sich öffnen ließ. Niemand ließ in Seattle, noch dazu in so einer Gegend, seinen Wagen unverschlossen. Und noch viel weniger mit dem Schlüssel im Zündschloss.

Eines der hinteren Seitenfenster war zerstört worden. Hatte jemand Valerie überfallen? Aber dann hätte sie doch sicher die Polizei oder das FBI gerufen und wäre nicht einfach weitergefahren. So oder so verstärkte sich Gabriels schlechtes Gefühl noch weiter.

»Oh Gott!« Julies Stimme ließ ihn mit dem Kopf herumfahren. Die Psychologin stand vor dem Auto und blickte nach unten.

Sofort ging er zu ihr und betrachtete die gut erkennbare Delle an Kühler und Motorhaube. Wenn er sich nicht irrte, klebte sogar ein wenig Blut am Metall. Grimmig zog er sein Handy heraus und rief die Spurensicherung an. Das Auto musste so schnell, wie es ging, von der Straße, bevor der Polizei auffiel, dass es sich anscheinend um ein Unfallfahrzeug handelte. Er wollte die Sache möglichst im engsten Kreis behalten, um Valerie und das Team zu schützen. Natürlich konnte es auch sein, dass sie ein Tier angefahren hatte und den Wagen hatte hierlassen müssen, weil der nicht mehr lief. Doch dann hätte sie ihr Handy mitgenommen und das Auto nicht unverschlossen samt Schlüssel hier stehen lassen. Das war wie eine Einladung, es zu klauen. Außerdem erklärte das auf keinen Fall das Loch in der Scheibe.

Gabriel gab den Kollegen von der Spurensicherung die Anweisung, die Sache diskret zu behandeln, und beendete das Telefonat. Mit seinem Ärmel über den Fingern öffnete er die hintere Tür und blickte auf den Rücksitz. Das Innere des Wagens war sauber und aufgeräumt, es lag nur wenig herum. Umso auffälliger war der dunkle Fleck an der hellen Verkleidung der Tür. Von hier aus konnte Gabriel nicht sehen, worum es sich handelte, aber die Spurensicherung würde das sicher schnell herausfinden.

Julie war neben ihn getreten und blickte ebenfalls in den Wagen. »Was glaubst du, was das bedeutet?«

Langsam richtete Gabriel sich auf und betrachtete die Umgebung. »Ich habe keine Ahnung, aber was immer es ist, es gefällt mir kein bisschen.« Und das war noch untertrieben.

Mit einem lautlosen Stöhnen rieb Valerie sich über ihre schmerzenden Schläfen. *Was war nur in sie gefahren, dass sie so einem irrsinnigen Plan zugestimmt hatte?* Aber es war ihr als die einzige Möglichkeit erschienen, wie sie Gabriel dazu bringen konnte, die Suspendierung wieder rückgängig zu machen. Nur wenn sie beweisen konnte, dass jemand anders als Damon Bella Pelham ermordet hatte, konnte sie sich wieder rehabilitieren. Wobei das nicht automatisch hieß, dass Gabriel sie auch wieder einsetzen würde – vielleicht würde er sie erst recht feuern, wenn er erfuhr, dass sie mit einem gesuchten Verbrecher zusammenarbeitete. Diese Entscheidung konnte sie alles kosten, das sie sich in den letzten Jahren mühsam aufgebaut hatte. Als sie noch gefesselt gewesen war, hatte es nicht in ihrer Hand gelegen. Inzwischen hätte sie allerdings schon unzählige Male fliehen können und hatte es doch nicht getan. Stattdessen überlegte sie sich, wie sie und Damon es am besten anstellen konnten, ihren Kollegen vom FBI zu entgehen.

Valerie presste eine Hand an ihre feuchte Stirn, während sie blicklos auf den Bildschirm des Laptops starrte. Der Drang, einfach aufzuspringen und zur Tür zu laufen, war beinahe genauso stark wie der Wunsch, endlich herauszufinden, was damals wirklich geschehen war. Und – wie sie zugeben musste – Damon dabei zu helfen, seinen Namen reinzuwaschen.

Alle Informationen, die sie bisher gesammelt hatte, zeigten, dass bei den damaligen Ermittlungen irgendetwas nicht mit rechten Dingen zugegangen war. Damons Aussage gegenüber der Polizei und auch vor Gericht war Valerie plausibel erschienen, besonders nachdem sie vor ein paar Wochen mit Bellas engster Freundin gesprochen hatte, die bestätigt hatte, dass Damon und Bella schon lange nicht mehr zusammen und nur noch locker befreundet gewesen waren. Diese Freundin hatte nie bemerkt, dass Damon darüber verstimmt gewesen war, und Bella hatte auch nie geäußert, dass sie sich vor ihm gefürchtet hatte.

Valeries Blick glitt zu Damon hinüber, der gerade aus dem

winzigen Bad zurückkam, wo er seine wenigen Utensilien in eine Tasche geworfen hatte. Damit war er jetzt mit dem Packen fertig, und Valeries Zeit, sich noch umzuentscheiden, lief ab. Wenn sie erst einmal mit ihm auf der Flucht war, konnte sie nicht mehr zurück. Ihre Kollegen würden sich fragen, ob ihr etwas passiert war, weil sie nicht zu dem Termin mit Gabriel erschienen war. Das würde eine groß angelegte Suche nach sich ziehen, und sie würden vermutlich bald herausfinden, dass Valerie nicht etwa einen Unfall gehabt hatte oder von einem Verbrecher entführt worden war, sondern mit einem flüchtigen Häftling untergetaucht war.

Ihr Herz klopfte schneller, als sie sich vorstellte, welche Konsequenzen ihre Flucht nach sich ziehen würde. Auf jeden Fall musste sie sich ganz dringend bei ihren Eltern melden, damit die beiden sich keine Sorgen um sie machten. Nach dem Tod ihres Bruders waren sie besonders ängstlich gewesen, und Valerie hatte es sich zur Gewohnheit gemacht, sich immer sofort zu melden, wenn irgendetwas war oder wenn sie wusste, dass sie nicht wie gewohnt zweimal in der Woche anrufen konnte. Vermutlich würde Gabriel dort zuerst nach ihr fragen, wenn er sie nicht zu Hause antraf.

»Fertig?«

Damons Frage erklang dicht hinter ihr, und sie schreckte auf. Offenbar war sie so in ihre bedrückenden Gedanken vertieft gewesen, dass sie nicht bemerkt hatte, wie er näher gekommen war. Verspätet reagierte sie auf seine Frage. »Ja.« Sie fuhr den Laptop herunter und klemmte ihn sich unter den Arm. Darauf waren die Akten der Anwälte, und Valerie würde sie nicht mehr aus den Augen lassen.

Damon ging zum Fenster und blickte durch einen Spalt in der Jalousie. »Ich sehe niemanden, aber wir sollten trotzdem vorsichtig sein.«

»Und was machen wir dann? Gehen wir zu meinem Wagen?« Schon während Valerie das sagte, ahnte sie Damons Antwort.

»Das können wir nicht. Wenn er nicht jetzt schon auf der Fahndungsliste steht, wird er es sicher bald. Dann kann ich mich auch gleich bei der Polizei melden und verhaften lassen.« Kurz blickte er sie an. »Es tut mir leid. Aber ich denke, Ihre Kollegen werden ihn abschleppen lassen und sicher für Sie aufbewahren.«

»Natürlich. Mir ging es eher darum, wie wir jetzt von hier wegkommen. Wollen wir etwa gehen?« Normalerweise machte ihr das nichts aus, aber nach den heutigen Ereignissen fühlte sie sich nicht ganz so sicher auf den Beinen wie sonst.

Offenbar war ihr das auch anzusehen, denn Damon hob die Hand, als wollte er ihr über die Stirn streichen. Als er bemerkte, was er da tat, zog er jedoch schnell den Arm zurück. Zu ihrer Überraschung spürte Valerie Enttäuschung in sich aufsteigen.

»Nur ein Stück, dann besorgen wir uns einen anderen fahrbaren Untersatz.« Damon verzog den Mund. »Mein Motorrad steht entweder noch in dem Parkhaus, oder es wurde schon eingezogen.«

Insgeheim war Valerie froh darüber. Die Aussicht, mit einem Motorrad zu fahren, hätte sie nicht gerade glücklich gestimmt. »Ein Auto wäre mir recht.«

»Dann hoffe ich, dass Sie Geld dabeihaben. Ich glaube nämlich nicht, dass meins für einen Wagen reichen wird. Mieten fällt auch raus, weil ich dort schlecht meine Papiere vorlegen kann.«

»Wie wäre es, wenn ich das auf meinen Namen mache?« Verdammt, sie ritt sich immer tiefer rein, konnte jedoch nichts dagegen machen.

»Dann hinterlassen Sie eine nette Spur für Ihre Kollegen.« Scharf blickte er sie an. »Oder hatten Sie das beabsichtigt?«

Wut stieg in Valerie auf, gepaart mit Verletztheit. »Dann wäre ich sicher nicht mehr hier. Wenn ich meine Kollegen benachrichtigen wollte, könnte ich das viel einfacher machen. Und ich müsste nicht mein Geld dafür ausgeben.«

Damon schnitt eine Grimasse. »Tut mir leid, das war unnötig. Ich bin Ihnen dankbar, dass Sie bereit sind, mich nicht zu verraten und mir bei der Aufklärung von Bellas Mord zu helfen.«

»Ich tue das nicht für Sie, sondern weil ich etwas dagegen habe, wenn Menschen falsch beschuldigt werden und dafür die Schuldigen frei herumlaufen.« Das kam viel härter heraus, als Valerie es beabsichtigt hatte. Vor allem entsprach es nicht ganz der Wahrheit. Wäre Damon ein Typ wie Russell Davis gewesen, hätte sie ihn, ohne zu zögern, sofort ans Messer geliefert. Stattdessen war sie bereit, ihr Leben für diesen Fremden aufs Spiel zu setzen, und das machte sie nervös. Müde rieb sie sich die Augen. »Gehen wir einfach.«

Damon blickte sie forschend an, dann nickte er. »In Ordnung.«

15

Nach einem letzten Blick durch das Fenster auf die Straße beschloss Damon, den Hinterausgang zu benutzen, der durch den schlauchförmigen verwilderten Garten führte. Das war auch einer der Gründe gewesen, warum er sich für dieses Apartment entschieden hatte – zusammen mit dem niedrigen Preis. Ein wenig tat es ihm leid, es jetzt aufgeben zu müssen, denn er wusste nicht, ob er je wieder eine ähnliche Unterkunft finden würde. Doch seine und Valeries Sicherheit war wichtiger, deshalb zögerte er nicht länger, sondern führte die FBI-Agentin durch den Hausflur zur Hintertür. Mit einem schlechten Gewissen schlich er an der Tür des Vermieters vorbei.

Er wünschte beinahe, er hätte Clive nie engagiert, dann wäre das alles nicht passiert. Es hätte keinen Anhörungstermin in Seattle gegeben, er hätte nicht in dem Transportbus gesessen, und er wäre nach dem Unfall nicht mit Russell Davis durch den Regenwald geflüchtet. Dort hätte er nicht Valerie getroffen und auch nicht entschieden, lieber zu flüchten, als sich wieder einsperren zu lassen. Andererseits hätte er dann noch weitere zweiundzwanzig Jahre im Gefängnis sitzen müssen. Allein die Vorstellung ließ ihm einen kalten Schauder über den Rücken laufen. Nein, so sehr ihm Clives Tod auch leidtat, er konnte nicht wieder zurück. Lieber würde er sterben, als wieder ins Gefängnis zu gehen und dort den Rest seines Lebens in der Gesellschaft von Verbrechern zu verbringen.

Als Damon merkte, dass er erneut in seine Gedanken abdriftete, riss er sich zusammen und öffnete die Tür. Auch wenn seine Mutter ihn dafür sicher getadelt hätte, trat er zuerst hindurch und überließ es Valerie, die Tür hinter ihnen wieder zu schließen. Aufmerksam sah Damon sich um, konnte jedoch nichts entdecken, das ihm bedrohlich erschien. Schnell führte er Valerie durch das Gestrüpp, das den alten Plattenweg überwucherte. Den Garten hätte man durchaus ansehnlich gestalten können, aber daran hatte der Besitzer des Hauses offensichtlich kein Interesse.

Damon hätte ihm angeboten, sich darum zu kümmern, aber er hatte nicht auffallen wollen und sich deshalb zurückgehalten, auch wenn es ihn in den Fingern gejuckt hatte, sich endlich wieder körperlich in der Natur zu betätigen. Früher hatten ihn solche Arbeiten immer entspannt und mit Zufriedenheit erfüllt. Der Gedanke an das große Grundstück seiner Eltern, das er zusammen mit seiner Mutter in Schuss gehalten hatte, schmerzte. Deshalb konzentrierte er sich nur darauf, so schnell wie möglich auf die Straße zu kommen.

Am hinteren Tor blieb Damon erneut stehen und beobachtete die Straße. Nichts Auffälliges zu sehen. Schließlich öffnete er das Tor so weit, wie es die unebenen Platten zuließen, und zwängte sich durch den Spalt. Wie gut, dass er abgenommen hatte, mit seinem früheren Gewicht wäre ihm das vermutlich nicht gelungen. Valerie folgte ihm ohne Probleme und sah sich wachsam um. Dabei hatte sie die Hand auf Höhe ihrer Hüfte erhoben, wo sonst vermutlich ihre Waffe saß. Als ihr bewusst wurde, was sie da tat, zog sie eine Grimasse und ließ die Hand wieder sinken. Wenn Damon ehrlich war, wünschte er sich auch, Valerie hätte ihre Pistole dabei. Andererseits wäre es dann wohl deutlich schwieriger gewesen, sie zu entführen.

Damon beugte sich näher zu ihr, damit er nicht so laut sprechen musste. »Wir gehen nach links, da kommen wir über ein paar kleinere Straßen zur Bahn.«

»Also kein Auto?«

»Da wir immer noch kein Geld dafür haben, werden wir wohl zu Fuß gehen müssen.«

Valerie verzog den Mund. »Ich halte das für zu unsicher. Wenn wir irgendwo hinmüssen oder schnell weg, sind wir aufgeschmissen. Gibt es hier in der Nähe einen Geldautomaten?«

Innerlich seufzte Damon auf. »Dann haben wir immer noch das Problem, dass sich Ihre Spur verfolgen lässt.«

»Das lässt sie sich ohnehin, schon allein durch das Handy. Gabriel wird sich sämtliche Standorte angeben lassen und genau sehen, dass ich einige Minuten hier vor der Wohnung war. Wenn ich Geld abhebe, bestätige ich ihm damit nur das, was er sowieso schon weiß.«

»Mir macht auch eher der andere Typ Sorgen, der hinter uns her sein könnte. Wenn der so schnell auf Clives Anruf bei Ihnen reagieren konnte, ist er vielleicht schon hier in der Nähe. Je nachdem, wie viel Einfluss er hat, könnte er auch Ihre Geldbewegungen überwachen lassen.«

Valeries Gesichtsausdruck war zu entnehmen, dass ihr das gar nicht gefiel. »Trotzdem müssen wir das riskieren. Es ist ganz einfach: Ohne einen fahrbaren Untersatz sind wir am Ende. Ich kann allerdings mit der Bahn nach Hause fahren – oder dorthin, wo Sie mein Auto abgeladen haben – und verhindern, dass Gabriel überhaupt anfängt, nach uns zu suchen. Die Entscheidung liegt bei Ihnen.«

Da Damon nicht wollte, dass ihr etwas passierte und sie außerdem seine einzige Möglichkeit war, endlich Bellas wahren Mörder zu finden, konnte er sie nicht gehen lassen. »Okay, heben wir Geld ab. Aber es muss schnell gehen.«

Valerie blickte ihn mit hochgezogenen Augenbrauen an. »Ich hatte nicht vor, mich lange aufzuhalten.« Vorsichtig zog sie ihre Ärmel so weit herunter, bis sie die Verbände an ihren Handgelenken verdeckten.

Damon räusperte sich. »Danke.«

Ihre Gesichtszüge wurden etwas weicher, und sie nickte knapp. »Wo ist der nächste Automat?«

»Zwei Straßen weiter.«

Nicht, dass er ihn je hatte nutzen können, aber er war oft genug daran vorbeigelaufen und hatte sich vorgestellt, er könne einfach eine Karte hineinschieben und Geld abheben. Stattdessen hatte er mit dem auskommen müssen, was er zurückgelegt hatte. Er wünschte nur, er hätte damals mehr versteckt, doch er hatte Angst gehabt, die Polizei würde es als geplanten Fluchtversuch werten, wenn er zu viel Geld abhob, und ihn sofort einsperren. Er hatte ja nicht ahnen können, dass sie das kurz darauf sowieso tun würde.

Nachdem er ein letztes Mal die Umgebung überprüft hatte, berührte er Valerie am Arm und ging dann los. Scheinbar ohne Eile schlenderten sie die Straße entlang. Damon hatte seine Sporttasche über eine Schulter geschlungen und bemühte sich, so auszusehen, als wäre er auf dem Weg zum Sport. Damit würde er vielleicht diejenigen täuschen, die nicht wussten, wer er war, aber falls bereits jemand seiner oder Valeries Spur gefolgt war, würde derjenige sie sofort erkennen. Damons Nacken prickelte, und er hatte Mühe, seine Bewegungen ruhig zu halten. Alles in ihm drängte danach, einfach loszulaufen und sein altes Leben hinter sich zu lassen. Doch das konnte er nicht tun.

Als hätte Valerie seine Gedanken gespürt, schlang sie eine Hand um seinen Arm. Fragend blickte er sie an und erhielt ein Lächeln als Antwort. Sie ließ ihn los, trat jedoch näher an ihn heran. Automatisch legte Damon ihr den Arm um die Taille und zog sie an sich. Es war so lange her, dass er einer Frau so nah gewesen war, dass sein Körper sofort reagierte. Peinlich berührt wollte er sie loslassen, doch Valerie schlang nun ihrerseits den Arm um seine Taille und hielt ihn auf diese Weise fest an ihrer Seite verankert.

»Ganz ruhig, tu einfach so, als wären wir ein Paar, dann fallen wir weniger auf.«

Gott, wusste sie eigentlich, was sie da von ihm verlangte? Nach vier Jahren ohne jeglichen Kontakt zu Frauen – abgesehen von seiner Mutter oder seiner Schwester – war er den Umgang mit dem weiblichen Geschlecht nicht mehr gewohnt. So zu tun, als wäre die Nähe zu Valerie für ihn normal, war mehr, als sein schauspielerisches Talent hergab. Hilflos sah er sie an.

Ein Hauch von Mitleid huschte über ihr Gesicht. »Ich kann mir vorstellen, dass die Situation nicht leicht für dich ist, aber stell dir einfach vor, ich wäre jemand, den du magst und mit dem du gerne zusammen bist.«

Damon schnitt eine Grimasse. »Das ist nicht wirklich mein Problem – das tue ich nämlich bereits.«

Verwirrt sah sie ihn an, dann glitt ihr Blick kurz nach unten. Als sie den Kopf wieder hob, waren ihre Wangen gerötet. »Oh.« Sie riss sich sichtbar zusammen. »Okay, das macht die Tarnung sogar noch realistischer. Jetzt musst du nur noch etwas lockerer in den Schultern werden, sonst wirkst du zu steif.« Sie verzog den Mund, als ihr klar wurde, dass er ihre Bemerkung durchaus anders verstehen könnte. »Du weißt, was ich meine.« Dabei stieg noch mehr Röte in ihre Wangen.

Ihre Verlegenheit half ihm dabei, sich etwas zu entspannen. »Entschuldige, es ist lange her.«

Ernst blickte sie ihn an. »Ich weiß, ich nehme das nicht persönlich. Denk nicht darüber nach und lass uns zusehen, dass wir einfach nur heil hier wegkommen.«

Damon presste die Lippen zusammen, um ihr nicht zu sagen, dass es für ihn sehr persönlich war. Natürlich wäre er in dieser Situation wohl bei jeder Frau verspannt gewesen, aber dass er eine Erektion hatte, lag ganz allein an ihr. In dieser Beziehung war er sehr wählerisch. Ihr weiches Herz und ihr Gerechtigkeitssinn, die sie unter einer harten Schale zu verbergen versuchte, trugen genauso dazu bei wie ihr Aussehen. Mit den kurzen Haaren versuchte sie wahrscheinlich, geschäftsmäßig auszusehen, doch eigentlich brachte die Frisur nur ihr herzförmiges Gesicht besser zur Geltung, das von ihren weichen Lippen und den großen grauen Augen dominiert wurde.

Da es denkbar ungünstig und vor allem unpassend gewesen wäre, ihr das jetzt zu sagen, nickte Damon nur, zog sie enger an sich und ging dann wieder los. Das Gefühl, beobachtet zu werden, wurde mit jeder Sekunde stärker, und mehr als einmal sah er sich unsicher um.

Valeries Finger pressten sich in seine Seite. »Nicht so auffällig.«

»Hast du nicht das Gefühl, dass uns jemand beobachtet?«

»Doch, aber das ist ganz normal. Bisher habe ich noch niemanden entdeckt. Und selbst wenn können wir im Moment nichts dagegen tun. Zu Fuß kommen wir nicht schnell genug weg, und wir brauchen das Geld.«

Gegen diese Argumentation konnte Damon nichts sagen. Valerie war ein Profi und hatte mehr Erfahrung in solchen Dingen. Mühsam unterdrückte Damon seinen Fluchtinstinkt und den Drang, sich ständig umzudrehen, und atmete erleichtert auf, als endlich der Geldautomat in Sicht kam. »Da vorne ist er.«

Valerie blickte dorthin und wurde dann langsamer. »Ich möchte, dass du ein Stück entfernt auf mich wartest.«

»Nein, du …«

Ihr Blick brachte ihn zum Schweigen. »Diese Automaten haben Kameras, und ich will nicht, dass du auf dem Bild zu sehen bist.«

Daran hatte er gar nicht gedacht. »Ich weiß, dass wir Geld brauchen, aber ich halte das wirklich nicht für eine gute Idee. Was werden deine Kollegen denken, wenn sie dein Konto überprüfen und auf den Automaten hier stoßen?«

Valerie hob die Schultern, wirkte aber alles andere als gleichgültig. »Vermutlich, dass ich jetzt völlig irre geworden bin.«

»Das ist kein Scherz, Valerie.«

»Glaubst du, das weiß ich nicht? Falls sie nicht ohnehin schon herausgefunden haben, dass ich gerade mit dir zusammen bin, will ich sie nicht auch noch durch Bildmaterial darauf stoßen.«

Das wusste Damon zu schätzen, doch er wollte auch nicht, dass sie seinetwegen noch mehr Ärger bekam als sowieso schon. »Aber sollten sie es herausfinden und mich nicht auf dem Bild sehen, glauben sie dann nicht, dass ich dich gezwungen habe, das Geld abzuheben?«

»Nein, sicher nicht. Ich würde nämlich Mittel und Wege finden, ihnen klarzumachen, dass ich bedroht werde.«

Dass sie das bisher nicht getan hatte und damit so viel für ihn riskierte, rührte Damon. »Valerie …«

Doch sie ließ ihn nicht ausreden. »Wir verlieren Zeit. Bleib bitte hier und warte auf mich.« Nachdem sie ihm den Laptop in die Hand gedrückt hatte, drehte sie sich um und marschierte davon.

Damon machte einen Schritt, blieb dann aber stehen. Auch wenn sich alles in ihm dagegen sträubte, musste er ihren Wunsch respektieren. Deshalb beschloss er, erneut die Umgebung zu beobachten. Wenn er etwas sah, das ihm nicht gefiel, würde er Valerie so schnell von hier wegbringen, wie es ging. Egal, ob sie Geld hatten oder nicht. Valeries Leben war wichtiger. Damon steckte den Laptop in die Tasche, lehnte sich mit dem Rücken an die Hauswand und versuchte, so unauffällig auszusehen wie möglich. Was recht schwierig war, weil ihm gleichzeitig das Herz so hämmerte, als wollte es aus seiner Brust entkommen.

Nachdem er sich vergewissert hatte, dass sich niemand für sie interessierte, folgte sein Blick Valerie, die sich mit einer Geschmeidigkeit bewegte, um die er sie beneidete. Ihr FBI-Training machte sich deutlich bemerkbar. Als Valerie sich vor den Automaten stellte und eine Karte in den Schlitz steckte, sondierte Damon erneut die Umgebung. Noch immer herrschte die übliche mittägliche Ruhe, nur wenige Leute waren unterwegs, die allesamt nicht so aussahen, als hätten sie etwas anderes im Sinn als ihre Einkäufe oder sonstigen Beschäftigungen. Da dieser Eindruck jedoch täuschen konnte, beobachtete Damon sie weiter.

Aus den Augenwinkeln sah er, wie Valerie eine Nummer eintippte und dann darauf wartete, dass das Geld herauskam. Dabei sah sie sich ebenfalls unauffällig um. Niemand, der sie nicht kannte, hätte bemerkt, dass sie sich noch für etwas anderes als den Automaten interessierte. Schließlich öffnete sich der Schlitz, und das Geld kam heraus. Valerie steckte es schnell in ihr Portemonnaie und drehte sich dann zu Damon um. Ihr Blick huschte nur kurz über ihn, bevor sie unmerklich den Kopf neigte und dann die Straße überquerte. Offenbar wollte sie, dass er ihr folgte, deshalb stieß Damon sich von der Wand ab und ging ihr hinterher.

Auf der anderen Straßenseite angekommen holte er sie nach wenigen Metern ein. Er nahm ihre Hand und drückte sie. »Was ist passiert, hast du was gesehen?«

»Nein, aber ich wollte es auch nicht darauf ankommen lassen. Wir müssen so schnell wie möglich hier weg. Aber erst möchte ich sehen, ob wirklich jemand Zugriff auf meine Daten hat.«

Entgeistert starrte Damon sie an. »Wie das?«

Sie zog ihn mit sich in ein Antiquitätengeschäft. Eine Glocke kündigte ihre Anwesenheit an. Automatisch zuckte Damon zusammen und wollte schon wieder hinausgehen, doch Valerie hielt ihn zurück. »Ganz ruhig.« Sie stellte sich so hin, dass sie durch das Schaufenster hinausblicken konnte, dabei aber von den Aufbauten halb verdeckt wurde.

Damon trat neben sie und sah, dass sie von hier aus genau den Geldautomaten im Blick hatte. Stille herrschte in dem Laden, Staub flimmerte im schräg einfallenden Sonnenlicht. Schweigend beobachteten sie die Straße, doch nichts passierte. Langsam löste sich Damons Anspannung ein wenig. Vielleicht hatte er sich doch geirrt, und sie hatten Valeries Verfolger schon im Parkhaus abgehängt. Clives Telefonleitung zu überwachen war sicher auch einfacher, als auf das Konto einer FBI-Agentin zuzugreifen. Umso besser, dann konnten sie sich in Ruhe ein Auto besorgen und von hier verschwinden. Danach sollte sie niemand mehr finden können, solange sie sich unauffällig verhielten und Valerie ihre Karte nicht mehr benutzte.

Gerade wollte er etwas sagen, als er Valeries scharfes Einatmen hörte. Mit angespannter Miene starrte sie durch die Scheibe. Sofort flog Damons Blick von ihr zum Geldautomaten. Ein Wagen fuhr auffällig langsam daran vorbei, von hier aus konnte er nicht sehen, wer hinter dem Steuer saß, die Scheiben waren getönt. Auf jeden Fall schien derjenige sich auffällig für die Umgebung zu interessieren, er fuhr nur noch im Schritttempo. Ein anderes Auto kam von hinten näher, und der Fahrer hupte erbost, als er hart bremsen musste. Das schien den anderen allerdings nicht zu stören, er ließ nur das Fenster auf der Fahrerseite herunterrollen, hielt den Arm heraus und gab dem Mann ein ungeduldiges Zeichen, an ihm vorbeizufahren.

»Das ist er.« Die Worte waren heraus, bevor Damon wusste, dass er sie überhaupt hatte sagen wollen.

»Wer?« Valerie flüsterte beinahe.

Unruhig befeuchtete Damon seine trockenen Lippen. »Der Typ, der dich bis zum Parkhaus verfolgt hat. Den ich angefahren habe.«

Valerie sah ihn kurz an. »Bist du sicher?«

»Ich glaube nicht, dass ich das Gesicht je vergessen könnte. Ich habe vorher noch nie jemanden absichtlich umgefahren.« Ein weiterer Albtraum für seine schlaflosen Nächte. »Also ja, das ist er. Todsicher.« Bei dem Wort schnitt er eine Grimasse.

»Schade, dass ich kein Handy dabei habe, dann hätte ich ein Foto machen können, um ihn in der Datenbank zu suchen.«

Inzwischen war der Wagen ohnehin vorbeigefahren, und sie hatten ihre Chance verpasst. Selbst wenn sie ein Handy dabei gehabt hätten, wären sie damit nicht schnell genug gewesen. Doch das sagte Damon nicht, schließlich war er schuld daran, dass Valerie kein Telefon mehr hatte und überhaupt in dieser Situation war. »Hast du ihn auch gesehen?«

»Ja. Das nächste Mal werde ich ihn erkennen, bevor er sich mir nähern kann.« Valerie sagte das so sachlich, als wäre es eine Tatsache.

»Ich hoffe, es wird kein nächstes Mal geben.«

Das entlockte Valerie ein schwaches Lächeln. »Ich denke nicht, dass er so schnell aufgeben wird. Er sah ziemlich entschlossen aus.«

Ja, und wütend. Beim nächsten Mal würde er sicher nicht so langsam vorgehen wie im Parkhaus. »Dann sollten wir wohl besser schnell verschwinden, bevor er uns hier findet.«

Valerie richtete sich auf. »Ja, das wäre …«

»Kann ich Ihnen helfen?« Die Männerstimme erklang hinter ihnen und erschreckte Damon fast zu Tode.

Auch Valerie zuckte zusammen, doch sie fing sich schnell wieder und wirbelte herum. Die Hand hielt sie erneut dort, wo sonst ihre Waffe war. Damon drehte sich langsamer um, während er fieberhaft nach etwas suchte, mit dem sie sich verteidigen konnten. Doch in der Nähe standen nur ein paar alte Möbel, die er vermutlich nicht einmal anheben konnte. Als er den Mann, der hinter ihnen stand, jedoch anblickte, atmete er erleichtert auf. Es war ein älterer Herr mit fast weißen Haaren und einem gepflegten Bart mit gezwirbelten Spitzen. Vermutlich war er der Inhaber des Ladens, er wirkte beinahe selbst wie eine Antiquität.

Verspätet antwortete Valerie dem Händler. »Ja, das können Sie.« Ruhig zog sie ein Etui aus ihrer Hosentasche und hielt es ihm hin. Von der Seite sah Damon, dass es sich um ihre FBI-Marke handelte. »Haben Sie hier einen Hinterausgang?«

Wenn der Ladeninhaber erstaunt war, zeigte er es nicht. Freundlich lächelte er sie an. »Ja, natürlich.« Mit leicht gekrümmtem Zeigefinger deutete er in das Innere des Geschäfts. »Dort entlang, neben der Kasse vorbei und durch das Lager.« Er drehte sich um und ging ihnen voraus. »Die Tür ist immer abgeschlossen, damit sich niemand hereinschleicht. Die Gegend ist leider in den letzten Jahren etwas heruntergekommen, und es passiert immer häufiger, dass jemand versucht, durch Diebstähle seine Kasse aufzubessern.« Unter seinen buschigen Brauen hinweg blickte er Valerie an. »Sie können nicht vielleicht etwas dagegen unternehmen?«

Bedauernd schüttelte Valerie den Kopf. »Tut mir leid, falsche Abteilung. Haben Sie es bei der Polizei versucht?«

Der Mann presste den Mund zusammen. »Die interessieren sich nicht für die Sorgen der kleinen Ladenbesitzer.«

»Warum geben Sie mir nicht Ihre Karte? Ich leite es dann an die entsprechende Abteilung weiter.«

Inzwischen waren sie in einem bis zur Decke vollgestellten Lager angekommen. Vor einer Stahltür hielten sie an, und der Ladenbesitzer zog eine Visitenkarte aus seiner Westentasche. »Ich wäre Ihnen sehr verbunden.«

»Es wird vermutlich ein paar Tage dauern, ich stecke gerade mitten in einem Fall, aber ich verspreche, es nicht zu vergessen.«

Damon konnte Valerie ansehen, dass sie jedes Wort ernst meinte, und damit kroch sie ihm noch ein wenig tiefer unter die Haut. Dass sie es in solch einer Situation schaffte, auch noch an andere Menschen zu denken, war wirklich bemerkenswert.

»Vielen Dank, junge Dame. Und viel Erfolg mit Ihrem Fall.« Der Mann öffnete die Tür mit einem Schlüssel und stieß sie auf.

»Danke.« Lächelnd steckte Valerie die Visitenkarte in ihre Jackentasche und nickte dem Ladenbesitzer zu. »Auf Wiedersehen.«

Damon verabschiedete sich ebenfalls und folgte Valerie in die kleine Gasse, die hinter dem Haus entlangführte. Beinahe wünschte er, sie hätten noch ein wenig länger in dem Laden bleiben können – irgendwie hatte es sich fast wie eine Zuflucht angefühlt. Wie eine ruhige Oase im Irrsinn seines Lebens.

16

Eilig durchquerte Valerie die mit Mülltonnen, Kisten und sonstigem Unrat vollgestellte Gasse. Ihr Instinkt riet ihr, so schnell wie möglich von hier zu verschwinden, und sie neigte dazu, ihm zu vertrauen. Es war seltsam gewesen, den Mann zu sehen, der sie vermutlich im Parkhaus hatte überfallen wollen. Zwar hatte sie nur Damons Wort, dass es sich so abgespielt hatte, aber die Tatsache, dass der Typ hier aufgetaucht war, kurz nachdem sie Geld abgehoben hatte, war für sie Beweis genug. Er war nur für wenige Sekunden zu sehen gewesen, aber sie glaubte, an seiner Wange eine Prellung entdeckt zu haben – was dazu passte, dass Damon ihn im Parkhaus umgefahren hatte.

Der Gedanke an ihr Auto ließ Valerie eine Grimasse schneiden. Wie sollte sie als FBI-Agentin es erklären, wenn ihr Wagen eine menschenförmige Delle in der Motorhaube hatte? Andererseits war sowieso nicht klar, ob sie in ein paar Tagen überhaupt noch Agentin war, von daher war dies wohl das geringste ihrer Probleme. Und falls der Mistkerl wirklich versucht hatte, ihr etwas zu tun, dann hatte er jede seiner Prellungen eindeutig verdient. Besonders, wenn er auch derjenige war, der Clives Tod zu verschulden hatte. Da der Gedanke an den Anwalt sie fast die Beherrschung verlieren ließ, schob sie ihn rasch beiseite und konzentrierte sich ganz darauf, einen sicheren Weg aus dieser Gegend heraus zu finden.

Sie drehte sich zu Damon um, der ihr stumm gefolgt war. »Weißt du, wo diese Gasse hinführt?«

Er hob den Blick. »Nein, ich habe mich bemüht, immer nur

dort unterwegs zu sein, wo ich nicht weiter auffalle. Ich denke aber, sie müsste auf einer der kleineren Seitenstraßen herauskommen.« Er stolperte über eine der Kisten und fluchte unterdrückt. »Für mich kann es nicht schnell genug gehen. Diese Enge löst bei mir Klaustrophobie aus.«

Das konnte sie gut verstehen, sie selbst fühlte sich auch nicht gerade wohl hier, aber für jemanden, der jahrelang im Gefängnis gesessen hatte, musste es noch viel schlimmer sein. »Da vorne wird es heller, ich denke, das wird der Ausgang sein.«

Damon nickte stumm, den Blick wieder auf den Boden gerichtet, damit er nicht noch einmal stolperte. Valerie unterdrückte den Impuls, ihm beruhigend die Hand zu drücken, und wandte sich stattdessen wieder um. In Momenten wie diesen erinnerte er sie an ihren Bruder – die in sich gekehrte Art, die Qual in seinen Augen. Und sie fragte sich, wie Tom es überstanden hätte, mehrere Jahre lang unschuldig in einer Zelle eingesperrt zu sein. Natürlich war ihre Sicht auf ihn die einer Jugendlichen, aber sie glaubte nicht, dass er stark genug gewesen wäre, das zu ertragen. Ein Gewicht presste sich auf ihren Brustkorb und nahm ihr beinahe den Atem. Tränen stiegen ihr in die Augen und verschleierten ihr die Sicht.

Auf einmal spürte sie eine Hand auf ihrem Rücken. »Valerie?«

Damons Stimme riss sie aus ihrer Starre. Erst jetzt bemerkte sie, dass sie stehen geblieben war und nach Atem rang. Die leichte Berührung fühlte sich so gut an, dass sie sich am liebsten zurückgelehnt hätte, um noch mehr davon zu bekommen. Aber sie zwang sich dazu, einen Schritt vorzutreten. Die Hand verschwand von ihrem Rücken und ließ das Gefühl der Einsamkeit in ihr noch weiter anwachsen. Da sie nicht wollte, dass Damon ihren Gesichtsausdruck sah, drehte sie sich nicht um, als sie ihm antwortete.

»Alles in Ordnung. Komm.« Ihre Stimme klang belegt, und sie räusperte sich. Über sich selbst verärgert ging sie weiter. Sie hatte so hart für ihre Ausbildung zur FBI-Agentin und ihr Ansehen bei den Kollegen gekämpft – sie würde nicht zulassen, dass sie beim ersten Auftauchen von Problemen in ihre Jugend zurückversetzt wurde und nicht mehr vernünftig handeln konnte. In den letzten Jahren hatte sie viel erlebt und gelernt, es war an der Zeit, dass sie das zeigte.

Wieder tastete sie mit der Hand nach ihrer Waffe und verzog den Mund. In den meisten Fällen trug sie gar keine Pistole, aber jetzt wünschte sie, sie hätte sie nicht in ihrem Handschuhfach gelassen. Aber woher hätte sie auch wissen sollen, dass sie in Gefahr geraten würde? Sie hatte Clive in seinem Haus gefunden, ja, aber sie hätte nie geglaubt, dass jemand auf die Idee kommen könnte, eine FBI-Agentin anzugreifen.

Valerie schob das Kinn vor. Ob mit oder ohne Waffe, sie würde es diesem Mistkerl auf keinen Fall leicht machen. Jetzt war sie gewarnt und würde sich nicht noch einmal überrumpeln lassen. Im Parkhaus war das Damon nur gelungen, weil sie in Gedanken noch bei Clive gewesen war und außerdem nicht damit gerechnet hatte, dass es jemand auf sie abgesehen hatte. Zum Glück war Damon da gewesen, und sie war nicht in die Hände des Verbrechers gefallen. Ihm zu entkommen wäre vermutlich deutlich schwieriger gewesen. Vielleicht hätte er sie auch gleich im Parkhaus getötet, und sie hätte gar keine Chance zur Gegenwehr gehabt. Die Vorstellung, was ihr Tod für ihre Eltern bedeuten würde, ließ sie schaudern. Noch einen Verlust würden sie nicht ertragen.

Bestimmt hatte Gabriel sich bereits bei ihren Eltern gemeldet, weil sie nicht zu dem Gesprächstermin erschienen war, und ihnen damit Angst gemacht. Gott, was hatte sie sich dabei gedacht, Damon zu folgen? Er hätte sie sicher gehen lassen, wenn sie sich geweigert hätte. Ihm wäre auch gar nichts anderes übrig geblieben, sie hätte ihn jederzeit überwältigen können, nachdem er ihre Fesseln gelöst hatte. Nein, es war ihre eigene freie Entscheidung gewesen, die Sache weiterzuverfolgen. Für sich selbst, vor allem aber auch für Clive … und Damon.

Mit einem tiefen Seufzer erkannte Valerie, dass sie nicht mehr zurückkonnte – und es auch nicht wollte. Sie tat das Richtige und würde nicht eher ruhen, bis sie den wahren Mörder von Bella Pelham gefunden hatte. Entschlossen schüttelte sie die letzten Zweifel ab und konzentrierte sich darauf, das Beste aus der Situation zu machen.

Vorsichtig lugte sie aus der Gasse heraus und atmete auf, als sie auf der angrenzenden kleinen Straße niemanden sah. »Okay, gehen wir.«

Damons Hand lag an ihrer Taille, als er nach ihr aus der Gasse trat. Ohne zu fragen, hatte er wieder den Arm um sie gelegt, um ihre Tarnung als Liebespaar fortzusetzen. Sie hatte den Eindruck, dass er damit gleichzeitig versuchte, sie vor allem zu schützen, was von der Straßenseite her auf sie zukommen könnte. Einerseits war sie ihm dankbar dafür, gleichzeitig begehrte die emanzipierte Agentin in ihr dagegen auf. Da sie aber nicht glaubte, dass er sie für unfähig hielt, sondern nur aus einem instinktiven Drang heraus handelte, ließ sie ihn gewähren.

Unauffällig blickte sie sich um, während sie zügig die Straße hinuntergingen. Auch hier waren ein paar Geschäfte angesiedelt, bei den meisten Häusern handelte es sich aber um Wohngebäude. Alles machte einen leicht heruntergekommenen Eindruck. Ein paar ältere Autos standen am Straßenrand und auf ausgewiesenen Parkplätzen. Von hinten näherte sich jetzt ein Motorengeräusch, und Valerie spürte, wie Damons Muskeln sich anspannten. Wie zufällig brachte sie ihr Gesicht dichter an seines heran und blickte über seine Schulter nach hinten. Ein blauer Kleinwagen fuhr auf sie zu.

Beruhigend lächelte sie Damon an. »Nicht unser Mann.«

Erleichterung zeichnete sich auf seinen Zügen ab, sein Arm um sie lockerte sich wieder. »Tut mir leid, ich bin wohl etwas schreckhaft.«

»Verständlich, es geht mir genauso.« Sie behielt den Wagen im Auge, bis er an ihnen vorbei war. »Wo bekommen wir hier am besten einen fahrbaren Untersatz?«

»Wir können zu dem Händler gehen, bei dem ich schon das Motorrad gekauft habe. Er ist hier gleich in der Nähe, und er stellt keine Fragen.«

»Legal?« Valerie konnte nicht anders.

Ernst blickte Damon sie an. »Keine Ahnung, ich stelle in meiner Situation keine Fragen.«

Ein aufheulender Motor erklang. Ein großer schwarzer Wagen schoss von vorne auf sie zu. Ohne Rücksicht auf Verluste krachte das Auto auf den Bürgersteig, riss einen Zeitungsautomaten mit sich und hielt direkt auf sie zu. Bevor Valerie reagieren konnte, hatte Damon sie schon am Arm gepackt und riss sie zur Seite. Hart kam sie auf dem Boden auf und rollte herum. Schmerzen schossen durch ihren Körper. Ein Windhauch streifte sie, als der Wagen dicht an ihr vorbeischoss. Nur eine Sekunde später, und sie wäre voll getroffen worden. So hatte sie nur Mühe, sich wieder aufzurichten.

Damon schien sich etwas schneller erholt zu haben, denn er war bereits wieder auf den Füßen und zog sie hoch. Der Schmerz an ihren Handgelenken drang kaum durch den Schockzustand, in dem sich ihr Körper nach dem Beinahezusammenstoß befand. Adrenalin rauschte durch ihren Blutkreislauf und gab ihr die Kraft, Damon zu folgen, als er sie mit sich zog. In der anderen Hand trug er noch immer seine Tasche, und Valerie fragte sich, wie er es geschafft hatte, diese nicht zu verlieren. Aber das war jetzt unerheblich, sie musste sich darauf konzentrieren, ihrem Verfolger zu entkommen.

Ein Blick nach hinten zeigte ihr, dass der gerade die verbeulte Fahrertür öffnete und sie direkt anblickte. Ihr Herz hämmerte noch schneller, als sie das Todesversprechen in den Augen des Mannes sah. Er würde nicht aufgeben, bis er sie aus dem Weg geräumt hatte, so viel war sicher. Valerie hoffte, dass jemand die Polizei rufen würde, doch darauf konnte sie nicht vertrauen. Vor allem würde das viel zu lange dauern. Wieder heulte der Motor auf, und der Wagen bewegte sich langsam rückwärts.

Das gab Valerie die Kraft, schneller zu laufen. »Er kommt!«

Damon blickte kurz zurück und fluchte. »Hier rein!«

Er zog sie mit sich in eine schmale Straße, die noch heruntergekommener wirkte als der Rest der Gegend. Auf der einen Seite war eine brüchige Mauer, auf der anderen Häuser, die unbewohnt wirkten. Hier würden sie ganz sicher keine Hilfe bekommen. Andererseits würde auch niemand anders in Gefahr geraten, wenn der Mann ihnen weiter folgte. Und daran hatte Valerie keinen Zweifel. Sein Blick hatte ihr deutlich gezeigt, dass er alles tun würde, um sie auszuschalten. Gänsehaut überzog ihre Arme, ihr Nacken prickelte.

Das Motorengeräusch, das am Anfang der Straße erklang, machte ihr bewusst, dass ihre und Damons Zeit gerade abgelaufen war. Sie konnten versuchen, in eins der Häuser zu flüchten, aber dort würden sie auch in der Falle sitzen. Ganz sicher war der Mistkerl bewaffnet, er würde nicht einmal besonders nahe an sie herankommen müssen, um sie zu töten. Und er würde nicht für den Mord bestraft werden, es konnte

Monate dauern, bis jemand die Häuser betrat. Nein, es musste einen anderen Ausweg geben, Valerie weigerte sich, einfach aufzugeben!

Das Motorengeräusch hinter ihnen wurde immer lauter, gleich würde der Wagen sie erfassen. Überrascht stolperte Valerie, als Damon unvermittelt anhielt. Ein weiterer Blick über die Schulter zeigte ihr, dass es nur noch eine Frage von Sekunden war, bevor sie getötet werden würden.

»Schnell, hier rüber!« Noch während Damon das sagte, hob er sie hoch und warf sie beinahe über die hohe Mauer.

Von dem Manöver völlig überrascht besaß Valerie gerade noch die Geistesgegenwart, sich festzuhalten, sonst wäre sie gleich wieder heruntergerutscht. Stattdessen schwang sie sich hinüber und landete auf der anderen Seite auf dem Boden. Der war überraschend hoch, sodass sie noch über die Mauer sehen konnte, als sie sich aufrichtete. Damon versuchte gerade, an den brüchigen Steinen hochzuklettern, rutschte jedoch immer wieder ab. Das Auto war nur noch wenige Meter von ihm entfernt und würde ihn voll treffen, wenn er es nicht schaffte, höher zu kommen.

Ohne zu zögern, lehnte Valerie sich hinunter, packte Damon an den Handgelenken und zog, so fest sie konnte. Sein Kopf ruckte zu ihr hoch, Verzweiflung und Entschlossenheit standen in seinen Augen. »Bring dich in Sicherheit!«

»Nicht ohne dich.«

Offenbar erkannte er, dass sie es todernst meinte, denn als sie das nächste Mal zog, trat er in einen Vorsprung und katapultierte sich hoch. Gerade noch rechtzeitig, bevor der Wagen mit einem lauten Krachen in die Mauer raste. Gemeinsam landeten sie auf dem sandigen Boden, Damon direkt auf ihr. Dadurch presste er ihr den Atem aus der Lunge, und sie schnappte hilflos nach Luft.

Nach einem kurzen Moment richtete Damon sich auf und blickte sie besorgt an. »Alles in Ordnung?«

Mühsam rang Valerie immer noch nach Atem. »Ja … geht … schon.« Ein Knarren ertönte, und sie wurde wieder daran erinnert, dass sie noch nicht außer Gefahr waren. »Hilf … mir hoch.«

Wortlos stand Damon auf und half dann Valerie auf die Beine. Erneut ertönte ein Quietschen, gefolgt von einem Fluch. Ein kurzer Blickwechsel reichte, dann liefen sie los. Ein Stück von der Mauer entfernt stand die Ruine eines ehemaligen Fabrikgebäudes. Fenster und Türen waren zerstört, die amtlichen Schilder, dass das Betreten verboten war, mit Graffitis beschmiert. Ohne sich absprechen zu müssen, hielten sie auf das Gebäude zu. Es war die einzige Möglichkeit, sich vor dem Mann zu verstecken, falls er ihnen folgte.

Gerade als sie die Tür erreichten, ertönte ein Schuss und schlug direkt neben Valerie in die Wand ein. Erschrocken zuckte sie zurück und kollidierte mit Damon, der hinter ihr lief. Ein Blick zur Mauer zeigte Valerie, dass ihr Verfolger diese inzwischen erklommen hatte und mit der Pistole in der Hand auf sie beide zukam. Offenbar hatte er keinerlei Bedenken, dass ihn jemand dabei beobachten und der Polizei melden könnte.

Valerie schüttelte ihre Erstarrung ab und hechtete in das Gebäude, dicht gefolgt von Damon. Sofort umgab sie relative Dunkelheit, die nur von den hohen Fenstern durchbrochen wurde. Unter ihren Schuhen knirschte es, als sie tiefer in die ehemalige Fabrikhalle eindrangen. Hoffentlich hatte der Verfolger keine Taschenlampe dabei, sonst würde er ihren Spuren folgen können. Es erklang kein weiterer Schuss, vermutlich näherte der Verbrecher sich gerade dem Gebäude. Oder er hatte aufgegeben und verschwand wieder, aber nach dem, was er auf sich genommen hatte, um sie auszuschalten, glaubte Valerie das nicht wirklich.

So leise wie möglich bewegten sie sich durch die riesige Halle. Überall standen die Überreste der Anlagen herum, dazu noch undefinierbare Aufbauten und diverse Abfallberge. Offenbar war das Gebäude jahrelang als illegaler Müllabladeplatz verwendet worden. Der Boden war mit Dreck, Zigarettenkippen und etlichen zerbrochenen Flaschen bedeckt, ein Zeichen dafür, dass hier öfter gezecht wurde. Im Moment herrschte allerdings Stille, nirgends war ein Lebenszeichen zu entdecken.

Valerie berührte Damon am Arm und deutete auf die undefinierbare Anlage in der Mitte des Raumes. Dahinter konnten sie sich verbergen, gleichzeitig aber auch den Angreifer im Blick behalten. So schnell und leise wie möglich durchquerten sie den großen Raum, was ihnen durch den Schutt nicht gerade erleichtert wurde. Immer wieder knirschte es unter ihren Schuhen, und als Valerie aus Versehen gegen eine Flasche trat, die lautstark über den Boden rollte, zuckte sie unwillkürlich zusammen und blieb stocksteif stehen. Über dem Rauschen ihres Blutes in den Ohren konnte sie kaum etwas hören. Wenn der Mann schon im Gebäude war, hatte er den Krach jedenfalls nicht überhört. Sie mussten so schnell wie möglich von hier weg.

Damon schien das auch so zu sehen, denn er ergriff ihre Hand und lief los. Erst als sie hinter der Anlage waren, hielt er wieder an. Schwer atmend kauerten sie sich in die Deckung eines metallenen Ungetüms, dessen ehemalige Funktion Valerie verborgen blieb. Hier in der Mitte der großen Halle war es fast völlig dunkel, was es umso schwieriger machte, ihren Verfolger kommen zu sehen. Umgekehrt würde er sie zwar auch nicht so leicht finden, aber er hatte den Vorteil, dass er einfach nur zu schießen brauchte, sobald sie sich bewegten. Sie dagegen konnten höchstens mit Flaschen oder Trümmern werfen.

Verspätet bemerkte Valerie, dass sie immer noch Damons Hand hielt. Seltsam zögerlich löste sie ihre Finger, nur um festzustellen, dass Damons Griff sich nicht gelockert hatte. Das löste ein warmes Gefühl in ihr aus, das in Anbetracht der Situation völlig absurd war. Erst als sie seine Finger kurz drückte, ließ Damon sie los. Er hockte so dicht neben ihr, dass ihre Körper sich berührten. Seine Wärme drang an ihre Seite, und sie konnte seinen Atem auf ihrem Nacken spüren. Seltsamerweise machte ihr das nichts aus, obwohl sie Damon kaum kannte. Im Allgemeinen mochte sie es nicht, wenn Leute ihr zu nahe kamen, die nicht zu ihrer Familie oder ihrem engsten Freundeskreis gehörten.

Vielleicht störte es sie bei Damon deshalb nicht, weil sie einen gemeinsamen Feind hatten oder weil sie das Gefühl hatte, ihn bereits zu kennen, nachdem sie in den letzten Monaten so oft seine Akten durchgegangen war. Oder es lag schlicht und einfach daran, dass sie beide in wenigen Minuten tot sein konnten und sie froh war, jemanden neben sich zu haben. Vermutlich war es auch eine Mischung aus allem.

Ein leises Geräusch ertönte und erinnerte Valerie an ihr dringlicheres Problem. Das leise Klimpern konnte nur bedeuten, dass ihr Verfolger sich ihrem Versteck näherte und sie nicht mehr viel Zeit hatten, einen Ausweg zu finden. Vielleicht war es auch ein Tier, aber darauf konnten sie sich nicht verlassen. Sie mussten darauf gefasst sein, um ihr Leben zu kämpfen. Verzweifelt blickte Valerie sich um. Was konnten sie tun? Mit den Händen tastete sie auf dem Boden nach einem Gegenstand, den sie als Waffe benutzen konnte.

Damons Atem streifte ihr Ohr, als er sich noch dichter zu

ihr herunterbeugte. »Ich möchte, dass du fliehst, während ich ihn ablenke.« Er sprach so leise, dass seine Worte nur bis an ihr Ohr drangen.

Ärger brodelte in ihr hoch. »Ich werde dich ganz sicher nicht im Stich lassen.«

»Hol Hilfe.« Seine Hand schloss sich fest um ihren Oberarm. »Es bringt nichts, wenn er uns beide erwischt.«

Unwillig machte Valerie sich los. »Er wird dich töten, bevor ich mit Hilfe wiederkomme. Wir haben nur eine Chance, wenn wir zusammenarbeiten.« So nett es von ihm war, sie schützen zu wollen, er musste doch wissen, dass das seinen Tod bedeuten würde.

Doch anstelle einer Antwort atmete er nur scharf aus. »Dickkopf.« Er sagte es so leise, dass sie es kaum verstand.

Wäre sie nicht gerade von einem mutmaßlichen Mörder gejagt worden, hätte ihr das sicher ein Lächeln entlockt. So beschloss sie nur, ein ernstes Wort mit Damon zu reden, wenn sie diese Sache überleben sollten. Sie war eine FBI-Agentin, kein Püppchen, das geschützt werden musste. Sie zog es vor, logisch zu handeln, und es ergab keinen Sinn, ihren einzigen Vorteil – ihre zahlenmäßige Überlegenheit – aufzugeben und damit dem Verfolger in die Hände zu spielen. Sie konnten nur gewinnen, wenn sie zusammenhielten.

Valeries Finger berührten ein Metallrohr, das auf dem Boden lag, und sie hob es auf. Es war ganz handlich und auch nicht zu schwer, genau richtig, um es dem Mann über den Schädel zu ziehen. Jetzt musste sie nur noch nah genug an ihn herankommen, ohne dabei beschossen zu werden.

Wieder ertönte ein Geräusch, dicht gefolgt von einem Flattern und dem empörten Schrei eines Vogels. Offenbar fühlte der sich von den Eindringlingen gestört, was Valerie durchaus verstehen konnte. Hoffentlich beruhigte das Tier sich schnell wieder, damit sie die Schritte ihres Verfolgers nicht überhörten. Valerie tastete nach Damons Hand und hielt ihm das Rohr hin, damit er wusste, dass sie jetzt bewaffnet war. Mit einem kurzen Druck seiner Finger signalisierte er ihr, dass er verstanden hatte.

Ein Rascheln in unmittelbarer Nähe ließ Valerie zusammenzucken, und sie richtete sich rasch auf. Sie brauchte einen anderen Winkel, um genug Schaden anrichten zu können. Immer noch von der stählernen Anlage verdeckt hob sie die Arme über den Kopf und wartete mit angehaltenem Atem darauf, dass der Verbrecher sich zeigte. Zuerst passierte gar nichts, doch dann erklang ein leises Klirren, allerdings aus der anderen Richtung. Valerie wirbelte herum – kampfbereit.

17

Nachdem eine Untersuchung der näheren Umgebung nichts gebracht hatte, fuhr Gabriel zusammen mit Julie zu Valeries Haus, wo sie sich mit deren Mutter treffen wollten. Phoebe Hayes hatte sich bereit erklärt, ihnen die Tür aufzuschließen, falls Valerie nicht öffnen sollte. Offenbar machte sie sich große Sorgen um ihre Tochter, da sie nichts von ihr gehört hatte und sie ebenfalls nicht hatte erreichen können.

Es gefiel Gabriel nicht, so in die Privatsphäre eines seiner Teammitglieder einzudringen, aber Valeries demoliertes Auto und das Blut in dessen Innern waren Beweis genug dafür, dass ihr irgendetwas passiert sein musste. Was das genau sein konnte, wusste Gabriel nicht, aber lieber entschuldigte er sich hinterher für sein falsches Vorgehen, als dass er nichts unternahm, ein weiteres Mitglied seines Teams verlor und sich für den Rest seines Lebens Vorwürfe deswegen machte. Es reichte, wenn Rays Tod sein Gewissen belastete.

Vor dem kleinen Haus angekommen warteten sie im Auto, bis Phoebe vorfuhr. Sie wirkte blass, eine große schlanke Frau, die eindeutige Ähnlichkeit mit Valerie hatte. Das machte die Sache für Gabriel nicht gerade einfacher. Er stieg aus dem Wagen und ließ Julie den Vortritt, weil die in solchen Situationen eindeutig mehr Feingefühl besaß als er.

Die Psychologin gab Phoebe Hayes die Hand. »Hallo, ich bin Julie Kingsley, eine Kollegin Ihrer Tochter. Das ist Special Agent Gabriel Lynch.«

Ein schwaches Lächeln glitt über das Gesicht von Valeries

Mutter. »Ich freue mich, Sie kennenzulernen, auch wenn ich wünschte, die Umstände wären anders. Valerie hat viel von Ihnen erzählt.« Sie gab Gabriel fest die Hand. »Meine Tochter war absolut begeistert, als sie in Ihr Team gekommen ist.«

Diese Aussage verstärkte Gabriels schlechtes Gewissen noch. Was war er für ein Teamleader, wenn er einer jungen, motivierten Agentin so die Lust an der Arbeit nahm? Ja, sie hätte auf seine Anweisungen hören müssen, aber er wusste doch selbst, wie es war, wenn man während eines Einsatzes das drängende Gefühl hatte, etwas Bestimmtes tun zu müssen. Und ihr Instinkt hatte sich als richtig erwiesen, zumindest was die kleine Emma anging. Wäre es nicht ausreichend gewesen, sie zu ermahnen und ihr dann durch sein eigenes Vorbild zu zeigen, wie sie sich in Zukunft verhalten sollte? Stattdessen hatte er ihr nur Vorwürfe gemacht.

Ein dezenter Rippenstoß riss ihn aus seinen Gedanken. Phoebe Hayes sah ihn immer noch mit ihren großen grauen Augen an, die ihn an Valerie erinnerten. Er räusperte sich. »Valerie ist eine Bereicherung des Teams. Wir sind sehr froh, sie zu haben.« Die Worte schmeckten bitter auf seiner Zunge.

Dennoch brachten sie ihm ein zittriges Lächeln ein. »Das freut mich. Ich war anfangs dagegen, dass Val so einen gefährlichen Job macht, aber sie ließ sich nicht davon abbringen. Sie hat gesagt, sie muss einfach ihren Beitrag leisten, und wenn sie sich einmal etwas in den Kopf setzt, kann sie nichts und niemand mehr davon abhalten.« Ihre Augen wurden feucht. »Ich fürchte, das hat sie von mir geerbt.«

»Das ist eine gute Eigenschaft für eine Agentin. Und so gefährlich ist der Job normalerweise gar nicht. Meist operieren wir nur im Hintergrund und kommen mit den Tätern gar nicht direkt in Berührung.« Manchmal allerdings wurde die Jagd sehr persönlich, so wie bei Russell Davis. Um nicht weiter darauf eingehen zu müssen, konzentrierte Gabriel sich wieder auf seine Aufgabe. »Es tut mir leid, Sie darum bitten zu müssen, Mrs Hayes, aber – wie Sie wissen – müssen wir Valerie dringend erreichen und können sie nicht finden.«

»Ich habe seit zwei Tagen nichts von ihr gehört, das ist sehr ungewöhnlich. Zumindest, wenn sie nicht gerade aktiv an einem Fall mitarbeitet. Sie weiß, dass ich mir dann Sorgen mache.« Phoebe zog einen Schlüssel aus ihrer Hosentasche. »Ich bin nicht stolz darauf, aber ich wäre heute sowieso hierhergefahren, um nach ihr zu sehen.«

Gabriel fragte sich, woher diese übertriebene Fürsorge stammte, schließlich war Valerie mit über dreißig sicher schon vor einigen Jahren zu Hause ausgezogen. Aber das war ihre Sache, deshalb hielt er den Mund und nickte Phoebe nur zu. Am liebsten hätte er ihr den Schlüssel aus der Hand gerissen und endlich die Tür aufgeschlossen, aber da sie hier keinerlei Handhabe hatten, war er auf Valeries Mutter angewiesen. Auch wenn sein Gefühl ihm etwas anderes sagte, hoffte er immer noch, dass sie Valerie putzmunter antrafen und sie einfach nur keine Lust gehabt hatte, mit einem von ihnen zu sprechen.

Endlich trat Phoebe zur Tür und klingelte. Nichts rührte sich, so sehr Gabriel das auch hoffte. Nach einigen Augenblicken steckte Valeries Mutter den Schlüssel ins Schloss und drehte ihn herum. Sie schob die Tür ein paar Zentimeter auf und rief dann durch den Spalt: »Valerie, bist du zu Hause?«

Stille antwortete ihr. Hilfesuchend wandte sie sich zu Julie um. »Sie scheint nicht hier zu sein.«

Beruhigend legte Julie ihr die Hand auf den Arm. »Wie wäre es, wenn Gabriel und ich vorausgehen?«

Phoebe biss sich auf die Lippe. »Verschweigen Sie mir etwas?«

Unbemerkt nickte Julie Gabriel zu, offenbar dachte sie, dass sie Valeries Mutter nicht länger im Dunkeln lassen sollten. Schnell erzählte Gabriel Mrs Hayes von dem Überfall auf Clive und Valeries Verwicklung darin. Auch die Tatsache, dass sie heute ihr verlassenes Auto gefunden hatten, ließ er nicht aus.

Phoebe schlug die Hand vor den Mund. »Oh nein! Ist der Anwalt tot?«

Gabriel zögerte, bevor er antwortete. »Ja.«

Der Schock war Valeries Mutter deutlich anzusehen. Mit zitternden Fingern deutete sie auf die Tür. »Bitte, gehen Sie hinein.«

Das ließ Gabriel sich nicht zweimal sagen, er schob die Tür weiter auf und trat ins Haus. Völlige Stille empfing ihn, die Räume fühlten sich leer an. Unauffällig schnupperte er, konnte aber keinen unangenehmen Geruch feststellen. Erleichtert atmete er auf. Er konnte sich zwar nicht vorstellen, dass Valerie jemals Selbstmord begehen würde, aber ganz auszuschließen war es auch nicht. Genauso wenig wie ein Mordanschlag auf sie.

Allerdings sah es nicht so aus, als hätte sich jemand Zugang zu ihrem Haus verschafft, die Tür war abgeschlossen gewesen, und alles wirkte aufgeräumt und sauber. Nur ein benutzter Kaffeebecher stand in der Küche auf dem Tresen, sonst war alles blitzblank. Als Gabriel die Tasse berührte, stellte er fest, dass sie kalt war. Also war Valerie zuletzt vor Stunden hier gewesen, vermutlich heute Morgen, bevor sie in die Stadt aufgebrochen war.

Gabriel folgte Julie in das gemütliche Wohnzimmer, das von einer bequem aussehenden Couch dominiert wurde. Ein schöner Platz, um sich von einem anstrengenden Arbeitstag zu erholen. Eine Decke hing zusammengefaltet über der Rückenlehne. Auf dem kleinen Tisch davor lagen einige Zeitschriften und Bücher, aber auch sie wirkten wie drapiert.

»Sieht es hier immer so aus?« Die Frage war Gabriel herausgerutscht, bevor er sie hatte zurückhalten können. Vorsichtig blickte er Phoebe an, doch die lächelte nur.

»Ja, meistens. Valerie ist äußerst ordentlich.« Sie verzog das Gesicht. »Das hat sie übrigens nicht von mir.«

Beruhigt, dass die Ordnung nichts Ungewöhnliches war, ging Gabriel weiter. In Valeries Schlafzimmer warf er nur einen kurzen Blick, es kam ihm zu intim vor, es genauer zu untersuchen. Das Bett war gemacht, und es lag auch keine Kleidung herum. Im Bad setzte sich die Ordnung fort, es schien, als hätte jedes Utensil seinen Platz. Ein Blick in den kleinen Schrank zeigte ihm nur den üblichen Vorrat an Aspirin und Erkältungsmedizin, keine stärkeren Medikamente.

Der letzte Raum schien ein Büro zu sein. Der Schreibtisch war der einzige Platz im ganzen Haus, der so aussah, als würde ihn jemand benutzen. Er war zwar nicht zugemüllt, aber es lagen etliche Papiere, Mappen, Fotos und Schreibutensilien darauf. Neben dem Durcheinander stand ein aufgeklappter Laptop. Die Papiere bewiesen, dass Valerie sich anscheinend auch in ihrer Freizeit noch mit ihren Fällen beschäftigte. Das war einerseits löblich, andererseits erinnerte Gabriel das aber auch an sich selbst. Ray dagegen hatte es richtig gemacht: Nach Feierabend war er nach Hause zu seiner Familie gefahren und hatte alles andere aus seinem Kopf gestrichen. Nur so konnte man den Druck des Jobs und das Grauen, das man miterlebte, auf Dauer aushalten.

Neugierig blickte Gabriel sich einige Papiere genauer an und erstarrte. Es handelte sich um Protokollmitschriften des Verfahrens gegen Damon Thomas. Weitere Zettel listeten Beweise auf. Offenbar hatte Valerie sich weit intensiver mit Thomas beschäftigt, als Gabriel das bisher bewusst gewesen war. Handelte es sich also wirklich um Zufall, dass Clive sie kurz vor seinem Tod angerufen hatte, oder hatte sie heimlich ermittelt und war deshalb mit dem Anwalt in Kontakt getreten?

Gut möglich. Gabriel hatte sie genau deshalb ins Team geholt, weil sie sich den Ruf erworben hatte, so lange zu graben, bis sie etwas fand. Anscheinend hatte sie im Fall Bella Pelham etwas entdeckt, das ihr Interesse geweckt hatte. Die Erinnerung daran, dass er ihr verboten hatte, sich weiter mit dem Fall zu beschäftigen, lieferte die Erklärung für ihren Alleingang. Wann war er so ein Idiot geworden? Er konnte es nicht sagen, aber es war sicher schon einige Jahre her. Lange bevor Valerie ins Team gekommen war. Doch die anderen Kollegen kannten ihn gut genug, um ihm bei Bedarf die Meinung zu sagen. Als Neuzugang hatte Valerie sich das vermutlich nicht getraut und sich stattdessen dafür entschieden, hinter seinem Rücken zu ermitteln. Die Frage war nur, ob sie das in Gefahr gebracht hatte oder ob ihr Verschwinden völlig unabhängig davon war.

»Gabriel?« Julies Stimme riss ihn aus seinen Gedanken, und er kehrte rasch ins Wohnzimmer zurück.

Besorgt blickte Phoebe ihn an. »Haben Sie einen Hinweis gefunden, wo sich meine Tochter aufhalten könnte?«

»Leider nicht. Sie hat Ihnen gegenüber auch nie angedeutet, dass sie wegfahren wollte, oder?«

»Nein, zumindest nicht in nächster Zeit.« Sie wrang die Hände. »Wo kann sie nur sein?«

»Das versuchen wir, herauszufinden. Hat sie Ihnen erzählt, an was für einem Fall sie gerade arbeitet?«

»Valerie hat nie über ihre Arbeit geredet, außer ganz allgemein. Sie wusste, dass mich das nur aufregen würde.« Die Falten auf Phoebes Stirn vertieften sich. »Können Sie mir sagen, wie der Anwalt genau gestorben ist? Sie haben eine Schusswunde erwähnt.«

Zuerst wollte Gabriel ihr keine genaueren Informationen geben, aber es schien so, als hätte sie einen besonderen Grund für ihre Frage. »Es sah nach einem Selbstmord aus. Er hat sich in den Mund geschossen, und Valerie hat ihn in der Dusche gefunden.«

Bei seinen Worten war Phoebe kalkweiß geworden. Als sie schwankte, umfasste Julie ihren Arm und führte sie zu einem Stuhl. Dabei blickte die Psychologin Gabriel böse an. Hilflos zuckte er mit den Schultern. Es tat ihm leid, dass er Mrs Hayes aufgeregt hatte, aber er wollte Valerie möglichst schnell finden.

Als Phoebe schließlich aufsah, bemerkte Gabriel, dass sie Tränen in den Augen hatte. Automatisch machte er einen Schritt auf sie zu, hielt sich dann aber doch zurück. Julie war sicher besser darin, sie zu beruhigen. Nur mühsam schien Phoebe sich aufrecht zu halten, die Hände hatte sie fest ineinander verschlungen.

»Es tut mir leid, ich hätte das nicht sagen sollen.«

Sofort schüttelte Valeries Mutter den Kopf. »Nein, ich wollte – musste – das wissen.«

»Ich verstehe nicht …«

Phoebe unterbrach ihn. »Ich wünschte, Valerie wäre gestern zu mir gekommen oder hätte zumindest angerufen. Es muss sie sehr getroffen haben, einen Menschen in diesem Zustand zu finden.« Ihre Fingerknöchel färbten sich weiß. »Wie Tom.« Die letzten Worte flüsterte sie beinahe.

Gabriels schlechtes Gefühl verstärkte sich. »Wer ist Tom?«

»Ihr Bruder. Stiefbruder, um genau zu sein, aber die beiden waren sich trotz des Altersunterschieds so nah wie richtige Geschwister.« Phoebe holte tief Luft. »Als Valerie sechzehn war, hat sie Tom in seiner Wohnung gefunden. Er hatte sich erschossen.« Nun konnte sie die Tränen nicht mehr zurückhalten. »Es hat sie hart getroffen, so wie uns alle. Wir haben den Verlust nie ganz überwunden. Sie hat es zwar nie so deutlich gesagt, aber ich nehme an, Toms Tod war der Grund, warum sie zum FBI gegangen ist.«

Verdammt! Das erklärte einiges, allerdings stellte sich Gabriel die Frage, warum er davon nichts gewusst hatte. Also war Julies Vorahnung richtig gewesen. »Das tut mir sehr leid. Ich wusste gar nicht, dass sie einen Bruder hatte.«

»Sie redet nicht darüber, und er taucht wahrscheinlich auch nicht in den Unterlagen auf, weil Tom einen anderen Nachnamen hatte als Valerie. Er hieß Petersen, wie mein Mann.«

»Das würde es natürlich erklären.« Trotzdem beschloss Gabriel, noch einmal Valeries Personalakte durchzugehen, sobald er wieder im Büro war.

Flehend blickte Phoebe ihn an. »Finden Sie Valerie, bitte. Nachdem ich jetzt weiß, was sie gesehen hat, mache ich mir große Sorgen um sie. Das muss die alten Wunden wieder aufgerissen haben.«

»Wir werden alles versuchen. Würden Sie uns bitte Bescheid sagen, wenn Sie etwas von Valerie hören oder Ihnen einfällt, wo sie sich aufhalten könnte?«

»Natürlich.«

»Haben Sie etwas dagegen, wenn wir die Unterlagen mitnehmen, an denen Valerie gearbeitet hat? Vielleicht finden wir darin etwas, das uns sagt, wo sie jetzt ist.«

Phoebe zögerte einen kleinen Moment, dann nickte sie. »Tun Sie alles, was nötig ist. Hauptsache, ich bekomme meine Tochter unversehrt wieder.«

Das konnte Gabriel zwar nicht versprechen, aber er würde sein Bestes geben, um Valerie zu finden. Er konnte es nicht zulassen, dass eine seiner Agentinnen spurlos verschwand. Schnell packte er die Unterlagen zusammen und nahm auch den Laptop mit. Damit überschritt er zwar seine Befugnisse, aber das war ihm in diesem Fall egal. Er konnte sich immer noch hinterher bei Valerie dafür entschuldigen, jetzt zählte nur, dass sie so schnell wie möglich ihren Aufenthaltsort herausfanden.

Gemeinsam verließen sie das Haus, und Valeries Mutter schloss gewissenhaft hinter ihnen ab. Nach einem weiteren Appell, dass sie sich unbedingt sofort melden sollte, wenn sie etwas von ihrer Tochter hörte, verabschiedeten Gabriel und Julie sich von ihr. Stumm blickten sie dem Wagen nach, der sich die Straße hinunter entfernte.

»Was hältst du davon?« Gabriel interessierte sich wirklich für die Einschätzung der Team-Psychologin, auch wenn er sich schon eine eigene Meinung gebildet hatte.

Sorgenvoll blickte Julie ihn an. »Es passt nicht zu Valerie, einfach so zu verschwinden, vor allem, ohne ihrer Familie etwas zu sagen. Sie müsste doch wissen, dass ihre Mutter sich Sorgen macht. Und nach dem, was Mrs Hayes über den Tod von Valeries Stiefbruder gesagt hat, erst recht. Sie muss ja befürchten, auch noch ihr zweites Kind zu verlieren, deshalb würde Valerie ihr das nie antun.«

Darin stimmte Gabriel mit der Psychologin überein. Trotzdem fragte er sich, warum Valerie ausgerechnet eine Laufbahn als FBI-Agentin angestrebt hatte, wo sie täglich mit Tod und Leid konfrontiert wurde. Das musste den Tod ihres Bruders doch ständig wieder heraufbeschwören. Er selbst schaffte es auch nicht, das, was seiner Schwester passiert war, zu verdrängen. Obwohl er wusste, dass sie sich nach der Vergewaltigung durch Russell Davis mithilfe der Liebe und Unterstützung ihres Mannes wieder erholt hatte, waren die Ereignisse in seinem Job ständig präsent. Er wollte lieber nicht darüber nachdenken, wie er sich fühlen würde, wenn seine Schwester gestorben wäre.

»Die Frage ist, ob das, was mit Clive passiert ist, sie irgendwie aus der Bahn geworfen hat. Anders …« Er brach ab, als sein Handy klingelte.

Für einen winzigen Augenblick keimte die Hoffnung in ihm auf, dass Valerie sich endlich meldete, doch die Nummer auf dem Display gehörte Lucas. Sein Kollege berichtete ihm, was die Sekretärin von Clive Prescott über Valeries Besuch erzählt hatte. Offenbar hatte Valerie nach Unterlagen von Damon Thomas gefragt, allerdings außer einer Kopie von dem Anhörungsantrag nichts bekommen. Bei dem Besuch hatte sie wohl ganz normal gewirkt, was Gabriel einerseits erleichterte, ihn sich aber andererseits auch fragen ließ, was danach geschehen war.

Er gab Lucas den Auftrag, eine richterliche Verfügung zur Herausgabe sämtlicher Unterlagen zu erwirken. Außerdem sollte er dafür sorgen, dass die Ergebnisse aus der Untersuchung des Wagens bald zur Verfügung standen.

Gabriel beendete das Gespräch und blickte dann über das Wagendach hinweg Julie an. »Die Sache gefällt mir immer weniger.« Schnell berichtete er ihr, was er von Lucas erfahren hatte. »Immer wieder taucht dieser Damon Thomas auf. Langsam glaube ich, dass er der Schlüssel zu Valeries Verschwinden ist.«

»Du meinst, er hat sie entführt?«

Grimmig verzog Gabriel den Mund. »Entweder das, oder sie ist freiwillig mit ihm zusammen.«

Zurück im FBI-Gebäude fuhr Gabriel sofort mit dem Fahrstuhl ins Labor. Normalerweise begab er sich nur selten persönlich dorthin, doch Valeries Verschwinden machte ihn nervös – besonders, nachdem er nun vom Selbstmord ihres Bruders wusste –, und er wollte jetzt sofort wissen, welche Spuren in ihrem Wagen gefunden worden waren. Die Leute hier waren gut und gewissenhaft, aber es half immer, wenn man persönlich ein wenig Druck machte, um schnelle Ergebnisse zu bekommen. Und in diesem Fall war Gabriel bereit, all seine Macht auszuspielen, um Valerie so schnell wie möglich zu finden.

Er trat durch die Schwingtüren und hielt direkt auf die Abteilung von Mike Horrowitz zu, die für die Untersuchungen von Blut und Fingerabdrücken zuständig war. Er traf seinen Kollegen in dessen Büro an, das eher einer Abstellkammer glich. Nach einem kurzen Geplänkel, bei dem Mike sich wie üblich darüber beschwerte, dass hier jeder seine Ergebnisse immer sofort haben wolle, kam er ohne Umschweife zur Sache.

»Das Blut vorne am Wagen gehört zu einer anderen Blutgruppe als Valeries. Es ist aber menschlich.«

Also hatte sie jemanden angefahren. Aber warum hatte sie das nicht gemeldet? Das passte überhaupt nicht zu Valerie. »Könnt ihr einen DNA-Vergleich machen? Vielleicht ist das Opfer in unserer Datenbank.«

»Wir versuchen es mit ein paar Haaren, die an der Motorhaube geklebt haben, das kann aber dauern.« Mike klickte ein paarmal mit der Maus. »Im Wagen haben wir auch Blutspuren im Bereich des Rücksitzes gefunden.«

Gabriels Magen zog sich zusammen. »Innen auch?«

»Ja.« Mike blickte auf. »Und das stimmt mit Valeries Blutgruppe überein.«

So langsam verstand Gabriel gar nichts mehr. »Ist es älter? Vielleicht hat sie sich mal verletzt und …«

»Es ist genauso frisch wie das Blut am Kühler.«

Gabriels ungutes Gefühl verstärkte sich. »Wie sieht es mit Fingerabdrücken aus?«

»An vielen Stellen im Wagen haben wir Valeries Abdrücke gefunden. Auch hinten in der Nähe des Blutes, deshalb gehen wir davon aus, dass es wirklich ihres ist.«

Angespannt rieb Gabriel sich über das Gesicht. Die ganze

Sache entwickelte sich allmählich zu einem Albtraum! »Kann sie sich bei dem Zusammenstoß mit dem oder der Unbekannten verletzt haben und hat dann hinterher etwas auf dem Rücksitz gesucht?«

Mike hob die Schultern. »Möglich ist alles. Aber ihre sind nicht die einzigen Fingerabdrücke im Wagen und auch nicht am Handy. Außen an den Türen und innen an Fahrertür, Gangschaltung und Lenkrad haben wir noch andere Abdrücke gefunden, die Valeries teilweise überlagern.«

»Also könnte jemand anders den Wagen gefahren haben?«

»Es sieht ganz so aus. Wir haben die Fingerabdrücke analysiert, und sie haben einen Treffer geliefert: Damon Thomas war definitiv in Valeries Wagen.«

»Shit.« Gabriel fuhr sich mit beiden Händen durch die Haare. Das war genau das, was er befürchtet hatte. Und wenn das Blut im Bereich der Rückbank wirklich Valeries war ... Gabriel brachte sich wieder so weit unter Kontrolle, dass er Mike antworten konnte. »Überprüf, ob das Blut am Kühler von Thomas stammt. Vielleicht hat sie ihn angefahren, bevor er sie überwältigt hat.«

»Wird gemacht. Ich rufe dich an, sobald ich etwas habe.«

»Danke.« Gabriel stürmte aus dem Kabuff und fuhr mit dem Fahrstuhl in die Etage, auf der die Büros des Teams lagen. Ungeduldig tappte er mit dem Fuß auf den Boden, bis sich endlich die Tür öffnete.

Sowie er Megan sah, gab er ihr die Anweisung, das ganze Team zu einer Besprechung in sein Büro zu rufen.

Dort angekommen ließ Gabriel sich schwer in seinen Stuhl fallen und starrte auf die Schreibtischplatte, wo sich die Unterlagen stapelten, die sie aus Valeries Haus mitgenommen hatten. Julie musste sie in sein Büro gelegt haben, während er ins Labor gefahren war. Zögernd legte er seine Hand darauf. Irgendwie hatte er Angst vor dem, was er darin finden würde. Deshalb schob er die Dokumente erst einmal beiseite und rief stattdessen seine E-Mails ab. Darin fand er eine Nachricht von Hal, in der sämtliche Aufenthaltsorte von Valeries Handy in den letzten zwölf Stunden aufgelistet waren.

Fünf Punkte waren hervorgehoben worden: Valeries Haus, dann das Parkhaus in der Stadt, Clives Kanzlei, eine Adresse, die Gabriel nichts sagte, an der das Auto aber etwa fünf Minuten gestanden hatte, und dann der Ort, wo sie den Wagen gefunden hatten. Gabriel schaute sich die Adresse auf dem Satellitenbild an, konnte aber nur Wohnhäuser erkennen. Was hatte Valerie hier gewollt? Von hier aus bis zum letzten Standort des Handys war es etwa einen Kilometer. Es waren keine Geschäfte in der Nähe und auch keine Ampeln, es gab also keinen Grund, warum Valerie hier hätte halten sollen.

Ein kurzes Klopfen an seiner Tür ertönte, dann öffnete sie sich und Lucas trat ein, dicht gefolgt von Hal und Julie. In ihren Gesichtern konnte er die gleiche Unsicherheit erkennen, die auch ihn plagte. »Kommt rein und setzt euch.« Er deutete auf den Konferenztisch und begab sich ebenfalls dorthin.

Die Besprechung verlief in gedrückter Stimmung, sie alle wussten, was auf dem Spiel stand. Besonders, als Gabriel von den neuesten Erkenntnissen berichtete und sie nun davon ausgehen mussten, dass Valerie wirklich entführt worden war. Die Tatsache, dass sowohl der Überfall auf Clive als auch Valeries Verschwinden direkt mit Damon Thomas in Verbindung gebracht werden konnten, bedeutete nichts Gutes für Valerie. Falls Thomas sie tatsächlich entführt hatte, würde er sie vermutlich nicht lange am Leben lassen, auch wenn Julie den Einwand brachte, dass Valerie ihn offensichtlich nicht für gewalttätig gehalten hatte. Gabriel überzeugte das jedenfalls nicht.

Einen weiteren Beweis für eine Entführung lieferte Hal, der die Überwachungskameras rund um die Kanzlei und das Parkhaus ausgewertet und dabei ermittelt hatte, dass Valerie nicht am Steuer ihres Wagens gesessen hatte, als sie aus dem Parkhaus gefahren war. Stattdessen war auf den Bildern nur jemand mit einem Motorradhelm zu sehen. Damit waren sie genauso weit wie vorher, besonders, da Hal noch keine Sequenzen gefunden hatte, in denen der Entführer ohne Helm zu sehen war.

Doch eigentlich sprach auch jetzt schon vieles dafür, dass Damon Thomas Valerie in ihrem eigenen Wagen aus dem Parkhaus entführt hatte. Schließlich waren seine Fingerabdrücke auf dem Lenkrad gewesen. Gabriel beschloss, mit Lucas zu den Koordinaten zu fahren, an denen sich das Handy kurze Zeit befunden hatte, bevor Valerie damit zu ihrem letzten Standort gefahren war. Vielleicht konnten sie dort einen Hinweis auf ihren Aufenthaltsort finden. Julie gab er den Auftrag, sich die Akten vorzunehmen, die Valerie über Damon Thomas und den Mord an Bella Pelham zusammengetragen hatte.

Die Psychologin war nicht davon begeistert, sah jedoch ein, dass es notwendig war. Möglicherweise würde sie darin etwas finden, das ihnen Valeries Aufenthaltsort verriet. Außerdem brauchten sie dringend die Unterlagen aus Clives Kanzlei und auch die Polizeiakten aus der Zeit von Damons Verhaftung. Darum würde sich Lucas kümmern, sobald sie zurückkamen. Nachdem Gabriel noch Hal die Aufgabe erteilt hatte, sämtliche Verbindungen, SMS und andere Informationen aus Valeries Handy, Festnetzanschluss und Diensthandy zu überprüfen, beendete er die Besprechung.

18

Erneut ertönte ein leises Schaben, und Damon bereitete sich darauf vor, ihren Verfolger anzugreifen. Das Herz hämmerte in seiner Brust, seine Muskeln waren zum Zerreißen gespannt. Es musste ihm einfach gelingen, den Mann auszuschalten, bevor der Valerie etwas antat. Damon verengte die Augen in dem Versuch, besser in der Dunkelheit sehen zu können, doch es waren nur Umrisse zu erkennen. Etwas bewegte sich in der Finsternis vor ihm, und er reagierte instinktiv. Mit einem dumpfen Laut traf sein Körper auf den des Verfolgers und riss ihn mit sich zu Boden. Die Gegenwehr des Mannes fiel überraschend schwach aus, es dauerte nur Sekunden, bis Damon ihn überwältigt hatte. Ein übler Geruch ging von ihm aus, der Damon automatisch zurückweichen ließ. Unter seinen Händen spürte er weite Kleidung und dünne Arme, aus denen die Knochen hervortraten. Seltsam, der Verfolger hatte auf ihn den Eindruck gemacht, als lege er Wert auf seine Kleidung und Körperpflege und wäre eher muskulös gebaut.

Eine Bewegung neben ihm ließ Damon mit dem Kopf herumrucken. Waren die etwa zu zweit? Er bereitete sich schon darauf vor, sich auf den anderen zu stürzen, als eine leise Stimme erklang.

»Ich bin es. Hast du ihn?«

Valerie! Erleichtert atmete Damon aus. »Ja.«

»Lass mich los.« Die Stimme war schwach und wurde von einer Alkoholfahne begleitet.

Damon zuckte zurück. »Warum sollte ich das tun, nachdem

du versucht hast, uns zu töten?« Auch er hielt seine Stimme leise, obwohl er gar nicht sagen konnte, warum.

»Das habe ich nicht! Ich habe euch gehört und auch den Typen mit der Pistole, und ich wollte euch helfen, hier rauszukommen.«

Diesmal antwortete Valerie. »Was meinst du damit? Du hast auf uns geschossen!«

»Nein, das würde ich nie tun. Ich lebe hier.«

Das würde allerdings einiges erklären. Unter anderem den Gestank und auch den gebrechlichen Körper des Mannes. Zögernd richtete Damon sich ein Stück auf, ohne seinen Gegner loszulassen. »Ich fürchte, er sagt die Wahrheit.«

»Verdammt! Und wo ist unser Verfolger geblieben?«

»Der ist wieder rausgegangen und wartet dort vermutlich auf euch.« Der Einwurf des Mannes ließ Damon erstarren.

Automatisch festigte sich sein Griff. »Du hast ihn gesehen?«

»Natürlich. Meine Augen sind völlig in Ordnung. Ich habe euch schon über die Mauer kommen sehen und den Typen hinterher. Gut für euch, dass er so schlecht gezielt hat. Er hat sich kurz hier drin umgesehen und dann wohl entschieden, dass er sich seine schicken Klamotten nicht dreckig machen will.«

Stattdessen würde er auf sie warten, bis sie irgendwann wieder herauskamen. Na, wunderbar. Damon wandte sich zu Valerie um, obwohl er sie in der Dunkelheit nicht sehen konnte. »Was machen wir jetzt?«

Bevor sie antworten konnte, mischte sich der Obdachlose wieder ein. »Ich kann euch einen anderen Ausgang zeigen.«

»Was hättest du davon?« Valeries Stimme klang skeptisch.

»Ich habe hier gern meine Ruhe. Es ist nicht besonders gemütlich hier, aber mein Zuhause. Da kann ich keine pistolen- oder rohrschwingenden Eindringlinge gebrauchen.«

Das konnte Damon sogar nachvollziehen. »Wir versprechen, dich nie wieder zu belästigen, wenn du uns hier ungesehen rausbringst.«

»Gut. Du müsstest dann allerdings von mir runtergehen. Ich hoffe, ich komme überhaupt noch hoch.«

Damon spürte eine leichte Berührung an seinem Arm, die nur von Valerie stammen konnte. Vorsichtig löste er seinen Griff und stand langsam auf. Unter lautem Ächzen und Stöhnen kam der Mann ebenfalls auf die Füße. Gerne hätte Damon ihm geholfen, aber er wollte nicht riskieren, doch noch angegriffen zu werden. Endlich hatte sich der Obdachlose zu seiner vollen Größe aufgerichtet und schlurfte los.

»Kommt mit.«

Es war nicht ganz einfach, ihm in der Dunkelheit zu folgen. Sie konnten sich nur an den Geräuschen orientieren und dabei versuchen, nirgendwo gegen zu laufen. Schließlich kamen sie auf der anderen Seite der Halle an. Auch diese Wand war mit allerlei Objekten vollgestellt, die in dem schwachen Licht, das durch eines der Fenster fiel, nicht zu erkennen waren.

»Hier durch.« Der Umriss des Mannes verschwand in dem Durcheinander.

Damon zögerte. Es behagte ihm nicht, sich in eine Situation zu begeben, die er nicht abschätzen konnte. Auch Valerie schien die Sache nicht geheuer, sie stand dicht neben ihm, ihre Finger berührten seine.

»Was ist jetzt? Kommt endlich!« Ungeduld klang in der durch die Gegenstände gedämpften Stimme des Mannes mit. Entweder, weil er sie loswerden wollte, oder weil er dafür bezahlt wurde, sie herauszulocken.

Valerie drückte kurz Damons Hand. »Wir haben keine andere Möglichkeit. Wenn uns dieser Typ einen Weg nach draußen zeigen kann, dann müssen wir die Gelegenheit nutzen. Uns fehlt die Zeit, hier darauf zu warten, dass unser Verfolger aufgibt.«

Damon verzog den Mund. »Ich denke auch nicht, dass er das tun wird. Vermutlich holt er Verstärkung, und dann kreisen sie uns ein.«

»Ein Grund mehr, so schnell wie möglich zu verschwinden.«

Nach einem tiefen Durchatmen nickte Damon. »Okay. Ich gehe vor.«

»Du denkst aber schon daran, dass ich FBI-Agentin bin?« Valerie hielt ihre Stimme so leise, dass nur Damon sie hören konnte.

»Als könnte ich das jemals vergessen. Trotzdem gehe ich vor, damit du verschwinden kannst, falls dort jemand auf uns lauert.«

Damon konnte förmlich sehen, wie Valerie die Augen verdrehte. »Wir unterhalten uns später noch einmal darüber.«

»Sehr gerne.« »Später« bedeutete, dass sie noch leben und in Freiheit sein würden.

»Seid ihr jetzt endlich fertig mit dem Palaver?«

Die Stimme dicht hinter ihm ließ Damon zusammenzucken. Schnell drehte er sich um. »Ja. Führ uns raus.«

»Vorsicht, die Konstruktion ist an manchen Stellen etwas wacklig.«

Sehr beruhigend. Damon tastete nach den ersten Gegenständen und machte vorsichtig einen Schritt. Im schwachen Licht erkannte er einige Kisten, die übereinandergestapelt waren und eine Art Treppe nach oben bildeten. Das Holz verschob sich unter seinen Füßen, und seine Arme schossen automatisch nach vorn, um die Balance zu halten. Dabei stieß er gegen irgendetwas, das laut krachend zu Boden fiel.

»Still!« Es war beinahe ein Zischen.

»Tut mir leid, ich sehe nichts.« Hinter sich konnte er hören, wie Valerie ihm folgte. Vorsichtig drehte er sich zu ihr um. »Pass auf, die Kisten wackeln. Halt dich irgendwo fest.«

Er befolgte seinen Rat ebenfalls, bevor er weiterging. Der Haufen fühlte sich fast so an wie eine von diesen freischwingenden Leitern, die es in Kletterparks gab. Nur mit dem Unterschied, dass man dabei angeleint war und etwas sehen konnte. Außerdem war dort kein mordlustiger Verbrecher hinter einem her, ganz zu schweigen von der Polizei und dem FBI. Damon schüttelte den Kopf über seine Gedanken und konzentrierte sich jetzt ganz darauf, heil dort anzukommen, wo auch immer dieser Weg hinging. Nach einigen Metern wurde es etwas heller, und er konnte endlich sehen, wo er hintrat. Beinahe wünschte er, er wäre immer noch von Dunkelheit umgeben. Große Lücken klafften im »Boden«, und die ganze Konstruktion wirkte mehr als lebensgefährlich.

Aber sie hatten keine Wahl, sie mussten sie bis zum Ende erklimmen und konnten von dort aus hoffentlich ungesehen von hier entkommen. Ein frischer Luftzug kündigte an, dass sie sich dem Ausgang näherten. *Endlich!* Ein letztes Mal balancierte Damon über ein abenteuerlich befestigtes Brett, dann stand er vor einer der Fensteröffnungen, aus der das Glas herausgebrochen war. Dahinter befand sich ein Erdwall, der dicht mit Sträuchern und Bäumen bewachsen war. So gelang es dem Obdachlosen also, ungesehen in das Gebäude zu gelangen. Für seinen körperlichen Zustand überraschend behände kletterte der Mann an der Wand hinunter und tauchte in die Büsche ein.

Damon drehte sich zu Valerie um, die hinter ihm zum Stehen gekommen war. »Warte hier, bis ich dir ein Zeichen gebe, dass die Luft rein ist.«

Valerie nickte knapp. Ihr war deutlich anzusehen, dass es ihr nicht gefiel, ihn vorausgehen zu lassen. »Lass dich nicht umbringen.«

Mit Mühe gelang ihm ein schwaches Lächeln. »Ich versuche es.«

Valeries zusammengezogene Augenbrauen verhießen nichts Gutes, deshalb machte Damon sich rasch an den Abstieg. Das war nicht so einfach, wie es bei dem Obdachlosen ausgesehen hatte, und er stand mehrfach kurz vor dem Absturz. Endlich kam er auf dem Boden an und tauchte in die Büsche ein. Angespannt blieb er einen Moment stehen und lauschte. Es war nichts zu hören. Niemand stürzte sich auf ihn oder schoss auf ihn, was er als gutes Zeichen nahm. Schließlich entschied er, dass sie nicht länger warten konnten, und winkte Valerie zu sich.

Wesentlich eleganter als er selbst hangelte sie sich an der Wand hinunter und landete leichtfüßig neben ihm. Wortlos blickte er sie an.

»Was? Ich bin schon als Kind gerne geklettert.« Ihre Wangen waren gerötet, ihre Augen blitzten.

Der Impuls, sich vorzubeugen und sie zu küssen, bis sie beide keine Luft mehr bekamen, überraschte Damon. Um sich davon abzulenken, drehte er sich schnell um und versuchte, mit seinen Augen das Dickicht zu durchdringen. »Wo ist denn unser Freund geblieben?« Seine Stimme klang seltsam rau, und er räusperte sich. »Wir sollten ihn lieber suchen, bevor er auf die Idee kommt, uns zu verraten.«

Neben ihnen im Gebüsch raschelte es. Damon wirbelte herum, bereit, sich auf einen möglichen Angreifer zu stürzen. Doch es war nur der Obdachlose, der bei Tageslicht genauso aussah, wie er roch. Mitleid regte sich in Damon, und er beschloss, ihm zu helfen, falls er irgendwann sein altes Leben zurückbekam. Früher hatte er nie verstanden, wie es sich anfühlte, kein Zuhause und keine Perspektive für die Zukunft mehr zu haben. Jetzt war es ihm nur allzu bewusst.

»Können wir jetzt endlich los? Ich habe nicht den ganzen Tag Zeit!« Damit drehte der Obdachlose sich um und verschwand wieder im Gebüsch.

Während er ihm folgte, fragte Damon sich, was für einen Termin der Mann noch haben mochte. Vermutlich keinen beim Friseur, wenn er sich die langen, verfilzten Haare des Obdachlosen so betrachtete. Damon schnitt eine Grimasse, als er an seine eigene zerzauste Frisur dachte. Nach seiner Flucht hatte er sie selbst abgeschnitten, und genauso sahen sie jetzt auch aus. Ob er auf Valerie genauso wirkte wie der Obdachlose? Seltsamerweise war ihm das nicht egal, auch wenn ihm gleichzeitig völlig bewusst war, dass er gerade ganz andere Probleme hatte. Dafür war es vollkommen unwichtig, wie er aussah, und außerdem würde Valerie in ihm sowieso nie einen normalen Mann sehen, sondern immer den flüchtigen Häftling.

Vermutlich war das auch besser so, er wollte sie nicht noch mehr in seine Misere hineinziehen, als er das ohnehin schon getan hatte. Für einen winzigen Moment wünschte er sich allerdings, noch einmal von einer Frau so angesehen zu werden wie früher. So, als wäre er es wert, dass sie ihm ihre Zeit und ihre Gefühle schenkte. Doch selbst wenn er eine Frau fände, die ihn liebte, würde er ihr niemals ein Leben auf der Flucht antun, mittellos, ohne Zukunftsperspektive.

Kopfschüttelnd folgte er dem Obdachlosen weiter durch die dichte Vegetation. Er konnte nicht verstehen, warum sein Gehirn sich ausgerechnet jetzt mit Themen beschäftigte, die für sein Überleben vollkommen unerheblich waren. Mit einiger Anstrengung konzentrierte er sich wieder auf das, was vor ihm lag. Immer wieder musste er sich unter niedrigen Ästen hindurchbücken und einmal sogar durch ein Gebüsch kriechen, das so dicht war, dass nur ein schmaler Spalt in Bodennähe ein Durchkommen ermöglichte. Die Zweige rissen an seiner

Kleidung und seinen Haaren, und er holte sich mehr als einen Kratzer im Gesicht und an den Händen.

Regelmäßig blickte er über seine Schulter, um sicherzustellen, dass Valerie noch hinter ihm war. Ihre Wange zierte ebenfalls ein Kratzer, doch sie schien die Verletzung überhaupt nicht zu bemerken. Konzentriert arbeitete sie sich vor und wirkte, als würde sie so etwas jeden Tag machen. Damons Bewunderung für sie wuchs mit jeder Minute, und er war unheimlich froh, sie auf seiner Seite zu haben. Hätte sie mit der gleichen Beharrlichkeit daran gearbeitet, ihn zurück ins Gefängnis zu bringen, wäre es ihr zweifellos schon längst gelungen.

Der Gedanke ließ Damon schneller gehen, denn er wollte verhindern, dass sie noch länger hier im Gestrüpp gefangen waren und Valerie sich die ganze Sache doch noch einmal anders überlegte. Natürlich konnte das auch noch passieren, sobald sie beide in Sicherheit waren, und nach allem, was Valerie schon in seiner Gegenwart durchgemacht hatte, könnte Damon ihr das nicht einmal verdenken. Dennoch gefiel ihm die Vorstellung überhaupt nicht, und das nicht nur, weil er immer noch befürchtete, dass Valerie in Lebensgefahr war, wenn sie in ihre Welt zurückkehrte. Nein, es war schlicht die Tatsache, dass er sich mit ihr an seiner Seite nicht mehr so allein fühlte.

Der Obdachlose blieb jetzt stehen und drehte sich zu Damon um. »Ihr müsst da durch.« Mit einem zitternden Finger deutete er auf ein Stück Mauer in einigen Metern Entfernung.

Skeptisch blickte Valerie die Stelle an. »Wo kommen wir da raus?«

Der Mann kniff die Augen zusammen, um sie besser sehen zu können. »Du bist ja eine Frau.«

In jeder anderen Situation hätte Damon über Valeries Gesichtsausdruck gelacht, doch in diesem Moment war ihm nicht zum Lachen zumute. »Ja, das ist sie. Beantworte die Frage.«

Unauffällig schüttelte er den Kopf, um der Agentin zu signalisieren, dass es nicht lohnte, sich darüber aufzuregen.

»Hinter der Mauer liegt eine kleine Straße. Wenn ihr nach rechts geht, kommt ihr auf die Hauptstraße.«

»Danke für deine Hilfe. Halte dich von dem Mann fern, er ist gefährlich.«

Der Obdachlose grinste und entblößte damit ein löchriges Gebiss. »Keine Sorge, ich kann auf mich aufpassen. Er wird mich nicht zu Gesicht bekommen.«

Das konnte Damon nur hoffen, denn er war sich ziemlich sicher, dass der Mistkerl über Leichen ging, um das zu erreichen, was er wollte. Ihr Helfer verabschiedete sich jetzt mit einem kurzen Winken und verschwand dann im Unterholz. Schon nach wenigen Metern war er nicht mehr zu hören, und sie waren allein. Damon tauschte einen kurzen Blick mit Valerie und ging dann wieder voran, auf die Bresche zu, die oben in der Mauer klaffte. Dahinter herrschte vollkommene Stille, es war beinahe, als befänden sie sich in einer völlig anderen Welt.

Aber das war nur eine Illusion, wie Damon sah, als er vorsichtig den Kopf durch den Spalt steckte und sich umblickte. Im Grunde war diese Straße wie eine Kopie der anderen, durch die sie geflohen waren. Verwahrloste Häuser, kaputter Asphalt, Müll. Nicht unbedingt eine Gegend, in der er unterwegs sein wollte, doch sie hatten keine Wahl, wenn sie ihrem Verfolger entkommen wollten.

Damon zog den Kopf zurück und drehte sich zu Valerie um. »Die Luft scheint rein zu sein.«

»Dann sollten wir schnell von hier verschwinden, solange es noch geht.«

»Das hatte ich vor. Bleib dicht hinter mir.« Wieder sah sie ihn nur an, doch er konnte ihre Gedanken beinahe hören. Deshalb fügte er noch schnell hinzu: »Bitte.«

Das ließ ihre Augenbrauen in die Höhe schnellen. »Denkst du, ein Befehl wird besser, wenn du noch eine Nettigkeit dranhängst?«

»Nein, aber es klingt höflicher.«

Ein leichtes Lächeln umspielte ihre Mundwinkel. »Das stimmt allerdings.« Sie trat dicht vor ihn. »Geh, ich folge dir.«

Erleichtert, dass sie so schnell nachgab, wandte Damon sich um und zwängte sich durch den Spalt, der ziemlich schmal war. Wahrscheinlich war deshalb noch niemand von der Stadt auf die Idee gekommen, ihn schließen zu lassen. Oder es war den Leuten schlicht egal, ob sich jemand in dem ehemaligen Fabrikgebäude aufhielt. Als Ingenieur tat es ihm leid, Bauwerke so verfallen zu sehen, aber man konnte nichts dagegen tun, wenn die Besitzer sich nicht darum kümmerten.

Damon sprang den letzten Meter auf den Boden und drehte sich dann zu dem Spalt um, damit er Valerie helfen konnte. Sie ergriff seine Hand und ließ sich vorsichtig hinunter. Dabei behielt sie die ganze Zeit die Umgebung im Auge. Deutlich konnte Damon den Moment sehen, als sie sich davon überzeugt hatte, dass wirklich niemand auf sie wartete. Die Anspannung verließ ihren Körper, und sie atmete tief durch. Das konnte Damon gut nachvollziehen, aber wirklich erleichtert würde er erst sein, wenn sie sich ein gutes Stück von hier entfernt hatten.

Deshalb schwang er sich wieder die Tasche über die Schulter, während er Valeries Hand in seiner behielt. Vermutlich hätte er sie loslassen sollen, aber er konnte sich nicht dazu bringen. Es fühlte sich einfach zu gut an, und außerdem hatte er so die Möglichkeit, sie schnell hinter sich herzuziehen, sollte der Verfolger doch wieder auftauchen. Valeries Blick sagte ihm, dass sie ihn durchschaut hatte, doch sie löste sich nicht von ihm, sondern ging einfach los. Nur zu gerne folgte Damon ihr zurück in das Zentrum des Vororts. Von dort aus konnten sie wie geplant zu der Autowerkstatt gelangen, wo er gestern das Motorrad gekauft hatte. Gott, war das wirklich erst vor vierundzwanzig Stunden gewesen? Es kam ihm wesentlich länger vor. Fast wie eine kleine Ewigkeit. Und so vieles war seitdem geschehen …

19

Gabriel stieg aus und betrachtete die Straße, in der Valeries Handy zumindest für einige Minuten gewesen war. Mittlerweile war er sich sicherer denn je, dass Valerie nicht freiwillig hierhergekommen war. Die Gegend war geringfügig besser als die, in der sie ihren Wagen gefunden hatten, doch die Gebäude auf beiden Seiten der Straße wirkten ziemlich heruntergekommen. Die Koordinaten des Handys lagen genau vor einem Mehrparteienhaus, deshalb beschloss Gabriel, dort mit der Suche anzufangen.

Nach einigen wenig ergiebigen Gesprächen mit den Anwohnern trafen sie schließlich auf den Vermieter, der im gleichen Haus wohnte. Es dauerte eine Weile, bis der zugab, jemandem ein Apartment vermietet zu haben, auf den Damon Thomas' Beschreibung passte. Nachdem sie dem Hausbesitzer klargemacht hatten, dass sein Mieter wegen der Entführung einer FBI-Agentin gesucht wurde, gab er ihnen sogar bereitwillig den Schlüssel zur Wohnung.

Normalerweise hätten sie auf ein Einsatzteam gewartet, doch falls Valerie verletzt in der Wohnung lag, konnten sie sich keine weitere Verzögerung leisten. Jede Sekunde zählte. Gabriel gab Lucas ein Zeichen, der ebenfalls seine Waffe gezogen hatte, und schlich dann so leise wie möglich die knarrende Holztreppe hinauf. Sie durften einfach nicht zu spät kommen! Nicht noch einmal.

Lautlos bauten sie sich neben der Tür zur Wohnung auf und lauschten. Es war kein Geräusch zu hören. Schließlich entschied Gabriel, dass sie einen Zugriff riskieren konnten. Vorsichtig schob er den Schlüssel ins Türschloss und drehte ihn herum. Glücklicherweise ging das so leise, dass sie eine reelle Chance hatten, den Verbrecher zu überraschen.

Gabriel schob die Tür auf, und Lucas sprang vor. Als nichts passierte, atmete Gabriel erleichtert auf. Wenigstens waren sie nicht von einem Kugelhagel empfangen worden. Stattdessen herrschte in der kleinen Wohnung jedoch eine ominöse Stille, bei der sich ihm die Nackenhaare aufstellten. Die Luft war stickig, es roch schwach nach Kaffee. Gabriel gab Lucas ein Zeichen, und sie betraten das Apartment. Da es nur aus einem Raum und einem kleinen Bad bestand, war schnell klar, dass niemand hier war.

Enttäuscht, dass ihnen Thomas wieder entwischt war, gleichzeitig aber auch erleichtert, dass sie nicht Valeries Leiche gefunden hatten, durchsuchten sie systematisch den Raum. Das Bett war zerwühlt, und seltsamerweise lag das Kopfteil auf der Matratze. Die unebenen Enden zeigten deutlich, dass es abgebrochen worden war. An der Wand waren tiefe Eindrücke zu sehen, vermutlich hatte jemand mehrmals das Kopfteil dagegen gestoßen.

Gabriel beugte sich über das Brett, und sein Magen zog sich zusammen, als er die Überreste von zwei Kabelbindern sah, die in einigem Abstand zueinander daran befestigt waren. Sie waren rot vor Blut, und auch das Brett darunter war verfärbt. Vermutlich hatte Thomas Valerie daran gefesselt, und sie hatte versucht, sich zu befreien. Wie verzweifelt sie gewesen sein musste, ließ sich gut an der Tatsache ablesen, dass sie das stabile Kopfteil abgebrochen hatte. Trotzdem hatte sie sich anscheinend nicht selbst befreien können, beide Kabelbinder waren durchgeschnitten worden.

Wut auf den Verbrecher baute sich in Gabriel auf, und er

war sich nicht sicher, ob er Thomas nicht einfach erschießen würde, wenn der ihm das nächste Mal gegenüberstand. Es war zwar eine Erleichterung, zu wissen, dass Valerie zu diesem Zeitpunkt noch gelebt hatte und offenbar auch noch so kräftig gewesen war, einen Fluchtversuch zu wagen, aber die Vorstellung, dass sie Angst hatte und verletzt war, plagte Gabriel.

Deshalb suchte er nach weiteren Spuren, die ihm zeigten, was nach ihrem Befreiungsversuch passiert war. Schließlich fand er im Mülleimer einige blutige Tücher. Hatte Valerie die Gelegenheit gehabt, sich zu verarzten? Gabriel zog sich Handschuhe an und durchsuchte das Bad. Dort war nichts vorhanden, nicht einmal ein Stück Seife oder eine Zahnbürste. Was bewies, dass Thomas nicht hierher zurückkehren würde. *Verdammt!* Warum hatte er nicht sofort diesen Standort überprüfen lassen? Stattdessen hatten sie sich auf das Auto konzentriert, in der Annahme, dass Valerie dort zuletzt gewesen war.

Doch was, wenn sie stattdessen hier auf ihre Rettung gewartet hatte? Das Kopfteil hatte sie sicherlich nicht innerhalb weniger Sekunden abgebrochen, vermutlich war sie einige Zeit allein gewesen. Der Verbrecher hatte vielleicht den Wagen weggefahren, nachdem er Valerie hier abgeladen hatte. Aber wie lange war sie danach noch hier gewesen?

»Gabriel.«

Lucas' seltsamer Tonfall führte dazu, dass Gabriel sich zu ihm umdrehte. Sein Kollege stand am Tisch und blickte auf etwas hinunter. Rasch gesellte Gabriel sich zu ihm. »Was?«

Wortlos deutete Lucas auf zwei Gläser, die auf dem Tisch standen. »Offenbar haben sie noch etwas getrunken, bevor sie aufgebrochen sind.«

»Wir wissen nicht, ob eins der Gläser Valerie gehörte. Lass hier alles auf Fingerabdrücke und sonstige Spuren absuchen. Hoffen wir, dass es nicht noch einen weiteren Täter gibt.«

Lucas nickte knapp. »Wird gemacht. Aber wenn Valerie daraus getrunken hat, wissen wir immerhin, dass Thomas im Moment zumindest nicht plant, sie umzubringen.«

Gabriel war nicht bereit, darüber zu spekulieren. Wenn er eins in seiner langen Karriere gelernt hatte, dann, dass jeder Täter anders tickte und es äußerst schwer war, vorauszusagen, was jemand als Nächstes tun würde.

»Ich denke, wir sollten uns in einem Umkreis von einigen Meilen umhören, ob jemand etwas gesehen oder gehört hat.« Er verzog den Mund. »Fangen wir bei unserem Freund, dem Eigentümer, an.«

Lucas rief Verstärkung, die einen Großteil der Fußarbeit für sie übernehmen musste. Die Zeit reichte einfach nicht, um das alles allein zu machen. Nach einem letzten Blick in das Apartment, um sicherzugehen, dass sie nichts übersehen hatten, zog Gabriel die Tür zu und schloss sie hinter ihnen ab. Er wollte nicht, dass irgendein Unbefugter darin herumlief, bevor das Spurensicherungsteam ankam. Das Ganze war auch so schon unübersichtlich genug.

Frustriert kehrte Gabriel zum Wagen zurück. Die Befragungen im Haus und eine anschließende Durchsuchung der Umgebung hatten nichts ergeben. Es schien so, als wäre Damon Thomas einfach mit Valerie aus dem Haus marschiert und hätte sich danach in Luft aufgelöst. Es musste doch auffallen, wenn jemand gewaltsam eine Frau irgendwo hinbrachte. Außer, Valerie war freiwillig mit dem Verbrecher mitgegangen. Was durchaus eine Möglichkeit war, allerdings eine, die Gabriel überhaupt nicht behagte. Auf jeden Fall mussten sie Valerie so schnell wie möglich finden, bevor Thomas sich ihrer entledigte oder sie zu tief in die Sache hineingeriet und nicht mehr herausfand.

Gabriels Handy klingelte, als er sich gerade in den Wagen setzte. Er zog es heraus und hielt es sich ans Ohr. »Ja?«

»Hier ist Hal. Ich habe jetzt diverse Videokameras aus der Umgebung von Clive Prescotts Büro und dem Parkhaus ausgewertet. Damon Thomas war auf jeden Fall am Parkhaus. Man sieht ihn nicht hineingehen, aber er ist aufgenommen worden, als er es verlassen hat, kurz nach Valerie. Dann kommt er zurück, und wenig später folgt ihm Valerie. Vielleicht hat er ihr dort aufgelauert, sie überwältigt und in ihrem Auto entführt.«

Das hatte Gabriel sich zwar auch schon gedacht, aber immerhin hatten sie jetzt konkrete Beweise dafür, dass Thomas sich im fraglichen Zeitraum im Parkhaus aufgehalten hatte. Das konnten sie später vor Gericht gegen ihn verwenden. »Wie ist er dorthin gekommen? Gibt es noch einen anderen Eingang?«

»Ja, aber dort wurde er nicht aufgenommen. Da der Täter einen Helm trägt, gehe ich davon aus, dass er mit einem Motorrad gekommen ist. Im Video sieht man kurz nach Valeries Auto ein Motorrad ins Parkhaus fahren.«

»Ist es wieder herausgekommen?«

»Nicht auf dem mir vorliegenden Filmmaterial.«

Gabriel rieb sich über die Schläfe, hinter der sich ein unangenehmer Druck breitmachte. »Dann muss es noch dort sein. Schick ein Team hin, sie sollen es sichern. Vielleicht können wir herausfinden, wo er es herhat, und darüber seinen jetzigen Standort ermitteln.« Was allerdings eher unwahrscheinlich war, da Thomas das Apartment offenkundig verlassen hatte und nicht plante, zurückzukommen.

»Mache ich. Dann habe ich mir noch die Aufzeichnungen in der Nähe von Prescotts Büro angesehen. Hier ist Thomas nicht so deutlich zu sehen, aber ich glaube, dass er auf der anderen

Straßenseite gewartet hat, bis Valerie wieder herausgekommen ist. Die Bilder sind zu undeutlich, um es genau sagen zu können. Aber etwas anderes ist mir dabei aufgefallen.«

Unruhig unterbrach Gabriel seine Schläfenmassage und ließ die Hand sinken. »Was?«

Hal räusperte sich. »Ein anderer Mann scheint Valerie ebenfalls gefolgt zu sein. Zuerst habe ich gedacht, es ist nur Zufall, aber er stand einige Zeit in der Nähe von Prescotts Büro und ist ihr dann zum Parkhaus gefolgt. Er geht hinter ihr rein, dann schießt Valeries Wagen heraus. Wieder einige Zeit später kommt derselbe Mann rausgehumpelt. Er blutet an der Stirn und am Arm.«

»Du meinst, Thomas hat ihn auf seiner Flucht umgefahren? Dann ist er ein Zeuge.«

»Entweder das, oder er war auch hinter Valerie her, und Thomas war schneller. Ich frage mich jedenfalls, was er im Parkhaus wollte, wenn er dort gar kein Auto stehen hatte.«

»Wie kommst du darauf?«

Ein leises Schnauben ertönte. »Glaubst du wirklich, er wäre mit den Verletzungen zu Fuß gegangen, wenn er ein Auto in der Nähe gehabt hätte? Und das heißt für mich, dass er Valerie von Prescotts Büro aus gefolgt ist, sonst hätte er keinen Grund gehabt, in dieses Parkhaus zu gehen.«

Nachdenklich tippte Gabriel mit seinen Fingern auf das Lenkrad. »Könnte er Thomas gefolgt sein?«

Hals Antwort kam prompt. »Unwahrscheinlich. Thomas war auf der anderen Straßenseite unterwegs, und der Typ hat nur in Valeries Richtung geschaut.«

»Können wir herausfinden, wer der Fremde ist?«

»Ich habe ein gutes Standbild von ihm, das werde ich durch die Datenbank jagen und sehen, ob wir ihn schon irgendwo verzeichnet haben.«

»Tu das.« Wenn noch jemand hinter Valerie her war, mussten sie ihn dringend stoppen. »Sag mir sofort Bescheid, wenn du etwas findest. Ich glaube, wir sollten auch Clives Büro schützen lassen. Nicht, dass jemand dort einbricht, und die Unterlagen stiehlt oder vernichtet. Aber unauffällig.«

»Gute Idee. Und vielleicht sollten wir überprüfen, ob in Valeries Haus irgendwelche Überwachungsgeräte installiert sind. Wenn der Typ wirklich hinter ihr her war, muss er gewusst haben, dass sie zu Prescotts Büro fährt. Thomas genauso, wobei der ihrem Auto gefolgt zu sein scheint.« Hal runzelte die Stirn. »Möglicherweise war gar nicht Valerie selbst sein Ziel, sondern der Typ hat gedacht, dass sie irgendwelche Unterlagen bekommen hat.«

Der Gedanke war Gabriel auch schon gekommen. »Genau deshalb müssen wir schnellstmöglich herausfinden, wer der Kerl ist und was er genau will. Und Clives Büro muss umgehend bewacht werden.«

Hals Antwort war knapp. »Wird erledigt.«

»Danke.« Gabriel beendete das Gespräch und tippte nervös mit dem Handy gegen das Lenkrad. Diese Entwicklung gefiel ihm überhaupt nicht. Es war schlimm genug, dass Thomas hinter Valerie her war. Ein weiterer Mitspieler, den sie überhaupt nicht einschätzen konnten, ließ das Ganze allerdings zu einem Albtraum werden.

Schließlich steckte Gabriel das Handy wieder ein und ließ den Motor an. Er würde zum Hauptquartier zurückkehren. Auch wenn Valeries Verschwinden im Moment oberste Priorität für ihn hatte, musste er sich trotzdem noch um einige andere Fälle kümmern. Die Verbrecher schliefen nicht, nur weil dem FBI gerade ein Teammitglied abhandengekommen war. Leider. Er hatte sich immer noch nicht von den Ereignissen im Olympic National Park erholt, das Gefühl eines sich nähernden

Burn-outs wurde immer stärker. Wenn diese Sache geklärt und Valerie in Sicherheit war, musste er sich dringend für einige Zeit beurlauben lassen. Es standen ihm noch etliche Wochen zu, weil er nur selten Urlaub genommen hatte.

Nachdem er diese Entscheidung getroffen hatte, fühlte Gabriel sich etwas besser. Allerdings fragte er sich auch, was er überhaupt in seinem Urlaub tun sollte. Er war es nicht gewohnt, so lange herumzusitzen. Vielleicht sollte er wegfahren, um sich von seinem Alltag auch räumlich möglichst weit zu entfernen. Obwohl er seine Schwester nicht so lange allein lassen mochte, wusste er, dass ihr Mann sich gut um sie kümmern und für ihre Sicherheit sorgen würde. Sie brauchte ihn nicht mehr, und er konnte nicht sagen, ob er wirklich froh darüber war.

Seit sie klein war, hatte er immer auf sie aufgepasst und sich um sie gesorgt. Nur in dem einen Moment, als sie ihn wirklich gebraucht hätte, war er nicht da gewesen. Im Gegenteil, seinetwegen war Russell Davis überhaupt nur über sie hergefallen. Die Schuldgefühle pressten ihm die Lunge zusammen und erschwerten ihm das Atmen. Auch wenn er wusste, dass Melody ihm nicht die Schuld an den Geschehnissen gab, er selbst tat es. Er war zu selbstsicher gewesen und hatte gedacht, er hätte alles unter Kontrolle. Doch Davis hatte ihm gezeigt, dass er völlig hilflos war und sein Leben eine Farce. Wenn er könnte, würde er den Verbrecher am liebsten noch einmal töten, aber der lag schon seit vier Monaten in seinem Grab.

Eigentlich hätte Gabriel darüber Genugtuung empfinden müssen, besonders, weil er selbst den Abzug gedrückt hatte. Aber da war gar nichts, nur eine Leere, die ihn völlig ausfüllte und inzwischen auch seine Arbeit beeinträchtigte. Was man gut daran erkennen konnte, dass er hier schon seit mehreren Minuten mit laufendem Motor am Straßenrand stand, anstatt endlich zum Hauptquartier zurückzufahren. Gabriel verzog den Mund. Kopfschüttelnd gab er Gas und lenkte den Wagen auf die Straße.

Nach einigen Kilometern meldete sich jedoch sein Instinkt, und er blickte in den Rückspiegel. Zuerst bemerkte er nichts, aber nach einigen Manövern erkannte er schließlich, dass ihm ein Wagen folgte. Es war eine Limousine mit getönten Scheiben, sodass er nur einen Umriss auf dem Fahrersitz sehen konnte. Was derjenige mit seiner Verfolgung bezweckte, war Gabriel allerdings schleierhaft. Er war FBI-Agent – der Verfolger konnte sich doch denken, dass es keine gute Idee war, ihn zu beschatten. Dachte der Kerl wirklich, er würde das nicht merken?

Irgendwie machte Gabriel das wütend. Schon aus Prinzip gab er Gas und bog zu schnell in die nächste Straße ein. Wie er erwartet hatte, tat der Verfolger das Gleiche, um ihn nicht zu verlieren. Der Idiot überwachte also allen Ernstes einen FBI-Agenten. Aber gut, sollte er ruhig, dann würde er direkt vor dem FBI-Hauptquartier landen. Vorher gab Gabriel allerdings das Kennzeichen an Hal weiter und ließ es überprüfen. Es wäre doch gelacht, wenn er nicht herausfinden würde, wer ihn verfolgte.

Gabriel brauchte nicht lange zu warten, noch bevor er in der Stadt ankam, meldete Hal sich mit der Information über den Wagen hinter ihm.

»Es handelt sich um einen Limousinen-Service, der häufig von den wohlhabenderen Einwohnern Seattles gebucht wird. Soll ich herausfinden, wer diesen speziellen Wagen gerade gemietet hat?«

»Geht das auch unauffällig? Ich möchte nicht, dass derjenige merkt, dass wir ihm auf den Fersen sind.«

Hal gab einen schnaubenden Laut von sich. »Dumme Frage.«

Damit hatte sein Kollege wohl recht. »Dann setz dich dran.

Falls es nicht klappt, können wir immer noch offiziell nachfragen.«

»Alles klar. Kommst du jetzt hierher?«

»Ja, ich bin in einer Viertelstunde da, je nach Verkehrslage.«

»Soll ich jemanden vor dem Gebäude stationieren, der deinen Verfolger in Empfang nimmt?«

Gabriel überlegte kurz. »Nein, lass mal. Außer es stellt sich bei der Überprüfung heraus, dass es ein gesuchter Verbrecher ist, dann lass ihn hochgehen.«

»Wird gemacht. Pass auf dich auf.«

Gabriel lachte halb. »Das tue ich immer. Bis gleich.« Die Wahrheit war, dass er schon seit langer Zeit nicht mehr auf sich aufpasste. Wenn er nur daran dachte, wie unüberlegt er Davis durch den Regenwald gefolgt war – dabei hätte er auch genauso gut selbst sterben können. Doch das war ihm völlig egal gewesen, für ihn hatte nur gezählt, den Mörder auszuschalten. Was sagte das über ihn und sein Leben aus?

Schnell schüttelte Gabriel die Gedanken ab und konzentrierte sich auf den Verkehr. Gleichzeitig achtete er darauf, ob der Verfolger weiterhin hinter ihm blieb. Anscheinend hatte der noch gar nicht bemerkt, dass er aufgeflogen war, oder es war ihm schlicht egal. Wer unverfroren genug war, einem FBI-Agenten zu folgen, hatte entweder keinen Sinn für Selbsterhaltung, oder er war jemand, dem kein Verbrechen nachzuweisen war. Gabriel tippte eher auf Letzteres, er hatte noch nie davon gehört, dass ein normaler Verbrecher einen Limousinen-Service benutzte. Aber es gab ja für alles ein erstes Mal.

Glücklicherweise war der Verkehr nicht allzu dicht, sodass Gabriel innerhalb weniger Minuten vor dem FBI-Gebäude ankam. Da dort niemand auf ihn wartete, ging er davon aus, dass Hal entweder noch nichts über den Verfolger herausgefunden hatte oder dass der sich bisher noch nichts hatte zuschulden kommen lassen. Als Gabriel in die Tiefgarage einbog, gab der andere Wagen Gas und brauste an ihm vorbei. Gabriel versuchte, etwas von dem Fahrer zu erkennen, doch durch die getönten Scheiben war das nicht möglich. Schulterzuckend fuhr er weiter und parkte auf seinem angestammten Platz.

Die Tatsache, dass sie noch nichts über Valeries Aufenthaltsort herausgefunden hatten, machte ihn nervös. Wie konnte sie einfach so verschwinden? Andererseits hatte Damon Thomas es ja schon vier Monate lang geschafft, sich erfolgreich vor ihnen zu verbergen. Direkt vor ihrer Nase, wenn man den Worten des Vermieters Glauben schenken konnte. Der hatte ihnen erzählt, dass Thomas das Apartment bereits seit dreieinhalb Monaten gemietet hatte. Viel Zeit hatte er also nicht gebraucht, um nach seiner Flucht im Olympic nach Seattle zurückzukehren und sich eine Unterkunft zu suchen. Die Frage war nur: Warum hatte er das getan? Er hätte auch einfach verschwinden können. Die Wahrscheinlichkeit, dass sie ihn jemals irgendwo aufgegriffen hätten, war gering.

Vielleicht, um in der Nähe seiner Familie zu sein? Wenn Julie sich durch die Unterlagen gearbeitet hatte, würde Gabriel mit ihr darüber sprechen. Vielleicht konnte sie ihm sagen, wie Thomas dachte, und dadurch seine nächsten Schritte vorhersagen. Viel mehr Informationen hatten sie derzeit nicht, um ihn zu finden. Und das gefiel Gabriel ganz und gar nicht. Mit mehr Kraft als nötig drückte er auf den Knopf des Fahrstuhls, der ihn zu seiner Etage brachte. Dort stieg er aus, nickte Megan kurz zu und ging dann zu Hals Büro.

Der Technikexperte saß wie üblich über seine Tastatur gebeugt, als Gabriel eintrat. »Hast du ihn?«

Hal sah auf und rieb sich die Augen, bevor er Gabriel anblinzelte. »Natürlich, es war nicht weiter schwer. Die Firma hat ihre Daten nicht sonderlich gut gesichert.«

»Ich glaube nicht, dass ich Einzelheiten hören möchte.«

Hal grinste ihn an. »Besser ist das.« Rasch wurde er wieder ernst. »Ich glaube allerdings nicht, dass dir mein Ergebnis gefallen wird.«

Gabriel ließ sich in den Stuhl vor Hals Schreibtisch fallen. »Spuck's aus.« Innerlich bereitete er sich schon auf das Schlimmste vor.

»Der Wagen wurde von Genie Enterprises gemietet. Das ist ein Unternehmen, das in viele andere Firmen untergliedert ist. Unter anderem gibt es eine Immobiliensparte, ein Technologieunternehmen und so weiter. Ich sehe eigentlich keinen Grund, warum ein von denen gemietetes Fahrzeug dir folgen sollte.«

Gabriel eigentlich auch nicht, es sei denn … »Wer ist Hauptanteilseigner des Unternehmens?«

Hal tippte auf der Tastatur herum und starrte angespannt auf den Monitor. Der Gesichtsausdruck, den er hatte, als er aufblickte, bestätigte Gabriels Verdacht. »Benedict A. Pelham II.«

Ärger stieg in Gabriel auf. Was hatte Bellas Vater mit der ganzen Sache zu tun? Es konnte kein Zufall sein, dass er gerade jetzt anfing, einem FBI-Agenten zu folgen. »Wunderbar. Genau das, was wir jetzt noch brauchen.«

»Was willst du dagegen unternehmen?«

»Das weiß ich noch nicht. Wir können nicht beweisen, dass wirklich er derjenige war, der mir gefolgt ist, oder ob jemand in seinem Auftrag gehandelt hat. Aber ich möchte, dass ab sofort jeder von uns darauf achtet, ob uns jemand beobachtet oder verfolgt. Ich habe nicht vor, Pelham zu Valerie und Thomas zu führen. Sag bitte auch den Technikern Bescheid, sie sollen aufpassen, ob jemand in der Nähe von Valeries Haus herumlungert.«

»Okay. Aber das gefällt mir nicht. Was hat er davon, uns ausspionieren zu lassen?«

Gabriel ließ sich mit seiner Antwort Zeit. »Vielleicht hofft er, durch unsere Hilfe Thomas aufzuspüren. Oder er macht es absichtlich, damit wir uns unter Druck gesetzt fühlen. Pelham ist es gewohnt, seinen Willen zu kriegen. Und da er uns nicht drohen oder uns bestechen kann, versucht er es eben auf diesem Weg.«

Hal verzog den Mund. »Ich weiß schon, warum ich diese Reichen nicht ertrage, die denken, sie könnten sich alles kaufen.«

Das ging Gabriel genauso. Sein Handy klingelte, und er nahm den Anruf schnell entgegen, als er Lucas' Namen auf dem Display sah. »Ja?«

»Hier ist Lucas. Ich habe ein paar Straßen weiter mit einigen Händlern gesprochen. Niemand scheint Valerie gesehen zu haben. Thomas wurde von einigen nicht sicher identifiziert, er hat dort hin und wieder etwas eingekauft, meist Lebensmittel, aber auch Dinge des täglichen Bedarfs. Nichts Großes. Er war freundlich, aber zurückhaltend, hat nie mit jemandem geredet.«

Wie nicht anders zu erwarten. »Deshalb rufst du an?«

Lucas grunzte. »Nein. Ich rufe an, weil ein Antiquitätenhändler ausgesagt hat, dass die beiden bei ihm waren. Sie sind in seinen Laden gekommen, haben durch das Schaufenster nach draußen gesehen, als würden sie jemanden beobachten, und haben ihn dann nach einer Hintertür gefragt. Da hat er sie dann hingeführt, nachdem Valerie ihm ihre FBI-Marke gezeigt hat. Sie haben sich bedankt und sind gegangen.«

Aufgeregt beugte Gabriel sich vor. Endlich jemand, der sie gesehen hatte! »Sonst haben sie nichts gesagt?«

Lucas räusperte sich. »Der Besitzer hat Valerie gefragt, ob

sie etwas gegen die Einbrüche in der Gegend tun könnte, und sie hat versprochen, es an jemanden weiterzuleiten. Und dass es etwas dauern könnte, weil sie gerade mitten in einem Fall stecken würde.« Bevor Gabriel etwas darauf erwidern konnte, fuhr Lucas fort: »Ich habe ihn gefragt, wie Valerie auf ihn gewirkt hat, ob sie Angst zu haben schien. Er meinte, sie hätte zwar etwas mitgenommen ausgesehen, hätte die Situation aber ansonsten unter Kontrolle gehabt. Thomas gegenüber habe sie eher vertraut als ängstlich gewirkt.«

Shit. Genau das hatte Gabriel befürchtet. Hatte Thomas sie irgendwie überzeugt, mit ihm zusammenzuarbeiten, nachdem er sie entführt hatte, oder war die ganze Sache geplant gewesen? Nein, das konnte er sich nicht vorstellen. Valerie hätte ihren Eltern nie absichtlich solche Sorgen bereitet. Außerdem waren ihre Blutspuren gefunden worden. Natürlich konnte es auch sein, dass der Ladenbesitzer die Zeichen nicht richtig gedeutet hatte – das war schwierig für jemanden, der Valerie nicht kannte. Aber hätte Valerie nicht versucht, Hilfe zu bekommen, wenn sie die Möglichkeit dazu gehabt hätte?

Andererseits hatte sie auch ihre FBI-Marke benutzt. Sie wusste genau, dass ihr Team damit in der Lage war, ihre Spur zu verfolgen. Vielleicht war das sogar ihre Absicht gewesen. Also mussten sie …

»Gabriel?«

Lucas' Frage machte ihm bewusst, dass er längere Zeit geschwiegen hatte. »Immerhin wissen wir jetzt, dass sie nicht schwer verletzt ist, wenn sie selbstständig gehen und reden konnte. Das ist eine Erleichterung. Hat der Besitzer zufällig gesehen, wohin sie danach gegangen sind?«

»Nein, das Gebäude hat hinten keine Fenster. Sie müssen die Gasse hinter dem Haus genommen haben. Wohin sie von dort aus gegangen sind, ist unklar. Ich lasse aber alles durchsuchen und auch herumfragen, ob jemand irgendwas Ungewöhnliches beobachtet hat.«

»Gut, sag mir Bescheid, wenn du noch etwas herausfindest. Oder gibt es noch etwas anderes?«

»Nein, bisher leider nicht. Aber ich bleibe dran.«

»Danke, bis später.« Gabriel beendete das Gespräch und steckte sein Handy wieder ein.

Angespannt sah Hal ihn an. »Was Neues?«

Schnell erzählte er, was er von Lucas erfahren hatte, und wartete auf Hals Reaktion. Die ließ nicht lange auf sich warten.

»Verdammt!«

20

Valerie war froh, als Damon und sie endlich in ihrem neu gekauften Gebrauchtwagen saßen und das Viertel verlassen konnten. Da sie fuhr, musste sie es Damon überlassen, darauf zu achten, ob jemand sie verfolgte. Bisher schien das glücklicherweise noch nicht der Fall zu sein. Es war auch überraschend einfach gewesen, ohne Papiere ein Auto zu kaufen – kein Wunder, dass es Verbrechern so leichtfiel, einfach zu verschwinden. Selbst Damon, der nun wirklich keine großen kriminellen Erfahrungen besaß, wie Valerie durch ihre Recherchen wusste, hatte es geschafft, sich direkt vor ihrer Nase zu verbergen. Hätte er sie nicht entführt, wäre sie ihm nie so nahe gekommen.

Irgendwie störte sie das. Seit sie aus dem Olympic zurückgekehrt war, hatte sie alles an Material zusammengesucht, das sie über Damon hatte finden können. Und trotzdem hatte sie ihn nicht entdeckt. Dass sie sich fast in der Bibliothek begegnet wären, war einfach nur Zufall gewesen, deshalb zählte es nicht. Valerie warf Damon einen kurzen Blick von der Seite zu. Sein Gesicht war von ihr abgewandt, während er aus dem Fenster sah. Er wirkte so einsam, dass Valerie ihre Hand um das Lenkrad krampfte, um ihm nicht über die zerzausten Haare zu streichen. Irgendetwas an ihm berührte sie, aber sie wusste nicht genau, warum.

Die Erinnerung an ihren Bruder war sicher ein Faktor, doch allein damit konnte sie es sich nicht mehr erklären. Es musste an Damon selbst liegen, an der Art, wie er sich um andere kümmerte, zum Beispiel um Emma damals im Regenwald oder um Valeries eigene Wunden nach der »Entführung«. Sie hatte ihm angesehen, dass ihn die Verletzungen fast mehr geschmerzt hatten als sie selbst. Und er war bereit gewesen, sich zu opfern, damit sie ihrem Verfolger entkommen konnte. Welcher kaltblütige Mörder würde so etwas tun? Nein, egal was die Richter entschieden hatten und was die Beweise sagten, sie war sich sicher, dass er Bella Pelham nicht getötet hatte.

Jetzt musste sie nur noch eine Möglichkeit finden, das auch zu beweisen. Es war der einzige Weg, wie er ins Leben zurückkehren konnte – und sie mit ihm, denn jetzt, nachdem sie freiwillig mit ihm zusammen geflohen war, war sie an ihn gebunden. Gabriel würde sicher schnell herausfinden, mit wem sie gerade zusammen war, und sich seinen Teil dazu denken. Nur, wenn sie mit neuen Beweisen zurückkam, bestand noch eine geringe Hoffnung, dass sie jemals wieder als FBI-Agentin arbeiten konnte. Wenn auch vermutlich nicht mehr in Gabriels Team. Der Gedanke, nicht mehr mit ihren Kollegen zusammen sein zu können, die sie so freundlich in ihr Team aufgenommen hatten, schnürte Valerie die Kehle zu.

Sie warf einen Blick in den Rückspiegel und atmete erleichtert auf, als sie dort kein verdächtiges Fahrzeug bemerkte. Vielleicht hatten sie ihren Verfolger wirklich auf Dauer abgehängt. Es wäre gut, wenn sie sich wenigstens für die Nacht irgendwohin zurückziehen konnten, damit sie ihr weiteres Vorgehen in Ruhe planen konnten. Das brachte sie auf einen Punkt, über den sie bisher noch nicht gesprochen hatten.

»Wohin fahren wir jetzt?« Am Anfang war es nur wichtig gewesen, erst einmal aus dem Vorort und damit der Reichweite des Verbrechers zu entkommen.

Damon wandte sich ihr zu. Schatten lagen in seinen blauen Augen, seine Miene wirkte angespannt. »Ehrlich gesagt, weiß ich das nicht. Meine Mittel sind begrenzt, und ich will mich auch nicht zu weit von Seattle entfernen.« Scham klang in seiner Stimme mit.

Es tat ihr weh, ihn so … besiegt zu sehen. Beinahe schien es, als hätte er aufgegeben. Das konnte sie nicht zulassen. Nachdenklich tippte Valerie mit den Fingern auf das Lenkrad. Sie konnten nirgends hin, wo der Verbrecher oder das FBI sie vermuten würden. Das schränkte die Auswahl ziemlich ein.

Valerie setzte sich gerader auf, als ihr etwas einfiel. »Freunde meiner Eltern haben ein Ferienhaus auf Mercer Island, das steht im Moment leer.« Das wusste sie deshalb so genau, weil die Freunde ihr das Haus für den Urlaub angeboten hatten, doch sie hatte lieber in Seattle bleiben und recherchieren wollen. Trotzdem hatten sie ihr gesagt, sie könne einfach hinfahren, falls sie es sich doch noch einmal anders überlege – das Haus sei die nächsten zwei Wochen frei.

Damon blickte sie skeptisch an. »Wir können es nicht offiziell mieten, das würde die Verfolger sofort dorthin führen.«

»Kein Problem, ich weiß, wo ein Ersatzschlüssel ist. Wir waren früher öfter da, die Nachbarn kennen mich. Es wird sich also niemand wundern, wenn ich dort bin.«

»Und was ist, wenn es irgendjemand deinen Eltern erzählt?«

Valerie hob die Schultern. »Irgendwann muss ich ihnen sowieso Bescheid sagen, dass es mir gut geht. Sie machen sich sicher schon Sorgen um mich.«

»Dir ist aber bewusst, dass deine Eltern unter Beobachtung stehen oder sogar in Gefahr geraten könnten, wenn der Mistkerl denkt, sie wüssten, wo du bist.«

Für einen Moment blieb Valerie der Atem weg. Furcht um ihre Eltern presste ihr die Lunge zusammen. »Glaubst du wirklich?«

Damons Miene wurde weicher. »Ich weiß es nicht, vielleicht schreckt der Typ auch davor zurück, noch weitere Menschen mit hineinzuziehen. Aber wenn er das Gespräch zwischen Clive und dir abgehört hat, könnte es auch sein, dass er das Telefon deiner Eltern anzapft. Wenn du dich dort meldest …«

Der Gedanke, ihre Eltern im Ungewissen zu lassen, gefiel Valerie gar nicht, aber sie wusste, dass Damon mit seiner Einschätzung richtiglag. Wenn ihre Eltern allerdings in Gefahr schwebten, musste sie irgendeine Möglichkeit finden, sie zu warnen. Nur wie, ohne sich gleichzeitig zu verraten?

»Du hast recht, auch wenn mir das nicht gefällt.«

»Es tut mir leid …«

Valerie unterbrach ihn. »Nicht deine Schuld. Aber wenn ich diesen Mistkerl erwische, wird er sich wünschen, sich nie mit mir angelegt zu haben.«

Überrascht lachte Damon auf. »Ich hoffe, ich werde dabei sein.«

»Du bist herzlich dazu eingeladen.« Valerie wurde wieder ernst. »Aber zuerst müssen wir uns neu sortieren und einen Plan entwickeln, wie wir weiter vorgehen. Und dafür ist das Haus auf der Insel ideal.«

»Okay. Ich möchte nur nicht, dass du Ärger bekommst.«

Valerie verzog den Mund. »Noch mehr, meinst du?«

»Auch wieder wahr.« Damon rieb sich über die Stirn. »Ich wünschte wirklich, du wärst nicht mit in die Sache hineingezogen worden.«

Seltsamerweise tat es ihr weh, dass er lieber allein unterwegs sein wollte. »Wenn du aussteigen möchtest, sag es.« Sie verringerte die Geschwindigkeit.

»Du weißt, dass ich das so nicht gemeint habe, Valerie. Ich bin sehr froh, dass du bei mir bist, aber ich will nicht, dass du meinetwegen in Schwierigkeiten gerätst oder sogar verletzt wirst. Das ist mir meine Freiheit nicht wert.«

Valerie hielt den Wagen am Straßenrand an, bevor sie sich

zu Damon umdrehte. »Rede nicht so einen Unsinn! Natürlich ist deine Freiheit das wert! Willst du dein ganzes Leben lang eingesperrt oder auf der Flucht sein, obwohl du überhaupt nichts getan hast? Wenn wir dafür ein paar Opfer bringen müssen, dann bin ich dazu bereit.«

Einen Moment lang sah Damon sie nur schweigend an, seine Augen schienen zu brennen. »Danke. Es bedeutet mir wirklich viel, dass du mir glaubst. Aber ich könnte nicht damit leben, wenn dir meinetwegen etwas passiert. Clive …« Er brach ab und schluckte schwer. »Bei Clive konnte ich nichts tun, weil ich nicht damit gerechnet habe, dass es irgendjemand auf ihn abgesehen hat. Aber bei dir weiß ich es, und ich werde alles tun, um dich zu beschützen.«

»Clive ist ein weiterer Grund, warum ich das tun muss.« Valerie blickte auf ihre Hände. »Als ich ihn gefunden habe, war er kurz wach. Es hat eine solche Angst in seinen Augen gelegen und die Bitte, dass ich ihm helfe. Ich dachte, wenn er nur schnell genug Hilfe bekommt, wird er überleben. Aber er ist trotzdem gestorben.« Zu ihrem Entsetzen füllten ihre Augen sich mit Tränen.

Damon legte ihr einen Finger unter das Kinn und zwang sie, ihn anzusehen. »Es war nicht deine Schuld, Valerie. Du hast alles getan, was du konntest. Nur derjenige, der den Abzug gedrückt hat, ist schuld.«

Eine einsame Träne lief ihr über die Wange. »Ich habe aber das Gefühl, als hätte ich wieder versagt.« Genau wie bei Tom. Zu spät, warum kam sie immer zu spät?

»Das hast du nicht. Du warst bei ihm, als es darauf ankam.« Sanft strich Damon ihr mit dem Daumen über die Wange und wischte die Träne fort. »Ich bin sicher, er war froh, dich zu sehen.«

Mühsam riss Valerie sich zusammen. »Ich wünschte, ich

wäre ein wenig früher da gewesen, vielleicht hätte ich die Tat verhindern können.«

Damons Hand spannte sich an. »Oder du wärst auch getötet worden. Von daher bin ich froh, dass du nicht früher dort warst.«

Valerie zog den Kopf zurück, sodass Damon sie nicht mehr berührte. »Ich kann mich verteidigen.« Um das Thema zu wechseln, stellte sie den Automatikhebel auf »Fahren«. »Wir sollten jetzt los, ich möchte nicht mehr in der Stadt sein, wenn Gabriel anfängt, mich zu suchen.«

Zu ihrer Erleichterung lehnte Damon sich wieder in seinem Sitz zurück und nickte. »Wir können uns auch später unterhalten, wenn wir in Sicherheit sind.«

»Dann kannst du mir alles in Ruhe erzählen, was damals passiert ist.«

Sein Mund verzog sich. »Das ist keine schöne Geschichte.«

»Das hatte ich auch nicht erwartet. Wir müssen erst einmal alle Fakten sammeln, bevor wir beschließen können, wie wir weiter vorgehen.«

»Ich weiß.«

Damit schien die Angelegenheit für Damon erledigt zu sein, deshalb konzentrierte Valerie sich darauf, den Wagen in den Verkehr zurückzulenken. »Du siehst müde aus. Warum schläfst du nicht ein wenig? Ich wecke dich, wenn wir am Ziel angekommen sind.«

Damon warf ihr einen ungläubigen Blick zu. »Du glaubst doch nicht, dass ich jetzt schlafen kann?«

Valerie zuckte nur mit den Schultern. »Ich könnte es jedenfalls.« Genau genommen hatte sie große Mühe, die Augen offen zu halten. Offenbar war der Adrenalinstoß inzwischen abgeebbt und hatte ihr jegliche Energie geraubt. »Erzähl mir etwas über dich.«

»Was gibt es da zu erzählen? Ich bin ein Häftling auf der Flucht.«

Genervt schnaubte sie. »Ich rede von deinem wirklichen Leben. Ich habe zwar die Eckdaten gelesen, aber ich würde gerne etwas Persönliches über dich erfahren.« Sie warf Damon einen kurzen Seitenblick zu. Ein merkwürdiger Ausdruck lag auf seinem Gesicht.

»Danach hat mich schon lange niemand mehr gefragt. Im Gefängnis war ich nur eine Nummer, jemand, der nach dem Verbrechen definiert wird, das er begangen hat.« Seine Stimme war fast nur noch ein Flüstern. »Ich glaube, ich weiß selbst nicht mehr, wer ich überhaupt bin.«

Valeries Herz zog sich vor Mitleid zusammen. »Das verstehe ich. Aber du wirst dir doch sicher ab und zu vorstellen, was du machen willst, wenn du endlich wieder frei bist. Möchtest du wieder als Ingenieur arbeiten?«

Damon überlegte einen langen Moment. »Die Arbeit hat mir Spaß gemacht, und ich war gerne bei der Firma. Aber ich weiß nicht, ob es jetzt noch das Richtige für mich ist. Zu viel Büroarbeit. Außerdem bin ich mir ziemlich sicher, dass mich niemand mehr einstellen wird, weil ich jahrelang wegen Mordes im Gefängnis saß. Selbst wenn ich rehabilitiert werden sollte, ist es trotzdem ein Makel, den andere Bewerber nicht haben.«

Damit hatte er zweifellos recht, wobei diese Ungerechtigkeit Valerie in Rage brachte. Das erinnerte sie zu sehr an Tom und die Auswirkungen, die die Anschuldigung auf sein Leben gehabt hatte. »Was würdest du denn ansonsten gerne tun?«

»Auf jeden Fall irgendetwas in der freien Natur. Enge Räume machen mich nervös.«

Valerie ignorierte den Zusatz, weil sie merkte, dass es Damon peinlich war, seine »Schwäche« zuzugeben. »Das klingt gut. Ich bin sicher, du wirst das Passende für dich finden.«

»Wenn ich jemals freikomme.« Schnell sprach er weiter, als wollte er nicht darüber nachdenken. »Möchtest du wieder als FBI-Agentin arbeiten? Ich finde, du bist sehr gut darin.«

Valerie verzog den Mund. »Ich fürchte, mein Vorgesetzter sieht das momentan nicht so, aber ja, wenn die Suspendierung aufgehoben wird und ich nicht gefeuert werde, möchte ich gerne in dem Team bleiben. Ich weiß, dass ich einen Unterschied machen kann und in meinem Bereich gut bin.«

»Das ist mir aufgefallen.« In Damons Stimme schwang ein Lächeln mit.

»Danke. Noch besser wäre es, wenn Gabriel das auch bemerkt hätte. Bisher weiß er nur, dass ich nicht gut darin bin, Befehlen zu gehorchen.«

»Das glaube ich nicht. Ich kann dir ja ein Empfehlungsschreiben ausstellen, wenn das hier vorbei ist.«

Überrascht blickte sie ihn an und lachte dann. »Gute Idee. Das wird Gabriel sicher milde stimmen.« Sie freute sich, dass Damon offenbar ein wenig seinen Humor wiedergefunden hatte. Zu gern hätte sie gewusst, wie er früher gewesen war, bevor der Mord sein ganzes Leben auf den Kopf gestellt hatte.

»Entschuldige, ich sollte darüber keine Witze machen, besonders nicht, wenn es meine Schuld ist, dass du in Schwierigkeiten steckst.«

»Gar kein Problem. Ich freue mich darüber, diese Seite an dir kennenzulernen.«

Damon stieß einen tiefen Seufzer aus. »Ich kann mich schon fast nicht mehr daran erinnern, wie es gewesen ist, ein ganz normales Leben zu führen. Wie es war, nicht eingesperrt oder auf der Flucht zu sein – und nicht die ganze Zeit über die Schulter blicken zu müssen.«

»Was hast du denn sonst gerne gemacht?«

Ein sehnsüchtiger Ausdruck trat auf Damons Gesicht. »In

meiner Freizeit war ich viel draußen. Wenn ich länger Urlaub hatte, bin ich eigentlich immer in die Natur gefahren, zum Wandern, Biken oder Klettern. Ansonsten war ich auch viel mit meiner Familie zusammen. Mit meiner Mutter habe ich gemeinsam den Garten gepflegt, und ich fand es auch schön, mit meiner Nichte und meinem Neffen etwas zu unternehmen.« Vorsichtig blickte er sie an. »Das klingt langweilig, oder?«

Valerie lächelte ihn an. »Ganz und gar nicht.« Im Gegenteil, es machte ihr Damon immer sympathischer. »Mein Leben verläuft eigentlich ganz ähnlich – mit Ausnahme der Kinder.« Ein Stich durchfuhr sie, als sie daran dachte, dass Tom jetzt sicher schon Kinder hätte, wenn er weitergelebt hätte. Um den Gedanken zu vertreiben, redete sie schnell weiter. »Wolltest du schon immer Ingenieur werden?«

Das brachte ihr ein weiteres Lachen ein. »Gott, nein. Als Kind wollte ich Tierforscher oder Astronaut werden. Oder Truckfahrer. Ich glaube, das hat wöchentlich gewechselt. Aber ich habe unheimlich gerne etwas gebaut, versucht, hinter die Funktionsweisen von Dingen zu kommen. Von daher war es gar nicht mehr so ein großer Schritt bis zum Studium.«

Valerie konnte sich auch an eine Zeit erinnern, als sie voller Optimismus und Freude in die Zukunft geblickt und sich alle möglichen Dinge vorgestellt hatte, die sie später machen wollte. Das alles war an dem Tag verschwunden, als Tom gestorben war, und an seine Stelle waren Kummer und Trauer getreten und später auch ihre Entschlossenheit, einen Unterschied machen zu wollen. Wie anders wäre ihr Leben verlaufen, wenn das alles nicht passiert wäre. Ganz sicher wäre sie nie auf die Idee gekommen, FBI-Agentin zu werden. Ob das positiv oder negativ gewesen wäre, konnte sie gar nicht sagen. Sie fand den Job wahnsinnig interessant und spannend, aber auch emotional fordernd.

Da sie die Vergangenheit und damit das Geschehene nicht ändern konnte, war es allerdings müßig, darüber nachzudenken. »Was …« Sie brach ab und sah zu Damon hinüber. Sein Kopf war zur Seite gesunken, und er schlief tief und fest. Offenbar hatte ihn die Müdigkeit doch eingeholt. Die dunklen Ringe unter seinen Augen zeigten, dass er in letzter Zeit nicht viel Ruhe bekommen hatte. Doch selbst im Schlaf wirkte er noch angespannt, so als könnte er nicht einmal hier loslassen. Kein Wunder. Die letzten Monate – nein, Jahre – mussten eine riesige Belastung für ihn gewesen sein. Valerie wünschte, sie beide könnten die Zeit auf der Insel einfach zur Erholung nutzen, doch das war nicht möglich. Die Stunde Fahrt war alles, was er in nächster Zeit an Ruhe bekommen würde.

Nach einem letzten bedauernden Blick konzentrierte Valerie sich aufs Fahren und darauf, nach Verfolgern Ausschau zu halten. Sie schienen Glück zu haben: Bisher war ihnen noch niemand auf der Spur.

Nur langsam wurde sich Damon wieder seiner Umgebung bewusst. Das Motorengeräusch war verstummt, der Wagen schaukelte nicht mehr. Ruckartig setzte er sich auf und öffnete die Augen. Er saß immer noch im Auto, doch Valerie war nirgends zu sehen. Dafür standen sie in der Einfahrt eines großen Hauses, das im Stil einer Sommerresidenz gebaut war, wie er eher für die Ostküste typisch war. Rasch löste Damon seinen Gurt und schob die Beifahrertür auf. Hatte Valerie ihn verraten, und gleich tauchte die Polizei hier auf? Nein, das konnte und wollte er einfach nicht glauben.

Er stieg aus, machte ein paar Schritte und blieb dann wieder stehen. Die Luft roch frisch, Vögel zwitscherten, und in der Ferne war das Tuckern eines Bootsmotors zu hören. Anscheinend waren sie auch ohne sein Zutun auf der Insel angekommen. Wieder glitt sein Blick über das Haus, das für ihn eher wie eine Villa aussah. Hatte Valerie nicht etwas von Ferienhaus gesagt? Wer konnte sich so etwas leisten? Die Freunde ihrer Eltern mussten ziemlich reich sein, und das bedeutete, dass das Haus vermutlich unter Bewachung stand.

Wenn sie dort einfach einbrachen, ohne die Erlaubnis zu haben, konnte innerhalb von ein paar Minuten die Polizei vor der Tür stehen. So sehr sie auch eine sichere Zuflucht brauchten, er war nicht gewillt, seine Freiheit dafür zu riskieren. Er musste Valerie dringend finden, bevor sie den Alarm auslöste und es kein Zurück mehr gab! Gerade als er loslief, kam Valerie um die Ecke des Hauses. Sie bewegte sich, als wäre es völlig normal, dass sie sich hier aufhielt.

Als sie ihn entdeckte, kam sie rasch auf ihn zu. »Du bist ja schon wach. Komm schnell, es ist besser, wenn die Nachbarn keinen allzu guten Blick auf dich bekommen.«

»Ich glaube, das Ganze ist eine schlechte Idee, Valerie. Das Haus hat sicher eine Alarmanlage und …«

Sie unterbrach ihn. »Das hat es. Und ich habe den Code, genauso wie den Schlüssel. Es wird also nichts passieren. Vertrau mir.«

Für einen Moment versank Damon in ihren grauen Augen, dann nickte er zögernd. »Okay. Aber sei trotzdem vorsichtig.«

»Das bin ich immer.« Sie nahm seine Hand und zog ihn mit sich zur Haustür.

Automatisch hielt Damon den Atem an, als Valerie den Schlüssel ins Schloss steckte und herumdrehte. Die Tür öffnete sich, und ein Schwall abgestandener Luft kam ihnen entgegen. Ein leises Piepen ertönte, an der Wand blinkte ein rotes Licht. Damons Blutdruck schoss in die Höhe, während Valerie in aller Seelenruhe einen Code auf dem Nummernfeld eintippte. Das Piepen verstummte, und ein grünes Licht erschien. Erleichtert atmete Damon auf. Schnell schob er Valerie ganz ins Haus und schloss die Tür hinter ihnen.

Im Halbdunkel des Eingangsbereichs lehnte er sich gegen die Wand und versuchte, seinen hämmernden Herzschlag zu beruhigen. Das Licht flammte auf, und er schloss geblendet die Augen.

Eine kühle Hand legte sich an seine Wange. »Geht es dir gut?«

Damon blinzelte gegen das Licht an. »Ja.« Es klang nicht wirklich überzeugend, aber mehr brachte er im Moment nicht zustande. Die vier Monate auf der Flucht und die ständige Anspannung forderten ihren Tribut. Ganz zu schweigen von der Zeit im Gefängnis. Eigentlich war er schon seit vier Jahren nicht mehr zur Ruhe gekommen oder hatte sich in irgendeiner Form sicher gefühlt. Das tat er jetzt zwar auch nicht, aber er hatte einfach keine Kraft mehr, sich noch länger dagegen zu wehren.

Valerie schien das zu merken, denn sie nickte nur und ließ ihre Hand sinken. »Komm, wir suchen uns was zu essen.« Wieder umschlossen ihre Finger seine, und sie führte ihn durch das Haus.

Damons Augen weiteten sich, als er die riesige Küche sah, die von einer gewaltigen Kochinsel in der Mitte des Raumes dominiert wurde. Die hellen Fronten der Schränke leuchteten in der durch die großen Fenster einfallenden Sonne. Doch Valerie achtete anscheinend gar nicht darauf. Völlig selbstverständlich durchquerte sie den Raum und öffnete den Kühlschrank. Dann gab sie einen zufriedenen Laut von sich und hielt Damon eine Flasche Cola hin.

»Hier, trink, das wird dir ein wenig Kraft geben, bis das Essen fertig ist.« Sie griff sich ebenfalls eine Flasche aus dem Kühlschrank und schloss die Tür wieder. Als Nächstes nahm sie die Oberschränke ins Visier und öffnete dann noch eine in der Wandnische versteckte Vorratskammer, die ziemlich gut gefüllt war: Bis auf frische Zutaten gab es dort alles, was das Herz begehrte. Valerie drehte sich zu Damon um. »Worauf hast du Hunger?«

Ihm lief schon von dem Anblick der vielen Lebensmittel das Wasser im Mund zusammen. »Ganz ehrlich, das ist mir völlig egal, solange es nicht allzu lange dauert.«

Valerie lächelte ihn an. »Dann mache ich Baked Beans mit Speck. Wir können ja später noch etwas Aufwendigeres essen.«

»Einverstanden.«

»Setz dich an die Theke, während ich das Essen zubereite.«

Vorsichtig rutschte er auf den Barhocker und sah Valerie dabei zu, wie sie mit sparsamen Bewegungen die Dose öffnete und den Inhalt in einen Topf schüttete. »Bist du oft hier?«

»Als Kind war ich jeden Sommer hier, nachdem meine Mutter meinen Stiefvater geheiratet hat. Später dann weniger, weil ich einfach nicht mehr so viel Zeit hatte. Aber ich versuche, wenigstens einmal im Jahr herzukommen.« Während sie das sagte, hatte sie einen sehnsüchtigen Ausdruck im Gesicht.

»Ich nehme an, eure Freunde haben ziemlich viel Geld.«

Valerie sah sich um und zuckte mit den Schultern. »Genug, schätze ich. Damit habe ich mich nie beschäftigt. Mir war es wichtiger, dass sie wirklich sehr liebe Menschen sind. Ich habe die Zeit hier immer genossen.«

»Und du bist wirklich sicher, dass sie nichts dagegen haben, wenn du hier unangemeldet auftauchst?«

Beruhigend lächelte Valerie ihn an. »Natürlich. Ich kann jederzeit herkommen, und sie hatten mir das Haus sogar explizit für meinen Urlaub angeboten. Es ist wirklich kein Problem, Damon.«

Da sie so überzeugt wirkte, beschloss er, das Thema erst einmal ruhen zu lassen und sich auf andere Dinge zu konzentrieren. Wie zum Beispiel die herrlichen Düfte, die aus dem Topf und der Pfanne aufstiegen. Damons Magen knurrte vernehmlich. Erst das Essen, danach konnten sie überlegen, wie es weiterging.

21

Unauffällig beobachtete Valerie, wie Damon das Essen herunterschlang. Das zeigte ihr, wie hungrig er wirklich war. Zum Glück gab die Speisekammer der Carrigans genug her, um ihn etliche Tage ordentlich mit Essen zu versorgen. Valerie beschloss, später auch noch frisches Obst und Gemüse einzukaufen, das hatte Damon vermutlich ebenfalls schon lange nicht mehr zu sich genommen. Seine ungesunde Gesichtsfarbe deutete darauf hin, dass er inzwischen unter extremem Vitaminmangel litt.

Auch Schlaf schien er dringend zu benötigen, im Auto war er so tief eingenickt, dass er nichts mehr um sich herum mitbekommen hatte. Noch etwas, das sie ihm hier bieten konnte: Im Haus gab es drei Schlafzimmer, von denen er sich eines aussuchen konnte. Viel mehr konnten sie heute sowieso nicht mehr tun, Valerie wollte nicht riskieren, irgendjemandem aufzufallen und damit den Verfolger oder die Kollegen auf ihre Spur zu bringen. Sie konnten sich hier einigeln und in Ruhe darüber nachdenken, wie sie weiter vorgehen wollten. Das würde ihre Aufgabe sein, während Damon schlief.

Seine Augenlider sanken immer weiter nach unten, es schien, als würde er gleich über dem Teller einschlafen. Nachdem Damon den letzten Löffel gegessen hatte, stand Valerie auf und legte ihm die Hand auf den Arm. Wie in Zeitlupe drehte er ihr das Gesicht zu. Das sonst so strahlende Blau seiner Augen wirkte gedämpft, die Lebenskraft dahinter erloschen. Valeries Herz zog sich schmerzhaft zusammen, und sie bezwang den Drang, Damon in ihre Arme zu schließen und ihm ein wenig von ihrer Kraft abzugeben – das hätte nur zu weiteren Problemen geführt, über die sie jetzt nicht nachdenken mochte.

»Komm, ich zeige dir, wo du schlafen kannst.«

Müde stand Damon von dem Hocker auf, doch dann schien er seine letzten Kräfte zu mobilisieren. »Nein, dafür haben wir keine Zeit. Wir müssen …«

Valerie unterbrach ihn. »Du musst jetzt schlafen. Momentan bist du zu keinem klaren Gedanken fähig. Es ist besser, wenn wir ausgeruht an die Sache herangehen. Im Moment sind wir hier sicher, und ein paar Stunden werden nichts ausmachen.«

Es war ein Zeichen von Damons totaler Erschöpfung, dass er nicht weiter protestierte, sondern nur stumm nickte und sich von ihr die Treppe ins Obergeschoss hinaufführen ließ. Einen kurzen Augenblick überlegte sie, welches Zimmer sie ihm geben sollte, entschied sich dann aber für den Raum, in dem sie normalerweise übernachtete. Dort wusste sie wenigstens, dass das Bett himmlisch bequem war und nichts seinen Schlaf stören würde.

Ohne weiteres Zögern öffnete Valerie die Tür und ging voraus. Wie immer fühlte sie sich sofort heimisch in dem gemütlich, aber nicht zu plüschig eingerichteten Zimmer. Warme Blau- und Erdtöne bildeten eine Oase der Ruhe. Ein großes Bett dominierte den Raum und wirkte paradiesisch weich. Kein Wunder, dass Damons Blick sofort davon angezogen wurde. Er schwankte leicht, und Valerie trat unauffällig näher, um ihn zur Not zu stützen.

An die Fensterfront grenzte ein kleiner Balkon an, der einen Blick auf den Lake Washington zuließ. Valerie öffnete ein Fenster, um Frischluft in den Raum zu lassen. Sie spürte eine leichte Bewegung und bemerkte, dass Damon neben sie getreten war. Auch er blickte hinaus, und in seinen Augen leuchtete eine solche Sehnsucht auf, dass Valerie beinahe die Tränen kamen.

»Es ist schön hier. So friedlich.« Seine Stimme war rau vor Emotionen.

»Deshalb gefällt es mir hier so gut. Man hat ein wenig das Gefühl, weit weg vom Alltag zu sein, und das bei nur einer Stunde Fahrt aus der Stadt heraus. Immer wenn ich mal richtig zur Ruhe kommen will, ist das hier mein erstes Ziel.«

Damon nickte. »Das kann ich verstehen.« Unverwandt blickte er nach draußen, während er weiterredete. »Ich bin früher immer in die Natur gefahren, wenn ich mal rausmusste. Und wenn ich nicht so viel Zeit hatte, habe ich meine Eltern besucht. Sie leben zusammen mit meiner Schwester, ihrem Mann und deren Kindern in einem Haus mit großem Grundstück. Das war auch immer fast wie ein kleiner Urlaub.«

Valerie ballte die Hand zur Faust, um sich davon abzuhalten, ihn zu berühren. »Hast du dich in den letzten Monaten bei deiner Familie gemeldet?«

Ein Ausdruck der Vorsicht lag in seinen Augen, als er sie jetzt doch anblickte. »Warum fragst du das?«

»Weil ich weiß, dass sie sich Sorgen um dich machen und sicher alles für ein Lebenszeichen von dir geben würden.«

Langsam schüttelte Damon den Kopf. »Das wäre zu gefährlich gewesen. Sie werden bestimmt von der Polizei oder dem FBI überwacht, und ich wollte nicht, dass sie meinetwegen noch mehr Ärger bekommen, als sie sowieso schon haben.« Er starrte wieder aus dem Fenster. »Außerdem sind sie ohne mich besser dran.«

Entgeistert blickte Valerie ihn an. »Das ist doch wohl nicht dein Ernst! Ich habe damals mit deiner Schwester telefoniert. Sie hat sich schreckliche Sorgen um dich gemacht und mich gebeten, darauf zu achten, dass du lebend aus der Sache herauskommst.«

Das brachte ihr seine volle Aufmerksamkeit ein. »Du hast mit Ryanne gesprochen?«

Valeries Stimme wurde sanfter. »Ja. Sie hatte von dem Unfall des Transportbusses gehört und wollte wissen, ob du gesund und in Sicherheit bist.«

Damon schloss die Augen und schluckte hart. »Ich wollte nie, dass sie meinetwegen leiden.« Er flüsterte die Worte beinahe.

»Sie sind deine Familie, Damon. Alles, was mit dir passiert, betrifft auch sie. Ryanne war jedenfalls hundertprozentig davon überzeugt, dass du nie einem Kind etwas tun würdest. Und dass du auch Bella nicht getötet hast.«

Ein schmerzliches Lächeln zog über sein Gesicht. »So war sie schon immer. Sie ist ein paar Jahre älter als ich und hat mich gegen alles verteidigt, was ihr ungerecht vorkam.«

Ja, so war ihr Bruder auch gewesen. Offenbar hatten sie doch mehr gemeinsam, als sie gedacht hätte. »Ryanne kam mir am Telefon sehr nett vor.«

»Das ist sie.« Neugierig blickte Damon sie an. »Hast du mich deshalb im Wald laufen lassen?«

Valerie verzog den Mund. »Sollte ich dich vor Emma niederschießen?«

Mit einem resignierten Ausdruck hob Damon die Schultern. »Ein anderer Agent hätte das bei einem flüchtigen Mörder, ohne zu zögern, gemacht.«

Damit hatte er völlig recht. »Ehrlich gesagt, weiß ich nicht, was ich mir dabei gedacht habe. Emma war sicherlich ein Faktor, genauso wie die Tatsache, dass ich begonnen hatte, an deiner Schuld zu zweifeln. Das Telefonat mit deiner Schwester hat sicher auch dazu beigetragen.«

Einen Moment lang blickte Damon sie nur stumm an. Dann räusperte er sich. »Danke für die Chance, die du mir gegeben hast. Ich hätte es nicht ausgehalten, wieder ins Gefängnis zu müssen. Von dort aus hätte mir niemand die Gelegenheit gegeben, meine Unschuld zu beweisen.«

Das stimmte vermutlich, so ungern Valerie das als Verfechterin von Recht und Gesetz zugeben mochte. »Ich hätte trotzdem weiter recherchiert.«

Dieses Geständnis brachte ihr ein Lächeln ein, das ihr beinahe den Atem stocken ließ. »Danke.«

»Gern geschehen. Und jetzt solltest du ins Bett gehen, bevor du im Stehen einschläfst.« Sie mochte sich dafür, dass sie gegen den Befehl ihres Vorgesetzten gehandelt hatte, nicht auch noch loben lassen, selbst wenn es die richtige Entscheidung gewesen war.

Damons Blick glitt hinüber zum Bett. »Wo schläfst du?«

Die Frage ließ Valeries Herz schneller klopfen, während sie gleichzeitig innerlich den Kopf über sich schüttelte. »Es gibt hier genug andere Schlafzimmer, du kannst dich also ruhig im Bett breitmachen.«

Etwas blitzte in seinen Augen auf, doch es war sofort wieder verschwunden. »Es ging mir eher darum, dass ich dich in meiner Nähe weiß, falls uns hier jemand entdecken sollte.«

»Oh.« Sie deutete nach rechts. »Ich nehme das Zimmer gleich nebenan.«

»Gut.« Jetzt wirkte er leicht verlegen. »Wo gibt es hier ein Badezimmer? Ich denke, ich sollte mich ein wenig frisch machen.«

»Direkt gegenüber. Eigentlich sollte alles Nötige vorhanden sein, aber ich werde gleich noch mal nachschauen.«

Damon hob seine Tasche auf. »Kein Problem, ich habe alles dabei.«

Als er an ihr vorbeigehen wollte, legte sie ihm die Hand auf den Arm. »Nutz ruhig alles, was du vorfindest, Damon. Dafür ist es da.«

Er zögerte, dann nickte er schließlich. »Okay. Danke.«

Es war ihm anzusehen, dass er zwar nur ungern etwas von anderen annahm, aber gleichzeitig wusste, dass er in seiner derzeitigen Situation auf Hilfe angewiesen war. Valerie konnte sich vorstellen, wie schwierig das für einen Mann wie ihn sein musste. Aber sie würde dennoch nicht zulassen, dass er ohne Not hungerte oder seine wenigen Ressourcen verschwendete. Ihrem Bruder hatte sie zu oft seinen Willen gelassen – noch einmal würde sie diesen Fehler nicht machen.

Sie sah Damon nach, während er über den Flur ging und im Bad verschwand, bevor sie sich zum Bett umdrehte und die Decke aufschlug. Da die Bettwäsche frisch zu sein schien, wechselte Valerie sie nicht und ging stattdessen in ihr eigenes Zimmer. Auch dieses war schön gestaltet und perfekt ausgestattet, löste in ihr aber nicht die gleichen Gefühle aus wie ihr ursprünglicher Raum. Hoffentlich hatte er auf Damon die gleiche Wirkung wie auf sie und verschaffte ihm die Ruhe und Entspannung, die er so dringend benötigte.

Da Valerie die Tür offen gelassen hatte, hörte sie, wie im Bad die Dusche anging. Die Vorstellung, dass Damon gerade nackt darunter stand, während ihm das Wasser über den Körper lief, ließ sie heftig schlucken. Wenn Damon selbst in dieser verfahrenen Situation so einen Reiz auf sie ausübte, hatte sie eindeutig zu lange wie eine Nonne gelebt. Sie hatte zwar einige kürzere Beziehungen zu Männern gehabt, doch in den letzten paar Jahren hatte sie festgestellt, dass ihr eine lockere Affäre nicht mehr reichte. Sie wollte einen Mann, dem sie wirklich vertraute, jemanden, auf den sie sich immer verlassen konnte. Bisher hatte sie einen solchen Mann allerdings nicht gefunden.

Vielleicht führten auch ihre Verlustängste dazu, dass sie sich an niemanden so fest binden mochte. Vielleicht wollte sie nie wieder jemanden so nah an sich heranlassen, dass dessen Tod für sie unerträglich wäre. Um nicht länger darüber nachdenken zu müssen, trat Valerie auf ihren Balkon hinaus, der mit dem von Damon verbunden war. Mit einem tiefen Seufzer ließ sie sich auf dem gepolsterten Stuhl nieder und stützte ihre Beine auf der Balustrade auf.

Wie immer beruhigte sie der Blick auf das Wasser innerhalb kürzester Zeit. Ihr Körper entspannte sich, und langsam wurde auch ihr Kopf wieder frei. Die Alarmanlage war eingeschaltet, es konnte also niemand ins Haus eindringen, ohne dass sie es mitbekommen würde. Wenn Damon schlief, würde sie den Wagen in die Garage fahren, damit sich nicht doch noch einer der Anwohner fragte, was so ein altes, beinahe schrottreifes Auto in der Einfahrt zu suchen hatte. Da es immer mal wieder Einbrüche in der Gegend gab, waren die Leute vorsichtig geworden und passten auch auf die Häuser der Nachbarn auf, wenn diese nicht auf der Insel waren.

Normalerweise empfand Valerie das als beruhigend, momentan wollte sie jedoch so wenig Aufsehen erregen wie möglich. Sie machte sich zwar keine allzu großen Sorgen, aber es konnte auch nicht schaden, vorsichtig zu sein. Normalerweise sollte sie hier niemand finden können, der ihnen nicht direkt gefolgt war. Und da war niemand gewesen, dessen war Valerie sich sicher. Da das Haus nicht ihrer Familie gehörte, würde sie auch keiner hier vermuten. Und Damon schon gar nicht. Sie musste es nur irgendwie schaffen, ihren Eltern eine Nachricht zu übermitteln, ohne dass jemand anders davon erfuhr.

»Valerie?« Damons Stimme erklang unvermittelt hinter ihr.

Aus ihren Gedanken aufgeschreckt drehte sie sich im Stuhl

um und starrte ihn mit offenem Mund an. Er stand an der Balkontür und trug nur ein Handtuch um die Hüften. Wassertropfen zogen Spuren auf seiner Haut. Offenbar trainierte er regelmäßig, wie die schlanken Muskeln an seiner Brust und den Oberarmen deutlich zeigten. Dunkle Haare bedeckten seine Brust und wanderten in einer dünnen Linie hinunter zu seinem Bauchnabel. Als Valerie merkte, wohin ihr Blick wanderte, riss sie den Kopf wieder hoch.

Verspätet antwortete sie ihm. »Ja?«

Damons Augen hatten sich verdunkelt, seine Gesichtszüge wirkten angespannt. »Ich wollte dir nur Bescheid sagen, dass ich jetzt ins Bett gehe. Sofern wir nicht doch erst unsere nächsten Schritte planen wollen. Dann kann ich auch …«

Schnell winkte Valerie ab. »Nein, das machen wir später. Schlaf dich erst mal richtig aus.«

»Was machst du solange?«

»Ich denke, ich werde mich auch ein wenig ausruhen.« Und noch einige andere Dinge tun, aber von denen musste Damon nichts wissen.

Er nickte, bewegte sich jedoch keinen Millimeter.

Valerie seufzte lautlos. »Geh ins Bett, Damon. Die Welt wird nicht untergehen, wenn du für ein paar Stunden schläfst.« Jedenfalls hoffte sie das.

»Okay. Bis später.« Er drehte sich um, wodurch Valerie auch noch seine Rückenansicht genießen konnte.

»Schlaf schön.« Sie war sich nicht sicher, glaubte aber, ein leises Schnauben zu hören. Damon hob nur die Hand, ohne sich noch einmal zu ihr umzudrehen.

Umso besser, so konnte sie noch weiter seinen gut gebauten Körper betrachten. Seine Haut war blass, aber es war dennoch zu erkennen, dass er früher regelmäßig in der Sonne gewesen war. Die Vorstellung, wie er nach einigen Tagen an dem kleinen

Privatstrand, der hinter dem Haus lag, aussehen würde, ließ einen Schauer über ihren Rücken laufen.

Kopfschüttelnd zwang sie sich, ihren Blick von Damon abzuwenden, der inzwischen bei der Zimmertür angekommen war, und starrte stattdessen blind auf den See. Es war nicht gut, wenn sie ihren Wunsch, Damon zu helfen, mit anderen Gefühlen vermischte. Ja, er gefiel ihr, und das nicht nur äußerlich, aber eine Beziehung zwischen ihnen war ganz und gar unmöglich. Sie war sich auch ziemlich sicher, dass er so etwas gar nicht wollte. Sex vielleicht schon – sicherlich war er inzwischen ziemlich ausgehungert –, aber etwas, das wirkliche Gefühle beinhaltete? Nein, ganz sicher nicht. Schon gar nicht mit einer FBI-Agentin.

Valerie mochte auch nicht darüber nachdenken, was ein Verhältnis mit einem gesuchten verurteilten Mörder für ihre Karriere bedeuten würde. Wenn sie überhaupt noch eine hatte, schließlich war sie bereits suspendiert worden. Vermutlich würde sie sogar angeklagt werden, weil sie einen Verbrecher bei der Flucht unterstützte. Ihr Magen zog sich zusammen, als sie sich vorstellte, den Job zu verlieren, der ihr so viel bedeutete. Doch obwohl ihr die Konsequenzen ihrer Handlungen bewusst waren, konnte sie sich dennoch nicht dazu bringen, Damon im Stich zu lassen oder ihn sogar auszuliefern. Selbst wenn das dazu führen würde, dass sie selbst im Gefängnis landete. Das war zweitrangig, wenn es darum ging, ein Leben zu retten. Damon brauchte sie, und vielleicht brauchte sie ihn auch.

Valerie schreckte hoch, als sie ein Geräusch hörte. Verwirrt sah sie sich um. Erneut erklang ein rauer Laut aus dem Nebenzimmer, und plötzlich war sie hellwach. *Damon!* Bevor sie noch darüber nachdenken konnte, hatte ihr Körper sich schon in Bewegung gesetzt. Sie sprang vom Bett, auf dem sie es sich gemütlich gemacht hatte, und rannte los. Beide Türen standen offen, deshalb gab es auf ihrem Weg keine Hindernisse, die sie hätten aufhalten können. Wie so oft zuvor tastete sie nach ihrer Waffe und stieß nur auf Luft. Verdammt, hätte sie die Pistole heute Morgen nur aus dem Auto mitgenommen! Aber es half nichts, es musste eben ohne gehen.

Damon hatte den Vorhang zugezogen, deshalb konnte Valerie ihn nur schemenhaft im Bett erkennen. Es klang, als würde er gegen jemanden kämpfen, doch er war völlig allein. Zumindest konnte Valerie niemand anderen entdecken. Zögernd trat sie näher und blickte auf Damon hinunter. Er bewegte sich unruhig, die dünne Bettdecke hatte sich wie eine Fessel um seinen Körper geschlungen.

Wahrscheinlich hatte er einen Albtraum und schaffte es nicht, sich daraus zu befreien. Irgendein Psychologe hatte einmal gesagt, es sei besser, den Traum auszuleben und dann von selbst aufzuwachen, doch Valerie wusste aus eigener Erfahrung, dass das völliger Schwachsinn war. Nach dem Tod ihres Bruders hatte sie jahrelang unter furchtbaren Albträumen gelitten, und es hatte ihr rein gar nicht geholfen, jedes Mal schweißüberströmt und mit wild klopfendem Herzen aufzuwachen. Nur, wenn ihre Eltern bei ihr gewesen waren, hatte sie sich zumindest kurzzeitig sicher gefühlt.

Das Gefühl des Verlustes in ihr war dadurch allerdings auch nicht geringer geworden, und um ihren Eltern nicht noch mehr Leid aufzubürden, hatte sie sich bemüht, sie nicht mehr zu wecken. Nach einer Weile war ihr das sogar ganz gut gelungen. Das war auch einer der Gründe dafür gewesen, dass sie sich trotz der Proteste ihrer Eltern relativ schnell eine eigene Wohnung gesucht hatte. Dort hatte sie wenigstens niemanden mit ihren Schreien aufgeweckt. Sie konnte nur ahnen, wie es

Damon im Gefängnis ergangen sein mochte, wo er nie allein gewesen war und sich nie hatte sicher fühlen können. Hatte er überhaupt jemals tief geschlafen, oder hatte er es sich angewöhnt, nur in kurzen Intervallen zu dösen, damit er gar nicht erst in die Traumphase kam?

Erneut stieß Damon einen Laut aus, der beinahe animalisch klang und Valerie eine Gänsehaut verursachte. Sie beugte sich zu ihm hinunter und legte ihm die Hand auf die Schulter. Sie war kalt und feucht, die Muskeln unter der Haut zum Zerreißen gespannt. Anstatt Damon zu beruhigen, löste die Berührung allerdings das Gegenteil aus. Ohne Vorwarnung holte er mit dem Arm aus und traf mit voller Wucht Valeries Bauch. Benommen stolperte sie zurück, außer Reichweite. Als sie Damons Gesicht sah, war der Schmerz jedoch sofort wieder vergessen.

In seinen Zügen lagen so viel Kummer und Verzweiflung, dass es Valerie die Kehle zuschnürte. Wie hätte sie ihn in dieser Situation alleinlassen können? Die paar blauen Flecken machten ihr nichts aus, sie würden wieder vergehen, während Damons Schmerz ihr endlos erschien. Zu tief, um ihn jemals in Worte zu fassen. Noch einmal beugte Valerie sich über ihn, diesmal achtete sie allerdings darauf, nicht in Reichweite seiner Arme zu kommen.

Beim Umdrehen war die Decke etwas heruntergerutscht, und Valerie konnte nun sehen, dass Damon sich nach dem Duschen nicht wieder angezogen hatte. Sofort unterdrückte sie das Prickeln, das der Anblick seines nackten Körpers in ihr auslöste. Jetzt ging es nur darum, ihn aus seinem Albtraum zu holen, alles andere war zweitrangig. Außerdem war es nicht richtig, ihn zu beäugen, während er so litt, auch wenn er wirklich sehenswert war.

Ihr schlechtes Gewissen brachte sie dazu, sich wieder Damons Gesicht zuzuwenden. Die Qual darin ließ Valerie sofort alles andere vergessen. Über Damons leicht geöffnete Lippen drang ein raues Stöhnen. Es klang beinahe wie ein Name, doch Valerie konnte ihn nicht verstehen. Entschlossen stemmte sie ihre Hände gegen seine Oberarme.

»Damon, wach auf!«

Seine Atemzüge wurden heftiger, er versuchte, sich gegen sie zu wehren, kam jedoch nicht gegen ihr Körpergewicht an. »Nein! Nicht ...« Wieder verloren sich die Worte.

Valerie beugte ihr Gesicht dichter zu ihm herunter, auch wenn sie damit Gefahr lief, dass er ihr einen Kopfstoß verpasste. »Damon, ich bin es, Valerie. Es ist alles in Ordnung.« Genau genommen war überhaupt nichts in Ordnung, aber besser, er erfuhr das erst, wenn er wieder wach war. »Komm schon, Damon. Wach auf.«

Noch einmal versuchte er, sich gegen sie zu wehren, dann lag er völlig still. Sie konnte nicht einmal mehr seinen Atem spüren. Konnte man während eines Albtraums an einem Herzstillstand sterben? Besorgt beugte Valerie sich noch tiefer über ihn und spürte erleichtert seinen Atem an ihren Lippen. *Er lebte noch.*

Unvermittelt öffneten sich seine Augen, und Valerie starrte in die blauen Tiefen. Einen Moment lang wirkte sein Blick noch unfokussiert, dann konzentrierte er sich auf ihr Gesicht.

»Valerie?« Damon versuchte, die Arme zu bewegen, gab aber auf, als er erkannte, dass er sich nicht rühren konnte. »Was tust du hier?« Seine Stimme klang rau.

»Du hattest einen Albtraum, und ich habe versucht, dich aufzuwecken.« Zögernd ließ Valerie ihn los und richtete sich ein wenig auf.

Seine Augen schlossen sich kurz wieder, und ein Zittern lief durch seinen Körper. »Danke. Es tut mir leid, dass ich dich gestört habe.«

»Das hast du nicht.« Besorgt blickte sie ihn an. »Kann ich dir irgendwie helfen?«

Er schüttelte stumm den Kopf, dann drehte er ihn zur Seite. Offenbar schämte er sich dafür, dass sie ihn so gesehen hatte.

Valerie spürte, wie diese Reaktion sie wütend machte. Jeder Mensch, egal wie stark oder schwach, konnte Albträume bekommen. Gerade besonders starke Menschen, die ihre Gefühle in wachen Momenten kontrollierten, waren dafür anfällig, nachts davon überfallen zu werden. Dass Damon sie für so oberflächlich hielt, schmerzte.

Da er weiterhin zum Fenster blickte und die Unterhaltung offensichtlich für ihn beendet war, tat Valerie einfach das, was ihr richtig erschien. Sie schlüpfte aus ihren Schuhen und legte sich neben Damon ins Bett. Mit angehaltenem Atem schob sie sich dichter an ihn heran und schlang ihren Arm um seine Mitte. Daran, wie sich sein ganzer Körper versteifte, erkannte sie, dass er nicht damit gerechnet hatte. Tat sie wirklich das Richtige? Die Antwort erhielt sie, als ein Schauder durch seinen Körper rann.

»Was tust du da?«

»Wonach sieht es denn aus?« Valerie legte ihre Hand auf Damons Brust und spürte sein schnell klopfendes Herz. Sanfter fuhr sie fort: »Ich dachte mir, du kannst jetzt ein wenig Nähe gebrauchen.«

Einen Moment lang schwieg er. »Ja, danke. Hast du selbst öfter Albträume, oder woher weißt du so genau, was ich jetzt brauche?«

Erst wollte Valerie es abstreiten, doch dann entschied sie, dass die Wahrheit Damon helfen könnte. »Als ich sechzehn war, hatte ich schreckliche Albträume. Meine Mutter ist dann zu mir gekommen und hat mich einfach nur festgehalten. Es war das Einzige, was mir dabei geholfen hat, mich wieder halbwegs sicher zu fühlen.«

Damon rieb ihr mit den Fingern über den Handrücken. »Wovon hast du geträumt?« Als sie schwieg, sprach er rasch weiter: »Du musst es mir natürlich nicht sagen. Ich möchte nicht etwas Schlimmes aus der Vergangenheit wieder heraufbeschwören. Vergiss, dass ich gefragt habe.«

Bitter lachte Valerie auf. »Ich denke jeden Tag daran, von daher hast du mich nicht daran erinnert.« Sie war sich sicher, dass es Damon genauso ging.

Die meisten anderen Menschen konnten überhaupt nicht nachvollziehen, wie es war, jeden Tag mit einem traumatischen Ereignis aus der Vergangenheit leben zu müssen. Und sich auch Jahre später noch zu fragen, ob man es irgendwie hätte verhindern können. Es war ein ewiger Kreislauf aus Schuld, Hilflosigkeit und Wut.

Damon drehte den Kopf zu ihr. »Das tut mir leid.«

Der verständnisvolle Ausdruck in seinen Augen brachte Valeries letzten Widerstand zum Schmelzen. »Eigentlich ist es gar kein richtiger Traum, sondern eher eine Erinnerung. Mein Bruder …« Ihr versagte die Stimme, und sie brauchte einige Sekunden, bevor sie weitersprechen konnte. »Als ich sechzehn war, habe ich meinen Bruder tot in der Badewanne gefunden. Er hat sich erschossen.« Sie brachte die Worte kaum heraus. Das Bild, wie er ausgesehen hatte, so bleich und still, stand ihr wieder genauso deutlich vor Augen wie damals, vor so vielen Jahren.

Diesmal drehte Damon sich ganz zu ihr um und legte ihr eine Hand auf den Rücken. »Das ist schrecklich. Deshalb hat dich Clives Tod so getroffen.«

»Ja.« Valerie zitterte, und sie schmiegte sich unwillkürlich dichter an Damon. »Es war einfach zu ähnlich. Nur, dass Clive noch gelebt hat, als ich ihn gefunden habe. Ich wünschte, er hätte überlebt.«

»Ich auch.« Damon schwieg einen Moment, seine Augen hatten sich verdunkelt. »Warum hat dein Bruder das getan?«

22

Damon hielt automatisch den Atem an, als er den Schmerz und auch die Wut in Valeries Gesicht sah. Vermutlich hätte er nicht danach fragen sollen, aber er wollte wirklich wissen, warum ihr Bruder sich umgebracht hatte. Um Valeries Handlungen nachvollziehen zu können, aber auch, weil er das seltsame Bedürfnis hatte, ihr irgendwie zu helfen. Er glaubte zwar nicht, dass er das konnte, aber er wollte es zumindest versuchen.

Es schien unendlich viel Zeit zu vergehen, bis Valerie schließlich zu erzählen begann: »Mein Bruder, Tom, war acht Jahre älter als ich und mein Held, seit meine Mutter mit seinem Vater zusammengekommen war. Damals war ich sieben. Er war wirklich der netteste und liebenswürdigste Mensch, den ich je kennengelernt habe.« Tränen schimmerten in ihren Augen. »Als er mit dem Studium fertig war, ist er in eine eigene Wohnung gezogen, aber ich habe mich dort beinahe so oft aufgehalten wie zu Hause.«

In jedem ihrer Worte war die tiefe Liebe und Verbundenheit zu hören, die sie mit ihrem Bruder geteilt hatte. Da zwischen Damon und seiner Schwester ein ähnlich festes Band existierte, konnte er das sehr gut nachvollziehen. Und auch, wie sehr es Valerie geschmerzt haben musste – und immer noch tat –, dass ihr Bruder nicht mehr lebte. Der Gedanke, dass Ryanne irgendetwas passieren könnte, war so furchtbar, dass Damon ihn schnell beiseiteschob. Trotzdem blieb ein hohles Gefühl zurück, weil er bereits so viele Jahre verloren hatte, die er mit seiner Schwester hätte teilen können.

»Zuerst lief alles gut, er hatte Spaß an seinem Studienfach Kunstgeschichte, in dem er seinen Doktor gemacht hat. Er war bei allen beliebt und schien jeden Tag neue Freundschaften zu schließen. Auch die Frauen rissen sich um ihn.« Valerie lächelte traurig. »Tom hat sich noch zu jung für eine feste Beziehung gefühlt und die Aufmerksamkeit seiner Kommilitoninnen genossen.« Zittrig atmete Valerie durch. »Das ging so lange gut, bis eine von ihnen behauptet hat, er hätte sie vergewaltigt. Er kam einige Tage in Untersuchungshaft und wurde von der Universität ausgeschlossen, solange die Vorwürfe nicht geklärt waren. Für Tom ist eine Welt zusammengebrochen, er konnte überhaupt nicht verstehen, warum die Frau so etwas behauptet hat. Vor allem aber hat sie auch Beweise dafür geliefert, Prellungen und auch … andere.« Unvermittelt blitzte Wut in Valeries Augen auf. »Man hat ein Gerichtsverfahren gegen Tom eingeleitet, und es war ziemlich sicher, dass er verurteilt werden würde. Hinterher hat sich herausgestellt, dass die Studentin sich nur an ihm rächen wollte, weil er keine feste Beziehung mit ihr eingehen wollte.« Valerie verstummte, in ihrem Gesicht arbeitete es.

»Aber woher kamen die Beweise, wenn er es nicht war?«

Valerie verzog das Gesicht. »Er hatte ja vorher mit ihr geschlafen – einvernehmlich –, und sie hat das Kondom aufbewahrt. Die Prellungen hat sie sich selbst zugefügt beziehungsweise sie sich von einem anderen Freund zufügen lassen, der es grober mochte.«

Damon konnte nicht verstehen, wie die Studentin sich so etwas hatte ausdenken und durchführen können, selbst wenn sie wütend auf Valeries Bruder gewesen war. War ihr nicht klar gewesen, dass sie mit ihrer Rachsucht sein ganzes Leben zerstören würde? Aber vielleicht war genau das ihr Ziel gewesen. Er hatte sie verletzt, und sie wollte es ihm heimzahlen. Offenbar hatte sie nicht darüber nachgedacht, was für weitreichende Konsequenzen das nach sich ziehen würde.

»Tom hat sich immer mehr in sich zurückgezogen, ist nicht mehr rausgegangen und hat alles aufgegeben, was ihm früher Spaß gemacht hat. An der Uni ist sein Name bekannt geworden, und er hat üble Drohanrufe und -briefe bekommen. Sogar seine Hauswand ist beschmiert worden. Meine Eltern waren verzweifelt, weil er nicht mehr richtig mit ihnen geredet hat und sie ihm nicht helfen konnten. Er wurde mit jedem Tag depressiver und ist immer tiefer in sein Elend gerutscht. Es war, als hätte er jede Freude am Leben verloren.« Valeries Stimme zitterte. »Ein paar Tage vor Prozessbeginn habe ich es nicht mehr ausgehalten und bin zu ihm gefahren, um ihm klarzumachen, dass es so nicht weitergeht. Als ich dort ankam …«

Sie sprach nicht weiter, doch Damon wusste auch so, was sie sagen wollte. »Du hast ihn gefunden.«

Tränen rannen ihr über die Wangen. »Ja. Warum hat er das getan? Irgendwie hätten wir beweisen können, dass er es nicht gewesen ist! Wie konnte er einfach so aufgeben und uns alleinlassen?«

Damons Herz zog sich vor Mitleid zusammen. Nach seinen Erfahrungen der letzten Jahre konnte er sich vorstellen, wie verzweifelt ihr Bruder gewesen sein musste. Er war jung gewesen und hatte wahrscheinlich nie die Schattenseiten des Lebens kennengelernt. Die Vorwürfe hatten ihn zerbrochen, und er hatte keinen Ausweg mehr gesehen. Tatsächlich hatte Damon auch schon einmal kurz darüber nachgedacht, ob es nicht einfacher wäre, sich umzubringen. Doch er hatte sich dafür entschieden, es dem wahren Täter nicht so leicht zu machen. Er würde bis zum letzten Atemzug kämpfen.

»Man kann nie wissen, was jemand in so einer Lage denkt,

Valerie. Vielleicht hat er sich auch eingeredet, dass er euch auf diese Weise schützen kann.«

Mit wütenden Bewegungen wischte Valerie sich die Tränen weg. »Indem er uns das Herz rausreißt und zulässt, dass wir unser ganzes Leben lang um ihn trauern? Eine tolle Idee!«

Sanft legte Damon seine Hand an Valeries Wange. »Ich habe nicht gesagt, dass er damit recht hatte. Aber in seiner Verzweiflung hat er vermutlich keinen anderen Ausweg gesehen.«

Bitter lachte Valerie auf. »Der Witz ist, dass die blöde Gans nach seinem Tod zusammengebrochen ist und alles gestanden hat. Tom war rehabilitiert, aber was hat ihm das dann noch gebracht?«

»Ich hoffe, sie ist dafür bestraft worden.«

»Eine kurze Bewährungsstrafe und einige Stunden gemeinnützige Arbeit, das war alles. Der Richter meinte, sie hätte ja nicht wissen können, dass Tom Selbstmord begehen würde. Als würde es das besser machen!«

Damon konnte verstehen, dass dieses geringe Urteil die Sache für Valeries Familie noch verschlimmert hatte. Zwar konnte jeder Fehler machen – er selbst hatte etliche zu verzeichnen –, aber die Frau hätte mit Anfang zwanzig durchaus vorhersehen können, was nach solch einer Anklage passieren konnte. Der Vergewaltigung bezichtigt zu werden hätte jeden Mann getroffen, aber Tom war offenbar besonders sensibel gewesen und hatte keinen anderen Ausweg mehr gesehen, als sich selbst zu töten.

Das ärgerte Damon. Seiner Meinung nach hätte Tom auch an seine Familie denken müssen. Offensichtlich hatten sie sich sehr nahegestanden. Ihm hätte doch klar sein müssen, wie schwer es Valerie und ihre Eltern treffen würde, ihn auf diese Weise zu verlieren. Noch viel wütender machte Damon es allerdings, dass Tom nicht daran gedacht hatte, dass seine kleine

Schwester ihn finden könnte. Oder es war ihm schlicht egal gewesen, und er war so in seinem Leid gefangen gewesen, dass er nur noch an sich selbst gedacht hatte.

»Es tut mir sehr leid, dass deine Familie das durchmachen musste.«

Valerie bemühte sich um ein Lächeln. »Danke. Es war nicht leicht für uns, das Ganze zu akzeptieren. Toms Verlust, aber auch die Ungerechtigkeit. Deshalb bin ich zum FBI gegangen, um dafür zu sorgen, dass wir die Unschuldigen schützen und die wahren Täter zur Strecke bringen.«

Mit einem Schlag wurde Damon klar, dass Valerie sich genau deshalb für seinen Fall interessiert hatte. »So, wie bei mir?«

Einen Moment lang sah sie ihn nur an, dann nickte sie leicht. »Je tiefer ich in den Unterlagen gegraben habe, desto mehr Fragen haben sich mir gestellt. Wieso sind in der ganzen Wohnung nur Fingerabdrücke von dir gefunden worden? Was ist mit den anderen geschehen? Warum hat Bella dich vorher angerufen? Wieso hat dein Anwalt sich so wenig bemüht, deine Freilassung zu erwirken? Und noch vieles andere mehr. Viele Täter behaupten, dass sie unschuldig sind, aber bei dir hatte ich das Gefühl, es könnte stimmen. Das alles hat mich an Tom erinnert, und ich wollte nicht, dass du so endest wie er.« Ihre Stimme zitterte erneut.

Beruhigend strich Damon ihr über den Rücken. »Keine Angst, ich werde mich ganz sicher nicht umbringen.«

Valerie zuckte leicht zusammen. »Nein, aber sterben könntest du trotzdem. Und das möchte ich nicht.«

Es war nicht fair, aber er musste die Frage einfach stellen. »Weil du mich für unschuldig hältst?«

»Unter anderem.« Die Antwort reichte ihm nicht, aber es war Valerie deutlich anzusehen, dass sie nicht mehr dazu sagen würde. Stattdessen löste sie sich von ihm. »Ich sollte gehen. Warum bleibst du nicht noch ein wenig liegen und ruhst dich aus?«

»Ich glaube nicht, dass ich jetzt schlafen kann.« Damon richtete sich auf und schob die Beine aus dem Bett.

Dabei fiel ihm wieder ein, dass er nach der Dusche nur das Handtuch über einen Stuhl geworfen und sich dann nackt ins Bett gelegt hatte. Rasch zog er die Decke wieder über seine Hüften, um Valerie kein unfreiwilliges Schauspiel zu bieten. Er konnte ihren Blick auf sich spüren, was eine deutliche Wirkung auf gewisse Teile seiner Anatomie hatte.

»Warum gehst du nicht schon vor, ich ziehe mich an und komme gleich nach.«

Als Valerie nicht antwortete und sich auch nicht rührte, wandte er sich zu ihr um. In ihren Augen stand so viel Hitze, dass er sie beinahe auf seiner Haut spüren konnte. Unbewusst befeuchtete sie ihre Lippen und löste damit einen weiteren Schauer in ihm aus.

»Valerie …« War das wirklich seine Stimme, die so rau klang?

Ein Ruck ging durch ihren Körper, und sie drehte sich abrupt weg. »Tut mir leid, ich …« Sie brach ab.

Damons Herz zog sich zusammen, als er sie dort so liegen sah. Zögernd legte er ihr eine Hand auf die Schulter. »Es muss dir nichts leidtun.«

Bei seiner Berührung erstarrte sie. »Doch! Du hattest einen furchtbaren Albtraum und ich … ich belaste dich erst mit meinen eigenen Problemen und dann … beglotze ich dich auch noch. Das ist unprofessionell!« Ihre Worte kamen so schnell heraus, dass sie geradezu übereinander stolperten.

Damon konnte nicht anders, als zu lächeln. »Ich wollte wissen, was du erlebt hast, Valerie. Und ich habe nichts dagegen, wenn du mich ansiehst, im Gegenteil. Weißt du, wie lange mich niemand mehr so angesehen hat? Vor allem niemand, der weiß, dass ich im Gefängnis war und für einen Mord verurteilt wurde. Von daher: sieh mich ruhig so lange an, wie du möchtest. Ich stehe gerne zur Verfügung.«

Er ließ die Decke auf dem Bett zurück und ging nackt zum Bad hinüber. Natürlich spielte er mit dem Feuer, das war ihm völlig bewusst, aber gleichzeitig fühlte er sich lebendiger als je zuvor. Leise schloss er die Tür hinter sich und blickte an sich herunter. Wie zu erwarten war sein Schaft völlig erigiert, der kleinste Luftzug fühlte sich an wie eine Liebkosung. Wenn er Valerie jemals wieder unter die Augen treten wollte, sollte er sich besser darum kümmern.

Damon trat in die Dusche und schaltete das Wasser an, bevor er sich seiner Erektion widmete. Als seine Hand sich um seinen Penis legte, atmete er zischend aus. Das fühlte sich so gut an! Genüsslich schloss er die Augen und überließ sich ganz seiner Erregung.

Valerie starrte an die geschlossene Badezimmertür und musste sich zwingen, Damon nicht zu folgen. Beinahe wünschte sie, er wäre nicht gegangen – sie hatte es genossen, ihn endlich nackt zu sehen. Es sprach für ihn, dass er ihre Situation nicht ausnutzte, besonders, nachdem er so lange hatte enthaltsam leben müssen. Rein vom Kopf her wusste sie, dass es so am besten war, aber ihr Körper sehnte sich danach, in seinen Armen für einen Moment alles andere zu vergessen. Kopfschüttelnd verließ Valerie das Bett und schlüpfte wieder in ihre Schuhe, bevor sie sich auf den Weg zu ihrem Zimmer machte.

Als sie an der Tür zum Badezimmer vorbeikam, hielt sie inne. Zögernd hob sie die Hand, klopfte jedoch nicht. Stattdessen lehnte sie die Stirn ans Holz und lauschte auf Geräusche. Über dem Prasseln des Wassers erklang ein Stöhnen und ein eindeutiger Laut, der Valerie die Augen aufreißen ließ. Ein heißes Prickeln lief durch ihren Körper, ihre Brustspitzen verhärteten sich. Sie nahm es Damon nicht übel, dass er sich offensichtlich selbst befriedigte, stattdessen wünschte sie, sie wäre bei ihm. Valerie konnte gerade noch ein Stöhnen unterdrücken, während sie weiter lauschte, obwohl sie wusste, dass es nicht richtig war.

Es dauerte nicht lange, bis Damon mit einem rauen Laut, der Valerie durch Mark und Bein fuhr, zum Höhepunkt kam. Einen Augenblick lang herrschte völlige Stille, dann erklang ein Seufzer, und kurz darauf schaltete Damon das Wasser ab. Valerie stieß sich von der Tür ab und ging langsam zu ihrem Zimmer. Was war da gerade mit ihr passiert? Wie hatte sie so weit sinken können, einen beinahe fremden Mann bei der Masturbation zu belauschen? Vor allem, wo sie doch eigentlich ganz andere Probleme hatte, um die sie sich dringend kümmern sollte.

Dieser Gedanke verstärkte ihr schlechtes Gewissen noch. Doch sie verdrängte die Schuldgefühle und setzte sich wieder an den kleinen Schreibtisch, auf dem sie Damons Laptop abgestellt hatte. Sie wünschte, sie hätte Ausdrucke der Unterlagen, so wie bei sich zu Hause. Oft konnte sie besser denken, wenn sie mit Papier arbeitete. Aber zur Not würde es auch so gehen. Viele der gerichtlichen und polizeilichen Unterlagen kannte sie schon, deshalb konzentrierte sie sich auf alles, was sie bisher noch nicht gelesen hatte. Auch das war noch eine Menge, allerdings nicht so viel, wie sie es bei einem Fall dieser Brisanz erwartet hätte.

Das lag vermutlich daran, dass es keinerlei Beweise gab, die auf einen anderen Täter als Damon hindeuteten. Alles war so glatt und eindeutig auf ihn ausgerichtet, dass es Valerie merkwürdig vorkam. Normalerweise gab es in Mordfällen unzählige Spuren, die im Sande verliefen oder nicht geklärt werden konnten. Hier jedoch führte jede einzelne zum gleichen Täter. Das konnte einfach nicht sein.

Valerie holte die Liste mit den Personen heraus, mit denen sie noch sprechen wollte und fügte den Detective hinzu, der den Fall damals bearbeitet hatte. Es war jetzt schon klar, dass der nicht positiv auf die Tatsache reagieren würde, dass jemand seine Ermittlungen infrage stellte. Aber zumindest konnte er ihr sagen, ob es noch weitere Beweise gegeben hatte, die danach auf seltsame Weise verschwunden waren. Davon abgesehen würde sie auch nachforschen, ob Damons erster Anwalt wirklich bei einem Autounfall gestorben war, oder ob es sich dabei auch um Mord gehandelt haben könnte.

Natürlich war es möglich, dass der Anwalt tatsächlich verunglückt war, doch die kurze Zeitspanne, die zwischen dem Prozessende und dem »Unfall« lag, machte Valerie misstrauisch – genau wie der als Selbsttötung getarnte Mord an Clive. Irgendwie musste sie auch die Kontobewegungen des Anwalts dahingehend überprüfen, ob es in der Zeit, in der er Damons rechtliche Vertretung übernommen hatte, bis zu seinem Tod auffällige Einzahlungen gegeben hatte. Dass er dafür bezahlt worden war, Damons Verteidigung zu sabotieren, würde einiges erklären. Falls nicht, war er einfach nur extrem inkompetent gewesen.

Schade, dass Damon nicht gleich an Clive geraten war, der hätte ihn deutlich besser vertreten und wäre auch nicht käuflich gewesen. Nachdenklich kaute Valerie auf ihrem Stift herum. Vielleicht war Clive genau deshalb umgebracht worden, weil der Anwalt nie dazu hätte überredet werden können, gegen seinen Mandanten zu arbeiten. Und sie, Valerie, sollte beseitigt werden, weil sie begonnen hatte, neu in dem Fall zu ermitteln. Irgendjemand wollte eindeutig nicht, dass aufgedeckt wurde, wer und was wirklich hinter Bellas Mord steckte.

Wäre sie nicht vorher schon von Damons Unschuld überzeugt gewesen, wäre sie es spätestens jetzt. Die ganze Sache stank zum Himmel, und Damon war irgendwie dort hineingeraten. Was hatte er überhaupt in der Wohnung von Bella Pelham zu tun gehabt? Es wurde Zeit, dass sie ein richtiges Gespräch führten und alle offenen Fragen klärten. Erst dann konnte sie sich einen Plan zurechtlegen, wie sie ihm am besten helfen und die Ermittlungen neu aufrollen konnte.

Valerie verzog das Gesicht. Sie konnte sich vorstellen, was Gabriel dazu sagen würde. Zwar war Damons Fall durch dessen Flucht aus dem Gefängnis mittlerweile vom FBI aufgegriffen worden, aber das ursprüngliche Urteil hatte noch Bestand. Für Gabriel war Damon Thomas deshalb solange der Täter, bis ihm jemand das Gegenteil bewies. Er gab nichts auf Vermutungen oder gar Gefühle, sondern verließ sich nur auf reine Fakten. Und die konnte Valerie ihm leider bisher noch nicht bieten.

Für ihre Suche wäre es besser gewesen, das Gewicht des FBI hinter sich zu haben, doch in diesem Fall musste sie bedauerlicherweise darauf verzichten. Ihre Kollegen würden sich erst einschalten und den Rest der Arbeit erledigen, wenn begründete Zweifel an Damons Schuld bestanden. Frustriert schob Valerie die Hände in ihre kurzen Haare und stützte die Ellbogen auf die Tischplatte. Wie sie diese Zweifel säen sollte, während sie gleichzeitig unerlaubt von der Arbeit fernblieb, sich versteckte und vermutlich schon vom FBI gesucht wurde – von dem mutmaßlichen Mörder ganz zu schweigen –, wusste sie noch nicht.

»Valerie?« Damons Stimme kam von der Tür her und riss sie aus ihren Gedanken.

Schnell drehte sie sich zu ihm um. »Geht es dir besser?« Sobald die Worte aus ihrem Mund waren, wünschte sie, sie könnte sie wieder zurücknehmen. Hitze stieg ihr in die Wangen, und sie hoffte, dass Damon es nicht bemerkte.

Doch der lächelte nur. »Ja, wesentlich besser, danke.«

Litt sie unter Wahnvorstellungen, oder lag tatsächlich eine versteckte Bedeutung in seinen Worten? Er bedankte sich jetzt nicht ernsthaft dafür, dass er mit ihrer Hilfe zum Orgasmus gelangt war, oder? Nein, das war lächerlich. »Schön.« Falls ihre Antwort etwas zu knapp geklungen hatte, konnte sie es nicht ändern. Im Gegensatz zu Damon war sie nämlich überhaupt nicht entspannt. Sie hatte weder richtig geschlafen noch einen Orgasmus erlebt, und Letzteres schon seit ewigen Zeiten nicht mehr. Die Röte in ihren Wangen vertiefte sich. Sie musste dringend das Thema wechseln, bevor sie sich noch lächerlicher machte als sowieso schon.

Immerhin hatte Damon sich inzwischen angezogen, sodass seine nackte Haut sie nicht mehr so ablenkte. Er trug eine Jeans, die schon bessere Zeiten erlebt hatte, und einen blauen Fleecepullover, der seine Augen zum Leuchten brachte. Mit seinen feuchten Haaren und den markanten Gesichtszügen wirkte er angezogen jedoch nicht minder attraktiv als nackt.

»Kann ich mich zu dir setzen?«

Valerie sah sich um. »Ich glaube, es ist besser, wenn wir mit dem ganzen Kram nach unten ins Wohnzimmer umziehen, hier ist es ein wenig eng.« Und außerdem konnte sie so der intimen Atmosphäre des Schlafzimmers entgehen, doch das sagte sie ihm besser nicht.

Offenbar war das auch gar nicht nötig. Als Damon nickte, war ihm anzusehen, dass er sie genau durchschaute. Rasch stand Valerie auf und schob die Papiere zusammen. Den Laptop klappte sie zu und klemmte ihn sich unter den Arm.

»Kann ich dir etwas abnehmen?«

Und noch näher kommen? Nein, besser nicht. Schon jetzt

drang der Duft seines männlichen Duschgels an ihre Nase und löste ein Kribbeln in ihr aus. »Nein, danke, es geht schon.« Mit dem Kinn deutete sie zur Tür. »Geh ruhig schon vor.«

Nach einem letzten intensiven Blick drehte Damon sich um und verließ das Zimmer. Erleichtert atmete Valerie auf. Sie hatte das Gefühl, gerade noch einmal davongekommen zu sein. Genervt verdrehte sie die Augen. Ehrlich, sie führte sich auf wie eine Teenagerin bei ihrem ersten Schwarm. Dabei war sie nun wirklich schon lange aus dieser Zeit heraus und hatte auch genug Freunde gehabt, um ein wenig abgeklärter an die Sache heranzugehen. Trotzdem flatterten in ihrem Magen Schmetterlinge, als sie Damon die Treppe nach unten folgte.

Nach kurzer Überlegung ging Valerie ins Wohnzimmer und stellte den Laptop auf den niedrigen Tisch. Normalerweise zog sie es vor, an einem Schreibtisch oder wenigstens einem Küchentisch zu arbeiten, doch ihr Körper protestierte immer noch gegen die unbequeme Fahrt in dem klapprigen Wagen. Die Couch war dagegen wunderbar weich und schmiegte sich um ihren Körper. Mit einem Seufzer lehnte sie sich zurück und schloss kurz die Augen. Fast hätte sie sich ganz der Vorstellung hingegeben, dass sie hier einfach nur Urlaub machte. Doch das angenehme Gefühl verflüchtigte sich, als das Polster der Couch sich neben ihr absenkte.

Schnell riss sie die Augen auf und fand sich Damons besorgtem Blick ausgesetzt. »Vielleicht solltest du wirklich erst mal schlafen. Du siehst müde aus.«

Entschlossen setzte Valerie sich auf. »Nein, dann kann ich heute Nacht nicht schlafen. Mir geht es gut.« Sie klappte den Laptop auf und öffnete die erste Datei. Ein Foto von Bella Pelham erschien auf dem Bildschirm. Damon zuckte spürbar zusammen, doch darauf konnte Valerie jetzt keine Rücksicht nehmen. »Erzähl mir von ihr.«

23

Damon fand es faszinierend, wie viele Facetten Valerie hatte. Eben war sie noch ganz Frau gewesen, jetzt hatte eindeutig die FBI-Agentin die Oberhand. Wieder glitt sein Blick zu Bellas Foto, und er seufzte innerlich. Er mochte nicht über sie reden – dass sie tot war, tat immer noch weh. Ganz zu schweigen davon, dass ihr Tod gleichzeitig auch sein Schicksal besiegelt hatte.

»Bella war die Tochter von Benedict A. Pelham I. Ich nehme an, du hast von ihm gehört.«

Valerie nickte knapp. »So wie jeder, der längere Zeit in Seattle gelebt hat. Mich interessiert, wie Bella als Mensch war und auch, in welchem Verhältnis sie zu dir stand.«

»Hast du das nicht schon in den Ermittlungsberichten gelesen?«

Offenbar durchschaute Valerie seine Verzögerungstaktik genau. Ernst blickte sie ihn an. »Wenn du willst, dass ich dir helfe, musst du mit mir zusammenarbeiten, Damon. Sobald ich merke, dass du mir etwas verheimlichst, bin ich raus aus der Nummer.«

Damon schnitt eine Grimasse. »Verstanden. Ich bin dir wirklich sehr dankbar und möchte auch die Ermittlungen voranbringen. Es ist nur …« Er brach ab und blickte auf seine Hände hinunter. »Es fällt mir schwer, darüber zu reden. Das letzte Mal, als ich das getan habe, hat mir niemand geglaubt, und ich wurde zu fünfundzwanzig Jahren Gefängnis verurteilt. Wenn du mir auch nicht glaubst …«

»Ich denke, ich habe inzwischen bewiesen, dass ich auf deiner Seite stehe, Damon. Aber du musst mir vertrauen, sonst bringt das Ganze nichts. Ich verspreche, dass ich nicht über dich urteilen werde, egal, was du erzählst.«

Und damit schenkte sie ihm mehr, als es irgendjemand sonst seit langer Zeit getan hatte. Sein Blick fiel auf ihre verbundenen Handgelenke. »Und das, obwohl ich dich entführt und verletzt habe?«

»Ja, das wundert mich auch.« Sofort wurde Valerie wieder ernst. »Das fand ich alles andere als lustig, und ich habe dir auch immer noch nicht verziehen, dass du dich erst so spät zu erkennen gegeben hast. Du hättest ja auch irgendein Verbrecher sein können.«

Etwas Schöneres hätte sie ihm gar nicht sagen können. Impulsiv beugte er sich zu ihr hinüber und küsste sie auf die Wange. »Danke.«

Verwirrt runzelte Valerie die Stirn. »Das verstehe ich nicht.«

Damon lächelte sie an. »Danke, dass du mich nicht für einen Verbrecher hältst. Das bedeutet mir sehr viel.«

Jetzt wurde Valeries Miene weicher. »Ich dachte, das wäre klar gewesen. Andernfalls wäre ich gar nicht mit dir mitgegangen, als wir deine Wohnung verlassen haben.« Sie deutete in den Raum. »Und schon gar nicht hätte ich dich in das Haus von Freunden gebracht.«

»Irgendwie war mir das auch klar, aber die Worte zu hören macht es irgendwie realer.« Mühsam schluckte Damon, um den Kloß in seiner Kehle zu vertreiben. »Außer meiner Familie hat das noch nie jemand zu mir gesagt.«

Mitgefühl lag in Valeries Blick. »Das ist traurig. Nicht mal Clive? Ich hatte den Eindruck, dass er an deine Unschuld geglaubt hat.«

Damon hob die Schultern. »Er war Anwalt, er hat immer nur

angedeutet, aber selten etwas direkt gesagt.« Ihm fiel das letzte Gespräch wieder ein, das er mit Clive geführt hatte. »Aber ich war sehr froh, ihn auf meiner Seite zu haben. Ich habe ihn für einen anständigen Menschen gehalten. Er hätte mich gar nicht in sein Haus lassen und mit mir reden müssen, doch er hat es getan und mir sogar ein wenig Geld gegeben, bevor ich gegangen bin.« Bedauern erfüllte ihn. »Unter anderen Umständen hätte ich mir vorstellen können, mit ihm befreundet zu sein.«

Valerie nickte zustimmend. »Ich fand ihn auch überraschend angenehm und umgänglich für einen Anwalt. Vielleicht hätte er sogar erreichen können, dass dein Fall neu aufgerollt wird.«

»Ja. Aber jetzt … Ich bin völlig pleite, ich kann es mir schlicht nicht leisten, noch einmal einen neuen Anwalt zu engagieren, wenn ich nicht genug Beweise habe, um einen sicheren Freispruch zu erwirken. Und durch meine Flucht wird das noch viel schwieriger. Vor allem aber wird mich wohl auch kein Anwalt als Mandanten annehmen, während ich noch gesucht werde. Es wäre zu riskant, und jeder Anwalt weiß, dass er in meinem Fall keinen großen Gewinn erwarten kann.«

»Sehen wir erst mal, was wir an Beweisen haben, dann überlegen wir, wie wir weiter vorgehen werden.« Ruhig blickte Valerie ihn an. »Erzähl mir, wie dein Verhältnis zu Bella war.«

Innerlich schnitt Damon eine Grimasse. Das war eigentlich nichts, was er einer Frau erzählen wollte, die ihn interessierte. Allerdings hatte Valerie jetzt ihren nüchternen FBI-Blick aufgesetzt, was die Sache ein wenig leichter machte. »Ich habe Bella etwa anderthalb Jahre vor ihrem Tod in einem Club kennengelernt. Normalerweise ist das so gar nicht meine Szene, aber ein paar Freunde wollten unbedingt diesen neuen Club ausprobieren, und ich habe mich breitschlagen lassen, mitzukommen. Bella war …« Er versuchte, das richtige Wort zu finden, musste sich aber geschlagen geben. »... wie ein bunter Schmetterling. Schön, lustig, flatterhaft. Sie ist nie lange an einer Sache drangeblieben, besonders nicht, was Männer anging. Gleichzeitig war sie aber wirklich nett und auch an anderen Menschen interessiert.«

Valeries Gesicht war nicht anzusehen, was sie von dieser Beschreibung hielt. Sie hielt den Blick starr auf den Block gerichtet, auf dem sie sich Stichworte notierte. »Ich nehme an, sie war ziemlich verwöhnt von ihrem Vater?«

Damon überlegte kurz. »Einerseits ja. Sie trug die beste Kleidung, besaß ein teures Auto, eine eigene Wohnung, Schmuck und so weiter. Gleichzeitig konnte sie sich aber auch an kleinen Dingen erfreuen.« Er lächelte, als er sich an ihren strahlenden Gesichtsausdruck erinnerte, weil er ihr aus dem Urlaub ein geschnitztes Holztier mitgebracht hatte. Vermutlich war es für Bella am wichtigsten gewesen, dass jemand an sie gedacht hatte – mit ihrem Geld konnte sie sich alles auch selbst kaufen.

Jetzt sah Valerie ihn doch an, und er glaubte, kurz ein Gefühl in ihren Augen zu erkennen, das er aber nicht deuten konnte. »Du mochtest sie.«

Erstaunt hob Damon die Augenbrauen. »Natürlich. Wie gesagt, sie war sehr nett.«

»Hast du sie geliebt?«

Darüber brauchte er nicht nachzudenken. »Nein.«

Valeries Mimik drückte Zweifel aus. »Auch nicht am Anfang? Ich dachte, ihr hättet eine Beziehung gehabt.«

»Eine Beziehung würde ich das nicht nennen. Wir haben ein paar Wochen Spaß zusammen gehabt, und dann war es auch schon vorbei. Es ging nie um tiefere Gefühle, weder von ihrer noch von meiner Seite aus. Da wir uns mochten, sind wir auch danach noch in Kontakt geblieben, aber der war eher sporadisch.«

Valerie tippte auf dem Laptop herum. Dabei hatte sie die Augenbrauen zusammengeschoben. »Ich bin sicher, dass ich irgendwo etwas von einer heißen Affäre gelesen habe, die Bella beendet hat. Deshalb warst du wütend auf sie und hast sie am Ende umgebracht.«

Ärger durchströmte Damon, genau wie damals, als diese falschen Behauptungen aufgestellt worden waren. »Heiß war sie, denn eigentlich ging es nur um Sex. Ich bin darauf nicht stolz, aber so war es. Am Ende der paar Wochen haben wir zusammen entschieden, dass uns das Ganze nichts mehr bringt. Niemand war verletzt oder traurig. Ganz im Gegenteil, ich war sogar erleichtert – das Leben mit Bella konnte nämlich ziemlich anstrengend sein.«

»Inwiefern?«

Schwach lächelte Damon. »Bella wollte immer, wenn wir uns gesehen haben, ausgehen und meist bis nachts in irgendwelchen Clubs bleiben. Sie hielt nichts davon, einfach einen ruhigen Abend zu Hause zu verbringen oder auch mal in die Natur zu fahren. Sie war ein Stadtkind – unglücklich ohne Asphalt unter den Füßen und Häuser und Menschen um sich herum.«

»Ihr habt also eigentlich überhaupt nicht zusammengepasst?« Bildete er sich das nur ein, oder schwang eine leichte Befriedigung in Valeries Worten mit?

»Ganz genau. Und das war uns beiden auch von Anfang an bewusst. Es war lediglich der Reiz des völlig anderen, der uns überhaupt zusammengebracht hat.«

Wieder machte Valerie sich eine Notiz. »Gut. Was war danach, wie oft habt ihr euch gesehen? Und von wem ging das meistens aus?«

»Ein paar Monate lang haben wir uns noch vielleicht alle zwei, drei Wochen mal getroffen, meist in Begleitung von

Freunden in irgendwelchen Clubs oder Cafés. Es waren keine Verabredungen mehr, sondern eher ein ›Ich gehe heute Abend in den Club XY, bist du auch da?‹. Hin und wieder war auch ihr jeweils neuer Freund dabei. Wir hatten keinen Sex mehr.« Damon war sich ziemlich sicher, dass Valerie diese Frage als Nächstes gestellt hätte.

»Können die Freunde das bezeugen?«

Damons Augenbrauen schossen in die Höhe. »Dass wir keinen Sex mehr hatten? Nein. Ich neige dazu, nur in privatem Rahmen mit jemandem zu schlafen.«

Leichte Röte stieg in Valeries Wangen. »Ich meinte, dass sie mit anderen Liebhabern kam und ihr nur noch freundschaftlich miteinander umgegangen seid.«

»Ja, vermutlich. Wenn sich daran jetzt noch jemand erinnern kann. Damals hat es niemanden interessiert, keiner von ihnen war zum Prozess vorgeladen.«

Wieder kratzte der Stift über das Papier. »Okay, das ist ein Ansatzpunkt. Wie ging es danach weiter?«

»Die Treffen wurden weniger, die Anrufe auch. Ich hatte seit sicher zwei Monaten nichts von ihr gehört, als sie mich eines Abends plötzlich angerufen hat.«

»Aus heiterem Himmel?«

Die Erinnerung an den Abend presste Damon die Kehle zusammen. »Ja. Ich war müde von der Arbeit und wollte mir eigentlich einen ruhigen Abend vor dem Fernseher machen. Aber sie klang am Telefon irgendwie anders als sonst, ängstlich, weniger fröhlich. Sie hat gesagt, sie hätte das Gefühl, verfolgt zu werden, sie hätte schon mehrfach eine dunkle Limousine gesehen, die ihr gefolgt wäre. Und dann hat sie mich gebeten, zu ihrem Apartment zu kommen.«

»Und du hast ihr nicht gesagt, sie soll sich an die Polizei wenden?«

»Doch, aber sie hat sich geweigert. Sie wollte kein Aufsehen erregen, weil ihr klar war, dass sich sofort die Presse darauf stürzen würde. Besonders, nachdem ihr Vater verkündet hat, dass er in die Politik gehen will. Ich wollte ihr einfach helfen, deshalb bin ich hingefahren.« Er zuckte mit den Schultern. »Wie gesagt, obwohl wir nicht zueinander gepasst haben, mochte ich sie. Sie war ein guter Mensch.«

Valerie räusperte sich. »Und was ist dann passiert?«

Damons Herz begann, schneller zu schlagen, seine Handflächen wurden feucht. »Ich habe bei ihr geklingelt, aber sie hat nicht aufgemacht. Allerdings stand die Wohnungstür offen, und ich wollte sicherstellen, dass es ihr gut geht. Also bin ich hineingegangen.« Er atmete tief durch und erzählte Valerie dann, wie er nach Bella gerufen, aber keine Antwort erhalten und deshalb die Räume durchsucht hatte. Die Erinnerung daran, wie sein schlechtes Gefühl sich immer mehr gesteigert hatte, schlug sich als dumpfes Ziehen in seinem Magen nieder. »Im Schlafzimmer war sie auch nicht, aber ich habe etwas im Bad gehört. Ich wollte im Wohnzimmer warten, aber jemand hat mich von hinten niedergeschlagen. Als ich aufgewacht bin …« Ihm versagte die Stimme, und er wandte sich ab.

Valerie schwieg einen Moment, dann legte sie ihre Hand auf seine. »Ich weiß, das ist schwer für dich, aber es ist wichtig, dass ich alle Einzelheiten kenne, soweit du dich erinnerst. Ich möchte sicherstellen, dass in den Unterlagen nichts verfälscht oder missverständlich wiedergegeben wurde.«

Damon konnte das verstehen, und er wollte auch alles dafür tun, seine Unschuld zu beweisen, aber es schmerzte ihn ja schon, wenn er nur an Bellas toten Körper *dachte*. Er wusste nicht, ob er wirklich darüber reden konnte, besonders nicht, nachdem er gerade aus einem Albtraum aufgewacht war, der ihn ziemlich mitgenommen hatte. Doch der Druck von Valeries Fingern verankerte ihn in der Realität und gab ihm die Kraft, weiterzureden.

»Als ich aufgewacht bin, lag ich im Bett und es war dunkel im Raum. Durch den Schlag auf den Kopf war ich völlig desorientiert. Es hat unangenehm gerochen, und die Bettlaken haben sich seltsam feucht angefühlt.« Bei der Erinnerung begann Damons Magen erneut zu rumoren. »Ich habe die Nachttischlampe angeschaltet und dann erst verstanden, wo ich überhaupt war. Ich bin aufgestanden und habe dann Bella gesehen. Sie lag im Bett und überall war Blut.« Damon schluckte schwer. »Erst als ich sie umgedreht habe, habe ich gesehen, dass sie tot war. Sie hatte ein Einschussloch auf der Stirn und eine größere Wunde in der Brust. Die P…Pistole lag neben ihr …«

Valerie schien zu merken, dass er gerade nicht weiterreden konnte. »In den Berichten steht, dass Bella zuerst in die Brust geschossen wurde. Sie war vermutlich schon tot oder zumindest fast tot, als die zweite Kugel sie in die Stirn getroffen hat. Deshalb ist dort auch so wenig Blut ausgetreten.«

»Ich frage mich, was passiert wäre, wenn ich ins Badezimmer gegangen wäre. Vielleicht hätte ich irgendwie verhindern können, dass sie ermordet wird.« Diese Frage hatte Damon sich beinahe jeden Tag gestellt, während er im Gefängnis gesessen hatte. Außer Grübeln hatte er dort nicht besonders viel zu tun gehabt.

Valerie schüttelte den Kopf. »Wahrscheinlicher ist, dass du auch getötet worden wärst. Der Täter hatte ja offenbar einen Grund dafür, Bella zu erschießen, und du wärst ihm nur im Weg gewesen.«

Das war durchaus möglich. Trotzdem konnte Damon nicht verhindern, dass er immer wieder darüber nachgrübelte und sich schuldig fühlte. »Hatte er wirklich einen Grund? Vielleicht hat er das ja auch nur getan, um mir zu schaden.«

Stirnrunzelnd blickte Valerie ihn an. »Was meinst du damit?«

Damon fuhr sich durch die Haare. »Ich versuche schon seit Jahren einen Grund dafür zu finden, warum Bella getötet wurde. Mir fällt aber keiner ein, und offenbar haben ja auch Polizei und Staatsanwaltschaft kein anderes Motiv gefunden als meine angebliche Eifersucht, die es nie gegeben hat. Deshalb habe ich mich gefragt, ob es vielleicht von Anfang an jemand auf mich abgesehen hatte, der Bella dann nur als Mittel zum Zweck benutzt hat. Dazu würde auch passen, dass nur Beweise gegen mich gefunden wurden und sich die ganze Ermittlung so extrem auf mich konzentriert hat.«

Nachdenklich tippte Valerie mit dem Stift auf ihren Block. »Darauf bin ich noch gar nicht gekommen. Gäbe es denn einen Grund dafür? Fällt dir jemand ein, der es auf dich abgesehen haben könnte?«

»Nein, dummerweise nicht. Ich habe keine Feinde – zumindest nicht, dass ich wüsste –, und ich hatte auch beruflich nie mit irgendwelchen Dingen zu tun, die jemanden gegen mich aufbringen könnten.«

Valerie notierte sich etwas. »Dann sollten wir vielleicht doch eher davon ausgehen, dass jemand etwas gegen Bella hatte und du nur unglücklich in die Sache hineingeraten bist.«

Das wäre Damon sogar lieber. Er wollte nicht für Bellas Tod verantwortlich sein. »Okay. Ich habe keine Ahnung, warum jemand Bella hätte tot sehen wollen, aber wahrscheinlich kannte ich sie dafür auch nicht gut genug. Darüber müsste man mit ihren Freundinnen und ihren Eltern sprechen. Soweit ich weiß, wurde das damals auch nur sehr rudimentär gemacht, und nur bezogen auf mich. Ob Bella noch irgendwelche anderen Feinde gehabt haben könnte, wollte gar keiner wissen.«

Valerie nickte. »So steht es auch in den Vernehmungsprotokollen. Das ist wirklich ein Beispiel für sehr schlechte Polizeiarbeit. Ich denke, ich werde mal mit Benedict Pelham sprechen.«

Damon verzog den Mund. »Der wird dir sicher nichts erzählen, was mich entlasten würde. Er hasst mich. Du hättest ihn während des Prozesses sehen sollen: Jeden Tag hat er in der ersten Reihe gesessen und mich die ganze Zeit angestarrt. Wenn Blicke töten könnten, wäre ich schon seit Jahren unter der Erde.«

»Ich habe einige Zeitungsartikel gelesen, in denen er über dich wettert. Sehr unschön, besonders, weil er damit vor und während des Prozesses alle gegen dich eingenommen hat. Da war ein faires Verfahren gar nicht mehr möglich. Eigentlich hätte dein Anwalt darauf bestehen müssen, den Prozess an einen anderen Ort zu verlegen, damit die Jury unbelastet an die Sache herangehen kann.«

Genau das aus Valeries Mund zu hören, was er die ganze Zeit über schon gedacht hatte, tat Damon gut, machte ihn aber gleichzeitig auch unheimlich wütend. »Wie ist so was möglich? Seit wann gilt bei uns nicht mehr die Unschuldsvermutung, bis die Täterschaft bewiesen ist?«

Valeries Griff wurde fester. Erst jetzt merkte Damon, dass sie immer noch seine Hand umfangen hielt. »Pelham hat sehr viel Macht in Seattle. Was er sagt, ist an vielen Stellen Gesetz. Er hat überall Freunde oder Leute, die ihm etwas schulden, oder schlicht Angst vor ihm haben. Wenn er also etwas erreichen möchte, braucht er nur seine Kontakte spielen zu lassen, und schon bekommt er es. In diesem Fall war es deine Verurteilung.«

»Na, wunderbar. Noch vor einigen Jahren hätte ich mir nie vorstellen können, dass so was irgendjemandem passieren kann. Auch wenn es schon öfter Justizirrtümer gab – das war für mich so weit weg, und es war einfach unvorstellbar, dass ich jemals in eine solche Lage kommen könnte.« Ein enges Band schnürte sich um seinen Brustkorb, und er hatte das Gefühl, sich nie daraus befreien zu können.

»Genauso ging es mir mit meinem Bruder. Aber so etwas gibt es leider, und wir müssen darum kämpfen, dass irgendwann die Wahrheit herauskommt.«

Damon gelang ein halbes Lächeln. »Zu schade, dass du damals noch nicht da warst. Ich bin mir sicher, du hättest nicht geruht, bis du den wirklichen Mörder gefunden hättest.«

»Ganz bestimmt nicht. Vielleicht wäre es sowieso anders gelaufen, wenn das FBI den Fall übernommen hätte. Oft ist die Polizei überfordert, wenn es um große Fälle geht. Aber da es nur um einen Einzelmord aus Eifersucht ging, wurde das FBI gar nicht erst eingeschaltet.«

Damon bezweifelte zwar, dass die FBI-Ermittler wirklich nach einem anderen Täter gesucht hätten – selbst wenn der ihnen auf einem Silbertablett präsentiert worden wäre –, aber es war immerhin möglich. »Wer weiß, ob der wahre Täter nicht jemand ist, der schon öfter gemordet hat. Dann wäre es doch ein Fall für das FBI, oder?«

»Ich denke schon, dass wir uns dann einschalten würden. Besonders, wenn derjenige auch in anderen Städten zugeschlagen hätte. Oder eine Serie erkennbar ist.« Valerie nahm ihre Hand weg, und Damon spürte den Verlust sofort. »Aber das bringt uns im Moment nicht weiter. Wir müssen mit dem arbeiten, was wir haben. Was hast du gemacht, nachdem du Bella gefunden hast?«

Darüber mochte er eigentlich gar nicht nachdenken, aber wenn es Valerie dabei half, sich einen Überblick über den Fall zu verschaffen, musste er es tun. »Ich habe von ihrem Festnetzanschluss aus die Polizei gerufen. Und dann wollte ich abhauen. Es war eine Kurzschlussreaktion, weil mir bewusst wurde, dass man mich für den Täter halten könnte. Ich habe mir das Blut abgewaschen, so gut es ging, doch bevor ich die Wohnung verlassen konnte, ist schon die Polizei eingetroffen. Sie haben mich sofort verhaftet und mitgenommen.« Bitterkeit stieg in Damons Hals auf. »Und seitdem gelte ich als einziger Verdächtiger in dem Fall.«

»Das war tatsächlich etwas ungünstig, aber ich kann verstehen, wie du dich gefühlt haben musst. Aus Sicht der Polizisten war dein Verhalten tatsächlich verdächtig, und da sie deine Fingerabdrücke und andere Spuren in der Wohnung gefunden haben, hat sich das für sie auch bestätigt.«

Was Damon durchaus nachvollziehen konnte, aber das erklärte noch nicht, warum sie sich nur auf ihn konzentriert hatten. »Kein Wunder, schließlich *war* ich ja auch in der Wohnung! Und das nicht zum ersten Mal. Das habe ich nie bestritten. Aber ich bezweifle ernsthaft, dass dort nur meine Spuren gewesen sind. Bella hatte ständig Besuch und auch Partys, die ganze Wohnung muss voller Abdrücke gewesen sein.« Er holte tief Luft und versuchte, ruhiger zu reden. »Und wie sind meine Fingerabdrücke auf die Waffe gekommen? Ich bin mir sicher, dass ich sie nie berührt habe.«

»Vielleicht nicht wissentlich, aber wenn der Täter dir den Mord in die Schuhe schieben wollte, kann er dir die Pistole einfach in die Hand gelegt haben.« Valeries Augen verdunkelten sich. »Und da auch Schmauchspuren auf deinem Handrücken gefunden wurden, hast du eindeutig abgedrückt.«

Entsetzt starrte Damon sie an. »Du meinst, ich habe Bella doch getötet?«

Beruhigend legte Valerie eine Hand auf sein Bein. »Nein, getötet hat sie nur der, der die Waffe auf sie gerichtet hat. Ob deine Finger dazwischen waren, als er abgedrückt hat, tut nichts zur Sache. Du warst bewusstlos und konntest dich gar nicht dagegen wehren. Aber es ist eben eine sehr geschickte Methode, dich als Mörder hinzustellen – sogar die physischen Beweise deuten darauf hin. Der Mörder hat wahrscheinlich Handschuhe getragen, seine Fingerabdrücke werden wir also nicht finden. Wenn er Blut- oder sonstige Spuren abbekommen hat, hat er die längst vernichtet.«

Mutlos ließ Damon die Schultern nach vorn sinken. »Es gibt also gar keine Chance, ihn zu überführen? Der Fall wird für immer ungeklärt bleiben, und ich habe keine Möglichkeit, meine Unschuld zu beweisen?«

»Nein!« Mit den Fingern hob Valerie sein Kinn an und zwang ihn damit, ihr in die Augen zu blicken. »Es wird schwierig, aber wir werden nicht aufgeben. Irgendwie wird es uns gelingen, dich freizubekommen. Ich verspreche es.«

Überzeugung brannte in ihren Augen, und Damon stellte fest, dass sie nie schöner ausgesehen hatte als jetzt. Unwillkürlich beugte er sich vor.

24

Valerie stockte der Atem, als sie die Sehnsucht in Damons Blick sah. Sein Gesicht kam immer näher, es war klar, dass er sie küssen wollte, sich jedoch nicht sicher war, ob sie das zulassen würde. Obwohl es in ihrer derzeitigen Situation äußerst unpassend war, spürte Valerie ein antwortendes Verlangen. Ihr Blick glitt zu Damons Mund, der inmitten des Dreitagebarts weich und einladend wirkte. Unwillkürlich beugte Valerie sich ein Stück vor, bis sie nur noch wenige Zentimeter von ihm trennten. Sein Atem traf sanft auf ihre Lippen und ließ sie prickeln.

Ihre Finger lagen noch immer unter seinem Kinn, und sie konnte seinen raschen Puls spüren. Das Blau seiner Iris schien sie hineinzusaugen, bis sie nichts anderes mehr wahrnahm außer ihm. Es lag so viel in diesen Augen – Trauer, Wut, Sehnsucht, Verlangen und noch andere Gefühle, die sie nicht alle deuten konnte. Aber es war auch egal – seine Leidenschaft überstrahlte ohnehin alles andere und schien mit jeder Sekunde tiefer zu werden. Genauso wie ihre eigene.

Und das gab den Ausschlag. Ohne bewussten Befehl überwand Valerie die fehlenden Zentimeter und strich mit ihren Lippen über Damons Mund. Sie spürte, wie er zusammenzuckte, als hätte er fast nicht erwartet, dass sie ihn wirklich küssen würde. Dann atmete er heftig aus, bevor er schließlich näher rückte und seinen Mund fester auf ihren presste. Bereitwillig öffnete Valerie die Lippen und gab seiner Zunge Einlass. Immer intensiver wurde der Kuss, ihr Hunger schien grenzenlos. Damons Hand legte sich um ihren Hinterkopf, und sie hatte das seltsame Gefühl, gleichzeitig beschützt und begehrt zu werden.

Langsam ließ Valerie sich in die Couch zurücksinken, und Damon folgte ihr sofort. Es fühlte sich so gut an, seinen Körper an ihrem zu spüren, seinen schnellen Herzschlag an ihrer Brust, die Bartstoppeln an ihrem Gesicht. Sie legte ihm eine Hand an die Wange, während sie die andere Hand am Rücken unter sein T-Shirt schob. Sie musste ihn einfach fühlen und sicher sein, dass er wirklich hier war, mit ihr, und sie ihn sich nicht nur einbildete. Glatte, heiße Haut spannte sich über seine Muskeln, es war wie ein Fest für ihre Sinne.

Der Kuss wurde noch heftiger, Damon verschlang sie geradezu. Wie drängend sein Verlangen war, zeigte auch der harte Druck seiner Erektion an ihrem Schenkel. Unwillkürlich hob Valerie die Hüfte an und rieb sich an ihm. Verlangen breitete sich noch weiter in ihr aus und ließ sie zittern. Fast verzweifelt klammerte sie sich an ihn, ein rauer Laut entfuhr ihr. Damons Finger gruben sich nicht gerade sanft in ihre Haare, doch sie genoss das Ziepen sogar. Sie wollte, dass er die Beherrschung verlor und sich ganz der Erregung hingab.

Noch einmal erkundete Damon ausgiebig ihren Mund mit seiner Zunge, dann hob er den Kopf. Verwirrt öffnete Valerie die Augen. Warum hörte er schon auf? Sein Gesicht schien nur aus Kanten zu bestehen, die Leidenschaft hatte ihm jede Weichheit genommen. Nur sein vom Küssen geröteter Mund wirkte verletzlich. In seinen Augen brannte ein Feuer, das Valerie den Atem nahm. Unwillkürlich bohrte sie die Fingernägel in seinen Rücken, während sie stumm seinen Blick erwiderte.

Schließlich atmete Damon tief durch. »Entschuldige, ich hätte nicht so über dich herfallen sollen.«

Irritiert blickte Valerie ihn an. »Warum nicht?«

Damit schien sie ihn überrascht zu haben. Ein unsicheres

Lächeln breitete sich auf seinem Gesicht aus und ließ ihn weniger unnahbar wirken. »Wie bitte?«

»Ich habe gefragt, warum nicht? Falls du es nicht erkannt hast: Ich habe es genossen, dass du über mich hergefallen bist. Ich mag es, wenn ein Mann weiß, was er will und man ihm anmerkt, dass er kurz davor ist, die Beherrschung zu verlieren. Nur eins verstehe ich nicht.«

Damons Augen färbten sich dunkler, die Erregung in ihnen verstärkte sich. »Was?«

»Warum hast du aufgehört?« Gott, was tat sie da eigentlich? Normalerweise war sie deutlich zurückhaltender, doch Damon schien eine Wildheit in ihr hervorzubringen, die sie sonst wirksam im Zaum hielt. Als er nicht antwortete, wurde sie unsicher. Hatte sie die Situation falsch eingeschätzt? »Damon?«

Seine Finger in ihrem Haar lockerten sich, und er strich ihr mit dem Daumen über die Wange, ohne ihr zu antworten.

Die zärtliche Berührung wühlte Valeries Gefühle noch mehr auf. »Wenn ich möchte, dass du aufhörst, werde ich es dir schon sagen.«

Sein Lächeln verbreiterte sich noch. »Gut zu wissen.« Trotzdem beugte er sich nicht wieder zu ihr hinunter, um sie zu küssen.

»Was denn jetzt noch?« Falls sie sich gerade ein wenig mürrisch anhörte, war das allein seine Schuld.

Diesmal lachte er auf. »Du bekommst gerne deinen Willen, oder?«

»Ja. Wer nicht?«

Um Damon noch deutlicher klarzumachen, was sie gerade wollte, schlang Valerie ihm die Hand um den Nacken und versuchte, ihn wieder zu sich herunterzuziehen. Doch zu ihrer Überraschung sträubte er sich. Mehr grünes Licht konnte sie ihm nun wirklich nicht geben, worauf wartete er noch? Der

Gedanke, dass Damon sie nicht so sehr wollen könnte wie sie ihn, schoss ihr durch den Kopf. Hitze stieg ihr in die Wangen, und sie zwang sich, Damon loszulassen, bevor sie sich noch weiter in Verlegenheit brachte.

»Valerie.«

Seine Stimme war so sanft, dass ihr beinahe die Tränen kamen. Mühsam drängte Valerie sie zurück und versuchte, keine Reaktion zu zeigen. Damon hatte seine Chance gehabt und hätte nur zugreifen müssen. Auf keinen Fall würde sie …

»Du glaubst nicht, wie gerne ich dort weitermachen würde, wo wir aufgehört haben, aber das kann ich nicht.« Als sie nicht darauf reagierte, redete er schnell weiter. »Es wäre nicht fair dir gegenüber, nach allem, was heute und auch in den letzten Tagen und Monaten geschehen ist. Ich wünschte, ich wäre noch der Mann, der ich früher war und der gut genug für dich gewesen wäre. Doch das bin ich nicht mehr. Ich habe Dinge gesehen und getan, die etwas in mir zerstört haben. Vielleicht kann ich es irgendwann zurückbekommen, wenn ich Bellas Mörder gefunden habe und freigesprochen wurde. Wahrscheinlicher ist aber, dass es nie mehr so wird wie früher.«

In seinen Worten schwang eine solche Qual mit, dass Valerie ihn einfach ansehen musste. Seine Miene drückte so viel Kummer und Selbsthass aus, dass sie alles andere vergaß. »Glaubst du, ich bin noch die gleiche Person wie früher? Denkst du, alles was ich gesehen und getan habe, hat mich nicht verändert? Das geht doch jedem von uns so, und das macht uns nicht zwangsläufig schlechter.«

»Nein?« Damons Gesicht verzerrte sich. »Hast *du* mit Mördern und anderen Schwerverbrechern über drei Jahre lang im Gefängnis gesessen? Weißt du, was die dort ihren Mitgefangenen antun, wenn einer von denen eine Schwäche zeigt? Ich glaube auch nicht, dass du jemals dabei zugesehen hast, wie ein eiskalter Killer reihenweise Menschen getötet hat, und dass du dann mit ihm geflohen bist, um nicht selbst zu sterben. Meinetwegen sind wir auf dem Campingplatz über Emma gestolpert. Denkst du nicht auch, dass sie für den Rest ihres Lebens Albträume haben wird wegen dieser Sache? Sie hat gesehen, wie Russell einen Mann kaltblütig erschossen hat, verdammt!« Seine Stimme brach. »Und sie hat gesehen, wie ich eine Frau einen Wasserfall hinuntergestoßen habe.«

Valerie hielt sein Gesicht mit beiden Händen fest, damit er sich nicht abwenden konnte, sondern ihr in die Augen sehen musste. »Du trägst keine Schuld daran, was im Gefängnis passiert ist. Egal, ob du Opfer warst oder etwas tun musstest, das dir nicht behagt hat, um zu überleben. Und du hast weder den Unfall des Transportbusses verursacht, noch hast du jemanden getötet. Natürlich bist du geflohen, als du die Möglichkeit dazu hattest. Wer hätte das nicht getan? Und Russell …« Valeries Stimme versagte, als sie sich daran erinnerte, wie vielen Menschen der Schwerverbrecher Leid zugefügt hatte. »Russell Davis war ein sadistischer Mistkerl, der ohne Skrupel jeden aus dem Weg geräumt hat. Ich bin sicher, Emma wäre gestorben, wenn sie mit ihm allein gewesen wäre. Oder irre ich mich da?«

»Nein, aber wenn ich ihm nicht den Weg zum Campingplatz gezeigt hätte …«

Valerie unterbrach ihn. »Wäre er vielleicht trotzdem dorthin gekommen oder auf jemand anderen gestoßen. Es war nicht deine Schuld, Damon. Du konntest nicht wissen, dass dort mitten in der Nacht ein kleines Mädchen herumläuft und dass Russell es entführt. Danach hast du alles getan, um Emma zu beschützen, nur das zählt.« Ihre Stimme wurde sanfter. »Ich habe mehrmals mit Emma gesprochen, und es war deutlich, wie sehr sie dich mag. Und ich habe selbst gesehen, wie behutsam du mit ihr umgegangen bist.«

»Sie hat mich an meine Nichte erinnert. Emma war unglaublich tapfer, ohne sie hätte ich wahrscheinlich aufgegeben.« Damon atmete tief durch. »Wie geht es ihr? Hat sie sich gut erholt?«

Beruhigend lächelte Valerie ihn an. »Es geht ihr sehr gut, besonders, nachdem sich ihre Eltern endlich auf ein gemeinsames Sorgerecht geeinigt haben. Warren hat sie sogar schon ein paarmal zu der Hundeführerin Angel mitgenommen, die euch gefunden hat. Oder vielmehr nicht sie alleine, sondern ihre Hündin Moonlight. Wusstest du, dass die beiden jetzt zusammen sind?«

Damon schüttelte den Kopf. »Wer ist mit wem zusammen?«

»Warren, Emmas Vater, und Angel.« Valerie musste lächeln, als sie an die beiden dachte. »Wenigstens etwas Gutes ist aus der ganzen Sache herausgekommen.«

»Das freut mich. Auch, dass es Emma so weit gut geht. Ich wünschte nur, sie hätte das nie durchmachen müssen.«

»Das tun wir alle.«

Er schien mit sich zu kämpfen, bevor er schließlich eine Frage stellte, die ihn furchtbar belasten musste. »Wie geht es der Frau, die ich den Wasserfall hinuntergestoßen habe. Carrie hieß sie, oder?« Schnell redete er weiter: »In der Zeitung habe ich gelesen, dass sie schwer verletzt überlebt hat. Ich weiß, ich habe kein Recht, danach zu fragen, nachdem ich ihr das angetan habe, aber …« Er brach ab und hob hilflos die Schultern.

»Warum hast du es denn getan?« Valerie war sich zwar recht sicher, dass Damon dafür einen guten Grund gehabt hatte, aber sie wollte es von ihm selbst hören.

Es war ihm deutlich anzusehen, dass er nur ungern darüber redete. »Nachdem Russell ihren Freund erschossen hat, wollte er sie erst vergewaltigen und dann ebenfalls töten. Ich habe versucht, ihn davon abzubringen, aber …« Er räusperte sich. »… ich wusste, dass ich einen Kampf mit ihm nicht gewinnen kann. Immerhin habe ich erreicht, dass Carrie einen kleinen Vorsprung gewonnen hat. Sie ist weggelaufen, und Russell wollte ihr in den Rücken schießen. Deshalb bin ich hinter ihr her, damit er keine freie Schussbahn hat. Aber mir war bewusst, dass ich damit nur ein wenig Zeit gewinne. Russell wäre sicher hinter uns hergekommen und hätte Carrie getötet. Als ich den See unterhalb des Wasserfalls gesehen habe, dachte ich mir, das könnte die Lösung sein. Wenn Russell glauben würde, dass sie tot wäre, würde er sie nicht mehr verfolgen. Also habe ich sie hinuntergestoßen, um sie zu retten. Ich hätte sie aber auch damit umbringen können, das war mir bewusst. Nur, wäre ich an ihrer Stelle gewesen, wäre ich lieber bei dem Sturz gestorben, als von Russell vergewaltigt und dann erschossen zu werden.«

Valerie schauderte. »Ich auch. Es war zwar riskant, aber ich finde, du hast richtig gehandelt. In der Situation blieb dir gar nichts anderes übrig, sonst hättest du noch dabei zusehen müssen, wie sich Russell an ihr vergeht. Und ich nehme an, Emma war auch irgendwo in der Nähe.«

Damon nickte. »Ich hatte ihr gesagt, sie soll sich ein Stück entfernt hinsetzen und nicht dorthin schauen, wo der Tote lag.« Er presste die Lippen zusammen. »Dafür hat sie dann aber gesehen, wie ich Carrie getötet habe. Jedenfalls sah das für sie so aus. Danach hat sie sich von mir zurückgezogen, was ich durchaus verstehen kann. Ich hätte auch nichts mehr mit mir zu tun haben wollen.« Nach allem, was die beiden zusammen durchgemacht hatten, musste ihn das furchtbar geschmerzt haben.

»Offenbar hat sie das schnell wieder vergessen.« Jedenfalls war bei Emmas Abschied von Damon nichts mehr davon zu spüren gewesen.

Ein schmerzliches Lächeln huschte über Damons Miene.

»Vergessen sicher nicht, aber Emma ist ein kluges Mädchen. Sie wusste, dass ich sie vor Russell beschützen würde.«

»Und das hast du ja auch getan. Vor allem aber hast du sie zu mir gebracht, obwohl du dich einfach mit ihr hättest verstecken können. Warum hast du das gemacht?«

»Es war die ganze Zeit mein Plan, sie so schnell wie möglich zu ihren Eltern oder wenigstens in die Zivilisation zurückzubringen. Als du und dein Team so nah wart, erschien es mir sicherer, sie dir zu übergeben, zumal ich auch nicht wusste, ob Russell noch irgendwo herumläuft.«

Valerie hob eine Augenbraue. »Und woher wusstest du, dass ich dich nicht sofort erschießen würde?«

»Das wusste ich nicht. Es war ein Risiko, das ich eingehen musste. Aber ich habe gehofft, dass du nicht schießwütig bist und ich die Sache irgendwie überleben kann. Bei deinem Boss wäre ich mir da nicht so sicher gewesen.«

Automatisch verzog Valerie den Mund. »Bei Gabriel hättest du keine Chance gehabt. Er hätte dich vielleicht nicht kaltblütig erschossen, aber er hätte verhindert, dass du fliehst, notfalls auch mit Gewalt. Von daher hattest du Glück, dass du mich getroffen hast.«

Sein Blick wurde weicher. »Ich weiß.«

Mit dieser Antwort traf er sie wieder einmal mitten ins Herz. Sie war offenbar nicht in der Lage, ihm zu widerstehen. Um ein wenig Abstand zu gewinnen, wechselte sie schnell das Thema. »Was deine Frage betrifft: Carrie geht es so weit gut. Von ihren körperlichen Verletzungen hat sie sich mittlerweile erholt, die psychischen Wunden werden aber vermutlich länger brauchen, um zu heilen. Schließlich hat sie ihren Freund auf grausame Weise verloren.«

Damon atmete tief durch. »Ich bin froh, dass ich ihr zumindest keinen bleibenden körperlichen Schaden zugefügt habe.

Sie wird die Sache nie vergessen können und vermutlich ihr ganzes restliches Leben darunter leiden. Es tut mir so leid, sie war so jung und fröhlich, als wir sie getroffen haben.«

»Da hast du vermutlich recht. Aber sie lebt, das ist die Hauptsache. Und das hat sie dir zu verdanken.«

Damon verzog den Mund. »Das wird sie ganz sicher nicht so sehen.«

Prüfend sah Valerie ihn an. »Woher willst du das wissen?«

»Ich habe sie etwa zwanzig Meter in die Tiefe gestoßen, sie hat sich an den Felsen verletzt!«

»Willst du wissen, was sie beim FBI ausgesagt hat?«

Gequält schloss Damon für einen kurzen Moment die Augen, nickte aber schließlich. »Ja.«

»Sie hat genau das Gleiche gesagt wie du. Dass Russell ihren Freund erschossen und dann sie angegriffen hat. Dass du versucht hast, ihr zu helfen. Und dass du sie in die Tiefe gestoßen hast. Verständlicherweise fand sie das nicht sonderlich lustig, aber sie hat auch gesagt, dass du ihr damit das Leben gerettet hast. Und sie hat dir angesehen, dass du es nicht aus Bosheit getan hast, sondern in dem verzweifelten Versuch, ihr zu helfen. Du hast dich für sie in Lebensgefahr begeben, Damon, das hat sie durchaus zur Kenntnis genommen.«

Seine Augen schimmerten feucht. »Wirklich?«

»Ja, wirklich.«

Damon sah aus, als hätte man ihm eine zentnerschwere Last von den Schultern genommen. »Gott sei Dank!«

»Es wird dich sicher auch nicht überraschen, dass Emma ebenfalls für dich ausgesagt hat. Und sie hat mich gedeckt und nicht verraten, dass ich dich im Visier hatte und nicht daran gehindert habe, zu fliehen.«

Das brachte ihn zum Lächeln. »Emma ist ein ganz besonderes Mädchen. Ich würde sie zu gerne einmal wiedersehen, wenn die ganze Sache vorbei ist, aber ich kann mir nicht vorstellen, dass ihr Vater sie in meine Nähe lassen würde.«

Valerie zuckte mit den Schultern. »Warren Harper ist verständlicherweise extrem vorsichtig, wenn es um seine Tochter geht. Aber ich denke, es würde nichts kosten, ihn einfach zu fragen. Ich bin sicher, dass Emma dich gerne sehen möchte.«

»Ich habe es ihr versprochen.«

»Ich weiß.«

Einen Moment lang sahen sie sich nur schweigend an. »Wie wäre es, wenn wir jetzt weitermachen? Je eher wir die Sache geklärt haben, desto schneller kannst du in dein normales Leben zurückkehren und mit der Aufarbeitung beginnen.«

Damon nickte zustimmend, setzte sich aber nicht auf. »Ich hoffe, wir können die andere Sache dann auch fortsetzen, wenn ich wieder ein freier Mann bin. Natürlich würde ich es verstehen, wenn du dann nichts mehr von mir wissen willst, ich bin alles andere als ein guter Fang.«

Valerie verdrehte die Augen. »Wenn es mir nur darum ginge, hätte ich dir gar nicht erst erlaubt, mich zu küssen. Im Moment bist du nämlich ein noch viel schlechterer Fang.« An seinem Gesichtsausdruck konnte sie ablesen, dass er sie nicht verstanden hatte. Deshalb versuchte sie es noch einmal. »Ich mag dich, Damon Thomas. Und wenn ich das *jetzt* schon tue, warum sollte ich dann damit aufhören, wenn du wieder ein freier Mann bist? Glaubst du, ich bin so wankelmütig und weiß nicht, was ich will?«

»Nein, aber …« Frustriert strich Damon sich mit der Hand durch die Haare. »Ich möchte dir nicht dein Leben verderben. Du bist FBI-Agentin, und ich bin ein Häftling oder mit viel Glück irgendwann ein Ex-Häftling. Ich leide immer noch unter Albträumen und Stimmungsschwankungen. Ich habe kein Geld. Ich werde vermutlich keinen guten Job mehr bekommen. Die Leute werden nichts mit mir zu tun haben wollen.«

Valerie starrte ihn an. »Wow! Wie gut, dass du nicht in der Werbung arbeitest – das war die schlechteste Eigenwerbung, die ich je gehört habe.«

»Es war mein Ernst!«

»Das ist mir völlig bewusst, und das ist gerade das Traurige daran. Alles, was du genannt hast, sind äußere Werte, Damon. Die interessieren mich nicht. *Du* interessierst mich. Dein Inneres. Deine Gedanken und Gefühle. Und natürlich, wie du über mich denkst und mich behandelst.« Sie hob die Hand, als er etwas erwidern wollte. »Aber wir sind gerade sehr weit in der Zukunft gelandet. Lass uns erst mal an das Hier und Jetzt denken und versuchen, irgendwie heil aus dieser Situation wieder herauszukommen. Danach können wir dann darüber nachdenken, wie es mit uns weitergehen soll. Wenn es ein Uns gibt. Okay?«

Zu ihrer Überraschung lächelte Damon. »Okay. Ehrlich gesagt würde ich dich jetzt unheimlich gerne küssen, aber ich weiß nicht, ob das nicht schon in die Zukunft vorgreifen würde.«

Nun musste Valerie ebenfalls lächeln. »Probieren wir es aus.«

Unheimlich sanft strichen Damons Lippen über ihre. Eine allzu flüchtige, aber trotzdem liebevolle Geste, die den Panzer um ihr Herz noch ein Stück weiter bröckeln ließ. Wenn sie nicht aufpasste, würde Damon ihr Untergang sein. Sie wusste nur nicht, ob das gut oder schlecht wäre. Es ängstigte sie, schutzlos dazustehen, gleichzeitig aber sehnte sich alles in ihr danach, jemanden zu haben, dem sie sich anvertrauen konnte. Der sie so sah, wie sie war, und der nachvollziehen konnte, warum sie so geworden war. Jemand, der den Schmerz in ihr erkannte und teilte.

War Damon dieser Mensch, oder bildete sie sich das nur ein, weil sie jetzt hier mit ihm zusammen saß? Sie wusste es nicht, und das gab ihr die Kraft, den Kuss zu beenden und Damon sanft von sich zu schieben. Jetzt war es nur wichtig, Bellas Mörder zu finden und Damons Unschuld zu beweisen. Für alles andere hatten sie später noch genug Zeit. Falls sie überlebten.

25

Julie blickte von ihren Unterlagen auf, als Gabriel nach einem kurzen Klopfen in ihr Zimmer trat. »Bist du immer noch hier? Du siehst müde aus.«

Verlegen strich Gabriel sich über seine zerzausten Haare. »Das Gleiche könnte ich dich fragen.«

Julie hob lächelnd die Schultern. »Ich bin gerne lange hier, dann ist es so schön ruhig, und ohne Störungen kann ich mich besser in die Menschen hineinversetzen.« Sie deutete auf ihren Besucherstuhl. »Setz dich.«

Dann bot sie Gabriel noch einen Kaffee an, den er dankend annahm. Wenn er weiterarbeiten wollte, brauchte er dringend Koffein. Nachdem er etwas Zucker in seine dampfende Tasse getan hatte, setzte er sich auf den Besucherstuhl und trank einen Schluck.

»Hm, das ist gut. Warum hole ich mir eigentlich immer noch den schlechten Kaffee aus der Kantine, wenn du hier so gut ausgestattet bist?«

Julie blickte ihn über ihre Lesebrille hinweg an. »Das ist eine gute Frage. Du könntest dir auch einfach eine eigene Maschine in dein Büro stellen, dann musst du nicht immer zu mir kommen. Wozu du allerdings herzlich eingeladen bist.«

»Danke. Wenn Valerie wieder da ist, werde ich sowieso einige Dinge ändern müssen.« Mist, das hatte er gar nicht sagen wollen. Was hatte Julie nur an sich, dass ihn bei ihr immer das Bedürfnis überkam, seine Probleme mit ihr zu besprechen? Meist schaffte er es, sich zurückzuhalten, doch heute war er anscheinend müder als gedacht. Kein Wunder, schließlich hatte er letzte Nacht kaum geschlafen.

Verständnis lag in Julies Blick. »Ich glaube, das wird auch Zeit.« Resolut richtete sie sich auf. »Aber darüber wolltest du nicht mit mir sprechen.«

Dankbar nutzte Gabriel den leichten Ausweg, den sie ihm geschaffen hatte. »Hast du etwas in Valeries Unterlagen gefunden, das uns weiterhilft?«

Julie runzelte die Stirn und blickte auf die Papiere hinunter. »Valerie hat anscheinend sehr viel Zeit für ihre Ermittlungen aufgewandt. Sie hat sämtliche Prozessunterlagen und Beweisschriften gelesen und am Rand kommentiert. Offenbar war sie der Ansicht, dass in dem Fall einseitig ermittelt wurde und man auch nur Beweise gegen Damon Thomas gesammelt hat. Ohne jedes einzelne Blatt gelesen zu haben, muss ich sagen, dass ich diesen Eindruck teile.«

Sie setzte die Brille ab und legte sie auf den Tisch. »Valerie hat außerdem Erkundigungen über Thomas angestellt, Informationen über ihn ausgegraben, seine Verhältnisse durchleuchtet. Schlicht gesagt: Sie hat ihre Arbeit erledigt.«

Gabriel biss die Zähne zusammen. »Nur, dass sie nicht den Auftrag dazu hatte, sondern das heimlich gemacht hat.«

»Weil sie wusste, dass du sie davon abziehen würdest. Dein Verhalten ihr gegenüber seit den Ereignissen im Regenwald war eindeutig. Und Valerie ist ganz sicher nicht dumm.«

»Das habe ich auch nie behauptet.« Da Gabriel merkte, wie verteidigend er klang, atmete er tief durch. »Sie hätte mit mir als ihrem Vorgesetzten darüber sprechen müssen, besonders dann, wenn sie gedacht hat, dass uns ihre Recherchen dabei helfen würden, Thomas' Aufenthaltsort zu finden. Offenbar ist sie ihm durch ihre Ermittlungen ja zu nahe gekommen, sonst hätte er sie nicht entführt.«

Julie nickte langsam. »Ja, allerdings muss ich sagen: Ich kann in den Informationen über ihn keinen Anhaltspunkt dafür erkennen, dass er Valerie – oder irgendjemand anderen – entführen würde. Das passt einfach überhaupt nicht zu seinem Persönlichkeitsbild. Genauso wie der Mord an Bella Pelham übrigens.«

»Du denkst also, er wäre zu einer Entführung nicht fähig? Die Beweise sagen etwas anderes.« Gabriel konnte nicht verhindern, dass seine Stimme immer härter wurde. Er betrachtete seine Mitarbeiter als seine Familie, und wenn einer von ihnen verletzt wurde, nahm er das sehr persönlich.

Julie verschränkte ihre Hände auf der Schreibtischplatte. »Ich sage nur, dass es nicht zu seiner normalen Persönlichkeitsstruktur passt. Unter gewissen Umständen ist aber jeder von uns dazu fähig, solche Taten zu begehen. Deshalb ist für mich eher die Frage, was ihn gerade jetzt dazu getrieben hat.«

Nachdenklich rieb Gabriel sich über das Kinn. »Vielleicht ist er mittlerweile völlig durchgeknallt. Anders ist zum Beispiel der Angriff auf Clive Prescott nicht zu erklären, denn mit dem Anwalt verliert er auch die letzte Möglichkeit, seine Freiheit auf legalem Wege wiederzuerlangen.«

»Möglich wäre es. Oder er musste eingreifen, weil jemand anders Clive Prescott ermordet und danach versucht hat, auch Valerie etwas anzutun. Vielleicht war sie zu nah an der Wahrheit dran und sollte beseitigt werden. Thomas hat davon erfahren und einen etwas unorthodoxen Weg gewählt, sie zu beschützen.« Als Julie Gabriels Blick sah, lächelte sie. »Nur eine Theorie. Aber wenn ich so darüber nachdenke, ergibt sie viel mehr Sinn, als dass er sowohl seinem Anwalt als auch Valerie etwas angetan hat. Nach meinem Verständnis waren sie beide auf seiner Seite.«

Damit hatte sie nicht ganz unrecht, auch wenn Gabriel diese Argumentation überhaupt nicht gefiel. »Also sind wir wieder bei dem Unbekannten. Hal hat in der Fotodatenbank keinen Treffer bekommen, also können wir jetzt nur noch auf eine Identifikation über die gefundene DNA hoffen.«

»Hoffentlich bekommen wir die bald. Ganz ehrlich, Gabriel, mir gefällt das ganze Szenario überhaupt nicht. Wo immer Valerie und Thomas jetzt sind, sie befinden sich höchstwahrscheinlich immer noch in großer Gefahr. Ich denke nicht, dass der Täter aufgeben wird, bevor er sie beide beseitigt hat. Wer nicht mal davor zurückschreckt, einen populären Anwalt so eiskalt umzubringen, der wird auch nicht vor einer FBI-Agentin und einem flüchtigen Häftling haltmachen.«

Dummerweise gingen Gabriels Befürchtungen in die gleiche Richtung, deshalb machte er sich ja solche Sorgen um Valerie. »Hoffen wir, dass sie im Moment in Sicherheit ist und dort auch bleibt, bis wir sie gefunden haben. Oder den Unbekannten, je nachdem, was schneller passiert.«

Julie verzog den Mund. »Habe ich erwähnt, dass vorhin eine Limousine vor meiner Haustür stand, die mir bis hierher gefolgt ist?«

Wut stieg in Gabriel auf, und er ballte die Hände in seinem Schoß zu Fäusten. »Ich werde dafür sorgen, dass Pelham das unterlässt, sofern der wirklich etwas damit zu tun hat.«

Julie beugte sich vor. »Die können mir ruhig folgen, Gabriel, ich fahre sowieso immer nur von meinem Haus zur Arbeit und wieder zurück. Besser, sie verschwenden ihre Zeit mit mir, als dass sie da sind, wo wirklich etwas passiert.«

»Ich fürchte fast, Pelham hat Leute engagiert, die uns alle überwachen, und dazu noch Valeries Haus und alle anderen Orte, die irgendwie von Interesse sein könnten. Er ist reich genug, um das über längere Zeit durchzuziehen.« Trotzdem würde Gabriel einen Riegel davorschieben. Es konnte nicht sein, dass ein Privatmann in offizielle Ermittlungen hineinpfuschte und damit alles gefährdete.

Mit einem Seufzer lehnte Julie sich zurück. »Du hast recht. In gewissem Maße kann ich ihn sogar verstehen, es muss furchtbar sein, zu wissen, dass der Mörder deiner Tochter irgendwo frei herumläuft.«

»Ich dachte, du glaubst nicht mehr an Damon Thomas' Schuld?«

Julie hob die Schultern. »Ich habe zumindest einige Zweifel daran. Aber egal, ob er es war oder nicht, Bellas Mörder ist derzeit auf freiem Fuß. Wenn es Thomas nicht war, dann jemand anders, der nie dafür belangt wurde.«

»Und dem es vermutlich gar nicht gefallen wird, dass Thomas nicht mehr im Gefängnis sitzt, sondern in dem alten Fall herumstochert.«

Besorgt blickte Julie ihn an. »Genau. Wenn derjenige nicht schon längst über alle Berge ist, wird er vielleicht versuchen, Damon aufzuhalten. Und Valerie ist genau dazwischen.«

»Shit.«

»Du sagst es. Wir sollten sie so schnell wie möglich finden, bevor es zu spät ist.« Ein ernster Ausdruck lag in Julies Augen. »Und noch etwas, Gabriel: In Valeries Unterlagen stand auch etwas von schwarzen Limousinen.«

Gabriels Nackenhaare stellten sich auf. »Wurde sie etwa auch verfolgt?«

»Nein, sie nicht, aber Bella. Jedenfalls hat Damon Thomas damals ausgesagt, dass Bella ihn gebeten hatte, zu ihr zu kommen, weil sie sich verfolgt gefühlt hat.«

Gabriel erhob sich. »Ich werde gleich mal mit Pelham sprechen. Es kann sein, dass er seine Tochter damals bewachen ließ, ihr aber nichts davon gesagt hat. Oder es ist jemand ganz anderes, der die Limousinen bucht und es einfach nur so aussehen lassen will, als stecke Pelham dahinter. Morgen werde ich dann noch mal mit Valeries und Thomas' Familienangehörigen sprechen. Vielleicht weiß einer von ihnen doch etwas über den derzeitigen Aufenthaltsort. Wenn sie merken, dass es um Leben und Tod geht, sind sie vielleicht auch bereit, zu kooperieren, selbst wenn sie damit einen der beiden verraten.«

»Hoffen wir es. Soll ich mitkommen?«

Dieses Angebot nahm Gabriel nur zu gern an. »Ja, ich komme dann morgen früh bei dir vorbei. Danke für den Kaffee.« Mit einem Gefühl der Dringlichkeit verließ er Julies Büro. Die Sache mit Pelham ließ ihm keine Ruhe, und er würde jetzt sofort dafür sorgen, dass die Bespitzelung aufhörte. Und wenn er sich dafür mit einem der einflussreichsten Unternehmer Seattles anlegen musste.

Nach ein paar Telefonaten hatte er herausgefunden, dass Pelham sich noch in seinem Büro aufhielt, das sich nur wenige Gehminuten vom FBI-Gebäude entfernt befand. Deshalb entschied Gabriel sich, seinen Wagen in der Tiefgarage stehen zu lassen. Die kühle Abendluft erfrischte ihn und klärte seinen Kopf. Entspannt ging er den Bürgersteig entlang, als er plötzlich aus den Augenwinkeln eine Bewegung wahrnahm und in Richtung Straße blickte. Wenn ihn nicht alles täuschte, folgte ihm wieder eine schwarze Limousine. Das steigerte seine Wut noch, und er konnte sich nur mit Mühe davon abhalten, den Wagen anzuhalten und nachzusehen, wer darin saß. Pelham konnte es jedenfalls nicht sein, seine Sekretärin hatte eindeutig gesagt, dass er sich noch in einer Besprechung befand.

Als Gabriel das schicke Gebäude betrat, in dem sich die Büros von Pelhams Unternehmen befanden, schien sein Gesichtsausdruck seine Stimmung widerzuspiegeln. Zumindest legte der Wachhabende automatisch seine Hand an die Waffe, die an seinem Gürtel hing, und blickte ihm misstrauisch entgegen.

Mit einem kaum unterdrückten Seufzer zog Gabriel langsam ein Etui aus der Jacketttasche und streckte dem Mann seine FBI-Marke entgegen.

»Ich bin hier, um mit Mr Pelham zu sprechen.«

Immer noch mit der Hand an der Waffe studierte der Wachmann den Ausweis. »Haben Sie einen Termin?«

Gabriel hob eine Augenbraue. »Ich wüsste nicht, warum Sie das interessieren sollte.« Da es so aussah, als würde der Mann immer noch überlegen, ob er ihn durchlassen sollte oder nicht, beugte Gabriel sich vor. »Ich kann Mr Pelham natürlich auch einbestellen. Glauben Sie, das würde ihm besser gefallen?«

Stumm schüttelte der Mann den Kopf, seine Gesichtsfarbe war deutlich blasser als vorher. Mit einem Finger deutete er auf den Empfangstresen, hinter dem eine junge Frau saß. Gabriel nickte dem Wachmann zu und konnte förmlich dessen mörderische Blicke in seinem Rücken spüren, während er an ihm vorbeiging. Allerdings war es ihm völlig egal, was der Wachmann von ihm dachte, ihm kam es nur darauf an, Pelham klarzumachen, dass er keine Einmischung in seine Ermittlungen dulden würde. Der Unternehmer war nicht dumm, er würde verstehen, dass es nicht klug war, sich das FBI zum Feind zu machen. Und falls nicht, würde Gabriel ihm liebend gern auf die Sprünge helfen.

Das freundliche Lächeln der Empfangsdame gefror, als Gabriel auf sie zutrat und ihr seine Marke hinhielt. »Wie kann ich Ihnen helfen, Agent Lynch?«

»Ich möchte zu Mr Pelham. Seine Sekretärin sagte mir, dass er in seinem Büro ist.«

»Das ist korrekt. Ich werde Sie anmel…«

Gabriel unterbrach sie. »Das ist nicht nötig. Sagen Sie mir einfach, wo ich ihn finde.«

Die Frau zögerte, deutete dann aber auf die Fahrstühle.

»Oberstes Stockwerk, ganz am Ende des Gangs. Nicht zu verfehlen.«

»Danke.« Gabriel bemühte sich um einen etwas freundlicheren Gesichtsausdruck, während er ihr zunickte.

Der Fahrstuhl war glücklicherweise leer und vor allem frei von dieser typischen Kaufhausmusik, die man sonst überall ertragen musste. Schneller als erwartet kam Gabriel oben an und betrat den mit blitzendem Marmor ausgelegten Gang, der zu einem weiteren Anmeldebereich führte. Ein Namensschild zeigte ihm, dass es sich bei der Dame hinter dem Tresen diesmal um die Sekretärin handelte, mit der er telefoniert hatte.

Wieder zückte er seinen Ausweis und hielt ihn der sorgfältig zurechtgemachten Frau hin. »Hallo, ich bin Agent Lynch vom FBI, wir hatten eben telefoniert. Ich muss dringend mit Mr Pelham sprechen.«

Das Lächeln der Sekretärin wurde unsicher. »Wie ich Ihnen am Telefon schon gesagt hatte, ist er gerade in einer Besprechung. Ich weiß nicht, wie lange sie dauern wird. Aber Sie können gerne hier warten.«

Gabriel stützte sich mit beiden Händen auf den hohen Rand des Tresens und blickte die Sekretärin direkt an. »Nein. Entweder holen Sie ihn aus seiner Besprechung, oder ich gehe dort rein.«

»Das können Sie nicht …«

»Ms …« Er blickte auf ihr Namensschild. »Colby. Es geht um eine wichtige Ermittlung, und ich bin sicher, dass er sofort mit mir reden will, wenn er hört, dass es mit seiner Tochter zu tun hat. Denken Sie nicht?« Okay, das war ein wenig übertrieben, aber ihm war alles recht, solange er nicht noch stundenlang warten musste.

»In Ordnung, ich werde ihm Bescheid sagen.« Sie nahm den Telefonhörer auf und drückte auf einen Knopf.

Während die Sekretärin mit Pelham telefonierte, ging Gabriel noch einmal die Informationen durch, die er über den Unternehmer hatte. Schon dessen Vater, Benedict A. Pelham I., hatte den Grundstein für das Vermögen der Familie gelegt, und der jetzige Pelham hatte dieses dann noch wesentlich mit Immobiliengeschäften vermehrt. Seine Frau stammte ebenfalls aus gutem Hause und arbeitete ehrenamtlich in diversen Stiftungen, schien ansonsten aber nicht viel zu sagen zu haben.

Offenbar hatte Pelham vor einigen Jahren darüber nachgedacht, sich als Kandidat für den Senat aufstellen zu lassen, hatte seine politischen Ambitionen jedoch nach dem Tod seiner Tochter auf Eis gelegt. Eine Zeit lang war es ziemlich ruhig um den Unternehmer geworden, aber in den letzten Jahren hatte er wieder zu alter Stärke zurückgefunden – wobei Gabriel bisher noch nichts darüber gehört hatte, dass Pelham es noch einmal mit der Politik versuchen wollte.

»Sie können jetzt eintreten, Agent Lynch.« Die Sekretärin ging zu einer Tür, klopfte kurz an und hielt sie ihm dann auf.

»Danke.« Gabriel trat in den Raum und schloss leise die Tür hinter sich.

Der groß gewachsene, grauhaarige Mann, der in einer Ecke des Zimmers in einem Sessel saß, war eindeutig Benedict Pelham. Obwohl Gabriel ihm nie persönlich begegnet war, hätte er dessen scharf geschnittenes Gesicht mit den stahlblauen Augen und dem schmalen Mund überall erkannt. Schließlich war Pelham oft genug in den Nachrichten zu sehen, weil sich wieder einmal irgendein Politiker mit ihm schmückte oder er irgendein Geschäft abgeschlossen hatte. Interessanterweise war der Unternehmer allerdings nicht das einzige Schwergewicht im Raum. In dem Sessel ihm gegenüber saß Senator Greene, der im Kongress die Interessen des Bundesstaates Washington vertrat.

Keiner der beiden stand auf, als Gabriel näher trat. Stattdessen blitzte Pelham ihn wütend an, während der Senator eher amüsiert schien. »Was kann ich für Sie tun, Agent Lynch? Wie Sie sehen, bin ich in einer Besprechung und habe nur wenig Zeit.«

Schon der Einstieg verlief alles andere als gut, aber das störte Gabriel nicht. Er nickte den beiden Männern zu. »Mr Pelham, Senator Greene. Ich würde gerne allein mit Ihnen sprechen, Mr Pelham.«

Der Unternehmer runzelte die Stirn. »Worüber? Ich wüsste nicht, was ich mit dem FBI zu bereden hätte. Außer Sie wollen mir sagen, dass Sie endlich den Mörder meiner Tochter wieder gefasst haben.« Für einen Moment stand der Kummer über Bellas Tod deutlich sichtbar in seinen Augen. »Haben Sie das?«

Ein Hauch von Mitgefühl regte sich in Gabriel. »Nein, leider nicht. Ich halte es aber trotzdem für besser, wenn wir allein miteinander reden.«

»Sie sind hier ohne Termin hereingeplatzt, Agent Lynch, ich sehe nicht ein …«

Der Senator erhob sich schnell. »Es macht mir nichts aus, Benedict. Wir können unsere Besprechung morgen oder an einem anderen Tag fortsetzen. Ruf mich einfach an.« Ein mitfühlendes Lächeln lag auf seinem Gesicht. »Auch wenn du einfach nur reden willst.«

»Danke, Ralph. Ich melde mich morgen bei dir.« Pelham wartete, bis Greene den Raum verlassen hatte, bevor er sich wieder zu Gabriel umwandte. »Ich finde es ungeheuerlich, wie Sie hier einfach hereinplatzen und anderen Leuten ihre Zeit stehlen! Ich werde mich bei Ihrem Vorgesetzten darüber beschweren.«

Gabriel lächelte dünn. »Tun Sie das. Ich hätte ja gedacht,

Sie würden es wissen wollen, wenn es eine neue Entwicklung in dem Fall gibt.«

Die Augen des Immobilienmoguls verengten sich ein wenig. Wahrscheinlich war er es nicht gewohnt, wie ein normaler Mensch behandelt zu werden. Doch da musste er jetzt durch. Gabriel machte keine Unterschiede, egal, wie viel oder wenig Geld jemand hatte. Wenn ein Verbrechen begangen wurde, das in seinen Bereich fiel, ermittelte er.

»Sagen Sie mir jetzt endlich, was hier eigentlich los ist? Ich werde nicht vom Staat finanziert und kann es mir deshalb nicht leisten, meine Zeit zu vergeuden.«

Noch immer hatte ihm Pelham keinen Platz angeboten, deshalb blieb Gabriel einfach stehen. »Es sind neue Entwicklungen eingetreten, die uns vermuten lassen, dass Damon Thomas in der Stadt ist.« Gabriel beobachtete genau Pelhams Miene, die sich aber nicht veränderte. Damit wurde seine Vermutung bestätigt. »Aber das wussten Sie ja bereits. Ich frage mich nur, woher.«

Überheblich sah Pelham ihn an. »Ich habe meine Quellen. Außerdem ist das doch ganz klar, nachdem er den Anwalt ermordet hat. Vielleicht sollten Sie aber auch mal Ihre eigene Agentin dazu befragen. Für mich ist es offensichtlich, dass sie Kontakt zu diesem Mörder hat.«

Gabriels Stimme wurde gefährlich leise. »Nur, weil sie Clive Prescott gefunden hat, heißt das nicht, dass meine Agentin mit einem gesuchten Mörder in Kontakt steht.«

Pelhams Gesicht verzerrte sich. »Sie haben ganz offensichtlich keine Kontrolle über Ihre Untergebenen. Und Sie waren unfähig, Thomas früher zu fassen. Wie viele Menschen soll er denn noch umbringen, bevor das FBI endlich aufwacht?«

Innerlich kochte Gabriel, aber er zeigte es Pelham nicht. »Soweit ich informiert bin, hat Damon Thomas nur einen Menschen getötet. Ihre Tochter, was mir sehr leidtut. Alles andere ist Spekulation.«

Röte stieg in Pelhams Wangen. »Wie können Sie es wagen …«

Gabriel unterbrach ihn. »Ich werde nicht zulassen, dass Sie eine meiner Agentinnen beschuldigen, mit einem gesuchten Verbrecher zusammenzuarbeiten. Wenn ich erfahre, dass Sie das öffentlich wiederholen, werde ich Sie wegen Verleumdung belangen. Habe ich mich deutlich ausgedrückt?«

Pelham trat dicht auf ihn zu. »Ich werde sagen, was immer ich für richtig halte. Ich habe ein Recht darauf, zu verlangen, dass der Mörder meiner Tochter hinter Gitter kommt, wo er hingehört. Und wenn ich herausfinde, dass Ihre Agentin mit ihm unter einer Decke steckt, werde ich dafür sorgen, dass sie ebenfalls ihre Strafe bekommt.«

»Soll ich das als Drohung gegen Agent Hayes verstehen? Dann lasse ich Sie auf der Stelle verhaften.« Mit Mühe hielt Gabriel seine Stimme ruhig. »Und ich kann Ihnen nur dazu raten, die Limousinen abzuziehen, die meine Leute beschatten. Wenn ich merke, dass sie uns immer noch folgen, werde ich Sie ebenfalls verhaften lassen. Habe ich mich klar ausgedrückt?«

Pelham war deutlich anzusehen, dass er genau wusste, wovon Gabriel sprach. »Ich werde die Sache im Auge behalten. Und wenn Sie das nicht hinbekommen, werde ich es selbst in die Hand nehmen. Darauf können Sie sich verlassen, Agent Lynch.«

»Sie riskieren damit eine Gefängnisstrafe. Ich kann nur davon abraten.«

Schmerz huschte über Pelhams Gesicht. »Glauben Sie wirklich, das könnte mich noch abschrecken? Ich habe meine Tochter verloren, etwas Schlimmeres kann mir nicht mehr zustoßen.«

»Ich frage mich nur, warum Ihre Tochter offenbar kurz vor ihrem Tod ebenfalls das Gefühl hatte, von einer schwarzen Limousine verfolgt zu werden.«

Pelham wurde totenblass, seine Hände zitterten sichtbar. »Woher haben Sie das?«

Die Reaktion war sehr interessant. »Zeugenaussagen. Die Frage ist nur, warum Sie Ihre Tochter haben beschatten lassen.«

Schuldgefühle und Wut lösten sich in Pelhams Miene ab. Schließlich siegte die Wut. »Wie können Sie es wagen, mir so etwas zu unterstellen!«

Gabriel hielt seine Stimme ruhig. »Ich unterstelle gar nichts, aber ich hätte gerne eine Antwort von Ihnen. Haben Sie damals Ihre Tochter überwachen lassen?«

Zuerst sah es so aus, als würde Pelham nicht antworten, doch dann nickte er abrupt. »Nach meiner Ankündigung, in die Politik zu gehen, gab es etliche Drohungen gegen mich, aber auch gegen meine Familie. Da ich nicht wollte, dass sich meine Entscheidung auf Bellas Leben auswirkt, habe ich jemanden beauftragt, der sie heimlich beschützen sollte, wenn sie aus dem Haus geht. Sie sollte davon nichts bemerken.« Es war ihm deutlich anzusehen, wie sehr ihn sein Gewissen quälte.

»Wie kommt es dann, dass sie trotz der Bewachung ermordet wurde?«

Pelham zuckte zurück, als hätte Gabriel ihn geohrfeigt. Seine Wangen bekamen erneut Farbe. »In ihrer Wohnung war sie sicher, das Haus war mit den neuesten Sicherheitsanlagen ausgerüstet. Es hätte ihr nichts passieren dürfen.« Den letzten Satz flüsterte er beinahe. Schließlich blickte er Gabriel wieder an. »Und jetzt verlassen Sie bitte mein Büro, ich habe nichts mehr zu sagen.«

Da Gabriel sowieso nicht vorgehabt hatte, länger zu bleiben, ging er langsam zur Tür. Dort drehte er sich jedoch noch einmal um. »Wenn ich wieder irgendwo eine Ihrer Limousinen sehe oder mitbekomme, dass Sie meiner Kollegin etwas anhängen wollen, komme ich wieder. Und dann werde ich nicht so nett sein wie jetzt.« Mit einem letzten Blick auf Pelhams inzwischen hochrotes Gesicht, zog er sich zufrieden zurück. Hoffentlich würde der Unternehmer sich seine Worte zu Herzen nehmen und ihn in Ruhe seine Arbeit machen lassen.

Die Situation war schon verzwickt genug, ohne dass sich noch jemand einmischte.

26

Nachdem Damon mit Valerie besprochen hatte, wie sie weiter vorgehen sollten, waren sie beide so müde gewesen, dass sie entschieden hatten, ins Bett zu gehen. Jeder in sein eigenes, natürlich. Nicht, dass Damon etwas dagegen einzuwenden gehabt hätte, seines mit Valerie zu teilen. Aber es war vermutlich besser, wenn sie die persönliche Ebene nicht weiter vertieften, bis die ganze Sache geklärt war. Es konnte noch immer passieren, dass er seine Unschuld nicht beweisen konnte und wieder ins Gefängnis zurückmusste. Oder den Rest seines Lebens auf der Flucht sein würde.

Das wollte und konnte er Valerie nicht zumuten. Immer vorausgesetzt, dass sie ihn überhaupt so sehr mochte, dass sie auch weiterhin mit ihm in Kontakt stehen wollte. Als FBI-Agentin würde sie sich niemals mit jemandem wie ihm einlassen können, dessen war er sich durchaus bewusst. Unerwartet stach ein heftiger Schmerz durch seine Brust, und er presste automatisch die Hand darauf. Wie konnte die Vorstellung, Valerie wieder zu verlieren, so wehtun? Er wusste doch, dass er sich nur für kurze Zeit in ihrer Gegenwart aufhalten konnte, alles andere war reine Utopie. Besser, er gewöhnte sich möglichst schnell an den Gedanken, bevor es noch mehr schmerzte.

Früher hätte er sich vielleicht um sie bemühen können, als er noch einen ordentlichen Job und ein geregeltes Leben gehabt hatte. Doch jetzt wusste er nicht, ob er ihr das würde bieten können, was sie verdiente. Er hatte Angst, eine Beziehung zu beginnen und Valerie irgendwann zu verletzen, weil er den Stempel des verurteilten Straftäters nicht mehr loswurde.

Eigentlich konnte er nur hoffen, dass es etwas bringen würde, wenn Valerie morgen mit dem damals ermittelnden Detective sprach. Damon verzog den Mund, als er sich an Hammond erinnerte. Die Befragung war mehr als dürftig gewesen und hatte nur darauf abgezielt, Damon als Täter zu überführen. Alle Argumente dagegen hatte der Detective geflissentlich ignoriert. Er hatte die Wahrheit gar nicht hören oder sehen wollen. Ihm war es nur wichtig gewesen, so schnell wie möglich einen Mörder zu präsentieren – egal, ob der Verdächtige auch wirklich der Täter gewesen war.

Ob er immer so vorging oder es nur in diesem Fall getan hatte, weil aufgrund des prominenten Opfers sehr viel Druck von außen geherrscht hatte, wusste Damon nicht. Für ihn stellte sich nur die Frage, ob Hammond inzwischen ein schlechtes Gewissen wegen seiner mangelhaften Arbeit hatte, oder nicht. Vermutlich eher nicht, damals hatte er nicht den Eindruck gemacht, als würde ihn überhaupt irgendetwas berühren. Er hatte über Bella gesprochen, als wäre sie nur ein Stück Fleisch gewesen und nicht vor Kurzem noch ein lebendiger und strahlender Mensch. Valerie glaubte allerdings, dass Hammond mit ihr reden würde und sie dabei vielleicht etwas Neues erfuhr. Damon hoffte, sie hatte damit recht und Hammond würde ihr nicht einreden, dass er, Damon, der Täter war.

Diese Gefahr bestand natürlich immer, wenn der Fall neu aufgerollt wurde. Dann mussten die Ermittler ja zugeben, dass sie beim ersten Mal schlechte Arbeit geleistet oder Fehler gemacht hatten, und das würden die Wenigsten tun. Besonders nicht, wenn sich ohnehin niemand für Damon einsetzte und ihm half. Mit Clive im Hintergrund hätte man vielleicht mehr Druck aufbauen können. Aber so …

Damon wandte sich dem Fenster zu und starrte nach draußen. Inzwischen war die Dämmerung hereingezogen, letzte rote Strahlen beleuchteten die wenigen Wolkenbänder über dem Lake Washington. Es wirkte so idyllisch, dass er sich für einen winzigen Moment fragte, ob er das alles nur geträumt hatte und das hier sein richtiges Leben war. In einem schönen Haus, zusammen mit der Frau, die er … Abrupt drehte er sich um und blieb mitten im Zimmer stehen, die Hände zu Fäusten geballt. Es war einfacher gewesen, sich daran zu erinnern, wer er war und wovor er floh, als er noch in seinem schäbigen Apartment gesessen hatte. Dort war er ständig an seinen derzeitigen Status erinnert worden.

Hier allerdings … fühlte er sich beinahe wie ein normaler Mensch, und das war gefährlich. Wenn er sich daran gewöhnte, würde es umso schwerer werden, wieder zu seinem Leben als entflohener Häftling und verurteilter Mörder zurückzukehren. Außerdem war es riskant, zu vergessen, dass jemand hinter ihnen her war. Sollten sie hier gefunden werden, würde Damon alles dafür tun müssen, Valerie zu schützen. Sie war nur seinetwegen hier und hatte mit der ganzen Sache eigentlich nichts zu tun. Wenn ihr durch seine Schuld etwas passierte, würde er nicht damit leben können.

Doch was sollte er schon tun, er hatte noch nicht einmal eine Waffe, mit der er sie verteidigen konnte. Wenigstens hatte er heute etwas mehr gegessen, sodass seine Kräfte langsam zurückkehrten. Gegen jemanden, der entschlossen war, sie zu töten, würde er dennoch nicht viel ausrichten können. Also musste er dafür sorgen, dass der Täter gar nicht erst ins Haus kam. Die Alarmanlage würde ihm dabei helfen. Da er sich jedoch nicht mehr erinnern konnte, ob Valerie sie eingeschaltet hatte, bevor sie nach oben gegangen war, trat Damon auf den Flur und stieg langsam die Treppe hinunter.

Im Haus war alles still, nur die Klimaanlage summte leise. Erleichtert atmete er auf, als er das rote Licht der Alarmanlage sah. Sie war also eingeschaltet. Trotzdem machte Damon noch einen Rundgang durch das gesamte Erdgeschoss, um alle Türen und Fenster zu überprüfen. Das Haus war wirklich großartig – geräumig, aber trotzdem gemütlich. Die Möbel waren eindeutig teuer gewesen, aber ihr Charme passte perfekt zu einem Ferienhaus. Damon fragte sich, was für Leute wohl die Besitzer waren. Wenn sie Valerie hier einfach so wohnen ließen, mussten sie sehr großzügig sein.

Bei seinem Rundgang landete Damon schließlich in einem Wintergarten, der über den See hinausblickte. Sehnsüchtig schaute er auf das sanft über den Sand schwappende Wasser. Zu gern hätte er die leisen Geräusche gehört und das kühle Wasser auf seiner Haut gespürt. Auch wenn es jetzt im November zu kalt war für ein Bad, lockte es ihn ungemein. Einfach nur draußen zu sein, in der Natur, ohne Angst haben zu müssen, dass ihn jemand entdeckte und die Polizei rief. Aber das war unmöglich.

Enttäuscht wandte er sich vom Fenster ab und erstarrte, als er Valerie mitten im Raum stehen sah. Wie hatte sie sich ihm nähern können, ohne dass er es bemerkt hatte? Im Gefängnis hatte er einen sechsten Sinn entwickelt, der ihn zuverlässig vor Gefahren warnte. Doch hier hatte er sich anscheinend zu sicher gefühlt. Oder sein Körper sah Valerie nicht als Feind an. Als sein Schaft sich rührte, verzog Damon den Mund. Eindeutig kein feindseliges Gefühl, ganz im Gegenteil.

Da er Valeries Gesichtsausdruck nicht deuten konnte, trat er langsam näher. »Entschuldige, ich wollte nicht spionieren, sondern nur überprüfen, ob alle Türen und Fenster zu sind.«

Der Hauch eines Lächelns überzog ihre Miene. »Genau wie ich. Ist alles in Ordnung?«

»Ja, alles dicht und gesichert.«

»Gut. Obwohl ich eigentlich dich meinte. Du hast eben so … traurig gewirkt.«

Damon bemühte sich um einen neutraleren Gesichtsausdruck. »Es geht mir gut.« Das war zwar eine glatte Lüge, aber das musste Valerie ja nicht wissen.

Sie blieb dicht vor ihm stehen und blickte ihm forschend ins Gesicht. Offenbar sah sie mehr, als ihm lieb war, denn sie schüttelte den Kopf. »Sind wir nicht über den Punkt hinaus, an dem wir uns gegenseitig etwas vormachen müssen?«

Damon spürte, wie seine Wangen heiß wurden vor Verlegenheit, und er war froh, dass nur das Licht vom angrenzenden Wohnzimmer in den Raum drang. »Ja.«

»Dann sag mir, was du gerade gedacht hast, als du dich umgedreht hast.«

Valerie blickte ihn so ernsthaft an, dass er es nicht über sich brachte, ihr eine weitere Lüge aufzutischen. »Ich habe mir gewünscht, zum See zu gehen, weiß aber, dass das keine gute Idee wäre.«

Ihre Augenbrauen zogen sich zusammen. »Warum? Das hier ist ein privates Grundstück, niemand wird dich sehen. Außerdem ist es dunkel.«

»Aber wenn die Nachbarn …«

Weiter kam er nicht, denn Valerie unterbrach ihn. »Es sind nur die Nachbarn auf der einen Seite da. Ich habe vorhin kurz mit ihnen gesprochen, sie wissen, dass ich hier bin und einen Gast mitgebracht habe. Sie werden sich also nichts dabei denken, wenn wir zum See gehen.«

Hoffnung stieg in ihm auf. »Ich kann nicht verlangen …«

Diesmal legte sie ihm die Hand über den Mund, um ihn zum Schweigen zu bringen. »Ich habe es angeboten. Möchtest du rausgehen?«

Damon nickte nur, weil ihm ein Kloß im Hals steckte.

»Dann warte kurz hier, ich hole die Jacken.« Anstelle einer Antwort küsste er ihre Handfläche, die immer noch seinen Mund bedeckte. Valerie sah ihn mit großen Augen an und zog dann langsam die Hand zurück. »Du bist wirklich gefährlich, Damon Thomas.« Sie machte ein paar Schritte rückwärts, bevor sie sich umdrehte und aus dem Raum eilte.

Damon überlegte noch, wie sie das gemeint hatte, als sie auch schon wieder auftauchte, mit ihren Jacken in der Hand und Schuhen an den Füßen. Dankend nahm er seine Jacke entgegen und schlüpfte hinein. Zwar war sie nicht besonders warm, aber es war besser als nichts. Um diese Jahreszeit wurde es nachts empfindlich kühl, und so nah am Wasser würde es wahrscheinlich noch kälter sein. An der Tür des Wintergartens befand sich ein weiteres Eingabefeld der Alarmanlage, über das sich die Tür freischalten und hinter ihnen wieder scharf stellen ließ. Froh, dass sie das Haus nicht ungeschützt lassen mussten, folgte Damon Valerie, als sie den Steinweg zum Strand hinunterging.

Von seinem Balkon aus hatte er gesehen, dass das Grundstück um das Haus herum als Garten angelegt war, weiter hinten aber in Sand und einen Holzsteg überging. Das überdachte Haus am Steg beherbergte vermutlich ein Boot, mit dem die Besitzer den See erkunden konnten. Valerie schlug jedoch den Weg über den Sand direkt zum Wasser ein. Damon war das nur recht, er wollte unbedingt das Wasser berühren und sich vergewissern, dass es nicht nur seiner Einbildung entsprang. So wie Valerie, die neben ihm beinahe durch die Dunkelheit zu gleiten schien.

Damon verdrehte die Augen. Ihm war wirklich nicht mehr zu helfen. Gleich würde er auch noch Gedichte auf ihre Schönheit rezitieren. Ein Seitenblick zeigte ihm, dass Valerie wie gebannt auf das Wasser starrte, als könnte sie es auch kaum erwarten, es zu erreichen. Nachdem sie so oft hier gewesen war, war das vielleicht auch so etwas wie ein Ritual, mit dem sie sich vergewisserte, dass sie wirklich angekommen war. Das Mondlicht glitzerte in ihren Augen und formte tiefe Schatten auf ihrem Gesicht. Nein, sie war nicht im klassischen Sinne schön, dafür waren ihre Züge etwas zu kantig, aber auf ihn wirkte sie unheimlich anziehend. Und wesentlich interessanter als jemand wie Bella.

Sofort setzten seine Schuldgefühle wieder ein, doch er drängte sie rigoros zurück. Nein, heute Abend würde er nicht daran denken, sondern den Augenblick genießen. Und die Gesellschaft. Er konnte sich nicht erinnern, wann er zuletzt mit einer Frau allein im Mondlicht an einem See gewesen war. Da es auch gut das letzte Mal sein konnte, würde er versuchen, es zu einem unvergesslichen Erlebnis zu machen.

Sie unterhielten sich nicht, als sie die letzten Schritte zum Wasser zurücklegten. Der Sand unter ihren Schuhen knirschte leise, eine leichte Brise wehte ihnen den typischen Seegeruch entgegen. Tief sog Damon ihn ein und schloss für einen Moment die Augen. Etwas in ihm, das seit Jahren angespannt gewesen war, löste sich. Er öffnete die Augen wieder und blickte über das sanft gewellte Wasser. Das gegenüberliegende Festland war nur durch die beleuchteten Häuser zu sehen, alles andere lag im Dunkeln. Der Anblick war atemberaubend.

Damon spürte, wie seine Beine nachgaben und er zu Boden sank. Das leise Plätschern des Wassers war wie Balsam für seine Seele. Er wünschte, er könnte ewig hierbleiben und sich von der Natur beruhigen lassen.

Eine Hand legte sich auf seine Schulter. »Geht es dir gut?«

Stumm nickte er. Einen Ton hätte er jetzt beim besten Willen nicht herausgebracht. Mit der Hand griff er in den Sand und ließ ihn langsam durch seine Finger rieseln. Valerie setzte sich wortlos neben ihn, doch er blickte sie nicht an. Er hatte Angst, dass sie die Tränen in seinen Augen sehen könnte, die sich dort gebildet hatten. Es war so lange her, dass er Sand berührt hatte, einfach so, weil er das Bedürfnis dazu hatte.

Einige Minuten saßen sie still nebeneinander und betrachteten das Wasser. Damon konnte sich nicht daran erinnern, jemals mit einer Frau so in Einklang gewesen zu sein. Valerie schien ihn auch ohne Worte zu verstehen und zu wissen, was er gerade brauchte. Die meisten Frauen hätten versucht, ein Gespräch zu beginnen, oder so lange gebohrt, bis er gesagt hätte, was ihm gerade im Kopf herumging. Valerie tat nichts dergleichen. Sie hatte ihre Knie angezogen und die Arme darauf gestützt, während sie ganz in ihre eigenen Gedanken versunken war. Ob es positive oder negative waren, konnte Damon wegen der Dunkelheit nicht sagen, aber Valerie schien zumindest nicht unruhig zu sein.

Schließlich brach sie das Schweigen. »In dem Sommer nach Toms Tod bin ich oft hierhergekommen und habe versucht, einen Sinn in dem zu finden, was passiert ist. Es hat lange gedauert, bis ich verstanden habe, dass es Dinge gibt, die einfach nicht zu erklären sind. Die einen bis zum letzten Tag begleiten werden, ohne dass man sie je verstehen wird oder akzeptieren kann. Aber mir hilft es, wenn ich mich an einen Ort wie diesen zurückziehen und eine Weile mit meinen Gedanken allein sein kann.«

»Und ich störe dich hier, es tut mir leid.«

Valerie blickte ihn an. »Das habe ich nicht gesagt, damit du dich schlecht fühlst, Damon. Ich hatte gehofft, dass dir dieser Platz auch ein wenig Kraft gibt und du zur Ruhe kommst. Denn das musst du, wenn du dich nicht völlig aufreiben willst.«

Dass sie trotz allem so an ihn dachte, wärmte ihn. »Danke.

Es ist so friedlich hier, ich könnte stundenlang auf das Wasser starren und einfach nur meine Gedanken fließen lassen.«

»Dann tun wir das doch einfach.« Valerie legte das Kinn auf ihre Hände.

Sie zitterte leicht, wie Damon jetzt sehen konnte. »Vielleicht ein paar Minuten noch, dann sollten wir wieder reingehen, bevor wir uns erkälten. Schade, dass der Sommer schon vorbei ist, es muss herrlich hier sein.«

»Das ist es.« Valeries Gesichtsausdruck wirkte verträumt. »Wenn das Wetter mild ist, kann man sogar draußen auf der Terrasse oder auch hier am Strand schlafen. Man betrachtet die Sterne und lauscht dabei den Geräuschen des Wassers und der Tiere um einen herum. Grandios.«

Damon konnte es sich bildlich vorstellen und hätte es nur zu gern getan. Es lag ihm auf der Zunge, Valerie vorzuschlagen, im Sommer wieder gemeinsam hierherzufahren – wenn er endlich wieder frei war –, doch er schluckte die Worte herunter. Noch war überhaupt nicht klar, wie die Sache ausgehen würde, und selbst wenn er nächstes Jahr frei wäre, hieß das noch lange nicht, dass Valerie ihn in ihrer Nähe haben wollte. Oder dass die Freunde ihrer Eltern ihr Haus für einen ehemaligen Sträfling öffnen würden. Aber vielleicht konnten sie sich woanders eine Hütte mieten und … Damon vertrieb den Gedanken, bevor er sich in seinem Gehirn festsetzen konnte.

Derzeit sollte er nur im Moment leben und das Beste daraus machen. Alles andere würde sich erst später entscheiden, und er hatte wenig Einfluss darauf. »Das klingt wunderbar.«

Valerie öffnete den Mund, schloss ihn aber gleich darauf wieder. Ihr Blick sagte deutlich, dass sie etwas Ähnliches gedacht und sich dann genauso wie er dazu entschieden hatte, es nicht laut auszusprechen. Einerseits war Damon froh darüber, andererseits hätte er gern gehört, ob er in Valeries Zukunft eine

Rolle spielen würde. Da das jedoch vermutlich nie geschehen würde, war es besser, er machte sich keine Hoffnungen, die dann zertrümmert werden würden.

Damon wischte sich die Hände an der Hose ab und erhob sich dann. »Danke, dass du mich hierhergebracht hast.« Er hielt Valerie die Hand hin und half ihr beim Aufstehen.

»Sehr gerne. Ich muss sagen, dass ich sehr froh bin, hierhergekommen zu sein. Ich hatte es viel zu lange hinausgeschoben, und jetzt merke ich erst, wie sehr es mir gefehlt hat. Das alles noch einmal durch deine Augen zu sehen, hat mir geholfen, es erst richtig zu schätzen. Davor war es fast zu einer Selbstverständlichkeit geworden, und ich hatte ganz vergessen, wie viel es mir immer bedeutet hat.«

»Das freut mich. Wie gut es einem gegangen ist, merkt man ja meist erst, wenn man es verloren hat. Ich weiß jedenfalls, dass ich nichts mehr als selbstverständlich ansehen werde. Es kann einem zu leicht genommen werden.«

Valerie drückte seine Hand, die sie immer noch umfasst hielt. »Für dich werden auch wieder bessere Zeiten kommen, wir werden dafür sorgen.«

Damon beschloss, ihr zu glauben. Jede andere Alternative wäre für ihn ohnehin unerträglich gewesen.

Das Mondlicht schien auf Valeries Gesicht und brachte ihre Augen zum Glitzern. Eine Weile sah Damon sie einfach nur an, dann hielt er es nicht mehr aus und beugte sich vor. Sanft küsste er sie auf die Stirn und trat dann einen Schritt zurück, um nicht in Versuchung zu geraten, mehr zu tun.

Verwirrt blickte Valerie ihn an. »Wofür war das?«

»Weil du bei mir bist und mir den Glauben wiedergibst, dass ich eine Chance habe.«

Ein Lächeln umspielte ihre Mundwinkel. »Das tue ich gerne. Und es werden dir auch wieder andere Menschen eine

Chance geben, wenn wir die Beweise für deine Unschuld finden.«

»Was hoffentlich bald passiert und bevor noch jemand zu Schaden kommt.«

Ihr Lächeln verging. »Ja. Und dann suchen wir dir einen guten Anwalt, der dich vertritt und dafür sorgt, dass du sofort freikommst und entschädigt wirst.«

Wir, das klang unheimlich gut. Trotzdem musste er ihren Enthusiasmus etwas dämpfen. »Du weißt doch, für einen guten Anwalt fehlt mir einfach das Geld.« Damon senkte den Blick. »Niemand wird mir noch einen Kredit geben, ich bin schon hoch verschuldet.«

»Deine Eltern …«

Damon unterbrach sie sofort. »Ich möchte nicht, dass sie sich auch noch ruinieren. Sie haben schon zu sehr darunter gelitten.«

Valerie ließ seine Hand los und umfasste sein Gesicht mit beiden Händen. »Glaubst du nicht, deine Eltern wären froh, wenn sie dir dabei helfen könnten, endlich freizukommen? Das Geld kannst du ihnen doch danach zurückzahlen. Lass nicht zu, dass dein Stolz deiner Freiheit im Weg steht. Glaub mir, meine Eltern hätten alles dafür getan, meinem Bruder zu helfen. Aber er hat ihnen diese Gelegenheit nie gegeben, und sie leiden noch heute darunter. Geld ist nichts, wenn man dafür das Leben eines geliebten Menschen retten kann.«

Verlegen nickte Damon. »Du hast recht. Es fällt mir nur unheimlich schwer, andere mit meinen Schwierigkeiten zu belasten.«

»Das verstehe ich.« In ihren Augen konnte Damon sehen, dass sie es wirklich ernst meinte. »Aber schließ sie nicht aus, das tut ihnen noch mehr weh als alles andere.«

»Ich werde mich bemühen.« Sanft nahm er eine ihrer Hände, zog sie an seinen Mund und küsste sie. »Du bist wirklich unglaublich.«

Ihre Wangen färbten sich rot. »Nein, das bin ich nicht. Ich habe nur etwas Ähnliches erlebt und weiß, wie es ist, auf der anderen Seite zu stehen und sich so hilflos zu fühlen. Es gibt nichts Schlimmeres, als helfen zu wollen, aber abgewiesen zu werden. Dadurch fühlt man sich noch hilfloser und vor allem machtloser.«

»Umso bemerkenswerter, dass du dich jetzt um mich bemühst, obwohl ich eigentlich ein Fremder für dich bin und es dir egal sein könnte, was mit mir passiert.«

»Das ist das Seltsame: Du kamst mir von Anfang an nicht wie ein Fremder vor. Irgendetwas an dir hat mich berührt und mich dazu veranlasst, tiefer zu graben und herauszufinden, was wirklich vorgefallen ist. Das habe ich so noch bei keinem anderen Fall erlebt.«

»Ich bin dir jedenfalls sehr dankbar dafür. Mehr, als du dir vorstellen kannst.« Wieder lächelte sie, und jedes Mal, wenn sie das tat, berührte sie ihn damit. Er konnte sich vorstellen, dass es nur selten vorkam, umso wertvoller war jedes einzelne Lächeln von ihr.

Anstelle einer Antwort beugte sie sich vor und strich mit ihren Lippen über seine. Reflexartig schlossen sich seine Hände fester um ihre Finger, und er erwiderte den Kuss. Zuerst war die Berührung ganz sanft, fast nur ein Hauch, doch dann wurde sie intensiver, bis alles um Damon herum verschwand und er nur noch fühlte. Dennoch beendete er schließlich den Kuss und brachte ein wenig Abstand zwischen sich und Valerie.

Ihre Augen öffneten sich, und sie blickte ihn direkt an. »Also, wenn du deine Dankbarkeit *so* zeigst, habe ich nichts dagegen.«

27

Zufrieden sah Valerie, wie sich Erregung in Damons Augen ausbreitete. Eigentlich sollte sie besser ins Haus zurückgehen und nicht etwas anfangen, das nur zu noch mehr Schmerz und Verwirrung führen würde. Aber sie war es leid, immer vernünftig zu sein und nur das zu tun, was sinnvoll war. Nur ein einziges Mal wollte sie sich das nehmen, was sie mehr als alles andere begehrte. Und im Moment war das Damon Thomas.

Forschend blickte Damon sie an. »Bist du sicher, Valerie?«

Dass er auch jetzt noch ihr Wohlergehen im Sinn hatte, stärkte ihre Entschlossenheit. Sie schlang die Arme um seinen Nacken. »Du redest eindeutig zu viel.« Gierig presste sie die Lippen auf seinen Mund, ihre Zunge forderte Einlass.

Mit einem rauen Laut gab Damon seine Zurückhaltung auf und küsste sie, als hinge sein Leben davon ab. Valerie schmeckte Leidenschaft und Verzweiflung in seinem Kuss, eine explosive Mischung. Verlangend grub sie die Finger in Damons Haare und hielt seinen Kopf so, wie sie ihn brauchte. Noch nie war sie so aggressiv vorgegangen, doch diesmal konnte sie sich nicht zurückhalten. Sie brauchte jetzt den Beweis, dass sie lebte und innerlich noch nicht ganz abgestorben war. Wenigstens für kurze Zeit wollte sie Damon von seinen Dämonen befreien – und sich selbst auch.

Damons Hände glitten unter ihre Jacke und ihr T-Shirt und strichen ihr über den nackten Rücken. Ein Schauer lief durch ihren Körper, als seine rauen Finger ihre Haut berührten. Es fühlte sich so gut an, so richtig. Als hätte sie nur darauf gewartet, von genau diesem Mann berührt zu werden. Doch sie schüttelte den Gedanken sofort wieder ab. Es war zu gefährlich, mehr darin zu sehen als eine kurze, heiße Begegnung, die sie beide befriedigte. Selbst wenn sie das Gefühl hatte, dass es viel mehr war.

Um nicht weiter darüber nachdenken zu müssen, stürzte Valerie sich wie eine Verhungernde in den Kuss, während sie gleichzeitig die Hände von Damons Nacken löste und stattdessen den Reißverschluss seiner Jacke öffnete. Ohne ihren Mund von seinem zu lösen, schob sie ihm die Jacke über die Schultern und ließ sie in den Sand fallen. Anschließend hob sie den Saum seines T-Shirts an und zog es ihm über den Kopf. Da Damon sich nicht wehrte, ging sie davon aus, dass er nichts dagegen einzuwenden hatte.

Das T-Shirt landete neben der Jacke, und Valerie trat einen Schritt zurück, um Damons gut gebauten Körper zu bewundern. Sie konnte sich schon vorstellen, wie er aussehen würde, wenn sein Leben wieder in normalen Bahnen verlief. Zärtlich legte sie die Handflächen an seine Brust und spürte seinen schnellen Herzschlag.

»Valerie …«

Als er nicht weiterredete, sah sie auf. »Ja?«

»Ich kann nicht mehr länger warten. Es ist einfach zu lange her, und du bist so …« Wieder brach er ab.

»So?«

»Verlockend.« Seine Stimme war so rau, dass sie ihn kaum verstand.

Ihr Herz begann zu hämmern. »Du auch. Und ich finde, Warten wird überbewertet. Besonders, wenn wir beide wissen, was wir wollen.«

Seine Hände, die immer noch auf ihrem Rücken lagen, spannten sich an. »Ich will nur, dass du dir sicher bist.«

Valerie nahm ihren ganzen Mut zusammen. »Ich will dich.«

Jetzt entzündete sich ein Feuer in Damons Augen. »Das beruht auf Gegenseitigkeit.«

Sanft ließ Valerie ihre Fingerspitze über seine Lippen gleiten. »Worauf wartest du dann noch?«

Ohne Vorwarnung schnappte er zu und biss ihr in den Finger. Erschrocken keuchte Valerie auf, ihre Erregung geriet außer Kontrolle, als Damon an ihrem Finger zu saugen begann. Ungeahnte Gefühle überwältigten sie und ließen sie als zitterndes Bündel zurück. Wie konnte es sein, dass sie gerade bei Damon so viel empfand? Sie war nicht unbedingt unerfahren, aber noch nie hatte sie sich so … erfüllt gefühlt. Das ging zu schnell, war zu viel. Rasch entzog sie ihm ihren Finger und erkundete stattdessen lieber wieder seinen Brustkorb.

Während er ihr seinen Körper zur Verfügung stellte, schien er überhaupt nicht zu bemerken, dass ein kühler Wind über den Strand blies. Valerie nutzte das aus, um mit Händen, Lippen und Zunge jeden Zentimeter von Damons Haut zu erkunden. Ruhelos strichen seine Hände über ihren Rücken und durch ihre Haare, seine Brust hob und senkte sich unter seinen schnellen Atemzügen. Es war unglaublich erotisch, ihn im Freien berühren zu können, mit den Füßen im Sand und dem leisen Plätschern des Wassers in ihren Ohren.

Ihre Finger erreichten den Bund seiner Jeans, und sie öffnete den Knopf. Sie hörte, wie Damon den Atem anhielt, seine Bauchmuskeln waren angespannt, als sie den Reißverschluss hinunterzog. Doch er hinderte sie nicht daran. Im Gegenteil, seine Finger gruben sich noch fester in ihre Haare, während sie sich vor ihn hockte und seine Hose langsam nach unten zog. Zu ihrer Überraschung trug er keinen Slip, sein Schaft reckte sich ihr verlangend entgegen. Wie könnte sie so einer Verlockung widerstehen?

Sie schob seine Hose nur bis zu den Knien, damit er sich nicht rühren konnte, und wandte sich dann dem Objekt ihrer Begierde zu. Ihre Finger zitterten leicht, als sie mit den Spitzen über das heiße Fleisch strich. Es fühlte sich samtig und zugleich steinhart an und bewegte sich bei ihrer Berührung. Damon atmete scharf ein. Als Valerie nach oben blickte, sah sie, dass er ihre Hände wie gebannt beobachtete. In seiner Miene lag so viel schmerzvolles Verlangen, dass Valerie beinahe aufgehört hätte, doch Damons Emotionen kamen sicher nur daher, dass er so lange nicht von einer Frau berührt worden war. Er würde sich schnell wieder daran gewöhnen.

Valerie beugte sich vor und rieb mit der Wange über Damons Erektion, ihre Hände legte sie auf seinen Po. Damon gab einen erstickten Laut von sich, aber da er sie nicht aufhielt, machte sie einfach weiter. Tief sog sie seinen Duft ein und testete mit der Zunge seinen Geschmack. *Mehr*. Ihrem eigenen Befehl folgend erkundete sie Damons Schaft ausgiebig mit der Zunge, bevor sie es nicht mehr aushielt und ihn in den Mund nahm. Ein raues Stöhnen drang über Damons Lippen, seine Hände pressten ihren Kopf an sich.

Hitze durchflutete Valeries Körper, und sie wünschte sich, genauso nackt zu sein wie Damon. Sie wollte sich an ihm reiben, ihm so nah sein, wie es nur möglich war, doch sie schaffte es nicht, sich von ihm zu lösen. Er schmeckte einfach zu gut, und seine Reaktion feuerte ihre eigene Leidenschaft an. Sein Schaft wurde noch dicker, an seiner Spitze trat salzige Feuchtigkeit aus. Es war offensichtlich, dass Damon kurz davor war, zu kommen. Valerie grub die Finger in seine Pobacken, während sie versuchte, ihm auch noch die letzte Beherrschung zu rauben.

»Valerie, nicht.« Damons Stimme klang beinahe verzweifelt.

In der Dunkelheit blickte sie zu ihm auf, konnte aber seinen Gesichtsausdruck nicht erkennen. »Warum nicht? Gefällt es dir nicht?«

Ein ersticktes Lachen erklang. »Doch, viel zu sehr. Und ich denke, das weißt du auch. Aber ich möchte dich auch berühren, dich sehen, deinen Höhepunkt erleben. Das hier ist mir zu … einseitig für unser erstes Mal.«

Wie sollte sie ihm da widersprechen? »Dann berühr mich.« Bedauernd küsste sie ein letztes Mal seinen Penis und richtete sich wieder auf.

Aus der Nähe konnte sie sehen, dass Damons Augen schmale Schlitze waren, sein Gesicht nur noch aus Kanten bestand. Eigentlich hätte sie Angst vor ihm haben sollen, doch stattdessen steigerte sich ihre Erregung noch. Sie war noch nie mit jemandem zusammen gewesen, der sie so sehr wollte. Da sie sich nicht davon abhalten konnte, schloss sie die Finger um seine Erektion und spürte, wie er zuckte.

Er legte die Hände um ihre Wangen. »Du spielst mit dem Feuer, Val.«

Valerie verstärkte ihren Griff um Damons Schaft. »Oh, und ich dachte, ich spiele mit etwas anderem.« Sie wusste nicht, woher die Worte kamen, aber sie fühlten sich richtig an. Freier. Mutiger.

Mit einem Knurren, das fast animalisch klang, stürzte er sich auf sie. Valerie verlor das Gleichgewicht und fiel in den Sand. Damon landete auf ihr und stützte sich über ihr auf. Seine Wärme drang durch ihre Kleidung, und sie wünschte, sie hätte weniger an. Am besten gar nichts, um seine Haut an ihrer fühlen zu können. Damon schien das auch so zu sehen, denn er senkte den Kopf und küsste sie, als gäbe es kein Morgen mehr, während seine Hände mit ihrer Kleidung kurzen Prozess machten.

Schnell war Valerie genauso atemlos und nackt wie Damon, und sie stöhnte auf, als seine Haut über ihre rieb. Im Kontrast zu der kühlen Nachtluft war es ungeheuer erregend, seinen warmen Körper zu spüren. Seine rauen Brusthaare strichen über ihre empfindlichen Brustspitzen, sein harter Schaft presste sich in ihren Oberschenkel. Valerie versuchte, ihr Bein um Damons Hüfte zu schlingen. Da ihre Hose jedoch immer noch an ihren Knöcheln hing, war das nicht möglich. Sie bohrte die Fingernägel in seinen Rücken, während sie verzweifelt seinen Kuss erwiderte.

Mehr, sie wollte mehr! Wieder schien Damon sie wortlos zu verstehen. Seine Hände legten sich auf ihre Brüste, deren Spitzen sich sehnsüchtig zusammenzogen. Er strich mit den Daumen darüber und zupfte schließlich daran. Atemlos schrie Valerie auf, als der erotische Schmerz zu intensiv wurde. Damons Kuss wurde sanfter, bevor er schließlich ganz aufhörte.

»Pst, du willst doch die Nachbarn nicht darauf aufmerksam machen, was wir hier tun, oder?«

Für einen winzigen Moment erstarrte Valerie. Daran hatte sie überhaupt nicht mehr gedacht. Doch dann entspannte sie sich wieder. »Ehrlich gesagt ist mir das gerade völlig egal. Aber falls es dich beruhigt, die Nachbarn sind schwerhörig.«

Damons Lächeln blitzte auf. »Dann ist es ja gut. Ich habe nämlich vor, dich noch mehr zum Schreien zu bringen.«

Mit wild klopfendem Herzen blickte Valerie ihn herausfordernd an. »Ach ja? Wie das?«

Anstelle einer Antwort beugte Damon sich zu ihr herunter und küsste eine Spur über ihren Hals. Dazwischen biss er immer wieder zu, kleine neckende Bisse, die sie beinahe um den Verstand brachten. Verlangend bog Valerie ihm ihren Körper entgegen, doch er presste sie nur tiefer in den Sand. Als er bei ihren Brüsten ankam, hatte sie das Gefühl, schon die Kontrolle zu verlieren, wenn er sie nur anhauchte. Sie erwartete, dass seine Berührung sanft sein würde, doch Damon stürzte sich wie ein Verhungernder auf die Spitze. Hart saugte er daran, während seine Finger sich ebenso fest um den anderen Nippel schlossen.

Valerie versuchte, die Laute zu unterdrücken, die in ihrer Kehle aufstiegen, aber es war unmöglich. Sie konnte Damons Saugen bis in ihre Klitoris spüren, als wären sie auf unsichtbare Weise miteinander verbunden. Unruhig bewegte sie sich, fuhr mit den Fingernägeln über seinen Rücken. Noch immer waren ihre Beine durch ihre Hose gefesselt, und das machte die Erfahrung beinahe noch intensiver.

»Damon, bitte …« Sie wusste selbst nicht, worum sie ihn bat, nur, dass sie dringend etwas brauchte.

Er hob den Kopf, und als sein Mund ihre Brustspitze verließ, hätte sie beinahe vor Enttäuschung aufgeschrien. »›Bitte‹ was?«

»Mehr, stärker!« Zu ganzen Sätzen war sie nicht mehr fähig, doch Damon verstand sie offenbar auch so.

Sein Mund schloss sich um die andere Brustwarze, und er begann, noch stärker zu saugen. Seine Zähne schabten über die empfindliche Spitze, und Valerie trieb ihn wortlos weiter an. Langsam schob seine Hand sich an ihrem Körper nach unten und schloss sich um ihre Scham. *Oh Gott!* Valerie schloss die Augen und warf den Kopf nach hinten. Damon strich mit dem Finger über ihre Klitoris, und ihr Körper begann zu zittern. Gleich, gleich würde sie … Unvermittelt biss Damon in ihre Brustspitze, und Valerie explodierte beinahe in Zeitlupe.

Fest presste sie die Lippen aufeinander, um nicht wieder aufzuschreien.

Damon hob den Kopf und starrte sie an. »Ich will dich hören.«

Gleichzeitig schob er einen Finger tief in sie und rieb weiter über ihre Klitoris. Die Gefühle intensivierten sich, bis Valerie glaubte, sie würde sterben, wenn sie sie noch länger zurückhielt. Schließlich gab sie den Kampf auf und ließ den Schrei heraus, der sich in ihr aufgestaut hatte. Als sie langsam wieder ihre Umgebung wahrnahm, sah sie, dass Damon zufrieden lächelte. Eigentlich hätte sie böse auf ihn sein sollen, weil er sie dazu gebracht hatte, draußen so laut zu sein, doch das konnte sie nicht. Er lächelte so selten, dass sie diesen Moment nicht zerstören wollte.

Noch immer war sein Finger in ihr, und sie konnte seine Erektion an ihrem Oberschenkel fühlen. Zu gern würde sie ihn jetzt in sich spüren und mit ihm gemeinsam zum Höhepunkt kommen. Sie lockerte ihren Griff und strich Damon entschuldigend über den Rücken, den sie mit ihren Fingernägeln traktiert hatte.

Damon beugte sich zu ihr herunter und küsste sie sanft auf den Mund. »Danke.«

Erstaunt blickte sie ihn an. »Wofür bedankst du dich?«

»Dafür, dass ich dich berühren und an deiner Leidenschaft teilhaben konnte. Es war unglaublich schön.«

Seine Worte brachten Valerie zum Schmelzen. Wenn sie Preise für Liebhaber vergeben würde, hätte er gerade den ersten Platz gewonnen. Allerdings hörte es sich fast so an, als gäbe er sich schon zufrieden, und das würde sie auf keinen Fall zulassen. Nicht nur, weil sie selbst mehr wollte, sondern vor allem, weil Damon alles bekommen sollte, wonach es ihn begehrte.

Valerie räusperte sich. »Das fand ich auch.« Mit den Fingern fuhr sie die harte Linie seines Wangenknochens nach. »Lass uns ins Haus gehen.«

Kaum merklich presste er die Lippen zusammen. Hätte Valerie ihn nicht genau beobachtet, wäre ihr das nicht einmal aufgefallen. »Natürlich.«

Als er sich erheben wollte, hielt sie ihn fest. »Gibst du immer so schnell auf?«

In seinen Augen blitzte etwas auf. »Nein, aber du bedeutest mir zu viel, um mich dir aufzudrängen, wenn du nicht mehr weitermachen willst.«

Valerie schob ihre Finger in seine Haare und sorgte dafür, dass er ihr direkt in die Augen sehen musste. »Und ob ich weitermachen will. Ich denke nur, es ist bequemer, wenn man dabei keinen Sand in sämtlichen Ritzen hat, und außerdem sind die Kondome im Haus. Oder hast du welche hier?«

Stumm schüttelte er den Kopf. Der Druck an ihrem Oberschenkel zeigte Valerie, dass sich Damons Verlangen noch lange nicht abgekühlt hatte. Sie glaubte, eine vage Hoffnung in seinen Augen zu erkennen. Sie verstand, wie schwer es ihm fallen musste, jemandem zu vertrauen und wirklich daran zu glauben, dass einer seiner Wünsche in Erfüllung gehen könnte. Aber sobald sie wieder im Haus waren, würde sie ihm zeigen, wie ernst es ihr war. Ihre Freundin Caro hatte immer einen Vorrat Kondome in ihrem Zimmer, und Valerie hatte vor, ausgiebig davon Gebrauch zu machen.

»Dann lass uns reingehen und die Sache dort fortsetzen. Es sei denn, du möchtest nicht mehr?« Ihr Herz klopfte schneller, während sie auf Damons Antwort wartete.

Doch anstatt etwas zu sagen, sprang er auf und zog sich so schnell die Hose hoch, dass Valerie ihn nur erstaunt anblinzeln konnte. Er sammelte den Rest ihrer Kleidung ein und drückte ihn Valerie in die Hand, bevor er sie trotz ihrer Proteste hochhob und zum Haus trug. Dank ihrer Größe war sie schon lange nicht mehr in den Genuss gekommen, getragen zu werden, deshalb genoss sie es umso mehr, wie selbstverständlich und mühelos Damon das tat. An den Stellen, wo seine Haut ihre berührte, prickelte es, und sie wünschte fast, der Weg wäre länger. Gleichzeitig konnte sie es aber auch kaum erwarten, bis sie sich endlich richtig lieben konnten.

Am Haus angekommen dirigierte Valerie Damon zum Keypad der Alarmanlage neben der Terrassentür. Sie gab den Code ein und ließ sich dann von Damon weiter ins Haus tragen, wo sie den Alarm wieder scharf stellte. Als Damon sie auf dem Weg zur Treppe plötzlich zu küssen begann, vergaß Valerie alles um sich herum. Es waren tiefe, beinahe ausgehungerte Küsse, die zeigten, wie sehr Damon der Kontakt zu Frauen gefehlt hatte.

Vielleicht entsprach es aber auch einfach seinem Charakter, sich ganz in eine Sache zu vertiefen, wenn er sich einmal dafür entschieden hatte. Auf jeden Fall war Valerie sehr froh, die Frau zu sein, mit der er gerade zusammen war. Selbst wenn sich nichts Längerfristiges daraus entwickeln sollte, war sie dankbar, das jetzt erleben zu dürfen. Der Gedanke, sich von ihm trennen zu müssen, brachte einen überraschend scharfen Schmerz mit sich, den sie rasch verdrängte. Stattdessen legte sie all ihre Leidenschaft und die Verzweiflung, vielleicht nur dieses eine Mal zu haben, in ihren Kuss.

Damon stolperte und wäre beinahe zu Boden gegangen. Gerade noch rechtzeitig konnte er sich am Treppengeländer abfangen. Valerie, die ihre Arme um seinen Hals geschlungen hatte, hing halb über der Treppe.

Schwer atmend beugte Damon sich über sie. »Hast du dich verletzt?«

»Nein.« Zu ihrer eigenen Überraschung begann Valerie zu lachen. »Aber vielleicht sollte ich doch besser selbst laufen, bevor wir kopfüber die Treppe hinunterstürzen und uns einige wichtige Teile abbrechen.« Dabei strich sie mit der Hüfte über die Beule hinter seiner Jeans.

Erneut flammte ein Feuer in Damons Augen auf. Vorsichtig setzte er sie auf der Stufe ab, dann ließ er sie los. Bevor sie wusste, was er vorhatte, hockte er sich vor sie, sodass sein Kopf direkt auf Höhe ihrer Scham war. Er hob ihren Fuß an und zog vorsichtig ihre Hose darüber. Das Gleiche machte er mit dem anderen Bein, doch anstatt es wieder auf die Treppe zu stellen, hob er es weiter an. Valerie hielt sich schnell am Geländer fest, um nicht das Gleichgewicht zu verlieren.

Damon beugte sich vor, bis seine Nase beinahe ihre glatte Scham berührte. »Wir könnten auch gleich hier weitermachen.«

Das Kribbeln in Valeries Innern verstärkte sich, und sie befeuchtete ihre trockenen Lippen. »Immer noch kein Kondom in Griffweite.«

Damon sah zu ihr auf. Wölfisch lächelte er sie an. »Das macht nichts, ich bin noch lange nicht mit dir fertig.« Damit beugte er sich noch weiter vor und berührte mit seiner Zungenspitze ihre Hautfalten.

Es war gut, dass er sie festhielt – ihre Knie drohten nachzugeben, als die Gefühle sie überschwemmten. Wenn er so weitermachte, würde sie zerschmelzen, bevor sie überhaupt zum Hauptakt kamen. Aber das, was er tat, fühlte sich so gut an, dass es ihr beinahe egal war. Sie konnte sich vorstellen, was für ein Bild sie abgab, völlig nackt und hemmungslos im hellen Licht auf der Holztreppe, doch in diesem Moment interessierte sie nur, was Damon mit seiner Zunge tat.

Der Anblick seines dunklen Schopfes zwischen ihren Beinen führte fast dazu, dass sie kam, deshalb schloss sie die Augen und überließ sich ganz ihren Gefühlen. Damons erste Berührung an ihrer Klitoris ließ sie beinahe in die Höhe springen. Von ihrem vorherigen Orgasmus war sie bereits so empfindlich an der Stelle, dass sie es kaum ertrug, als Damons raue Zunge jetzt mit ihr spielte. Anspannung baute sich in ihr auf, und sie klammerte sich fester an das Geländer.

Gleichzeitig legte sie ihr Bein über Damons Schulter, um ihm einen besseren Zugang zu ermöglichen. Ein zufriedenes

Brummen, das an ihrer Klitoris vibrierte, war die Antwort. Valerie biss sich auf die Lippe und kämpfte um ihre Beherrschung. Eine leichte Berührung an ihrem Eingang ließ sie die Augen noch fester zusammenkneifen. Ein lang gezogener Laut entfuhr ihr, als sich Damons Finger tief in sie schob. Automatisch hob sie ihm die Hüfte entgegen, damit er noch tiefer in sie dringen konnte.

Seine Lippen schlossen sich um ihre Klitoris, und er begann daran zu saugen. Elektrizität strömte durch Valeries Körper bis in ihre Brustspitzen. Sie stöhnte auf und ließ ihre freie Hand an ihrem Körper hinaufwandern. Sie musste sich berühren, um den süßen Schmerz zu lindern. Als ihre Finger auf ihre Brustspitze trafen, zuckte sie zusammen. Damons Mund löste sich von ihrer Klitoris, und Valerie gab einen protestierenden Laut von sich.

»Berühr dich. Ich will es sehen.«

Seine rauen Worte verstärkten ihr Verlangen noch. Vermutlich hätte sie in diesem Moment alles getan, was er von ihr verlangt hätte. Zögernd schloss sie die Fingerspitzen um ihren Nippel und drückte zu. Ihr Körper zuckte unkontrolliert.

»Wunderschön.«

Valerie wollte ihm sagen, dass er den Mund halten und ihn stattdessen lieber für bessere Zwecke verwenden solle, doch sie brachte kein Wort heraus. Damon schien sie allerdings auch so zu verstehen – als sie ihre Hüfte vorschob, widmete er sich wieder ihrer Klitoris. Gleichzeitig schob er einen weiteren Finger in sie und löste damit erneut Zuckungen in ihrem Innern aus. Vermutlich spürte er, wie nah sie dem Höhepunkt war, denn er begann jetzt, heftig zu saugen, während er die Finger in ihr bewegte. Beinahe verzweifelt zog Valerie an ihrer Brustwarze und gab einen lang gezogenen Schrei von sich, als sich die Spannung in ihr brach.

Damon blickte auf, als er Valeries erfüllten Schrei hörte, und genoss ihren Anblick. Nie hätte er gedacht, dass die ernste FBI-Agentin so selbstvergessen und hemmungslos reagieren würde, wenn er sie berührte. Das Wissen, dass er sie an diesen Punkt gebracht hatte, ließ seinen Penis schmerzhaft anschwellen. Er hielt es kaum noch aus, sich nicht in ihr zu vergraben. Ein letztes Mal leckte er genüsslich über ihre Klitoris und genoss ihr Zittern, bevor er sich bedauernd von ihr löste. Ihr protestierender Laut gefiel ihm ungemein.

Da er nicht glaubte, dass sie in ihrem jetzigen Zustand gehen konnte, stand er auf und hob sie wieder auf seine Arme. Valeries Augen öffneten sich, und er versank in den grauen Tiefen. Sie wirkten gleichermaßen benommen und befriedigt, die Lider schwer. Mit einem zufriedenen Seufzer legte Valerie ihre Wange an seine Brust. Offenbar hatte sie so viel Vertrauen zu ihm, dass es ihr nichts ausmachte, wenn er sie in diesem Zustand sah. Und das bedeutete ihm mehr, als er sagen konnte.

Langsam stieg er die Treppe hinauf und genoss es, wie Valeries Körper sich an ihn schmiegte. Seine Ruhe verflog allerdings, als Valerie ihm mit der Hand über die Brusthaare strich und ihre Fingerspitzen schließlich seinen Nippel fanden. Wie ein Stromschlag fuhr die Berührung durch seinen Körper. Als Valerie auch noch mit der Zunge über seine andere Brustwarze leckte, war es um seine Beherrschung geschehen. Die letzten paar Stufen nahm er im Laufschritt.

»Welches Zimmer?«

Valerie deutete auf eine Tür, hörte aber nicht eine Sekunde mit ihrer Tortur auf. Ganz im Gegenteil, sie intensivierte ihre Bemühungen noch. Als Damon endlich das Zimmer erreichte, stand er kurz vor einer Explosion. Wenn er nicht innerhalb der nächsten paar Sekunden in Valerie sein konnte, würde er nicht mehr zurechnungsfähig sein. Mit mehr Kraft als nötig stieß er die Tür auf und blickte auf Valerie hinunter.

»Wo?« Mehr als dieses kurze Wort brachte er nicht heraus.

»Im Nachttisch. Lass mich runter, dann hole ich sie.« Offenbar ging es Valerie deutlich besser als ihm, obwohl ihre Stimme atemlos klang. Das gefiel ihm gar nicht. Sie sollte sich unter ihm winden und …

Nicht allzu sanft setzte er sie auf dem Boden ab und sah ihr nach, als sie in aller Ruhe zum Bett ging. Er verlor die Beherrschung und begann, sich die Hose auszuziehen. Innerhalb von Sekunden lag die Jeans auf dem Boden neben seinen Schuhen. Valerie beugte sich zum Nachttisch herunter und präsentierte ihm damit ihr perfekt geformtes Hinterteil. Es war wie eine Zielscheibe, sein Blick saugte sich daran fest, und er setzte sich ohne bewussten Befehl in Bewegung.

Als Valerie sich mit dem Kondom in der Hand wieder aufrichtete, war Damons gesamte Geduld aufgebraucht. Mit zwei Schritten war er bei ihr, riss sie in seine Arme und warf sich mit ihr aufs Bett. Die Matratze war so weich, dass Valerie darin einsank und sich nicht mehr rühren konnte, nachdem Damon auf ihr zum Liegen kam. In seiner Erregung war ihm das nur recht, er konnte nur daran denken, sich in ihr zu vergraben und sie zu lieben, bis sie zu schwach war, auch nur einen Finger zu rühren.

Mit geweiteten Augen sah Valerie ihn an, dann begann sie zu lächeln und schlang ein Bein um seine Hüfte. Dadurch presste sich sein Schaft gegen ihren Eingang. Ein Zittern lief durch seinen Körper, während er mühsam versuchte, sich wenigstens so lange zurückzuhalten, bis er sich das Kondom übergezogen hatte. Offenbar konnte Valerie ihm ansehen, wie nah er am Abgrund stand, denn sie riss die Packung des Kondoms auf und nahm es heraus. Damon wollte danach greifen, doch sie hielt es aus seiner Reichweite.

»Lass mich.«

Damon wusste nicht, ob er es ertragen würde, wenn sie jetzt seine Erektion berührte, aber da alles andere zu lange dauerte, nickte er nur knapp. Seine Augen schlossen sich, als er Valeries Finger an seinem Penis spürte. Die Muskeln in seinem gesamten Körper spannten sich an, während er versuchte, den Orgasmus zurückzuhalten. Überraschend sanft rollte Valerie das Kondom über seinen Schaft, als wüsste sie, dass jede stärkere Berührung ihn zur Explosion bringen würde.

»Fertig.«

Damon öffnete die Augen wieder und erstarrte, als er die Leidenschaft in Valeries Augen sah. Wie von selbst bewegte sich seine Hüfte, und er tauchte mit einem tiefen Stoß in sie ein. Ein Laut, den er nicht deuten konnte, entkam Valeries Kehle. Es klang beinahe erschrocken. Da sie ihn jedoch weiterhin mit ihren Beinen umklammerte und nun auch noch ihre Arme um ihn schlang, musste er sich täuschen. Sein Verstand setzte aus, als er sich zu bewegen begann. Es fühlte sich so gut an, in ihr zu sein, ihre Hitze und Enge zu spüren. Durch ihre vorangegangenen Orgasmen war sie sehr feucht und konnte ihn ohne Probleme in sich aufnehmen.

Sein Penis glitt hinaus und wieder tief in sie, es war beinahe so, als wäre Damon endlich zu Hause angekommen. Als wären sie beide dazu bestimmt, genau hier zusammen zu sein. Dann verschwand jeder weitere Gedanke, während er immer schneller in sie stieß. Valerie kam ihm bei jedem Stoß mit der Hüfte entgegen, ihre Hacken bohrten sich in seinen Po, während ihre Fingernägel Furchen in seinen Rücken gruben. Ihr Stöhnen trieb ihn immer weiter an, er wollte, dass sie mit ihm kam, wenn er sich endlich gehen ließ.

Mit dem letzten Rest an Koordination schaffte er es, die Hände zwischen seinen und Valeries Körper zu schieben und ihre Brüste zu umfassen. Sie zuckte zusammen, als er ihre empfindlichen Brustspitzen berührte. An seinem Schaft spürte er, wie ihre inneren Muskeln sich zusammenzogen. Sie war eindeutig genauso nah an der Erfüllung wie er selbst. Gut, noch länger würde er diese Tortur auch nicht durchstehen. Es fühlte sich einfach zu gut an.

Auffordernd rieb Valerie ihre Brüste an ihm, und Damon kam ihrer stummen Bitte gerne nach. Er schloss Daumen und Zeigefinger um ihre harten Nippel, während er gleichzeitig wieder tief in sie stieß.

Erneut stöhnte Valerie auf. »Härter!«

Gott, sie brachte ihn um! Wenn er noch einen Zweifel daran gehabt hätte, dass Valerie perfekt für ihn war, wäre der jetzt vorbei. Noch fester presste er ihre Brustspitzen zusammen, bis es beinahe schmerzhaft für sie sein musste. Doch auf Valeries gerötetem Gesicht war nur Erregung zu erkennen. Ihre Augen schimmerten silbern, ihre Zähne gruben sich in ihre volle Unterlippe. Damon hämmerte weiter in sie, beugte den Kopf hinunter und leckte ihr über den Hals. Erneut spürte er das Zucken in ihrem Innern, diesmal länger als vorher. Ihr stoßweiser Atem drang in sein Ohr und machte ihn noch wilder.

Als er mit den Zähnen über Valeries Haut kratzte, wurde ihr Stöhnen lauter, ihre Bewegungen unkontrollierter. Damon rammte seinen Schaft tief in sie, presste seine Finger an ihren Brustwarzen zusammen und biss ihr in den Hals. Wie ein Schraubstock schlossen sich Valeries Muskeln um ihn, ihr Schrei war gleichzeitig befreiend und gequält. Sie bohrte die Fingernägel noch weiter in seinen Rücken, drängte ihm die Hüfte entgegen. Damon konnte sich kaum noch bewegen, doch das war auch gar nicht nötig – der Höhepunkt rollte unaufhaltsam näher. Zitternd vergrub er das Gesicht an Valeries Hals und ließ sich fallen.

Eine ganze Weile später hob Damon erneut den Kopf und blickte Valerie prüfend ins Gesicht. Sein Magen zog sich zusammen, als er sah, dass ihre Augen feucht schimmerten. »Ist alles in Ordnung?«

»Ja. Ich habe es genossen, dass du ein wenig die Kontrolle verloren hast und einfach deinem Instinkt gefolgt bist.« Ein Schauer lief durch ihren Körper und erinnerte Damon daran, dass er immer noch in ihr war.

Er wollte sie nicht verlassen, doch er musste das Kondom entfernen. Er stützte sich auf die Hände und zog sich langsam aus Valerie zurück. Die gab einen protestierenden Laut von sich, hinderte ihn jedoch nicht daran. Nachdem Damon das Kondom entsorgt hatte, legte er sich wieder neben Valerie auf die Matratze. Dabei presste er sich an ihren Rücken und berührte ihren Körper von Kopf bis Fuß – er brachte es einfach nicht fertig, sich ganz von ihr zu lösen. Valerie schien das zu gefallen, denn sie schmiegte sich an ihn und verschränkte ihre Hand mit seiner auf ihrem Bauch.

»Du hättest ruhig noch auf mir bleiben können.«

»Ich wollte dich nicht erdrücken. Außerdem wäre dann die Versuchung zu groß gewesen, gleich wieder in dich einzudringen.«

Valeries Griff wurde fester. »Das hätte mich auch nicht gestört, ganz im Gegenteil. Wir haben hier genug Kondome.«

Damon stützte den Kopf auf eine Hand und blickte Valerie an. »Ich möchte dich nicht ausnutzen, Val. Nach den vier Jahren Enthaltsamkeit bin ich so ausgehungert, was Berührungen angeht, dass ich tagelang in dir bleiben würde, wenn ich könnte.«

Ein schwaches Lächeln trat auf Valeries Gesicht. »Das klingt nett.«

»Ja, aber es ist nicht praktikabel. Ich weiß, dass wir uns auf andere Dinge konzentrieren müssen, schon allein, damit du bald wieder zu deinem normalen Leben zurückkehren kannst. Es ist nicht gut, wenn ich das in meiner Erregung verdränge. Und das passiert automatisch, wenn ich dich nackt vor mir sehe.« Nicht nur dann, aber das musste er ihr ja nicht unbedingt erzählen. Vermutlich hatte sie es aber ohnehin schon gemerkt.

»Du meinst, ich bin eine Ablenkung.« Klang sie ein wenig verstimmt?

Er drückte ihre Hand noch fester. »Nein, du bist eine Versuchung. Und das meine ich im absolut positiven Sinne. Es ist *mein* Problem, wenn ich nicht die Hände von dir lassen kann.«

Ihre Mundwinkel hoben sich. »Dann habe ich das gleiche Problem mit dir.«

Damon stöhnte auf. »Nicht hilfreich.«

»Ich weiß, tut mir leid.« Sie hob seine Hand zu ihrem Mund und küsste ihn auf den Handrücken. »Wie wäre es, wenn wir aufstehen, uns eines der anderen Betten nehmen und dann versuchen, ein wenig zu schlafen? Morgen wird ein langer Tag, wenn wir unseren Plan in die Tat umsetzen wollen.«

Es gefiel Damon immer noch nicht, dass Valerie allein mit dem Detective sprechen würde. Da es jedoch keine andere Möglichkeit gab, nickte er nur. »Gute Idee.« Er wusste zwar nicht, ob er überhaupt würde schlafen können, aber es reichte ihm schon, Valerie die ganze Nacht lang in seinen Armen zu halten. Er konnte sich nichts Schöneres vorstellen.

28

Valerie schaltete den Motor aus, saß einen Moment lang einfach nur da und starrte durch die Windschutzscheibe auf das Polizeigebäude. Auf dem Weg in die Stadt hatte sie an einem öffentlichen Telefon gehalten und von dort aus einen Termin mit dem Detective vereinbart, damit niemand ihren und vor allem Damons Aufenthaltsort nachverfolgen konnte. Der Gedanke an Damon brachte sie zum Lächeln. Es war ihr unglaublich schwergefallen, ihn schlafen zu lassen und sich aus dem Zimmer zu schleichen, um ihn nicht zu wecken. Aber er brauchte den Schlaf, und bei dieser Sache konnte er ihr ohnehin nicht helfen.

Im Gegenteil, es war viel zu riskant, ihn auch nur in die Nähe der Polizei zu bringen. Nach Clives Tod war sein Foto wieder in allen Zeitungen und im Fernsehen gezeigt worden, die Wahrscheinlichkeit, dass ihn jemand erkannte, war einfach zu groß. Was Valerie tun sollte, wenn sie selbst erkannt und auf den Fall angesprochen werden würde, wusste sie noch nicht. Aber sie durfte auch nicht länger warten. Sie spürte ganz deutlich, dass Damons Zeit ablief, und sie konnte einfach nicht dabei zusehen, wie er wieder ins Gefängnis gesteckt wurde.

Auch wenn er ihr das so nicht gesagt hatte, glaubte sie nicht, dass er es überleben würde, wieder eingesperrt zu werden. Der Gedanke, Damon zu verlieren, bewirkte, dass Valerie die Tür ihres Wagens aufstieß und ausstieg. Die schwache Novembersonne trug wenig dazu bei, dass sie sich besser fühlte, während sie auf das Polizeigebäude zuging und es schließlich betrat.

Eigentlich sollte ihr die Umgebung vertraut sein – als FBI-Agentin war sie oft genug hier gewesen, doch diesmal hatte sie ein ungutes Gefühl. Ihr Instinkt sagte ihr, dass sie so schnell wie möglich umkehren sollte, doch der Wunsch, endlich die Wahrheit herauszufinden, war stärker.

Deshalb straffte sie die Schultern und trat an den Empfang. »Hallo, mein Name ist Valerie Hayes, ich bin mit Detective Hammond verabredet.«

Uninteressiert blickte der Polizist hinter dem Tresen sie an. »Gehen Sie einfach durch. Er sitzt im Großraumbüro ganz hinten links.«

Die unhöfliche Art des »Freund und Helfers« ärgerte Valerie, aber da sie kein weiteres Aufsehen erregen wollte, sagte sie nichts. Stattdessen nickte sie nur knapp und folgte den Anweisungen des Polizisten. Im Großraumbüro standen unzählige Reihen von Schreibtischen, es gab gerade genug Platz, dass man sich dazwischen einigermaßen ungehindert bewegen konnte. Valerie erntete einige neugierige Blicke, doch sie hielt den Kopf hoch und reagierte nicht darauf. Alles hier erschien ihr alt und abgenutzt, und sie war einmal mehr froh darüber, beim FBI in vergleichsweise luxuriösen Büros zu sitzen. Kein Wunder, dass viele Polizisten nach einigen Jahren jegliche Motivation verloren und nur noch Dienst nach Vorschrift verrichteten.

War genau das Damon zum Verhängnis geworden? Polizisten waren notorisch unterbezahlt und schlecht ausgestattet. Aus deren Sicht war es wahrscheinlich einfacher gewesen, die Beweise zu nehmen, die sich ihnen geboten hatten, und den Tatverdächtigen zu verhaften, anstatt noch nach anderen Hinweisen zu suchen. Je schneller ein Fall gelöst war, desto eher konnte man den nächsten bearbeiten. Gerade bei einem so aufsehenerregenden Verbrechen wie dem Mord an Bella Pelham war der Druck sicher immens gewesen und der Wunsch, die Sache möglichst schnell aufzuklären, noch akuter als sonst.

Valerie hoffte, dass ihr der Detective einen Einblick in die damalige Situation geben konnte. Allerdings musste sie feinfühlig vorgehen, damit Hammond es nicht als Kritik auffasste. Nicht unbedingt eine ihrer Stärken, besonders, weil sie nicht verstehen konnte, wieso jemand seine Arbeit nicht ordentlich erledigte. Aber sie würde sich bemühen. Für Bella Pelham und für Damon.

Schon aus einigen Metern Entfernung konnte Valerie den Detective hören, der gerade ein Telefongespräch führte. Er hatte sich in seinem Stuhl zurückgelehnt, die offenen Seiten seines Jacketts offenbarten einen ordentlichen Bauchansatz an seinem sonst schlanken Körper. Vermutlich war er in jüngeren Jahren ein echter Herzensbrecher gewesen, doch jetzt, mit etwa fünfzig, zeigten sich langsam die ersten Spuren eines ausschweifenden Lebensstils. Grau hatte sich in die blonden Haare geschlichen, um Augen und Mundwinkel hatten sich Falten in die gebräunte Haut gegraben.

Sein Blick erfasste Valerie und wanderte langsam an ihrem Körper herunter und wieder herauf. Er sagte noch etwas in den Hörer, was Valerie nicht verstehen konnte, bevor er schließlich auflegte.

Neben seinem Schreibtisch blieb Valerie stehen. »Detective Hammond? Ich bin Valerie Hayes.«

Langsam erhob Hammond sich und schloss den Knopf an seinem Jackett, bevor er ihr die Hand reichte. »Der bin ich. Ich denke, es ist besser, wenn wir in einen der Besprechungsräume gehen. Hier draußen ist es zu laut, um sich in Ruhe zu unterhalten.«

Damit hatte er eindeutig recht, trotzdem wäre es Valerie lieber gewesen, in der Nähe von anderen Menschen mit ihm zu reden. »Gerne. Danke, dass Sie sich bereit erklärt haben, mit mir zu reden.«

Sein Mund verzog sich, während er zu lange ihre Hand festhielt. »Es blieb mir ja kaum was anderes übrig, wenn das FBI anfragt, oder?«

Valerie zog ihre Hand zurück und widerstand gerade noch der Versuchung, sie an ihrer Hose abzuwischen. »Sie hätten Nein sagen können, aber ich bin froh, dass Sie es nicht getan haben.«

»Ich muss zugeben, ich war neugierig, was Sie jetzt noch mit diesem lange abgeschlossenen Fall wollen. Liegt es daran, dass es Ihnen nicht gelungen ist, den Mistkerl nach seiner Flucht zu fassen, oder am Mord seines Anwalts?«

Valerie hatte Mühe, ihre Miene ausdruckslos zu halten. »Mich interessiert, wie die Ermittlungen damals abgelaufen sind, sonst nichts. Ich bin sicher, Sie als damals leitender Ermittler können mir mit den Details weiterhelfen.«

»Wir werden sehen. Es ist lange her, ich weiß nicht, ob ich mich noch an Einzelheiten erinnern kann.«

Hammond drehte sich um und ging Valerie voraus zur anderen Seite des Raumes, an der sich mehrere Türen befanden. Eine davon öffnete er und bedeutete Valerie mit einer Handbewegung, dass sie eintreten sollte. Auch der Besprechungsraum wirkte in die Jahre gekommen, aber immerhin passten hier alle Möbel zusammen und es gab eine Fensterfront, die den Raum deutlich freundlicher wirken ließ. Automatisch ging Valerie darauf zu und blickte hinaus. Das Panorama von Gebäuden, Brücken und Parkplätzen erinnerte sie daran, wie viel besser es ihr auf der Insel gefallen hatte.

Die Erinnerung an den Blick über den See, gesäumt von Bäumen, Sand und kleinen Ferienhäusern ließ in ihr so etwas wie Heimweh aufkommen. Und Sehnsucht nach Damon.

Mühsam unterdrückte sie den Gedanken an ihr Liebesspiel am Ufer und die Fortsetzung im Haus. Noch nie hatte sie sich so begehrt und auch … geliebt gefühlt wie von Damon. Er hatte ihr jeden Wunsch erfüllt, den sie je an einen Liebhaber gehabt hatte. Besonders hatte sie es genossen, danach in seinen Armen zu liegen und langsam in den Schlaf zu sinken.

Zum ersten Mal seit langer Zeit hatte sie tief geschlafen, ohne an irgendetwas anderes zu denken als an den Mann, der sich an ihren Rücken gepresst hatte. Ungebeten schlich sich der Gedanke in ihren Kopf, wie es wohl wäre, wenn sie jeden Abend so einschlafen könnten. Frei von Sorgen und Problemen, einfach nur glücklich darüber, zusammen zu sein.

»Miss Hayes?« Die Ungeduld in Hammonds Stimme verriet, dass er schon länger versuchte, ihre Aufmerksamkeit zu erregen.

Valerie bemühte sich, jeden Ausdruck aus ihrem Gesicht verschwinden zu lassen, bevor sie sich zu dem Detective umwandte. »Ja?«

»Ich fragte, ob Sie einen Kaffee haben möchten.«

»Nein, danke. Es wäre mir lieb, wenn wir gleich anfangen könnten. Ich möchte Ihnen nicht noch mehr Ihrer Zeit stehlen.«

Der Detective sah aus, als wollte er etwas dazu sagen, nickte dann aber nur knapp und deutete auf die in einem Oval angeordneten Tische. »Setzen wir uns.«

Valerie folgte seiner Bitte und holte ihre Unterlagen aus der Aktentasche. »Es wäre nett, wenn Sie mir erzählen würden, wie Sie damals auf Damon Thomas gekommen sind.«

Hammonds Gesicht verzog sich geringschätzig. »Das war nicht weiter schwer, schließlich haben wir ihn noch am Tatort angetroffen. Überall waren seine Fingerabdrücke, von den Türen über das Bett bis hin zur Tatwaffe. Er hat auch das Telefon des Opfers benutzt, um den Notruf zu wählen. Seine Stimme hatten wir also auch auf Band.«

»Warum sollte er die Polizei rufen, wenn er selbst der Täter wäre? Bisher kam er mir nicht so dumm vor, dass er so etwas tun würde.«

Der Detective hob die Schultern. »Das passiert öfter, als man denkt. Vielleicht tat ihm der Mord leid, oder er war so zugekifft oder alkoholisiert, dass er nicht mehr wusste, was er tat.«

Valerie hob die Augenbrauen. »Ich habe nirgends etwas davon gelesen, dass er größere Mengen Alkohol oder Drogen im Blut hatte.«

Wut blitzte in Hammonds Augen auf. »Ich kann mich nicht mehr genau daran erinnern. Ich sagte auch nur, dass es eine Möglichkeit wäre.«

»Sie haben ihn also durch den Notruf identifiziert? Hat er seinen Namen genannt?«

»Nein, aber die Stimmenanalyse hat gezeigt, dass er es war. Er hat es auch nie abgestritten, soweit ich weiß. Außerdem haben wir das Handy vom Opfer analysiert. Bella Pelham hat Thomas kurz vor ihrem Tod angerufen. Während der Befragung hat sich Thomas dann in Widersprüche verwickelt.« Der Stolz darüber war Hammond auch jetzt noch anzuhören.

Valerie tippte auf das Protokoll von Damons erster Befragung. »Hier steht, dass Thomas angab, in der Wohnung gewesen zu sein, weil Miss Pelham ihn gebeten hatte, zu kommen. Dort ist er dann niedergeschlagen worden und erst im Bett neben der Leiche des Opfers wieder aufgewacht. Haben Sie diese Aussage überprüft?«

Hammonds Gesicht lief rot an. »Natürlich haben wir das! Denken Sie, wir wüssten nicht, wie man den Job macht?«

Beschwichtigend hielt Valerie eine Hand hoch. »Doch, natürlich. Meine Frage zielte darauf ab, herauszufinden, ob Thomas irgendwelche äußeren Wunden aufwies. Hatte er zum Beispiel eine Beule am Kopf? Irgendwelche Prellungen vom Sturz? Vielleicht sogar irgendwelche Blutergüsse, weil ihn jemand zum Bett getragen hat?«

Nur langsam wich die Farbe wieder aus den Wangen des Detectives. »Nicht, dass ich wüsste. Jedenfalls nichts Auffälliges.«

»Wurde das nicht von einem Arzt überprüft?«

Hammond zuckte mit den Schultern. »Ich kann mich nicht mehr erinnern. Ist das nicht in den Berichten drin?« Er deutete auf Valeries Unterlagen.

»Ich habe es jedenfalls nicht gefunden, deshalb frage ich Sie danach.«

»Dann kann ich Ihnen auch nicht helfen. Außerdem könnte er sich die entsprechenden Wunden ja auch selbst zugefügt haben, um seine Story zu untermauern.« Hammond legte die Hände auf den Tisch und beugte sich vor. »Warum sollte ein anderer Täter ihn am Leben gelassen haben, wenn es doch viel einfacher gewesen wäre, ihn auch umzubringen?«

Genau das versuchte Valerie herauszufinden, doch das konnte sie dem Detective schlecht sagen. »Das ist eine gute Frage. Eine andere ist die des Motivs.«

Hammond grinste höhnisch. »Das ist ganz einfach: Eine heiße Blondine mit viel Geld macht sich eine nette Zeit mit einem Mann, der gesellschaftlich weit unter ihr steht. Sie will ihn nur für Sex, doch er will mehr. Als sie ihn abserviert, tötet er sie in einem Anfall von Eifersucht.«

Dieses Argument ließ sich nicht ganz von der Hand weisen – so etwas kam tatsächlich öfter vor, als man glaubte. Aber wer Damon kannte, wusste, dass es so nicht gewesen war. Außerdem sprach die Aussage von Bellas Freundin dagegen, die allerdings nie vor Gericht gehört worden war. »Möglich wäre es.«

»Lady, das Gericht hat ihn aufgrund dieses Motivs verurteilt, von daher ist es nicht nur eine Möglichkeit.«

Seine herablassende Art ging Valerie gehörig gegen den Strich, aber sie hatte so etwas schon zu oft erlebt, um sich dagegen zu wehren. Es brachte ohnehin nie etwas. »Da der Verurteilte bis zum Schluss seine Unschuld beteuert hat, war es nur eine These von der Staatsanwaltschaft und dem Richter, keine Tatsache.«

Hammonds Augen verengten sich. »Auf welcher Seite stehen Sie eigentlich? Stimmen die Dinge, die ich in der Zeitung über Sie gelesen habe?«

»Ich weiß nicht, was Sie gelesen haben, und es interessiert mich auch nicht. Mir geht es allein um die Wahrheit, und ich hatte eigentlich angenommen, dass das auch in Ihrem Interesse ist.«

Hammond erhob sich halb. »Was wollen Sie damit sagen?«

»Gar nichts. Und ich gehe davon aus, dass Sie auch nichts über mich sagen wollten, das Ihnen eine Verleumdungsklage einbringen würde.« Stahl lag in ihrer Stimme. »Ich bin FBI-Agentin, Detective, und ich versuche, die Wahrheit zu ergründen, egal, wie diese aussieht. In den letzten Monaten habe ich die Unterlagen des Falls studiert, und es gab einige Dinge, die mich erstaunt haben. Wie zum Beispiel die Tatsache, dass offenbar ausschließlich Fingerabdrücke von Damon Thomas und Bella Pelham in der Wohnung gefunden wurden, obwohl nach Zeugenberichten in den Wochen davor unzählige Leute dort ein und aus gegangen sind. Unter anderem die Putzfrau, die jeden zweiten Tag kam, Bellas Freunde und Bekannte, mit denen sie eine Party gefeiert hat, und auch der ein oder andere Mann, den sie mit in ihr Schlafzimmer genommen hat. Wieso also haben Ihre Leute nur Abdrücke und genetisches Material von Thomas gefunden? Hat jemand die Wohnung nach dem

Mord von Fingerabdrücken gesäubert? Oder wurde gar nicht erst nach anderen Spuren gesucht? Hat es gereicht, einen Verdächtigen zu haben?« Valerie senkte ihre Stimme. »Oder wurden die Spuren gesammelt, ausgewertet und danach irgendwie beiseitegeschafft, weil Thomas so ein praktischer Verdächtiger war?«

Hammond sprang auf. »Wie können Sie es wagen, hierherzukommen und solche Behauptungen aufzustellen?« Er schrie beinahe, seine Hände waren zu Fäusten geballt.

»Ich habe lediglich die Frage gestellt, warum es keine anderen Spuren gab. Und ich hätte darauf gerne eine Antwort, Detective.« Bevor der antworten konnte, sprach Valerie schnell weiter: »Als Polizist wollen Sie doch sicher, dass kein Mörder frei auf der Straße herumläuft. Ich möchte lediglich sicherstellen, dass genau das nicht passiert ist. Falls nämlich noch jemand von dem gleichen Täter getötet wird, geht das aufs Konto der Polizei und des Gerichts.«

Hammond war deutlich blasser geworden, Schweißperlen standen ihm auf der Stirn. »Ich weiß nicht, wovon Sie reden. Es ist nicht unsere Schuld, dass Thomas geflohen ist.«

Der Detective stellte sich absichtlich dumm, das war genauso klar wie die Tatsache, dass er etwas wusste. Valerie konnte es regelrecht spüren. Mit ein paar Schritten war Hammond am Fenster und starrte hinaus. Sein Körper wirkte angespannt, seine Finger färbten sich weiß an den Stellen, wo sie sich um die Fensterbank schlossen.

Valerie trat neben ihn und sah ebenfalls hinaus. »Hatten Sie nie das Gefühl, dass bei dem Fall etwas nicht stimmen könnte? Das alles viel zu einfach ablief?«

Ein Muskel zuckte in Hammonds Wange. »Manche Fälle sind so.«

»Aber dieser war es nicht. Die Aussage des Verdächtigen

ist einfach ignoriert worden, es wurde überhaupt nicht nach einem anderen Täter gesucht. Warum nicht?«

Zuerst dachte sie, er würde nicht darauf antworten, doch schließlich senkte Hammond den Kopf und atmete scharf aus. »Weil es von oben Druck gab, dass der Fall so schnell wie möglich abgeschlossen werden soll.«

»Sie meinen, von Ihrem Captain?«

Bitter lachte der Detective auf. »Nein, viel höher. Jemand hat beim Bürgermeister Druck gemacht, ich dachte immer, es wäre Mr Pelham gewesen.«

Froh darüber, dass Hammond endlich redete, hakte Valerie schnell nach. »Aber jetzt nicht mehr?«

Er hob die Schultern. »Keine Ahnung.« Sein Gesichtsausdruck sagte jedoch etwas anderes.

»Ich bin mir sicher, Pelham wollte den Mörder seiner Tochter unbedingt hinter Gittern sehen. Aber ich kann mir nicht vorstellen, dass er die Ermittlungen behindert hat. Das hätte ja dazu führen können, dass der wahre Täter nicht gefunden wird.« Möglich war es natürlich trotzdem. Valerie wünschte, sie könnte mit dem Unternehmer reden und ihn danach fragen.

Hammond verzog den Mund. »Das habe ich mir vor ein paar Wochen auch gedacht, als Pelham hier war und von uns verlangt hat, dass wir Damon Thomas endlich wieder hinter Gitter bringen. Damals hat er es genauso gemacht: direkt ins Gesicht und ohne irgendwelche Heimlichtuereien. Und jetzt frage ich mich …« Er brach ab.

Als er nicht weitersprach, setzte Valerie seinen Satz fort: »… ob nicht jemand anders im Hintergrund dafür gesorgt hat, dass die Ermittlungen viel zu schnell zum Abschluss gekommen sind und nur in eine Richtung gingen?«

»Ja.« Hammonds Stimme klang rau. »Deshalb wollte ich mir noch einmal die Unterlagen des Falls vornehmen, nachdem ich von Clive Prescotts Tod gehört habe.« Er warf ihr einen Blick zu. »Sie waren verschwunden.«

Entgeistert starrte Valerie ihn an. »Wie meinen Sie das?«

»Sämtliche Beweisstücke waren nicht mehr an ihrem Platz in der Asservatenkammer, und in den Unterlagen stand nichts darüber, dass jemand sie herausgenommen hat.«

»Das heißt, es kann niemand nachverfolgen, wo sie jetzt sind.« Hammond nickte stumm. »Haben Sie mit Ihrem Captain darüber geredet?«

Er presste die Lippen zusammen. »Noch nicht.«

Nachdenklich rieb Valerie sich über ihre Stirn. »Dann sollten Sie das bald tun. Ich bin mir sicher, dass das FBI sämtliche Unterlagen anfordern wird, und es wäre ungünstig, wenn dabei herauskäme, dass Sie das Verschwinden nicht gemeldet haben. Ich nehme an, es hat nicht einfach jeder Zugang zu den Räumen?«

»Natürlich nicht. Sowie man die Asservatenkammer betritt, muss man sich registrieren, und Beweisstücke dürfen nur gegen Unterschrift entfernt werden. Ich weiß nicht, wie jemand darangekommen ist und vor allem auch nicht, wann das passiert ist. Es kann schon Jahre her sein.«

Frustriert musste Valerie anerkennen, dass sie hier nicht weiterkommen würde. Für einen kurzen Moment hatte sie geglaubt, sie sei der Wahrheit endlich näher gekommen, doch wie es schien, war sie wieder einmal in einer Sackgasse gelandet. »Können Sie herausfinden, wer zuletzt mit den Unterlagen zu tun hatte? Vielleicht können wir dadurch den zeitlichen Rahmen eingrenzen.«

Hammond nickte. »Ich kann es versuchen.«

»Gut. Melden Sie das Ergebnis dann bitte an Special Agent Gabriel Lynch direkt.« Sie wusste, dass sie als suspendierte Agentin auf der Flucht keine Chance haben würde, die Sache zu überprüfen. Genauso schwierig würde es sein, herauszufinden, wer den Bürgermeister damals unter Druck gesetzt hatte, aber Valerie spürte, dass sie damit endlich einen Schritt weitergekommen war. Zumindest war es ein neuerlicher Hinweis darauf, dass irgendjemand Damon den Mord anhängen wollte. »Wenn ich noch Fragen haben sollte, werde ich mich bei Ihnen melden. Danke für Ihre Zeit.«

Statt einer Antwort nickte Hammond ihr nur zu.

Valerie öffnete die Tür und schlüpfte auf den Gang. Ohne sich noch einmal umzudrehen, verließ sie das Polizeigebäude und setzte sich in ihren Wagen. Erst dort ließ sie zu, dass ihr gesamter Körper von einem Zittern erfasst wurde. Für diese Art der Arbeit war sie eindeutig nicht geschaffen. Deshalb übernahmen immer Gabriel oder Lucas die Befragungen, und sie beschränkte sich darauf, die Hintergrundinformationen zu sammeln. Mit einer Hand rieb sie sich über ihre feuchte Stirn und stieß einen tiefen Seufzer aus. Es wäre schöner gewesen, wenn Hammond ihr einen konkreten Namen hätte nennen können, aber sie hatte schon mehr herausgefunden, als sie erwartet hatte. Besonders, nachdem der Detective ihr am Anfang beinahe feindselig begegnet war.

Am liebsten hätte sie mit Damon gesprochen, wenigstens kurz seine Stimme gehört, doch das musste warten, bis sie wieder auf der Insel war. Selbst wenn sie die Telefonnummer des Hauses gehabt hätte, würde Damon sowieso nicht drangehen. Vielleicht sollte sie Wegwerf-Handys für sie beide besorgen. Aber zuerst würde sie noch etwas anderes erledigen, das sie nicht weiter aufschieben konnte. Ihre Eltern waren sicherlich schon außer sich vor Sorge um sie, das konnte sie ihnen nicht noch länger antun.

Entschlossen startete Valerie den Motor und bog aus der Parklücke auf die Straße. Während sie durch die Stadt fuhr, hielt sie nach einem weiteren öffentlichen Telefon Ausschau. Zwar konnte sie ihre Eltern nicht direkt benachrichtigen, aber sie konnte die Tochter der Hausbesitzer anrufen und sie bitten, ihren Eltern etwas auszurichten – persönlich, nicht telefonisch, damit sie niemand belauschen und ihren Aufenthaltsort herausfinden konnte.

An der Hauswand eines Supermarktes fand sie schließlich ein Telefon und tätigte den Anruf. Caro war erstaunt, von ihr zu hören, nahm aber die Information, dass Valerie derzeit das Ferienhaus benutzte, gut auf. Nur, dass sie Valeries Eltern benachrichtigen sollte, stieß bei ihr auf Verwirrung. Doch nachdem Valerie ihr erklärt hatte, dass sie sich mitten in einem Fall befand und nicht wollte, dass ihre Eltern sich Sorgen machten, war Caro einverstanden. Valerie betonte noch einmal, wie wichtig es war, dass sie die Nachricht wirklich persönlich überbrachte und nicht per Telefon, und hoffte, Caro würde sich daran halten.

Nachdem Valerie das erledigt hatte – erleichtert darüber, dass ihre Eltern nun endlich informiert wurden –, überlegte sie sich, was sie als Nächstes tun konnte, um Damon endlich Gerechtigkeit zu verschaffen. Ihr fiel jedoch nichts ein, das nicht den Zugang zu den Polizeiarchiven erfordert hätte oder Recherchen in einer der FBI-Datenbanken. Und an die kam sie nicht heran, sofern sie nicht ihren Aufenthaltsort preisgeben wollte. Ins Büro konnte sie auch nicht, Gabriel würde sie sofort aushorchen und von ihr verlangen, dass sie Damon auslieferte. Doch das brachte sie nicht über sich.

Eine Sache konnte sie allerdings erledigen, auch wenn sie sich damit immer noch einer gewissen Gefahr aussetzte. Nervös kaute Valerie auf ihrer Unterlippe herum, dann hatte sie sich entschieden und fuhr in den ruhigen Stadtteil, in dem Damons Familie lebte. Da sie schlecht einfach so bei deren Haus auftauchen konnte, das vermutlich auch überwacht wurde, fuhr sie stattdessen zu der Schule, in der ihren Recherchen zufolge Damons Schwester Ryanne als Lehrerin arbeitete. Es war ein Risiko, einfach unangemeldet dort aufzutauchen, aber sie wollte verhindern, dass Ryanne sich anders verhielt, wenn sie mit ihrem Auftauchen rechnete.

Valerie stellte ihren Wagen auf dem Parkplatz der Schule ab und ging dann ins Gebäude. Sie hätte zwar auch warten können, bis Ryanne herauskam, aber das dauerte ihr zu lange, und vielleicht war Damons Schwester auch gar nicht hier. Glücklicherweise schien gerade Unterricht zu sein, die Gänge waren leer. Tief atmete Valerie durch, bevor sie die Treppe hinaufstieg und zum Sekretariat ging. Dort klopfte sie kurz an die Tür und öffnete sie dann.

Eine grauhaarige Frau blickte auf und lächelte sie freundlich an. »Kann ich Ihnen helfen?«

Valerie lächelte zurück, obwohl in ihrem Magen Schmetterlinge tanzten. »Das hoffe ich. Ich bin auf der Suche nach Ryanne Henderson, können Sie mir sagen, ob sie gerade hier ist?«

Ein vorsichtiger Ausdruck trat auf das Gesicht der Frau. »Sind Sie von der Presse?«

Allein die Vorstellung ließ Valerie eine Grimasse schneiden. »Nein, absolut nicht. Hatten Sie in letzter Zeit Probleme mit Journalisten?«

Die Miene der Sekretärin verschloss sich. »Einige, besonders seit …« Sie brach ab. Wut blitzte in ihren Augen auf. »Ms Henderson ist eine sehr gute und geschätzte Lehrerin, die es nicht verdient hat, schon wieder ins Licht der Öffentlichkeit gezerrt zu werden.«

»Das denke ich auch. Ich verspreche, dass ich rein privat hier bin und ihr auf keinen Fall schaden will.« Ihre FBI-Marke wollte sie lieber nicht vorzeigen, das hätte nur zu weiterem Gerede geführt. »Bitte, es ist wirklich wichtig.«

Scharf sah die Sekretärin sie an. »Ich lasse sie herkommen. Wenn Ryanne sagt, dass sie nicht mit Ihnen sprechen will, gehen Sie, ohne Probleme zu machen.«

»Natürlich.« Erleichtert atmete Valerie auf. Sie hatte gewonnen – für den Moment.

29

Nur langsam tauchte Damon aus einem tiefen und traumlosen Schlaf auf. Er konnte sich nicht erinnern, wann er das letzte Mal so gut geschlafen hatte. Seine Augen flogen auf, und er blickte sich verständnislos in dem dunklen Raum um. Wie üblich brauchte sein Gehirn einen Moment, sich an das Geschehene zu erinnern und zu begreifen, dass Damon nicht mehr im Gefängnis in seiner Zelle lag, sondern irgendwo anders. Auf jeden Fall war die Matratze deutlich bequemer, die Luft nicht durchdrungen von Angst und Schweiß. Nur langsam wich die automatische Anspannung aus seinen Muskeln, sein Herzschlag normalisierte sich.

Nach einigen Augenblicken erkannte er etwas mehr, was vor allem an der Sonne lag, die durch die Vorhänge vor der großen Fensterfront sickerte. Es war ein großer Raum, der von einem gewaltigen Bett dominiert wurde – in dem er völlig nackt lag. *Valerie!* Ruckartig setzte Damon sich auf und blickte sich um, doch Valerie war nirgends zu sehen. Die Matratze neben ihm war kalt. Sein Magen zog sich zusammen. Bereute sie es schon, ihn so nah an sich herangelassen zu haben? Nein, das konnte er sich nicht vorstellen. Bevor sie eingeschlafen waren, hatte sie völlig zufrieden und erfüllt gewirkt.

»Val?« Seine Stimme hallte durch das Zimmer und erschreckte ihn selbst. Vielleicht war sie im Bad oder auch irgendwo im Haus.

Ein Blick auf den Wecker zeigte Damon, dass er länger als sonst geschlafen hatte, es war bereits nach zehn Uhr morgens.

Vermutlich hatte Valerie Hunger bekommen und sich entschieden, ihn nicht zu wecken. Schnell schwang er die Beine aus dem Bett und lächelte schwach, als sich in seinem Innern Muskeln bemerkbar machten, die er schon lange nicht mehr benutzt hatte. Die Erinnerung an ihr Liebesspiel am Strand und dann auf der Treppe und im Bett ließ Hitze in ihm aufsteigen. Sein Schaft regte sich, und er schüttelte den Kopf.

»Hast du gestern nicht genug bekommen?« Zur Antwort vergrößerte sich seine Erektion noch. Offenbar nicht. Aber das konnte er nachvollziehen, ihm selbst ging es nicht anders.

Damon stand auf und streckte seinen Rücken. Nach so langer Zeit war er es gar nicht mehr gewohnt, auf qualitativ hochwertigen Matratzen zu schlafen. Schon gar nicht zehn Stunden lang. Aber er würde sich sicher schnell wieder daran gewöhnen, wenn er die Gelegenheit dazu erhielt. Gott, er wünschte sich nichts sehnlicher, als endlich wieder ein normales Leben führen zu können. Wenn möglich mit Valerie an seiner Seite. Mit einem erneuten Kopfschütteln schlüpfte Damon in seine Jeans und verließ das Zimmer.

Ein Blick ins Bad zeigte ihm, dass Valerie dort ebenfalls nicht war, genauso wenig wie in ihrem Zimmer. Langsam wurde Damons Hochstimmung von Besorgnis abgelöst. Wo konnte Valerie sein? Im ganzen Haus herrschte Totenstille, und es fühlte sich irgendwie … leer an. Als wäre er der Einzige hier. Ein Schauder lief ihm über den Rücken. Nein, Valerie war sicher nur im Garten oder vielleicht auch einkaufen. Sie würde ihn nie längere Zeit hier allein lassen. Außer sie hatte ihre FBI-Kollegen gerufen und ihn ausgeliefert.

Abrupt blieb Damon stehen, während sein Herz sich schmerzhaft zusammenzog. Valerie kannte ihn gerade einmal zwei Tage, sicher hatten ihre Kollegen, Freunde und Familie ihre Loyalität viel mehr verdient als er. Außerdem war sie

Agentin und er ein flüchtiger Häftling. Selbst wenn sie ihm glaubte, dass er Bella nicht ermordet hatte, war er dennoch ein gesuchter Straftäter. Niemand, den sie respektieren oder gar lieben könnte. Hatte sie ihm ihre Zuneigung nur vorgespielt, um ihn in Sicherheit zu wiegen und die Falle zuschnappen zu lassen?

Er ballte die Fäuste und lehnte sich an die Wand. Wie ein Idiot hatte er ihr alles geglaubt, was sie getan und gesagt hatte. War er so ausgehungert nach Nähe gewesen, dass er seine Sicherheit auf so eklatante Weise vernachlässigt hatte? Die einfache Antwort lautete: ja. Valerie war ihm schon bei ihrem ersten Treffen im Regenwald sympathisch gewesen, und weil sie ihn damals hatte gehen lassen, hatte er einfach vorausgesetzt, dass sie ihm auch diesmal helfen würde. Dabei hatte er wohl verdrängt, dass er sie einfach entführt und dabei sogar verletzt hatte.

Vielleicht war auch heute Morgen irgendetwas passiert, das sie dazu gebracht hatte, ihn zu verraten. Vielleicht hatte sie einfach nicht mit dem schlechten Gewissen leben können, einem Straftäter zu helfen. Das könnte er sogar verstehen, aber er wünschte, sie hätte ihm die Gelegenheit gegeben, sie umzustimmen. Sie hätte einfach hierbleiben können, und er wäre gegangen, irgendwohin, wo ihn niemand gefunden hätte. Was hier geschehen war, hätte nie jemand erfahren müssen.

Langsam stieg Damon die Treppe hinab und wünschte sich, er hätte sich mehr als nur seine Hose angezogen. Wenn er verhaftet wurde, wollte er lieber vollständig gekleidet sein. Er war schon fast so weit, umzukehren, aber die Hoffnung, dass Valerie vielleicht in der Küche war, trieb ihn vorwärts. Doch der Raum war leer. Ratlos blieb Damon in der Tür stehen.

Nach einer Weile bemerkte er, dass der Tisch gedeckt war. Wie in Zeitlupe ging er darauf zu. Ein Gedeck war bereits benutzt, das andere wartete jungfräulich auf ihn. Alles, was er für ein gutes Frühstück brauchen könnte, war dort aufgebaut, sogar an eine Thermoskanne mit Kaffee hatte Valerie gedacht. Ein schmerzliches Lächeln hob Damons Mundwinkel. Während er nur das Schlechteste von ihr gedacht hatte, hatte sie sich die Mühe gemacht, ihm seinen ersten Frühstückstisch seit über vier Jahren zu decken.

Vorsichtig setzte er sich auf den Stuhl und starrte auf den liebevoll gedeckten Tisch. Sogar eine kleine Vase mit selbst gepflückten Blumen stand dort. Damon konnte sich nicht erinnern, wann sich zuletzt irgendjemand so um ihn gekümmert hatte. Es dauerte einige Zeit, bis er den kleinen Zettel entdeckte, der auf seinem Teller lag.

Guten Morgen,

ich hoffe, du hast gut geschlafen. Ich bin schon in der Stadt, um mit dem Detective zu sprechen. Erhol dich gut und iss ordentlich, wir unterhalten uns, wenn ich wieder zurück bin.

Val

Die kurze Nachricht war nicht besonders romantisch, aber das hatte er bei Valerie auch nicht erwartet. Außerdem sagten Taten viel mehr als bloße Worte, jedenfalls in seinen Augen. Der gedeckte Tisch und die Tatsache, dass sie sich um ihn sorgte und bereit war, für ihn mit dem Detective zu sprechen, bedeuteten ihm viel mehr. Allerdings wünschte er, sie wäre nicht allein in die Stadt gefahren. Wenn ihr Verfolger sie dort entdeckte … Unruhig stand Damon wieder auf und ging zum Fenster, das er auf Kipp stellte. Die Straße lag ruhig da – keine Spur von Valerie oder jemandem, der sich für das Haus interessierte.

Verdammt, wie sollte er hier ruhig sitzen und essen, während Valerie sich für ihn in Gefahr begab? Und er nicht einmal die Möglichkeit hatte, sie zu erreichen und ihr zu sagen, dass es das nicht wert war. Damon war sich nicht sicher, aber nach den abfälligen Bemerkungen, die Hammond damals ihm gegenüber über Bella gemacht hatte, hielt er den Detective für einen Chauvinisten. Er würde sich Valerie überlegen fühlen, einfach nur, weil sie eine Frau war. Und wie Valerie darauf reagieren würde, konnte Damon sich nur allzu gut vorstellen.

Er fuhr sich mit den Händen durch die Haare und wünschte, er könnte irgendetwas tun. Stattdessen saß er jedoch hier fest und konnte nur darauf warten, dass Valerie wiederkam.

Widerwillig entschied er, erst einmal zu frühstücken, schließlich hatte Valerie sich extra die Zeit genommen, alles für ihn vorzubereiten. Danach konnte er ein wenig aufräumen und sich dann noch einmal an die Unterlagen setzen. An die meisten Dinge konnte er sich zwar noch erinnern, aber vielleicht hatte Clive in der Zwischenzeit noch etwas hinzugefügt. Außerdem interessierten ihn auch Valeries Notizen. Von außen hatte sie zwangsläufig einen ganz anderen Blick auf die Sache.

Damon setzte sich wieder und steckte eine Scheibe in den Toaster. Allein der Geruch ließ ihn schon genießerisch die Augen schließen. Fast noch mehr genoss er allerdings die friedliche Stille. Im Gefängnis war immer ein wahnsinniger Lärm im Esssaal gewesen – Klappern, Stühlerücken, Stimmen. In den letzten Monaten hatte Damon sich zwar daran gewöhnt, wieder allein zu essen, aber das war nie so friedlich gewesen. Vor allem hatte er nicht bei offenem Fenster sitzen können und dabei nur Vogelgezwitscher gehört. Obwohl er sich immer noch um Valerie sorgte, gelang es ihm dennoch, das Frühstück zu genießen.

Valerie drehte sich um, als die Tür sich hinter ihr öffnete. Die Sekretärin hatte sie weiterhin argwöhnisch im Auge behalten, während sie Damons Schwester ausgerufen hatte. Auch wenn es in ihrem Fall nicht nottat, war Valerie froh, dass sich jemand um Ryannes Sicherheit kümmerte. Völligen Schutz gab es für Damons Familie nicht, aber es half schon, wenn alle die Augen offen hielten.

Valerie hatte sich von allen Familienmitgliedern Fotos besorgt und erkannte Ryanne sofort wieder. Sie war deutlich kleiner als Damon und hatte wesentlich hellere Haare. Auf den Fotos hatte man allerdings die Sorgenfalten nicht gesehen, die sich in ihren Augen- und Mundwinkeln gebildet hatten. Mitgefühl kam in Valerie auf, sie wusste nur zu gut, wie furchtbar es für Familienmitglieder sein konnte, wenn einer ihrer Lieben unter dem Verdacht stand, ein Verbrechen begangen zu haben.

Damons Familie musste nun schon seit vier Jahren damit leben. Als er noch im Gefängnis gewesen war, hatten sie wenigstens gewusst, wo er sich aufhielt und dass er noch lebte. In den vergangenen Monaten musste ihre Sorge dagegen wahnsinnig groß gewesen sein. Immerhin die konnte Valerie Ryanne nun nehmen, aber sie wusste, dass das nur ein schwacher Trost sein würde.

Ryanne warf ihr einen neugierigen Blick zu, bevor sie sich an die Sekretärin wandte. »Du hast mich ausgerufen, Margie?«

Die Sekretärin nickte zu Valerie hinüber. »Die Dame dort möchte mit dir sprechen. Sie sagt, sie gehört nicht zur Presse.« In ihrer Stimme schwang Skepsis mit.

Ryannes bemerkenswerte blaue Augen zogen sich zusammen und erinnerten Valerie damit noch mehr an die von Damon. »Wer sind Sie?« Offensichtlich hatte Ryanne bereits einige schlechte Erfahrungen gemacht.

Valerie trat vor und hielt ihr die Hand hin. »Mein Name ist

Valerie Hayes. Können wir uns irgendwo in Ruhe unterhalten?« Den Agententitel ließ sie absichtlich weg.

Offenbar erkannte Damons Schwester den Namen, sofort trat Furcht auf ihr Gesicht. »Natürlich. Wir können eines der Sprechzimmer nehmen.« Sie wandte sich an die Sekretärin, die sie neugierig beäugte. »Margie, wärst du so lieb, einen der anderen Lehrer zu bitten, für ein paar Minuten für mich einzuspringen? Es ist wichtig, und ich kann die Klasse nicht so lange unbeaufsichtigt lassen.«

»Kein Problem, ich kümmere mich darum. Und wenn du etwas brauchst, sag Bescheid.«

Ryanne gelang ein dünnes Lächeln. »Danke.«

Valerie folgte ihr, als sie das Sekretariat verließ und sich nach links wandte. »Es tut mir leid, dass ich so unangemeldet auftauche, ich wollte nicht, dass jemand erfährt, dass ich hier bin.« Schon im Wagen hatte Valerie sich entschlossen, ehrlich mit Ryanne zu sein. Damons Schwester verdiente die Wahrheit.

»Das ist in Ordnung.« Ryanne öffnete die Tür zu einem Raum und schloss sie hinter ihnen wieder. »Bitte, setzen Sie sich. Tut mir leid, die Stühle sind nicht sonderlich bequem.«

Da es sich um die typischen Holzstühle handelte, die es in allen Schulen gab, hatte Valerie auch nichts anderes erwartet. »Danke.«

Ryanne setzte sich ihr gegenüber und faltete die Hände ineinander. Ihre Finger färbten sich weiß, so fest presste sie sie zusammen. »Haben Sie etwas von Damon gehört? Ist er …« Sie brach ab, und ihre Augen wurden feucht.

Automatisch beugte Valerie sich vor und legte ihre Hand auf die von Ryanne. »Er lebt, und es geht ihm gut.«

»Oh, Gott sei Dank!« Erleichtert presste Ryanne die Hände vor den Mund. Eine Träne lief ihr über die Wange. »Wir haben nichts mehr von ihm gehört, seit … seit dem Tag seines Transports nach Seattle. Er hatte angerufen, um uns von der Anhörung zu erzählen und ein Treffen im Gerichtsgebäude auszumachen. Aber dazu ist es ja nie gekommen.« Sie wischte sich über die Wange, ihre Lippen zitterten. »Als wir danach nichts mehr von ihm gehört haben, hatten wir die Befürchtung, dass er tot sein könnte. Dass dieser Mörder Russell Davis ihn vielleicht irgendwo im Park verscharrt hat und wir nie erfahren würden, was aus ihm geworden ist.«

Valerie wünschte, sie hätte sich früher bei Damons Familie gemeldet, um sie zu beruhigen. »Damon ist mit dem kleinen Mädchen geflohen, am Ende war er gar nicht mehr mit Davis zusammen. Er wollte Emma in die Zivilisation zurückbringen.«

Ryanne atmete tief durch und versuchte ein Lächeln. »Das klingt nach ihm. Er hat Kinder schon immer geliebt.«

»Darauf hatte ich gesetzt, und ich lag richtig, als ich ihm gefolgt bin. Ohne ihn wäre Emma jetzt tot.«

Die junge Frau erschauderte. »Dann bin ich froh, dass er dort war. Und dass dieser Mistkerl Davis niemandem mehr etwas antun kann.«

»Ich glaube, das geht uns allen so.«

Ryanne wurde noch blasser. »Oh, es tut mir so leid, ich habe gelesen, dass er einen Ihrer Kollegen getötet hat.«

»Danke.«

»Entschuldigen Sie, ich weiß, es ist unhöflich, aber können Sie mir jetzt sagen, was mit Damon ist? Wurde er vom FBI verhaftet?«

Innerlich schnitt Valerie eine Grimasse. Eigentlich hatte sie das gleich erzählen und Damons Schwester nicht so lange auf die Folter spannen wollen. »Nein, das FBI weiß nicht, wo er ist. Im Moment ist er in Sicherheit.«

Ryanne blickte sie mit einem merkwürdigen Ausdruck an. »Aber Sie sind doch vom FBI.«

»In diesem Fall nicht. Ich kann Ihnen nicht alles erklären, nur so viel: Ich arbeite gerade daran, herauszufinden, was damals wirklich mit Bella Pelham geschehen ist, und Damon hilft mir dabei. Er weiß nicht, dass ich gerade hier bin, er hat Sie die ganze Zeit nicht kontaktiert, weil er nicht wollte, dass Sie mit in die Sache hineingezogen werden. Aber ich dachte, Sie machen sich sicher Sorgen und möchten gerne wissen, wie es ihm geht.«

»Auf jeden Fall! Damon hat immer versucht, uns zu beschützen, aber er muss doch wissen, dass wir ganz krank vor Sorge waren, nachdem er einfach so verschwunden ist. Eine kleine Nachricht hätte genügt, einfach, um uns wissen zu lassen, dass er noch lebt. Er ist immer so dickköpfig!« Am Ende ihrer Tirade hatte Ryanne zumindest wieder etwas Farbe in den Wangen. Zögernd lächelte sie Valerie an. »Danke, dass Sie zu mir gekommen sind.«

»Sehr gerne.« Valerie erhob sich. »Sie werden sicher Ihrer Familie die gute Nachricht erzählen wollen. Tun Sie mir bitte den Gefallen und machen das persönlich und nicht über das Telefon, weil es sein kann, dass Ihre Leitung abgehört wird. Und es wäre auch gut, wenn Sie sich ganz normal verhalten würden, so als wäre alles beim Alten.«

Ryannes Augen weiteten sich. »Werden wir etwa vom FBI überwacht?«

»Ich kann es nicht ausschließen, aber ich mache mir eher Sorgen um andere Beobachter. Seien Sie bitte vorsichtig.«

Ryanne hob das Kinn und erinnerte Valerie dabei einmal mehr an Damon. »Das werden wir.« Sie stand ebenfalls auf. »Ich kann gar nicht ausdrücken, wie viel es mir – und meiner Familie – bedeutet, etwas von Damon gehört zu haben.«

»Ich weiß. Und ich habe das sehr gerne gemacht.«

»Wenn Sie mit Damon sprechen, könnten Sie ihm bitte sagen, wie sehr wir ihn lieben und dass wir an ihn glauben? Wir sind bereit, alles zu tun, damit er bald zu uns zurückkehren kann.«

Valerie spürte einen Kloß im Hals. »Ich werde es ihm sagen.«

»Danke. Es tut uns sehr leid, was mit Clive Prescott geschehen ist. Ich glaube, er hätte Damon helfen können. Wir suchen gerade einen neuen Anwalt, der Damon vertreten kann.« Als Ryanne Valeries Blick sah, hob sie die Hand. »Ich weiß, dass Damon unser Geld nicht will, aber wir werden nicht zusehen, wie er noch länger unter dieser Ungerechtigkeit leiden muss. Diesmal lassen wir ihm nicht seinen Willen und verlieren ihn erneut.« Wieder schob sie das Kinn vor. »Das können Sie ihm auch ruhig sagen.«

Valerie musste lächeln. »Das werde ich.«

Einen Moment lang sah Ryanne sie nur an. »Ich glaube, Sie sind gut für ihn.«

Valerie konnte fühlen, wie ihre Wangen heiß wurden. »Ich sollte jetzt gehen.«

Nach einem Blick auf die Uhr nickte Damons Schwester. »Ich muss auch zum Unterricht zurück.« Sie presste die Lippen zusammen. »Es fällt mir so schwer, nicht sofort nach Hause zu laufen und allen zu erzählen, dass es Damon gut geht!«

»Das kann ich mir vorstellen. Wie viele Stunden haben Sie noch vor sich?«

»Nur eine, aber selbst die erscheint mir noch zu viel.« Ryanne wedelte mit der Hand. »Achten Sie nicht auf mich, ich benehme mich wie ein Kind. Noch einmal vielen Dank. Können wir Sie irgendwie erreichen, wenn etwas sein sollte?«

»Nein, tut mir leid. Es ist besser, wenn es gar keinen Kontakt gibt. Sollte irgendetwas passieren, das Ihnen Angst macht, wenden Sie sich ans FBI, dort wird man Ihnen helfen. Am besten sprechen Sie mit Julie Kingsley.«

»Okay.« Unerwartet umarmte Ryanne sie, ließ sie jedoch ebenso schnell wieder los. Ein verlegenes Lächeln überzog ihr Gesicht. »Entschuldigung, das musste einfach sein. Irgendwie war es fast, als könnte ich damit Damon umarmen.«

»Kein Problem. Ich werde die Umarmung an Damon weitergeben.« Als Valerie klar wurde, was sie da gerade gesagt hatte, schnitt sie eine Grimasse. »Virtuell, meinte ich.«

Ryannes Lächeln verbreiterte sich. »Ja, schon klar.« An der Tür drehte sie sich noch einmal zu Valerie um. »Ich hoffe, dass wir uns irgendwann unter besseren Umständen wiedersehen.«

»Das würde mich freuen.« Was sie vollkommen ernst meinte. Damons Schwester schien eine tolle Frau zu sein, und Valerie hätte sie gern näher kennengelernt. Nicht nur, weil sie Damon sehr nahezustehen schien, sondern auch, weil es Valerie in ihrer Gegenwart so vorkam, als könnte alles gut werden. Als wäre irgendwann ein normales Leben für Damon möglich. Es war unglaublich, wie sehr sie sich das wünschte, obwohl sie ihn erst so kurze Zeit kannte.

Ryanne winkte ihr noch einmal zu und verschwand dann aus ihrem Sichtfeld. Mit einem Seufzer schob Valerie die Gedanken an die Zukunft beiseite und konzentrierte sich auf das Hier und Jetzt. Sie sollte wirklich bald zum Ferienhaus zurückfahren, damit Damon sich nicht unnötig Sorgen um sie machte. Vorher wollte sie aber noch frische Lebensmittel einkaufen, um nicht auf die Konserven in der Vorratskammer angewiesen zu sein. Irgendwie hatte sie das Bedürfnis, Damon aufzupäppeln, damit er bald wieder seine ursprüngliche Kraft zurückgewann. Er würde sie brauchen, egal, was passierte.

Die Vorstellung, dass er ins Gefängnis zurückkommen könnte, ließ Valerie einen Schauder über den Rücken laufen. Für sie fühlte sich das so an, als würde man ein Tier in einen Käfig sperren, das eigentlich für die Wildnis geboren war. Irgendwie musste sie das verhindern, sie glaubte nicht, dass sie einfach danebenstehen und zusehen könnte, wie man Damon in Ketten legte und abführte. Rein vom Verstand her wusste sie, dass es falsch war, wenn ein verurteilter Straftäter flüchtete und sich damit seiner Strafe entzog, selbst wenn er unschuldig war. Doch zum ersten Mal war es Valerie egal, was ihr Kopf sagte, und sie hörte stattdessen auf ihr Herz. Auch wenn sie das zu einer Mittäterin machte und sie dafür rechtlich belangt werden konnte. Ganz zu schweigen davon, dass sie ihren Job verlieren würde. In diesem Moment zählte nur Damon. Er hatte in den vier Jahren seit Bellas Tod genug gelitten, sie konnte nicht einfach zusehen, wie sein ganzes Leben dadurch zerstört wurde.

Als Valerie aus dem Gebäude trat, nahm sie aus den Augenwinkeln eine Bewegung wahr. Ein Wagen fuhr langsam die Straße entlang, es wirkte, als würde der Fahrer irgendetwas oder -jemanden suchen. Vor einer Schule sicher nichts Ungewöhnliches, trotzdem machte es Valerie nervös. Deshalb atmete sie erleichtert auf, als das Fahrzeug endlich um eine Ecke bog und sie zu ihrem eigenen Wagen gehen konnte. Mit schnellen Schritten eilte sie darauf zu und setzte sich rasch hinein. Einen Moment lang überprüfte sie die Umgebung, bis sie sicher war, dass niemand sie beobachtete. Erst dann ließ sie den Motor an und fuhr langsam aus der Parklücke.

30

Das Gespräch mit Damon Thomas' Eltern endete für Gabriel alles andere als zufriedenstellend. Sie konnten oder wollten ihm keinerlei Hinweis darauf geben, wo ihr Sohn jetzt sein könnte. Nach ihrer Aussage hatten sie von Damon seit dem Morgen des Gefangenentransports nichts mehr gehört. Gabriel neigte dazu, ihnen zu glauben, denn die Sorge um ihren Sohn war ihnen deutlich anzusehen.

Jetzt konnte er es nur noch bei Damons Schwester Ryanne probieren. Wenn die auch nichts gehört hatte, war er wieder in einer Sackgasse gelandet. Frustriert verließ er mit Julie das Haus und blieb neben dem Wagen stehen.

Über das Dach blickte er auf die Straße. Eine schwarze Limousine fuhr langsam an ihnen vorbei. Mit verengten Augen starrte Gabriel ihr hinterher. Wenn er sich nicht täuschte, war wieder einer von Pelhams Leuten ihnen gefolgt. Oder vielleicht hatte derjenige auch schon hier vor dem Haus gewartet, in der Hoffnung, dass Damon auftauchen würde. Das brachte das Fass zum Überlaufen. Gabriel zog sein Handy heraus und rief im Hauptquartier an. Beruhigt legte er wenig später wieder auf, nachdem Lucas ihm versprochen hatte, sich darum zu kümmern.

Er öffnete die Wagentür und ließ sich auf den Sitz sinken. Julie saß schon im Auto und blickte ihm besorgt entgegen. »Offenbar hat sich Pelham deinen Besuch nicht zu Herzen genommen.«

»Sieht ganz so aus.« Mühsam unterdrückte Gabriel seine

Wut. Es brachte ihm nichts, wenn er sich über etwas ärgerte, das er im Moment sowieso nicht ändern konnte. Viel wichtiger war es jetzt, in der Suche nach Valerie und Thomas weiterzukommen. Gabriel ließ den Motor an und gab Gas.

»Wohin fahren wir jetzt?«

»Zu der Schule, in der Ryanne Henderson arbeitet. Vielleicht haben wir Glück, und sie weiß mehr als ihre Eltern.«

Julie nickte nur, aber es war ihr anzusehen, dass sie auch nicht daran glaubte. Wenn Ryanne irgendwelche Informationen zu Damons Verbleib hätte, würde sie bestimmt nicht dabei zusehen, wie ihre Eltern litten.

Glücklicherweise war es nur eine kurze Strecke bis zu der Schule. Dort angekommen sah Gabriel gerade noch, wie eine weitere schwarze Limousine um die Ecke verschwand. *Verdammt!* Erneut rief er beim Hauptquartier an, um auch hier einen Schutz zu beantragen. Das waren alles Ressourcen, die woanders benötigt wurden, doch er war nicht gewillt, ein Risiko einzugehen.

Gemeinsam mit Julie ging er ins Schulgebäude und verzog den Mund, als er all die Gerüche und Geräusche wahrnahm, die er schon zu seiner eigenen Schulzeit gehasst hatte. Wie jemand freiwillig als Lehrer arbeiten konnte, war ihm ein Rätsel. Im Sekretariat ließen sie Ryanne ausrufen, die kurz darauf hereinkam. Als sie die beiden Fremden im Raum stehen sah, glitt etwas über ihr Gesicht, das Gabriel nicht deuten konnte. »Sie wollten mich sprechen?«

Wieder übernahm Julie. »Ich bin Agent Kingsley vom FBI, und das hier ist Agent Lynch. Wir würden gerne mit Ihnen über Ihren Bruder sprechen. Wir waren eben schon bei Ihren Eltern.«

Besorgt blickte Ryanne sie an. »Ist Damon verhaftet worden?«

Irgendetwas an ihrer Reaktion kam Gabriel seltsam vor. Dann fiel ihm auf, was es war: Ryanne schien zu wissen, dass Damon noch lebte. Und hatte nicht Erkennen in ihrem Blick gelegen, als Julie ihren Namen erwähnt hatte?

Falls die Psychologin diese Reaktion ebenfalls bemerkt hatte, zeigte sie es zumindest nicht. »Nein, Ms Henderson, bisher konnten wir Ihren Bruder noch nicht verhaften. Wissen Sie zufällig, wo er sich aufhält? Haben Sie etwas von ihm gehört?«

Ryannes Gesichtszüge schienen härter zu werden. »Ich weiß nicht, wo Damon ist. Haben Ihnen meine Eltern nicht gesagt, dass wir seit vier Monaten nichts von ihm gehört haben?«

In diesem Moment schlug Gabriels eingebauter Lügenradar Alarm, und er mischte sich ein. »Doch, das haben sie. Wir wollten nur sichergehen. Reine Routine, wenn eine Agentin entführt wurde.«

Ryannes Augen weiteten sich. »Entführt? Wer ist entführt worden?« Ihre Überraschung war echt.

»Agent Valerie Hayes. Kennen Sie sie?«

»Aber sie … hm … ich hatte damals mit ihr telefoniert, als Damon im Olympic verschollen war. Sie schien nett zu sein.« Ryanne war eindeutig keine gute Lügnerin. Unstet wanderte ihr Blick umher, und eine tiefe Röte überzog ihre Wangen.

»Das ist sie, und wir möchten nicht, dass ihr etwas geschieht.«

»Damon würde ihr niemals etwas tun!« Die Worte kamen aus tiefster Überzeugung heraus. Weil Ryanne glaubte, ihren Bruder zu kennen, oder weil sie wusste, dass Valerie noch lebte und es ihr gut ging?

Gabriel traf eine Entscheidung. »Würden Sie kurz mit mir nach draußen kommen, Ms Henderson? Ich würde gerne allein mit Ihnen sprechen.«

Unsicher sah Ryanne zu der Sekretärin und Julie hinüber, doch dann straffte sie die Schultern und nickte. »Natürlich.«

Sie ging Gabriel voraus auf den Gang.

»Ms Henderson …«

»Ryanne, bitte. Ms Henderson ist meine Schwiegermutter.« Sie schnitt eine Grimasse. »Kein schöner Gedanke, dass ich für sie gehalten werden könnte.«

Gabriel war lange genug Agent, um ein Ablenkungsmanöver zu erkennen. »Es ist wichtig, dass Sie mir die Wahrheit sagen, Ryanne. Das Leben unserer Agentin hängt davon ab und auch das Ihres Bruders. Sie möchten doch sicher nicht, dass er sich in weitere Verbrechen verstrickt.«

Ryanne schlang die Arme um ihren Oberkörper, als wäre ihr kalt. »Natürlich will ich das nicht.«

»Wenn Sie etwas über Ihren Bruder wissen oder von ihm gehört haben, dann müssen Sie es mir sagen, Ryanne. Für Valerie, aber auch für Damon. Wissen Sie, was für eine Strafe auf die Entführung eines FBI-Agenten steht? Je nachdem, ob er sie verletzt oder sogar tötet, sind das einige Jahre bis lebenslänglich.« Er machte eine kleine Pause. »Zusätzlich zu der schon bestehenden Strafe.«

Nervös biss Ryanne sich auf die Lippe. »Er hat sie nicht entführt!«

»Die Beweise sagen etwas anderes.«

Die junge Frau wandte sich ab, und Gabriel sah, wie sie tief durchatmete. »Ich habe versprochen, nichts darüber zu sagen.«

»Es könnte sein, dass noch jemand anders hinter Ihrem Bruder her ist. Es ist wirklich wichtig, dass Sie mir die Wahrheit sagen, sonst können wir unsere Agentin und auch Ihren Bruder nicht beschützen.«

»Agent Hayes hat etwas Ähnliches gesagt.«

Scharf blickte Gabriel sie an. »Was?«

»Sie sprach davon, beobachtet zu werden. Was sie genau meinte, weiß ich nicht. Aber anscheinend hat sie sich Sorgen deswegen gemacht.«

Angespannt beugte Gabriel sich vor. »Wann haben Sie mit Valerie – Agent Hayes – gesprochen?«

»Vor einigen Minuten.«

Sein Herz klopfte schneller. »Hat sie gesagt, von wo aus sie anruft?«

Doch Ryanne schüttelte den Kopf. »Nein, sie war hier. Sie ist ganz unerwartet aufgetaucht.«

Gabriel umfasste ihren Oberarm. »Sie haben sie gesehen? Wie hat sie auf Sie gewirkt? Verängstigt, verletzt?«

»Ich kannte sie bisher nicht persönlich, deshalb kann ich es nicht so gut einschätzen. Aber sie kam mir nicht verletzt vor, und sie war aus freien Stücken hier. Deshalb glaube ich auch nicht, dass Damon sie entführt hat. Sie hat gesagt, er wüsste nichts davon, dass sie mich besuchen würde, aber er wäre in Sicherheit.«

Gabriels Magen zog sich zusammen. Es schien so, als wäre seine Ahnung Wirklichkeit geworden. Valerie war freiwillig mit Damon Thomas zusammen. *Verflucht!* Was dachte sie sich dabei? Sie musste doch wissen, was es für ihre Karriere bedeutete, wenn sie sich mit einem flüchtigen Straftäter abgab! Und woher wollte sie wissen, dass Thomas sich nicht gegen sie wenden würde? Gabriel musste sie so schnell wie möglich dort herausholen, bevor etwas passierte.

»Hat sie gesagt, wo er ist? Oder wohin sie von hier aus wollte? Irgendetwas, das uns helfen könnte, sie zu finden?« Er merkte selbst, dass er verzweifelt klang, aber er konnte es nicht ändern.

»Nein, tut mir leid. Sie hat nichts davon gesagt, und ich hatte auch nicht den Eindruck, als ob Damon irgendwo in der Nähe wäre. Nur, dass es ihm gut geht.« Tränen schimmerten in ihren Augen. »Bitte, Agent Lynch. Damon hat diese Frau nicht ermordet, und er würde auch Agent Hayes nie etwas antun. Irgendjemand versucht, ihm das anzuhängen, und tut alles dafür, dass Damon wieder ins Gefängnis kommt.«

Gabriels Blick wurde schärfer. »Wie kommen Sie darauf?«

»Der Mord an Clive Prescott. Für mich ist ganz eindeutig, dass er umgebracht wurde, weil er Damon helfen wollte und es auch gekonnt hätte.«

»Die Ermittler der Polizei halten es für einen Selbstmord.«

Entschieden schüttelte Ryanne den Kopf. »Das glaube ich nicht. Ich habe mich ein paarmal mit Clive getroffen, um zu erfahren, wie es jetzt weitergeht. Er wirkte auf mich nicht wie jemand, der mit seinem Leben gehadert hat. Ganz im Gegenteil. Irgendwer hat ihn umgebracht, weil er versucht hat, Damon aus dem Gefängnis herauszubekommen.« Ihre Stimme zitterte. »Clive war unheimlich nett und hat sich wirklich um seine Klienten gekümmert. Mit ihm hätte Damon eine Chance gehabt.«

Da Gabriel mit dem Großteil ihrer Gedanken übereinstimmte, nickte er nur. »Ein Grund mehr, Damon so schnell wie möglich zu finden. Nachdem der Anwalt nun aus dem Weg geräumt ist, kommt der Mörder vielleicht auf die Idee, auch Ihren Bruder stoppen zu wollen.«

Ryanne wurde deutlich blasser. »Ich weiß. Das ist ein Grund dafür, warum ich mit Ihnen rede. Damon darf nichts passieren und Ihrer Agentin auch nicht.«

»Was ist der andere Grund?«

»Agent Hayes hat mir gesagt, wenn mir etwas Angst macht, soll ich mich an Agent Kingsley wenden. Und weil Sie mit ihr zusammen gekommen sind, gehe ich davon aus, dass Sie auch in Ordnung sind.«

Das entlockte Gabriel ein schwaches Lächeln. »Danke.«

Er reichte ihr seine Karte. »Wenn Ihnen noch irgendetwas einfällt, oder Agent Hayes oder Ihr Bruder sich noch mal bei Ihnen melden, sagen Sie mir bitte sofort Bescheid. Egal, um welche Uhrzeit. Okay?«

»Okay.« Ernst sah Ryanne ihn an. »Lassen Sie es mich bitte nicht bereuen, dass ich mit Ihnen gesprochen habe.«

»Ich gebe mein Bestes.«

Gabriel verabschiedete sich und ging zusammen mit Julie zum Auto zurück.

»Wie lief es?« Die Psychologin warf ihm einen neugierigen Blick zu.

»Gut. Ryanne hat mit Valerie gesprochen. Offensichtlich ist sie kurz vor uns hier gewesen. Wir haben sie nur knapp verpasst.« Was ihn besonders ärgerte. Zu wissen, dass sie hier gewesen war, half ihm gar nichts, solange er nicht auch ihr Ziel kannte.

Erleichterung stand in Julies Augen. »Dann geht es Valerie gut?«

»Es scheint so. Allerdings wusste Ryanne auch nicht, wo sich ihr Bruder aufhält oder wohin Valerie danach wollte. Das heißt, wir sind immer noch nicht weiter als vorher.« Der Frust und die Sorge um Valerie ließen seine Worte schärfer klingen, als er beabsichtigt hatte. Er holte sein Handy heraus und ließ Lucas eine Fahndung nach Valerie einleiten. Wenn sie Glück hatten, konnte er sie noch in der Nähe finden.

Julies Mund spannte sich an, während sie an ihm vorbei auf die Straße blickte. »Ich glaube, wir haben wieder einen Schatten.«

Gabriel war so in seine Gedanken vertieft gewesen, dass er gar nicht darauf geachtet hatte, aber ein Stück entfernt auf der anderen Straßenseite stand tatsächlich eine schwarze Limousine. »Jetzt reicht es!« Schnell ging er auf den Wagen zu.

Der Fahrer hatte allerdings aufgepasst, er ließ den Motor an, trat aufs Gas und brauste davon. Mit einem Fluch blieb Gabriel stehen und merkte sich das Kennzeichen, um es an Hal weiterzugeben. Wütend stapfte er zu Julie zurück.

Die sah ihn mit geweiteten Augen an. »Das war gefährlich!«

»Ich bin Agent, ich weiß, was ich tue.« Beinahe trotzig zog er sein Handy erneut hervor und wählte Hals Nummer. Er schilderte seinem Kollegen die Situation und bat ihn darum, das Kennzeichen nachzuverfolgen.« Als Hal zustimmte und dann auflegte, steckte Gabriel das Handy wieder ein.

»Und was machen wir jetzt?«

»Wir finden Valerie und Damon, und zwar schnell. Mir gefällt die ganze Sache immer weniger.« Und das war eine glatte Untertreibung.

Valerie fuhr direkt in die Garage und drückte schnell auf die Fernbedienung für das automatische Tor. Besser, sie erregte so wenig Aufsehen wie möglich. Zwar war ihr niemand aufgefallen, der ihr gefolgt sein könnte, aber sie wollte auch kein Risiko eingehen. Das Gespräch mit Detective Hammond und das emotionale Treffen mit Damons Schwester hatten sie erschöpft, und sie war froh, wieder zu Hause zu sein. Valerie hielt in der Bewegung inne. Zu Hause? Das Ferienhaus war nur ihr temporäres Versteck, und es gehörte noch nicht einmal ihr. Auch wenn sie sich hier immer wohlgefühlt hatte, war ihr bisher nie in den Sinn gekommen, es als ihr Zuhause anzusehen.

Bis sie mit Damon hierhergekommen war. Was sagte die Tatsache, dass sie so schnell solche Gefühle für einen verurteilten Mörder entwickelt hatte, eigentlich über sie aus? Mit einem tiefen Seufzer entschied sie, dass ihr nicht mehr zu helfen war. Und wenn sie ehrlich war, wollte sie das auch gar nicht. Seit sie mit Damon zusammen war, fühlte sie sich so lebendig wie schon lange nicht mehr. Kopfschüttelnd löste sie ihren Gurt und stieß die Tür auf. Nachdem sie die Tüten mit den Einkäufen vom Rücksitz genommen hatte, schloss sie mit der Hüfte die Autotür und ging zu dem Nebeneingang, der ins Haus führte.

Auch hier gab es ein Keypad für die Alarmanlage. Schnell gab sie den Code ein und trat ins Haus. Dort schaltete sie die Alarmanlage wieder an, bevor sie sich auf den Weg in die Küche machte. Sie wollte nach Damon rufen, überlegte es sich dann aber anders. Falls er schlief, wollte sie ihn nicht wecken. In der Küche lud sie die Tüten ab und machte sich dann auf die Suche nach ihrem »Mitbewohner«. Lächelnd sah sie, dass er den Tisch abgeräumt und sogar alles abgewischt und weggestellt hatte. Sie mochte ordentliche Männer.

»Du bist wieder da.« Unerwartet erklang Damons Stimme hinter ihr.

Eine Hand auf ihr hämmerndes Herz gepresst, drehte sie sich um. »Verdammt, hast du mich erschreckt.«

Langsam kam Damon auf sie zu und blieb dicht vor ihr stehen. »Tut mir leid, das war nicht meine Absicht.« Zögernd hob er die Hand und strich ihr leicht mit den Fingern über die Wange. »Ich habe dich vermisst.«

Ihr Herz schmolz. »Ich dich auch.« Sie beugte sich vor und küsste ihn sanft auf den Mund.

Ernst blickte Damon ihr in die Augen. »Du hast mich aber auch erschreckt. Als ich aufgewacht bin und du warst nirgends zu finden, habe ich …« Er brach ab und schluckte. »Ich habe gedacht, dir wäre etwas passiert oder du wärst gegangen, weil du es dir anders überlegt hast.«

Eine Mischung aus Ärger und Verletztheit kochte in Valerie hoch. »Inzwischen solltest du mich eigentlich besser kennen. Wie kannst du glauben, dass ich dich im Stich lassen würde?

Besonders nach dem, was wir letzte Nacht geteilt haben?« Sie senkte ihre Stimme. »Oder hat dir das nichts bedeutet?«

Seine Hand an ihrer Wange spannte sich an. »Natürlich hat es das! Trotzdem möchte ich nicht, dass du dich meinetwegen in Gefahr begibst. Besonders, wenn ich nicht mal weiß, wo du bist.«

Etwas besänftigt deutete Valerie hinüber zum Tisch. »Deshalb habe ich dir einen Zettel hinterlassen.«

Damon seufzte. »Ich weiß. Aber der Gedanke, dass du bei diesem Idioten Hammond bist, hat mir auch nicht gefallen. Der Typ hat sich überhaupt nicht für die Wahrheit interessiert, es ging ihm nur darum, mich so schnell wie möglich als Täter zu überführen.«

Valerie verzog den Mund. »Den Eindruck hatte ich anfangs allerdings auch. Er hat ziemlich sauer auf meine Fragen reagiert, doch dann ist er eingeknickt. Anscheinend gab es damals sehr viel Druck von oben, den Fall schnell aufzuklären. Hammond wusste leider nicht, wer dahintersteckte. Das müssen wir wohl selbst herausbekommen. Aber ich denke, es wird uns ein Stück weiterbringen.«

Gespannt blickte Damon sie an. »Hat er noch etwas gesagt?«

Seufzend schüttelte sie den Kopf. »Nichts, das uns weiterhilft. Anscheinend sind jetzt auch sämtliche Beweisstücke des Falls verloren gegangen. Hammond hat neulich in der Asservatenkammer danach gesucht und nichts gefunden.«

»Wie kann das sein?« Damon war deutlich anzusehen, wie sehr ihn diese Information beunruhigte.

»Das habe ich ihn allerdings auch gefragt. Er hatte keine Erklärung dafür. Aber im Grunde wird uns das nicht groß behindern, es gab dort sowieso nur Beweise, die auf dich als Täter deuteten. Alles, was nicht ins Bild passte, wurde vermutlich schon vor dem Prozess beseitigt.« Beruhigend strich sie ihm über den Rücken. »Auf jeden Fall hat sich heute mein Eindruck verstärkt, dass Hammond genau weiß, wie einseitig seine Ermittlungen waren. Die Frage ist, ob wir bei einem neuen Verfahren damit rechnen können, dass er das auch zugibt. Aber bevor es dazu kommt, müssen wir erst mal herausfinden, wer hinter der ganzen Sache steckt. Und momentan weiß ich noch nicht, wie wir das am besten angehen.«

»Verdammt!« Aufgebracht wandte Damon sich ab und fuhr sich mit den Händen durch die Haare. »Es muss doch etwas geben, das wir tun können! Wie kann es sein, dass jemand mit so was einfach durchkommt?«

»Diesmal wird es anders sein. Wir werden dafür sorgen, dass der Mörder seine gerechte Strafe bekommt.«

Damon zögerte einen Moment, dann nickte er. »Ich glaube dir.«

Das brachte sie zum Lächeln. »Gut.« Sie schlang die Arme um ihn und presste ihn fest an sich.

Erstaunt blickte er sie an. »Wofür war das?«

»Die Umarmung ist von Ryanne. Ich soll dir sagen, dass sie dich vermisst und sie und deine Familie alles dafür tun werden, dass du wieder freikommst.«

Damons gesamter Körper erstarrte. »Ryanne?« Seine Stimme klang brüchig.

»Ja, deine Schwester Ryanne. Ich habe sie in der Schule besucht und mit ihr gesprochen. Ich wollte, dass sie weiß, dass es dir gut geht, damit deine Familie sich nicht mehr so viele Sorgen um dich macht.« Streng blickte Valerie ihn an. »Du hättest dich wirklich bei ihnen melden sollen, sie hatten Angst, dass du bereits tot sein könntest.«

Ein Schauder lief durch Damons Körper. Als er den Kopf hob, waren seine Augen gerötet. »Du bist unglaublich.«

Valerie musterte ihn forschend. »Ist das gut oder schlecht?«

Er küsste sie auf die Stirn. »Gut natürlich. Danke, dass du dir die Mühe gemacht hast, mit Ryanne zu sprechen. Ich wollte sie nicht in Gefahr bringen, deshalb habe ich mich nicht gemeldet.«

»Ich weiß. Aber ich weiß auch, wie schlimm es für die Familie ist, ausgeschlossen zu werden und nichts zu erfahren.« Valerie löste sich von ihm. »Sie besorgen dir einen neuen Anwalt, damit wir gegen dein Urteil vorgehen können, sobald wir genug zusammen haben, um einen Freispruch zu erwirken.«

»Aber …«

Schnell legte sie ihm die Finger über den Mund. »Lass sie helfen. Sie brauchen das Wissen, dass sie dich nicht im Stich gelassen haben. Wenn du erst wieder frei bist, kannst du ihnen alles zurückzahlen.«

Damon senkte den Kopf und seufzte schwer. »Okay. Hat sie sonst noch etwas gesagt?«

Valerie berichtete ihm von ihrem Gespräch mit seiner Schwester und genoss es, wie Damon jedes Wort in sich aufsog. Die Liebe zu seiner Familie war offenkundig. Wie jemand glauben konnte, dass er kaltblütig einen Menschen umgebracht hatte, war ihr ein Rätsel.

Als sie geendet hatte, berührte er flüchtig ihre Hand. »Danke, dass du es mir erzählt hast. Ich vermisse sie mehr, als ich sagen kann. Die Kleinen sind jetzt schon fast Teenager. Ich habe so viel Zeit mit ihnen verloren, die ich nie wieder zurückbekomme.«

Er klang so traurig, dass Valeries Herz sich vor Mitleid zusammenzog. Um ihn abzulenken, schlug sie einen fröhlicheren Ton an. »Wie wäre es, wenn ich uns etwas zu essen mache?«

Damon sah zu den Tüten hin, die noch auf dem Tisch standen. »Was hast du denn mitgebracht? Ich kann für uns kochen.«

»Sehen wir nach.« Zögernd löste sie sich von ihm und trat zum Tisch. Während Damon die Tüten auspackte, lehnte Valerie sich mit der Hüfte gegen die Tischplatte. »Ich glaube, du wirst immer mehr zu meinem Traummann.«

Damon ruckte mit dem Kopf hoch, dann lächelte er leicht. »Gut.«

Valeries Herz klopfte schneller, gleichzeitig wurde ihr die Kehle eng. Sie bemühte sich um eine Leichtigkeit, die ihr momentan schwerfiel. »Ich dachte, du wolltest für mich kochen. Oder willst du dich jetzt davor drücken?«

»Keineswegs. Mach dich auf etwas gefasst. Ich bin damals bei meiner Mutter in die Lehre gegangen, und bisher habe ich noch keine bessere Köchin erlebt.«

Das machte Valerie noch neugieriger, aber sie setzte sich nur auf einen Stuhl und stützte die Ellbogen auf. »Lass sehen.«

31

Gabriel blickte auf, als es an die Tür seines Büros klopfte. »Ja?« Frustriert fuhr er sich mit den Händen durch die Haare. Er war keinen Schritt weitergekommen. Nachdem einige Kollegen die Wache vor der Schule übernommen hatten, war er mit Julie zurück zum FBI-Gebäude gefahren. Jetzt wussten sie zwar, dass Valerie noch lebte, doch wo sie gerade war und vor allem, wo Damon Thomas sich aufhielt, hatten sie immer noch nicht herausgefunden. Leider hatte die Fahndung keinerlei Erfolg gebracht, Valerie war spurlos verschwunden. Er glaubte Ryanne, dass sie keine Ahnung hatte, wo Damon oder Valerie sich aufhielten, aber das bedeutete auch, dass es keine Hinweise mehr gab, denen sie noch hätten nachgehen können.

Lucas trat ins Büro und schloss die Tür hinter sich. Ihm war deutlich anzusehen, dass er Neuigkeiten hatte. Er hielt einen Zettel hoch. »Ich habe gerade das Ergebnis der DNA-Analyse bekommen.«

»Also wissen wir jetzt, wer im Parkhaus umgefahren wurde?« Da das Gesicht des Mannes in keiner Datenbank gespeichert war, hatten sie außer der DNA-Analyse keine andere Möglichkeit mehr, dessen Identität herauszufinden.

Lucas verzog den Mund. »Na ja, nicht ganz.«

»Das heißt?« Ungeduldig trommelte Gabriel mit den Fingern auf die Tischplatte.

»Dass wir die Identität des Mannes immer noch nicht kennen. Aber wir wissen, dass genau diese DNA an mehreren verschiedenen Tatorten gefunden wurde. In den meisten Fällen wurde das Opfer erschossen. Eine schnelle, saubere Arbeit.«

Gabriel zog die Augenbrauen zusammen. »Auftragskiller?«

»Es würde mich nicht wundern.«

»Wie passt das in die Sache hinein? Warum sollte ein Auftragskiller hinter Valerie her sein? Das ergibt keinen Sinn.«

Lucas legte den Zettel auf Gabriels Tisch. »Ich konnte auch keine Verbindung erkennen, bis mir aufgefallen ist, dass eine Kugel in einem der Mordfälle aus der Waffe stammt, die in Bella Pelhams Wohnung gefunden wurde. Mit den Fingerabdrücken von Damon Thomas darauf.«

Überrascht sah Gabriel auf den Zettel. »Du meinst, der Auftragskiller und Thomas könnten zusammengearbeitet haben?«

Sofort schüttelte Lucas den Kopf. »Das glaube ich nicht. Es wurde nur die DNA des Fremden an den Tatorten gefunden, nicht die von Thomas. Vor dem Mord an Bella Pelham taucht Thomas nirgends in den Akten auf.« Er ließ sich in den Stuhl vor Gabriels Tisch sinken. »Ich finde, das alles ergibt einen erschreckenden Sinn: Der Auftragskiller hat Bella Pelham ermordet, und Thomas war einfach zur falschen Zeit am falschen Ort.«

»Er könnte dem Killer auch die Waffe abgekauft oder gestohlen haben. Oder sie meinetwegen irgendwo gefunden haben, weil der sie loswerden wollte.«

»Möglich, aber ich glaube das nicht. Es wurden nie Beweise gefunden, dass Thomas sich eine Waffe besorgt hat. Das war eine der großen Beweislücken im Prozess.«

Gabriel rieb sich über das Kinn. »Aber warum ist dabei nicht herausgekommen, dass die Waffe in einem anderen Mordfall benutzt wurde?«

Ruhig blickte Lucas ihn an. »Eine interessante Frage. Ich werde hören, was der ermittelnde Detective dazu zu sagen hat.

Seine Leute hätten das mit einem Mausklick herausfinden können.«

Die Unruhe in Gabriel verstärkte sich. Mit einem Auftragskiller im Spiel war die Lage für Valerie noch bedrohlicher geworden. Wer sagte, dass der Typ nicht Ryanne Thomas überwachte und Valerie dadurch bereits auf der Spur war? Sie konnte jetzt schon tot oder zumindest in höchster Gefahr sein. Er musste sie dringend finden, bevor es der andere tat.

Gabriel griff nach seinem Telefon. »Ich werde noch einmal mit Valeries Eltern sprechen. Wenn sie irgendetwas von ihrer Tochter gehört haben, werden sie es mir hoffentlich sagen. Eine andere Möglichkeit, wie wir sie jetzt auf die Schnelle finden könnten, fällt mir nicht ein. Oder hast du eine Idee?«

Frustriert blies Lucas den Atem aus. »Leider nicht. Aber ich bleibe weiter dran.«

»Wenn ich etwas erfahre, sage ich dir Bescheid.«

Lucas erhob sich. »Alles klar. Hoffen wir, dass wir sie früh genug finden.«

Gabriel nickte ihm zu. Das hoffte er auch! Während Lucas das Büro verließ, wählte Gabriel die Nummer von Valeries Eltern. Wäre er gläubig gewesen, hätte er jetzt angefangen, zu beten. So wartete er jedoch nur schweigend darauf, dass jemand ans Telefon ging.

Damon lächelte, als er hörte, wie im oberen Badezimmer das Wasser anging. Während er das Essen vorbereitete, hatte Valerie beschlossen, sich noch etwas frisch zu machen. Es fühlte sich irgendwie … heimelig an, so als würden sie tatsächlich hier zusammenleben, und es wäre ein ganz normaler Tag. Das war es natürlich nicht, aber was schadete es, sich das noch ein wenig länger einzubilden? Die Realität würde sie schnell genug wieder einholen. Damon hielt mit dem Wenden der Steaks inne, als er sich daran erinnerte, dass Valerie sich sogar die Mühe gemacht hatte, seine Familie zu informieren. Nie hätte er sie darum gebeten, um weder sie noch Ryanne zu gefährden, doch er war froh, dass sie es getan hatte.

Alle Anzeichen deuteten darauf hin, dass Valerie ihn sehr mochte: vom liebevoll gedeckten Frühstückstisch über den Besuch bei Ryanne bis hin zu ihrer Bemerkung, dass er immer mehr zu ihrem Traummann wurde. Er sollte das nicht tun, aber er wünschte sich, er könnte wirklich der Mann sein, der sie glücklich machte. Vielleicht, wenn der wahre Mörder gefasst und er selbst wieder frei war … Nein, über so etwas machte er sich lieber keine Gedanken, solange immer noch die Möglichkeit bestand, dass er ins Gefängnis zurückmusste. Dort dann in seiner Zelle darüber zu grübeln, was hätte sein können, wäre noch viel quälender. Besser, er hielt seine Gefühle in Schach und wartete erst einmal ab, wie die ganze Sache ausging.

Ein Schnauben entfuhr ihm. Als wäre ihm das bisher so gut gelungen. Irgendetwas an Valerie berührte ihn tief im Inneren, und er konnte nichts dagegen tun. Falsch, er wollte es auch gar nicht. Denn auch wenn sie nur kurze Zeit zusammen haben sollten, war jeder Augenblick ein Geschenk, den er nicht vergeuden durfte. Egal, ob er wieder ins Gefängnis musste oder freikam. Damons Herz klopfte schneller bei der Vorstellung, vielleicht bald wieder tun zu können, was er wollte. Er brauchte nicht einmal darüber nachzudenken, was das war.

Kopfschüttelnd wandte er sich wieder dem Fleisch zu, das inzwischen gut durchgebraten war. Er würde es noch ein paar Minuten in den Ofen zu dem Baguette stellen, bis Valerie im Bad fertig war. Ein Blick auf den Tisch zeigte ihm, dass er sich noch ein wenig anstrengen musste, um das zu übertreffen, was sie ihm morgens präsentiert hatte. Wahrscheinlich war es albern, aber er hatte das Gefühl, um sie werben zu müssen –

oder vielmehr, zu wollen. Schnell deckte er den Tisch und trat dann einen Schritt zurück, um sein Werk kritisch zu betrachten. Irgendetwas fehlte noch. Valerie hatte ihm Blumen gepflückt, und er wollte ihr auch etwas Besonderes bieten.

Damon verdrehte die Augen, als er sich der Tatsache bewusst wurde, dass er sich wie ein verliebter Teenager benahm, doch er konnte nicht dagegen an. Sein Blick glitt zum Fenster, und plötzlich wusste er, was noch fehlte. Zielstrebig ging er zur Terrassentür und blickte hinaus in den umzäunten Garten. Dort war niemand zu sehen, und es war ohnehin äußerst unwahrscheinlich, dass man sie hier gefunden hatte. Trotzdem beschloss Damon, sich zu beeilen, um Valerie nicht länger als nötig allein zu lassen. Glücklicherweise hatte er sich den Code der Alarmanlage gemerkt. Schnell tippte er ihn ein und öffnete die Tür. Als kein Alarm erklang, atmete er erleichtert auf. Sorgfältig schloss er die Tür wieder hinter sich und stellte den Alarm an.

Nach einem letzten Blick auf das Haus lief er den Weg zum Wasser hinunter und fand beinahe sofort, was er suchte: ein paar schön geschliffene Steine, die er als Tischdekoration benutzen konnte. Auf dem Weg zurück zum Haus kam er an einem Rosenbusch vorbei, der selbst jetzt noch leuchtend rote und wunderschöne Blüten trug. Er musste unbedingt eine davon für Valerie pflücken. Eilig kehrte Damon zum Haus zurück, schaltete die Alarmanlage aus und öffnete die Tür. Danach legte er die Steine auf den Tisch und kehrte mit einer Schere zurück zu den Rosen. Als er eine der Blüten abschnitt, erinnerte er sich daran, wie gern er früher im Garten seiner Eltern gearbeitet hatte. Hoffentlich würde er das bald wieder tun können.

Wehmütig strich er über die Blätter und ging dann erneut ins Haus, wo er die Terrassentür hinter sich schloss und den Alarm wieder einschaltete. Die Rose legte er auf den Tisch neben Valeries Teller und dekorierte die Steine darum herum. Als er mit seinem Werk zufrieden war, richtete er sich wieder auf. Lauschend hob er den Kopf und lächelte, als er die Stille wahrnahm. Offenbar war Valerie mit der Dusche fertig und würde gleich herunterkommen. Damon konnte es kaum erwarten. Seine eigene Ungeduld brachte ihn zum Lachen. Als er die Laute aus seinem Mund kommen hörte, erstarrte er. Wie lange hatte er nicht mehr gelacht? Er konnte sich nicht daran erinnern. Aber es fühlte sich gut an, irgendwie … befreiend.

Ein Geräusch hinter ihm ließ Damon zur Treppe herumfahren, die ins Obergeschoss führte. Unerwartet kam etwas auf ihn zu. Er konnte sich gerade noch rechtzeitig wegducken, bevor der Baseballschläger seinen Kopf traf. Stattdessen streifte das Metall seine Schulter und löste dort einen heißen Schmerz aus. Instinktiv stolperte Damon zurück und versuchte zu verstehen, was geschehen war. Der Angreifer folgte ihm, und es dauerte nur einen Sekundenbruchteil, bis Damon ihn erkannte: Es war ihr Verfolger! Wie hatte er sie gefunden? Gestern konnte er ihnen nicht gefolgt sein. Doch das war jetzt auch unwichtig.

»Ich sehe, du erinnerst dich an mich. Aber nachdem du mich im Parkhaus umgefahren hast, wundert mich das auch nicht.« Der Mann schlug leicht mit dem Schläger in seine Handfläche, während er weiter auf Damon zukam. »Jetzt werde ich dir zeigen, wie es ist, Schmerz zu empfinden. Das gehört zwar nicht zu meinem Auftrag, aber es ist mir ein echtes Bedürfnis.«

Damon wich weiter zurück. »Was für ein Auftrag?« Wenn er ihn lange genug ablenken konnte, würde Valerie sicher auf die Situation aufmerksam werden und die Polizei rufen. Unauffällig sah Damon sich um, fand aber nichts, womit er sich hätte verteidigen können.

»Den, dich zu töten. Was dachtest du denn, warum ich hinter dir her bin?« Er sprach so ruhig, als wäre es das Selbstverständlichste von der Welt, einen Menschen umzubringen. Und als hätte er es schon oft getan.

Mit dem Rücken stieß Damon an die Kochinsel. Weiter würde er nicht kommen. Angespannt presste er sich dagegen. »Ich habe keine Ahnung. Warum sagen Sie mir nicht, wer mich tot sehen will?«

Der Mistkerl schnalzte mit der Zunge. »Warum sollte ich das tun? Mit dem Wissen wirst du sowieso nichts mehr anfangen können. Außerdem verbietet es mir meine Berufsehre, die Geheimnisse meiner Auftraggeber auszuplaudern.«

Ein Mörder, der von Ehre sprach – wie passend. »Dann …«

Weiter kam Damon nicht, denn der Angreifer hob wieder den Baseballschläger und sprang vor. Im letzten Moment warf Damon sich zur Seite und landete hart auf den Fliesen. Schnell drehte er sich um und versuchte, wieder auf die Beine zu kommen. Unvermittelt traf ihn ein Schlag am Oberschenkel, und er schrie unterdrückt auf. Schmerz breitete sich rasend schnell in ihm aus und nahm ihm den Atem. Erneut sauste der Schläger auf ihn nieder, und Damon schaffte es gerade noch, sich zur Seite zu rollen. Mit einem metallischen Geräusch prallte der Schläger auf den Boden.

Der Angreifer fluchte laut. Mühsam stemmte Damon sich hoch und presste die Lippen zusammen, um den Schmerzenslaut zurückzudrängen, der ihm entkommen wollte, als er sein verletztes Bein belastete. Blind griff er zur Kochinsel und schleuderte die leere Pfanne in Richtung seines Angreifers. Heißes Fett spritzte heraus, direkt in das Gesicht des Mannes, als die Pfanne von dessen Schädel abprallte. Der Verbrecher jaulte beinahe unmenschlich auf. Hektisch wischte er sich über die Augen, seinen Baseballschläger ließ er allerdings nicht eine Sekunde los. Damon stürzte sich auf ihn.

Mit einem derben Fluch ging der Auftragskiller zu Boden, behielt jedoch den Schläger in der Hand. Damon versuchte, ihn dem Mann zu entreißen, doch der wehrte sich mit immenser Kraft. Nicht einmal seine Verletzungen schienen ihn großartig zu behindern. Offenbar war er solche Konfrontationen gewohnt und kämpfte mit allem, was er hatte.

Immerhin landete Damon einen weiteren Tritt, diesmal gegen den Arm. Wütend trat der Mann ebenfalls zu, und Damon schaffte es nicht, sich rechtzeitig außer Reichweite zu bringen. Als der Schuh gegen seinen Brustkorb prallte, blieb ihm die Luft weg. Schwarze Punkte flimmerten ihm vor den Augen, und er rang verzweifelt nach Atem. Er durfte jetzt nicht das Bewusstsein verlieren und Valerie mit diesem Verbrecher allein lassen! Der Gedanke half ihm, sich gegen die Schwärze zur Wehr zu setzen.

Mit letzter Kraft schob er den Angreifer von sich und versuchte, sich aufzurichten. Am Boden hatte er gegen den Auftragskiller keine Chance. Mit hartem Griff umklammerte der jetzt Damons Arm und zog ihn wieder nach unten. *Nein!* Damon wandte jeden Trick an, den er sich im Gefängnis angeeignet hatte, um sich im Notfall gegen die Mithäftlinge verteidigen zu können. Er trat, schlug und tat alles, um am Leben zu bleiben.

Schließlich erwischte er den Verbrecher am Kinn, der daraufhin zu Boden sackte. Benommen blinzelte er zu Damon auf. Das war es! Jetzt musste er den Mistkerl nur noch dauerhaft ausschalten. Damon griff nach dem Baseballschläger.

»Damon, was …?« Valeries Stimme erklang von der Treppe her.

Schnell richtete Damon sich hinter der Kochinsel auf, sodass er darüber hinwegsehen konnte. »Ruf die Polizei, schnell! Der Typ, der dich verfolgt hat …« Weiter kam er nicht, denn ein harter Schlag traf ihn in den Rücken, und er stürzte vorwärts.

Sein Kopf streifte die steinerne Platte, und er sah buchstäblich Sterne.

»Damon!«

Valeries Ruf gab ihm die Motivation, nicht aufzugeben. Er konnte ihre Schritte hören, als sie die Holztreppe hinunterlief. *Verdammt!* Sie sollte oben in Sicherheit bleiben und Hilfe rufen und sich nicht selbst in Gefahr bringen. Doch das konnte Damon ihr nicht sagen. Irgendetwas schien mit der Verbindung zwischen seinem Gehirn und seinem Mund nicht mehr zu stimmen, er brachte keinen Ton heraus. Verzweiflung packte ihn, und er kämpfte verbissen gegen seinen Körper und seinen Gegner an. Irgendwie musste es ihm gelingen, den Mann zu überwältigen, bevor Valerie in dessen Nähe kam.

Eine Hand grub sich in seine Haare und riss seinen Kopf hoch. Sein Genick knackte protestierend, während ihm gleichzeitig ein heißer Schmerz durch den Schädel fuhr. Direkt über ihm schwebte das Gesicht des Verbrechers. Dessen Miene war zu einer triumphierenden Grimasse verzerrt. Das konnte nichts Gutes bedeuten. Damon versuchte, aus den Augenwinkeln zu sehen, wo Valerie abgeblieben war, doch er entdeckte sie nicht. Hoffentlich war sie nach oben gelaufen und rief Hilfe!

Etwas Hartes, Kaltes presste sich unter sein Kinn. »Bleib genau da stehen, FBI-Schlampe. Wenn du dich auch nur einen Millimeter bewegst, hat dein Freund hier ein hübsches rundes Loch im Kopf.« Er lachte auf eine Art und Weise, die Damon einen Schauder über den Rücken trieb. »Aber damit kennst du dich ja schon aus, oder? Wie hat dir meine Arbeit bei diesem speichelleckenden Anwalt gefallen?« Seine Stimme wurde härter. »Wie hat es sich angefühlt, ihm nicht helfen zu können?«

Valerie schwieg, doch Damon ahnte, wie sehr die Worte des Verbrechers sie getroffen hatten. Und im Moment konnte er sehr gut nachvollziehen, wie Clive sich gefühlt haben musste, als er angegriffen worden war. Unsanft wurde Damon hochgezogen, und jetzt konnte er endlich einen Blick auf Valerie erhaschen. Sie war blass und hatte die Hände an den Seiten zu Fäusten geballt. Ihr Blick war auf ihn gerichtet, und Damon schaffte es, ihr unmerklich zuzunicken. Er konnte nur hoffen, dass sie ihn verstand und sich in Sicherheit brachte, bevor es zu spät war.

»Warum haben Sie Clive getötet?« In Valeries Stimme war ein leichtes Zittern zu hören, ansonsten schien sie sehr gefasst zu sein. Offenbar hatte sie das in der FBI-Ausbildung gelernt, Damon selbst hätte sicher nicht so ruhig bleiben können.

Der Mörder hob die Schultern. »Warum nicht? Als ich gehört habe, dass er sich mit dir treffen wollte, habe ich mir gedacht, es wäre eine gute Idee, ihn endlich zu beseitigen. Er ist mir schon länger auf die Nerven gegangen.«

»Wegen eines Treffens, das vermutlich überhaupt nichts gebracht hätte?« Valerie klang wütend und ungläubig. »Und was haben Sie davon, Damon etwas zu tun? Reicht es nicht, dass er jahrelang im Gefängnis saß?«

»Nein.« Hass leuchtete in den Augen des Mannes auf. »Das reicht noch lange nicht. Ihn am Leben zu lassen war eine Fehleinschätzung meinerseits, und die werde ich jetzt korrigieren. Meine Kunden sollen zufrieden sein. Es ist schlecht fürs Geschäft, wenn ein Mordfall wieder aufgerollt wird. Du hättest nicht in der Sache herumschnüffeln sollen, FBI, meinem Auftraggeber hat das gar nicht gefallen. Und jetzt komm her, ich habe keine Lust, hier noch mehr Zeit zu vertrödeln.«

Valerie zögerte erst, trat dann aber einen weiteren Schritt näher. Dabei ließ sie den Blick nicht von dem Verbrecher. Nein, das konnte Damon nicht zulassen!

»Nicht! Bring dich in Sich …« Mit einem Schmerzenslaut brach er ab, als sich die Pistole in seine Kehle bohrte. Er begann zu husten.

»Lassen Sie ihn, ich komme!«

32

Damon hörte Valeries Stimme wie von weit her. Er wollte ihr noch einmal sagen, dass sie fliehen sollte, doch er brachte keinen Ton heraus. Mühsam rang er nach Atem. Dann endlich verschwand der Druck, und er bekam wieder Luft. Gierig sog er den Sauerstoff ein, alles andere war erst einmal vergessen. Seine Augen tränten von dem Hustenanfall, und er wischte mit dem Ärmel darüber, um wieder sehen zu können.

Seine Erleichterung wandelte sich jedoch in Entsetzen um, als er sah, dass Valerie inzwischen viel näher gekommen war. Der Mörder würde keine Schwierigkeiten haben, sie einfach zu erschießen, wenn ihm danach war. Damon musste irgendetwas tun! Ohne Vorwarnung schlug er mit dem Ellbogen in die Rippen des Mannes.

»Nein!« Valeries Aufschrei nahm er nur am Rande wahr.

Der Arm des Verbrechers schlang sich um Damons Kehle und drückte zu. Gut so, wenn der Typ sich mit ihm beschäftigte, würde er wenigstens Valerie nichts tun und sie konnte fliehen. Um ihn noch weiter abzulenken, sackte Damon in sich zusammen. Damit zwang er den Mörder, sich vorzubeugen, wenn der nicht sein gesamtes Gewicht halten wollte. Allerdings verstärkte das auch den Druck auf Damons Hals, und er spürte, wie sein Bewusstsein sich trübte. Er wünschte, er könnte noch einmal mit Valerie reden, ihr sagen, wie viel sie ihm bedeutete und dass er dankbar war, sie getroffen zu haben. Ihr in die Augen sehen und die Gefühle genießen, die sich darin spiegelten. Doch dazu war er nicht mehr fähig.

Dann, plötzlich, war er frei. Schwer atmend lag er am Boden und versuchte zu begreifen, was geschehen war. Als das Rauschen in seinen Ohren etwas nachließ, hörte er Kampflärm. *Valerie!* Der Gedanke, dass ihr etwas zustoßen könnte, trieb Damon dazu, die Augen wieder zu öffnen. Erst unscharf, dann immer deutlicher sah er, wie Valerie den Verbrecher mit diversen Kampftechniken traktierte. Der hatte offenbar nicht erwartet, auf solche Gegenwehr zu treffen, und schien mit der Situation überfordert zu sein. Immer weiter drängte Valerie ihn zurück, bis Damon so viel Platz hatte, dass er sich an der Kante der Kochinsel hochziehen konnte.

Er musste etwas tun, bevor der Mistkerl die Waffe benutzte, die er immer noch in der Hand hielt. Die Pfanne lag nur einen Meter von Damon entfernt auf dem Boden, und er stürzte sich beinahe darauf. In einem unbeobachteten Moment schlich er sich hinter den Mann und zog ihm das Kochgerät mit aller Kraft über den Schädel. Mit einem dumpfen Laut brach der Verbrecher zusammen. Seine Pistole landete scheppernd auf dem Boden. Sofort bückte Valerie sich danach und richtete die Waffe auf den Bewusstlosen. Erst danach warf sie Damon einen kurzen Blick zu.

»Geht es dir gut?«

Damon rieb sich über die schmerzende Kehle. »Ja.« Das Wort klang eher wie ein Krächzen, aber Valerie schien ihn zu verstehen.

»Wie ist er hier reingekommen, ohne den Alarm auszulösen?« Unruhig blickte Valerie sich im Raum um, als würde ihnen dort noch ein anderer Verbrecher auflauern.

Verlegen verzog Damon das Gesicht. »Ich fürchte, das war meine Schuld. Ich war kurz draußen, um etwas zu besorgen. Er muss ins Haus geschlüpft sein, als ich gerade nicht hingesehen habe.«

Valeries Blick war leicht zu deuten. »Gut, dass du nicht tot bist, sonst wäre ich deswegen echt sauer auf dich gewesen.«

»Nicht nötig, ich mache mir schon selbst genug Vorwürfe. Wenn dir etwas passiert wäre …« Er brach ab und schluckte schwer.

Valeries Miene wurde weicher. »Immerhin haben wir ihn jetzt, von daher hat die ganze Sache auch etwas Gutes. Und er hat gestanden, Clive getötet zu haben. Das macht ihn zwar nicht wieder lebendig, aber damit können wir dich entlasten.«

Damon schwankte leicht, als sein Oberschenkel unter ihm nachzugeben drohte. »Allerdings steht es dann Aussage gegen Aussage, und ich erinnere mich noch gut daran, wie es damals ausgegangen ist, als ich gesagt habe, dass ich unschuldig bin.«

Valerie trat zu ihm und legte ihm den Arm um die Taille, um ihn zu stützen. »Setz dich erst mal hin. Und was das andere angeht, diesmal ist alles anders. Ich denke, mir wird man glauben, wenn ich die Aussage bezeuge.«

Damon wünschte, sie hätte recht, aber er konnte noch nicht daran glauben. »Irgendein Anwalt wird behaupten, dass du parteiisch bist, weil wir zusammen …« Er brach ab, nicht sicher, wie er den Satz beenden sollte.

Valeries Lippen wurden schmaler. »Es soll mal einer wagen, so etwas zu sagen, den zerreiße ich sofort in der Luft.«

Diese Aussage entlockte Damon ein schwaches Lächeln. »Das möchte ich sehen.« Schnell wurde er wieder ernst. »Ich möchte wirklich nicht, dass du noch tiefer in die Sache mit hineingezogen wirst, Val. Es könnte deiner Karriere schaden.«

Sie half ihm auf einen der Hocker und blickte ihm dann direkt in die Augen. »Die ist mir so was von egal. Mir geht es nur darum, dass du endlich ein gerechtes Verfahren bekommst. Außerdem stecke ich schon bis zum Hals mit drin, falls dir das noch nicht aufgefallen ist.«

»Val …«

»Vergiss es, ich lasse dich nicht im Stich.« Ein Stöhnen des Angreifers verhinderte Damons Antwort. Sofort richtete Valerie die Pistole wieder auf den Mann. »Wir sollten ihn fesseln, damit er keinen weiteren Schaden anrichten kann. Sieh mal nach, ob du irgendetwas findest, das man als Fessel benutzen kann.«

Valerie ließ den Verbrecher keinen Moment aus den Augen, während Damon sich langsam erhob und durch die Küche humpelte. »Vielleicht sollten wir ihn befragen. Wenn ich ihn richtig verstanden habe, hatte er den Auftrag, mich – vielmehr uns – zu töten. Ich wüsste zu gern, wer sein Auftraggeber war und warum der uns tot sehen will.« Unwillkürlich rieb er über die schmerzende Stelle an seinem Kopf.

Valerie blickte ihn kurz an. »Offenbar hat er ja Clives Telefongespräche belauscht, sonst hätte er nicht gewusst, dass Clive mir etwas über dich erzählen wollte. Aber dass er ihn deshalb gleich umbringt …« Ihre Stimme brach.

Am liebsten hätte Damon sie in die Arme geschlossen und sie getröstet, doch im Moment war das nicht möglich. Sie mussten den Verbrecher dauerhaft außer Gefecht setzen und sich dann überlegen, wie sie weiter vorgehen sollten. »Ich gehe davon aus, dass der Kerl der Mörder von Bella ist. Nur dann ergibt das alles einen Sinn.«

Nachdenklich blickte Valerie den Verbrecher an, der inzwischen aufzuwachen schien. »Meinst du …«

Sie wurde von einem Gong unterbrochen, der sie beide erschreckt zusammenzucken ließ.

Damon fand schließlich als Erster seine Sprache wieder. »Was zum Teufel war das?«

Valerie wirkte nervös. »Die Türglocke. Sie ist extra so laut, damit man sie auch im Garten hört.«

Unbehaglich sah Damon sie an. »Erwartest du Besuch?«

»Nein, aber vielleicht wurde der Alarm doch ausgelöst, und es ist die Polizei. Ich mache lieber auf, bevor hier jemand reinstürmt.« Sie drückte ihm die Pistole in die Hand. »Pass gut auf den da auf.«

Als sie sich umdrehen wollte, hielt Damon sie fest. »Sei bitte vorsichtig.«

Valerie beugte sich vor und gab ihm einen sanften Kuss. »Das bin ich immer. Sollte es die Polizei sein, leg die Waffe auf den Boden und heb die Hände, damit keiner auf die Idee kommt, auf dich zu schießen.«

Damon verzog den Mund, nickte aber. Inzwischen wusste er, wie so etwas funktionierte, nicht umsonst hatte er jahrelang im Gefängnis gesessen.

Unruhig ging Valerie zur Tür. Einerseits wünschte sie sich, dass ihr endlich jemand den Verbrecher abnahm, andererseits würde man dann jedoch auch Damon verhaften und wieder ins Gefängnis bringen. Das wollte sie nicht, jedenfalls nicht auf diese Weise. Wenn überhaupt, sollte er sich selbst stellen, das würde man ihm deutlich positiver anrechnen als eine unfreiwillige Verhaftung durch die Polizei. Doch das war jetzt nicht mehr zu ändern – wenn tatsächlich die Polizei vor der Tür stand, würde Valerie sie hereinlassen müssen.

Auf dem kleinen Flur atmete sie tief durch, bevor sie die Alarmanlage ausschaltete und durch die Scheibe blickte. Als sie sah, dass nur ein einzelner Mann davorstand, schob sie die Tür einen kleinen Spalt auf. Irgendwie kam er ihr bekannt vor, aber sie konnte sein Gesicht noch nicht zuordnen. Er war in einen schicken Anzug gekleidet, und sein grauer Bart war sorgfältig gestutzt, wodurch er ziemlich seriös und harmlos wirkte. Trotzdem blieb Valerie vorsichtig.

»Ja?«

Freundlich lächelte der Unbekannte sie an. »Entschuldigen Sie, dass ich Sie störe. Ich habe mir eines der Ferienhäuser gemietet und festgestellt, dass die Küche nicht, wie angekündigt, vollständig ausgestattet ist. Könnte ich mir vielleicht ein wenig Zucker leihen? Ich habe einen dringenden Kaffeenotfall.«

Er brachte das so charmant rüber, dass Valerie unwillkürlich ebenfalls lächelte. Jetzt erinnerte sie sich auch endlich daran, woher sie sein Gesicht kannte. »Natürlich, Senator Greene. Wenn Sie hier einen Moment warten würden, hole ich Ihnen schnell den Zucker.«

»Das ist sehr freundlich von Ihnen, Ms …«

Automatisch antwortete sie: »Hayes.«

»Danke, Ms Hayes. Sie retten mir buchstäblich das Leben.«

Offenbar war der Senator ein noch größerer Kaffeejunkie als sie selbst. »Sehr gerne. Ich bin sofort wieder da.« Normalerweise hätte sie ihn hereingebeten, aber sie wollte nicht, dass er Damon in seinem derzeitigen Zustand sah – oder den benommenen Verbrecher.

Gerade als sie die Tür wieder schließen wollte, warf Greene sich unerwartet dagegen und schob sie weit auf. Valerie verlor das Gleichgewicht und taumelte gegen die Wand. Schmerzhaft stieß ihr Ellbogen dagegen.

Ungläubig starrte sie den Senator an, der jetzt in aller Ruhe ins Haus trat, als hätte sie ihn hereingebeten. »Was soll das? Sie können nicht …«

Doch er ließ sie gar nicht ausreden, sondern zog stattdessen eine Pistole aus seiner Jacketttasche. »Irrtum, ich kann und ich werde.« Grob packte er Valerie am Arm und zog sie an sich. »Wenn Sie auch nur einen Ton von sich geben, um Ihren Freund zu warnen, sind Sie tot. Verstanden?«

Die Pistole presste sich schmerzhaft gegen Valeries Nacken. »Ich weiß nicht, wovon Sie reden.« Furcht sandte ihr eiskalte Schauder über den Rücken, doch sie ließ es Greene nicht merken.

»Stellen Sie sich nicht dumm, Agent Hayes. Ich weiß alles über Sie und Damon Thomas. Los, führen Sie mich zu ihm, damit wir die Sache hinter uns bringen können.«

Als sie sich immer noch nicht in Bewegung setzte, stieß der Senator sie vor sich her ins Innere des Hauses. Unauffällig sah Valerie sich um und versuchte, irgendetwas zu finden, mit dem sie den Angreifer außer Gefecht setzen konnte. Doch sie fand nichts. Schließlich wurde sie von Greene in die Küche geschoben. Sofort traf ihr Blick den von Damon. Angespannt blickte er ihr entgegen, die Pistole war nicht in Sicht, wahrscheinlich versteckte er sie hinter seinem Rücken.

Greene sah Damon nur uninteressiert an. »Endlich hat diese ganze leidige Angelegenheit ein Ende. Eigentlich hätte das schon lange erledigt sein sollen.«

Verwirrt blickte Valerie ihn an. »Welche Angelegenheit? Sie kennen uns ja nicht mal!«

»Oh doch, Agent Hayes, das tue ich.«

Die Tatsache, dass er von ihrer Tätigkeit als FBI-Agentin wusste und sie trotzdem mit einer Pistole bedrohte, zeigte Valerie, wie ernst es ihm war. »Dann müssten Sie auch wissen, dass wir Ihnen nie etwas getan haben.«

»Sie haben recht, genau genommen ist es die Schuld von diesem Stümper. Hätte er gleich von Anfang an dafür gesorgt, dass er keinen Zeugen hinterlässt, wäre das alles hier nie passiert. Es tut mir leid, dass Sie da mit hineingezogen wurden, Ms Hayes, aber ich konnte auch nicht zulassen, dass Sie weiter in der Sache herumstochern.«

Erneut lief Valerie ein Schauder über den Rücken, als sie erkannte, wovon der Senator sprach. »*Sie* haben den Mord an Bella Pelham in Auftrag gegeben.«

Greenes Augen wurden kälter. »Ganz genau. Woher sollte ich wissen, dass ein mir glühend empfohlener Auftragskiller sich so unprofessionell verhält? Er sollte sie einfach nur töten, mehr nicht.«

»Warum?« Das erste Wort, das Damon sprach, seit Greene den Raum betreten hatte, klang rau und abgehackt.

Der Senator wandte sich kurz zu ihm um. »Sie sollte nicht leiden, und es sollte auch niemand anders mit hineingezogen werden.«

Vor lauter Wut schien Damons Stimme zu vibrieren. »Warum wollten Sie, dass Bella getötet wird? Was hat sie Ihnen getan?«

»Gar nichts.« Ein freudloses Lächeln zog über Greenes Gesicht. »Sie war nur eine Spielfigur beim Schach.«

»Sie elender ...« Damon bewegte sich einen Schritt vorwärts.

Die Miene des Senators verhärtete sich. »Bleiben Sie da stehen, oder Ihre Freundin ist tot.«

Abrupt stoppte Damon. Mordlust blitzte in seinen Augen auf. Wenn Valerie nicht wollte, dass es ein Blutbad gab, musste sie die Situation schnell wieder unter Kontrolle bringen.

»Hören Sie, Senator, legen Sie die Waffe weg und dann reden wir in Ruhe miteinander. Wir finden sicher eine Lösung.«

Neugierig sah er sie an. »Funktioniert das etwa bei Ihrer sonstigen Klientel, Agent? Ich kann mir nicht vorstellen, dass jemand so dumm ist, seinen Vorteil aus der Hand zu geben.« Er wackelte mit der Pistole. »Und der liegt in diesem Fall eindeutig bei mir.«

Damit hatte er leider recht. Damon hatte zwar auch eine Waffe, aber Valerie wusste nicht, wie gut er damit umgehen konnte. Und sie war sich ziemlich sicher, dass er sie nicht benutzen würde, solange Greene auf sie zielte. Was konnte sie tun? Jetzt hätte sie sich sogar über eine ganze Polizeimannschaft gefreut, doch es würde ihr nicht gelingen, den Alarm auszulösen. Waffen hatte sie auch keine in der Nähe. Sie konnte nur reden und hoffen, dass irgendetwas passierte, das den Vorteil auf ihre Seite brachte.

Aus den Augenwinkeln bemerkte Valerie, wie der Auftragskiller sich langsam aufrappelte. Als er den Kopf hob, stöhnte er auf – kein Wunder nach dem Schlag, den er abbekommen hatte. Allerdings erregte er damit auch die Aufmerksamkeit des Senators. Der änderte seine Position jetzt so, dass er den Verbrecher sehen konnte.

Missmutig verzog er den Mund. »Ich nehme mal an, Sie sind der Idiot, den ich beauftragt habe, sich um die Sache zu kümmern. Hatte ich Ihnen nicht gesagt, dass Sie auf mich warten sollen?«

Der Mann spuckte Blut auf die Fliesen. »Ich habe nur meinen Job gemacht. Ich dachte, Sie legen so einen Wert auf Ihre Anonymität und wollen sich außerdem nicht die Finger schmutzig machen.«

Kapierte der Idiot nicht, dass er durch das Zusammentreffen mit Greene sein Todesurteil unterschrieben hatte? Jetzt, da er dessen Identität kannte, konnte der ihn gar nicht mehr gehen lassen.

Der Senator schnaubte verächtlich. »Wenn Sie Ihren Job gemacht hätten, wären wir jetzt alle nicht hier. Anscheinend sind Sie ja sogar zu unfähig dazu, hinter sich aufzuräumen.«

Entrüstet richtete der Auftragskiller sich gerader auf. »Ich bin …«

Weiter kam er nicht, denn Greene war in einer blitzschnellen Bewegung herumgewirbelt und hatte abgedrückt. Durch den Schalldämpfer war der Schuss kaum zu hören. Wie ein gefällter Baum fiel der Verbrecher zu Boden. Erschrocken zuckte

Valerie zusammen. Sie sah, wie Damon die Pistole hob, doch der Senator war schneller. Erneut war der Lauf seiner Waffe auf Valerie gerichtet.

»Das würde ich nicht tun.« Noch immer klang Greenes Stimme völlig ruhig, so als wäre gar nichts geschehen.

Valerie ging zu dem Auftragskiller und beugte sich zu ihm hinunter. In seiner Brust prangte ein Loch, aus dem Blut sickerte. Seine Augen waren weit geöffnet und starrten ins Leere. Offenbar hatte Greenes Kugel ihn direkt ins Herz getroffen, sonst wäre er nicht so schnell gestorben. Langsam richtete Valerie sich wieder auf.

»Er ist tot. Warum haben Sie das getan?«

Der Senator zuckte mit den Schultern. »Ich habe es satt, zu warten, und werde jetzt selbst dafür sorgen, dass der Fall zu den Akten gelegt wird.«

Die Gewissheit, mit der er das sagte, machte Valerie nervös. »Und wie wollen Sie das erreichen?«

Er grinste. »Das ist ganz simpel: Unser Freund hier …« Er deutete auf den Toten. »… gibt einen sehr guten Sündenbock ab. Vor allem, wenn die Polizei den Tipp erhält, dass er ein Profikiller war. Die arme Ms Pelham hat er ja auch wirklich umgebracht. Von daher wäre es nicht mal gelogen.«

»Auf Ihren Befehl hin!« Damons Einwurf prallte völlig an dem Senator ab.

»Das wird allerdings nie jemand herausfinden. Zu schade, dass er, bevor er starb, noch eine FBI-Agentin und den tragischerweise fälschlich Beschuldigten umgebracht hat.«

Valerie spürte, wie sie von Kälte erfasst wurde. »Das wird niemand glauben, die Forensik wird beweisen, dass der Killer schon vor uns tot war.«

Höhnisch lachte Greene auf. »Ach, so wie damals, als alle Indizien auf Ihren Freund als Täter hingedeutet haben? Ich habe einige Beziehungen, und die werde ich nutzen. Wie auch schon zuvor.«

»Mein Team wird sich damit nicht abspeisen lassen. Sie werden die Wahrheit herausfinden, egal, wie lange es dauert.« Davon war Valerie felsenfest überzeugt.

»Das glaube ich nicht, sie haben sich bisher mehr als dumm angestellt. Aber selbst wenn es so sein sollte, dann lasse ich sie eben auch beseitigen. Ein tragischer Unfall vielleicht? Hoffen Sie also lieber, dass Ihre Leute sich die Sache nicht zu genau anschauen.«

Damon gab einen Laut von sich, der beinahe einem Knurren glich. »Warum tun Sie das? Wenn Bella Ihnen völlig egal war, warum haben Sie sie dann töten lassen? Sie hat doch niemandem etwas getan.«

Greene verlor für einen Moment seine Überheblichkeit und fletschte stattdessen die Zähne. »Sie nicht, aber ihr Vater! Ich konnte nicht zulassen, dass dieser dahergelaufene Möchtegernreiche sich zur Wahl aufstellen lässt. Da ich allerdings nicht rechtzeitig genug Schmutz über ihn auftreiben konnte, musste ich dafür sorgen, dass er mit etwas anderem beschäftigt ist. Und was wäre da besser als der Tod seiner geliebten Tochter?« Sein Lächeln kehrte zurück. »Und es hat funktioniert!«

Vor Wut schien Damon am ganzen Körper zu beben. »Sie haben eine junge, unschuldige Frau nur deshalb töten lassen, weil Sie Angst um Ihren Sitz im Senat hatten? Sie egoistisches Arschloch! Ich sollte Sie …«

Greene blickte auf seine Uhr. »Die Zeit drängt, ich habe heute noch andere Termine. Leben Sie wohl.« Sein Arm mit der Pistole hob sich.

Valerie fühlte, wie ihre Muskeln sich anspannten. Sie hatte nur eine Chance, wenn sie sich im richtigen Moment zu Boden warf. Doch dafür blieb ihr nur der Bruchteil einer Sekunde.

Falls sie zu lange wartete, würde die Kugel sie treffen. Ging sie zu früh runter, konnte Greene nachjustieren – und das würde ebenfalls ihren Tod bedeuten. Am liebsten hätte sie hinüber zu Damon gesehen, doch sie wusste, dass sie dann verloren war.

»Nein, Sie können nicht …«

Damons Stimme ging in einem lauten Knall unter, in den sich auch ein Klirren mischte. Automatisch warf Valerie sich zu Boden und rollte sich hinter der Kochinsel in Sicherheit. Hatte Damon geschossen, um sie zu retten? Ihr Herz hämmerte in ihrer Brust. Einerseits war sie dankbar, andererseits wollte sie nicht, dass Damon jemanden töten musste. Schnell robbte Valerie um die Insel herum, bis sie Damon sehen konnte. Auch er kauerte auf dem Boden, den Blick hatte er auf die Terrasse gerichtet. Die Pistole war nirgends zu sehen, stattdessen hob er jetzt die Hände über den Kopf. Seine Miene war angespannt. *Was zum Teufel …?*

33

Ein dumpfer Schlag ertönte, dann weiteres Klirren. »FBI, alles auf den Boden, Hände hinter den Kopf!«

Erleichterung überkam Valerie, als sie Gabriels Stimme erkannte. Trotzdem blieb sie erst einmal in Deckung, falls Greene doch noch auf die Idee kam, zu schießen.

»Val, alles in Ordnung?« Damons Flüstern drang an ihr Ohr.

»Ja. Und bei dir?«

Damon lächelte angespannt. »Ich lebe noch.« Als hätte er Sorge, dass dieser Zustand nicht mehr lange andauern würde, glitt sein Blick über die Agenten.

Tatsächlich sahen Gabriel und Lucas in ihren schusssicheren Westen und mit ihren gezogenen Waffen furchterregend aus. Offenbar hatten sie das Glas der Terrassentür zerschossen oder aufgebrochen, überall lagen Scherben herum. Unter den Füßen der beiden Agenten knirschte es, als sie langsam näher kamen. Da Valerie nicht wollte, dass ihre Kollegen Damon etwas antaten, rappelte sie sich mühsam auf.

Sofort ruckte Gabriel mit dem Kopf zu ihr herum. »Bleib unten, Valerie! Wir wissen noch nicht, ob er tot ist.«

»Damon hat nichts getan, er …«

Lucas unterbrach sie sanft, während er den Puls des Auftragskillers fühlte. »Das wissen wir, es geht um den anderen.«

Erleichtert ließ Valerie sich zurücksinken. »Greene wollte mich erschießen. Er war es, der den Auftrag erteilt hat, Bella Pelham töten zu lassen, um Pelhams politische Ambitionen zu stoppen.« Sie deutete auf den Toten. »Und das ist ihr Mörder.«

»Greene?« Überrascht sah Lucas sie an.

»Der Senator. Habt ihr ihn nicht erkannt?«

Lucas hob die Schultern. »Es war uns in dem Moment völlig egal, *wer* dich mit einer Waffe bedroht, wir mussten handeln.«

Zittrig lächelte Valerie ihn an. »Und darüber bin ich wirklich froh.«

»Er ist tot.« Gabriels Stimme klang völlig emotionslos. Ein Blick um die Kochinsel herum zeigte Valerie, dass ihr Vorgesetzter über dem Senator stand. »Das macht die Sache nicht einfacher.«

Damit hatte er allerdings recht. Vor allem würde es dadurch schwieriger werden, zu beweisen, dass Greene Bellas Mord in Auftrag gegeben hatte. Schließlich konnte auch der Auftragskiller nicht mehr befragt werden. »Aber immer noch besser, als wenn wir jetzt tot wären. Ihr seid genau im richtigen Moment gekommen. Danke.«

Gabriel sah auf, ein undeutbarer Ausdruck glitt über sein Gesicht. »Das hätte alles nicht sein müssen, wenn du uns gleich mit einbezogen hättest.«

Lucas blickte ihn warnend an. »Gabriel.«

»Wie habt ihr uns überhaupt gefunden? Oder seid ihr dem Verbrecher gefolgt?«

Gabriel verzog den Mund. »Glücklicherweise war deine Mutter so besorgt um dich, dass sie mir verraten hat, wo du bist, als ich sie danach gefragt habe. Ohne sie wärt ihr jetzt tatsächlich tot, du kannst dich also bei ihr bedanken.«

»Das werde ich.« Es versetzte ihr einen Stich, dass ihre Mutter in die ganze Sache mit hineingezogen worden war, aber sie war auch froh, dadurch noch am Leben zu sein.

Gabriel blickte sie scharf an, dann nickte er knapp. »Wir sollten die beiden Toten melden und die Untersuchung in Gang bringen.« Er trat zu Damon, der immer noch auf dem Boden kniete. »Wir müssen Sie mitnehmen, Thomas. Bis die Sache geklärt ist, werden Sie wieder ins Gefängnis zurückmüssen.«

Resigniert nickte Damon. »Ich weiß.«

Valerie konnte das nicht mit ansehen. »Können wir nicht irgendwas tun, um das zu umgehen? Damon hat schon vier Jahre seines Lebens deswegen verloren, jeder weitere Tag ist zu viel.« Allein die Vorstellung, wie Damon in einer Zelle saß, ließ Valerie Tränen in die Augen steigen, doch sie drängte sie schnell zurück. Gabriel würde sich nie durch Gefühle umstimmen lassen, für ihn zählte nur kalte Logik.

»Das mag sein, aber du weißt, dass wir ihn nicht einfach laufen lassen können. Er hat sich mit der Flucht rechtswidrig seiner Haft entzogen. Ein Gericht muss seine Schuld oder Unschuld klären, das steht uns nicht zu. Und du weißt, wie lange so etwas dauern kann. Wir können ihn schlecht solange in unserem Büro deponieren.«

»Warum nicht? Ich denke, wir haben bewiesen, dass er niemandem etwas antun würde.« Darauf würde sie ihr Leben verwetten – und hatte es bereits getan. Demonstrativ stellte sie sich neben Damon.

»Bewiesen ist noch gar nichts. Denk wie eine Agentin, Valerie. Wir nehmen ihn mit und übergeben ihn der Polizei. Ich werde darauf drängen, dass er nur in der Stadt in Untersuchungshaft kommt und nicht nach Clallam Bay zurückgeschickt wird. Mehr kann ich nicht tun, außer die Wahrheit herauszufinden und eine offizielle Untersuchung zu starten.«

Valerie richtete sich zu ihrer vollen Größe auf. »Aber …«

»Lass es gut sein, Val.« In Damons blauen Augen lag Resignation. »Ich wusste, dass es so kommt, und solange ich die Gewissheit habe, dass es diesmal eine richtige Untersuchung gibt, werde ich es aushalten, noch ein paar Monate eingesperrt zu sein.«

Das war einfach nicht gerecht! Doch an Gabriels Miene konnte Valerie ablesen, dass der nicht nachgeben würde. Vielleicht gelang es ihr, später noch einmal unter vier Augen mit ihm zu reden. Irgendwie …

Erneut ertönte ein Krachen und Splittern, und Valerie wirbelte herum. Vier dunkel gekleidete Männer traten in den Raum, Pistolen in den Händen. Wer waren die jetzt wieder? Nach Polizei sahen sie nicht aus, eher wie Bodybuilder auf Steroiden im Anzug. Wenn Valerie hätte raten müssen, hätte sie auf Personenschützer getippt. Allerdings hatte sie noch nie gehört, dass diese Typen einfach in ein Haus einbrachen.

Gabriel und Lucas hatten ebenfalls wieder die Waffen gezogen und blickten den Neuankömmlingen entgegen. Valerie merkte, dass Damon versuchte, sich vor sie zu schieben, doch das ließ sie nicht zu.

Schließlich brach Gabriel das Schweigen. »Ich bin Agent Lynch vom FBI, und das hier ist ein Tatort, an dem Sie nichts zu suchen haben. Wer sind Sie, und was machen Sie hier?«

Die Männer starrten ihn nur stumm an. Dann trat ein fünfter Mann zwischen ihnen hindurch, und Valerie hielt den Atem an, als sie ihn erkannte. Was tat Bellas Vater hier?

Benedict Pelham ließ den Blick aus seinen hellen Augen durch den Raum schweifen, bis er an Damon hängen blieb. »Wie ich sehe, haben Sie den Mörder meiner Tochter gefunden, Agent Lynch. Ich hoffe, Sie bringen ihn wieder ins Gefängnis, wo er hingehört. Und Ms Hayes gleich dazu, sie hat offensichtlich mit ihm zusammengearbeitet.«

Ausdruckslos blickte Gabriel ihn an. »Ich habe Ihnen schon gestern gesagt, dass Sie sich aus dem Fall heraushalten sollen, Mr Pelham. Wir wissen genau, was wir tun, und Sie können sicher sein, dass der Mörder Ihrer Tochter seine gerechte Strafe erhalten hat.«

»Wie können Sie das sagen? Er steht hier vor mir und erfreut sich seines Lebens, während meine Bella tot ist!« Aufgebracht fuchtelte Pelham mit seinem Arm herum.

»Ich habe Ihnen schon damals gesagt, dass ich Ihre Tochter nicht umgebracht habe, Mr Pelham, und das ist heute noch genauso wahr.« Damon senkte die Stimme. »Es tut mir sehr leid um Bella, ich habe sie sehr gemocht. Aber ich bin nicht bereit, noch länger für eine Tat im Gefängnis zu sitzen, die ich nicht begangen habe.«

Valerie konnte deutlich sehen, wie etwas in Pelham zerbrach. »Nimm ihren Namen nicht in den Mund, du … du … Mörder! Bella war viel zu gut für dich, aber du wolltest sie trotzdem haben. Und als sie sich von dir getrennt hat, hast du sie umgebracht, weil du sie niemand anderem gegönnt hast.« Seine Stimme überschlug sich.

Gabriel versuchte, den verzweifelten Vater zu beruhigen. »Sie können sicher sein, dass wir dafür sorgen werden, dass der Mörder Ihrer Tochter seine gerechte Strafe erhält. Aber wie es im Moment aussieht, ist das nicht Damon Thomas. Bitte nehmen Sie jetzt Ihre Männer und ziehen Sie sich zurück, sonst muss ich Sie wegen Bedrohung und Behinderung einer FBI-Ermittlung verhaften.«

Höhnisch bleckte Pelham die Zähne. »Das würden Sie nicht wagen! Außerdem gibt es nichts mehr zu ermitteln. Das alles wäre nie passiert, wenn Sie nicht so unfähig gewesen wären und diesem Verbrecher nicht die Flucht ermöglicht hätten. Es kann nicht sein, dass der hier frei herumläuft, nach allem, was er meiner Tochter angetan hat! Und jetzt wollen Sie ihn sogar laufen lassen …« Ohne Vorwarnung zog Pelham ebenfalls eine Pistole aus der Jacketttasche. »Das werde ich nicht zulassen.«

Instinktiv sprang Valerie vor, doch es war zu spät. Ein Schuss zerriss die Stille, und einen Moment später stürzte Damon hinter ihr zu Boden. »Nein!«

Es passierte alles so schnell, dass Damon gar nicht mehr reagieren konnte. In der einen Sekunde stand er noch da und starrte in die Mündung einer Pistole, und in der nächsten lag er bereits auf dem Boden. Ganz genau wusste er nicht, wie er dort hingekommen war, aber der Druck auf seiner Brust presste ihn nach unten. Um sich herum hörte er laute Rufe und etwas, das wie ein Kampf klang. Nein, das konnte nicht sein. Damon wollte sich erheben, stellte aber fest, dass etwas Schweres auf ihm lag. Oder vielmehr jemand. *Gott, bitte nicht Valerie!* Als er kurz darauf ihre Stimme hörte, atmete er erleichtert auf. Anscheinend war sie nicht diejenige, die ihn zu Boden geworfen hatte, aber wer dann?

»Damon?«

Er drehte den Kopf zur Seite, bis er Valerie sehen konnte. »Ja?«

Beruhigt schloss sie für einen kurzen Moment die Augen. »Du lebst! Ich hatte schon befürchtet …« Sie brach ab und schluckte schwer.

»Was ist passiert?«

Doch Valerie schien ihm gar nicht mehr zuzuhören. Ihre Augen weiteten sich. »Gabriel!« Sie beugte sich vor und berührte mit zitternden Händen den Körper, der auf Damon lag. »Er ist verletzt und braucht sofort einen Arzt.«

Damon reckte den Hals, um etwas zu sehen. »Lebt er?«

»Ja, noch.« In Valeries Stimme waren Tränen zu hören.

Gemeinsam schafften sie es, Gabriel herunterzuheben und vorsichtig auf den Boden zu legen. Nachdem Damon endlich wieder frei atmen konnte, betrachtete er den Agenten genauer. Sein Gesicht wirkte grau, die Augen waren geschlossen. Unter seiner Schulter bildete sich eine Blutlache auf dem hellen Boden. Verdammt, das sah nicht gut aus.

Der andere Agent war allerdings gerade damit beschäftigt, Pelham Handschellen anzulegen. Bellas Vater wirkte wie benommen, unfähig zu glauben, was er gerade getan hatte. Die Pistole war nirgends zu sehen, wahrscheinlich hatte der Agent sie schon an sich genommen.

Pelham blickte zu Gabriel und schwankte leicht. »Oh Gott, das wollte ich nicht. Ich …« Er schien nach Worten zu suchen, gab es dann aber auf. Verwirrung stand ihm deutlich ins Gesicht geschrieben.

In Damon kam Mitleid auf, als er erkannte, dass Bellas Tod ihren Vater an den Rand des Wahnsinns getrieben hatte. Er konnte sich vorstellen, wie schwer es für Pelham sein musste, sein einziges Kind zu verlieren. Allerdings rechtfertigte das nicht, dass er einen Menschen anschoss.

»Lucas, hast du ein Telefon? Ruf sofort einen Arzt.« In Valeries Stimme schwang Angst mit.

Damon blickte wieder auf den Verletzten hinunter. Valerie hatte inzwischen dessen Jackett beiseitegeschoben und die Wunde am Oberarm freigelegt. Die Kugel war genau neben der schusssicheren Weste in den Körper gedrungen. Die Wunde blutete stark, offenbar war eine Arterie verletzt worden. Wenn sie die Blutung nicht schnell stillten, konnte das Gabriels Tod bedeuten. Rasch zog Damon seinen Pullover aus, legte ihn zusammen und presste ihn auf die Wunde. Er wünschte, er könnte mehr tun, aber er war kein Arzt, und eine Operation war das Einzige, was den Agenten jetzt noch retten konnte.

Dankbar nickte Valerie ihm zu. »Ich hole Verbandszeug.«

»Val…erie.« Es war nur ein raues Flüstern.

Sofort beugte Valerie sich über Gabriel. »Ja, ich bin hier.« Sie legte ihm die Hand auf die Brust. »Der Notarzt kommt gleich, bleib einfach ruhig hier liegen.«

»Alle … unverletzt?«

»Ja, außer dir schon.« Ihre Augen schimmerten feucht. »Danke, dass du Damon gerettet hast.«

Gequält verzog Gabriel das Gesicht. »Das habe ich nicht … für ihn … gemacht, sondern weil ich gegen … Selbstjustiz bin.« Er griff nach Valeries Hand. »Und weil ich … wiedergutmachen wollte, dass ich dich so … schlecht behandelt habe. Ich hätte auf dich … hören sollen.«

Eine einzelne Träne lief Valerie über die Wange. »Das ist jetzt unwichtig. Werde erst einmal gesund, danach werde ich dir ordentlich die Meinung sagen.« Sie versuchte ein Lächeln, das ihr jedoch kläglich misslang.

Damons Herz zog sich zusammen. Wenn er eines nicht ertrug, dann Valerie traurig zu sehen. Sanft legte er ihr die Hand auf den Rücken. »Wenn du mir sagst, wo das Verbandszeug ist, hole ich es.«

Valerie wischte sich die Wange an ihrer Schulter ab. »Nein, das mache ich schon. Drück weiter fest drauf, um die Blutung zu stoppen.« Sie wandte sich an Gabriel. »Und du wirst dich nicht einfach davonschleichen, klar? Ich will dieses Gespräch haben.«

Gabriels Mundwinkel hoben sich ein winziges Stück. »Zu … Befehl, Ma'am.«

Besorgt sah Damon, dass der Agent mit jeder Sekunde schwächer zu werden schien. Offenbar bemerkte Valerie das ebenfalls. Schnell erhob sie sich und lief auf die Treppe zum Obergeschoss zu. Kaum war sie weg, spürte Damon, wie sich Gabriels Finger um sein Handgelenk schlossen. Nur widerwillig löste er den Blick von Valerie und wandte sich dem Agenten zu. Der starrte ihn so direkt an, dass Damon eine Ahnung davon bekam, warum Valeries Boss als einer der besten Ermittler galt. Er hatte fast das Bedürfnis, ihm alles zu gestehen.

»Wenn Sie … Valerie wehtun … werde ich Sie … finden.«

Das kam so überraschend, dass Damon erst dachte, er hätte sich verhört. »Ich würde Val nie etwas tun, sie bedeutet mir sehr viel.« Warum er das einem Fremden erzählte, wusste Damon nicht, aber er wollte auch nicht, dass Gabriel sich in seinem Zustand über so etwas Gedanken machte.

Laute Sirenen vor dem Haus machten jede weitere Unterhaltung unmöglich. Hoffentlich war endlich der Krankenwagen eingetroffen. Angespannt blickte Damon zur Tür und atmete erleichtert auf, als er sah, dass Valerie dem Notarzt und den Sanitätern die Tür öffnete. Die eilten sofort zu dem Agenten hinüber und erlösten Damon von der Aufgabe, den Stoff gegen die Wunde zu drücken. Langsam stand er auf und verzog den Mund, als sich jeder Knochen in seinem Körper bemerkbar machte. Durch das Adrenalin hatte er die Verletzungen gar nicht bemerkt, doch jetzt setzte der Schmerz mit voller Wucht wieder ein.

Stöhnend ließ er sich auf einen der Hocker sinken und sah zu, wie der Arzt sich darum bemühte, Gabriels Leben zu retten. Damon hoffte, dass es ihm gelingen würde. Zum einen für Valerie, die viel von ihrem Boss zu halten schien, zum anderen aber auch für Benedict Pelham. Wenn der Agent starb, würde Bellas Vater für lange Zeit ins Gefängnis wandern, auch wenn seine Tat vor Gericht vielleicht als Totschlag gewertet werden würde. Damon mochte Pelham zwar nicht sonderlich, aber er konnte verstehen, dass der Unternehmer den Mörder seiner Tochter unbedingt hinter Gittern sehen wollte. Er wünschte nur, Bellas Vater hätte Wert darauf gelegt, den richtigen Mann zu erwischen.

Aber das alles war jetzt nicht mehr zu ändern. Nachdem

sowohl der Auftragskiller als auch Senator Greene tot waren, würde es schwierig werden, Damons Unschuld zu beweisen. Schließlich hätten nur deren Aussagen das bezeugen können. Echte Beweise gab es nicht. Seine Flucht und die Entführung von Valerie würden ihm sicher auch nicht positiv ausgelegt werden. Wenn er Pech hatte, würde er die ganze Haftstrafe absitzen müssen.

Automatisch glitt sein Blick hinüber zur Tür, und er seufzte, als er sah, dass sie von Polizisten abgeriegelt war. Seine Flucht war also endgültig zu Ende. Einerseits war er froh darüber, andererseits war alles besser, als in einer winzigen Zelle zu sitzen und die Kerben im Putz zu zählen. Damon zuckte zusammen, als ihm jemand eine Hand auf die Schulter legte. Als er erkannte, dass es Valerie war, atmete er erleichtert auf.

Besorgt blickte sie ihn an. »Wie geht es dir?«

»Ich lebe noch.« Er schnitt eine Grimasse, als ihm bewusst wurde, was er da gerade gesagt hatte. »Ich meinte …«

Valerie lächelte schwach. »Ich weiß, was du meintest. Lass dich am besten auch vom Arzt untersuchen.«

Damon schüttelte den Kopf. »Der hat schon genug zu tun.«

»Dann lass dich wenigstens nachher im Krankenhaus durchchecken. Besonders deinen Oberschenkel.«

Es gefiel ihm, wie sie sich um ihn sorgte. »Ich schätze mal, dass ich gleich entweder in eine Arrestzelle der Polizei komme oder mit zum FBI genommen werde. Ein Besuch beim Arzt ist da sicher nicht vorgesehen.«

Valerie presste die Lippen zusammen. »Das werden wir ja sehen! Ich lasse nicht zu, dass sie dich wie einen Verbrecher behandeln, obwohl du unschuldig bist.«

Hätte er doch schon damals Valerie an seiner Seite gehabt! Dann wäre er vielleicht nie verurteilt worden. Zumindest aber hätte sie so lange für ihn gekämpft, bis die Wahrheit ans Licht gekommen wäre. Doch jetzt brachte es nichts mehr, darüber nachzudenken. Ihm blieb nur die Hoffnung, dass es diesmal besser für ihn ausgehen würde.

Anscheinend hatte er zu lange geschwiegen, denn Valerie stellte sich vor ihn und nahm sein Gesicht zwischen ihre Hände. »Hör mir gut zu, Damon Thomas. Du wirst bald wieder ein freier Mann sein, ich verspreche es. Und wenn ich dafür Himmel und Hölle in Bewegung setzen muss.«

Gegen seinen Willen musste Damon lächeln, und in seinem Innern breitete sich Wärme aus. »Ich glaube dir.«

»Gut.« Sie beugte sich vor und küsste ihn sanft.

Der Moment ging viel zu schnell vorbei. Aber dass sie ihn überhaupt vor den Polizisten und ihren Kollegen küsste, war mehr, als Damon je erwartet hätte. Es musste einem zurückhaltenden Menschen wie Valerie viel Überwindung gekostet haben, doch ihr war es wichtiger gewesen, ihm Mut zu machen. Gott, er liebte sie mit jeder Sekunde mehr. Damon erstarrte. Nein, er konnte sie nicht lieben! Nicht, wenn alles noch in der Schwebe war.

Bevor er etwas sagen konnte, trat Lucas zu ihnen. Der Agent räusperte sich. »Entschuldigt die Störung. Gabriel ist jetzt zum Transport bereit, und es sollte jemand von uns mitfahren. Ich muss mich hier um alles kümmern, kannst du das übernehmen, Valerie? Vielleicht wäre es auch nicht schlecht, wenn du dich bei der Gelegenheit gleich ebenfalls von einem Arzt untersuchen lassen würdest.«

»Aber Damon …«

Der Agent unterbrach sie sofort. »Ich muss ihn mitnehmen, das weißt du. Keine Angst, ich werde dafür sorgen, dass er anständig behandelt wird.«

Unentschlossen blickte Valerie Damon an. Er nickte ihr aufmunternd zu. »Geh, dein Boss braucht dich jetzt.«

Ihre Augen verengten sich. »Okay. Aber glaub nicht, dass du mich so einfach loswirst.«

Damon lächelte sie an, obwohl ihm die Kehle eng wurde. »Darauf setze ich.«

Nach einem letzten Druck ihrer Hand drehte Valerie sich um und strebte zur Tür, durch die Gabriel gerade auf einer Trage hinaustransportiert wurde. Erst als Damon Valerie nicht mehr sehen konnte, wandte er sich mit einem innerlichen Seufzer wieder zu Lucas um.

Der blickte ihn forschend an. »Ich muss mir keine Sorgen machen, dass Sie jetzt einfach abhauen, oder?«

»Nein. Ich bin nur deshalb nicht zurück ins Gefängnis gegangen, weil ich herausfinden wollte, wer Bella getötet hat. Das habe ich erreicht.« Die Frage war nur, ob es das alles wert gewesen war. Emmas Geiselnahme, der Tod des jungen Mannes während der Flucht durch den Regenwald und die Verletzungen, die Damon dessen Freundin zugefügt hatte. Dazu noch Clives Tod und die Nachwirkungen, die Valerie sicherlich noch beruflich spüren würde. Und das alles nur, weil er, Damon, nicht länger unschuldig im Gefängnis hatte sitzen wollen. War sein Leben mehr wert als das der anderen? Nein. Aber es war auch nicht richtig, Bellas Mörder mit der Tat davonkommen zu lassen. Damons Blick glitt zu den beiden Leichen hinüber, die von einem Gerichtsmediziner untersucht wurden.

Wie konnte jemand nur wegen einer politischen Karriere das Leben anderer Menschen zerstören? Hätte Greene Pelham nicht irgendwie anders von dessen Ambitionen abbringen können? Er hatte doch sicher auch einige Leichen im Keller. Doch jetzt ließ sich das alles sowieso nicht mehr ändern.

»Gut. Ich habe nämlich keine Lust, Sie in Handschellen abführen zu müssen.«

Damon hatte fast vergessen, dass Lucas noch neben ihm stand. »Ich würde auch gerne darauf verzichten.«

Lucas nickte ihm kurz zu. »Dann sind wir uns ja einig. Ich habe noch ein paar Dinge hier zu erledigen, dann können wir zum Hauptquartier fahren. Wir haben noch einige Fragen zu dem, was sich hier ereignet hat. Und wie es dazu kam, dass Valerie in Ihrer Gesellschaft war.«

Sofort beugte Damon sich vor. »Valerie trägt daran keine Schuld, sie …«

Lucas hob eine Hand, um ihn zu stoppen. »Heben Sie sich das für später auf.«

Resigniert stieß Damon den Atem aus. »Okay.«

Nach einem letzten scharfen Blick wandte der Agent sich wieder ab und kümmerte sich darum, dass Pelham verhaftet wurde und die beiden Toten in die Gerichtsmedizin kamen. Pelhams Männer waren geflohen, doch sie würden nicht weit kommen. Zwar hatten sie auf niemanden geschossen, aber auch die Bedrohung von FBI-Agenten war sicher eine Straftat. Damon schnitt eine Grimasse, als er sich daran erinnerte, dass er durch die Entführung eine noch viel härtere Strafe zu erwarten hatte. Aber das war in Ordnung, Hauptsache, er hatte damit die Pläne des Auftragskillers vereitelt.

Hoffentlich kam Agent Lynch durch, sonst würde Valerie sich bestimmt Vorwürfe machen. Schließlich waren ihre Kollegen vermutlich nur ihretwegen hierhergekommen. Hätten Valerie und er irgendetwas anders machen können? Wenn er zum Beispiel gar nicht erst zu Clive gefahren wäre … Doch Damon schüttelte die Gedanken ab. Es brachte nichts, darüber nachzugrübeln, es war so geschehen und er konnte nichts daran ändern. Er musste damit leben, dass ein Teil der Schuld bei ihm lag.

Der einzige Vorteil davon, jetzt nicht mehr auf der Flucht zu sein, lag darin, dass er endlich wieder mit seiner Familie sprechen konnte. Er freute sich darauf, wieder ihre Stimmen zu hören und ihnen sagen zu können, dass ihr Glaube an ihn berechtigt gewesen war. Dass er endlich den wahren Täter kannte. Zu gern hätte er gewusst, wie Greene es angestellt hatte, dass sämtliche Beweise nur auf Damon hingedeutet hatten. Aber das würde er wahrscheinlich nie erfahren.

34

Ein Polizist führte Pelham in Handschellen zur Tür. Dabei kamen sie an Damon vorbei. Bellas Vater blieb stehen und blickte ihn direkt an. »Der Agent hat mir erklärt, dass Senator Greene den Mord an Bella in Auftrag gegeben hat und Sie damit nichts zu tun hatten.« Er stockte und räusperte sich. »Es tut mir leid. Ich war so davon überzeugt, dass Sie der Täter waren, dass ich bereit war, Sie zu töten. Ich war blind.«

Damon nickte nur. Er brachte es nicht fertig, Pelham so schnell zu vergeben und zu vergessen, dass der ihm das Leben zur Hölle gemacht hatte. Auch wenn sie im Grunde beide Opfer waren. »Ich verstehe.«

»Wenn ich mir vorstelle, dass meine politischen Ambitionen schuld daran sind, dass meine Bella so leiden musste …« Pelhams Augen füllten sich mit Tränen. »Ich wollte nie, dass ihr etwas passiert. Aber dass ich auch noch selbst dafür verantwortlich bin, kann ich nicht ertragen.«

»Der Einzige, den eine Schuld trifft, ist Greene, niemand anders. Sie konnten nicht ahnen, dass so etwas passieren würde. Bella würde sicher nicht wollen, dass Sie sich deshalb Vorwürfe machen. Sie hat gewusst, dass Sie sie lieben.«

Seine Qualen standen Pelham deutlich ins Gesicht geschrieben. »Ralph hat mir nach Bellas Tod auch noch scheinheilig seine Hilfe angeboten, dabei war er es, der …« Er brach ab und schluckte hart.

Der Polizist räusperte sich. »Ich muss Sie jetzt rausbringen, Sir.«

Schweigend setzte Bellas Vater sich wieder in Bewegung. Mit gesenktem Kopf durchquerte er das Haus und ließ sich zu einem der Polizeiwagen führen.

Seufzend wandte Damon sich ab. In der ganzen Geschichte gab es nur Verlierer, niemand hatte gewonnen. Weder Bella noch ihr Vater noch Greene, und er selbst auch nicht. Erst recht nicht Clive. Sie hatten alle verloren, sogar Valerie, falls sie hinterher nicht mehr ihren Job als FBI-Agentin ausüben konnte. Damon ballte die Hände zu Fäusten. Nein, er würde alles dafür tun, dass Valerie ungeschoren davonkam. Sogar ins Gefängnis zurückgehen, um für ihre Entführung zu bezahlen. Ihr das Leben zu retten, war ihm das wert gewesen.

Es dauerte noch eine ganze Weile, bis Lucas endlich so weit war, den Tatort zu verlassen. Damon hätte es sogar ganz interessant gefunden, die Ermittlungen zu beobachten, wenn er nicht diverse Schmerzen gehabt hätte und vor allem nicht in den Fall verwickelt gewesen wäre. Noch immer konnte er es nicht ganz fassen, dass dieses friedliche Haus, in dem er einige der schönsten Stunden seines Lebens verbracht hatte, innerhalb weniger Minuten zu einem Tatort geworden war, an dem zwei Menschen gestorben waren.

Auf Lucas' Aufforderung hin ging Damon mit ihm zu einem dunklen Wagen. Nach einem kurzen Moment des Zögerns öffnete der Agent die Beifahrertür und ließ Damon einsteigen. Froh, nicht wie ein Verbrecher auf der Rückbank sitzen zu müssen, lächelte Damon ihn dankbar an.

»Lassen Sie mich das nicht bereuen.« Lucas ging um den Wagen herum und stieg auf der Fahrerseite ein.

Damon schnallte sich an. »Glauben Sie mir, ich werde sicher nichts tun, das mir noch mehr Zeit im Gefängnis einbringt. Außerdem möchte ich auch nicht, dass irgendetwas, das ich mache, auf Valerie zurückfällt.«

Zweifelnd zog Lucas eine Augenbraue hoch. »Das hätten Sie sich überlegen sollen, bevor Sie Valerie in die Sache mit hineingezogen haben.«

Damon presste die Lippen zusammen, um nicht zu sagen, dass sie sich ganz von selbst in die Ermittlungen eingeschaltet hatte und er erst dazugekommen war, als sie in Gefahr gewesen war. Sehnsüchtig blickte er aus dem Seitenfenster auf die Häuser, die so viel Gemütlichkeit ausstrahlten. Würde er jemals wieder hierherkommen, als freier Mann, mit Valerie an seiner Seite? Er wusste es nicht, und das machte ihn traurig.

Um sich von seinen Gedanken abzulenken, wandte er sich an den Agenten. »Woher wusste Valeries Mutter eigentlich, wo wir sind? Ich dachte, Valerie hätte es niemandem erzählt.«

»Anscheinend hat sie der Tochter der Hausbesitzer Bescheid gegeben, dass sie ein paar Tage auf der Insel verbringt, und hat sie gebeten, es ihrer Mutter zu sagen.«

Damon verzog den Mund. »Also so haben uns die Verbrecher gefunden.«

»Nein, das glaube ich nicht. Sie hat es ihr persönlich gesagt, also nicht über Telefon, und Valeries Mutter hat es niemandem erzählt. Ich denke eher, dass jemand Valerie bis hierher gefolgt ist, vielleicht von der Schule Ihrer Schwester aus.«

Die Vorstellung, dass seine Familie möglicherweise die ganze Zeit über beschattet worden war und ständig in Gefahr geschwebt hatte, ließ Übelkeit in Damon aufsteigen. Es war also, wie er befürchtet hatte, genau deshalb hatte er sich ja von ihnen ferngehalten. »Vielleicht sollten Sie auch Detective Hammond befragen. Dort war Valerie davor.«

»Das werden wir sicher tun.«

»Und wie kam Pelham hierher?«

Leichte Röte stieg in Lucas' Wangen. »Das war unsere Schuld. Seit Tagen hat Pelham uns beschatten lassen, zuletzt hat Gabriel einen Wagen vor der Schule gesehen. Deshalb haben wir Wachleute angefordert, die momentan Ihre Schwester beschützen. Es kann sein, dass uns ein Wagen gefolgt ist, als wir vom Hauptquartier aus hierhergekommen sind.«

»Darauf hätte ich wirklich verzichten können.«

Lucas schnitt eine Grimasse. »Wir auch.«

»Ich hoffe, Ihr Boss kommt durch.«

Seine Sorge war Lucas deutlich anzusehen. »Das hoffe ich auch. Aber er ist zäh, er wird sich von so einer kleinen Kugel nicht stoppen lassen.«

Damon wechselte schnell das Thema, um nicht länger darüber nachdenken zu müssen. »Was passiert jetzt?«

»Ich nehme Sie mit zum Hauptquartier, dort werden wir Sie befragen. Anschließend müssen Sie ins Gefängnis zurück bis zur Anhörung vor einem Richter. Der wird klären, ob Sie freigesprochen werden und ob Ihre Flucht eine weitere Haftstrafe nach sich ziehen wird.« Er räusperte sich. »Davon gehe ich allerdings nicht aus. Vermutlich wird Ihnen die Zeit angerechnet, die sie sowieso schon im Gefängnis abgesessen haben.«

Immerhin ein Lichtblick. Allerdings machte Damon noch etwas anderes Sorgen. »Sie sagten, *ob* ich freigesprochen werde.«

»Jetzt, nachdem wir von Greenes Verbindung wissen und auch den Auftragskiller kennen, werden wir alles daransetzen, ihre Beteiligung an Bella Pelhams Mord zu beweisen. Wenn uns das gelingt, werden Sie freigesprochen.«

Wenn …

Die Fahrt zum Krankenhaus war alles andere als angenehm gewesen. In eine Ecke des Krankenwagens gequetscht hatte Valerie nur zusehen können, wie Gabriel trotz der Behandlung durch den Notarzt und der sofort gestarteten Bluttransfusion immer schwächer wurde. Als sie bei der Klinik angekommen waren, hatte er kaum noch geatmet und war sofort in den Operationssaal gerollt worden. Nachdem sich ein Arzt kurz Valeries Verletzungen angesehen hatte, blieb ihr nun nichts anderes übrig, als zu warten. Je mehr Zeit verging, desto nervöser wurde sie. Wieso dauerte das so lange?

Sie machte sich nicht nur um Gabriel Sorgen, sondern auch um Damon. Hoffentlich wurde er gut behandelt und nicht wie ein Verbrecher. Sie war sich zwar sicher, dass Lucas freundlich mit ihm umgehen würde – vor allem, da er von Damons Unschuld wusste –, doch jetzt, wo Gabriel nicht da war, würde Lucas ziemlich viel zu tun haben. Kurz entschlossen zog Valerie ihr Handy heraus und wählte Julies Nummer. Ihre Eltern hatte sie gleich bei ihrer Ankunft angerufen, damit sie sich nicht länger um sie sorgten.

Nach einem kurzen Gespräch, in dem sie ihre Kollegin darum bat, sich um Damon zu kümmern, steckte sie das Handy wieder weg. Jetzt konnte sie nur noch warten und hoffen, dass alles gut gehen würde. Sowohl mit Gabriel als auch mit Damon. So sehr sie sich auch in den letzten Monaten über Gabriel geärgert hatte, sie war ihm überaus dankbar dafür, dass er im rechten Moment zur Stelle gewesen war, um Damon und sie zu retten. Wäre er nicht gekommen und hätte sich nicht vor Damon geworfen …

Die Vorstellung, dass sie Damon unwiderruflich hätte verlieren können, war fürchterlich. Vor allem machte ihr das überdeutlich bewusst, wie tief ihre Gefühle für ihn waren. Zwar hatte sie schon vorher gewusst, dass ihr viel bedeutete, doch jetzt war sie sich ganz sicher, ohne jeden Zweifel, dass sie ihn liebte. Und das mehr, als jeden anderen Mann zuvor. Valerie rieb sich mit beiden Händen über das Gesicht. Wie hatte das passieren können? Und das auch noch unter diesen komplizierten Bedingungen? Aber es ließ sich nicht mehr ändern, und wenn sie ehrlich war, wollte sie das auch gar nicht. Es war ihr auch völlig egal, wie andere Menschen – insbesondere ihre Kollegen – darauf reagieren würden, dass sie mit einem ehemaligen Häftling zusammen sein wollte.

Es war so, und damit mussten sie sich alle arrangieren. Noch jetzt konnte sie den Ausdruck sehen, der bei ihrem Abschied auf Damons Gesicht gelegen hatte. Zweifel und Traurigkeit waren darin zu lesen gewesen, als hätte er sich schon damit abgefunden, dass sie ihn verlassen würde. Valerie schob das Kinn vor. *Als ob sie das jemals in Betracht gezogen hätte!* Wenn er dachte, sie würde ihn jetzt einfach abschieben, hatte er sich getäuscht. Und wenn sie ihn so lange schütteln musste, bis er an sie beide glaubte. Natürlich würde die nächste Zeit nicht leicht werden, aber zusammen würden sie es durchstehen.

Es machte sie nervös, jetzt von ihm getrennt zu sein, nachdem sie die letzten Tage gemeinsam verbracht hatten. Doch sie würde sich daran gewöhnen müssen – die Untersuchung und der abschließende Richterspruch konnten durchaus einige Wochen, wenn nicht sogar Monate in Anspruch nehmen. Aber alles war besser, als wenn er noch einmal zweiundzwanzig Jahre ins Gefängnis müsste. Allein die Vorstellung ließ Valerie schaudern. Wie hatte er es ausgehalten, mit dieser Perspektive in einer Zelle zu sitzen? Sie war unendlich froh darüber, dass er stärker war als ihr Bruder damals, der noch nicht einmal die Vorstellung an einen Prozess hatte ertragen können.

Wie immer hinterließ der Gedanke an Tom ein hohles Gefühl in ihrer Brust. Was gäbe sie darum, wenn sie ihm genauso hätte helfen können wie Damon. Wäre sie damals etwas älter und bereits FBI-Agentin gewesen, hätte sie Himmel und Hölle in Bewegung gesetzt, um Tom aus der Sache herauszuholen.

Allerdings wäre sie ohne den Tod ihres Bruders gar nicht erst auf die Idee gekommen, zum FBI zu gehen. Und dann hätte sie auch Damon nicht unterstützen können. Valerie legte den Kopf in den Nacken und starrte an die Decke. Zwar wünschte sie immer noch, Tom wäre am Leben, aber wenigstens hatte sein Tod jetzt auch etwas Gutes bewirkt.

»Danke Tom. Ich hoffe, du hast deinen Frieden gefunden.«

»Ms Hayes?«

Valerie zuckte zusammen und blinzelte hastig, um die Tränen zu vertreiben. »Ja?«

Die Schwester blickte sie mitfühlend an. »Agent Lynch ist aus dem OP raus. Er ist jetzt im Aufwachraum. Es wird aber noch einige Zeit dauern, bis er richtig wach ist.«

»Dann ist alles gut gegangen?«

»Er hat die Operation gut überstanden, ja. Mehr kann ich Ihnen dazu leider nicht sagen.« Die Schwester machte eine Handbewegung, die auf Valeries erschöpften Zustand verweisen sollte. »Warum gehen Sie nicht erst einmal nach Hause und kommen in einigen Stunden wieder?«

Mühsam erhob Valerie sich. »Ich denke, das werde ich machen.« Sie tastete ihre Taschen ab, fand aber nicht das Etui mit ihren Visitenkarten. »Kann ich Ihnen meine Nummer geben, damit Sie mich informieren, wenn er aufwacht?«

»Natürlich. Ich werde die Nummer bei der Intensivstation hinterlegen.«

»Danke.« Nachdem sie der Schwester die Nummer ihres Diensthandys gegeben hatte – das zu Hause lag –, verabschiedete Valerie sich und verließ eilig das Krankenhaus.

Damon kam es seltsam vor, nach Monaten der Flucht einfach in ein FBI-Gebäude hineinzuspazieren, auch wenn er dabei von einem Agenten begleitet wurde. Er war froh, als sie in den

Fahrstuhl stiegen und gleich in eines der oberen Stockwerke fuhren. Dort sah es eher so aus wie in einem ganz normalen Unternehmen und nicht wie in einer Polizeistation, sodass Damon sich ein wenig wohler fühlte. Sie betraten einen großzügigen Empfangsbereich und gingen weiter in ein Büro. Dabei kamen sie an einer Tür vorbei, an der Valeries Name stand. Automatisch blieb Damon stehen und wünschte sich, Valerie wäre jetzt hier und er könnte mit ihr reden.

»Sie wird noch im Krankenhaus sein. Wir gehen in mein Büro.«

Schnell schloss Damon zu Lucas auf, der eine Tür weiter auf ihn wartete. »Entschuldigung. Es war nur …«

Lucas lächelte ihn an. »Ich verstehe das. Aber zuerst müssen wir unsere Arbeit erledigen. Ich werde benachrichtigt, sobald es etwas Neues aus dem Krankenhaus gibt.«

Da Damon wusste, dass er hier wesentlich besser behandelt wurde, als es ihm als entflohenem Häftling eigentlich zustand, nickte er nur und folgte Lucas in dessen Büro.

»Setzen Sie sich.« Der Agent deutete auf den Stuhl vor seinem Schreibtisch. »Möchten Sie etwas trinken? Wir müssten auch noch irgendwo ein paar Kekse oder Ähnliches haben.«

Erst jetzt merkte Damon, wie hungrig und durstig er war. »Das wäre nett.«

Gerade als Lucas ihm einen Kaffee einschenkte, öffnete sich die Tür und eine Frau steckte den Kopf herein. »Entschuldigt die Störung.«

»Das macht nichts, wir haben noch nicht angefangen. Komm rein.«

Die Frau lächelte Damon an. »Ich bin Julie Kingsley. Valerie hat mich vorhin angerufen und gesagt, dass Sie kommen würden. Wie ich sehe, hat Lucas Sie schon mit dem Wichtigsten versorgt. Brauchen Sie sonst noch etwas?«

Damon lag es auf der Zunge, »Valerie« zu sagen, doch er konnte sich gerade noch beherrschen. »Ich würde gerne mit meinen Eltern telefonieren, um Ihnen zu sagen, dass es mir gut geht und sie sich keine Sorgen machen müssen.«

Einfühlsam nickte Julie. »Das verstehe ich.«

Lucas mischte sich ein. »Nach der Befragung können Sie so lange telefonieren, wie Sie wollen. Sie können dazu Valeries Büro benutzen.«

»Danke.«

Lucas zog einen weiteren Stuhl heran und bot ihn Julie an, die ihn dankend akzeptierte. Damon wusste zwar nicht, was für eine Funktion sie im Team ausübte, aber da Valerie sie geschickt hatte, war er froh, dass sie hier war. Während der Befragung hielt sie sich die meiste Zeit über zurück, doch wenn sie ihm eine Frage stellte, tat sie das mit einem beeindruckenden Geschick dafür, ihn in einem besseren Licht dastehen zu lassen. Wie sie das hinbekam, und vor allem, warum sie das tat, war Damon ein Rätsel.

Lucas schien das auch zu merken, sein Stirnrunzeln wurde immer tiefer. Schließlich beugte er sich vor. »Julie, ich weiß nicht, warum du anscheinend denkst, dass wir Damon etwas Böses wollen, aber das ist nicht der Fall. Wir benötigen seine Aussage, um möglichst viele Hinweise darauf zu bekommen, wie der Mord sich abgespielt haben könnte. Da der Auftragskiller und Senator Greene tot sind, können wir sie leider nicht mehr selbst befragen. Wir brauchen aber Beweise, um Damons Schuldspruch aufzuheben und die wahren Schuldigen – wenn auch posthum – zu belasten.«

Julie lächelte nur. »Etwas anderes hatte ich auch nicht angenommen.«

Kopfschüttelnd fuhr Lucas mit der Befragung fort. Es schien Stunden zu dauern, bis er sich endlich zurücklehnte und seinen

Stift fallen ließ. »Okay, ich denke, das war jetzt alles. Sollten wir noch Fragen haben, werden wir noch einmal auf Sie zurückkommen.«

»Ich bin Ihnen gerne behilflich, wenn ich kann. Hauptsache, es wird endlich geklärt, wer wirklich die Schuld an Bellas Tod trägt. Das ist nicht nur für mich wichtig, sondern auch für ihren Vater. Was passiert jetzt mit ihm?«

Lucas' Miene verdüsterte sich. »Er wird wegen Angriffs auf einen Bundesagenten angeklagt. Sollte Gabriel sterben, wird der Vorwurf Mord lauten. Und selbst wenn er dann eine Tat im Affekt geltend macht, wird er für einige Jahre ins Gefängnis müssen. So oder so kann er sämtliche politischen und geschäftlichen Ambitionen vergessen.«

»Aber er wollte *mich* treffen, nicht Agent Lynch.«

Lucas hob eine Augenbraue. »Und das macht es besser? Ich denke nicht. Mordversuch bleibt Mordversuch.«

»Gabriel wird durchkommen.« Julies Stimme zitterte. »Etwas anderes kann ich mir gar nicht vorstellen. Er ist viel zu dickköpfig, um zu sterben.«

Hoffentlich hatte sie damit recht.

Lucas räusperte sich und schob seine Papiere zusammen. »Wir werden jetzt Ihre Aussagen auswerten und Untersuchungsbefehle für Greenes Haus, Büro und sonstige Immobilien beantragen. Sofern wir etwas finden, übergeben wir alles an die Staatsanwaltschaft. Das kann einige Zeit in Anspruch nehmen. Leider müssen Sie solange ins Gefängnis, bis Ihre Unschuld zweifelsfrei geklärt ist.«

Obwohl Damon vorher gewusst hatte, dass das auf ihn zukommen würde, zog sich sein Magen bei der Vorstellung zusammen. »Werde ich hier in Seattle untergebracht? Ich möchte nur ungern nach Clallam Bay zurück.«

»Wir werden auf jeden Fall dafür sorgen. Damit Sie in der

Nähe Ihrer Familie sind und auch leichter befragt werden können.«

»Danke.«

Ernst blickte Lucas ihn an. »Allerdings dürfen Sie in der Zeit keinen Kontakt zu Valerie haben. Es würde die Glaubwürdigkeit ihrer Aussage untergraben, wenn herauskommt, dass Sie sich nahestehen. Und vor allem könnte das auch Valeries Karriere als FBI-Agentin schaden.«

»Aber …«

Damon unterbrach Julies Protest, obwohl sein Herz dabei schmerzhaft pochte. »Ich verstehe.« Um nichts auf der Welt wollte er Valerie schaden. Wenn das bedeutete, sie nicht wiedersehen zu können und nicht mit ihr sprechen zu dürfen, würde er sich daran halten – auch wenn es ihm schier das Herz zerriss. Aber er hatte vorher gewusst, dass die ganze Sache so enden könnte, deshalb konnte er sich jetzt nicht beschweren. Es war seine eigene Entscheidung gewesen, die Zeit zu nutzen, die er mit Valerie gehabt hatte, und er war froh darüber, dass er sie wenigstens für einen kurzen Moment in den Armen hatte halten können.

Lucas nickte. »Gut. Dann bringe ich Sie jetzt in Valeries Büro, damit Sie telefonieren können. Wenn Sie fertig sind, sagen Sie mir einfach Bescheid.«

»Danke.«

Wenig später saß Damon in Valeries Bürostuhl und starrte auf das Telefon. Jetzt, wo er endlich mit seiner Familie telefonieren konnte, fürchtete er sich beinahe davor. Dabei gab es überhaupt keinen Grund dafür, er wusste, dass seine Eltern und seine Schwester ihn auch weiterhin liebten und alles dafür tun würden, dass er zu ihnen zurückkam. Trotzdem brauchte er ein paar Minuten, bis er endlich die Nummer wählte und das Telefon an sein Ohr presste.

»Thomas.«

Damons Augen wurden feucht, als er die Stimme seiner Mutter hörte. »Hallo, Mom.« Seine Stimme klang ungewöhnlich rau, und er räusperte sich.

»Damon!« Ihr Schrei brachte beinahe sein Trommelfell zum Platzen, genauso wie ihr anschließender Wortschwall.

Lächelnd ließ er sie erst einmal ausreden, bevor er wieder etwas sagte. Nachdem er ihr erzählt hatte, was passiert war und von ihr die neuesten Entwicklungen innerhalb der Familie erfahren hatte, legte er schließlich mit dem Versprechen, sich bald wieder zu melden, auf. Wann das sein würde, wusste er noch nicht, aber er war sich sicher, dass er vom Gefängnis aus regelmäßig mit ihnen telefonieren konnte.

Einen Moment lang saß er einfach nur da und versuchte, seine Gefühle in den Griff zu bekommen. Sein Blick fiel auf einen Block. Kurz entschlossen riss er ein Blatt davon ab und nahm sich einen Stift. Er durfte Valerie zwar weder sehen noch mit ihr sprechen, doch er konnte ihr wenigstens eine kurze Nachricht schreiben und sich für ihre Hilfe bedanken. Anschließend faltete er den Zettel einmal in der Mitte zusammen und klemmte ihn unter die Tastatur ihres PCs, damit er noch zu sehen war, aber nicht durch einen Luftzug wegfliegen konnte.

Ein letztes Mal strich er mit den Fingern darüber, dann erhob er sich schwerfällig. *Leb wohl, Valerie.*

35

Nervös atmete Valerie aus, als sie ihre Hand auf die Türklinke legte. Vor einer Stunde war sie vom Krankenhaus benachrichtigt worden, dass Gabriel jetzt wach war und nach ihr gefragt hatte. Sie hatte zwar keine Ahnung, was er von ihr wollte, aber es würde ihr guttun, ihn mit eigenen Augen zu sehen und zu wissen, dass er wieder gesund werden würde. Nach einem tiefen Atemzug drückte sie die Klinke herunter und schob die Tür auf. Ein Blick zeigte ihr einen hellen, freundlichen Raum, in dem nur ein Bett stand. Es gab keine anderen Besucher. Froh darüber trat Valerie ein und schloss die Tür hinter sich.

Leise bewegte sie sich auf das Bett zu und blickte auf Gabriel hinunter, dessen Augen geschlossen waren. Noch immer war sein Gesicht viel zu blass und er wirkte irgendwie … zerbrechlich. Nicht gerade eine Eigenschaft, die sie bisher mit ihm verbunden hätte. In seinem Arm und seinem Hals steckten mehrere Kanülen, durch die ihm Flüssigkeiten zugeführt wurden, Kabel verbanden ihn mit diversen Geräten, die piepsten und blinkten. Die Ausschläge seines Herzens wirkten auf Valerie normal, genauso wie seine Atmung.

Seine Schulter war dick bandagiert, sein Arm steckte in einer Schlinge, vermutlich, damit er ihn nicht bewegte. Valerie biss sich auf die Lippe, als sie daran dachte, dass Gabriel ihretwegen hier lag. Hätte sie nicht eigenmächtig ermittelt und dann versucht, den Fall ohne das FBI zu lösen, wäre er nie angeschossen worden. Doch selbst im Nachhinein wusste sie nicht, wie sie anders hätte handeln können, ohne Damon zu gefährden.

Unruhig bewegte Valerie sich, während sie überlegte, was sie jetzt machen sollte. Sie wollte Gabriel nicht aufwecken, Schlaf war für seine Genesung sicher wichtig. Gleichzeitig zog es sie zum Hauptquartier, weil sie wusste, dass Damon sich dort aufhielt. Lucas würde ihn sicher gründlich befragen, doch danach würde er ihn ins Gefängnis bringen lassen. Valerie konnte sich nicht vorstellen, wie es für Damon sein musste, wieder eingesperrt zu werden. Hoffentlich schöpfte er Mut daraus, dass er bald frei sein würde, nachdem nun der wahre Mörder gefunden war. Wenn sie hier fertig war, würde sie zu ihm gehen und ihm noch einmal versichern, dass sie zu ihm stand.

»Valerie.«

Gabriels raue Stimme riss sie aus ihren Gedanken. Schnell blickte sie ihn an und sah, dass er die Augen geöffnet hatte. Sie wirkten überraschend klar für jemanden, der gerade angeschossen und operiert worden war.

Valerie beugte sich zu ihm hinunter, damit er sich nicht den Hals verrenken musste. »Hallo, Gabriel. Wie fühlst du dich?«

Er schnitt eine Grimasse. »Als wäre ich durch einen Fleischwolf gedreht worden. Pelham konnte ja auch nicht einfach in die schusssichere Weste schießen, dann hätte ich jetzt nur einen blauen Fleck.«

»Sei lieber froh, dass er nicht deinen Kopf getroffen hat.«

Einen Moment lang sah Gabriel an ihr vorbei an die Wand, dann murmelte er: »Vielleicht wäre das besser gewesen.«

Schockiert starrte Valerie ihn an. Dann umfasste sie seine Hände. »Das ist nicht dein Ernst.«

Gabriel seufzte und wandte den Kopf ab. »Nein, vermutlich nicht.«

Aber er klang nicht sicher. Das machte ihr wirklich Sorgen. »Du bist bald wieder gesund und kannst ins Büro zurückkommen, um uns alle zu schikanieren.« Sie verzog den Mund. »Das heißt, die anderen. Ich bin ja noch suspendiert. Hast du mich deswegen kommen lassen? Willst du mich jetzt ganz abservieren?« Mit angehaltenem Atem wartete sie auf seine Antwort.

»Warum sollte ich das tun? Soweit ich weiß … war es nicht deine Schuld. Und mein … Verhalten hat … dazu beigetragen, dass du gedacht hast, du müsstest deine Ermittlungen … geheim halten. Wenn ich wieder im … Büro bin, werden wir uns … ernsthaft darüber unterhalten müssen, was ich von meinem Team … erwarte. Ich gehe davon … aus, dass so etwas nicht … noch einmal vorkommt.« Als sie nickte, sprach er weiter. »Die Suspendierung ist hiermit aufgehoben. Ich erwarte … dich im Büro zu sehen, wenn du … wieder ganz fit bist.«

Ein ungeheures Gefühl der Erleichterung durchströmte Valerie, als ihr bewusst wurde, dass sie ihren Job weiter ausüben konnte. Damit Gabriel ihre Reaktion nicht bemerkte, versuchte sie es mit Humor. »Zu Befehl!«

Gabriel begann zu husten, und Valerie reichte ihm schnell etwas zu trinken. »Danke.« Einige Zeit lag er nur da und atmete schwer, bevor er wieder zu sprechen begann. »Ich wollte, dass du kommst, weil ich dir etwas erzählen muss. Oder genauer gesagt, zeigen.«

Es sah so aus, als wollte er aus dem Bett steigen, deshalb hielt Valerie ihn fest. »Du wirst dich nicht aus dem Bett bewegen, habe ich mich klar ausgedrückt?«

Anscheinend verstand er, dass sie es ernst meinte, denn er gab seinen Versuch auf. »Gefällt es dir, den Boss zu spielen?«

Überrascht grinste Valerie. »Ja.«

»Gewöhn dich nicht zu sehr daran, ich werde bald wieder fit sein.«

Valerie drückte seine Hand. »Gut so.«

»Geh zu Zimmer 316 und komm danach wieder zu mir zurück.«

»Was …?«

»Tu es einfach. Sag dem Wachposten vor der Tür, dass ich dich geschickt habe. Das Passwort ist Smaragd.«

Verwirrt ließ Valerie ihn los. »Was soll diese Geheimniskrämerei?«

»Das wirst du sehen, wenn du da bist. Vertrau mir.«

Da Valerie doch neugierig war, folgte sie seinen Anweisungen. Sie fand das Zimmer und gab dem Wachposten davor das Passwort. Der öffnete ihr die Tür und schloss sie hinter ihr wieder. Valerie sah sich irritiert um. Was sollte sie in einem weiteren Krankenzimmer? Sie kannte niemanden, der derzeit hier behandelt wurde. Zögernd trat sie zum Bett, in dem ein Mann lag. Es war ihr peinlich, einen Wildfremden zu belästigen, doch sie blickte trotzdem hin.

Ein Keuchen entfuhr ihr, als sie den Mann erkannte. Er hatte die Augen geöffnet und drehte nun den Kopf zu ihr. »Clive? Oh mein Gott! Ich dachte, Sie wären …« Valerie brach ab, bevor sie etwas sagte, das ihn aufregen würde. Schwach ließ sie sich in den Stuhl neben dem Bett sinken. »Ich bin so froh, dass Sie noch leben!«

Seine Kehle wurde von einem Verband bedeckt. Ein Schlauch führte darunter, durch den er offensichtlich beatmet wurde. Vermutlich weil die Kugel die Luftröhre zerstört hatte, und er durch die Kehle keine Luft bekam. Ihn so schwer verletzt zu sehen, trieb Valerie die Tränen in die Augen. Sie wusste nicht, welche Verletzungen Clive sonst noch davongetragen hatte, aber es würde sicher lange dauern, bis er wieder ein halbwegs normales Leben führen würde. Und das alles nur, weil dieser Mistkerl Greene seine politische Karriere in Gefahr gesehen hatte. Das machte sie unheimlich wütend!

Eine Berührung an ihrem Arm ließ Valerie zusammenzucken. Clive bewegte die Hand, und es dauerte einen Moment, bis Valerie begriff, dass er etwas zu schreiben haben wollte. Auf dem Nachttisch entdeckte sie einen Stift und einen Block. Sie gab ihm beides und hielt den Block dann so, dass er ohne große Mühe schreiben konnte. Seine Schrift wirkte ein wenig wacklig, aber sie war lesbar. Als Valerie die Nachricht sah, lächelte sie.

»Ich bin froh, dass ich rechtzeitig da war, um Ihnen zu helfen, Clive. Kein Grund, sich deshalb zu bedanken. Der Mann, der Sie verletzt hat, ist höchstwahrscheinlich tot. Heute oder morgen wird bestimmt jemand bei Ihnen vorbeikommen, der Ihnen ein Foto zeigt, damit Sie ihn identifizieren können.«

Wieder schrieb Clive etwas.

»Damon geht es gut. Er wird zwar jetzt erst mal wieder ins Gefängnis kommen, aber ich bin sicher, dass er bald freigesprochen wird.« Sie erzählte ihm, was geschehen war und wer für den Mord an Bella Pelham verantwortlich war.

Der Kugelschreiber kratzte über das Papier.

Valerie las die Nachricht und nickte dann. »Ja, ich denke auch, dass Damon eine gute Anwältin gebrauchen kann, die dafür sorgt, dass nichts schiefgeht. Danke für die Empfehlung, ich werde den Namen an seine Familie weiterleiten. Ich bin sicher, Damon wird sich sehr darüber freuen, zu hören, dass Sie noch leben. Und er wird traurig sein, dass Sie ihn nicht vertreten können.«

Da Clive zusehends müder wirkte, nahm Valerie ihm sanft den Stift aus der Hand und legte ihn zusammen mit dem Block zurück auf den Nachttisch. Dann beugte sie sich über den Anwalt und küsste ihn auf die Wange. »Werden Sie schnell wieder gesund. Wenn Sie möchten, komme ich Sie bald wieder besuchen.« Clives kaum merkliches Nicken nahm sie als Zustimmung.

Erst als sie die Tür hinter sich geschlossen hatte, ließ sie zu, dass ihr gesamter Körper von einem Zittern erfasst wurde. Ihr erster Gedanke war, Damon anzurufen und ihm die gute Nachricht zu überbringen, doch dann erinnerte sie sich wieder daran, dass sie das nicht konnte. Sie konnte allerdings Gabriel zur Rede stellen, und genau das würde sie jetzt tun.

Gabriel blickte zur Tür, als diese ohne Vorwarnung aufgerissen wurde. Wie erwartet stürmte Valerie herein. Ihre Wangen waren gerötet, die Augen blitzten wütend. Mit genau dieser Reaktion hatte er gerechnet, deshalb hatte er mitgehen und ihr die Sache erklären wollen. Durch seinen geschwächten Zustand war das jedoch nicht möglich gewesen, und er hatte Valerie nicht länger im Ungewissen lassen wollen. Er konnte sich vorstellen, wie schwer Clives angeblicher Tod sie getroffen hatte, besonders nach dem Selbstmord ihres Bruders.

Valerie baute sich jetzt dicht neben dem Bett auf. »Clive lebt! Wie konntest du mir das verheimlichen? Kannst du dir vorstellen, was ich …« Sie brach ab und schluckte hart. »Du hättest es mir sagen müssen!«

Gabriel hob die Augenbrauen. »Wann hätte ich das tun sollen? Als ich dich angerufen habe, um es dir zu erzählen, warst du schon verschwunden.«

Das schien ihr einzuleuchten – ein Großteil der Wut in ihren Augen verrauchte. »Aber … warum stand in der Zeitung, dass er an seinen Verletzungen gestorben ist?«

»Weil ich vermeiden wollte, dass der Täter erfährt, dass Clive noch lebt und zurückkommt, um sein Werk zu vollenden. Ich habe es übrigens niemandem erzählt, weil ich nicht wollte, dass irgendetwas durchsickert.«

Valerie ließ sich schwer auf den Stuhl fallen. »Damon muss das erfahren, er hat sich schwere Vorwürfe gemacht, dass Clive seinetwegen getötet worden ist.«

»Er wird es erfahren, keine Angst. Aber nicht von dir. Es wäre wirklich gut, wenn du dich von ihm fernhältst, solange die Ermittlungen noch im Gange sind.«

Erbost richtete Valerie sich auf. »Was ich in meiner Freizeit …«

Gabriel unterbrach sie. »Es ist mir völlig egal, was du mit wem tust, Valerie. Aber denk an Damon. Du bist eine Zeugin, die gehört hat, was Greene und der Auftragskiller gesagt haben. Wenn der Richter erfährt, dass ihr ein Verhältnis habt, wird er sicher überlegen, ob du Damon mit deiner Aussage nicht nur schützen willst.« Als sie etwas erwidern wollte, hob er die Hand. »Ich weiß, dass es nicht so war, aber ich spreche auch nicht das Urteil. Lass uns erst mal in Ruhe Beweise sammeln, und wenn wir dann belegen können, dass Greene den Mord in Auftrag gegeben hat und Damon nur zur falschen Zeit am falschen Ort war, kannst du nach seinem Freispruch machen, was du möchtest.«

Er konnte sehen, wie schwer Valerie das fiel, doch schließlich nickte sie. »Ich weiß. Es ist nur so …« Sie biss sich auf die Lippe und schwieg.

»Es sind nur ein paar Wochen oder Monate. Ich werde dich inoffiziell über die Ermittlungen auf dem Laufenden halten, aber offiziell wirst du mit dem Fall nichts zu tun haben.«

»Okay.« Valerie erhob sich wie eine alte Frau. »Dann werde ich dich jetzt mal ausruhen lassen. Ich komme morgen wieder.«

»Dann bis morgen.« Da seine Kraft langsam zu Ende ging, war Gabriel dankbar, als Valerie die Tür leise hinter sich ins Schloss zog.

Dann lag er einfach nur da, starrte an die Decke und lauschte dem Piepsen der Geräte. Er lebte zwar noch – wie seine Herztöne bewiesen –, aber innerlich fühlte er sich trotzdem wie tot. Die schwere Verletzung hatte ihm eindrucksvoll vor Augen geführt, dass er nicht unsterblich war. Viel schlimmer aber war, dass es ihm beinahe nichts ausgemacht hatte, zu sterben. Nur der Gedanke an seine Schwester Melody hatte seinen Lebenswillen – oder zumindest einen Funken davon – neu entfacht. Alles andere war ihm schlicht egal. Selbst seine Arbeit, für die er so viele Jahre gelebt hatte, war ihm gleichgültig. Und das zeigte ihm mehr als alles andere, dass es so nicht weitergehen konnte.

Er war es müde, ständig gegen das Böse zu kämpfen …

Während Valerie mit dem Fahrstuhl nach oben fuhr, hoffte sie entgegen aller Vernunft, dass Damon noch da sein würde und sie sich zumindest richtig von ihm verabschieden konnte. Noch einmal in seine blauen Augen blicken und ihn berühren zu können würde ihr vielleicht die lange Trennung erleichtern. Oder auch nicht. Valerie rieb sich über die Stirn. Gott, sie war ein Wrack! Früher war sie an alles sachlich herangegangen und nur selten aus der Ruhe zu bringen gewesen. Doch jetzt benahm sie sich wie ein verliebter Teenager und war nicht einmal in der Lage, eine vergleichsweise kurze Trennung zu überstehen.

Die Ankunft in ihrem Stockwerk erlöste sie von diesem unangenehmen Gedanken. Unruhig betrat sie den Empfangsbereich ihrer Abteilung.

Megan blickte ihr mitleidig entgegen. »Oh Valerie, es ist gut, Sie halbwegs gesund wiederzusehen! Wir haben uns schon alle Sorgen gemacht.«

Mit Mühe rang Valerie sich ein Lächeln ab. »Danke, Megan. Ich bin auch froh, wieder hier zu sein.« Sie widerstand dem Drang, die Hand auf ihr wild klopfendes Herz zu pressen. »Ist Lucas schon hier?«

»Er war hier, ist aber schon wieder weg. Er bringt Damon Thomas zum Gefängnis.«

Erneut bemühte Valerie sich um ein Lächeln, während ihr

gleichzeitig das Herz brach. »Okay. Dann gehe ich erst mal in mein Büro, um mich wieder einzugewöhnen.«

Noch immer wirkte die Sekretärin besorgt. »Sie wollen doch nicht heute schon wieder mit der Arbeit beginnen? Ich bin mir sicher, dass Sie einige Tage Sonderurlaub bekommen nach dieser Tortur.«

»Keine Angst, heute arbeite ich sicher noch nicht. Ich wollte nur sehen, ob alles in Ordnung ist.«

»Dann ist es ja gut. Julie ist da, wenn Sie jemanden zum Reden brauchen.«

»Heute nicht, aber danke.«

Sie wusste nicht, ob sie darüber überhaupt jemals würde reden können – oder wollen. Jetzt wollte sie einfach nur von ihren vertrauten Dingen umgeben sein und sich einreden, dass alles so war wie immer. Hastig eilte sie zu ihrem Büro, bevor noch jemand auf die Idee kam, sie aufzuhalten. Erleichtert schloss sie die Tür hinter sich und ging zu ihrem Schreibtisch.

Alles wirkte so wie immer, dabei hatte sich alles verändert, seit sie hier das letzte Mal gesessen hatte. Es kam ihr seltsam vor, dass das nur zwei Tage her war. Vorsichtig ließ sie sich auf ihren Stuhl sinken und starrte auf den schwarzen Monitor. Wie sollte es jetzt weitergehen? Immerhin hatte sie ihren Job nicht verloren, das war eine Erleichterung – wobei sie keine Ahnung hatte, ob sie überhaupt noch dazu in der Lage wäre, ihn auszuführen. Aber jetzt war nicht der richtige Moment, irgendwelche Entscheidungen zu treffen, dafür war sie viel zu müde und angespannt.

Sie stützte die Hände auf die Tischplatte, um sich hochzustemmen, und stieß dabei an ein Stück Papier, das unter ihrer Tastatur klemmte. »Valerie« stand in Druckbuchstaben darauf. *Seltsam.* Neugierig faltete sie den Zettel auf und starrte ungläubig auf die Unterschrift. Die Nachricht war von Damon!

Valeries Finger begannen zu zittern, und sie musste den Brief auf den Tisch legen, um ihn lesen zu können.

Valerie,

ich möchte, dass du weißt, wie viel mir das, was wir zusammen erlebt haben, bedeutet hat. Lucas bringt mich gleich ins Gefängnis, deshalb kann ich nicht hier sein, wenn du kommst. Es tut mir leid, dass ich mich nicht richtig von dir verabschieden konnte. Ich hoffe, dass wir uns nach dem Prozess, sofern alles gut ausgeht, wiedersehen. Ich könnte es aber auch verstehen, wenn du es dir noch einmal anders überlegst, weil ich dir außer meiner Liebe nichts bieten kann. Egal wie du dich entscheidest, ich wünsche dir ein wunderbares Leben.

In Liebe
Damon

Tränen verschleierten Valeries Blick, als sie den Brief wieder in die Hand nahm. *Er liebte sie!* Aber glaubte er wirklich, sie würde ihn einfach so aufgeben? Offenbar kannte er sie überhaupt nicht. Na, dann würde er sie eben noch kennenlernen! Den Brief immer noch in der Hand verließ Valerie das Büro, ohne sich noch einmal umzusehen.

Epilog

Zehn Wochen später

Kurz vor der Urteilsverkündung blickte Damon in die erste Reihe der Zuschauer und wurde von seiner Familie mit ermutigenden Gesten bedacht. Auch Clive Prescott hatte nach seiner aufwühlenden Aussage dort Platz genommen und hielt nun diskret den Daumen hoch. Offenbar war sein ehemaliger Anwalt auch der Ansicht, dass in wenigen Minuten sein Freispruch verkündet werden würde. Doch so sehr Damon auch darauf hoffte, er hatte immer noch das Gefühl, dass im letzten Moment etwas schiefgehen und das erste Urteil bestätigt werden würde.

Das würde er nicht überleben. Die zehn Wochen bis zur Urteilsverkündung waren ihm länger erschienen als die ganzen Jahre davor, auch wenn man ihn nicht nach Clallam Bay zurückverlegt hatte, sondern in ein Gefängnis in Seattle gebracht hatte. Seine Eltern und seine Schwester waren zwar jede Woche zu Besuch gekommen, und sie hatten oft miteinander telefoniert, doch die Tage schienen sich trotzdem wie Kaugummi zu ziehen. Vor allem hatte er Valerie vermisst, bis es ihm beinahe körperlich wehgetan hatte.

Sie hier bei dem Prozess wiederzusehen war gleichzeitig schön und ungeheuer schmerzlich gewesen. Zu Beginn ihrer Aussage hatte sie ihm nur einen winzigen Moment lang in die Augen geblickt, danach hatte sie gefasst und in sachlichen Worten berichtet, was geschehen war. Dabei hatte sie es geschafft, jegliche zwischenmenschlichen Geschehnisse auszusparen. Das war auch richtig so gewesen, aber trotzdem konnte Damon nicht leugnen, dass es ihm einen kleinen Stich ins Herz versetzt hatte. Hatte sie ihn schon vergessen, oder hatte sie nur ihrer Aussage mehr Gewicht verleihen wollen?

Glücklicherweise hatte das FBI die Identität des Auftragskillers aufgedeckt und in dessen Unterlagen ein Buch gefunden, in dem er sich sämtliche Aufträge und auch deren Bezahlung notiert hatte. Zwar in einer Art Geheimcode, doch den hatte man entschlüsseln können. Greene dagegen war so schlau gewesen, keinerlei Unterlagen aufzubewahren, aber anhand seiner Telefonverbindungen hatte man nachweisen können, dass er mit dem Auftragskiller in Kontakt gestanden hatte.

Mit diesen Beweisen konfrontiert hatte sogar die Staatsanwaltschaft Damons Freilassung gefordert, jetzt kam es nur noch darauf an, wie die Richterin urteilte. Glücklicherweise war ihm nicht der Richter von damals zugeteilt worden, der sicherlich unter Greenes oder Pelhams Einfluss gestanden hatte. Zumindest hatte Damon diesen Eindruck gehabt.

Einer der bewegendsten Momente war für ihn die Aussage von Carrie gewesen. Die hatte unter Tränen geschildert, wie ihr Freund von Russell Davis getötet worden war und wie Damon sie den Wasserfall hinuntergestoßen hatte. Im Publikum war es totenstill geworden, als sie gleich darauf erklärt hatte, dass er ihr damit das Leben gerettet hatte und sie ihm dafür dankbar war. Dabei hatte sie ihn direkt angeblickt und sich sogar um ein Lächeln bemüht. Ein Band hatte sich so eng um seinen Brustkorb gelegt, dass Damon geglaubt hatte, ersticken zu müssen. Wie konnte sie ihm nach dem, was er ihr angetan hatte, so leicht verzeihen? Aber er war froh, dass sie es tat. Das minderte ein wenig sein Schuldgefühl, und vor allem führte es hoffentlich dazu, dass er wegen dieser Sache nicht noch eine weitere Gefängnisstrafe erhielt.

Sein Herz begann zu rasen, als die Richterin angekündigt wurde und jeder im Saal aufstand. Unauffällig wischte er sich die feuchten Hände an seiner Hose ab und starrte mit brennenden Augen auf das Richterpult. Wenn nicht bald ein Urteil erging, würde er vermutlich das Bewusstsein verlieren, weil er es einfach nicht schaffte, seine Atmung unter Kontrolle zu bringen. Unauffällig berührte seine Anwältin ihn am Arm und bewahrte ihn so davor, umzufallen oder schreiend herauszurennen. Dankbar schenkte er ihr ein schiefes Lächeln.

»Es wird alles gut gehen, Damon, keine Angst.« Ihr leises Flüstern drang nur bis zu seinem Ohr.

Das Gleiche hatte sie ihm schon Hunderte Male gesagt, aber er würde es trotzdem erst glauben, wenn die Richterin verkündete, dass er frei war. Er konnte sich noch gar nicht vorstellen, wie es sein würde, endlich wieder machen zu können, was er wollte. Das war schier unvorstellbar. Die Richterin betrat jetzt den Saal und gab mit einer Handbewegung zu verstehen, dass sie sich alle wieder setzen konnten. Geräusche drangen durch den Raum, während die Zuschauer und Anwälte Platz nahmen.

Anschließend verkündete die Richterin, dass sie zu einem Urteil gekommen war, und bat Damon und seine Anwältin, sich wieder zu erheben. Damons Beine zitterten so stark, dass er sich am Tisch festhalten musste, um nicht den Halt zu verlieren. Die Urteilsbegründung bekam er nur mit halbem Ohr mit, so sehr war er darauf fixiert, das Ergebnis zu erfahren. Dann – endlich – war es so weit.

Die Richterin blickte ihn an. »Damon Thomas, Sie sind vom Vorwurf des Mordes an Bella Pelham freigesprochen. Wie die neuen Beweise ergaben, sind die Ermittlungen vor vier Jahren fehlerhaft gewesen. Schuldig sind Sie der viermonatigen

Flucht aus dem Gewahrsam der Behörden. Durch die Umstände wird das Gericht aber davon absehen, eine weitere Gefängnisstrafe dafür zu verhängen. Sie haben durch das Fehlurteil schon genug gelitten und sind deshalb ab sofort frei. Selbstverständlich können Sie einen Antrag auf finanzielle Entschädigung für die Haftstrafe stellen.«

Damons Erleichterung war so groß, dass ihm die Beine versagten und er auf seinen Stuhl zurücksank. Er versuchte, wieder aufzustehen, ließ es aber, als ihm die Richterin nur zulächelte. »Bleiben Sie ruhig sitzen. Hiermit ist die Verhandlung beendet.«

Lautes Stimmengewirr erhob sich, dann war er umringt von seiner Familie. Seine Mutter umarmte ihn weinend, und sogar sein Vater hatte Tränen in den Augen. Damons Kehle war so zugeschnürt, dass er keinen Ton herausbrachte. In seinem Kopf hallte immer nur ein Wort wider: *Frei. Frei. Frei*. Es war so unglaublich, dass er ein paar Minuten brauchte, um sich wieder zu sammeln und endlich mit seiner Familie reden zu können.

Seine Anwältin stand geduldig lächelnd neben ihm, und er erinnerte sich, dass er ihr noch gar nicht gedankt hatte. Das holte er jetzt nach und sah sich dann nach Clive um. Sein ehemaliger Anwalt saß noch in der Besucherbank und wirkte, als hätte er soeben den Prozess gewonnen. Gut, zum Teil hatte er das auch, denn er hatte tatkräftig daran mitgewirkt – und das nicht nur durch seine Aussage, mit der er den Auftragskiller eindeutig als den Mann identifiziert hatte, der auch ihn angegriffen hatte.

Damon erhob sich und ging auf immer noch recht wackligen Knien zu ihm.

Clive empfing ihn mit einem Grinsen. »Was habe ich gesagt?« Seine Stimme klang seltsam blechern, weil durch die

Kugel auch seine Stimmbänder verletzt worden waren, aber es war grandios, dass er überhaupt wieder reden konnte und sich so gut erholt hatte.

»Ich weiß. Danke noch mal für alles. Ohne dich wäre das nicht möglich gewesen.« Er schüttelte Clive die Hand.

»Ach was. Du hättest das auch so geschafft. Am Ende setzt sich immer die Wahrheit durch.«

Das war eine extrem gutgläubige Ansicht für einen Anwalt, der es eigentlich besser wissen müsste, aber Damons Stimmung war zu gut, um sich jetzt damit zu befassen. »Wann wirst du denn wieder arbeiten? Ich brauche dringend jemanden, der meine Schadenersatzforderung stellt.«

»Mit dem größten Vergnügen. Das ist hauptsächlich Papierkram, gar kein Problem.«

»Super, danke.« Unauffällig blickte Damon sich nach Valerie um, konnte sie jedoch nirgends entdecken. Offenbar war sie direkt nach ihrer Aussage wieder gegangen. Damon versuchte, sich seine Enttäuschung nicht anmerken zu lassen, als er sich wieder zu Clive umdrehte.

»Wenn du sie willst, hol sie dir.«

Damon brauchte einen Moment, um die Bedeutung von Clives Worten zu verstehen, dann spürte er Hitze in seine Wangen steigen. »Ich weiß nicht, wovon du redest.«

Clive hob eine Augenbraue. »Groß, schlank, kurze rotbraune Haare? Klingelt es jetzt?«

Wie kam es, dass ihm anscheinend jeder seine Gefühle ansehen konnte? Nur gut, dass das noch nicht an die Presse gedrungen war oder den Prozess behindert hatte. »Du weißt, dass das nicht so einfach ist. Sie ist FBI-Agentin und …«

Sofort unterbrach Clive ihn. »Ausreden. Ich wiederhole mich: Wenn du sie willst, hol sie dir. Und zwar schnell, bevor sie dir jemand anders vor der Nase wegschnappt.«

Damons Augen verengten sich. »Du vielleicht?«

»Warum nicht? Ich mag sie, sie ist intelligent und sieht gut aus.«

Instinktiv wollte Damon über Clive herfallen und Valerie für sich beanspruchen, doch dann kam ihm der Gedanke, dass jemand wie Clive ohnehin viel besser für sie wäre. Ein Anwalt und eine Agentin passten eindeutig besser zusammen als ein Ex-Häftling und eine Agentin.

Clive schien ihm seine Gedanken anzusehen, denn er schüttelte den Kopf. »Du bist wirklich ein Idiot. Valerie will dich, nicht mich und auch keinen anderen. Aber sie wird nicht ewig auf dich warten.«

Damons Magen zog sich zusammen. »Vielleicht wäre das besser …«

Wieder unterbrach Clive ihn. »Glaubst du das wirklich? Denkst du, jemand anderes wäre passender für sie? Und sie könnte mit irgendjemandem so glücklich werden wie mit dir?«

Nein. Ganz tief in seinem Innern war er davon überzeugt, dass sie zusammengehörten. Jede Faser seines Körpers sehnte sich nach ihr, obwohl er sie nur für so kurze Zeit gekannt hatte. Schließlich atmete er tief durch. »Nein.«

Zufrieden nickte Clive. »Worauf wartest du dann noch? Geh und hol sie dir.«

Damon hob entschlossen das Kinn. »Das werde ich.« Er schnitt eine Grimasse. »Aber zuerst muss ich diesem Zirkus hier entkommen. Als ich gekommen bin, haben vor dem Gebäude schon unzählige Kamerateams gewartet.«

»Dann nimm den Hinterausgang und lass deine Anwältin und deine Familie vorne rausgehen. Das wird sie für einige Zeit ablenken.«

»Gute Idee.« Damon atmete tief durch. »Ich kann noch gar nicht glauben, dass ich jetzt wirklich frei bin.«

Clive lächelte. »Glaub es, und vor allem, genieß es.« Fest drückte er Damons Hand. »Ich freue mich für dich.«

»Danke.« In Damons Kehle bildete sich ein Kloß. »Ich könnte es verstehen, wenn du nach dem, was geschehen ist, lieber nichts mehr mit mir zu tun haben willst. Aber ich würde mich freuen, wenn wir uns wiedersehen.«

»Das Thema hatten wir doch schon. Ich mache dir keinerlei Vorwürfe, Damon. Und was das andere angeht: Wie wäre es mit einem Bier bei mir, in ein paar Tagen? Für die Terrasse ist es leider zu kalt, aber vor dem Kamin ist es auch nett.«

»Sehr gerne.« Zum ersten Mal seit langer Zeit hatte Damon das Gefühl, dass endlich alles gut werden würde.

»Melde dich einfach, wenn du die Sache mit Valerie geklärt hast und wieder Zeit für andere Dinge hast.« Clives Lachen war ansteckend.

»Wird gemacht. Danke, dass du heute hier warst.«

»Es war mir eine Genugtuung.«

Damon nickte ihm zu und ging dann wieder zu seiner Familie zurück, die sich angeregt mit der Anwältin unterhielt. »Entschuldigt, dass ich euch habe warten lassen. Clive meinte, es wäre besser, wenn ich den Hinterausgang nehmen würde, während ihr vorne rausgeht, um die Reporter abzulenken.«

Seine Anwältin nickte sofort. »Gute Idee. Ich werde ein kurzes Statement verlesen. Das wird sie eine Weile beschäftigt halten. Lassen Sie sich am besten von einem der Wachleute zum Hinterausgang bringen. Er kann Ihnen dann zur Not auch einen Weg bahnen.«

»Das werde ich machen. Vielen Dank noch einmal für Ihre Hilfe.«

»Sehr gern geschehen. Rufen Sie mich einfach an, wenn noch etwas sein sollte.«

Damon nickte ihr zu und wandte sich dann an seine Familie. »Am besten fahrt ihr einfach nach Hause, ich nehme mir ein Taxi.«

Seine Mutter wollte protestieren, doch Ryanne legte ihr einen Arm um die Schulter und zwinkerte Damon zu. »So machen wir es. Und lass dir ruhig Zeit, wir müssen sowieso noch einiges für die große Feier vorbereiten.«

»Das ist doch nicht …«

Seine Mutter unterbrach ihn sofort. »Doch, das ist es. Schließlich kommt mein Sohn hoffentlich nur einmal aus dem Gefängnis nach Hause! Außerdem bist du viel zu dünn, da darf ich dich doch wohl mal für ein paar Wochen verwöhnen.«

Da Damon wusste, wie viel ihr daran lag, kämpfte er nicht länger dagegen an. »Danke, Mom. Ich werde bald da sein.« Er küsste erst ihre Wange, dann die seiner Schwester und lächelte sie anschließend beide an. »Ich freue mich, wieder nach Hause zu kommen.«

Bevor er damit noch einen weiteren Tränenstrom auslöste, drehte er sich schnell um und strebte auf einen der Wachleute zu, der ihn aus dem Gefängnis hierhergebracht hatte. Der erklärte sich sofort bereit, ihm zu helfen, und führte ihn aus dem Saal. Möglichst unauffällig gingen sie zum hinteren Treppenhaus und traten schließlich aus einer Tür ins Freie. Hier gab es nur eine kleine Straße, die für den normalen Verkehr gesperrt war, und es waren tatsächlich keine Reporter zu sehen.

Damon bedankte sich bei dem Wachmann und ging dann los. Die hohen Gebäude ließen keinen Sonnenstrahl nach unten dringen, aber Damon reichte es, wenigstens ein Stück vom blauen Himmel zu sehen. Zum ersten Mal seit langer Zeit atmete er durch, ohne den Druck auf seiner Brust zu spüren. Er war wirklich und wahrhaftig frei! Und zwar ohne ständig über die Schulter sehen zu müssen und zu befürchten, von jemandem erkannt und wieder eingesperrt zu werden, wie in der Zeit während seiner Flucht.

»Halt!«

Der Ruf erklang hinter ihm, und er erstarrte. Hatte jemand einen Fehler gemacht, und man würde ihn doch wieder einsperren? Das konnte nicht sein! In diesem Moment legte sich eine Hand auf seine Schulter, und gleich darauf wurde er herumgedreht. Seine Augen weiteten sich, als er Valerie erkannte, und sein Herz fing an zu hämmern. Gierig ließ er den Blick über ihr Gesicht gleiten, suchte nach einer Antwort auf die Frage, ob sie ihn noch mochte. Doch er konnte nichts erkennen. Noch immer trug sie die gleiche indifferente Miene zur Schau wie während der Verhandlung. Damons Magen zog sich zusammen, als er sich fragte, ob er ihr vielleicht wirklich nichts mehr bedeutete.

Forschend blickte Valerie ihn an. »Ich freue mich, dass du freigesprochen wurdest.«

»Dazu hat deine Aussage maßgeblich beigetragen. Vielen Dank dafür.«

Ihre Augenbrauen schoben sich zusammen. »Ich habe lediglich die Wahrheit gesagt.«

Angespannt ballte Damon die Hand zur Faust, um sie nicht nach Valerie auszustrecken. »Du hast nicht erwähnt, dass ich dich entführt habe.«

Röte stieg in ihre Wangen. »Für mich ist es keine Entführung, wenn du mir damit das Leben rettest. Und für den Prozess hat nur das gezählt.«

»Okay.« Falls Valerie sich von ihm verabschiedete, wollte er die letzten Minuten in ihrer Gegenwart nicht noch mit einem Streit verschwenden.

Offenbar war sie überrascht, dass er so schnell nachgab. »Ist das alles, was du mir sagen möchtest?«

Nein, es gab unendlich viel, das er ihr noch sagen wollte, aber er wusste nicht, wie. »Zu dem Fall, ja.«

Interessiert trat sie einen Schritt näher. »Und zu allem anderen?« Jetzt lag ein Gefühl in ihren Augen, das Damon nicht deuten konnte.

»Ich …« Er brach ab und blickte zu Boden. Warum war es nur so schwer, ihr einfach zu sagen, dass er sie liebte und sein Leben mit ihr verbringen wollte?

»Ja?« Ihre Stimme klang rau.

»Ich wusste, dass wir uns vor und während des Prozesses nicht sehen dürfen, und ich …« Er schüttelte den Kopf. »Ich habe befürchtet, du merkst in dieser Zeit, dass du ohne mich besser dran bist. Da du mir nie auf meinen Brief geantwortet hast, habe ich das als Zeichen aufgefasst, dass du kein Interesse mehr an mir hast. Was ich durchaus verstehen kann.« Aber sich vorzustellen, dass sie ihn nicht mehr wollte, hatte trotzdem geschmerzt. Damon hob den Kopf und blickte direkt in Valeries graue Augen. »Ich weiß, dass ich dir als ehemaliger Häftling nicht viel zu bieten habe und es auch zu Gerede kommen wird, wenn du als FBI-Agentin mit jemandem wie mir …«

Weiter kam er nicht, denn Valerie schlang die Arme um ihn und zog ihn heftig an sich. »Du bist ein Dummkopf.«

Bevor er antworten konnte, hatte sie ihren Mund auf seine Lippen gepresst und küsste ihn, als gäbe es kein Morgen mehr. Damon vergaß, was er eigentlich hatte sagen wollen, und erwiderte den Kuss wie ein Verdurstender. Viel zu fest drückte er Valerie an sich, aber er hatte Angst, sie doch noch zu verlieren, wenn er sie losließ. Schließlich trennten sie sich schwer atmend voneinander, und Damon betrachtete Valerie fasziniert. Ihre Lippen waren gerötet, ihre Augen glitzerten. Gott, so wollte er sie jeden Tag sehen, mit diesem Blick, der ihm sagte, dass sie ihn genauso wollte, wie er sie.

»Okay, du hattest deine Chance, jetzt lasse ich dich nie wieder gehen.« Das waren vermutlich nicht die romantischsten Worte, die er je gesagt hatte, aber sie entsprachen der Wahrheit.

Valerie schien das zu verstehen, denn auf ihren Lippen bildete sich ein Lächeln, das immer strahlender wurde. »Abgemacht.«

Noch einmal zog Damon sie an sich, diesmal wesentlich sanfter, und legte seine Stirn an ihre. »Ich habe dich vermisst, Val. Immer wieder habe ich mir ausgemalt, wie es sein würde, wenn ich aus dem Gefängnis komme und endlich wieder mein Leben aufnehmen kann. Und so sehr ich es auch versucht habe, mich nicht in einem Traum zu verlieren, der nie Wirklichkeit werden konnte, habe ich immer gehofft, dass du zu meinem Leben dazugehören wirst.«

Valerie legte ihm die Hand auf den Nacken. »Das werde ich, wenn du mich willst.«

»Mehr als alles andere.« Er küsste sie sanft und mit all den Gefühlen, die er für sie empfand.

Schließlich löste Valerie sich zögernd wieder von ihm. »Dann sollten wir jetzt wohl mal losfahren.«

»Oh, ich habe meinen Eltern versprochen, dass ich zum Essen komme. Ich glaube, sie haben so etwas wie eine kleine Feier vorbereitet.«

Valerie lächelte. »Ich weiß.«

Erstaunt blickte Damon sie an. »Woher …?« Er schüttelte den Kopf. »Ryanne, richtig?«

»Sie hat mich eingeladen, und ich habe ihr gesagt, dass ich gerne komme, sofern du mich dabeihaben willst.«

»Natürlich! Liebend gern.«

Valeries Gesichtsausdruck wurde ernst. »Ich würde es verstehen, wenn du erst mit deiner Familie zusammen sein willst.

Schließlich hast du sie schon lange nicht mehr gesehen, und ihr habt euch sicher viel zu erzählen.«

Zärtlich nahm Damon ihre Hände. »Du gehörst jetzt zu meiner Familie, Valerie.«

Ihr Lächeln war schöner als alles, was er je gesehen hatte. »Danke.«

Mit verschränkten Fingern gingen sie zu Valeries Wagen, den sie nur wenige Meter vom Ausgang geparkt hatte. Damon blickte sich um. »Woher wusstest du überhaupt, dass ich hier hinten rauskommen würde?«

Valerie zwinkerte ihm zu. »Clive.«

»Dieser durchtriebene …« Kopfschüttelnd brach Damon ab. »Ich muss ihm dringend ein Geschenk besorgen.«

»Später.«

Immer noch nicht ganz von seinem Glück überzeugt stieg Damon in den Wagen und beobachtete, wie Valerie sich in den Fahrersitz sinken ließ.

Fragend blickte sie ihn an. »Was?«

»Ich kann irgendwie immer noch nicht glauben, dass du wirklich hier bei mir bist. Dass wir eine Chance haben. Du weißt, dass ich vermutlich nie wieder als Ingenieur arbeiten kann, oder? Und dass mich alle noch lange Zeit blöd anstarren werden. Und dich vermutlich auch, weil du die Frau an meiner Seite bist.«

»Ja, das weiß ich alles. Und es macht mir nichts aus, solange ich dafür mit dir zusammen sein kann.« Sie legte ihre Hand auf seine. »Es ist mir auch egal, was du beruflich machst – ich will nur, dass du glücklich bist.«

Damon biss sich auf die Lippe. »Ich hatte im Gefängnis viel Zeit, nachzudenken, und ich habe mir überlegt, dass ich gerne als selbstständiger Gartengestalter arbeiten würde. Ich mag nicht mehr in einem Büro sitzen, darin komme ich mir zu eingesperrt vor. Und die Gartenarbeit hat mir schon immer Spaß gemacht, deshalb …« Er zuckte mit den Schultern.

Valerie lächelte ihn an. »Ich finde, das ist eine großartige Idee.«

Spontan beugte Damon sich über die Mittelkonsole und gab Valerie einen Kuss. »Ich bin ein Glückspilz, dass ich dich gefunden habe.«

»Wir sind beide Glückspilze.« Sie strich ihm mit dem Finger über die Lippen. »Jetzt sollten wir aber losfahren, sonst fragen sich deine Eltern noch, was wir gerade treiben.«

Damon verzog den Mund. »Gib Gas!«

Valeries glückliches Lachen klang immer noch in Damons Ohren, als sie wenig später beim Haus seiner Eltern ankamen. Auch wenn er wusste, dass vermutlich die ganze Sippe am Fenster hing und zusah, musste er Valerie einfach küssen, nachdem sie in der Auffahrt geparkt hatte.

Überrascht sah sie ihn an. »Wofür war das?«

»Dafür, dass du da bist.«

Ihre Augen schimmerten feucht. »Das werde ich immer sein.«

Bevor er der Versuchung nachgeben konnte, mit Valerie durchzubrennen, schob Damon die Beifahrertür auf und stieg aus. Als wäre das ein Startschuss, öffnete sich die Haustür und sein Neffe und seine Nichte schossen heraus. Inzwischen waren sie beinahe schon Teenager, trotzdem warfen sie sich in seine Arme wie früher. Damon umarmte sie fest und schloss die Augen, um die Tränen zurückzuhalten. Die beiden schienen damit kein Problem zu haben, dass sie sich so lange nicht gesehen hatten, sie redeten auf ihn ein, als wäre er nie weg gewesen.

Damon sah auf und entdeckte Valerie, die unsicher neben dem Auto stehen geblieben war. »Kommt schon, ihr beiden, lasst mich erst mal zu Atem kommen.« Sanft löste er sich von ihnen. »Verdammt, seid ihr groß geworden!« Sofort erinnerte er sich an das, was seine Schwester ihm immer eingebläut hatte. »Ups, böses Wort. Vergesst, dass ich das gesagt habe.«

Er streckte die Hand aus, und Valerie kam langsam auf ihn zu. »Mia, Caden, das hier ist Valerie, sie gehört zu mir.«

Offenbar hatte er das Richtige gesagt, denn Valerie entspannte sich sichtlich, als sie von den beiden Kindern ebenfalls überschwänglich umarmt wurde. Gemeinsam gingen sie ins Haus, wo Damon auch von seinem Schwager herzlich begrüßt wurde. Nachdem er alle anderen noch einmal kräftig umarmt hatte, wurden er und Valerie ins Esszimmer geführt, in dem seine Mutter eine riesige Mahlzeit aufgetischt hatte.

Es war unglaublich schön, wieder zu Hause und von Menschen umgeben zu sein, die ihn liebten. Beinahe fühlte es sich an, als wäre er nie weg gewesen. Und auch Valerie fügte sich ein, als hätte sie schon immer zu seinem Leben dazugehört. Noch nie war er so glücklich gewesen, und er spürte, wie die Anspannung der vergangenen Jahre langsam von ihm wich.

Erst als es an der Tür klingelte, kehrte seine Nervosität zurück. Ein Teil von ihm befürchtete, dass er wieder abgeholt und ins Gefängnis zurückgebracht werden würde, weil irgendjemand einen Fehler begangen hatte.

Valerie legte ihm eine Hand auf den Oberschenkel. »Es ist alles in Ordnung, Damon.«

Unverwandt blickte er zur Tür, während er antwortete: »Woher willst du das wissen?« Als sie nichts entgegnete, sah er sie doch an. Ihr Gesichtsausdruck sagte ihm, dass sie etwas wusste und sich nicht sicher war, ob ihm das gefallen würde. »Was hast du getan?«

Bevor sie etwas erwidern konnte, kam sein Vater zurück. »Damon, da ist jemand, der dich sprechen möchte.«

Automatisch erhob er sich und war nicht überrascht, als Valerie mit ihm zur Tür ging. Seine Augen weiteten sich, als er sah, wer da im Vorraum auf ihn wartete. Unsicher, wie er reagieren sollte, blickte er erst Warren Harper und Angel Burns an, bevor sein Blick wieder zu Emma glitt.

Harper räusperte sich. »Hallo. Entschuldigen Sie unseren unangemeldeten Besuch. Wir haben im Fernsehen den Prozess verfolgt, und als Sie freigesprochen wurden, hat Emma darauf bestanden, hierherzukommen.«

Verspätet fand Damon seine Sprache wieder. »Hallo, kommen Sie doch herein.« Er deutete zum Wohnzimmer. »Dort können wir in Ruhe sprechen.«

»Wir wollen nicht stören, Sie sollen Ihre Feier genießen.«

»Das macht gar nichts. Wirklich, ich freue mich, Sie zu sehen.« Gut, nicht unbedingt Emmas Vater, schließlich hatte er den nur einmal kurz während seiner Flucht mit Emma gesehen.

Die blickte jetzt ihren Vater an. »Siehst du, ich habe es doch gesagt!«

Harpers Seufzer war beinahe lautlos. »Emma …«

Doch sie hörte ihm schon nicht mehr zu. Stattdessen blickte sie mit großen Augen zu Damon auf. »Jetzt können wir uns besuchen, oder?«

Damon hockte sich hin, damit er auf Augenhöhe mit ihr war. »Ja, das können wir.«

Emma schlang ihre Arme um seinen Hals und presste sich an ihn. Nach einem kurzen Blick auf ihren Vater, der ihm leicht zunickte, umarmte Damon das Mädchen und schloss die Augen. Während ihrer Flucht durch den Olympic National Park hatten sie die Angst vor dem Mörder Russell Davis geteilt, und dabei war eine Verbindung zwischen ihnen entstanden, die auch nach all den Monaten noch zu existieren schien.

»Ich habe dich vermisst, Damon.«

Sein Brustkorb wurde eng, als er erkannte, wie viel Glück er gehabt hatte. Trotz all der schrecklichen Ereignisse war es ihm gelungen, wunderbare Menschen kennenzulernen. »Ich dich auch, meine Kleine.«

Als er den Blick hob, sah er, dass Valerie eine Träne über die Wange lief, die sie hastig wegwischte. Ja, er war unglaublich glücklich. So sehr, dass es beinahe schmerzte. Er hielt Valerie die Hand hin, und sie kam zu ihm herüber.

Sanft löste er sich von Emma. »Emma, du erinnerst dich doch noch an Agent Hayes?«

Emma lächelte. »Ja. Danke, dass Sie ihn nicht erschossen haben.«

Einen Moment lang herrschte völlige Stille. Dann begann Damon zu lachen.

Michelle Raven

Crossroads

Ohne Gnade

Roman

Wenn falsche Wege sich kreuzen …

Warren Harpers schlimmster Albtraum wird wahr, als seine siebenjährige Tochter Emma bei einem Campingausflug nachts spurlos aus dem Zelt verschwindet. Verzweifelt wendet er sich an die Polizei, doch die fahndet gerade nach zwei Mördern, die nicht weit vom Campingplatz entfernt bei einem Gefangenentransport entkommen sind. Warrens letzte Hoffnung ist die Hundeführerin Angel, und gemeinsam mit ihrem Suchhund brechen die beiden in die Wildnis auf – nicht ahnend, dass Emma sich längst in den Händen der Verbrecher befindet …

»Ein Pageturner, der einen von Anfang bis Ende nicht mehr loslässt. Da kann der nächste Band gar nicht schnell genug kommen.« *LoveLetter*

Band 1 der Serie
480 Seiten, kartoniert mit Klappe
€ 9,99 [D]
ISBN 978-3-8025-9235-5

www.egmont-lyx.de

LYX
EGMONT

Shelley Coriell

Stiller Schrei

Roman

In ihrem Albtraum ist er die einzige Rettung

Drei Jahre schon befindet sich Kate Erickson auf der Flucht vor ihrer Vergangenheit. Sie lebt im Verborgenen und in ständiger Angst – bis eines Tages Hayden Reed vor ihrer Tür steht. Er ist dem Serienmörder auf der Spur, dem Kate damals schwer verletzt entkam. Kate weiß, dass Hayden ihre einzige Chance ist, eines Tages wieder unbeschwert in Freiheit zu leben, und sie fasst langsam Vertrauen zu dem charismatischen Profiler – ohne zu ahnen, dass der Mörder Hayden im Visier hat …

»Coriell erschafft komplexe Figuren, die einem noch lange im Gedächtnis bleiben.« *Publishers Weekly*

416 Seiten, kartoniert
€ 9,99 [D]
ISBN 978-3-8025-9557-8